서정시학 문학전집

정지용 전집 2 산문

최동호 엮음

서정시학

엮은이 : 최동호

1948년 경기도 수원 출생. 고려대 국문과, 동대학원 문학박사
경남대와 경희대, 고려대 교수 역임, 현재 고려대 명예교수 겸 경남대 석좌교수
Iowa대학, 와세다대학, UCLA 등에서 객원, 연구교수로 동서시 비교연구
시집『황사바람』(1976),『아침책상』(1988),『딱다구리는 어디에 숨어 있는가』(1995),『공놀이하는 달마』(2002),『불꽃 비단벌레』(2009),『얼음얼굴』(2011) 등이 있다.
현대불교문학상, 고산 윤선도문학상, 박두진문학상, 유심작품상 등의 시부문 문학상과 소천비평상, 시와시학상, 김환태비평상, 편운문학상, 대산문학상 등의 평론상을 수상했다.

자료조사 연구원
정지용 시 : 김동희 고려대 박사과정, 최세운 시인 고려대 석사과정
정지용 산문 : 송민규 시인 문학박사, 최호빈 시인 고려대 박사과정
일본어 번역 : 김동희 고려대 박사과정

서정시학 문학전집
정지용 전집 2 산문

2015년 5월 15일 초판 1쇄 발행

엮 은 이 · 최동호
펴 낸 이 · 최단아
펴 낸 곳 · 서정시학
편집교정 · 최진자
인 쇄 소 · 서정인쇄

주 소 · 서울시 성북구 보문로 34길 39(동선동 1가, 백옥빌딩) 6층
전 화 · 02-928-7016
팩 스 · 02-922-7017
이 메 일 · poemq@dreamwiz.com
출판등록 · 209-92-62771

ISBN 978-89-98845-97-1   04800
    978-89-98845-95-7 (세트)

계좌번호: 국민은행 070101-04-072847(최단아 서정시학)

값 34,000원

잘못된 책은 바꾸어 드립니다.

옥천공립보통학교 옛 교사 앞에 지용회에서 세운 지용 유적 표지

1923년 휘문고보 졸업식

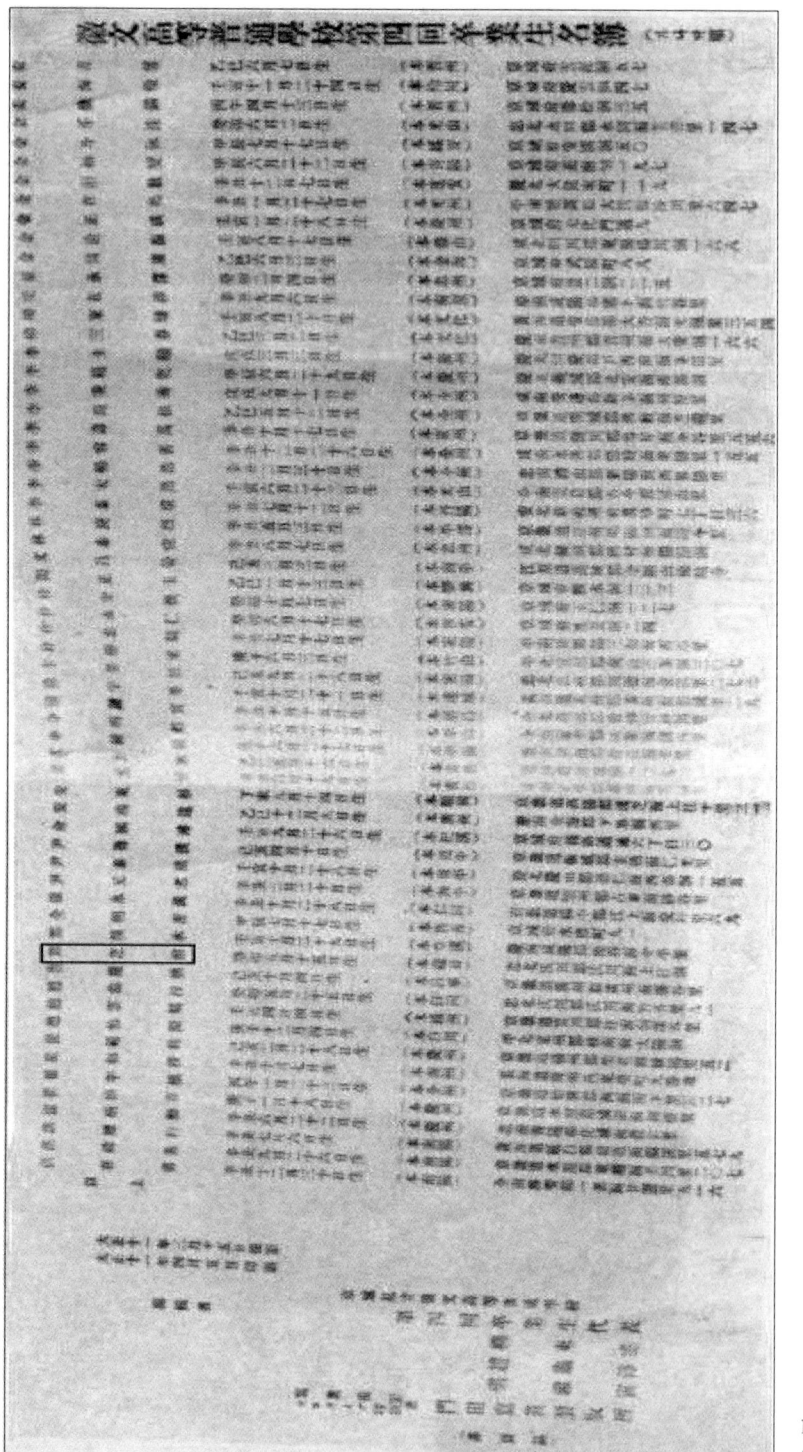

1923년 휘문고보 졸업생 명단 네모 정지용

1925년 7월 동지사대학 재학생 동인지 『가』의 표지

1925년 12월 창간된 동지사 대학생들의 동인지 표지

綠陰愛誦詩 鄭芝溶

春蠶이 오르려 한밥 먹고 맘음잠을 잘 무렵이면 사람도 무척 곤하다.

누에도 머리를 치어든 채로 잠을 자려는데

누에를 치라 애기 젖먹이랴 남편 수발하랴 잠은 안해는 서서라도 졸립다.

대마침 법국이가 뽕나무 가지 위에서 유심히도 운다.

법국이 뽕나무 위에 앉어

정지용 친필 작품 「녹음애송시」 1(손자 정운영 제공)

새기 일곱을 거느리놋다
착한 안해요 옳은 남편
그 거동이 한결 같으이
거동도 한결 같거니
마음이사 맺은 듯 하올시
〇鳲鳩在桑 其子七兮 淑人君子
一兮 其儀 其儀一兮 心如結兮
(傳)

낯이 나가 밭 갈기 밤에 삼 삼기
마을 아낙네들 집일이 바뻐이
아이들 철없이 농사일 알어 있나
뽕나무 그늘 봄에 심기 배우놋다

——鄭溶詩集——

新 作
鄭溶詩集

掘 盜

진 호 나 禮 盜 꽃 붉 忍 비
달 랑   　 　 　 과 은 冬
　 나
레 믜 븨 裝 掘 벗 손 茶   餐

1941.1월 『문장』 3권 1호에 실린 정지용 신작시집 『도굴』

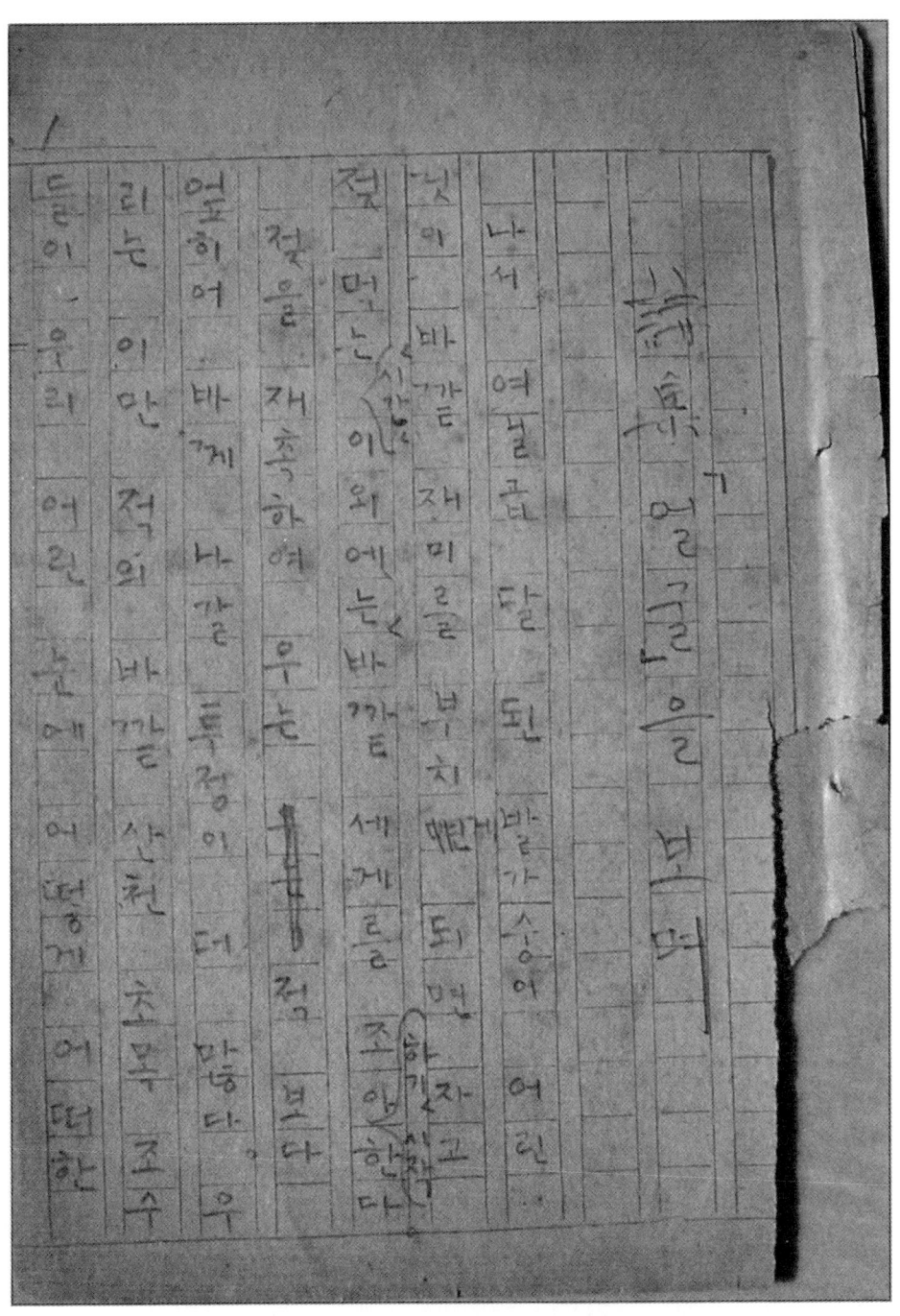

1950년 5월 시집 『얼굴』에 대한 정지용의 마지막 육필원고 첫부분

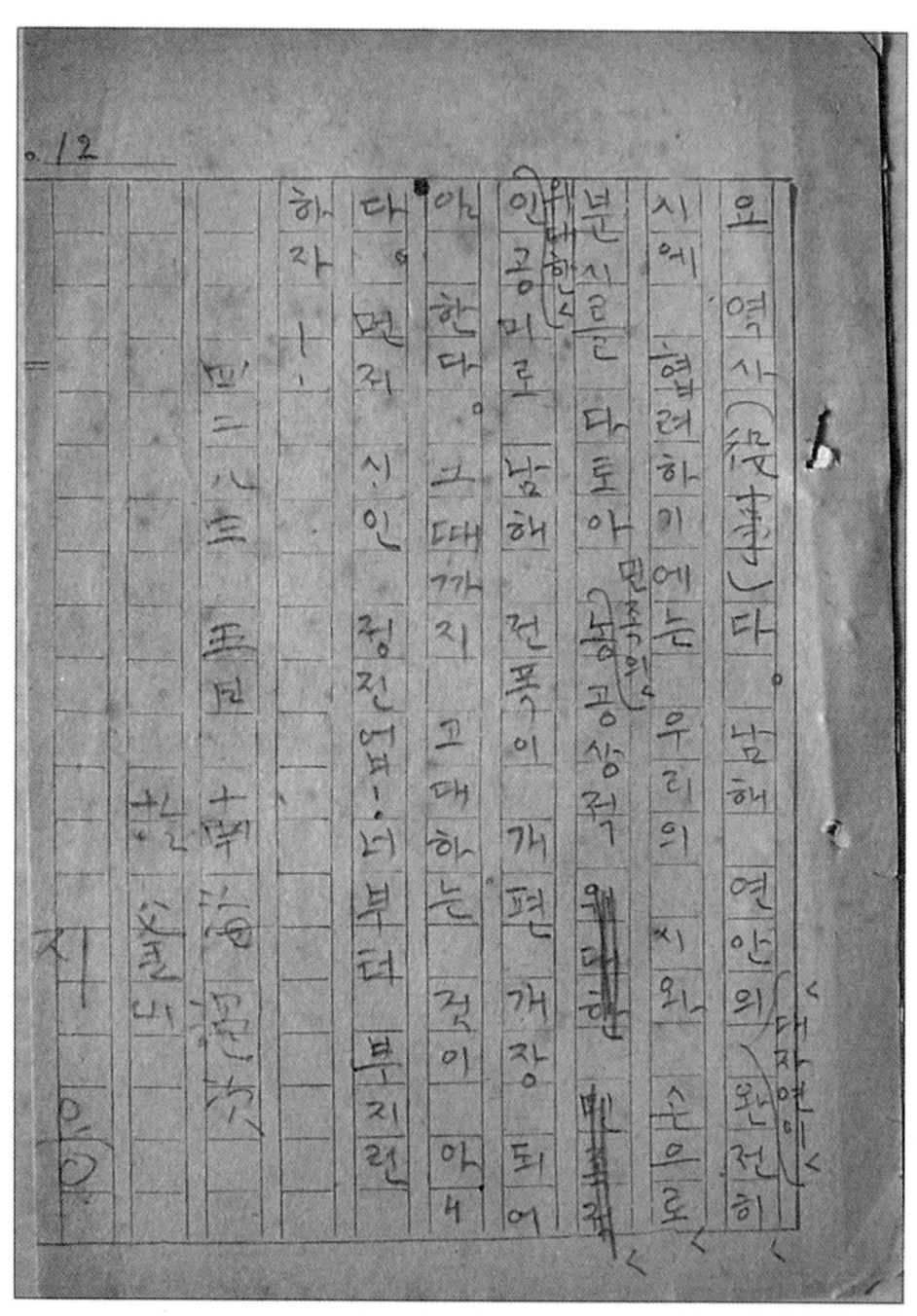

1950년 5월 시집 『얼굴』에 대한 정지용의 마지막 육필원고 끝부분

서정시학
문학전집

정지용 전집 2

―산문―

최동호 엮음

서정시학

이 도서의 국립중앙도서관 출판예정도서목록(CIP)은 서지정보유통지원시스템 홈페이지(http://seoji.nl.go.kr)와 국가자료공동목록시스템(http://www.nl.go.kr/kolisnet)에서 이용하실 수 있습니다.(CIP제어번호: CIP2015012906)

머리말

    1970년대부터 정지용 시를 읽기 시작했다. 지용의 시가 공식적으로 해금된 1988년부터 본격적으로 그의 시가 세상에 알려졌으나 당시 금서였던 『지용시집』을 처음 인사동 고서점에서 구입하여 눈 내린 밤이 깊어지는 것도 모르고 읽었다.
    해금과 더불어 김학동 교수의 『정지용 전집』이 민음사에서 간행되었는데 김학동 교수의 작업은 이 시기 정지용연구에 크게 기여를 했다. 그러나 보다 정밀한 자료 고증을 통해 전집이 출간되어야 한다는 것을 「개편되어야 할 정지용전집」(2002,10)에 쓰고 자료조사에 착수했다. 『정지용사전』(2003)과 『정지용시와 비평의 고고학』(2013) 등을 출간한 후에도 자료를 도처에 수소문하고 지속적으로 요청하여 여러 분들의 적극적인 협조를 얻게 되었다. 특히 일본에 산재한 자료를 발굴하기 시작했는데 의외로 지용이 동지사대학 예과 시절에 일본어로 쓴 자료가 다량으로 발굴되어 지용의 초기 시편을 연구할 수 있는 새로운 계기가 마련되었다. 특히 일본 대학에서 석사학위를 받고 김동희 양이 귀국하여 『근대풍경』 등 일본 측 자료 수집에 박차를 가했다. 이 작업에 참가한 마지막 명단은 다음과 같다.

정지용 시 : 김동희 고려대 박사과정, 최세운 시인 고려대 석사과정
정지용 산문 : 송민규 시인 문학박사, 최호빈 시인 고려대 박사과정
일본어 번역 : 김동희 고려대 박사과정

위의 젊은 연구자들의 헌신적이고 적극적인 도움에 깊이 감사한다.

또한 일본어 시의 초역을 살피기 위해 고려대 일문과 명예교수 김춘미 선생의 도움을 받았으며 마지막으로 한국 문단의 대표적 평론가인 유종호 선생님의 감수를 받았다.
일본 쪽의 자료를 위해 세리까와 교수와 입명관 대학 박사과정 다케다 씨로부터 그동안 구하지 못한 원문 자료 등을 제공받았다.
이 모든 분들에게 머리 숙여 감사드린다.

이번에 간행하는 『정지용 전집』은 멀리는 10년 넘게 가까이는 5년여의 시간 동안 발로 뛰고 손으로 모아 축적된 자료를 바탕으로 이루어진 것이다. 물론 원문이 존재하지 않거나 일본의 소장자가 공개하지 않아 완벽한 것이라고 하기는 어렵지만 현재까지 수집 가능한 모든 자료를 망라한 것이다.

이 전집은 일반 독자를 위한 것이 아니라 전문 연구자를 위한 것이다. 이 전집을 토대로 수많은 연구가 퍼져나갈 것이며 이를 통해 한국현대시 연구의 토대가 굳건해지리라고 본다. 이제 외국이론이나 방법에 의지하는 연구가 아니라 독자적으로 연구할 수 있는 계기를 마련했다고 생각하니 벅차오르는 감회를 누르기 어렵다.

   함께 작업에 동참한 후학들, 그리고 복잡한 자료를 정리해준 최진자 실장에게 깊이 감사드린다.

정지용 탄신 113주기를 맞아
2015년 4월 마지막 날
최동호 삼가 씀

일러두기

1. 『정지용 전집 1 시』는 지면에 처음 발표한 시작품 원문과 『鄭芝溶詩集』과 『白鹿潭』에 실린 시작품 전부를 발굴 수록하여 총 5부로 구성했다.

2. 발표자 표시는 제목이 아니라 원문까지 공개한 경우로 한정했다.

3. 일어시의 번역 작업은 다음 사항을 기준으로 했다.
   - 정지용이 동일한 제목으로 중복 발표한 경우 최초 지면을 우선하고 그것이 불가능할 경우 원문이 확보된 작품을 수록했다.
   - 정지용이 발표한 국문 시가 있을 경우 일어원문의 직역보다 이를 우선했다.
   - 고유명사 등 한자어 표기는 당시의 시적 감각을 살리기 위해 되도록 살려두었다.

4. 『정지용 전집 2 산문』은 『文學讀本』과 『散文』을 기본으로 하고 잡지나 신문지면 등에 발굴한 자료를 추적하여 수집했으며 총 3부로 구성했다.

5. 일부 산문이 『文學讀本』과 『散文』에 수록되는 과정에서 재편집되어 첫 발표지면의 산문도 수록했으며 원문의 한자는 한글을 병기했다.

6. 맞춤법, 띄어쓰기, 한자 등은 원문대로 수록했으며 일부 자전에서 찾기 어려운 경우 현대 한자어로 표기했다.

차례

머리말 / 13
일러두기 / 16

제1부 정지용 발표 시기별 산문

삼인三人 ……… 29
내가 감명感銘깊게 읽은 작품作品과 조선문단 조선문단朝鮮文壇과 문인文人에 대
  해서 ……… 42
시조촌감時調寸感 ……… 44
소묘素描·1 ……… 45
직히는밤이애기 ……… 48
소묘素描·2 ……… 52
소묘素描·3 ……… 55
한 개의 반박反駁 ……… 59
소묘素描·4 ……… 61
소묘素描·5 ……… 63
이러한 신부神父가 되어다오 ……… 66
여상사제女像四題 ……… 67
시화순례詩畵巡禮 ……… 69
수수어愁誰語 2 ……… 70

수수어愁誰語 3 ········ 71
수수어愁誰語 4 ········ 73
시인詩人 정지용씨鄭芝溶氏와의 만담집 ········ 75
문예좌담회文藝座談會 ········ 79
문인文人과 우문현답愚問賢答(說問答) ········ 93
설문답說問答-조선여성朝鮮女性 ········ 94
시詩가 멸망滅亡을 하다니 그게 누구의 말이요 ········ 96
수수어愁誰語 1 ········ 99
수수어愁誰語 2 ········ 101
수수어愁誰語 3 ········ 104
수수어愁誰語 4 ········ 107
수수어愁誰語 4 ········ 110
꾀꼬리와 국화菊花 ········ 113
더 좋은데 가서 ········ 116
교정실校正室 ········ 117
분분설화紛紛說話 ········ 118
우통을 벗었구나 ········ 120
시詩와 감상感想 : 영랑永郞과 그의 시詩 1 ········ 121
시詩와 감상感想 : 영랑永郞과 그의 시詩 2 ········ 128
뿍 레뷰 : 임학수林學洙 저著『팔도풍물시집八道風物詩集』 ········ 137
시문학詩文學에 대하여 ········ 139
명일明日의 조선문학朝鮮文學 ········ 143
신건新建할 조선문학朝鮮文學의 성격性格 ········ 160
우문현답愚問賢答 ········ 182
설문답說問答 ········ 183
월탄月灘의 『금삼錦衫의 피』와 각지各紙 비평批評과 독후감讀後感 ········ 184
예양禮讓 ········ 186
의복일가견衣服一家見 ········ 189
시선후詩選後 ········ 190
천주당天主堂 ········ 211
화문행각畵文行脚 ········ 212

호낭가故娘街 ········ 214
『무서록無序錄』을 읽고나서 ········ 216
『여적餘滴』 창간사 ········ 218
회화교육繪畫敎育의 신의도新意圖 ········ 219
수수어愁誰語 - 지전紙錢 ········ 221
수수어愁誰語 - 혈거축방穴居逐防 ········ 225
부르조아의 인간상人間像과 김동석金東錫 ········ 229
『꾀리부인夫人』 서평書評 ········ 231
소와 코 홀적이 ········ 233
약弱한 사람들의 강强한 노래 ········ 238
사교춤과 훈장 ········ 241
어린이와 돈 ········ 246
반성할 중대한 자료 ········ 249
소설가小說家 이태준李泰俊 군君 조국祖國의 <서울>로 돌아로라 ········ 252
작가作家를 지망志望하는 학생學生에게 ········ 254
『춘뢰집春雷集』 자서自序 ········ 256
월파月波와 시집詩集『망향望鄕』 ········ 257
남해오월점철南海五月點綴・기차汽車 ········ 260
남해오월점철南海五月點綴・보리 ········ 262
남해오월점철南海五月點綴・부산釜山 1 ········ 264
남해오월점철南海五月點綴・부산釜山 2 ········ 265
남해오월점철南海五月點綴・부산釜山 3 ········ 267
남해오월점철南海五月點綴・부산釜山 4 ········ 268
남해오월점철南海五月點綴・부산釜山 5 ········ 271
남해오월점철南海五月點綴・통영統營 1 ········ 273
남해오월점철南海五月點綴・통영統營 2 ········ 275
남해오월점철南海五月點綴・통영統營 3 ········ 277
남해오월점철南海五月點綴・통영統營 4 ········ 279
남해오월점철南海五月點綴・통영統營 5 ········ 281
남해오월점철南海五月點綴・통영統營 6 ········ 283
남해오월점철南海五月點綴・진주晋州 1 ········ 285

남해오월점철南海五月點綴·진주晋州 2 ……… 287
남해오월점철南海五月點綴·진주晋州 3 ……… 289
남해오월점철南海五月點綴·진주晋州 4 ……… 291
남해오월점철南海五月點綴·진주晋州 5 ……… 292
정진업시집『얼굴』에 대하여 ……… 294
모윤숙毛允淑 여사女史에게 보내는 편지 ……… 300
조지훈趙芝薰에게 보내는 편지 ……… 301

제2부 일본어·영어 산문

詩·犬·同人 ……… 304
詩·견·同人 ……… 306
停車場 ……… 308
정거장(停車場) ……… 310
退屈さと黑眼鏡 ……… 312
따분함과 검은 안경眼鏡 ……… 313
日本の蒲團は重い ……… 314
일본日本의 이불은 무겁다 ……… 316
手紙一つ ……… 318
편지 하나 ……… 320
春三月の作文 ……… 322
춘삼월春三月의 작문 ……… 325
영문 졸업논문 ……… 328
졸업논문 윌리엄 블레이크의 시에 있어서의 상상력 ……… 350

제3부 번역 산문

퍼—스포니와 수선화水仙花 ········ 377
여명黎明의 여신女神 오—로아 ········ 383
그리스도를 본바듬 ········ 387

제4부 『문학독본文學讀本』(박문출판사, 1948)

사시안斜視眼의 불행不幸 ········ 417
공동제작共同製作 ········ 420
신앙信仰과 결혼結婚 ········ 422
C낭娘과 나의 소개장紹介狀 ········ 423
녹음애송시綠陰愛誦詩 ········ 426
구름 ········ 429
별똥이 떨어진 곳 ········ 432
가장 시원한 이야기 ········ 433
더 좋은데 가서 ········ 434
날은 풀리며 벗은 앓으며 ········ 435
남병사南病舍 칠호실七號室의 봄 ········ 438
서왕록逝往錄(上) ········ 441
서왕록逝往錄(下) ········ 444
우산雨傘 ········ 446
합숙合宿 ········ 449
다방茶房ROBIN안에 연지 찍은 색씨들 ········ 453
압천상류鴨川上流(上) ········ 456

압천상류鴨川上流(下) ……… 459
춘정월春正月의 미문체美文體 ……… 462
인정각人定閣 ……… 464
화문점철畵文點綴(一) ……… 467
화문점철畵文點綴(二) ……… 469
안악安岳 ……… 470
수수어愁誰語(一) ……… 473
수수어愁誰語(二) ……… 474
수수어愁誰語(三) ……… 476
수수어愁誰語(四) ……… 478
옛글 새로운 정(上) ……… 481
옛글 새로운 정(下) ……… 484
내금강소묘內金剛素描(1) ……… 486
내금강소묘內金剛素描(2) ……… 488
꾀꼬리 ……… 490
동백나무 ……… 491
때까치 ……… 492
체화棣花 ……… 494
오죽烏竹·맹종죽孟宗竹 ……… 495
석류石榴·감시甘柿·추자楸子 ……… 496
다도해기多島海記(一)·이가락離家樂 ……… 497
다도해기多島海記(二)·해협병海峽病(1) ……… 500
다도해기多島海記(三)·해협병海峽病(2) ……… 502
다도해기多島海記(四)·실적도失籍島 ……… 504
다도해기多島海記(五)·일편낙토一片樂土 ……… 507
다도해기多島海記(六)·귀거래歸去來 ……… 510
화문행각畵文行脚(一)·선천宣川1 ……… 513
화문행각畵文行脚(二)·선천宣川2 ……… 515
화문행각畵文行脚(三)·선천宣川3 ……… 517
화문행각畵文行脚(四)·의주義州1 ……… 519
화문행각畵文行脚(五)·의주義州2 ……… 521

화문행각畵文行脚(六) · 의주義州3 ········ 524
화문행각畵文行脚(七) · 평양平壤1 ········ 527
화문행각畵文行脚(八) · 평양平壤2 ········ 530
화문행각畵文行脚(九) · 평양平壤3 ········ 533
화문행각畵文行脚(十) · 평양平壤4 ········ 534
화문행각畵文行脚(一一) · 오룡배五龍背1 ········ 545
화문행각畵文行脚(一二) · 오룡배五龍背2 ········ 548
화문행각畵文行脚(一三) · 오룡배五龍背3 ········ 551
생명生命의 분수噴水 ········ 555
참신嶄新한 동양인東洋人 ········ 558
시詩의 위의威儀 ········ 561
시詩와 발표發表 ········ 563
시詩의 옹호擁護 ········ 567

제5부 『산문』(동지사, 1949)

I

『헨리·월레스』와 계란鷄卵과 『토마토』와 ········ 580
민족해방民族解放과 『공식주의公式主義』 ········ 584
산문散文 ········ 589
민주주의民主主義와 민주주의民主主義 싸움 ········ 599
남의 일 같지 않은 이야기 ········ 606
도야지가 사자獅子 되기 까지 ········ 610
동경대진재여화東京大震災餘話 ········ 618
평화일보기자平和日報記者와 일문일답一問一答 ········ 625

Ⅱ

조선시朝鮮詩의 반성反省 ········ 632
시詩와 언어言語 ········ 647
달과 자유自由 ········ 658
비 ········ 661
봄 ········ 667
새옷 ········ 672
대단치 않은 이야기 ········ 676
『창세기創世記』와『주남周南』『소남召南』········ 678
한 사람 분과 열 사람 분 ········ 680
장난감 없이 자란 어른 ········ 682

Ⅲ

기상통보氣象通報와 미소공위美蘇共委 ········ 684
플라나간신부神父를 맞이하며 ········ 686
『남북회담南北會談에』그치랴 ········ 688
쌀 ········ 689
민족반역자民族反逆者 숙청肅淸에 대對하여 ········ 691
스승과 동무 ········ 692
응원단풍應援團風의 애교심愛校心 ········ 694
학생學生과 함께」········ 696
여적余滴 ········ 698
오무백무五畝百畝 ········ 714

IV

알파·오메가 ········ 718
『여인소극장女人小劇場』에 對하여 ········ 720
무대舞台위의 첫시험試驗 ········ 722
무희舞姬 장추화張秋華에 관關한 것 ········ 725
정훈모여사鄭勳謨女史에의 재기대再期待 ········ 726
조택원무용趙澤元舞踊에 관關한것 ········ 728
관극소기觀劇小記 ········ 730
『어머니』 소인상小印象 부기附記 ········ 735
시집詩集『종鐘』에 대對한것 ········ 736
『포도葡萄』에 대對하여 ········ 738
서序 대신 시인수형詩人琇馨께 편지로 ········ 742
윤동주시집尹東柱詩集 서序 ········ 745
윤석중동요집尹石重童謠集『초생달』 ········ 751
가람시조집嘉藍時調集에 ········ 754
가람시조집嘉藍時調集 발跋 ········ 756

■부록■

정지용 전집 산문 연표 ·········· 761
정지용 연구자료 목록 ·········· 773

제1부 정지용 발표 시기별 산문

삼인三人

짤은 여름밤 어나틈에 지나가고 녹일듯이 쏘이는 태양太陽 혁혁赫赫흔 그빗을 다시 보너니 일제 왼세계世界는 그의힘에 뭇치이고 그의품에 싸이엇 다 푸른물 들쯧흔 숩속으로 솔솔 새여나오는 아참바람 차차次次 힘업서지 며 은銀빗찬란燦爛흔 풀숫에 밎친 이슬 부지중不知中에 살아지고 거리에 왕래往來ᄒᆞ는 사람들 붓치로 낫을 가리엿다 다시 활활 흔들엇다 흔다 제 동齊洞병문으로 나와 관현關峴으로 쌀니 닷는 소년少年 세사람 손목 맛잡 앗다 하ー얀 일복日覆로 싼 모자帽子 이마싯지 덥히쓰고 약간若干 째뭇은 듯흔 회색灰色의 교복校服을 입엇다 통통흔 두볼 해빗에 쓸어 검붉은 빗 씌엇고 쏙담은입 고흔두눈 광채光彩잇다 키도 갓고 얼골도 거진 갓흔 십 오육세十五六歲의 소년少年들이다 에리에 3자字붓친 ××고보생도高普生徒 이다 왁살스런 구쓰코에 부듸쳐 달어나는 잔돌 펑ー 소리친다 오날은 제 일학기第一學期 성적발표成績發表ᄒᆞ는 날이라 하기휴가夏期休暇도 오날로 시작始作이다 너무 일는듯ᄒᆞ던 종鍾소리 오날은 더듸여 한恨이다 그늘진 곳마다 삼삼오오三三五五 모혀안져 말른짱을 죽죽 그으며 숫자數字도 쓰 고 영어英語 스펠도 긋는다 이것은 마졋느니 틀니엿느니 의론議論이 분분 紛紛ᄒᆞ다 시험試驗ー시험試驗이란 이어린가삼들을 쫴 조리는것이다

고대苦待ᄒᆞ던 종鍾소리나자 사무실事務室앞 게시판揭示板에 흔발식이 ᄂ 되는 성적표成績表를 붓치엿다 수백數百의 어린사람 압흘다토와 모와 드러 원형圓形으로 에워싼다 방글방글 웃는 득의得意의 안顔 낙망落望의 태도態度 혜여질째 여러사람의 모양模樣이다

제齊골서 온 세사람 모다 웃는 얼골이다 운동장運動場으로 닉다르며 라 케트를 잡앗다……

제齊골막바지 산山밋 조고만 초가草家집 조용흔 처소處所이다 람프불

빗쳐잇고 책상冊床세기 귀 맛추워 잇는 우에 교과서잡기장정제教科書雜記帳整齊ᄒᆞ게 ᄭᅵ여잇다 패─ 지만은 양장책洋裝冊도 잇다 빗갈 조흔 초화草花흔묵금 필통筆筒엽에 ᄭᅩ치여잇다 모와드ᄂᆞᆫ 날버레 불가를 워싸며 <풍등이> ᄒᆞ머리 이구석 저구석으로 휭─ 휭─ ᄒᆞ며 날으고 벽壁에 걸닌 팔각목종八角木鍾 <제 ─ 썩제 ─ 썩> 수일 사이 업다

『여보게 최군崔君 장원례壯元禮 안이 홀터인가? 이사람 번번番番히 우등優等ᄒᆞ고 시침이 ᄯᅡ나? 이번번番에ᄂᆞᆫ 그냥두지 안켓다』

잡지雜誌보던 이李 별안간 엄중嚴重ᄒᆞᆫ 명령命令을 나리니

『오─ 올흔말일세 이번番에ᄂᆞᆫ 여행施行ᄒᆞ야ᄒᆞ지』

조趙ᄂᆞᆫ 이李의 말에 찬성贊成ᄒᆞᄃᆞᆺᄒᆞ며 최崔를본다

『이사름들 자네들이야 말노 장원례壯元禮ᄒᆞ야 ᄒᆞ네 나는 무ᄉᆞᆫ턱으로 장원례壯元禮? 하……』

조趙 이李ᄂᆞᆫ 최崔의 두팔을 힘것 잡아다리며 ᄒᆞᆫ번番 주물으며

『무슨 잔말! 어서ᄒᆞ야라…… 하하……』

무서운 시위示威에

『할터이야 할터이야 노와주게 참말 시행施行일세』

할수업시 굴복屈伏이다

조趙 이李ᄂᆞᆫ 나오ᄂᆞᆫ 우슴을 참지 못ᄒᆞ야 잡앗던 손을 노으며

『하……』

『이사람들 위력威力으로 장원례壯元禮! 우습다』

방글방글 우스며 안방房을 향向ᄒᆞ야 주인노파主人老婆를 부른다

『무엇좀 사다주시오 과실果實이던지 과자菓子던지』

박게 나갓던 노파老婆 신문지新聞紙 봉지에 담은 것을 세사람 압에 놋는다 간략簡略ᄒᆞᆫ 장원례壯元禮이다 자미滋味잇ᄂᆞᆫ <이약이>에 우슴 소리도 석기고 <바작바작> 소리도 들닌다

ᄯᅡᆺᄯᅡᆺᄒᆞᆫ 부모父母의 사랑에 ᄯᅥ나 쓸쓸ᄒᆞᆫ 객지생활客地生活를 맛보는 삼인三人 질펀ᄒᆞᆫ 압길의 희망希望의 담염痰炎 고흔피에 석기여 왼몸을 데울

것이다 눈싸이고 바름찬 겨을이느 푹푹찌는 성염盛炎이느 학교學校 가는 것이 세사람의 일이요 펜 두르느듸 맛붓치고 척에서 위안慰安을 엇는것이다

일요일日曜日 이면 일지日誌느 스켓취쑥을 가지고 남산南山에도 올으고 한강漢江바름도 쏘인다 반공半空에 웃득솟슨 잠두蠶頭에 안저 몬지잇고 연기煙氣끼인 장안長安을 굽어 볼쩌라던지 퇴락頹落흔 고색창연古色蒼然의 성지城址 천고千古의 역사歷史를 말흐듯이 〈솨-〉 흐는 솔바람 굼실굼실 흐는 한강漢江물 모든보임 모든들님에 취미趣味를 붓치고 감정感情을 자어너여 질거워도흐고 슯흠도 잇고 눈물도 잇다 그질거움 슯흠 눈물이 시詩도 되고 문文도되고 그림도된다 다정多情흔 사이다 사랑스러운 세사름이다……

『그만 일어들 나오 기차시간汽車時間 느저가오』

노파老婆는 미다지를 반半즘열고 곤困히자는 세사람을 씨운다 흔학기學期동안 묵어웁던 머리를 편便히 수히는 잠이다

사루마다만 입고 모다 버슨알몸 홋이불 박그로 투여나와 방심放心흐고 벌닌 사지四肢 대자형大字形으로 왼방房을 차지 흐얏다 창窓틈으로 엿보는 아참볏 웃는듯이 나려본다

아달 업는 주인主人 노파老婆 부러운듯이 자는 모양模樣을 보고 주름잡힌 얼골에 미소微笑를 씌엿다

놀느여 벌덕일어느는 세사름 노파老婆를 보더니 홋이불로 가리며

『몃시時느 되엿서요?』

『여덜시時느 되엿소 오날은 마암노코 자느구려 어서 세수들흐오』

눈도 부븨며 하픔도흐며 옷을 가라입고 잇슐들고 우물가으로 나간다 아침상床에느 노파老婆가 전전前에업던 솜씨를 다느여 반찬을 장만흐얏다 씨기에 쥐미도만코 생선生鮮구은것도 노혓다 노파老婆 장죽長竹에 담비를 피여물고 엽헤안즈며

『여름동안은 집안이 모다 븨인것 갓겟는걸……모다 시골들 가시면』

『무얼이요 곳들 올터인데요 얼마걸니지 안어요』

노파老婆는 실實업슨말노 조롱嘲弄ᄒᆞ듯시 우스면서

『최학도崔學徒는 앗시뵈러 처가댁妻家宅에 갈터이지?』

『앗시도 퍽 잘낫슬걸? 쏘 나이가 우이라니까 키도크고……』

조趙 이李는 수져 든치로 소릭쳐 우스며

『크기만 히요 곱절이ᄂᆞ 된담니다 최군崔君은 쏙쏙 문안問安 길은 걸느지 안치요』

최崔는 얼골을 붉히며 말업시 머리숙으린다……

힘것질으는 기적汽笛소릭나자 <덜그럭> 소릭 조차나며 기차汽車는 복잡複雜ᄒᆞ고 식그러운 남대문南大門 정거장停車場을 쪄나 순식간瞬息間에 용산龍山을 지나 파라케 맑은 한강漢江을 어느덧 뒤에두고 더운바람 헛치면서 남南쪽으로 달닌다 검은 연기煙氣 수일사이 업시 토吐ᄒᆞᆫ다 최崔, 이李, 조趙 삼인三人도 삼등실三等室의 흔자리를 차지ᄒᆞ얏다 차車안은 입김 담빅연기煙氣 쩌드는 소릭로 찻다

흔손에는 긴듸들고 흔손에는 방립方笠들고 품넓은 중단 자락으로 흡쓸며 자리찻기에 분주奔走ᄒᆞᆫ 상주喪主도잇고 흔길이ᄂᆞ 되는 집힝이에 박아지 허리에 찬 할머니도 잇다 성글성글 털는 두다리를 창窓박그로 내여노코 기탄忌憚업시 코고는 일본日本사람도 잇고 아마 차車멀미가 몹시 나는가부다 <히사시> 머리 두어가닥 귀밋까지 나리고 이마쌀을 폈다 주름 지엿다 ᄒᆞ며 충혈充血흔 눈을 괴로운듯이 쓴다 탕기湯器갓흔 배에 (이梨)칼을 대이는 학생學生갓흔 여자女子도 잇다 세사람은 이사람 져사람 두루두루 보다가 다시눈을 창외窓外로 향向ᄒᆞ얏다 넓은들 쯧으로 쯧싀지 쌱근듯 판판흔 벼모 검은 빗쯱여가며 모라오는 바람에 흔들니는 상닙 파도波濤갓치 보인다 흰옷입은 농부農夫들 곳곳에 모혀잇고 흔편에는 술병瓶 밥그릇 흥부로 벌려잇다 도렁이 자리에 삿갓덥고 낫잠자는 농부農夫도 잇다 줄줄 느러진 버들가지 그늘노 덥허준다

발가버슨 어린 아해兒孩들 살빗은 숫갓고 가심은 앙상ᄒ게 쎠만보인다 두팔을 번젹 들더니 분명分明치 못혼 소리로 <어→>ᄒ며 쮜여온다

최崔는 혼자 본듯이 『져것 보왜』

모다 <허→>라는 코우슴을 웃는다 깃븐 우슴은 안이다

해는 서편西便을 향向ᄒ야 기울어지고 농록濃綠의 야원野原에 산山그늘 덥힐째 기차汽車는 피곤疲困ᄒ듯이 아가시야 욱으러진 속으로 서서徐徐히 굴녀가다가 조고만 정거장停車場에 수이니 역부驛夫는 <요―ㄱ셍><옥천沃川이요>를 부르며 승객乘客들 나리기를 직촉혼다 세사람은 반가운 낫으로 여러 사람들과 석기여 정거장停車場 출구出口를 나섯다

언니! 옵바! ᄒ며 미여달니는 귀여운 동생同生들도 나오고 『인제 오나냐?』ᄒ는 점잔코도 자애慈愛잇는 형兄님도 나오고 『싀서방님』『도령님』 ᄒ며 허리 굽흐리는 하인下人들도 나와 상자箱子 가방을 제각기各其 난워 든다 그러나 조趙에게는 아모도 나온 사람업다 괴이怪異치는 안은 일이라 간난艱難혼집 자제子弟로 하인下人도 업슬것이요 어머니는 내외內外ᄒ시는 부인婦人이요 동싱이라고는 십사세十四歲된 규수閨秀이다 셥셥ᄒ지만은 짐을 손수들고 가는 수밧게는 업다 그립던 가족家族들과 손목잡고 가는틈에 석기인 조趙 초연悄然히 말업시 가다가 흐거름 두거름 쩌러진다 두눈가에는 확실確實혼 신경질神經質을 낫ᄒ내인다 드문드문 쩌러저 잇는 촌村집에는 저녁연기煙氣일어느고 쎄지여 나는 참식무리 깃을 차자 들째이라……

압헤가는 일행一行 어서 오라고 멧번番ᄒ더니 그도 차차次次숩에 가리여 보이지 안는다

보고 십흔 옵바! 그리운 옵바! 서울 갓다 오는 옵바! 오시는날 마종나갈 사람도 업고 몸소 나가자니 처녀處女의 몸이라 활발活潑ᄒ게 큰 길에 나갈수 업는 양반兩班의 쭐이라 이날은 종일終日혼자 속을 태이다가 기차汽車 올시간時間이 되니 더욱 것잡을수 업서서 어머니 일으는 말도듯이 안코 집을나서 행인行人 적은 논길밧길노 오리五里나되는 정거장停車場으로

나갓다 그도 직접直接 정거장停車場으로 들어가지 못ᄒ고 갓가운 큰길엽 나무틈에 은신隱身ᄒ고 옵바를 기다리ᄂᆞ 최崔, 이李만 여러 사람틈에 지나가고 옵바는 보이지 안는다⋯⋯ 검정 모시 치마에 힌적삼, 곱게따어 나리인 머리치야 말노 시골처녀處女의 순박純朴ᄒ 미졈美點을 보이며 어엽붐 보다도 참스러운 자태姿態이다⋯⋯ 기다리던 옵바는 보이지 안코 금金빗 갓흔 석양夕陽 숩속으로 소리업시 들어올제 그만 나무엽 풀자리에 주져안져 줄줄이 나오는 눈물을 막지 못ᄒ야 푹업듸여 잇슬째 자박자박 하는 발소리 큰길에ᄂᆞᆫ다 놀ᄂᆞ이여 내여다보니 이는 혼자 쎠러져 오는 옵바이라 반가움 깃거움 가삼에 가득차어 심장心臟의 고동鼓動 이상異常이도 소리친다

옵바! 번기 갓치 쑤여나와 옵바에게 미여달니여 나오던 울음 더욱 쏘다진다 이것 자연自然의 발로發露가 안인가!

『에! 경희慶姬 너엇지 여기나와 잇니 혼자』

『옵바뵈이러 나왓지 나는 옵바안이 오시ᄂᆞᆫ가 ᄒ고 잇째까지 울었서요』

『웨 울기는 울엇단 말이냐? 길가에셔? 어머님도 안녕安寧ᄒ시고 아버님 집에 게시냐?』

『아버님은 당초當初에 집에 오시지도 안어요! 어마님은 두통頭痛이 나섯서요』

『두통頭痛! 편便치 안으시단 말이냐? 어서 들어 가기ᄂᆞ ᄒ자』

『옵바 옵바 가진것 내가 들고 가게? 이리주세요』

『네가 이것을 들어? 약질弱質이 묵어운것을?』

『에그 그걸 못들어요? 이리주세요』

『그리면 들어라 어듸보자』

들고 두어거름 가다가 쌍에 털석 노으며

『에그 묵어워!』

둘은 모다 웃는다

『보와라 그것을 네가 들면 무던ᄒ게⋯⋯』

경희慶姬는 붓그러운듯이 낫이 붉어지며

『그러면 옵바 우리 맛들고 갈가요』

『그만 두어라 혼자들고 갈터이야』

자랑하는것 갓치 한손으로 번젹들어 억기에 언지니 경희慶姬는 이상異常히 역이는 얼골이다

『경희慶姬야 너 들고갈것 한가지 잇다 네게는 쏙 적당適當하다』

『무엇 이야요?』

상자箱子를 열고 신문지新聞紙에 싼것 한둥치를 내어쥬며

『이것은 그다지 무겁지 안으지?』

『에그 옵바는 날을 퍽도 업수히녁여…… 나도 무거운것 만이 들어 보앗다오』

손가락에 걸어야 건듯 만듯할 태극선太極扇 색色실 분 신소설등新小說等 여자女子의게 소용所用되는 물건이다

업수히 넉이는듯한 우슴말에 불평不平흔듯한 우슴 대답이라

『이것이 무엇 이야요?』

『너 가질것이다』

『내것이오! 무엇이 이러케 여러 가지야요?』

그만 만족滿足의 우슴을 참지 못하며 죠와하는 모양이야 말노 천진天眞이다

두 사름은 자기自己집 문門에 이르니 경희慶姬난 나난듯이 쮜어 들어가며

『어머니……오라버니 왓슴니다……』

어머이난 급急히 마당으로 나려와 조趙의 목을 쓰러안으며 아달의 볼에 입을 맛츈다……

최崔의집은 유수有數한 재산가財産家로 모다 최부자崔富者집 최부자崔富者 집이라고 부른다 오날은 최부자崔富者의 큰 아달 창식昌植의 생일生日이다 창식昌植은 삼십가량三十假量된 청년青年으로 군서기郡書記 근무勤務

를흔다 말도 잘하고 법률法律도 잘안다하야 최주사崔主事난 쪽쪽한 사람이라 고도하고 혹或은 <신언서판身言書判>이 다— 구비具備하다 칭찬稱讚듯난이다 오후午後 네시붓터난 창식昌植의 친구親舊들만 모이난 잔치를 연다 손님의 대부분大部分은 동관同官 친구親舊들이다

　머리난 모다 보기조케 갈느고 <직구>를 만히 발넛다 곱게다린 세우細苧 두루막이에 창공색蒼空色족기 얼는얼는 빗츄여 보인다 이만하면 신사紳士(?) 유지有志(?)의 외면外面은 되엿다 신문新聞볼힘도 잇난고故로 서양西洋 소식消息도 조곰 알고 학교교육學校敎育도 다소多少밧음으로 조祖, 부父, 형兄들은 모다 완고頑固라 눈에 차지안이 한다

　널은 대청大廳에 화문석花紋席ㅅ라놋코 산해진미山海珍味가득한 교자상交子床 노혀잇다 십여인十餘人되난 졂은 신사紳士들은 다— 졈잔은 태도態度이다 그러나 쇠소리갓한 기생妓生의 하얀 손으로 술잔이 올째에난 그 졈잔음이 세력勢力일키를 시작始作한다

　한잔먹어 정신精神나고 두잔에 실음잇고 셕잔에 혈색血色좃코 다음잔에 호변객好辯客이요 그다음엔 호걸豪傑이요 다음에난 기생妓生의게 손이 가고 다음에난 <에여라 노와라>가 나온다 장고長鼓소리 요난搖亂히 나며 가무歌舞가 버러졋다

　최부자崔富者난 젊은사름 노름에 집에 잇스면 불편不便하다하야 일즉 동내洞內집으로 가고 흥식興植은 할머니 압혜 안져 공부工夫하게 되엿다 할머니난 흥식興植이가 사랑에 나가면 여러 사람들 본本쓸가하야 어듸 가지도 못하게 하고 억제抑制로 글을 익힌다 처음에난 잘읽더니 염증厭症이 나난지 몹시실은 모양이요 내종乃終에 노래소래 장고長鼓소래에 정신精神이 산란散亂함인지 책상冊床압혜 안즌자세姿勢 단정端正하지 못하다 무릅을 꾸엿다 폇다하며 두손을머리뒤에붓치고 무단無端히 몸을흔들기도하고 이러셜듯 셜듯한 모양이나 할머니난

『더운냐 붓채질하야 주지 어셔 글읽어라 너부대 형본兄本쓰지마러라』
(여러 가지로 흥식興植을 나가지 못하게 한다)

그러나 오날은 이말 져말 귀에 들어오지도 안코 음악音樂에 취미趣味가 잇난지(?) 노래소래 장고長鼓소래야말노 분명分明히 들어온다 참다 못호야

『할머니 나 뒤간에 갓다 오겟슴니다』

하고 안방으로셔 사랑舍廊으로 한숨에 쒸여 나갓다 홍식興植은 거짓말 호며 어른속이면 죄罪된다난말도 만히들엇고 쏘한 자기생각自己生覺에도 잘못하난 일인줄 안다 그러나 욕심慾心이 불갓치 일어날째라 던지 마음에 붓그러운 일이잇스면 거짓말이 죠금식 나온다

과연果然 이목耳目이 황홀恍惚하야진다 꼿갓치수민 기생妓生들이 잇난 애교愛嬌를 다피여 생긋생긋 웃난것 이라던지 아릿다운 소래에 좃타 좃타 하는것이며 홍당목紅糖木 갓흔 취醉한얼골 불갓흔 눈알을 돌이며 기생妓生의 팔목을 셔로 잡아단이난 모양模樣이야 장관壯觀에도 기관奇觀일다

창식昌植은 몸을 건오지도 못하면서 홍식興植을 보더니 흘눌吃訥한 소래로

『이놈……어른들 게시난데 네-가 왜 나왓셔? 어셔 들어가 공부工夫하야라』 위엄威嚴잇는 호령號令인 명정酩酊한 그의 체면軆面이야말노 홍식興植에게 아모감동感動을 쥬지못한다

그날밤에 홍식興植은 제선諸船 헛생각生覺에 쓸이여 가삼이 울넝울넝하고 얼굴도 확근확근ᄒᆞ야지며 신고辛苦ᄒᆞ야 든잠 쑴이되야 어여쑨 여자女子가 웃기도하고 부드러운 손이 몸에닷기도 한다………

『경호慶鎬야 나난 너의 남매男妹가 업스면 무삼자미滋味로 사라잇겟니? 너의 아버지난 돌아보지도 안을쑨 더러 집안에 게시지도 안이하시난 구나, 이 다- 쓰러져 가난 거지움갓흔 집에 잇스시기가 실으셔셔 그러시난 지난 모로겟스나 쓰러져 가난 집에 굼쥬리고 입지 못ᄒᆞ고 억지로 사라가난 내야 무슨 죄罪이란 말이냐? 경호慶鎬야 경호慶鎬야 나난 너의 남매男妹를 위爲ᄒᆞ야 이집을 직히고잇다 쓸쓸한 이세상世上에 붓허 잇난것이다 그도져도 인졔는 집터신지 팔니엿다난 구나 그독사毒蛇갓흔 터주인主人

이 집을 쎄여내라고 성화星火갓치 조르난 구나』

조趙난 아모말업시 그의 모친母親의 비장悲張흔 말삼을 들을째 그의 신경神經에 엇더한 자극刺戟이 일어낫슬가? 침묵沈默의 비애悲哀야말노 고통苦痛되난것이다 경희慶姬난 어머니엽헤 갓가히 안져서 어릴째 젓먹으랴고 어머니 가삼에 안기일째 하드시 밧삭 어머니압으로 닥아안난다 눈에난 눈물이고여 희미稀微한 등잔불빗 처량悽凉히 빗치웟다 어머니난 말을 계속繼續하야

『경호慶鎬야 나난 지금至今죽어도 여한餘恨이 업겟다만은 한갓 너 잘되난것만 한쥴기 여망餘望이다 너부대부대 착실着實한 사람 되여라 이어미의 고생苦生을 만萬에 하나이라도 알어주면 너는 가문家門을 빗내리라 너난 성공成功하리라 경호慶鎬야— 경호慶鎬야— 아니냐?』

조趙난 어머니 말삼에 가삼이 무여지난것 갓치 그만 업흐러 울고십다 꼿꼿이 그의 안즌자세姿勢야말노 힘잇난 표징表徵이다

밤은 집허간다 우주宇宙가 모다 안식安息에 드럿다 간간間間히 소리업시 이러나는 미풍微風 잠자는 숨소리인듯…… 어머니와 경희慶嬉는 아리방에서 자리를 펴고 조趙는 웃방에 누엇스나 모든 불안不安에 쓸니여 불안不安의 꿈을 일우니 그불안不安의 꿈이 엇더홀가

조趙는 도모지 잘수업다 『아아— 엇지할가? 이몸이 십오세十五歲되도록 어머님 사랑속에 온젼히자라 세상신산世上辛酸을 모른 이몸이 안인가? 오! 오! 어머님 사랑ᄒᆞ시는 어머님! 어머님으로서 젼젼에업던 비창悲愴흔 말삼을 ᄒᆞ실젹에는 집안형편形便이 엇더흔가 어머님 마음이 엇더ᄒᆞ실가!? 아아 인제는 물겁흠이 되얏고나 3년年동안 경성유학京城留學도…… 다만 어머님 고생苦生으로 어머님으로 엇은 학자금學資金도 인제는 날도리道理가 업구나 어머님이 붓치신 우편위체郵便爲替에 일금一金〇원圓이라고 쓴것을 나는 손에들째 집부냐…… 안이안이 그것이 어머님의쌈 피이엿든것이다 아! 저무서운 얼골이 뵈이는구나 저터주인主人의 험장險狀이……눈을 부르쓰고 소리를 지르는구나!

조趙의 부친父親이 부랑浮浪흔편에 갓가운 사람이라 수년전數年前에 엇던여자女子를 으더 짠살님을 경영經營ᄒ야 그날의자미滋味잇는 생활生活에 취醉ᄒ야 그의 본처자本妻子는 돌아보지 안는 박정薄情흔 사람이라

조趙의 모친母親은 남편男便의 소박疎薄에 얼마동안은 남모르는 비운悲運에 울엇스나 슬하膝下에 차차次次잘아나는 남매男妹에게마음을 붓치며 <미래未來의 평화平和>가 큰<바람>이라 거든소미 느펼사이 업고 행주杏洲치마 벗지못흠은 부인夫人의 분투생활奮鬪生活을 증명證明흠이라 넉넉지못흔 살님에 대담大膽히 애자愛子를 유학留學길로 보님은 엇더흔 용기勇氣인가! 튼튼치 못흔 팔다리는 이집을 고이고 아달을 고이고 쏠을 고이고 ᄯᅩ는 자기自己를 고이는 것이다 그의 팔다리야말로 자랑거리가 안인가

그러나 것칠게 도라오는 생활난生活難의 마魔는 함부로 휘둘너 온갓 작간作奸을 부리는것이다 그나마 잇는 집이 넘어가는것이다 ᄯᅩ차서 조趙의 유학留學도 중도폐지中途廢止흘 사정事情이다

조趙는 이리저리 번민煩悶의 번민煩悶을 포기다가 정신精神이 앗득ᄒ야 벌덕이러나 쏠로 늬려갓다 밝은 보름달은 검은구름 뭉치틈으로 보이엿다 가리엿다 흘제 세상世上은 <암흑暗黑> <광명光明>의 두큰 막幕이 번번갈너 덥히인다 조趙는 ᄯᅩ이러 흔 공상空想에 들엇다 그 공상空想은 조趙의 처지處地를 초월超越ᄒ엿다

뒤에는 산림山林 앞에는 광야曠野 모다 나의소유所有 그중간中間에 놉히 소슨 나의집 산림山林조흔 곳에 평화平和흔 가정家庭이다 아모자연自然 아모구속拘束업는 나의살님 아아! 조흔살님이다 아버님은 나의 머리 만저주시고 어머니는 나를 안어주시며 사랑의 눈으로 나를 보신다 나는 경희慶姬의 손목잡고 학교學校로부터 도라와 과원果園으로 간다 과원果園에 복사 임금林檎이만히 열여 모다 붉어젓다 경희慶姬와 만히 싸가지고 어머니 압흐로…… 아아! 저 무서운 터 주인主人이 ᄯᅩ보이네!

어머님은 왜 근심의 얼골로 보시나? 수건手巾으로 머리를 동이시엇다 아아 왜 보지 안으시나? 아아! 나는 이 씨러지는 집쏠에 섯고나

趙는 꿈갓흔 공상空想으로 다시 세엿다 달은 다시구름에 들엇다 아아 암흑暗黑, 공포恐怖, 불안不安

趙는 왼몸에 힘을너어 주먹을 쏙주엇다

자정子正이 지너여 趙는 자리에 누어 겨우눈을 붓치엿다

검은구름은 모히고 모혀 왼하날을 덥고 바람이 일기시작始作ᄒ드니 소나기가 나리허친다 다만 <솨솨><쉬쉬> ᄒ는 소리만 컴컴흔 속에서 부르지즐쑨 썩어 허러진 천정天井으로 비물이 줄줄세어 방안에 물이고인다 趙는 깜짝 놀너여 일어나니 물이 써러지고 벽壁이 모다 저저 물어즐지경地境이요 방房안에는 안즐틈이 업다 어머니도 일어나 책상冊床이며 괴짝 등속等屬을 치우고 듸야로 물을 밧고 걸네로 닥거너이나 퍼붓는 비에는 당當ᄒ을수업다 벽壁에 흙은 털석털석 써러진다 이 세식구는 넉슬일은것 갓치 흔편구석에 쪽으리고 괴로운밤을 새이엿다

읻흔날 아츰에는 어제밤풍우風雨 간곳 모르게 업서지고 다만 집웅이 문어지고 담이 넘어젓슬 쑨이라 황량荒凉하기 그지업다 우물가에 슨 무궁화無窮花는 고흔빗 자랑ᄒ듯이 쓸쓸흔 이집에 홀로 웃고잇다

趙는 무궁화無窮花앞헤 나와 쏫가지를 입에 다이고 사람에게 말ᄒ듯이 이와 갓치 말흔다

　　　無窮花 無窮花
　　　조흔 일흠이다
　　　玲瓏흔 아참볏
　　　너에게 빗쳣다
　　　사랑ᄒ는 나는
　　　너압헤 나왓다
　　　조흔너 고흔빗
　　　限萬年 가지렴
　　　無窮花 無窮花

조흔 일홈이다

『옵바! 무얼 그러서요?』호며 경희慶姬는 이상異常히 역이는 얼골로 조趙의 엽흐로온다
『나― 이야기 호얏지』
『이야기 누구흔테요?』
『무궁화無窮花보고』
『무궁화無窮花요? 무궁화無窮花도 말홀줄 아나요?』
『암 말홀줄 알지……』

최崔와 이李는 딕픠밥 모자帽子에 식물채집통植物採集筒을 둘너메고 조趙에게 차져와 갓치 가기를 청請혼다
이李『여보게 조군趙君? 식물채집植物採集이나 호러가세』
조趙『그러― 조화이 어듸로?』
이李『아모데나 발가는데로 가세 가다가 최崔의 과목果木밧혜가서 복사나 짜가지고 가세그려』
조趙『그것이야 물론勿論 최군崔君이……』
세사람은 과목果木밧혜 이르러 발가게 익은 복사를 짜서 수건手巾에 싸들고 산협山峽길로 올너갈제 쪼이는 일광日光 채집상採集箱에 반사反射되야 번썩번썩 혼다(씃)

―『서광曙光』, 1919.12, 148~160쪽.

내가 감명感銘깁게 읽은 작품作品과 조선문단朝鮮文壇과 문인文人에 대하여

(設問四題)

1. 귀하貴下께서는 과거過去 일년간一年間에 잇서서 조선작가朝鮮作家의 작품作品중 감명感銘깁게 읽으신 작품作品이엿섯습니까. 잇섯다면 그것은 어느 작가作家의 어느 작품作品이엿습니까 및 그 이유理由
2. 그리고 외국작가外國作家의 작품중作品中에서는? 감명感銘깁게 읽으신 것이 잇섯다면 그 작가作家 그 작품作品의 일홈과 및 그 이유理由
3. 신년新年의 조선문단朝鮮文壇은 여하如何한 방향方向으로 나아가겟슴니까
4. 조선문인朝鮮文人에게 권고勸告하고십흔 말슴.

(답)

(1) 작가作家로서 문장文章이 황荒함은 화가畫家로 데상에 실력實力업슴과 가튼말이니 이러한 점에 주의注意와 장내人성을 보이는 이는 이태준李泰俊 하나샌 - 그의 단편단문短篇短文은 그가 가진 Poesie의 습작習作이다.

시인詩人으로는 김윤식金允植 허보許保 김현구金玄鳩 김기림金起林 신석정辛夕汀 장서언張瑞彦 임학수林學洙 장정심張貞心 - 들추고보니 좀만치나 안흘가?

그러나 이 발고이고선해오래비가튼 무리가 문단전초文壇前哨의 신경神經요 양심良心인줄을 아는 이는 안다

(2) 역시 Thomas Hardy의 단편短篇

『보는극劇』보다도『읽는劇』으로 James Barrie와 기시다 구니오岸田國士의 극작집劇作集

내기 이러이러한 이유理由로 감명感銘하엿소 - 하면

총명聰明한 우소시인愚笑詩人 Barrie는*

가볍게 흘려바리리.

(3) ○정문학正文學의 유구悠久한 길을 것는무리가 잇슬지니 선명鮮明한 이론가理論家도 나옴즉하다

이몸은 불초不肖하나마 천생天生○○의 風格을 가춘지라 간열퇸 행장行裝으로나마각기 ○행천行千○하리라.

자침磁針의 방향은 태고太古로부터 일정一定하다. 때업시 발발거림도 이 일정一定한 방향方向에 향向하는 초조焦燥한 연모戀慕이다.

순수純粹하게! 보다더 순수純粹하게!

이방인異邦人이어 부즐업시 ○○치말지어다.

(4) 권고勸告로될바가 아니니 철이나기까지 그대로 두기로 - 그만.

—『중앙일보』, 1933.1.1, 5쪽.

---

* 원문에 한 줄이 누락됨.

시조촌감時調寸感

새것이 숭하여지는 한편으로 고전古典을 사랑하는 마음도 심하여지겟지요. 어느 곳 어느 째 할 것 업시.

우리나라도 마찬가지 경향傾向을 밟어가는 것이 참이겟지요.

일본日本으로 치면 명치단가사明治短歌史에 한 에포크를 남긴 학자學者로는 사사키 노부츠나佐佐木信綱, 작가로는 요사노 아키코與謝野晶子, 한칭 더 혁명적인 이시카와 다쿠보쿠石川啄木이 난드시, 우리나라 특수特殊한 시형詩形을 가춘 시조時調에도 큰 학자學者와 천재적天才的 작가作家가 반드시 날 줄 밋습니다.

작가作家로서는 봉건시대封建時代에 질겨하던 정서精緖와 사상思想을 그대로 붓들고 늘어질 맛은 업고 아모조록 내용內容을 새롭게 하야 하겟지요.

흔 독에 물은 날로 갈고

예전 피리로 새곡조를 불어 내십시요.

엇던 민족주의자民族主義者들처럼 시조時調를 국보화國寶化할 수 업슴니다.

시조時調를 반동화反動化한 허수아비로 만들지는 말아요..

— 『신민』 23호, 1927.3, 88쪽.

소묘素描・1

　검은옷이 길대로 길고나, 머리쪽뒤에 위태-하게 부튼 검은 동그란 흥겁은 무엇이라 일음하느뇨? 얼마나 큰 몸이며 굵은 목 얼마나 둑거운 손이랴. 그러나 그가 목련화木蓮花나무 알로 고전古典스러운 책을 들고보며 이리저리 걷는다니보담 돌고 도는 것이 코키리가치 상가롭고도 발소리업시 가비여웟다.

　나는 쯔랑스사람과 말해 본 적이 업섯다. 아직 말해 보지 못한 푸른 눈을 가진 이는 아직 탐험하지 못한 섬과 가테서 나의 이상스런 사모와 호기심이 흰 돗폭을 폇다. 거름은 불으지안는 그이게로 스사로 옴기여지는 것이엿다. 그의 관심關心이 내게로 향해 오지안는 것이 도로혀 그의 초월超越한 일과日課를 신비롭게 보이게 하는 것이엿다. 아츰에 이마를 든 해바래기곳은 오로지 태양을 향해 돌거니와 이이는 뉘를 향해 보이지 안는 백금원주白金圓周를 고요히 것느뇨?

　회의증懷疑症스런 발은 다시 멈칫하엿다. 호기심은 역시 거리距離를 두고 수접게 펴고 잇섯다. 그의 큰 몸은 무슨 말업는 큰 교훈敎訓과 가테서 각가히 범하기는 좀 위엄성스러운 싸닭이엿던자-. 보기조케 갈러지는 밤빗 수염은 바람을 마지막 무승한 풀의 사면斜面과 가치 황홀하엿다. 그날의 나는 금단초 다섯개 단 제복制服의 햄리트이엿다. 한나제 만난 흑장의黑長衣들은 〈왕王〉 아프로 더 각가히 가자 얼골이 마조빗취자! 눈이 하나 업다.

　외눈박이 쯔랑스 신부神父는 우울憂鬱한 환멸幻滅의 존재存在로 섯슬 쑨이엿다.

　약간 머리를 숙여 건조乾燥한 예의禮儀를 표하고 그의 아플 바람을 헤치며 지나갓다.

날 듯한 오식 성당聖堂은 오늘도 놉구나! 기폭을 쎄인 마스트갓흔 첨탑尖塔! 어르만질 수 업고 폭 안기일 수도 업는 〈거대巨大〉한 향수鄕愁여! 뒤로 돌아 싹거올라간 둥근 돌기둥 그늘진 구석으로 들어가 압길에 비를 내여다보는 나그네처럼 화강석花崗石 차디찬 피부에 쌤을 부비고 잇섯다.

멋칠뒤—

미스 R은 제비집과 함긔 부치고 잇는 나의 이층을 차저왓섯다.

『「킹·어쁘·킹스」초대권 가지고 왓습니다.』

감사한 인사를 하기보담 성급한 나의 자랑은

『당신네 교회 가봣지요. 그 쯔랑스신부 눈이 하나 업습듸다그려』

『눈이 하나 업다니요?』

『외눈이야요 외눈!』

『잘못 보섯지요』

수선스런 나의 쾌활快活은 겸손한 냉정冷靜에 그날도 스사로 시들어지고 말엇다.

『초대ㅅ권이야요? 고맙습니다』

나의 시각視覺은 정오正午 갓가히 한창 지줄대는 도시都市 우에 쩌오른 기구氣球의 글자를 읽엇다.

다음 주일 아츰 미사로부터 풀어나와 비들기갓치 설레는 신자들틈에 나도 석기엿다. 길들지 안는 외톨산山비들기의 날개는 조화調和롭지 안엇다.

미스 R과 아츰인사를 박구쟈 가벼운 긴장緊張을 늦기엿다. 나의 시각視覺의 틀님업슴을 요행히 기대하며 성당입구聖堂入口를 바라보고 잇섯다. 족으만 산山처럼 옴기여오는 쯔랑스신부神父가 보이자 나의 자중自重은 제재制裁를 일어 용감한 권투선수拳鬪選手처럼 아프로 닥어나갓다. 이는 틀님업는 눈이 둘이다!

수풀속으로 내여다보는 죄고만 호수湖水갓흔 눈이 둘이 온다. 천국天國

이 바로 비취는 순수한 렌스에 나의 몸ㅅ새는 한낫 헤매는 나부이더뇨?

　미스스 R은 얼골이 함폭 미소微笑로 피엿다. 나의 일흔 아츰 붓그럼은 가벼히 상혈上血하엿다.

　『신부님, 저하고 한나라에서 온 분이십니다』

　『신자시오?』

　『아즉은 ……아니세요』

　말 몰으는 포로捕虜처럼 나는 가슴에 달닌 단초를 돌니고 잇섯다.

―『가톨릭청년』 1호, 1933.6, 66~67쪽.

직히는밤이애기

『선생님, 직이십니ㅅ가?』
『직이라니? 학질앓는 차레말인가』
계획업시나온 나의 해후邂逅은 느적지근한 오후사시午後四時쯤 오피스 안 공기空氣를 익살스레 흐늬여노핫다.
『위, 선생님 편찬으세요?』
이공기空氣를효과效果대로 남기기위하야 쏘아로막어버리고 쌔져나왓다.
조심스런 물ㅅ새가 기즐시다듬듯이 나의말과 표정表情을 하로에멧차레식 간조롱케하야하는지!
나의 밤보금자리에 차저오는 고달픈나그내들은 대게『입으로 피로疲勞한 나그내』들일러라.

○

집에 갓다올가…… 말가…… 하다가 헤염처나온 오리색기들처럼 전등電燈들이 깜박인다.
우울憂鬱한 회색제복灰色制服의대군단大軍團이 써나간뒤 이큰마당에는 감미甘味한 밤이 마음데로버더나가 도도陶陶ㅅ순처럼 서리고잇다. 그실상 언덕우에잇느 도도陶陶ㅅ순도 눈에보이게 기여나가는 째는 오후午後에한준금 비쏘리고난 이초밤이째일ㅅ가한다.
유월六月ㅅ달 녹음綠陰우에 별만흔한울은 커다란 수박을통으로 쏙이여노핫다.

홀로 직히는밤은 놉흔 누대樓臺에 올은 승병僧兵처럼 신조新鮮 정숙靜淑을 호흡呼吸하자.

○

이러한 기회를 가리여 그 걱정스러운 일이 쉽게 해결解決되엿스면 한다. 다음날 보금자리로 돌아가자 간밤에 제일적고도 빗나든 별만한 새손을 『이요!이친구평안하시오?』인사만 치르게되엿스면 - 한다
웨그런고하면 이는 알는표범압페서 밤을새우기만치 조이고 무서운 경험經驗인 까닭이다
이번까지 세차례 -
이러기에 곰과가티 애쓰고 참을성세고 세심細心하여야하는 것이 수염을 자랑하는 남성男性의 일과日課가된것이다
청춘靑春의 자색상의紫色上衣는 생활生活을 닥는 걸네로 쓰고만다
이제다시 한삼三년이나오五년쯤 나마羅馬나파리巴里에유학遊學하여보앗스면하는 스사로 취소取消되는 공상空想이 일기도하나 예술藝術도공상空想을 제외除外하듯이 욕망慾望도 공상空想은 조소嘲笑하는 줄 스사로짐작한다
이제세삼스레 오롯이 사색思索하기위하야 긋까지 예술藝術하기위하야 이 인간적人間的 우울憂鬱을 버서버릴 용기勇氣도업다
하숙下宿 이二층에서 홀로 올뺴미처럼 눈을쓰고 자기自己에 몰두沒頭할 수도업는까닭이다
날으기시작한 제비르진대 물어오고 얼이하고 길르고하야하려니 -
식탁食卓에 눈물을늣기고 잠스자리에서 먼저 회한悔恨을마지하기를 인제는 시詩로 탐미耽美하자는 너무나사나운 채칙이다
가장 실함이 부족한자의게
가톨리교敎는사랑을 연료燃料로 공급供給하여준다 쓴임업는불에 생활

生活은 만들어나간다

  타조駝鳥와함씌사막沙漠을것기는것는다 김敢히 지상地上에서 일촌一村우에라도 비행飛行하지안으랴한다 현실現實 유감誘感교도敎徒들틈에서 학鶴처럼 산보散步할수잇게하는것이 『카톨릭』적的 예지叡智쁜이다

      ○

  원고지原稿紙를펴노코 들여다보고보아도 이는 헤염치기어려운 하이한 호수湖水다 수물다섯페지를 무엇으로채우랴 집안일이나마 솔직率直하게 소개紹介하자

  가톨릭적의 입장立場에서 가두街頭에 내여보낼잡지雜誌를만든다면 엇지한 태도態度를세워야하겟느냐는것이 우리는 문제問題삼어오든바이다

  Y, 『너무 종교宗敎 종교宗敎 종교宗敎 하는것도 효과效果가 적다』

  C, 『너무 사회社會 사회社會 사회社會 하는것가테서』

  C, 『취미본위趣味本位로하는것이 엇덜가』

  R, 『그취미趣味가문제問題다 현대現代는 이취미趣味째문에 만성병적慢性病的 신음呻吟을하지안이하는가! 에로취미趣味, 그로취미趣味, 붉은취미趣味……』

  S, 『에로간접탐색間接探索으로 조제調製된 모-던 취미趣味』

  P, 『결론結論으로 취미론趣味論 불찬성不贊成!』

  C, 『가톨릭적의이면 벌서 결정決定되여잇다』

  Y, 『교회월보식敎會月報式이 꼭 가톨릭적的은 아니다』

  C, 『누가보기나하나』

  Y, 『비판批判과문학文學』을 중심中心으로할수박게』

  P, 『문예文藝는 대체 뉘글을 으더다실나』

  S, 『글세 우리 자체自體가 검열檢閱하여야하겟고 당국當局의게바더야하겟고』

Y, 『수순粹純한 가톨릭적의 작가作家가 나올째까지 터전으로곱게기대리고 쑤준이 나갈수박게』

대개 이와가튼 회화會話로 비롯된 월간잡지月刊雜誌『가톨릭청년靑年』이오는 유월십일전후六月十日前後하야 가두街頭에 나가게된것을먼처알니는것도의의意義업는일이아니다

팔니고안이팔니는것은 죽음도 염려念慮 다는 여유餘裕가 우리에게 잇다는 자신自信에서 끗까지『우리의잡지雜誌』로 진출進出하겟다는 결심決心에서 통쾌痛快를 늣길쑨이다

(六月五日)

— 『매일신보』, 1933.6.8, 3쪽.

소묘素描・2

『옵바 청산학원이십니까?』

『네 청산학원입니다』

『집에 옵바는 효성중학이예요.』

그 아이는 만쏘자락으로 감추다시피 한 P의 단초를 벌서 눈녀겨 두고 어린아이답게 첫인사를 부치는 것이엿다.

『옵바는 대학부시군요.』

P는 『네』하는 응답은 생략省略하여 버렷다.

우월감優越感이 아조 압복된 대화對話에는 소사나오는 우슴이 아닌 우슴으로 말ㅅ뒤를 흐리여 버리는 것이 예例이다.

대학부가 무슨 수치가 되랴 그러나 K시市 가톨닉교회에 발을 드듸기 비롯하야 인사도 업시 얼골을 니켜가는 그들 틈에서 P의 프로테스탄트는 잘 버서지지 아니하는 모양새 다른 적은 신발이엿다. 남의 눈에 주눅이 들니고 차차 색다른 붓그럼을 배워가든 까닭이다.

그 아이의 <옵바> 부름은 조금도 번접스럽지 속되지 안엇다. 이나라 그리스당 소녀의 미덕美德을 보앗슴이다.

조고마한 손으로 차ㅅ반을 옴기고 싸르고 하는 것이 그 아이에게는 힘에 하나 차는 큰 잔치일이라 어른의 귀염성업는 작법作法에서 나온 것도 아니오 아조 자연스런 유희遊戱이엿다.

싸러주는 이른 아츰차는 겨우 쓴맛에 지나지 안엇다. 이즉까지도 도모지 절차를 리해할 수 업던 미사의식儀式의 신엄神嚴한 압박壓迫에서 버서 나온 P는 가벼운 구갈口渴과 가튼 것을 늑기엿다. 쓰듸쓴 맛을 씹는 것은 어린아이에서 쫏기여나고 어른의 경험經驗에 드르스기 전 P의 초조焦燥한 엇더한 <반성反省>을 반추反芻하는 고적孤寂한 동작動作이엿다.

차저내야 할 〈일과日課〉를 아조 이러버린 그에게는 그날 아츰 한칭찬ㅅ거리를 어더왓스니 - 그 아이는 〈가톨닉교회 비들기〉라고 도라와서 이야기하엿다.

〈가톨닉교회 비들기〉란 칭찬이 엇지하야 S의 여프로 보는 쌤에 가벼운 질투를 반영反影하엿더뇨?

질투란 것은 얼골에 나리는 구즌 날세라 우서도 바로 태양太陽이 되지 아넛다.

『참 비들기갓지요 쌉찍도 하게』

S의 귀ㅅ밥에는 귀고리하엿던 바늘ㅅ귀만한 흔적이- 국경國境 압록강鴨綠江 근처에서 어린아이ㅅ적에 하는 풍속風俗이라고 S는 말하엿다- 그날 아츰에는 두쌤을 모다 차지하여 허무虛無한 큰 소라ㅅ속만하게 보이엿다.

『교회는 모다 매한가지지. 자기신앙信仰만 가지고 잇스면 그만이지요』

『인젠 그 자기 신앙에 몹시 고달펏소』

『가톨닉만 신앙이예요?』

『………』

『개성個性 업는 신앙이 무엇하오? 자유 업는!』

그는 웨 침묵하엿더뇨? 일ㅅ절에 피로疲勞한 그에게는 〈자유自由〉도 주체할 수 업시 구기여진 옷자락이엿다. 〈우울憂鬱〉은 일ㅅ종 〈오해誤解〉로 해석할냐 하엿다. S와의 사이도 단순한 〈우정友情〉으로 해석하쟈, 가장 갓가히 마조 대한 두 언덕우에 스쟈. 다만 그 사이에 시퍼런 쒸여넘지 못할 심연深淵을 닉닉히 드려다 보쟈- 가장 자유로운 그리스도교도의 해석을 그는 취해진 것이다.

그리스도가 그어노신 심연深淵을 신앙하엿다, 그러나 멋번이나 그는 언덕에서 현훈眩暈을 늑기엿슬가? 쒸여넘으면 넘는다. 넘고 아니 넘은것은 하여간 이십칠세二十七世ㅅ적 P는 가엽슨 양심良心을 길넛다, 그것은 안으로 안으로 기여드는 적은 새로서 길우에 써러트려 업시할가 하면 안으로 안으로 깃드는 것이엿다.
　『하여간 오늘은 좀 도라다닙시다』
　『가만히 드립드리고 잇스면 쓸데업시 회의懷疑만 생겨요』
　아모것도 그리지 못한 그들의 〈일과日課〉 페이쥐는 결국 그날 오후 유월六月 해를 함폭 쌔러드린 큰거리로 펴젓다.
　째리면 대리석大理石소리 날 뜻한 푸른 하눌이엿다.
　두르는 단장에 적막한 희랍적希臘的 쾌활快活이 가다가 이러스고 가다가 멈추고 하면서······

　작자는 더 적고 시퍼 시퍼하는 버릇이 잇다.
　성당聖堂안 제대祭臺 압헤는 성체등聖體燈이 걸녀잇다.
　켠 불아ー 고요히 기도하는 중에 보이는 것이나ー 한나제도 신비롭게 커젓다 적어젓다 할 째 거리에는 무수한 희랍적希臘的 쾌활快活이 이러섯다 수그러젓다 하는 것이다. 그것은 기적奇蹟이 아님으로 커젓다 적어젓다 보아도 조코 그러케 안보아도 무방하다. 이는 성체등聖體燈도 철저한 책임은 사양할 것이니, 다만 지성至聖한 옥좌玉座를 비추는 영원永遠한 붉은 별임으로.

―『가톨릭청년』 2호, 1933.7, 54~55쪽.

소묘素描·3

……원圓탁을 줏는다…… 산씃하고도 쾌활한 류행어를 고대로 직역直譯하드시 우리는 올나탓다.

이중에는 말타기 노새타기를 욕심하는 이는 하나도 업다.

붉은 우체통 엽헤서 비맛고 전차 기달니기란 무슨 초라한 꼴이랴!

서울태생은 모름즈기 원圓탁을 타라.

손쉽게 드러온 쉐욜레 한 대로 우리는 왕자연王子然하게 그날 오후의 행복을 꼿다발 묵거들듯 하엿다.

『타는 맛이 다르지?』

『왼-드는 더 낫지!』

『무슨? 쉐욜레가 제일이야!』

저슨 애스앨트우로 달니는 기체機體는 가볍기가 흰고무쏼 한 개엿다.

『순사만 세워두고 십지?』

『다른 사람은 모두 빗겨나게 하구!』

『하하……』

붉은 벽돌 빌딍들이 후르륵 썰고 이러스고 이러스고 한다.

『남대문통을 지나는 시민市民제씨 탈모脫帽!』

청제비 한쌍이 커―앺를 도라 슬치고 간다.

유리쪽에 날스벌레처럼 모하드는 비스낫치 다시 방울을 매저 밋그러진다.

우리들의 쉐욜레는 아조 눈물겹게 일심으로 달닌다.

C인쇄공장 정문에 드러스면서 박쥐우산 날개를 채곡 접어들고 교정실 문을 열 쌔는 모자를 벗고 테―블에 돌나안저선 유리잔에 찬물을 마섯다. 이리하야 우리들의 다만 십분간十分間의 사치奢侈는 골주滑走하여

버리고 결국 남대문 큰거리를 지나온 한 시민市民이엿다.

얼마 안잇서 교정ㅅ거리가 드러왓다.

활자 냄새가 이상스런 흥분을 이르키도록 향기롭다. 우리들의 시詩가 싸만 눈을 깜박이며 소곤거리고 잇다. 시詩는 활자화活字化한 뒤에 훨석 효과적效果的이다. 시詩의 명예名譽는 활자活字직공의게 반분하라. 우리들의 시詩는 별보다 알쓸한 활人자를 운율韻律보다 존중한다. 윤전기輪轉機를 지나기전 시詩는 생각하기에도 촌스럽다. 이리하야 시詩는 기차汽車로 항로航路로 항공우편航空郵便으로 신호信號와 함께 흐터저나르는 운용구運用鳩처럼 날너간다.

『시詩의 라디오 방송放送은 엇덜가?』

『저속低俗한 성악聲樂과 혼동混同되기 쉽다.』

『시詩의 전신발송電信發送은 엇덜가?』

『전보시電報詩!』

『유쾌愉快한 시학詩學이나 전보시電報詩!』

도라올 때는 B정町네거리에서 회색灰色쎄스를 탓다.

얼마나 허울한 내부內部인지 확실히 벼룩이 하나 크게 쒸엇다. 사나운 말갈기를 흠켜잡드시 하고 심한 동요에 걸되엿다.

우리는 약속한 듯이 침묵하엿다. 표정 엄는 눈은 아모곳도 아닌곳 한 가온대로 모히여 지난 엿새 동안에 제각기 마튼 <영혼靈魂의 얼골>을 살펴보는 것이다.

토요일土曜日 오후午後 다음날은 주일主日. 일곱시반 저녁삼종三鐘이 울기 전까지는 이 영혼靈魂의 얼골이 개이고 흐리고 하엿던 윤곽輪廓을 쪼렷하게 암기暗記하여 두엇다가 풀스데 가서 풀어야 한다. 그럼으로 이 홀버슨 쎄스안에 남은 짜른 시간을 리용하기에 골몰하엿다.

저쪽으로부터 써들석하게 정답게 인사하는 친구여 흔히 이 검소한 쎄스 안에서 우리가 새초롬하게 보일 째가 잇거든, 우리 얼골안에 쏘 잇는 얼골에 우리 얼골이 파뭇칠 째가 잇서서 정다운 그대 얼골이 들어온 줄을 혹 쌔다시지 못함이니 깁히 용서하오.

 대성당人聖堂에 들오슬 쌔는 더욱 엄숙하게도 랭정하여진다.

 멋시간 동안 우리들의 쾌활한 우정友情도 신벗듯 하고 일ㅅ절의 언어言語도 희생하여 버린다. 성수반聖水盤 으로 옴겨 가서 거륵한 표를 이마로부터 가슴알로 다시 두엇개까지 그은 뒤에 호흡呼吸이 계속한다면 그것은 오로지 육체肉體를 망각忘却한 영혼靈魂의 숨ㅅ소리 쑨이다.

 성체등聖體燈이 붉은 별만한 불은 잠잘 쌔가 업다. 성체합聖體盒 안에 숨으신 예수는 휴식休息이 업스시다는 상징象徵으로—.

 성당聖堂 안에 들어오면 엇지하야 우리는 죽기까지 붓그러운 죄인이면서 쏘한 가장 영광榮光스런 기사적騎士的 무릅을 꿀느뇨?

 성당聖堂안에 들어오면 우리의 목표目標는 혹은 어느 곳에서든지 어느 쌔이든지 영원永遠한 목표目標와 예배禮拜하는 방향方向은 어데이뇨?

 누구든지 우리들이 된 후에는 스사로 쌔다르리라.

 다시 고해소告解所로 옴길 쌔에는 이 큰 고식건물建物이 한편으로 옴처오는 듯이 우리의 동작動作으로는 더할 수 업는 조심ㅅ성과 겸손과 뉘우침을 다하여 것는다.

 옷이 오래되면 쌔무듬도 할 수 업는 사정이오 짜라서 쌧긋이 쌀음도 자연한 순서임으로 고해소告解所에서 일어나올 쌔는 결코 신경적神經的이 아닌 순수한 이성理性의 눈물과 함께 투명透明한 해저海底를 여행旅行하고 나온드시 신비神秘로운 평화平和의 산호珊瑚ㅅ가지를 한아름 안ㅅ고 나온다.

 들어갈 쌔와 마찬가지로 역시 성수聖水를 통하야 성당聖堂에서 나왓다.

 비가 다시 쏘다진다.

 완전히 超自然的초자연적 목욕沐浴을 마치고 난 뒤라 언덕에 오른 물새처럼 돌기둥 엽헤 숨어서서 곱게 씻긴 날개를 액기뜻 시다듬듯 하엿다.

 우리들의 하나인 C도 성당에서 나와선 엽헤 나란히 슨다.

 『비가 그칠 것 갓지 안쿤!』

『글세』

종히ㅅ장만치 투명透明한 곳이 군데군데 잇는가 하면 검은 구름이 파도처 옴겨오는 것이 처어다보인다.

우리는 박쥐우산을 폇다.

우산 하나로는 둘의 몸을 오롯이 가릴 수 업다. 그러나 이만만해도 그리스도적 우정만은 젓지안케 할 수 잇게 한 그늘안에서 거러나섯다.

거리에는 불이 켜젓다.

서로 밤의 평화平和를 축복하여 우산그늘 안에서 헤여젓다.

이리하야 오늘하로는 하로대로 마치고 다음날 창에 구름우 푸른한울과 함께 밝어올 주일主日을 마지하기 위한 그리스도적的 신부新婦의 조심스런 보금자리에도 불이 각각 기다리고 잇다.

— 『가톨릭청년』 3호, 1933.8, 61~64쪽.

한 개의 반박反駁

가톨닉처럼 이해理解바듬도 업거니와 가톨닉처럼 오해誤解바듬도 업다. 이제 ≪가톨닉청년靑年≫지誌가 이 이해理解와 오해誤解의 선풍旋風을 조선논단朝鮮論壇에 유도誘導하엿다면 문화인文化人의 관심觀心을 집중集中할 일개一個 사회적社會的 현상現象이다. 조선일보朝鮮日報가 이에 솔선착안率先着眼한 점點은 그 신문적新聞的 기민機敏을 찬讚할 바이다. 우리는 더욱 일종一種의 긴장緊張을 늑길 쑨이다.

그러나 부초不肖정지용鄭芝溶 개인個人으로서 일언一言의 역명繹明을 은닉隱匿치 못할 사실事實은 ≪가톨닉청년靑年≫이 문예전문지文藝專門誌가 아니오 개인중심個人中心의 잡지雜誌가 안이다. 다만 건전健全한 문예文藝의 적극적積極的 옹호자擁護者인 『가톨닉』교회教會는 일문학인一文學人의 조흔 요람搖籃이 되여줄 쑨이오 그리스도와 그리스도 교회애教會愛에一가톨닉인人으로서 여력餘力을 봉사奉仕할 쑨이다.

미지未知의 인人 임화林和는 결국結局 『루나챠르스키』, 『플레하一노프』, 장원열인藏原悅人 등等의 지령적指令的 문학론文學論을 오리고 붓치고 함에 종사從事하는 사람임을 스사로 폭로暴露하엿스니 이것은 박영희朴英熙, 김기진金基鎭씨 등等이 수년전數年前에 졸업卒業한 것이오, 쏘한 낙제落第한 것이다. <영광榮光스런 이십년대二十年代>를 넘어선 그들 삼십년대적三十年代의 심경心境을 임화林和 이십二十청년靑年에게 교육教育할 호의好意는 업느뇨?

수년전數年前 ≪신조新潮≫지誌에 평림초지보平林初之輔가 『프로문학文學의 정치적政治的 가치價值와 예술적藝術的 가치價值』라는 논문論文을 발표發表하엿다. 『프로작가진영作家陣營』에 동요動搖 귀열龜裂이 연속되여 왓다. 현재現在는 그 기초基礎까지 해소解消될 참경慘境이다.

임화林和는 엇더한 경지境地에서 방황彷徨하는 존재存在인지 알 수 잇다.『조선朝鮮 부르죠아문학文學의 최량最良한 부분部分의 계승자繼承者』의 명예名譽를 임화林和와 가튼 부대部隊로 돌니기에 주저躊躇치 안이 하나 이 무슨 우열愚劣한 전리품戰利品이뇨!

『가톨닉』 이천년간二千年間 교양敎養의 원천源泉에서 출발出發하엿노라. 일개一個 소小『반달』족族의 모험冒險을 일소一笑로 묵살黙殺할 샏이오, 역시『가톨닉』작가적作家의 표일성飄逸性을 초연超然히『실력발동實力發動』할 것이다.

『가톨니시즘』과 문화文化에 대對한 정녕丁寧한 계몽啓蒙은 획교적護敎的 권위權威 윤형중尹亨重 신부神父께 탁탁托한다.

— 『조선일보』, 1933.8.26, 3쪽.

소묘素描・4

우리 서재書齋에는 좀 고전古典스런 양장책이 있을만치 보다는 더 많이 있다고— 그렇게 여기시기를.

그리고 키를 꼭꼭 맞춰 줄을 지어 엄숙하게 들어끼여 있어 누구든지 끄내여 보기에 조심성스런 손을 몇번씩 들여다보도록 서재書齋의 품위品位를 우리는 유지維持합니다. 값진 도기陶器는 꼭 음식을 담아야 하나요? 마찬가지로 귀한 책은 몸에 병을 진히듯이 암기暗記하고 있어야 할 이유도 없습니다. 성서聖書와 함께 멀리 떼워놓고 생각만 하여도 좋고 엷은 황혼黃昏이 차차 짙어갈 제 서적書籍의 밀집부대密集部隊 앞에 등을 향하고 고요히 앉었기만 함도 대한 교양教養의 심각深刻한 표정表情이 됩니다. 나는 나대로 좋은 생각을 마조 대할 때 페이지 속에 문자文字는 문자文字끼리 좋은 이야기를 잇어 나가게 합니다. 숨은 별빛이 얼키설키듯이 빛나는 문자文字끼리의 이야기 …… 이 귀중貴重한 인간人間의 유산遺産을 금자金字로 표장表裝하여야 합니다.

레오・톨스토이가 (그 사람 말을 잡어 피를 마신 가슴아리!) 주름살 잡힌 인생관人生觀을 페이지 속에서 설교說教하거든 그러한 책은 잡초雜草를 뽑아내듯 합니다.

책이 뽑히여 나온 부인 곳 그러한 곳은 그렇게 적막寂寞한 공동空洞이 아닙니다. 가여운 계절季節의 다변자多辯者 귀또리 한 마리가 밤샐 자리로 주어도 좋습니다.

우리의 교양教養에도 각금 이러한 문자文字가 뽑히여 나간 공동空洞 안의 부인 하늘이 열리어야 합니다.

어느 겨를에 밤이 함폭 들어와 차지하고 있읍니다. 『밤이 온다』 —이러한 우리가 거리에서 쓰는 말로 일음지면 밤은 반드시 딴곳에서 오는 손님이외다. 겸허謙虛한 그는 우리의 앉은 자리를 조금도 다치지 않고 소란치 않고 거룩하나 신부新婦의 옷자락 소리 없는 거름으로 옵니다. 그러나 큰 독에 물과 같이 충실充實히 차고 넘칩니다. 그러나 어쩐지 적막寂寞한 손님이외다. 이야말로 거대巨大한 문자文字가 뽑히여 나간 공동空洞에 임림臨하는 상장喪章이외다.

나의 거름을 따르는 그림자를 볼 때 나의 비극悲劇을 생각합니다. 가늘고 긴 희랍적希臘的 슬픈 목아지에 팔구비를 감어 봅니다. 밤은 지구地球를 딿으는 비극悲劇이외다. 이 청징清澄하고 무한無限한 밤의 모가지는 어드메쯤 되는지 아모도 안어 본 이가 없읍니다.

비극悲劇은 반드시 울어야 하지 않고 사연하거나 흐느껴야 하는 것이 아닙니다. 실로 비극悲劇은 묵묵默默합니다.

그러므로 밤은 울기 전의 울음의 향수鄕愁요 움지기지 전의 몸짓의 삼림森林이오 입술을 열기전 말의 풍부豊富한 곳집이외다.

나는 나의 서재書齋에서 이 묵극默劇을 감격感激하기에 조금도 괴롭지 안습니다. 검은 잎새 밑에 오롯이 눌리우기만 하면 그만임으로, 나의 영혼靈魂의 윤곽輪廓이 올빼미 눈자위처럼 똥그래질 때입니다. 나무끝 보금자리에 안긴 독수리의 힌알도 무한無限한 명일明日을 향하야 신비神秘론 생명生命을 옴치며 돌리며 합니다.

서령 반가운 그대의 붉은 손이 이 서재書齋에 조화調和로운 고풍古風스런 람프 불을 보름달말하게 안고 골방에서 옴겨 올 때에도 밤은 그대 불의不意의 틈입자闖入者에게 조금도 황당하지 않습니다. 남과 사괼성이 찬란燦爛한 밤의 성격性格은 순간瞬間에 화원花園과 같은 얼골을 바로 돌닙니다.

— 『가톨릭청년』 4호, 1933.9, 60~61쪽.

소묘素描 · 5

 람프에 불을 밝혀 오시오 어쩐지 람프에 불을 보고 싶은 밤이외다.
 하이한 갓이 연蓮닙처럼 알노 숙으러지고 다칠세— 끼여 세운 호야하며 가지가지 맨듬새가 모다 지금은 고풍古風스럽게 된 람프는 걸려 있는이보다 안친 모양이 조흡니다.
 람프는 박꽂치 얼골을 펴기 시작하는 한올에 비추어 물ㅅ기 업시 호호 입김으로 닥거야합니다. 비단쪽을 빨 듯이 조십스런 손이어야 합니다.
 람프는 두손으로 바쳐 안고 오는 양이 아담합니다. 그대 얼골을 농담濃淡이 아조 강한 옴겨오는 회화繪畵로 감상鑑賞할 수 있음이외다. —딴 말슴이외나 그대와 같은 미미한 성性의 얼골에 순수純粹한 회화繪畵를 재현再現함도 그리스도교적敎的 예술藝術의 자유自由이외다.
 그 흥측하기가 송충松蟲이 같은 석유石油를 달어올려 조희ㅅ빛보다도 고흔 불이 피는 양이 누에가 푸른 뽕을 먹어 고흔 비단을 낳음과 같은 좋은 교훈敎訓이외다.
 흔히 먼 산모루를 도는 밤기적汽笛이 목이 쉴 때 람프불은 적은 무리를 들러 쓰기도 합니다. 가련可憐한 코스모스 우에 다음날 찬비가 뿌리리라고 합니다.
 마을에서 늦게 돌아올 때 람프는 수고롭지 않은 고요한 정열情熱과 같이 자리를 옴기지 않고 있습데다.
 마을을 찾어 나가는 까닭은 막연漠然한 향수鄕愁에 끌리워 나감이나 돌아올 때는 가벼운 탄식嘆息을 지고 오는 것이 나의 일지日誌이외다. 그러나 람프는 역시 누구 얼골을 향한 정열情熱이 아닌 걸 보앗습니다.
 다만 힌조히 한겹으로 이 큰 밤을 막고 있는 나의 보금자리에 람프는 매우 자신自信있는 얼골이옵데다.

전등電燈은 불의 조화造化이외다. 적어도 등燈불의 원시적原始的 정열情熱을 잊어버린 가설架設이외다. 그는 우로 치오르는 불의 혀모상이 업습니다.

그야 이 심야深夜에 태양太陽과 같이 밝은 기공技工이 이제로 나오겠지요. 그러나 삼림森林에서 찍어온 듯 싱싱한 불꽃이 아니면 나의 성정性情은 그다지 반가울리 업습니다.

성정性情이란 반듯이 실용實用에만 기울어지는 것이 아닌 연고외다.

그러므로 예전에 앗시시오 성聖쯔란시스코는 우로 오르는 종달새나 알로 흐르는 물까지라도 자매姉妹로 불러 사랑하엿으나 그 중에도 불의 자매姉妹를 더욱 사랑하엿습니다. 그의 낡은 망또자락에 옴겨붙는 불꽃을 그는 사양치 않엇습니다. 비상非常히 사랑하는 사랑의 표상表象인 불에게 흔 벼쪼각을 애끼기가 너무도 인색하다고 하엿습니다.

이것은 성인聖人의 행적行蹟이라기보다는 그리스도교적敎的 poesie의 출발出發이외다.

람프 그늘에서는 계절季節의 소란騷亂을 듣기가 조흡니다. 먼 우뢰雨雷와 같이 부서지는 바다며 별같이 소란한 귀또리 울음이며 나무와 잎새가 떠는 계절季節의 전차戰車가 달려옵니다.

창을 사납게 치는가 하면 저윽이 부르는 소리가 잇습니다. 귀를 간조롱이 하야 이 괴한 소리를 가리여 들으랍니다.

역시 부르는 소리외다. 람프불은 줄어지고 벽시계壁時計는 금시에 황당하게 중얼거립니다. 이상도하게 나의 몸은 마른 잎새같이 가벼워집니다.

창窓을 넘어다보나 등燈불에 익은 눈은 어둠속을 분별키 어렵습니다. 그러나 역시 부르는 소리외다.

람프를 주리고 내여다보면 눈ㅅ자위도 분별키 어려운 검은 손님이외다.

만일 검은 망또를 두른 촉루髑髏가 서서 부르더라고 하면 그대는 이러한 불길不吉한 이야기는 기피하시리다.

『누구를 찾으십니까?』

덧문을 구지 닫으면서 나의 상식常識은 이렇게 해설解說하엿습니다.

―죽음을 보았다는 것은 한 착각錯覺이다.―

그러나 <죽음>이란 벌서부터 나의 청각聽覺 안에서 잘아는 한 항구恒久한 흑점黑點이외다. 그리고 나의 반성反省의 정확正確한 위치位置에서 나려다보면 람프 그늘에 채곡 접혀 있는 나의 육체肉體가 목이 심히 말러하며 기도祈禱라는 것이 반듯이 정신적精神的인 것보다도 어떠한 때는 순수純粹히 미각적味覺的인 수도 있어서 쓰데 쓰고도 달디 단 이상한 입맛을 다십니다.

『천주天主의 성모聖母마리아는 이제와 우리 죽을 때에 우리 죄인을 위하야 바르소서 아멘.』

─『가톨릭청년』 4호, 1933.9, 61~63쪽.

이러한 신부神父가 되어다오

　농민전도는 춘추가 많으신 신부님께 맡기시고 이 앞으로 우리들의 신부이길 여러분은 장래 지식계급의 외교인을 획득하시도록 준비하시여주시압소서. 그들을 귀화시킴으로 성교회에 얼마나 유리하겠으며 그대로 버려둠으로 얼마나 유해하겠습니까? 신앙없는 지식인은 『지식적 야만인』이라 하겠습니다. 이 위험한 무리들을 거룩한 울안으로 몰아넣기에는 위험치 아니한 양떼를 불려드리었던 아름다운 목적보다 새로운 ○○이 절실히 필요합니다. 대내대외로 ○능한 신부를!

—『神友』, 1935.6.

여상사제女像四題

발勃의 크로키에 지용의 단문短文쯤을 구지 사양할 배도 없겠으나 남의 그림에 글을 짓부치기란 딴획을 긋대듯 끌릴 것이 아닐가 보냐. 시러한 지령指令을 나리기를 아모러탓 녀기지 않는 <여성女性>은 그러탓 높으시니오닛까! 발勃이 몹시 실허하는 것을 내가 안다. 석상휘호席上揮毫, 문인화적文人畵的, 여기餘技, 쓱쓱 한장 그려내는 버릇을 아조 업수히 녁인다.

어떤 사람이 무슨 재조를 품었다면 그의 사람됨을 먼저 알 만한 일이기에 그의 싫어하고 좋아하는 것을 밀우어 그의 성품性品과 예술藝術을 짐작할 수 있으리라.

이상李箱의 말맛다나 앉음앉음만 보아도 그 사람이 얼마마한 화가畵家인 줄 안다고도 하는데 연필은 고르는 꼴로 화가畵家의 격格을 엿볼 수 있다는 억설臆說쯤은 무난無難히 통할 수 있지 아니한가.

대체 연필鉛筆로 짓문질러야 할 것이며 싸뭉개는 것이 연필화鉛筆畵의 본령本領이냐?

작고 덧문대여 근사近似하게만 만들기란 나둥그라지며 흉내내기가 위주인 칙칙한 재조가 아니냐?

동양화적東洋畵的 <획劃>이나 서양화적西洋畵的 <선線>이나 그 원리原理에 있어서는 한끝 숙련熟練한 나머지에 얻는 한끝 비약飛躍이 아니냐.

일기가성一氣呵成이면서 완곡자재緩曲自在 중단中斷하면서 연락連絡되고 평골平滑하고도 약동躍動하며 방산放散에서 제약制約에 그치고, 냉정冷情한 법열法悅에서 확평確乎한 의지意志의 단정斷定 조심조심스런 거름거리에 표일飄逸한 몸짓 등등等等은 선線이 가추어야 할 미덕美德이리라.

발勃은 이러한 맥락脈絡을 잘 아는 화가畵家이다.

발勃의 크로카—에 지용의 단문短文이 잔수작이라면 지용의 단문短文에 발勃의 크로키가 딴수작이 아니면 다행하리라.

—『여성』1호, 1936.4, 12~13쪽.

시화순례詩畵巡禮

　화실畵室에 틈입闖入할 때 즉어도 채플에서 나온뒤 만한 경건敬虔을 준비準備하기로 했다.
　화실주인畵室主人의 말이 그림을 그리는 순간瞬間은 기도祈禱와 방불彷佛하다고 하기에 대체 웨이리 장엄莊嚴하여게시오 하는 반감反感이 없지도 않었으나 화실畵室의 예의禮儀를 유린蹂躪할만한 밴댈리스트가 될수도 없었다.
　화실畵室에서 화가畵家대로의 화가주인畵家主人은 비린내가 몹시 났다. 모초라기 비듥이 될수있는대로 간엷흔 무리를 쪽쪽 찢고 째고 점이고 나오는 포정庖丁과 소허少許 다를리없었다. 통경通景과 전망展望을 차단遮斷한 뒤에 인체구조人體構造에 정통精通할 수 있는 한산閑散한 외과의外科醫이기도하다.
　미켈안젤로 따위도 이런 지저분한 종족種族이었던가.
　기름뗑이를 익여다부치는 것은, 척척 익여다부치는데 있어서는 미장이도 그러하다. 미장이는 어찌하야 애초부터 우월優越한 긍지矜持를 사양하기로 하였던가. 외벽外壁을 바르고 돌아가는 미장이의 하루는 사막沙漠과 같이 음영陰影도 없이 희고 고단하다.
　오호嗚呼 백서白晝에 당목瞠目할만한 일을 보았다. 격렬激烈한 치욕恥辱을 견듸는 에와의 후예后裔가 떨고 있다. 화실畵室의 경건敬虔이란 긴급緊急한 정신방위精神防衛이기도 하다. 한 개의 뮤쓰가 탄생誕生되랴면, 여인女人! 그대는 영구永久히 희랍적希臘的 노예奴隷에 지나지 아니한가. 가장 아름다운 것이 제작製作되는 동안에 가장 아름다워야할 자여! 그대는 산山에서 잡혀온 소조小鳥와 같이 부끄리고 떨고 함루含淚한다.

— 『중앙』, 1936.6, 7~8쪽.

수수어愁誰語 2

거르량이면 아스팔트를 밟기로 한다. 서울거리에서 흙을 밟을 맛이 무엇이랴.

아스팔트는 고무밑창보담 징 한 개 박지 않은 우피 그대로 사풋사풋 밟어야 쫀득쫀득 바치우는 맛을 알게 된다. 발은 차라리 다이야처럼 굴러 간다. 발이 한사코 돌아다니지기에 나는 작고 끌리운다. 발이 잇어서 나는 고독치 않다.

가로수街路樹 이팔마다 발발潑潑하기 물고기 같고 유월六月초승 하눌 알에 밋밋한 고층건축高層建築들은 삼杉나무 냄새를 풍긴다. 나의 파나마는 새파라틋 젊을 수 박게. 가견家犬 양산洋傘 단장短杖 그러한 것은 한아閑雅한 교양敎養이 잇서야 하기에 연애戀愛는 시간時間을 심히 낭비浪費하기 따문에 나는 그러한 것들을 길들일 수 없다. 나는 심甚 고무뽈처럼 퐁퐁 튀기어지며 간다. 오후사시午後四時 오피스의 피로疲勞가 나로 하여금 궤도軌道 일체一切를 밟을 수 업게 한다. 작난감 기관차機關車처럼 작난하고 싶고나. 풀폭이가 없어도 종달새가 나려오지 안허도 조흔, 폭신하고 판판하고 만만한 나의 유목장 아스팔트! 흑인종黑人種은 파인애풀을 통채로 쪼기여 새빨간 입술로 쭉쭉 드리킨다. 나는 아스팔트에서 조금 빗겨들어스면 된다.

탁! 탁! 튀는 날네-르가 폭포瀑布처럼 싱싱한데 황혼黃昏의 서울은 갑작히 팽창澎脹한다. 불을 현다.

— 『조선일보』, 1936.6.19, 5쪽.

수수어愁誰語 3

항구港口에 자옥이 나려안즌 아츰안개나 유목장遊牧場 우에 면양綿羊떼와 노니는 흰구름이나 그러한 빗티 곱다. 그보다도 요염妖艶하기는 한아閑雅하게 고리를 지어 오르는 마도로스 파이프에 타는 지사미 연긔ㅅ빗티 아니랴—

일전日前에 체신국遞信局에 다니는 친구 하나이 맨듬새 참한 파이프를 가젓기에 알고 보니 토이기土耳其 제품製品일러라. 입술 닷는데만 검은 뿔로 되고 나무결과 빗갈이 진득히 고흔 감람橄欖기름에 짤어나온 듯하더라.

회회 돌려 속을 빼보니 새처럼 창자가 장치裝置되여 잇다. 니코틴을 걸르기 위한 기공技工일러라. 십자군十字軍과 항쟁抗爭하야 성지聖地나 점령點領하고 희랍希臘사람과 원수나 짓는 모하멧교敎 토이기土耳其도 이런 아기자기한 공예工藝가 잇고나 햇다. 허나 그것은 귀에 끼울 정도의 물뿌리에 지나지 안헛다. 사나이는 역시 곱으장하고 뚱뚱하고 완만스럽고 익살마진 골통대가 얼리는 것이라 고불고불한 창자가 장치裝置된 토이기제土耳其製 마드로스 파이푸 불시로 갓고 싶드라. 알콜이 업는 술 혹은「홉」의 원료原料가 조금도 업는 순수純粹한 비—루란 생각할 수 업는 일이나 니코틴이 아조 걸러저 나와 빗갈과 향취香臭가 더욱 더욱 세련洗練되여 니코틴이 아조 업는 순수純粹한 담배연기! 흰 나리꼿 가튼 정조貞操를 담은 청춘靑春을 아모리 ∬시울래야 ∬시울 수 업슬 것이요 샤—르 보—드레르적的 생리生理를 완전完全히 극복克服한 신경神經엔 달밤에 젓은 안개가 티 안흐하리라. 붉은 입술에 걸어둘 만하고 옷가슴에 한떨기 꽃을만하고 벽화壁畵로 옴겨가 구름이 될 만하고 푸로테스탄트 목사牧師님들이 성서문제聖書問題에까지 확충擴充식힐리도 업스리라.

토이기제土耳其製 마드로스 파입을 어기뚱 물고 포도鋪道로 나가리라. 다만 담배를 피운다는 구실口實만으로 유쾌愉快할 것이요 일체무관一切無寬한 스캔달에 자신自信을 어들 것이요 보신각普信閣 바로 여페서 백주白晝에 월남月南 이李선생先生을 맛나 끗떡 한번 하고 폭 폭 피우며 지나갓다.

파라솔을 가지지 안흐랴거든 파입을 물어라 혹은 연蓮대 잘른 듯한 파입을.

무실無實한 흡연吸煙에 화려華麗한 방종放縱! 청춘靑春과 교양敎養을 맛튼 구역區域에서 가질만 하려니.

그대들의 그림자가 삼년三年안에 어늬 골목으로 사러질지 모를 바에야!

평퐁 알을 얼마나 만히 넘기기보다 파입 연기 고리를 얼마나 만히 공중에 걸어둔다는 것은 조은 시합試合이기도 할 것이라. 학과學課가 마치인 후 담장이 기여 올라간 벽돌을 의지하야 모다 폿삭폿삭 피운다든지 경기병輕騎兵이 지나가는 오우토바이가 달리는 풀라타-느 푸른 잎새가 무성茂盛한 아스팔트 우로 제복制服을 벗은 오후午後 고은 크림빗 원피스 산산한 맛에 가장 무심無心하게 가장 근신謹愼스럽게 흰 연기 꼬리를 남기며 지날 만도 하려니 대개 사감舍監을 슬프게 하는 것은 이러한 화려華麗한 말괄량이 짓에 잇고 사감舍監의 슬픈 임무任務도 또한 언제든지 적절適切한 것이다. 그러나 화려華麗한 것이란 흔히 슬픈 것이어니 오월五月 모란이 화안히 피고 개인 날 창窓마다 훨적 열어노코 안저도 혹은 사본사본 걸어도 어짠지 슬픔이 따르지 안턴가. 연기는 마침내 공허空虛하기 연기에 지나지 안흔지라. 옥玉톡기 가티 겁만흔 눈에 설지 안흔 눈물을 자극刺戟하는 외에 무슨 의미가 잇스랴. 설지안흔 시초가 눈비비는 동안에 아이 아이 내처 울게도 되는 것이라 한창 피기 전후에는 무슨 구실口實을 만들어서라도 울고시푸지 안헛던가. 그러기에 돌연히 탈선脫線한 난박자亂拍子로 피아노를 발작發作식히기도 하고 G선線을 부욱부욱 할퀴다시피 하야 원작자原作者를 도로혀 놀라게 하는 때도 잇다.

— 『조선일보』, 1936.6.20, 5쪽.

수수어愁誰語 4

노인老人이 꼿나무를 심으심은 무슨 보람을 위하심이오니까.

등이 곱으시고 숨이 차신데도 그래도 꽃을 각구시는 양을 뵈오니, 손수 공드리신 가지에 붉고 빗나는 꼬치 매즈리라고 생각하오니, 희고 희신 나룻이나 주름살이 도로혀 꽃답도소이다.

나히 이순耳順을 넘어 오히려 여색女色을 길르는 이도 있거니 실로 누陋하기 그지 업는 일이옵니다. 빗갈에 취醉할 수 잇슴은 비치 어느 비칠런지 청춘靑春에 맛길 것일런지도 모르겟으나 쇠년衰年에 오로지 꼬츨 사랑하심을 뵈오니 거륵하시게도 정정하시옵니다.

봄비를 마즈시며 심으신 것이 인제 바람과 해ㅅ비치 더워오면 고흔 꽃봉오리가 촉燭불 혀듯 할 것을 보실 것이매 그만치 노래老來의 한 계절季節이 헛되히 지나지 안을 것이옵니다.

노인老人의 고담枯淡한 그늘에 어린 자손子孫이 희희戱戱하며 꼬치 피고 나무와 벌이 날며 닝닝거린다는 것은 여년餘年과 해골骸骨을 장식裝飾하기에 이러탓 화려華麗한 일이 없을 듯하옵니다.

해마다 꼬츤 한 꼬치로되 사람은 해마다 다르도다. 만일 노인老人 백세후百歲後에 기거起居하시던 창호窓戶가 다치고 뜰 아페 손수 심으신 꽃이 난만爛漫할 때 우리는 거기서 슬퍼하겟나이다. 그 꼬츨 어찌 즐길 수가 잇스리까. 꽃과 죽엄을 실로 슬퍼할 자는 청춘靑春이요 노년老年의 것이 아닐가 합니다. 분방奔放히 끓는 정염情炎이 식고 호화豪華롭고도 홧홧한 붓그림과 건질 수 없는 괴롬으로 수繡놓은 청춘靑春의 웃옷을 벗은 뒤에 오는 청수淸秀하고 고고孤高하고 유한幽閑하고 완강頑强하기 학鶴과 가튼 노년老年의 덕德으로서 어찌 주검과 꼬츨 슬퍼하겟읍니까. 그러기에 꼬최 아름다움을 실로 볼 수 있기는 노경老境에서일가 합니다.

멀리 멀리 나 — 따끄트로서 오기는 초뢰사初瀨寺의 백모란白牧丹이 그 중 일점一點 담홍淡紅빛을 보기 위하야. 의젓한 시인詩人 포올 클로오델은 모란 한떨기 갓나기 위하야 이러탓 멀리 왔더라니, 제자 위에 붉은 한송이 꼬치 심성心性의 천진天眞과 서로 의지하며 즐기기에는 바다를 몇식 건늬여 온다느니보담 미옥美玉과 가티 탁마琢磨된 춘추春秋를 진히허야 할가 합니다.

실상 청춘靑春은 꼬츨 그다지 사랑할 배도 업슬 것이며 다만 하눌의 별 물속의 진주 마음속에 사랑을 표정表情하기 위하야 꼬츨 꺽고 꼿고 선사하고 찟고 하였을 쁜이 아니엿습니까. 이도 또한 노년老年의 지혜智慧와 법열法悅을 위하야 청춘靑春이 지나지 아니치 못할 연옥煉獄과 시련試鍊이기도 하엇읍니다.

오호嗚呼 노년老年과 꽃이 서로 비추고 밝은 그 어늬날 나의 나룻도 눈과 가티 히여지이다 하노니 남어지 청춘靑春이 다이 설레나이다.

— 『조선일보』, 1936.6.21, 5쪽.

시인詩人 정지용씨鄭芝溶氏와의 만담집漫談集

아름다운 시詩와 영롱玲瓏한 시詩를 쓰는 조선시단朝鮮詩壇의 기린아麒麟兒 - 그를 원동휘문학교苑洞徽文學校로 찾게 되었다. 적은키에 감으스럼한 얼굴 그러나 쾌활快活하고 자미滋味있는 씨氏는

『어떻게 이렇게 오십니까?』

하고 선수先手를 친다.

『와야 뵙지오』

문답問答은 이렇게 개시開始.

『늘 분주하시지오』

『이노릇이 늘 그렇지오』

『그런데 뭐 좀, 물어뵈울 말슴이있는데』

『그런것 다, 그만 두서요』

『아니 그좋은말슴을 좀 아끼지 마세요』

『뭐, 있나요』

『그런데 언제부터 시詩를 쓰기 시작했읍니까』

『중학사오학년中學四五學年때부터 좀, 써보기 시작했지오』

『처음쓰신 시詩는요?』

『이번 시집詩集에있는, 민요체民謠體의 시詩들이 그때 쓴 것입니다』

『그것두 참좋든데요. 시재詩才가 놀랄만 하군요. 초기初期에 그런 걸작傑作을쓰시고』

『뭐, 그렇지오』

『그런데 누구의 시詩를 좋아하십니까』

『윌리암, 뿌렉의 시詩는 전공학과專攻學科니까 할수없이 많이읽었고 그외外에 키타하라 하쿠슈北原白秋, 하기와라 사쿠타로萩原朔太郎 등등의 시

詩를 좋아하지오』

『조선인朝鮮人의 시詩로는요?』

『글쎄요』

『김기림씨金起林氏 시詩를 좋아 하시지오』

『그렇읍니다.』

『시작詩作하시는 태도態度를 말슴해주시오』

『나는 시詩하나 지키가 퍽, 어려워요』

『상상은 어떤때 얻으심까?』

『일정一定치 않치오 다니다가두 얻고, 혹或 방房에서두 얻고, 그러나 상상想을 얻은후에 곧쓰지는 안습니다』

『충분充分이 마음에 내포內包된후에 쓰시는구뇨』

『두고두었다가 쓰고싶을때 씁니다』

『쓰시는 태도態度를 말슴해주시오』

『힘끝, 썼다 지웠다해가며 고심苦心합니다. 나종那終 잘되였다구 생각될때에도 과연 이것이 시詩가되였는지 안되였는지 나 자신自身으로는 알수가없어요. 그래서 친구를찾어다니며 좀 주책없는듯하나 일일―이 뵈이지오 사오인四五人의친구가 다좋다고 하여야 안심安心하고, 발표發表합니다』

『참 좋으신 말슴인데』

『난 언제나 문학청년文學靑年인가봐요』

『암, 시작詩作에 대對하여 그만한 고심苦心과 진실眞實이 잇어야지오』

『그렇기때문에 일년一年에 몇개個를 못씁니다.』

『그런데 시인詩人된것을 기쁘게 생각하심니까』

『글세요』

씨氏는 보기좋은 웃음을 웃으며

『시인詩人이란 본시本是, 명함없는 직업職業이니까 좋은것 언짠은 것을 구별區別할 무엇이 없으나 그리 불행不幸하게 생각두 안습니다』

『그러면 판에게서 오는편지가 만슴니까』

『더러 있지오』

『대개 어떤편지입니까?』

『대개는 시詩를 써보내고 평評해달라는것입니다』

『일일一一이 회답回答하십니까!』

『어데 분주해서 모다 회답回答하지못하지오』

『그래, 시詩를써서 원고료原稿料를 만이 받어보셨읍니까』

『어데요, 한 분分도 받어본일이 없어요』

『그럴리理가 있을라구요?』

『원악, 신문사新聞社에서 써달라는때는 시詩가 안나와서 못쓰고, 지금까지 잡지雜誌에 발표發表된 시詩는 모다 개인잡지個人雜誌로써 강청간청强請懇請에 의依 하여 쓴것이기 때문에 고료稿料는 일푼一分도 못받었읍니다』

『참, 문인文人으로는 희귀稀貴하신데』

『원 시詩를 써서 어떻게 돈을 만저봅니까?』

씨는 또 시원하고 쾌활快活한 웃음을웃고

『귀송貴松씨는 양복洋服을 해줄사람이 없느냐 했읍디다. 그려』

이렇게 농담弄談을하시고

『나는, 산문散文쓰는 사람들을 재조좋은 양반들로 생각하지오. 나는 몇줄 시詩를 쓰기도, 그렇게 어려운데 참 하루에 삼십매三十枚, 사십매四十枚 쓰는 친구들을 보면 재조덩이라고, 생각합니다』

『참 시인詩人이 보면 그럴걸요』

『암 글세, 어떻게 하루에 삼사십매三四十枚를 씀니까 이야하눌에서 뚝 떠러진 사람이지!』

『그래서 조선朝鮮서두 시詩를, 써가지고는 돈만저 보기가 더 어려울 것이지오』

『시詩와 돈은 절연絶緣했지오』

『그런데 세상世上에 시인詩人만 산다면 어떨가요』

『글쎄, 이건 큰문제인데요』

씨氏는 한바탕웃고 말을계소하여

『세상世上에 시인詩人만 산다면 이 세상世上은 더 평화平和러울 것입니다. 경관警官두 일이 없을는지 몰오지요』

『그반대反對로 시인詩人없다면』

『별別큰일은 없겠지만 인생人生의 높고 싶은맛이 적을걸요』

『그러면 시인詩人된것을 기쁨으로 생각하십니까?』

『별別로 자랑으로 생각하지 않지마는 불행不幸하게 생각지않습니다』

『이후 쓰시려는시詩가 있읍니까?』

『그런것은 예정할것이 못되지요』

『시詩는 대大개 언제쓰십니까?』

『일정一定치않습니다』

『이후 좀 시詩를 많이 쓰실수없읍니까?』

『원체 분주해서 못쓰지오. 좀 종용從容한 시간時間을 가지면 더쓰게 될는지 몰읍니다』

『너머 오래 말슴드려 미안함니다』

『천만에』

『성북동城北洞으로 좀 놀너오십시오』

『이태준李泰俊, 김용준金瑢俊등, 친구가 있어서 자주 성북동城北洞을 갑니다. 가면 찾어가지오. 참신인문학사新人文學社에서 회합을 좀 여십시오』

『네, 요다음 열겠읍니다』

『교외郊外에서 한번 유쾌愉快한 회합會合을 하게하시지오』

『좋읍니다. 철에서 한번 하지오』

『호호!』

— 『신인문학』, 1936.8, 88~90쪽.

문예좌담회文藝座談會

출석인사出席人士

법전교수法專敎授 영문학자英文學者	최재서崔載瑞
문예文藝 평론가評論家	김환태金煥泰
시인詩人	정지용鄭芝溶
시인詩人	노천명盧天命
소설가小說家	이선희李善熙
본사측本社側	노자영盧子泳
	조문덕趙文德

시일時日 팔월십육일오후육시八月十六日午後六時
장소場所 시내市內 인사정仁寺町 천향원天香園

趙 더웁고 분주奔走하신데도 불구不拘하고 이렇게 와주시니 대단大端히 감사感謝합니다. 요번 좌담회座談會는 문예文藝에 대對한것입니다마는 될수 있으면 무릎이 아프지 않을 정도程度로 평이平易하게 말씀해주시면 좋겠읍니다.

조선문학朝鮮文學의 경향傾向

趙 우선于先 현금現今 조선문학朝鮮文學의 경향傾向에 관關하야 김선생

金先生 말씀해주십시요.

金 웨 하필何必 제게 먼저 묻습니까.

盧 경향傾向이 새삼스리 있을리理없지만 재래在來 민족문학民族文學이니 푸로문학文學이니 하였지만 최근은 혼둔混屯 중中에 있는 모양이지오. 그러나 장차뵈이려는 그 경향傾向을 말씀해주시면합니다.

崔 글세요.

金 꽤 꾀까다럽구요

鄭 이러다가는 좌담회座談會가 않되겠군

金 인도주의人道主義 자연주의自然主義 다 한번식式은 걸어왔지요 외국外國서는 二年三年에 치루는 것을 조선문단朝鮮文壇서는 한달두달에 치루어 보낸적이 많지오. 어째튼 남들이 떠드는 것은 한번식式은 모다 주장主張 해 봤으니까요.

盧 참그래요. 흉내는 모다내였지오. 사회주의社會主義 레알리즘이니 신심리주의문학新心理主義文學이니하고 남들의 이야기하는 것은 모다 한번식式은 떠들었지오.

金 참 속速자로 모다 치뤄보낸 셈입니다.

盧 그런데 지금까지 창도唱導된 조선문학朝鮮文學의 주류主流는 무엇일까요.

金 아마 뿌로파派가 문단文壇의 주류主流였지오.

盧 그러나 최근最近 많이 성행盛行한 조선문학朝鮮文學의 주류主流말슴입니다. 그것은 리알리즘이 아닐까요.

金 글세요 아마 그렇지오

趙 이선희씨李善熙氏 말씀좀 하시오.

李 저는 모르겠읍니다.

天命 말씀들 다 하신 후後 하겠읍니다.

신문소설新聞小說의 스타일

盧 신문소설新聞小說의 스타일에 대對하야 말슴좀 해주시오. 말하자면 조선朝鮮에는 통속소설通俗小說도 없고 순수소설純粹小說도 없는 것 같읍니다. 신문新聞에 연재連載하는 소설小說도 그것이 통속소설通俗小說인지 문예소설文藝小說인지 알수없어요.

金 통속소설通俗小說 순수소설純粹小說의 구별區別이 그렇게 명확明確하지는 않지요.

崔 통속소설通俗小說이 없지 안습니까.

盧 없다고하면 없고 있다고하면 있다고 할수있는대 동경東京서는 많이 주장主張하나 구미歐米에서는 그런분류分類가 없다고 합니다.

崔 하긴 영국英國에는 「로부」와 「하이부」라는 유파流派가 있는데 하이부는 심리연구心理研究를 주主로 하는 것으로써 심리실험心理實驗과 이 방면묘사方面描寫에 전력專力하는 것입니다. 말하자면 종로鐘路에서 경성역京城驛까지 가는동안에라도 그새에 본사람과 사실事實과 기타其他를 세밀細密히 연구研究하는 것이지요. 이것을 순수소설純粹小說이라고 할 수 있읍니다. 그밖에 「로부」는 조선朝鮮의 소위所謂 문예소설文藝小說같은 것인데 이것을 통속소설通俗小說이라도 명명命名할수가 있을는지요.

鄭 신문소설新聞小說은 일일――히 볼수도없고 기대期待할바이 못됩니다.

金 통속소설通俗小說은 다시말하면 신문소설新聞小說은 처음부터 흥미興味만 중심中心으로하고 아무케나써도 관계關係치않다는 의식意識을 가지고 쓰기때문에 그럴듯한 작품作品이 없읍니다. 그리고 스토리가 자미滋味있다고 이것은 통속소설通俗小說이고 스토리가 자미滋味없다고해서 그것은 순수소설純粹小說이라고 할수도없읍니다.

鄭 어째서 순수소설純粹小說이라는 말이 생겼을까.

金 빨짝크나 짓드 등等의 작품作品에도 스토리만은 자미滋味있는것이 있으나 우리는 그것을 통속소설通俗小說이라고 말할 수 없지요.

崔 일본日本서는 심경소설心境小說이 발달發達되여 순수소설純粹小說이 되고 따라서 순수소설純粹小說이라는 말이 생겼다고합니다.

鄭 요要컨대 장편소설長篇小說을 통속소설通俗小說이라하고 단편소설短篇小說을 순수소설純粹小說이라고 하지안습니까? (장내대소場內大笑) 그러나 것은 농담弄談이오 무책임無責任한말이니 속기速棋하지마시오.

崔 가장 구별區別하기쉽기는 독자층讀者層에 의依하여 구별區別되지 않을가요. 말하자면 일단一端 대중大衆의 흥미興味를 끌만한 다시말하면 기쿠치 칸菊池寬의 전매특허專賣特許인 연애장면배후戀愛場面背後에는 의례依例히 새로 발명發明된 『크라이타』같은 것이 움직이지안습니까? 스토리든지 이야기의 흥미興味가 메카니크하야 대중大衆의 주의注意를 끌만한것이 통속소설通俗小說이겠지오. 통속소설通俗小說이란 될수있는대로 일반一般의문제를 이르키는것으로써 결혼結婚 문제나 삼각연애三角戀愛나 이러한 상식적常識的 문제를 가지고, 일반一般의 흥미興味를 포착捕捉하는것이 아닐가요.

金 톨스토이의 『부활復活』도 발표당시發表當時에는 매일每日 일회일회식一回一回式 연재連載한 신문소설新聞小說이랍디다. 그러나 그만한 예술적藝術的 가치價値를 가지고 잇지안습니까? 신문소설新聞小說이라고 반듯이 통속소설通俗小說이라고는 못하겠지오.

崔 그러니까 연애장면戀愛場面이 심통치 않어도 크라이타가 독자讀者의 흥미興味를 끌지안습니까. 죽은 마기 잇수마牧逸馬같은이는 신문新聞의 일자日字와 소설小說의 일자日字가 꼭꼭맞어나가지않었읍니까. 만주사변滿洲事變을 그리는데도 사건일자事件日字와 신문일자新聞日字가 꼭꼭맞어나갔지오.

盧 조선朝鮮엔 결국決局 통속소설通俗小說도 없고 순수소설純粹小說도 없는셈이지오.

金 조선朝鮮서 신문소설新聞小說을 쓰는이들은 돈과 생활生活을 위하여 그저되는대로 쓴다고 말들 하두군요. 그러나 그들이 정말 잘쓰면 얼마나 잘쓸랴는지오.

盧 천명天命씨氏 말슴좀하시지오. 김말봉씨金末峰氏의 밀림密林은 어떴읍니까.

天命 처음에 좀읽어봤으나 그만됐기 때문에 모르겠읍니다.

鄭 신문소설新聞小說은 시골이나가야 읽게되지오. 어데 서울서야 읽을 수있나요. (일장대소一場大笑)

崔 신문소설新聞小說이란『스넙삐즘 – 다시말하면 하류계급下流階級에 있는 사람들이 소설小說을 통通하여 귀족계급貴族階級과 교제交際를 할 수 있게되고 미인美人이 아닌 사람이 미인美人의 세계世界에 등장登場하게 되며 황홀을 느끼는 점點에서 통속소설通俗小說의 가치價値를 알 수가 있읍니다.

비평批評에 대對하여

李善 왜 평론가評論家들이 단편소설短篇小說은 비평批評을 하면서도 장편소설長篇小說은 평評을 하지 안습니까?

鄭 아마 읽지를 못하니까 평評을 못하겠지오. (장내소성場內笑聲)

金 나도 신문新聞의 장편소설長篇小說을 읽으려햇으나 어데 읽을 수가 있읍디까? 어떤 작자作者를 평評해보랴도 그의 단행본單行本도 없고하니 참 불가능不可能이지오.

崔 영국식英國式으로 말하면 나쁜 작품作品이거든 평評도 하지말고 좋은 작품作品이거든 두 줄에 써놓으라했지오. 그러나 나쁜 작품作品이라고 읽지말라는 법法은 없지오.

金 되지않은 작품作品은 어떻게 할 수가 없읍디다. 좋지못한 것을 분석分析하고 평론評論하게되면 자연自然히 작자作者를 욕辱하는 것처럼 되고되여 도리혀 악감惡感을 사게됩니다.

崔 참 어떤건 읽어보면 소설小說이 아니고 작문作文이든군요

盧 문예비평文藝批評은 반다시 필요必要하다고 생각합니다. 작자作者에게 주는 영향影響과 효과效果는 퍽 많지요.

金 비평批評이 작자作者를 맨들수는 없지만 어느 정도까지 지도指導할 수는 있지요. 그러니까 비평批評이 불필요不必要하다고는 할수 없읍니다. 그러나 조선朝鮮의 장편長篇이란 쩌나리즘을 위한 신문소설新聞小說이기 때문에 비평批評을 했댔자 효과效果가 없지요.

최 출판물出版物이 많이 나는 외국外國에는 북레뷰는 퍽이나 필요必要하지요. 그 많은 책冊을 다 볼수는 없으니까 그 비평批評을 보고 자기自己에게 필요한 서적書籍을 살 수 있지요. 그런 의미意味에서는 비평批評이 퍽 필요必要하겠지요.

鄭 문예文藝에 있어서 시詩가 음악音樂에 가깝다는 것은 외국外國의 확립적確立的 비평批評이지요.

盧 비평批評의 주안主眼은 구상構想을 잘한데 있읍니까 혹或은 수법手法이나 기교技巧가 훌륭한데 있읍니까 그렇지 않으면 소재素材가 가진 내용內容에 있읍니까요.

김 소재素材고 수법手法이고 구상構想이고 모다 전체적全體的 조화調和를 가진데 있지요. 어떤 융화통일融和統一된 전체적全體的 박력迫力에서 우리는 그 작품作品의 우열優劣를 알수 있읍니다.

鄭 비평批評이란 일종一種의 학學이지요.

金 비평가批評家는 자기自己는 비평批評할 수 없읍니다. 가장 위대偉大한 비평가批評家는 그 비평批評에 가장 잘 자기自己가 나타나있지요.

조선작가朝鮮作家의 수준水準

趙 조선작가朝鮮作家로써 그 작품作品이 선진제국先進諸國에 비比하야 손색遜色이 없을만한 걸작傑作이 있겠읍니까.

盧 구체적具體的으로 말하면 이태준씨李泰俊氏의 작품作品을 동경東京으로 가지고가면 어떻게될가요.

金 한두작품作品이 세계적世界的 수준水準에 도달到達되였다고 조선문단朝鮮文壇 전체全體가 세계적世界的 수준水準에 있다고는 하지 않습니다.

崔 이씨李氏(이태준씨李泰俊氏를 말함)의 작품作品을 가지고 동경東京으로 가면 이 제네레숑에 손색遜色이 없다고 생각합니다.

盧 只今 번역하신다는 박화성씨朴花城氏의 「조귀早鬼」 같은 것은 어떨가요. 수준水準으로 보아 동경여류東京女流 문단文壇에서 그리 떠러지지 않을가요.

崔 글세요. 내 생각 같애서는 수준水準에 떠러질 거이 없다고 생각합니다. 여자女子치고는 그의 작품의 스켈이 꽤 넓고 깊은 맛이 있두군요. 「색기들을 다리고 무덕이 죽음이 날텐데⋯⋯ 뭘 못하겠소」 하는 장면은 퍽 좋기도 하지마는 일본말로 번역하기가 어렵든데요 그런것을 보면 조선말이 부족하지 않어요 도리혀 어휘語彙가 많어요.

盧 암 조선말이 여간 풍부豊富한 것이 아니지요 모르는 사람들이 그저 조선朝鮮말을 멸시하지오.

鄭 조선말을 연구硏究해보면 별 오묘奧妙한 말이 많어요.

崔 그런데 박화성씨朴花城氏의 「조귀早鬼」 중에 어린애가 똥을 쌌는데 개를 불러 먹인다는 장면場面은 참 번역하기에 기미氣味가 나쁘두군요.

金 그것이 리알리즘이 아닙니까? 노신魯迅의 작품作品이 좋다는 것은 중국中國사람의 생활生活을 그린 중中에 참 사실事實 그대로 그린 점點이 위대偉大한 까닭이지오.

盧　참 노신魯迅의 RQ정전正傳을 보면 그 중中에는 이를 잡아 입으로 깨밀어먹는 장면場面도 있두군요. 그런 것이 외국外國 사람의 흥미興味를 끌어 각국어各國語로 번역이 되였지오.

崔　그러나 수준水準 문제는 민족民族문제가 그 중中에 들어있지요. 아무리 훌륭한 작가作品을 쓰는 작가作家라도 그 민족民族이 세계世界의 흥미興味를 끌만한 무었이 없으면 세계적世界的으로 인정認定되지 않으니까요.

盧　요새 마리송으로 조선朝鮮사람이 세계世界를 익여였으니까 우리도 흥미興味의 중심中心이 되지 안을가요.

趙　글세요.

鄭　조선朝鮮선「오월五月의 환상幻想이니」,「봄이 오면 생각나는 사람이니하고 이런 잡문雜文이 유행流行해서 수준水準을 퍽이나 떠러 트리두군요. 잡지사雜誌社에서 이런 것을 안해야 해요.

崔　그런데 일본작가日本作家에겐 생활生活이 있으나 조선작가朝鮮作家에겐 생활生活이 없어요. 한갖 산문식散文式이두군요. 그러니까 거기 수준水準문제가 붓기 어렵지오.

鄭　조선문단朝鮮文壇의 수준水準이란 매우 논란論亂하기 어렵습니다.

盧　여류문단女流文壇은 어떠 합니까.

天命　너머 막연漠然하여 말하기 어려운데요.

鄭　그러나 요새 여류문단女流文壇은 퍽 활기活氣가 있든데요. 피차 열熱을 가지고 문단文壇에 나가는 경향傾向이 있읍디다. 아주 대조적對照的이 되어서 야단이든데요.

盧　참 그런 경향傾向이 만튼군요.

鄭　여류문단女流文壇이니 남자문단男子文壇이니 하고 구별區別할 것이 없지오. 여자女子라고 수준水準이 야튼 것은 안이니까요. 어데 외국外國 문단文壇에서야 여류문단女流文壇이라고 특별이 구별區別합니까?

문단상文學賞에 관關하여

盧 아까도 말슴드렸지만 조선朝鮮에 문학상文學賞이 하나 있으면 좋겠는데요.

崔 하나 있으면 퍽 좋겠지요. 문단文壇에 주는 영향影響이 퍽 클것입니다.

趙 그러나 조선朝鮮서는 신문사新聞社에서 밖에 더 할 곳이 없지 안을까요.

崔 그러나 문학상文學賞은 신문사新聞社엔 기대期待하지안습니다.

金 신문사新聞社에서 한다고 하면 자기自己 신문사新聞社에 관계關係있은 사람에게 줄 염려念慮가 있으니까요.

趙 전문단全文端이 일치一致하여 이런 일을 했으면 좋겠는데요.

鄭 좀 어려울글요. 권위權威있는 기관機關이 생겨서 했으면 좋겠지오.

趙 그 운동방법運動方法은 없을가요.

崔 문예가협회文藝家協會 같은 것이 있어서 신문사新聞社 사람을 끼고 단이며 강연講演두하고 의연義捐도 청請하면 될듯하지오. 시골선 문인文人보다 신문인新聞人을 더 신용信用하니까요.

盧 그러면 문학상文學賞은 일년一年에 얼마나주면 될가요.

崔 오백원五百圓만주면 좋겠지요. 일백원一百圓은 출판出版하고 삼백원三百圓은 그사람갖게 하고.

盧 매년每年 오백원五百圓을 지불支拂하랴면 얼마나한 자금資金이 있으면 될가요.

崔 아마 일만오천원一萬五千圓만 있으면 넉넉하겠지오.

趙 그러나 일만오천원一萬五千圓이 적은돈입니까?

崔 그런데 중학교中學校 하나를 하랴면 얼마나 한 돈이 듭니까

鄭 글세. 나는 중학교中學校 교원敎員이라도 자세仔細이 몰으겠는데요.

崔 아마 팔십만원八十萬圓이면 넉넉하겠지오. 이 돈으로 연연年年 백명百名의 중학교中學校 졸업생卒業生을 내는이보다 그돈으로 열명의 학자學者를 내는 것이 더 의미意味가 크겠지오. 말이 좀 탈선脫線한듯하나 문학상文學賞을 두어 훌늉한 문인文人을 낼수 있다면 말이지오. 그러나 신문사新聞社에서 오백원五百圓을 내면 반다시 영업정책營業政策이 가미加味될 것 입니다. 순수화純粹化를 위爲하여는 아니할 걸이오.

金 중등학교中等學校를 세우느니보다 얼마의 돈을 내여 이런 사업事業을 하면 더 조선문화朝鮮文化에 유리有利하겠지만요.

盧 중등학교中等學校를 세우느라고는 몇 십만원식十萬圓式 내지만은 이 사업事業을 위하여는 돈 백원百圓도 낼 사람이 퍽 두물걸요.

趙 이런 사업事業을 하려두 반다시 문예가협회文藝家協會가 있어야 될 걸이오.

盧 참 전문단全文壇이 일치一致한 문예가협회文藝家協會가 하나있었으면 좋겠서요.

金 암 필요必要하지오.

趙 그런데 이번 지바 가메오千葉龜雄 상賞에는 김성민金聖珉이라는 사람이 당선當選됏두군요.

崔 아마 그 사람이 평양平壤사람이지오.

盧 상금賞金은 얼마든가요.

趙 천원千圓이지오.

쩌나리즘과 문학文學

趙 쩌날리쯤과 문학文學에 대對하여 말슴 좀 하여주십시오.

崔 그런데 요새 잡지雜誌에 웨그리 기행문紀行文이 많읍니까?

趙 독자讀者가 좋아해서 청請하니까, 내는 것이 아닐까요.

盧 조선청년朝鮮靑年들이 퍽 우울憂鬱하고 고적苦寂을 느끼기 때문에 외국外國을 단인 기행문紀行文을 실러주면 퍽이나 좋아하두군요. 그런 기사記事를 쓰는 것은 역시 쩌날리쯤 정책政策이지오.

鄭 참 어려운데.

崔 그러다가는 여행자旅行者 경기자競技者가 모다 문단文壇에 등장登場하고 문단인文壇人은 그만 퇴장退場하겠군요.

鄭 지금껏 기행문紀行文 중中에는 춘원春園의 오도답파기五道踏破記만한 것이 없을걸요.

盧 혹或 쩌날리쯤 까닭에 곤란困難을 보신일은 없읍니까?

金 참 교정校訂들이 나빠서 어불성설語不成說이두군요. 그런때는 여간 불쾌不快하지안어요.

鄭 외국外國서는 「미쓰 푸리트」(오자誤字)가 한자만 있어두 그 책冊이 팔리지 안는다두군요.

盧 그건 교정校正을 잘본 까닭이겠지오.

金 교정校訂보다도 활자공活字工이 상식常識이 있는 까닭이지오.

鄭 서양西洋서 온 영문교과서英文敎科書에는 오자誤字가 한자字두 없으나 동경東京서된 영문교과서英文敎科書는 오자誤字가 있두군요.

崔 신문사新聞社에 고료稿料를 올려달라고 좀 진정陳情을 해봤으면 어떨가요. 일회一回에 이원二圓이란 참 못할 일이두군요.

盧 그 운동방법運動方法을 좀 말슴하시지오.

鄭 너머 솔직率直이 쓰지마십시오.

崔 고료稿料가 좀 많어야 일회一回 이원二圓 힘을 드려 쓸 수가 있지안슴니까?

天命 그런데 신문사新聞社에 그 「뿔럭」을 없애버렸으면 좋겠두군요. 어느 신문사新聞社에든지 입사入社하면 딴 신문新聞엔 도시都是쓰지 못하게하니까요.

鄭　동경조일東京朝日인가 어덴가하는데서는 파리巴里에 가있는 타케바야시 무소안武林無想庵씨가 그 사社의 객원客員인데 글을 쓰든말든 매월每月 꼭꼭 생활비生活費를 보내준다두군요. 조선朝鮮서도 좀 그랬으면 좋겠두군요.

崔　신문사新聞社의 객원客員은 딴사람보다 좀 더 고료稿料를 많이 주나요.

天命　뭐 일반一般이지요.

趙　중앙中央에서 신인新人를 많이 등장登場시키는 것은 무삼까닭 입니까?

天命　나는 손을 떼였읍니다. 그러나 무엇보다도 고료稿料문제지오.

문인文人과 행동行動

趙　동경東京서 문인文人은 「인간人間의찍거기」라고 하여 문제가 많었는데 여러 선생先生의 의견意見은 어떳읍니까?

崔　아마 동경조일東京朝日에서 문제가 되여가지고 각各 잡지雜誌에서 떠들었지오. 반박자反駁者들은 문인文人을 너머 모욕했다고 분개한 모양입디다.

鄭　아마 문인文人은 제일급第一級의 두뇌소유자頭腦所有者는 않일걸요.

崔　그러나 조선朝鮮서는 달읍니다. 인간人間으로 훌늉한 사람이 문단文壇에도 출세出世합니다. 여기는 문인文人들이 생활生活의 보장保障을 가지지않으면 글을 쓸수가 없는 까닭에 글을 쓰고 밥을 먹는 사람들은 모다 인간人間으로도 훌늉한 사람입니다.

鄭　예술藝術은 국력國力으로 보장保障해야지오. 외국外國과 같이 문인文人에게 작爵을 주고 연금年金을 주고 이러해야 뭐이 되지 안겟소?

崔　동경東京서도 실제實際와 행동行動이 일치一致하는 사람이 문단文壇에 활약活躍할수있지요.

崔　예전에도 예술藝術과 행동行動이 일치一致하는 사람이라야 성공成功했지요. 께데나 빠이론 같은 사람은 인간人間으로도 훌륭한 사람입니다.

崔　낭만시대浪漫時代는 그러치안었지요.

鄭　그러면 무쏘리니나 스타린 밖에 문단文壇에 출세出世할 수 없게요.

金　위대한 예술가藝術家는 그러치안어요. 쉑스피어로 말하면 만년晩年에 몇푼안되는돈으로 소송訴訟까지 했는데요.

鄭　참 쉑스피어는 흥행단興行團을 다리고 시골로 도라다니고 또는 자식子息여들 나은젔밖에 아무것도 없지오. 그러나 께대가 팔십八十까지 연애戀愛만 하였다고 그사람이 사회적社會的 행동行動과 정치政治에 관關한 실적實績이 없다고는 말하지 못할 것입니다. 예술가藝術家는 가장 인간人間으로 솔직率直한 사람입니다.

崔　신문新聞에 나는, 문학청년文學靑年들의 시詩를 보면 거기는 생활生活이 없두군요. 역시亦是 행동行動이 없다고 할 수 있지오. 그들의 시詩는 낙서落書 한가지지오.

鄭　요새들은 예술가藝術家의 음식이 변햇두군오. 십구세기十九世紀에는 술 아편 연애戀愛가 그들의 기호嗜好이드니 요새는 마라송 비행기飛行機가 그들의 기호품嗜好品이 된 모양이지오. 그러나 그런 자들도 「쎈튼 헤레나」쯤 갓다지버넣으면 아마 명상瞑想만하겠지오.

趙　참 재담才談이시군요. 그런데 문학청년文學靑年 문제를 어떻게 보심니까?

崔　나는 잘 몰으겠는데요. 지도指導하기 어려울걸요.

鄭　요새 문학청년文學靑年은 전前과 타입이 매우 달라요. 그들은 연구硏究나 무었보다도 문단진출文壇進出에만 야단이니까요. 어떻게보면 매우 교활하고 침착沈着하여 정체正體를 알 수 없어요.

盧　참 조선朝鮮에 문학청년文學靑年은 꽤 많어요. 아아 이삼사명二三四

名은 될걸요. 투고投稿오는 것을 보면 굉장함니다. 그러나 그들은 별로 신통한 사람이 없두군요.

趙 문학청년文學靑年은 굉장이 많은듯하두군요.

盧 조선朝鮮의 작가평作家評을 좀 하여주시오.

金 글세. 갑작이 어려은데요 누구 하나를 철저이 평評하려두 그에게 출판出版된 단행본單行本이 있읍니까? 작품作品을 어들수가 있어야지오.

鄭 조선朝鮮의 단편작가短篇作家론 김동인金東仁씨 하나밖에 없지오.

崔 조선朝鮮의 작가作家라고하면 춘원春園 김동인金東仁 염상섭씨廉想涉氏들이었지요. 아마 그들이 중견작가中堅作家가 될걸요.

趙 이태준李泰俊같은 분는요.

崔 그들이 신인新人이 되여야지오

鄭 그러치오

趙文德 밤이 벌서 열한시나 되여 미안합니다. 그만 폐회閉會하겠읍니다. 좋은말슴만이 하여주서서 매우 고맙슴니다.

—『신인문학』, 1936.10, 16~24쪽.

문인文人과 우문현답愚問賢答(說問答)

설문說問

1. 잊지 못할 이의 이름 <두 자字>만 적어주십시오.
2. 결혼結婚은 정말 연애戀愛의 무덤입니까.
3. 최후最後의 운명運命을 어디서 어떻게 마치시렵니까.
4. 선생先生의 가지신 보물寶物은 무엇입니까.

답答

2. 자연 그럴 것입니다. 그러나 이런 경구警句가 어짠지 미즉지근해서 실습니다.

3. 처妻는 내손으로 묻어주고 다음으로 내가 죽겠는데, 평생에 나의 죄罪를 들으시든 신부神父와, 친구 한 분과 아들 딸 앞에서 남창南窓에 해 빛운 날 오는 듯 가지이다.

4. 제 먹을 것은 타고 난다고 하기에 그러량이면 나오는 것을 잘못이라고 할 수 없어 십년十年 동안에 삼남이녀三男二女를 낳고도 점점 귀엽습니다.

— 『여성』, 1937.2.

설문답說問答 - 조선여성朝鮮女性

설문說問

1. 조선여성朝鮮女性의 특유特有한 미점美點 두 가지만 말슴해 주십시요.
2. 조선여성朝鮮女性의 특유特有한 결점缺點 두 가지만 말슴해 주십시요.
3. 조선여성朝鮮女性에게 일키고 십흔 서적書籍 두엇을 말슴해 주십시요.
4. 조선여성朝鮮女性의 이상형理想型은 어떠한 것이겟습니까.

답답

1. 1) 대체로 볼 때 점잔하여서 뻣뻣하고 만만치 않은점 설령 그 여자가 기녀妓女일지라도 다소多少 논개論介 춘향春香의 기개氣槪가 남어있는 점.
   2) 빈한貧寒에 능히 견듸며 시부모媤父母와 남편과 자녀子女 이외에 자기自己를 오롯이 잊어버리는 점.

2. 1) 결혼結婚 이외以外에 자기自己를 버틔여 나갈 아무 능력能力이 없고 고독孤獨과 정진精進에 자신自信이 없는 점
   2) 여전女專을 마치고 가정家庭에 들면 고무신짝에 비나에 구식화舊式化 하는점

3. 東京市○町區下六番町三八番地
   카トリック 中央○院賣捌

(1) 『眞理之本源』
(2) 『信仰生活の入門』
(3) 聖女少テレナ自敍傳 『少き花』
(4) 『カスティ·ユンヌモイ』
이유理由- 읽은 뒤에 스사로 알어질 일

4. 눈 - 눈방울이 이리저리 굴러돌아다니는 것은 그것은 조선朝鮮눈이 아니니 죽을지라도 염려마시오 내가 여긔있으니

코 - 금강산金剛山봉오리들가치 높지도 얕지도 마시오.

머리 - 검고 보드랍고 숯이 많어야만.

혈색 - 지금형편보담 더 좋아야 할일.

키, 체격, 빛갈 - 동양여자東洋女子 중中에서 선천적先天的으로 우수優秀한 편이오.

거름거리 - 지자之字거름이 가끔보이나 초조焦燥하지않고 아종거리지도 총총거리지도 껑충거리지도 아니하니 그만하면 그대로 불평不平이 있을 수 없고.

표정表情 - 제일 빈약貧弱한 편이나 이제 별안간 성립식聖林式을 직수입直輸入해서야 조선남성朝鮮男性이 견듸여 낼 수가 없고.

화장化粧 - 조선여자朝鮮女子의 화장化粧은 뒤에다 바르는 것에 지나지 아니하니 좀더 참고參考할 일이오.

옷 - 천하제일天下第一이니 반회장 저고리에 긴치마 꽃신으로 양행洋行이라도 할 일이오.

마음째 - 좀더 산산하게 인자하게 밝고 다습고 깔깔하고 바지런하여 매여달려서 사는 것보담 다사리는 사람.

이데올로기 - 문호비개방門戶非開放, 쇄국주의鎖國主義, 열녀불경이부烈女不更二夫.

—『여성』2권 5호, 1937.5, 54쪽.

시詩가 멸망滅亡을 하다니 그게 누구의 말이요

『어 수염이 점점漸漸 동경식東京式을 닮어갑니다 그려』

하는 기자記者의 첫 농담을 정지용鄭芝溶씨는 십이十二, 삼三세 소년少年 처럼 나글나글한 우슴으로 받아준다.

『너무 막연漠然합니다마는 언어言語와 문학文學과의 관계 – 특特히 시詩와 언어言語에 대對해서 좀 말슴해 주시면– 』

鄭『문학文學이 다 그러치만 특特히 시詩에 잇어서 말과 떼어서 생각할 수 없는 것이니까 길게 말할 필요必要도 없지요. 그저 시인詩人이란 말을 캐내야 한다는 것밖에–. 이 경우境遇에는 이 말 한 마디밖에는 다시 없다는 정도程度까지는 가야 할 겁니다.』

『참 시문학詩文學은 멸망滅亡되리라는 말을 동경東京서 발행發行하는 잡지雜誌에서도 보앗고 조선朝鮮에서도 김문집씨金文輯氏가 그런말을 햇는데.』

하고 미처 말을 마추기도 전에 정지용씨鄭芝溶氏는 펄쩍 뛴다.

『허 말두 못해요? 말도 분외分外에 만히 하자면 실수失手를 하는데 항차 글을 만히 쓰자면 실수失手할 일도 만켓지요.』

記 『순수예술純粹藝術이란?』

鄭『자꾸 대답對答하기 어려운 문제問題만 끄내는군. 예술藝術이란 원래 과학科學이라든가 법학法學과 같은 다른 학문學問과는 달라서 무슨 문제問題고 간에 한말로 규정規定짓기가 어렵습니다. 그저 개념概念으로 밖에 구분區分할 수가 없지요.』

記 『한동안 몇몇 시인詩人들을 가르쳐 은둔隱遁이니 너무 고답적高踏的이니 도피逃避니 하고 떠들었는데 정선생鄭先生께서는 아마 그 멤버중中의 한사람엿죠.』

記 『그럼 정선생鄭先生은 철하고 수염하고 한꺼번에 나섯군요.』

하고 노怒하나기 하면 큰일이라고 눈치를 살피는 기자記者를 씨氏는 귀貴여운듯이 바라본다.

鄭 『그러나 그것은 일부一部의 악덕惡德 평론가評論家가 그러케 꾸민 것인지 아무리 고답적高踏的 시인詩人이라 하기로서니 문학文學의 소재素材가 되는 생활生活이라든가 환경環境, 경제經濟 같은데 관심關心이 안갈리理가 잇나요. 아무리 시인詩人이 도피적逃避的이라기서니 제 입에 당정 밥이 안 들어가는 데야.』

記 『만일萬一 문학文學이 어떤 일부문一部門 일례一例를 들면 정치政治 같은데 종속적從屬的 의미意味로서만 존재存在를?』

鄭 『그것은 물론勿論 배격排擊해야지요.』

記 『요새 이야기되는 인간탐구人間探求는?』

鄭 『그런 것은 원고原稿 쓰고 싶어하는 몇몇 평론가評論家에게나 물어보시지요. 참 말을 하란다면 안되겟군. 원고原稿를 씨우시죠. 나는 이러케 모진말을 잘한답니다.』

記 『평론가評論家의 필요여부必要與否는?』

鄭 『진정眞正한 의미意味의 평론가評論家는 물론勿論 잇어야 하지요. 허지만 조선朝鮮에는 평론評論이라기보다 월평가月評家 밖에는 없으니까.』

記 『이상씨李箱氏를 처음 떠메고 나오신 것이 정선생鄭先生이시죠?』

鄭 『그랫죠.』

記 『동기動機는?』

鄭 『그저 진기珍奇햇으니까 그랫죠.』

記 『시詩로서는?』

鄭 『글세.』

記 『우리의 문학중文學中에서 시단詩壇과 소설단小說壇단 어느 것이 더 높이 평가評價되어야 할까요?』

鄭 『난 시단詩壇과 문단文壇을 구별區別하려고 애쓰는 생각을 모르겟

습니다. 시詩와 산문문학散文文學은 서로 돕고 자극刺戟을 받는 데서 성장成長하는 것인데 무엇하러 그렇게 구별區別할 필요必要가 잇을까요 그런 찬습니다.』

記 『김기림金起林, 이상李箱, 박팔양朴八陽, 몇 분이 시인으로 소설小說을 썻는데 어떳슴니까.』

鄭 『시詩 냄새나는 소설小說은 결국結局 못 쓰겠슴니다. 소설小說은 끝까지 산문이래야지.』

記 『어떳슴니까. 소설小說을 한 번 써볼 생각은 없으신가요?』

鄭 『왜요! 크게 야심野心이 있슴니다.』

記 『최근 읽으신 시詩 중에 이만하면 하는 정도程度의 시詩가 없엇슴니까.』

鄭 『잇엇슴니다. 그런데 참 임화林和씨는 한동안 진학적進學的이란 말을 써서 예술파藝術派의 사람들을 공격攻擊하더니 요새 와서는 "진보적進步的"을 버리고 예술파藝術派 사람들의 뒤를 못 따러와 자주 애를 씁디다. 온—.』

記 『괘니 임화林和씨한테 고告할겝니다.』

鄭 『암 그래두 조하요. 나는 원내元來 모진 소리를 잘하는 사람이니까.』

— 『동아일보』, 1937.6.6, 7쪽.

愁誰語 1

 사나운 김승일수록 코로 맛는 힘이 날카로워 우리가 아모런 냄새도 차저내지 못할 적에도 쉐퍼―드란 놈은 별안간 씩씩거리며 제 꼬리를 제가 물고 뺑뺑이를 치다시피 하며 땅을 호비어 파며 짓즈며 달리며 하는 꼴을 보면 워낙 길들인 김승일지라도 지겹고 무서운 생각이 든다. 이상스럽게는 눈에 보이지 아니하는 도적을 마터내는 것이다. 서령 도적이기로서니 도적놈 냄새가 따로 잇슬게야 잇느냐 말이다. 딴 골목에서 제홀로 꼬리를 치는 암놈의 냄새를 맛나도 보기 전에 마타내여 설레고 낑낑거린다면 그것은 혹시 몰라 그럴사한 일이나 견주어 말하기에 체體답지 못하나마 사람끼리에도 그만한 후각嗅覺은 설명說明할 수 잇지 아니한가. 도적이나 범죄자의 냄새란 대체 어떠한 것일가. 사람이 죄로 인하야 육신이 영향을 입는다는 것은 체온이나 혈압이나 혹은 신경작용이나 심리현상으로 세밀한 의논을 할 수 잇슬 것이나 직접 농후한 악취를 발한대서야 견딜 수 잇는 일이냐 말이다. 예전 성인의 말슴에 죄악을 범한 자의 영혼은 문둥병자의 육체와 같이 부패하여 잇다 하엿으니 만일 령혼을 직접 냄새로 맡을 수만 잇다면 그야말로 견디여내지 못할 별별 악취가 다 잇슬 것이니 이쯤 이야기하여 오는 동안에도 어쩐지 몸이 군실업고 징그러워진다. 다행이 후각嗅覺이란 그러케 예민한 것으로 되지 안헛기에 서로 연애나 약혼도 할 수 잇고 예禮를 가초어 현구고도 할 수도 잇고 자진하여 손님노릇 하러 가서 융숭한 대접도 바들 수 잇고 랏쉬 아워 전차電車 속에서도 그저 견딜 말하고 중대重大한 의사議事를 끗까지 진행하게 되는 것이 아니었던가. 더욱이 다행한 일은 약간의 경찰범 이외에는 쉐퍼―드란 놈에게 쪼낄 리 없이 대개는 물리어 죽지 않코 지나온 것이다. 그러나 사람으로 말하면 그의 후각嗅覺의 불완전不安全함으로 인하야 고식지계姑息之計를 이어 나가거니와 순

순수純粹한 영혼靈魂으로만 존재存在한 천사天使로 말하면 헌 누덕이 가튼 육체를 갓지 안코 초자연적超自然的 영각靈覺과 지혜知慧를 가추었기에 사람의 영혼상태靈魂狀態를 꿰뚫어 간섭하기를 해ㅅ빗이 유리를 지나듯 할 것이다. 위태한 호수湖水가로 달리는 어린아이 뒤에 바로 천사가 딸어 보호하는 바에야 죄악의 절벽으로 달리는 우리 령혼 뒤에 어찌 천사가 애타하고 슬퍼하지 안겟는가. 물고기는 부패하려는 즉시부터 벌서 냄새가 다르다. 령혼이 죄악을 계획하는 순간에 천사는 코를 막고 찡그릴 것이 분명하다. 세상에 쉐파—드를 경계할 만한 인사는 모름즉이 천사를 두려워하고 사랑할 것이니 그대가 이 세상에 떠러지자 하눌에 별이 하나 새로 솟았다는 신화神話를 그대는 무슨 이유理由로 미들 수 잇슬 것냐. 그러나 그대를 항시 보호하고 일깨우기 위하야 천사가 따른다는 신앙信仰을 그대는 무슨 이론理論으로 거부拒否할 것인가. 천사의 후각嗅覺이 해ㅅ빗처럼 섬세하고 또 신속하기에 우리의 것은 훨석 무듸고 거칠기에 우리는 도리어 천사가 아니엇던 행복을 누릴 수 잇는 것이엇으니 이 세상에 거룩한 향내와 깨끗한 냄새를 가리어 맡을 수 있는 것이니 오월五月ㅅ달에도 목련화木蓮花 아래 슬 때 우리의 오관五官을 얼마나 황홀恍惚히 조절調節할 수 잇으며 장미薔薇의 진수眞髓를 뽑아 몸에 진힐만하지 아니한가. 지퍼—드란 놈은 목련木蓮의 향기를 감측하는 것 가티도 아니하니 목련화木蓮花 알에서 그놈의 아모런 표정表情도 업는 것을 보아도 짐작할 것이다. 대개 경찰범이나 암놈이나 고기ㅅ덩이에 날카로울 뿐인 것이 분명하니 또 그리고 그러한 등속의 냄새를 차저낼 때 그 놈의 소란한 동작과 황당한 얼골짓을 보기에 우리는 저윽이 괴로움을 느낄 수 박게 업다. 사람도 혹시는 부지중 그러한 세련洗練되지 못한 표정表情을 숨기지 못할 적이 업스란 법도 업스니 불시로 침입하는 냄새가 그러케 요염妖艶할 때이다. 그러기에 인류人類의 얼골을 다소 장중壯重히 보존하여 불시로 초조焦燥히 흐트러짐을 항시 경계할 것이요 이목구비耳目口鼻를 골르고 삼갈 것이로다.

— 『조선일보』, 1937.6.8, 5쪽.

수수어愁誰語 2

毘盧峰

담장이
물 들고,

다람쥐 꼬리
숯이 짓다.

山脈우의
가을ㅅ길―

이마바르히
해도 향그롭어

집행이
자진 마짐

흰돌이
우놋다.

白樺 훌훌
허울 벗고,

꼿 녚에 자고
이는 구름,

바람에
아시우다.

九城洞

골작에는 흔히
流星이 무친다.

黃昏에
누뤼가 소란히 무치기도 하고,

꼿도
귀향 사는곳,

절터ㅅ드랫는데
바람도 모히지 안코

山그림자 설퓍하면
사슴이 일어나 등을 넘어간다.

한해ㅅ여름 팔월하순八月下旬 닥어서 금강산金剛山에 간적이 잇섯스니 남은 고려국高麗國에 태여나서 금강산金剛山 한번 보고지고가 원願이라고 일른 이도 잇섯거니 나는 무슨 복福으로 고려高麗에 나서 금강金剛을 두 차례나 보게 되엇든가.

한더위에 집을 떠나온 것이 산山우에는 이미 가을기운이 몸에 스미는 듯허더라. 순일旬日을 두고 산山으로 골로 돌아다닐제 어든 것이 심히 만 헛스니 나는 나의 해골骸骨을 조찰히 골라 다시 진히게 되엇던 것이다. 서령 흰돌우 흐르는 물기스에서 꼿가티 스러진다 하기로소니 슬프기는 새레 자칫 아프지도 안흘만하게 나는 산山과 화합化合하엿던 것이매 무슨 괴조조하게 시詩니 시조時調니 신음呻吟에 가까운 소리를 햇슬리 잇섯스랴. 급기야 다시 돌아와 이 진애塵埃투성이에서 겨우 개무덤따위 가튼 산山들을 날마다 바로 보지 아니치 못하게 되고 보니 금강金剛은 마침내 병이냥하게 나의 골수骨髓에 비치여 살어질 수 업섯다. 금강金剛이 시詩가 되엇다면 이리하여 된 것이엇다.

「비로봉毘盧峰」「구성동九成洞」「옥류동玉流洞」세 편篇을 죽도록 앨써 어더 기록하엿더니 그중에도 제일 아까운 「옥류동玉流洞」1편篇을 용철龍喆이가 가저다가 분실紛失하여 버렸다. 꼿 도적盜賊을 다시릴 법法이 잇기 어렵거든 시詩를 일흔 잘못을 무엇이라 책責하랴. 원래 구본웅군具本雄君과 계획하여온 「청색지靑色紙」첫호에 실리어 큰소리하자 한 것이 뜻한 바와는 어그러지고 말다. 진득한 꼿으로 남의 눈에 뜨히지 안코 살아진 송이가 좀도 만흘가보냐. 분실紛失되고 마른 나의 시詩「옥류동玉流洞」아 한끗 아름다웠스려므나.

수수어愁誰語 제 이회분二回分을 미리 쓰지 못하고 수인囚人과 가티 초조焦燥함에 견딜 바 업스매 오후이시午後二時에 돌아가는 초속도超速度 윤전기輪轉機는 그러면 너의 목이라도 갓다 바치고 대령待令하라는 셈이다. 겨우 기억되는 대로 금강제이편金剛題二篇을 바치노니 사형기사死刑記事에나 명문名文에나 한갈로 냉혹冷酷한 윤전기輪轉機아페서 실상 끗까지 아끼어야 할것 업서 하노라.

「청색지靑色紙」첫호에 뼈를 갈아서라도 채워 노어야 할 것을 느끼며 이만

— 『조선일보』, 1937.6.9, 5쪽.

수수어愁誰語 3

몽—끼라면 아시겟습니까. 몽—끼, 이름조차 맛대가리없는 이 연장은 집터 다지는 데 쓰는 몇 천근千斤이나 될지 엄청나게 크고 무거운 저울추 모양으로 된 그 쇠덩이를 몽—끼라고 이릅데다. 표준어標準語에서 무엇이라고 제정하엿는지 마침 몰라도 일터에서 일꾼들이 몽—끼라고 하니깐 그런 줄로 알 밖에 업습니다.

몽치란 말이 잘못 되어 몽—끼가 되엇는지 혹은 월래 몽—끼가 올흔데 몽치로 그릇된 것인지 어원語源에 밝지 못한 소치로 재삼 그것을 가리랴고는 아니하나 쇠몽치 중에 하도 육중한 놈이 되어서 생김새 등치를 보아 몽치보담도 몽—끼로 대접하는 것이 좋다고 나도 보앗습니다.

크낙한 양옥을 세울 터전에 이 몽—끼를 쓰는데 굵고 크기가 전신주만큼이나 되는 장나무를 여러개 훨석 우ㅅ등을 실한 쇠줄로 묶고 아래ㅅ등은 벌리어 세워놓고 다시 가운데 철봉을 세워 그 철봉이 몽—끼를 꿰뚫게 되어 몽—끼가 나려질리는 밋바닥이 바로 굵은 나무기둥의 대구리가 되어 잇습니다. 이 나무기둥이 바로 땅속으로 모주리 들어가게 된 것이니 기럭지가 보통 와가집 기둥만큼 되고 그 우로 몽—끼가 벼력가티 떨어질 거리가 다시 그 기둥 키만한 사이가 되어 있으니 결국 몽—끼는 땅바닥에서 이층집 꼭두만치는 올라가야만 되는 것입니다. 그 거리를 몽—끼가 기여오르는 꼴이 볼 만하니 좌우로 한편에 일곱사람식 늘어서고 보면 도합 열네사람에 각기 잡어다릴 굵은 참바줄이 열네가닥 이 열네가닥이 잡어다리는 힘으로 그 육중한 몽—끼가 기어올라가게 되는 것입니다. 단번에 올라가는 수가 없어서 한 절반에서 삽시 다른 장목으로 고이엿다가 일꾼 열네사람들이 힘찬 호흡呼吸을 잠간 돌리엇다가 다시 와락 잡어다리면 꼭두 끝까지 기어올랐다가 나려질 때는 한숨에 나려박치게 되니 쿵쿵 소리와 함께 기둥이 땅속으로 문찍문찍 들어가게 되여 근처 행길까지 들석들석 울리며 꺼저드는 것 갑틉니다. 그러한 노릇을 기둥이 모두 땅속으로 들어 가기까기 줄곳 하야만 하므로 장정 열네살사람이 힘이 여간 키이는 것이 아닙니다. 그리하야 한사람은 초성 조코 장고 잘 치고 신명과 넉살조흔 사람으로 여폐서 지경닥는 소리를 먹이게 됩니다. 하나가 먹이면 열네사 람이 밧고 하는 맛으로 일터가 흥성스러워지며 일이 쉴하게 부쩍 부쩍 늘 어갑니다. 그러기에 먹이는 사람은 점점 흥이 나고 신이 솟아서 노래ㅅ사 연이 별별 신기한 것이 연달어 나오게 됩니다. 애초에 누가 이런 민요民謠 를 지어냈는지 구절이 용하기는 용하나 좀 듯기예 면고한 데가 잇습니다. 대개 큰애기, 총각, 과부에 관계된 것, 혹은 신작로, 하이칼라, 상투, 머리 꼬리, 가락지 등에 관련된 것을 노래로 부르게 됩니다. 그리고 에헬렐레 상사도로 리쯔레인이 계속됩니다. 구경꾼도 여자는 잠간이라도 머뭇거릴 수가 업게 되니 아무리 노동꾼이기로 또 노래를 불러야 일이 쉴하고 붓고 하기로 듯기에 얼골이 부끄러 와락 와락하도록 그런 소리를 할 것이야 무 엇 잇습니까. 그 소리로 무슨 그러케 신이 나서 할 것이 잇는지 야비한 얼골짓에 허리아래ㅅ등과 어깨를 으씩으씩 하여가며 하는 꼴이 그다지 애교愛嬌로 사주기에는 너무도 나의 신경神經이 가늘고 약弱한가봅니다. 그러나 육체노동자肉體勞動者로써의 독특獨特한 비판批判과 풍자諷刺가 잇 기도 하니 그것을 그대로 듯기에 좀 찔리기도 하고 무엇인지 생각케도 합 니다. 이것은 육체肉體로 산다기보다 다분多分히 신경神經으로 사는 까닭 인가 봅니다. 그런데 몽—끼가 이 자리에서 기둥을 다 박고 저 자리로 옮 기랴면 불가불 일꾼의 어깨를 빌리게 됩니다. 일한 장정 둘이 어깨에 목 도로 옴기는데 사람의 쇄골鎖骨이란 이렇게 빳잘긴 검입니까. 다리가 휘 창거리어 쓰러질가 싶게 갠신갠신히 옴기게 되는데 쇄골鎖骨이 부러지지 안코 백이는 것이 희한한 일이 아닙니가. 이번에는 그런 입에 올리지 못 할 소리는커녕 영치기영치기 소리가 지기영 지기영 지기지기영으로 변하 고 불과 몃거름 못 옴기어서 혹혹하며 땀이 물솟듯 합데다. 짓구진 몽—끼는 그 꼴에 매달려 가는 맛이 호숩은지 등치가 그만해가지고 어쩌면 하로 품파리로 살어가는 삭군 어깨에 늘어저 근드렁근드렁거리는 것입니까. 숫제 침통한 우슴을 견딜 수 업섯습니다. 그 사람네는 이마에 땀을 내어 밥을 먹는다기보담은 시뻘건 살뗑이를 몃점식 뚝뚝 잡어떼여 내고 그리고 그 자리를 밥으로 때우어야만 사는가 십도록 격렬激烈한 노동勞動에 견디는 것이니 서령 외설하고 음풍淫風에 가까운 노래를 부를지라도 그것을 입시울에 그치고 말 것이요 몸동아리까지에 옴겨갈 여유餘裕도 업슬가 합니다.

— 『조선일보』, 1937.6.10, 5쪽.

수수어愁誰語 4

그대는 이밤에 안식하시옵니까.

서령 내가 홀로 속에ㅅ소리로 그대의 기거起居를 문의問議할사머도 어찌 흔한 말로 부칠 법도 한 일이 아니오니까.

무슨 말슴으로나 좀더 노필만한 좀더 그대께 마땅한 언사言辭가 업스오리까.

눈감고 자는 비달기보다도 꼿그림자 옴기는 겨를에 봉오리를 염이며 자는 꼿보다도 더 어여삐 자시울 그대여!

그대의 눈을 들어 풀이 하오리까.

속속드리 맑고 푸른 호수湖水가 한쌍, 밤은 한폭 그대의 호수湖水에 깃드리기 위하야 잇는 것이오리까. 내가 어찌 감히 금성金星 노릇하야 그대 호수湖水에 잠길 법도 한 일이오니까.

단정히 여미신 입시울 오오, 나의 예禮가 혹시 흐트러질까 하야 다시 가다듬고 풀이하겠나이다. 여러 가지 연유가 잇사오나 마침내 그대를 암표범처럼 두리고 엄위롭게 우러르는 까닭은 거기 잇나이다.

아직 남의 자최가 노히지 못한, 아직도 오를 성봉聖峰이 남어 잇스량이면, 오직 하나일 그대의 눈(雪)에 더희신 코 그리기에 불행하시게도 계절季節이 난만爛漫할지라도 항시 고산식물高山植物의 향기외에 마트시지 아니하시옵니다.

경건敬虔히도 조심조심히 그대의 이마를 우러르고 다시 뺨을 지나 그대의 흑단黑檀빗 머리에 겨우겨우 숨으신 그대의 귀에 이르겠나이다.

그리시아에도 이오니아 바다ㅅ가에서도 본 적도 한 조개껍질 항시 듯기 위한 자세姿勢엿스나 무엇을 듯기 위함이엿든지 알리 업는 것이엇나이다.

기름가티 잠잠한 바다 아조 푸른 하늘, 갈메기가 안저도 알 수 업시 흰 모래, 거기 아모 겁도 들릴 것을 찻지 못한 적에 조개껍질은 한갈로 듯는 귀를 잠착히 열고 잇기에 나는 그때부터 아조 외로운 나그내인 것을 깨달엇나이다. 마침내 이 세계는 비인 껍질에 지나지 아니한 것이 하늘이 쓰이우고 바다가 돌고 하기로소니 그것은 결국 딴 세계의 껍질에 지나지 아니하엿습니다. 조개껍질이 잠착히 듯는 것이 실로 다른 세계의 것이 엇슴에 틀림업섯거니와 내가 어찌 서럽게 도라스지 아니할 수 잇섯겟습니까. 바람소리도 무슨 뜻을 이루지 못하고 그저 겨우 어룰한 소리로 떠도라다닐 뿐이엇습니다.

그대 귀에 가까히 내가 방황彷徨할 때 나는 그저 외로히 사라질 나그네에 지나지 아니하옵니다.

그대 귀는 항시 이 밤에도 다만 듯기 위한 맵시로만 열리어 게시기예! 이 소란한 세상에서도 그대 귀기슭을 들러 다만 죽음가티 고요한 이오니아 바다를 보앗슴이로소이다. 그러기에 그대는 실로 그대 속속 가장 안에서 이 밤에도 자지 아니하시고 다른 세계를 들으심이로소이다.

이제 다시 그대의 깁고 기프신 안으로 감敢히 들겟나이다. 심수한 바다 속속에 온갖 신비神秘로운 산호珊瑚를 간직하듯이 그대 안에 가지가지 귀하고 보배로운 것이 가초아 게십니다. 먼저 놀라울 일은 어쩌면 그러케 속속 드리 조흔 것을 진히고 게신 것입니까.

심장心臟, 얼마나 진기珍奇한 것이옵니까. 명장名匠 희랍希臘의 손으로 탄생誕生한 불출세不出世의 걸작傑作인 『유―스』로도 이 심장心臟을 차지 못하고 나온 탓으로 마침내 미술관美術館에서 슬픈 세월歲月을 보내고 마는 것이겟는데 어쩌면 이러한 것을 가지신 것이옵니까. 생명生命의 성화聖火를 끈힘업시 날으는 백금白金보다도 갑진 도가니인가 하오면 하늘과 따의 유구悠久한 전통傳統인 사랑을 모시는 성전聖殿인가 하옵니다. 비치 항시 농염濃艶하게 붉으신 것이 그러한 증죄證左로소이다. 그러나 간혹 그대가 세상에 향하사 창窓을 열으실 때 심장心臟은 수치羞恥를 느끼시기 가장 쉬웁기에 영영 안에 숨어 버리신 것이로소이다. 그 외에 폐肺는 얼마나 화려華麗하고 신선新鮮한 것이오며 간肝과 담膽은 얼마나 요염妖艷하고 심각深刻하신 것이옵니까. 그러나 이들을 지나치게 빗갈로 의론할 수 업는 일이오며 그외에 그윽한 골안에 흐르는 시내요 신비神祕한 강으로 푸리할 것도 잇스시고 하오나 대강 섭섭하여 지나옵고 해가 솟는 듯 달이 뜨는 듯 옥토끼가 조는 듯 뛰는 듯 미묘美妙한 신축神縮과 만곡彎曲을 가진 적은 어덕으로 비유할 것도 둘이 잇스십니다. 이러 이러하게 그대를 풀이하는 동안에 나는 미궁迷宮에 든 낫선 나그네와 가티 그만 길을 일코 허매겟나이다. 그러나 그대는 이미 모히시고 옴기시고 마련하시고 배치配置와 균형均衡이 완전完全하신 한덩이로 여시어 상아象牙와 가튼 손을 녀미시고 발을 고귀高貴하게 포기시고 게시지 안습니다. 그리고 지혜知慧와 기도祈禱와 호흡呼吸으로 순수純粹하게 통일統一하섯나이다. 그러나 완미完美하신 그대를 풀이하올 때 그대의 위치位置와 주위周圍를 또한 반성反省치 아니할 수 업나이다.

거듭 말슴이 번거러우나 원래 이 세상은 비인 껍질가티 허탄하온대 그 중에도 어찌하사 고독孤獨의 성사城舍를 차정差定하여 게신 것이옵니까. 그리고도 다시 명징明澄한 비애悲哀로 방석을 삼어 누어게신 것이오니까. 이것이 나로는 매우 슬픈 일이기에 한밤에 짓지도 못하올 암담暗澹한 삽살개와 가티 창백蒼白한 찬 달과 함께 그대의 고독孤獨한 성사城舍를 돌고 돌아 수직하고 탄식歎息하나이다. 불길不吉한 예감豫感에 떨고 잇노니 그대의 사랑과 고독孤獨과 정진精進으로 인因하야 그대는 그대의 온갓 미美와 덕德과 화려華麗한 사지四肢에서 오오, 그대의 전아典雅 찬란燦爛한 괴체塊體에서 탈각脫却하시여 따로 따기실 아침이 머지안허 올가 하옵니다.

그날 아침에도 그대의 귀는 이오니아 바다ㅅ가의 흰 조개껍질가티 역시 듯는 맵시로만 열고 게시겟습니까. 흰 나리꼿으로 마지막 장식裝飾을 하여드리고 나도 이 이오니아 바다ㅅ가를 떠나가겟나이다.

— 『조선일보』, 1937.6.11, 5쪽.

수수어愁誰語 5

하로가리쯤 되는 터ㅅ밭 이랑에 손이 곱게 돌아가 잇다.

갈고 흙덩이 고르고 잔돌 줏고 한 것이나 풀포기 한 입 거친 것 업는 것이나 갓솔을 거든히 돌라친 것이나 이랑에 흙이 다복 다복 북도드인 것이라든지가 바지런하고 일솜씨 미끈한 사람의 할 일이로구나 하였다. 논밭일은 못하였을망정 잘하고 못한 것이야 모를게 있으랴.

갈보리를 벌서 뿌리었다기는 일고 김장 무배추로는 엄청 늦고 가랑파 씨를 뿌린 상싶다.

참새떼가 까마케 날러와 안기에 황겁히 활개를 치며 『우여어!』 소리를 질렀더니 그만 휘잉! 휘잉! 소리를 내며 쫏기어간다.

그도 그럴 적뿐이요 새도 눈치코치를 보고 오는 셈인지 어느 겨를에 또 날러와 짓바수는 것이다.

밭임자의 품파리ㅅ군이 아닌 바에야 한두번이지 한나절 위안하고 새를 보아줄 수도 업는 일이다.

이번에는 난데업는 비들기떼가 한 오십마리 날라오더니 이것은 네브카드네살의 군대들이나 되는구나.

이러케 한바탕 치르고 나도 남을 것이 잇는 것인가 하도 딱하기에 밭임자인 듯한 이를 멀리 불러 물어 보앗다.

『씨갑씨 뿌려둔 것은 비들기참 대주라고 한 게요?』

『그 어떠컵니까. 악을 쓰고 쫏차도 하는 수 업스니.』

『이 근처 웬 비들기가 그리 만소?』

『원한경 원목사ㅅ집 비들긴데 하도 파먹기에 한번은 가서 사설을 했더니 자기네도 할 수 업다는 겝디다. 멧마리 사랑탐으로 길른 것이 남의 집 비들기까지 달고 들어와 북새를 노니 거두어먹이지도 않는 바에야 우정

쫏차낼 수도 업다는 겁니다.

『비들기도 양옥집 그늘이 조흔 게지요.』

『총으로 쏘던지 잡어죽이던지 맘대로 하라곤 하나 할 수 잇는 일입니까. 내버려두지요.』

농사꾼이란 희한한 것이 아닌가. 새한테 먹히고, 벌레도 한목 태우고 풍재風災 수재水災 한재旱災를 겪고 도지되고 짐수 치르고 비들기한테 짓바시우고 그래도 남는다는 것은 그래도 농사 끗 박게 업다는 것인가.

밧님자는 남의 일 이야기하듯 하고 간 후에 열두어살 전후쯤 된 남매간인 듯한 아이들 둘이 깨여진 남비쪽 생철쪽을 들고 나와 밧머리에 진을 치는 것이다.

이건 곡하는 것인지 노래부르는 것인지 야릇하게도 스러운 푸념이나 애원哀願이 아닌가.

날김생에게도 애원哀願은 통한다.

유유悠悠히 날러가는 것이로구나.

날김생도 워낙 억세고 보면 사람도 쇠를 치며 우는 수박에 업스렷다.

농가 아이들을 괴임성스럽게 볼 수가 업다.

첫재 그들은 사나이니까 머리를 깍것고 계집아이니까 머리가 잇을 뿐이요 몸에 걸친 것이 그저 구별과 이름이 부를 수는 잇다. 그들의 치레와 치장이란 이에 그치고 만다.

허수아비는 이보다 더 허름한 옷을 입었다. 그래서 날김생들에게 령슝이 스지 안는다.

그들은 철업시 복스런 우슴을 웃을 줄 몰으고 우슴이 절로 어여쁘지는 옴식 옴식 패이고 펴고 하는 볼이 없다.

그들은 씩씩한 물스기와 이글거리는 피스빛이 없고 흙빛과 함께 검고 푸르다.

팔과 다리는 파리하고 으실 뿐이다.

그들은 영양營養이 업시도 앓지 안는다.

눈도 아모 날래고 사나온 열ㅅ기가 없다. 슬프지도 아니한 눈이다. 좀처럼 울지도 아니한다 - 노래와 춤은 키니와.

그들은 이 가난하고 꾀죄죄한 자연自然에 나면서부터 견듸고 관습慣習이 익어왔다.

주리고 헐벗고 고독孤獨함에서 사람이란 인내忍耐와 단련鍛鍊이 필요必要한 것이 되겟스나 그들은 새삼스럽게 노력努力을 드리지 아니하여도 된다.

그들은 괴롭지도 아니하다.

그들은 세상에도 슬프게 생긴 무덤과 이웃하야 산다.

그들은 흙과 돌로 얽고 다시 흙으로 칠한 방안에서 흙냄새가 마터지지 아니한다.

그들은 어버이와 수척瘦瘠한 가축家畜과 서로서로 숨소리와 잠고대를 하며 잔다.

그들의 어머니는 명절날이면 회ㅅ배가 아프다.

그들의 아버지는 명절날에 취하고 운다.

남부南部 이태리伊太利보담 푸르고 곱다는 하늘도 어쩐지 영원永遠히 딴데로만 향하야 한눈파는 듯하야 구름도 꽃도 아모 장식裝飾이 될 수 업다.

―『조선일보』, 1937.11.11, 5쪽.

―「비들기」,『백록담』, 1941.

꾀꼬리와 국화菊花

물오른 봄버들가지를 꺾어들고 들어가도 문안 사람들은 부러워하는데 나는 서울서 꾀꼬리소리를 들으며 살게 되었다.

새문 밖 감영 앞에서 전차를 나려 한 십분쯤 걷는 터에 꾀꼬리가 우는 동내가 있다니깐 별로 놀라워하지 않을 뿐 외라 치하하는 이도 적다.

바로 이 동내 인사人士들도 매간에 시세가 얼마며 한평에 얼마 오르고 나린 것이 큰 관심關心거리지 나의 꾀꼬리 이야기에 어울리는 이가 적다.

이사짐 옮겨다 놓고 한밤 자고난 바로 이튿날 해ㅅ살바른 아츰, 자리에서도 일기도 전에 기와ㅅ골이 옥玉 인 듯 쨔르르 쨔르르 울리는 신기한 소리에 놀랐다.

꾀꼬리가 바로 앞 나무에서 우는 것이었다.

나는 뛰여나갔다.

적어도 우리집 사람쯤은 부주깽이를 놓고 나오던지 든 채로 황황히 나오던지 해야 꾀꼬리가 바로 앞나무에서 운 보람이 설것이겠는데 세상에 사람들이 이렇다시도 무딜 줄이 있으랴.

저녁때 한가한 틈을 타서 마을둘레를 거니노라니 꾀꼬리뿐이 아니라 까토리가 풀섶에서 푸드득날러갔다 했더니 장끼가 산이 찌르렁하도록 우는 것이다.

산비들기도 모이를 찾어 마을어구까지 나려오고, 시어머니 진지상 나수어다 놓고선 몰래 동산 밤나무 가지에 목을 매여 죽었다는 며누리의 넋이 새가 되었다는 며누리새도 울고 하는 것이었다.

며누리새는 외진곤에서 숨어서 운다. 밤나무꽃이 눈같이 흴 무렵, 아츰 저녁 밥상 받을 때 유심히도 극성스럽게 우는 새다. 실큿하게도 슬픈 우름에 정말 목을 매는 소리로 끝을 맺는다.

며누리새의 내력을 알기는 내가 열세살적이였다.

지금도 그 소리를 들으면 열세살적 외롬과 슬픔과 무섬탐이 다시 일기에 며누리새가 우는 외진 곳에 가다가 발길을 도리킨다.

나라세력으로 잘안 솔들이라 고소란히 서있을 수 밖에 없으려니와 바람에 솔소리처럼 안윽하고 스릅고 즐겁고 편한 소리는 없다. 오롯이 패잔敗殘한 후에 고요히 오는 위안慰安 그러한 것을 느끼기에 족한 솔소리, 솔소리로만 하더라도 문밖으로 나온 값은 칠 수 밖에 없다.

동저고리바람을 누가 탓할 이도 없으려니와 동저고리바람에 딸으는 훗훗하고 가볍고 자연自然과 사람에 향하야 아양떨고싶기 까지한 야릇한 정서情緖 그러한 것을 나는 비로소 알어내였다.

팔을 걷기도 한다. 그러나 주먹을 잔뜩 쥐고 있어야 할 이유理由가 하나도 없고, 그 많이도 흉을 잡히는 입을 벌리는 버릇도 동저고리 바람엔 조금 벌려두는 것이 한층 편하고 수얼하기도 하다.

무릅을 세우고 속으로 깍지를 끼고 그대로 아모데라도 앉을 수 있다. 그대로 한나절 앉었기로소니 나의 게으른 탓이 될수 없다. 머리 우에 구름이 절로 피며 지며 하고 골에 약물이 사실 솟아 주지 아니하는가.

뻑금채꽃, 엉경퀴송이, 그러한것이 모다 내게는 금직한 것이다. 그 밑에 앉고보면 나의 몸동아리, 마음, 얼, 할것 없이 호탕하게도 꾸미여지는 것이다.

사치스럽게 꾸민 방에 들맛도 없으려니와, 나히 삼십三十이 넘어 애인이 없을사람도 뻐금채 자주꽃 피는데면 내가 실컷 살겠다.

바람이 자면 노오란 보리밭이 혹근하고 송진이 고혀오르고 뻑국이가 서로 불렀다.

아츰 이슬을 흐르며 언덕에 오를 때 대소롭지않이 흔한 달기풀 꽃이라도 하나 업수히녀길 수 없는것을 보았다. 이렇게 적고 푸르고 입븐꽃이었던가 새삼스럽게 놀라웠다.

요렇게 푸를수가 있는 것일가.

손끝으로 익깨여보면 아깝게도 곱게 푸른물이 들지않던가. 밤에는 반디불이 불을 켜고 푸른 꽃닢에 옴므라붙는 것이었다.

한번은 달기풀꽃을 모아 잉크를 만들어가지고 친구들한테 편지를 염서艶書같이 써부치였다. 무엇보다도 꾀꼬리가 바로 앞남게서 운다는 말을 알리었더니 안악安岳 친구는 굉장한 치하편지를 보냈고 장성長成벗은 겸사겸사 멀리도 집아리를 올라왔었던 것이다.

그날사 말고 새침하고 꾀꼬리가 울지않었다. 맥주 거품도 꾀꼬리우름을 기달리는 듯 고요히 이는데 장성長成벗은 웃기만하였다.

붓대를 희롱하는 사람은 가끔 이러한 섭섭한 노릇을 당한다.

멀리 연기와 진애를 걸러오는 사이렌소리가 실치않게 곱게 와 사라지는 것이었다.

꾀꼬리는 우는 제철이 있다.

이제 계절季節이 아조 바꾸고 보니 꾀꼬리는 커니와 며누리새도 울지 않고 산비들기만 극성스러워진다.

꽃도 닢도 이울고 지고 산국화도 마지막 슬어지니 솔소리가 억세여간다.

꾀꼬리가 우는철이 다시 오고 보면 장성長城벗을 다시 부르겠거니와 아조 이우러진 이 계절季節을 무엇으로 기을 것인가.

동저고리바람에 마고자를 포기어 입고 은銀단초를 달리라.

꽃도 조선황국朝鮮黃菊은 그것이 꽃 중에는 새틈에 꾀꼬리와 같은 것이다. 내가 이제로 황국黃菊을 보고 취醉하리로다.

—『삼천리문학』 1호, 1938.1, 134~136쪽.

── 「꾀꼬리와 국화」, 『백록담』, 1941.

더 좋은 데 가서

　홍역, 압세기, 양두발반, 그리고 간기, 백일해, 그러한 것들을 앓지 않고도 다시 소년이 될 수 있소?
　그럴 수 있다면 다시 되어봄 직도 하지오.
　그러고 보면 아버지 어머니도 젊으실 터이니까 아버지 어머니를 따라 여기보다 더 좋은 데 가서 살겠소.
　성당도 있고, 과수원, 목장도 있고, 산도 있고, 바다도 멀지 않고, 말을 싫것 탈 수 있고, 밤이면 마을 사람만 모여도 음악회가 될 수 있는데 가서 선생이 쨍쨍거리지 않어도, 시험을 극성스럽게 뵈지않어도 질겁게 질겁게 공부하겠소.

—『소년』 2권 1호, 1938.1.

교정실校正室

귀또리도
흠식한 양,
옴짓 아니
귄다. ㅡ
ㅡ 의 옴자字가 가꾸로 스고 보니까
〈옴짓〉이 〈뭉짓〉으로 되였읍데다. (≪조광朝光≫11월호 졸시拙詩 「옥류동玉流洞」의 말절末節) 사람도 가꾸로 서면 우수운데 〈옴짓〉이 〈뭉짓〉으로 되고 보니 귀또리같이 귀염성스런 놈도 징하게 되였읍데다. 내 「수수어愁誰語」에는 미스푸린트 천지天地가 되어서 속이 상해 죽겠읍데다.

— 『조광』 27호, 1938.1, 245쪽.

분분설화紛紛說話

화인畫人 Y를 가온대 안치고 문인文人 O, C, H 등의 별책임을 져야 할 이야기가 아닌 이야기가 한창 벌어젓다.

외용죠용 이야기꼿이 피엿다기보다는 마구 떠들어대는 것이였다. 잇슴즉한 일이다.

평생에 라디오체조體操 한차례도 성력誠力이 잇슬수 업는 무리들이 이러케 불기면회不期面會로 만난 터에 잔盞과 말을 주거니 밧거니 하며 실컨 떠들어 흥분이라도 맘끗하여 보는 것이 무엇이 떠들께 잇스랴.

마침내 화인畫人 Y의 조선취미론朝鮮趣味論에 화제話題가 전도되엿던 것이다. 삼회장 저고리 긴치마 단속곳 깁신 쪽도리로 시작하야 봄새로 치면 한산韓山 세모시 진솔 두루마기 겨울로 들어 사주士紬밥 다디미하야 입은 맛, 혹은 평양平壤 수목 툭툭한 감에 명주 안 밧처 입은 이야기들이다. 절절節節이 올흔 말슴으로 찬성贊成치 안을 배도 업스나 나는 이러한 조선취미론朝鮮趣味論에 패두唄頭를 잡어돌릴 자신自信이 항시 업다. 더군다나 명치정明治町 멋정목丁目 모某지하실에서랴—.

말머리를 한가닭 잡어본다는 것이 조선朝鮮 두루마기 배격론排擊論을 제출提出하엿다가 혼이 낫다.

나는 두루마기는 철폐撤廢하고 저고리에 솜을 만이 두어 입고 마고자에 모양조는 단초를 달어 입고 맨머리로 돌아다닐 만하게 용서容恕를 바덧스면 조켓다는 의견意見인대 O한테 그만 호령號令을 들엇다.

조선朝鮮 통상의복通常衣服의 멋은 그 구수레한 두루막이에 잇다는 것이다. 전문가專門家의 안목眼目에 저항抵抗할 일가견一家見이 잇는 바에야 어찌하며 또는 동저고리 맨머리 바람에 갈데 아니갈데 도라다닌다는 것은 호령號令을 들을 장본張本이 넉넉히 되는 것이니 무슨 불평不平이 잇슬

수 잇으랴.

　서화취미書畵趣味, 도자기취미陶磁器趣味, 화단정원취미花壇庭園趣味 등에 아모 적극적積極的 태도態度를 갓지도 안코 가즐 수도 업다. 생활生活이 구비具備된 나머지 터전에 취미趣味를 북도둘수 잇슬것인대 조금도 구비되지 못한 생활生活을 허리가 휘두룩 잔득 지고 잇는 터에 취미趣味마자 지고서야 일어설 수 잇느냐 말이다.

　그러나 취미趣味라는 것을 지니기란 실상 용이容易한 것이다. 웨그런고 하니 그것은 항시恒時 아마추어의 장식裝飾에 지나지아니하는것이다. 혹或은 전문가專門家의 비전문부문非專門部門에 대한 다소多少의 지식향수智識享受 그러한 것들이 결국 취미趣味가 되는 것이 화인畵人 Y를 보고 그 사람 그림취미趣味를 가젓다거나 문학인文學人 C, O, 등을 보고 문학취미文學趣味를 가젓다고 하면 당장에 분노憤怒를 살 것일른지도 몰은다.

― 『조선일보』, 1938.7.3, 5쪽.

우통을 벗었구나
  - (스승에게 받은 말)

　무스랑이 뒷산은 얕은 산이 아니었다. 제철이면 진달래꽃이 성히 피어 멀리 보아도 타는 듯 붉었다.
　한번은― 보통학교 일―·이二학년 적일 것이리라. ― 선생님을 딿아올라가서 진달래꽃을 한아름 꺾어 안었다. 그때사 선생님은『넌 커다란 아이가 우통을 벗었구나』
　하시었다. 나는 와락 부끄러웠다. 한 아름 안은 진달래꽃이 절로 풀리어 버렸던 것이다. 그때 그 선생님은 말씀하면 먼 시골에 홀로 오신 청년교사靑年敎師로서 울울한 심사에 산을 찾아 오르신 것이리라. 나는 그 후로 그만저만한 부끄러운 노릇을 하도 많이하고 당하고하였다. 이리하야 설은이 훨석 넘었다.
　그때 그 선생님은 이제 어디서 어떻게 계신지 알길이 전혀 없다. 무스랑이 뒷산 진달래꽃은 올봄에도 한끗 붉었으련만…….
　　　　　　　　　　―『여성』3권 9호, 1938.9, 38∼39쪽.

시詩와 감상感賞 : 영랑永郎과 그의 시詩 1

(영랑永郎이라면 예전에 영랑봉永郎峰그늘에서 한시漢詩를 많이 남기고 간 한시인漢詩人 영랑永郎이 아니요 김윤식金允植하고 보면 운양雲養으로 짐작하게 되니 영랑永郎 김윤식金允植은 언문諺文으로 시詩를 그도 숨어서 지어온 까닭에 남의 인식認識에 그다지 선명鮮明하게 윤곽輪廓이 돌 수 없는 불운不運을 비탄悲嘆함 즉하다.)

좋은 글이면 이삼차二三次 읽어도 좋고 낮은 글이면 진정 싫다. 그저 호악好惡으로서 남의 글을 대할 수야 있으랴마는 대부분大部分의 독자讀者란 마호멜 교도敎徒와 같은 것이니 논지論家는 마호멜 교도敎徒를 일일——히 붓들고 강개慷慨할 것이 아니라 마호멜적의 매력魅力과 마술魔術에 대진對揮할 것이 선결先決 문제問題이리라.

영랑永郎 시詩의 독자讀者가 마호멜적의 교도敎徒가 될 수 없으니 영랑永郎이 마호멜적의 교도敎徒가 아닌 소이所以가 있다.

영랑永郎은 이렇게 말한 적이 있다.

『내 시詩 독자讀者가 다섯이나 될가?』

적어도 셋쯤은 자신自信이 있었던 모양이나 남저지 둘이 자신自信이 없었던 모양이다.

교도敎徒 다섯에 자신自信이 없는 마호멜이가 있을 수 없는 바이니 오오, 시인詩人 영랑永郎으로 인因하야 내가 문학적文學的 마호멜 교도敎徒를 면免한 것이 다행하다!

창랑에 잠방거리는 섬들을 길러
그대는 탈도없이 태연스럽다

마을을 휩쓸고 목숨 아서간
　　간밤 풍랑도 가소롭구나

　　아침날빛에 돛 노피 달고
　　청산아 봐란듯 떠나가는 배

　　바람은 차고 물결은 치고
　　그대는 호령도 하실만하다

　남도南道에도 해남海南 강진康津 하는 강진康津골 앞 다도해多島海 우에 오리색기들처럼 잠방거리며 노니는 섬들이 보히는 듯하지 아니한가? 섬들을 길러내기는 창랑滄浪이 하는 것이라. 이만만 하여도 이 시詩는 알기가 쉽다. 남저지는 읽어보소.
　그러나 이 시詩는 지극至極히 과작寡作인 영랑永郎의 시詩로서는 근작近作에 속屬하는 것이니 그다지 아기자기하게도 다정다한多情多恨한 애상시인哀傷詩人 영랑永郎은 나히가 삼십三十을 넘은 후에는 인생人生에 다소多少 자신自信이 생기었던 것이다. 야도무인단자획野渡無人丹自橫 격격으로 슬픔과 그늘에서 지니다가 비로소 돛을 덩그렇이 다고 호령삼아 나선 것이 아닐가?
　이야기는 훨신 뒤로 물러선다.
　만세萬歲때 바로 전前해 휘문고보徽文高普 교정校庭에 정구庭球채를 잡고 뛰노는 홍안紅顔 미소년美少年이 하나 있었으니 밤에는 하숙下宿에서 바이올린을 씽쌩거리는 중학생中學生이라 학교學校 공부工夫는 혹은 시연치 못했을런지도 모를 일이다. 그때 그 버릇이 지금도 남어서 바이올린 감상感賞은 상당相當한 양으로 자신自信하는 지금 영랑永郎이 그때 그 중학생中學生 김윤식金允植이었으니 화가畫家 향린香隣과 한패요 그 우ㅅ반에 월탄月灘이 있었고 최상급最上級에 노작露雀, 석영夕影이 있었고 맨아래ㅅ반班 일년생一年生에 내가 끼워 있었다. 그후에 영랑永郎은 한 일년미결

감생활一年未決監生活로 중학中學은 삼년진급三年進級 정도程度로 그치고 삐삐 말러가지고 동경東京으로 달어났던 것으로 생각된다.

　이십세二十歲 전 조혼早婚이었으나 그댁네가 절세미인絶世美人이시었던 모양이다. 이십二十 전전에 상처喪妻하였으니 영랑永郎은 세상에도 가엽슨 소년少年 홀애비가 되었던 것이다.

　　　쓸쓸한 뫼아페 후젓이 앉으면
　　　마음은 갈앉은 양금줄 가치
　　　무덤의 잔듸에 얼골을 부비면
　　　넉시는 향맑은 구슬손 가치
　　　．．．．．．．．．．．．．
　　　．．．．．．．．．．．．．
　　　눈물에 실려가면 山길로 七十里
　　　도라보니 한바람 무덤에 몰리네
　　　．．．．．．．．．．．．．
　　　．．．．．．．．．．．．．
　　　좁은 길가에 무덤이 하나
　　　이슬에 저지우면 밤을 새인다
　　　나는 사라저 저별이 되오리
　　　뫼아래 누어서 희미한 별을

　뺨을 마음놓고 부비어 보기는 실상 무덤우 잔디풀에서 그리하였는지도 모를 것이다. 엄격嚴格한 남도 사람의 가정家庭에서 층층시하層層侍下 눌리워 잘아나는 소년少年으로서 부부애夫婦愛를 알았을 리 없다. 소년少年 영랑永郎은 상처喪妻하자 비로소 애정愛情을 깨달았던 것이요, 댓자 곳자 실연失戀함 셈이 되었으니 이 인도적印度的의 풍습風習으로서 온 비극悲劇으로 인因하야 그는 인생人生에서 먼저 맞난 관문關門이 〈무덤〉이었던 것이다.

　그리하야 그의 〈시詩〉가 처음 내여드딘 길ㅅ가에 장미薔薇가 봉오리진

것이 아니라 후손後孫도 없는 조찰한 무덤이 하나 이슬에 젖이우며 별빛이 숫기우며 봉그시 솟아 있다.

  그색시 서럽다 그얼골 그동자가
  가을하날가에 도는 바람숫긴 구름조각
  핼슥하고 서늘라워 어대로 떠갔으랴
  그색시 서럽다 옛날의 옛날의

 워낙 나히가 어리어 여흰 안해고 보니간 안해라기보담은 <그 색씨>로 서럽게 그립어지는 것도 부자연不自然한 일은 아니리라. 항차 <그 색씨>가 바람에 숫긴 구름조각처럼 어딘지 떠나갔음이랴! <그 색씨>는 갔다. 그러나 불행不幸한 <뮤—스>가 되어서 다시 돌아왔다. 영랑永郎은 많이 나섰다.

  숨향기 숨길로 가로막었오
  발끝에 구슬이 깨이어지고
  달따라 들길을 거러다니다
  하롯밤 여름을 새워버렸오

  저녁때 저녁때 외로운 마음
  붓잡지 못하야 거러다님을
  누구라 부러주신 바람이기로
  눈물을 눈물을 빼아서가오

  바람에 나붓기는 깔닢
  여을에 희롱하는 깔닢
  알만 모을만 숨쉬고
  눈물매즌 내 청춘의 어늘날

서러운 손ㅅ짓이여

뻘은 가슴을 훤히 벗고
개풀 수집어 고개숙이네
한낮에 배란놈이
저가슴 만젓고나
뻘건 맨발로는 나도작고
간지럽고나

불행不幸한 뮤—스한티 끌이워 방황彷徨한 곳은 다도해변多島海邊 숩속 갈밭 개흙벌풀밭 등지이었으니 영랑永郎은 입은 구지봉하고 눈과 가슴으로만 사는 경건敬虔한 신적神的 광인狂人이 되어 가는 것이다.

풀우에 매저지는 이슬을 본다
  눈섭에 아롱지는 눈물을 본다
  풀우에 정긔가 꿈가치 오르고
  가삼은 간곡히 입을 버린다

  東京으로 떠나던 전날밤 永郎의 詩—

  남두시고 가는길의 애끈한 마음이여
  한숨쉬면 꺼질듯한 조매로운 꿈길이여
  이밤은 캄캄한 어느뉘 시골인가 이슬가치 고힌눈물 손끗으로 깨치나니

청산학원靑山學院에 입학入學된 후 고우故友 용철龍喆과 바로 친친親親하여 버렸다. 용철龍喆은 수재학생秀才學生의 본색本色을 발휘發揮하기 시작始作하였다. 일년一年 후에 동경외어독어과에 보기좋게 파스하였다. 영랑永郎의 신적神的 광인狂人이 증세되었다.

연애戀愛. 아나—키슴. 루바쉬카. 장발長髮. 이론투쟁理論鬪爭. 급진파急進派 교제交際. 신경쇠약神經衰弱. 중도퇴학中途退學. 체중 11관 미만. 등등.
영랑永郞을 한 정점頂點으로 한 삼각관계— 그런 이야기는 아니하는 것이 좋다.
그러나 그의 시詩는 이 사건事件으로 인하야 일충 진경進境을 보이는 것이니 어찌 불행不幸한 뮤—스의 노염에 타지 않었는지 모를 일이다. 불행不幸한 사도로 하여금 시련試鍊의 가시길을 밟게 하기 위함이었던가.

　　　왼몸을 갈도는 붉은 피ㅅ줄이
　　　꼭 갈긴 눈속에 뭉치어 있네
　　　날낸소리 한마디 날낸 칼하나
　　　그피ㅅ줄 딱끈어 버릴수없나

　　　사랑이란 기프기 푸른하날
　　　맹세는 가녑기 한구름쪽
　　　그구름 사라진다 서럽지는 않으나
　　　그하날 큰조화 못믿지는 않으나

　　　미움이란 말속에 보기싫은 아픔
　　　미움이란 말속에 하잔한 뉘침
　　　그러나 그말삼 씹히고 씹힐때
　　　한거풀 넘치여 흐르는 눈물

눈물의 기록이라고 남의 비판이야 아니 받을 수 있나?
영랑永郞의 시는 단조單調하다고 일르는 이도 있다.
단조單調가 아니라 순조純調다. 복잡複雜을 통과通過하여 나온 정금미옥精金美玉의 순수純粹이다.
밤새도록 팔이 붓도록 연습練習하는 본의本意는 어디 있는 것인가? 애이올린줄의 한가닥에 나려와 우는 천래天來의 미음美音, 최후일선最後一線에서 생동生動하는 음향音響, 악보樂譜를 모방模倣하므로 그치어 쓰겠는가 악보樂譜가 다시 번역飜譯할 수 없는 〈소리의 생명生命〉을 잡아내는 데 있지 아니한가?

영랑永郞의 시詩는 제일장第一章부터 그것이 백조의 노래다.

그러나 영랑永郞은 시詩를 주로 연습練習한 것은 아니다. 시인詩人의 손이 쌔이올린채가 아닌 소이所以다.

낭비浪費 자취自炊 실연失戀 모험冒險 흥분興奮 실패失敗 방종放縱 방랑放浪…… 그러그러한 것들이 반드시 밟아야 할 필수과목必須科目이 아니리라. 그러나 생활生活과 경험經驗의 경위선經緯線을 넘어가는 청춘부대靑春部隊가 이러이러한 것들에게 걸리는 것도 자못 불가항력적不可抗力的인 것이다. 거저 걱구러질 수는 없다. 그러한 것들은 모다 지나간다. ―미묘微妙한 음영陰影과 신비神秘한 음향音響을 흘리고 지나간 자리에서 시인詩人은 다소多少 탄식歎息과 회한悔恨이 석긴 추수秋收를 걷게 될지는 모르나 여기서 시인詩人의 자업자득自業自得의 연금술鍊金術을 볼 수 있는 것이다. 화학적化學的인 아닌 항시恒時 인간人間적인 불가사의不可思議를 눈물겨운 결정체結晶體―그러한 것을 서정시抒情詩라고 하면 아즉도 속단速斷이나 아닐가? 주저하기 전에 단언斷言할 것이 있다.

인생人生에서 조준照準하기는 분명分明히 달리하였건만 실로 의외의 것이 사락射落되어 그것이 도로혀 기적적奇蹟的으로 완성完成된 것을 그의 서정시抒情詩에서 보고 그의 서정시인抒情詩人을 경탄敬歎하게 되는 것이다.

영랑永郞의 다음 시詩로 넘어가기로 하고 이번에는 이만

―『여성』 3권 8호, 1938.8, 50~53쪽.

시詩와 감상感賞 : 영랑永郎과 그의 시詩 2

영랑永郎의 시詩를 논의論議하면 그만이지 그의 지난 연월年月과 사생활私生活까지 적발摘發할 것이 옳지 않을가 하나 시詩가 노련老鍊한 수공업적手工業的 직공職工의 제품製品이 아닌 바에야 영랑시永郎詩의 수사修辭라던지 어휘語彙 선택選擇이라던지 표현表現 기술技術을 들어 말함으로 그치기란 실實로 견딜 수 없는 일이요 불가불 그의 생활生活과 내부內部까지 추적追跡하여야만 시詩 독자讀者로서 시인詩人을 통채로 파악把握할 수 있는 것이요, 그의 생활生活에 그칠 것뿐이랴 그의 생리生理까지 음미吟味할 필요必要가 있는 것이다. 웨 그런고 하니 뉴―톤의 만유인력설萬有引力說에서 뉴―톤의 생활生活이나 체질體質에 관關한 것을 찾아낼 수가 조금도 없으나 보―드레르의 시詩에서는 그의 공정公正한 학리學理를 탐구探究할 편의便宜가 없다. 다분多分히 얻는 것은 보―드레르의 시詩에서 그의 생활生活 기질氣質 정서情緖 의지意志 등등 ―보다 더 생리적生理的인 것 인간적人間的인 것뿐이 아닌가.

보다 더 시의 생리적生理的인 부면部面을 통通하야 독자讀者는 시詩의 생리적生理的 공명共鳴을 얻는 것이니 시詩의 생리적生理的인 점點에서 시詩의 파악把握은 더 직접적直接的이오, 부용간위적不容間位的이오, 문장文章의 이해理解보다도 체온體溫의 전도傳導인 것이다.

지식知識과 학문學文인 점點에서 일개一個 문학자文學者가 한마루 서정시抒情詩에서 문과文科 여학생女學生에게 한 몫 접히는 일이 없지도 않은 것은 무엇으로 설명說明할 것인고?

시詩를 순정지식純正知識으로 취급取扱하여 온 자의 당연當然한 보수報酬임에 틀림없다.

내가슴속에 가늘한 내음
애끈히 떠도는 내음
저녁해 고요히 지는제
머一ㄴ山 허리에 슬리는 보라ㅅ빛

오— 그 수심뜬 보라ㅅ빛
내가 일혼 마음의 그림자
한이틀 정렬에 뚝뚝 떠러진 모란의
깃든 향춰가 이가슴노코 갓슬줄이야

얼결에 여흰봄 흐르는 마음
헛되히 차즈랴 허덕이는날
뻘우에 철석 개人물이 노이듯
얼컥 나—는 훗근한 내음

아! 훗근한 내음 내키다마는
서어한 가슴에 그늘이 드나니
수심뜨고 애끈하고 고요하기
山허리에 슬니는 저녁 보라ㅅ빛

시詩도 이에 이르러서는 무슨 주석註釋을 시험試驗해 볼 수가 없다. 다만 시인詩人의 오관五官에 자연自然의 광선光線과 색채色彩와 방향芳香과 자극刺戟이 교착交錯되어 생동生動하는 기묘奇妙한 슬픔과 기쁨의 음악音樂이 오열嗚咽하는 것을 체감體感할 수 밖에 없다.

동경東京으로부터 귀향歸鄕한 영랑永郞은 경제經濟와 정치政治 기구機構에 대對한 자연발생적自然發生的 정열情熱을 전환轉換시키지 못하였던 모양이다. 청년회靑年會 소비조합消費組合 등에서 다소多少 불온不穩한 지방적地方的 유지有志이었던 것으로 생각된다. 관심關心의 대부분大部分이 그러한 경취미硬趣味에 속屬하였음에도 불구不拘하고 그의 시詩에는 그의 사상思想과 주의主義의 정치성政治性의 편영片影조차도 볼 수 없는 것은 차라리 그의 시적詩的 생리生理의 정직正直한 성분性分에 돌릴 수 밖에 없는 일이요 그 당시當時에 범람汎濫하던 소위所謂 경향파傾向派 시인詩人의 탁랑濁浪에서 천부天賦의 시적詩的 생리生理를 유실流失치 않고, 고고孤高히 견듸어 온 영랑永郞으로 인하야 조선현대서정시朝鮮現代抒情詩의 일맥혈로一脈血路가 열리어온 것이 아닌가 생각된다.

그러나 시인詩人을 다만 생리적生理的인 점點에 치중置重하는 것은 시인詩人에 대한 일종一種의 훼손毀損이 아닐 수 없다. 축음기蓄音機 에보나이트판板이 바늘 끝에 마찰摩擦되어 이는 음향音響은 순수물리적純粹物理的인 것 이외以外에 아모것도 아니겠으나 그것이 음악音樂인 점點에 있어서는 우리가 인간적人間的 향수享受에 탐닉耽溺하야 물리적物理的인 일면一面은 망각忘却하여 버리는 것이 아니런가. 시詩에 기록된 시적詩的 생리生理의 파동波動은 그것이 결국結局 레코드의 물리적物理的인 것 일면一面에 비길 만한 다만 생리적生理的인 것에 지나지 못하고 마는 것이니 만일萬一 시인詩人으로서 시詩에서 관능官能 감각感覺의 일면一面的인 것의 추구追求에만 그치고 만다면 그것은 가장 섬세纖細한 기교적技巧的 신경神經 쾌락快樂에 대對한 일종一種의 음일淫逸일 것뿐이요 또한 그러한 일면적一面的인 것의 편식적偏食的 시詩 독자讀者야말로 에디슨적的 이과理科에 경도傾倒하는 몰풍치沒風致한 시적詩的 소학생小學生에 불과不過하리라. 시詩의 윤리倫理에서 용허容許할 수 없는 일이다. 시詩의 고덕高德은 관능감각이상官能感覺以上에서 빛나는 것이니 우수優秀한 시인詩人은 생득적生得的으로 염려艷麗한 생리生理를 가추고 있는 것이나 마침내 그 생리生理를 밟고 일어서서 인간적人間的 감격感激 내지乃至 정신적精神的 고양高揚의 계단階段을 올으게 되는 것이 자연自然한 것이오 필연必然한 것이다. 시인詩人은 평범平凡하기 일개一個 시민市民의 피동적被動的 의무義務에서 특수特殊할 수 없다. 시인詩人은 근직謹直하기 실천實踐 윤리倫理 전공가專攻家 수

신修身 교원敎員의 능동적能動的인 점點에서도 제외除外될 수 없다. 혹或은 수신교원修身敎員은 실천 實踐과 지도指導에 자자孜孜함으로 족足한 교사敎師일런지 모르나 시인詩人은 운율韻律과 희열喜悅의 제작製作의 불멸적不滅的 선수選手가 아니면 아니된다. 시인詩人의 운율韻律과 희열喜悅의 제작製作은 그 동기적動機的인 점點에서 그의 비결秘訣을 공개公開치 아니하나니 시작詩作이란 언어문자言語文字의 구성構成이라기보담도 먼저 성정性情의 참담慘憺한 연금술鍊金術이오 생명生命의 치열熾熱한 조각법彫刻法인 까닭이다. 하물며 설교說敎 훈화訓話 선전宣傳 선동煽動의 비린내를 감초지 못하는 시가詩歌 유사문장類似文章에 이르러서는 그들 미개인未開人의 노골성露骨性에 아연啞然할 뿐이다. 거윽히 시詩의 Point d'appui(책원지策源地)를 고도高度의 정신주의精神主義에 두는 시인詩人이야말로 시적詩的 상지上智에 속屬하는 것이다. 보-드레르 베르렌 등等이 구극究極에 있어서 퇴당방일頹唐放逸한 무리의 말기왕末期王이 아니요 비非푸로페쇼날의 종교인宗敎人이었던 소이所以도 이에 있는 것이다.

　이러한 견지見地에서 영랑永郎이 어떻게 시인적詩人的 생장生長의 과정過程을 밟아 왔는가를 살피기로 하자.

　영랑永郎은 소년少年적에 향토鄕土에서 불행 不幸히 할미꽃처럼 시들어 다시 근대수도近代首都의 쇠약衰弱과 격정激情과 불평不平과 과민過敏에 중상重傷되어 고향故鄕에 패퇴敗退한 것이었다. 흔히 있을 수 있는 일이나 영랑永郎에 있어서는 그것이 도度에 지났던 것으로 생각된다. 그러나 그의 시詩에서 실상 그러한 심신心身의 영향影響이 그다지 강렬强烈히 들어나지 아니하고 항시恒時 은미隱微하고 섬세纖細하고 염려艶麗하야 저창독백低唱獨白의 서정삼매경抒情三昧境에서 미풍微風이 이는 듯 꽃닢이 지는 듯 저녁달이 솟는 듯 새벽별이 옮기는 듯이 시詩가 자리를 옮기어 나가는 것이니 거기에는 돌연突然한 전향轉向의 성명聲明도 없고 급격急激한 변용變容의 봉목縫目이 보이지 아니하니 영랑永郎 시집詩集은 첫째 목록目錄이 없고 시詩마다 제목題目도 없다. 불가피不可避의 편의상便宜上 번호番號만

붙였을 뿐이니 한숨에 읽어나갈 수 있는 사실事實로 황당荒唐한 독자讀者는 시인詩人의 심적心的 과정過程의 기구崎嶇한 추이推移를 보지 못하고 지날 수 있을지 모르나 그것이 영랑시永郞詩의 시적詩的 변용變容이 본격적本格的으로 자연自然스런 점이요 시적詩的 기술技術의 전부全部를 양심良心과 조화調和와 엄격嚴格과 완성完成에 두었던 까닭이다. 온갖 광조狂燥한 언어言語와 소란騷亂한 동작動作과 교격驕激한 도약跳躍은 볼 수 없으나 영랑시永郞詩는 감미甘美한 수액樹液과 은인隱忍하는 연륜年輪으로 생장生長하여 나가는 것이다. 누에가 푸른 뽕을 먹고 실을 토하야 그 실 안에 다시 숨어 나비가 되어 나오는 황홀恍惚한 과정過程은 마술魔術의 번복飜覆이 아니라 현묘玄妙한 섭리攝理의 자연自然한 순서順序이겠으며 성盛히 벋어나가는 포도순葡萄순은 아모리 주시注視히기로서니 그의 기어나가는 동작動作을 볼 수가 없다. 그러나 하로ㅅ밤 동안에 결국結局 한 발이 넘게 자라는 것이 아니런가. 어느 동안에 잎새와 열매를 골고로 달았는지 놀라운 일이며 시詩의 우수優秀하고 건강健康한 생장生長도 누에나 포도葡萄순의 법칙法則에서 탈퇴脫退할 수 없는 것이리라.

　이리하야 시인詩人 영랑永郞은 차차 나이가 차고 생활生活에 젖고 지견知見을 얻자 회오悔悟 갈앙渴仰 체관諦觀 해겁解劫 기원祈願의 길을 아짓자깃 밟어가는 것이었다. 영랑永郞은 그러나 하로 아침에 무슨 신정신新精神을 발견發見한 것도 아니요 무엇에 귀의歸依한 것도 아니요 청춘靑春의 오류誤謬에 가리웠던 인간본연人間本然의 예지叡智의 원천源泉이 다시 물줄기를 찾은 것이다. 시詩와 예지叡智의 협화協和는 심리心理와 육체肉體를 다시 조절調節하게 된 것이니 고독孤獨의 철저徹底로 육체肉體의 초조焦燥를 극복克服하고 비애悲哀의 중정中正으로써 정신精神에 효력效力을 발생發生케 한 것이다.

　　　제운밤 촛불이 찌르르 녹어버린다
　　　못견듸게 묵어운 어느별이 떠러지는가

어둑한 골목골목에 수심은 떳다 가란젓다
제운맘 이한밤이 모질기도 하온가

히부얀 조히등불 수집은 거름거리
샘물 정히 떠붓는 안쓰러운 마음결

한해라 기리운정을 몬고싸어 힌그릇에
그대는 이밤이라 맑으라 비사이다(除夜)
내옛날 온꿈이 모조리 실리어간
하날갓 닷는데 깃븜이 사신가

고요히 사라지는 구름을 바래자
헛되나 마음가는 그곳 뿐이라

눈물을 삼키며 깃븜을 찾노란다
허공을 저리도 한업시 푸르름을

업듸여 눈물을 따우에 색이자
하날갓 닷는데 깃븜이 사신다

 그러나 역시 비애悲哀와 허무虛無와 희망希望이 꽃에 꽃그림자같이 많으는 것이니 이것은 시인詩人 평생平生의 영양營養으로 섭취攝取하는 것이 현명賢明한 노릇이리라.
 이러구러 하는 동안에 영랑永郎은 다시 현부인賢夫人을 맞아들이고 큰 살림의 기동이 되고 남의 아버지가 되고 어머니를 여히고 서모를 치르고 그러고도 항시恒時 시인詩人이었던 것이다. 몸이 나고 살이 붙고 술이 늘고 엉뚱한 일면一面이 또한 있으니 이층二層집을 세워 세를 놓고 바다를

막아 물리치고 간석지干潟地를 개척開拓하고 동생을 멀리 보내어 유학遊學 뒤를 받들고 하는 것이니 그로보면 영랑永郎은 소위所謂 병적病的 신경질 神經質이 아니요 영양형營養形의 일개一個 선량善良한 필부匹夫이다. 그러기에 그가 체중 11관 미만의 신경쇠약神經衰弱 시대時代에 있어서도 그의 시詩만은 간결청초簡潔淸楚할지언정 손마디가 앙상하다던지 광대뼈가 들어났다던지 목아지가 기달았다던지 한 데가 없이 화려華麗한 지체肢體와 풍염豊艶한 홍안紅顔에 옴식 옴식 자리가 패이는 것이었다.

> 모란이 피기까지는
> 나는 아즉 나의봄을 기둘리고 잇슬테요
> 모란이 뚝뚝 떠러져버린날
> 나는 비로소 봄을 여흰 서름에 잠길테요
> 五月 어느날 그하로 무덥든날
> 떠러저누은 꽃닙마저 시드러버리고는
> 천지에 모란은 자최도 업서지고
> 뻐처오르든 내보람 서운케 문허졌느니
> 모란이 지고 말면 그뿐 내 한해는 다 가고말아
> 三百예순날 하냥 섭섭해 우옵내다 모란이 피기까지는
> 나는 아즉 기둘리고 있을테요 찬란한 슬픔의 봄을

모란을 이처럼 향수享受한 시詩가 있었던지 모르겠다. 영랑永郎은 마침내 찬란燦爛한 비애悲哀와 황홀恍惚한 적막寂寞의 면류관冕旒冠을 으리으리하게 쓰고 시도詩道에 승당입실昇堂入室한 것이니 그의 조선어朝鮮語의 운용運用과 수사修辭에 있어서는 기술적技術的으로도 완벽完璧임에 틀림 없다. 조선어朝鮮語에 대한 이만한 자존自尊과 자신自信을 갖는다면 아모 문제問題가 없을가 한다. 회우석상會友席上에서 흔히 놀림감이 되는 전라도 사투리가 이렇게 곡선적曲線的이오 감각적感覺的이오 정서적情緒的인 것을 영랑永郎의 시詩로서 깨닫게 되는 것이 유쾌愉快한 일이다.

호르 호르르 호르르르 가을아침
　　취여진 청명을 마시며 거닐면
　　수풀이 호르르 버레가 호르르르
　　청명은 내머리속 가슴속을 저져들어
　　발끝 손끝으로 새여나가나니
　　온살결 터럭끗은 모다 눈이요 입이라
　　나는 수풀의 정을 알수잇고
　　버레의 예지를 알수잇다
　　그리하야 나도 이아침 청명의
　　가장 고읍지못한 노래ㅅ군이 된다

　　수풀과 버레는 자고깨인 어린애
　　밤새여 빨고도 이슬은 남었다 (下略)

　　영랑永郞 시詩가 여기에 일으러서는 차라리 평필評筆을 던지고 독자讀者로서 시적詩的 법열法悅에 영육靈肉의 진경震慶을 견디는 외에 아모 발음發音이 있을 수 없다. 자연自然을 사랑하느니 자연自然에 몰입沒入하느니 하는 범신론적汎神論的 공소한 어구語句가 있기도 하나 영랑永郞의 자연自然과 자연自然의 영랑永郞에 있어서는 완전일치完全一致한 협주協奏를 들을 뿐이니 영랑永郞은 모사母土의 자비慈悲하온 자연自然에서 새로 탄생誕生한 갓 낳은 새 어른으로서 최초最初의 시詩를 발음發音한 것이다.
　　환경環境과 운명運命과 자업自業에서 영랑永郞은 제이차第二次로 탄생誕生한 것이다. 결론結論은 간단簡單할 수 있으니 시인詩人은 필부匹夫로 장성長成하야 다시 흉터 하나 없이 옥玉같이 시詩로 탄생誕生하는 것이다.
　　영랑永郞 시詩를 논의論議할 때 그의 주위周圍인 남방南方 다도해변多島海邊의 자연自然과 기후氣候에 감사感謝치 않을 수 없으니 물이면 거세지 않고 산山이면 험험險하지 않고 해가 밝고 하늘이 맑고 땅이 기름저 겨울에도 장미薔薇가 피고 양지陽地쪽으로 옮겨 심은 배추가 통이 앉고 젊은 사람은 솜바지가 훗훗하야 입기를 싫어하는가 하면 해양기류海洋氣流 관계關係로 여름에 바람이 시원하야 덥지 않은 이상적理想的 남국풍토南國風土에, 첫 정월正月에도 붉은 동백꽃 같은 일대一代의 서정시인抒情詩人 영랑永郞이 하나 남즉한 것도 자못 자연自然한 일이로다.

— 『여성』 3권 9호, 1938.9, 70~73쪽.

뿍 레뷰 : 임학수林學洙 저著『팔도풍물시집八道風物詩集』

시詩가 그다지도 조흔것인가?를 시인詩人 임학수林學洙한테 물어보고 싶고나 시詩우에 좋은 것이 없는 학수學洙는 불행不幸치 안헛다. 우리가 알기에도 임학수林學洙가 시詩를 해온지가 십년十年을 넘엇다. 오롯한 지향志向을 사흘을 갖기도 어려운 세상에서 시詩를 잡어 십년十年을 하로같이 지나온 것이 올흔일이 아닐수잇으랴. 학수學洙가 월래 편편약질이라 바람에 쏠릴듯이 가늘고 수瘦하고도 맑고 빳빳이 살어왔다. 이사람한테 시詩를 앗아버리기로 하자. 그리한다면 이 사람은 육체肉體로도 쓸어젓으리라. 학수學洙를 꾀이고 걸리고 달리게 한 것이 도모지 시詩의 공덕功德이다. 세상에 시詩가 문학자文學者와 비평가批評家한테는 그것이 대개大槪 그의 지식智識과 혹或은 일가견一家見에 그칠것이로되 시인詩人한테는 바로 양식糧食이다. 세속世俗에서 시詩가 소홀疎忽히 되는 것과 시인이 범용凡庸을 없수히 하고도 뛰어난 것이 대개 이러한 사실事實을 이유理由로 하는 것이니 시詩가 직업職業이 될 수 없는 현실現實에서 시인詩人의 생활生活과 정신精神이 족출簇出하는 것이다. 그 사람이 시인詩人이고 아닌 것을 일로 선발選拔할 것이니 우리가 보기에 시인급제詩人及第는 임학수林學洙한테 돌리고 원통할 것이 없어한다. 혹或은 그의 시詩가 기경奇警하고 발랄潑剌한데가 없을런지도 모르나 곤곤滾滾히 흐르는 시심詩心의 물줄기가 본디 쉘리와 키일스가 올라타지 아니치 못하엿을 장강대류長江大流를 이루는 역시亦是 한줄기가 아닐 수 없는 것을 부인否認할 자 잇으면 나서라. 첫 시집詩集 "석류石榴*"를 난지 잇해가 못되어 "팔도풍물시집八道風物詩集"이 나온다는 것은 그의 시적詩的 초조焦燥로 돌릴 것이 부당不當한 것

---

* 원문에는 "柘榴"로 적혀 있지만 임학수의 첫 시집은 "石榴"이다.

이오 그의 습유拾遺 이상以上의 여유餘裕를 자랑하는 것이다 명소고적名所古蹟에서 일거一擧에 시조時調 백수百首를 읽어내는 명장名匠이 놀라운 것이 아닌 것도 아나 애초에 시詩를 얻기가 지난至難한 처소處所마다 그래도 참하고 골은 것을 골라 뽑아내는 것이 귀貴한 노릇이 아닐 수 없다. 더욱 이 조선적朝鮮的 아雅와 속俗을 시詩로 푸리하고야 말은 시인詩人 학수學洙를 갸륵히 여기자! (경성부광화문통광화문京城府光化門通光化門빌딩 인문사진체경성人文社振替京城 이팔육삼삼번정二八六三三番定 가구십전특제일원습전價九拾錢特制一元拾錢)

—『동아일보』, 1938.10.28, 3쪽.

詩文學에 對하야
對談 : 朴龍喆, 鄭芝溶

朴   현재現在 조선시朝鮮詩를 대체로 어떠케 보십니까?

鄭   어떠케라니요? 현상現狀을 말슴입니까?

朴   아니 다른 소설小說이나 평론評論에 비비해서……

鄭   그러케 되면 우월문제優越問題가 생기는데 시詩나 소설小說이란 그러케 갑작이 쑥 올라서는 것이 아니라 결국結局은 일반적一般的 문화수준文化水準에 비추어서 말할 것이니까 우열문제優劣問題로 보는 것보담은 그러한 일반적一般的으로 보는 것이 조치 안흘까요?

朴   그래도 비교比較를 해야 재미가 잇지

鄭   대체 동경東京 문단文壇에는 신체시新體詩의 시기時期가 잇고, 그 다음에 자유시自由詩가 생겨서 나종에는 민중시民衆詩의 무엇이니 하는 일종一種의 혼돈시대混沌時代를 나타내엿지마는 우리는 신체시新體詩의 시대時代가 업섯습니다. 잇다면 육당六堂이 시詩를 쓰는 시기時期랄까. 여하간如何間 우리는 신체시新體詩의 시대時代를 겪지 못했으므로 조선朝鮮서는 시詩로 드러가는 것이 넘우 빨럿고 또한 시詩가 서는 것이 넘우 일직이 엿습니다. 그러나 우리 시詩가 이러케 일즉이 섯스면서도 본질적本質的으로 우수優秀한 점點이 잇는데 그것은 우리 말이 우수優秀하다는 것인데 첫재 성향聲響이 풍부豊富하고 문자文字가 풍부豊富해서 우리 말이란 시詩에는 선천적先天的으로 훌륭한 말입니다. 가령 우리 운문韻文에서 삼사조三四調가 기본조基本調인지 사사조四四調가 기본조基本調인지 몰라도 근원이 성향聲響이 조흐니까 그러한 글자 제한制限을 밧지 안코도 훌륭한 시詩가 될수 잇습니다. 그럼으로 우리는 신체시新體詩의 훈련訓練을 밧지 안코도 빨리 시詩로 드러갈 수 잇섯다고 생각합니다.

朴   그러나 일반적一般的으로 시詩 쓰는 사람들이 어휘語彙의 부족不足

을 말하는데.

鄭 그것은 되지 안흔 말입니다. 만날 외국어外國語를 먼저 알고서 그것을 번역翻譯하려니까 그러치 다시 말하면 조선朝鮮말을 번역적翻譯的 위치位置에 두니 그러치, 그럴 리理가 잇나요. 그리고 또 한 가지는 배우지 못한 탓일 것입니다.

朴 현재現在 우리 시詩의 단점短點은 무엇일까요? 일반적一般的으로.

鄭 그런데 우리 일반시인一般詩人의 작품作品보담 시인詩人의 태도態度의 대對해서 불만不滿이 잇습니다. 하다못해 통소도 십년十年을 부러야 소리가 터진다는데 대체 시詩를 십년十年 단속斷續한 사람이 누구입니까? 물론勿論 시詩를 짓는다는 것은 괴롭고 간난艱難하고 졸졸한 일이지마는 거기에 깃붐을 느껴야 할 것입니다. 그러나 좀 가다가는 돈에 팔리고 지위地位에 팔리고 해서 시詩를 버리게 되니 결국結局은 시작詩作에 대對한 긍지矜持가 업는 때문입니다. 그리고 이것이 제일 큰 결점缺點입니다.

朴 출발出發에 잇서서 전통傳統이 업는 때문에 방향方向을 잡지 못하는 것이 아닙니까요?

鄭 물론勿論 외국外國에 비比하면 우리도 고대가요古代歌謠나 시조時調가 잇다고 하드래도 그것이 줄기차게 전통傳統이 되지를 못한 것은 사실事實이지요. 그러나 우리가 전통傳統이 업다는 것은 시詩를 구상構想하는 데 도리혀 조흔 수가 잇습니다. 남보다 더 자유自由스러우니까 그럼으로 우리는 전통傳統업는 슬픈 시대時代에 낫다고도 할 수 잇지마는 본래 시詩라는 것은 슬픈 사람이 짓는 것이니까.

朴 시詩가 압흐로 동양취미東洋趣味를 취取할 것인가? 서양취미西洋趣味를 취取할 것인가? 거기 대對해서······.

鄭 우리는 그러케 깁히 생각할 것이 업다고 생각합니다. 시詩란 본래 그러케 무슨 이상理想이나 계획計劃을 세워가지고 짓는 것이 아니까. 그저 단판 씨름으로 해노코 보면 나종에 그것을 분류分類하고 비판批判하는 사람은 무엇이라고 하든지. 그러나 물론勿論 여러 가지로 영향影響을 밧는

것은 사실事實이겟지요.

朴 그러면 장래將來에 우리 시詩가 원칙적原則的으로는 정형시定型詩의 길을 거를 것입니까? 비정형시非定型詩의 길을 걸을 것입니까?

鄭 원칙적原則的으로 비정형非定型이 본래 원형原型이니까.

朴 전통傳統업는 대서 새로 시詩가 서자니까 시론詩論이 중요重要하겟는데 요새 우리 시론詩論이 어떠한 역할役割을 합니까?

鄭 시론가詩論家가 어듸 몃 되어야 말이지. 그런데 시詩가 일반적一般的 상식常識이 아닌 것과 마찬가지로 시론詩論이란 역시亦是 문학文學에 잇서서 상식常識이 아닙니다. 말하자면 시학詩學도 아니고 시화詩話도 아닌 만큼 이것은 특수特殊한 신경취미神經趣味, 교양敎養이 필요必要한 데 시詩와 관계關係야 물론勿論 지대至大하지요. 그러나 시인詩人과 시론가詩論家는 신경神經으로 밀접密接한 관계關係가 잇서야 할겁니다.

朴 시작詩作은 인스피레―슌에서 시작始作된다는 말이 올흔가요?

鄭 글세요, 이말은 하도 남용濫用을 하니까.

朴 아니 반드시 인스피레―슌이 아니라 여하간何如間 감흥感興이라고 하든지 뭐라고 하든지.

鄭 글세요 시詩에 잇서서 인스피레―슌을 기독교적基督敎的으로 해석解釋하는 것은 모르겟습니다마는 만약萬若 감흥感興의 정도程度로 해석解釋한다면 인스피레―슌은 중시重視해야지요. 그러나 시詩는 육체적자극肉體的刺戟이라든지 정신적精神的 방탕放蕩으로 쓰는 수도 잇는데, 그것만으로는 안됩니다. 역시亦是 순수純粹한 감정상태感情狀態라고 할까, 그런것이 업스면 인스피레―슌은 생기지 안습니다. 그럼으로 늘 겸손謙遜하고 깨끗하고 맑은 말하자면 시인詩人의 상태狀態로 잇스면 맛치 처녀處女에게 연인戀人이 오드시 시인詩人에게 뮤―즈가 오는 것입니다. 이것을 나는 은혜恩惠(Grace)라고 합니다. 그럼으로 쓰기 실흘때 의무적義務的으로 쓰려는 시詩가 안됩니다. 가령 계관시인桂冠詩人의 예例를 보십시오. 그 어데 하나이나 시詩된 것이 잇습니까?

朴 그러면 시詩가 그러케 되여서 표현表現까지 이르는 경로經路는 엇더케 됩니까?

鄭 처음에 상상想이 올때는 맛치 나무에 바람이 부는 것 갓해서 떨니기도 합니다. 말하자면 시詩를 배는 것이지요. 그래서 붓을 드는데 그때는 정리기整理期입니다. 그러나 이것은 기회機會를 기둘러야지요. 애를 배어도 열달을 기둘러야 사람의 본체本體가 생기드시 시詩도 밴 뒤에 상당相當한 시기時期를 경과經過해야 시詩의 본체本體가 생기는데 그 시기時期를 기두리면서도 늘 손질은 해야 합니다. 말하자면 조각彫刻이란 대리석大理石속에 드러잇는데 그것을 파고 쪼아서 조상彫像이 되는 것과 마찬가지입니다. 그럼으로 아모리 손질을 해도 결決코 인공적人工的인데가 업는 것이 아닙니까.

— 『조선일보』, 1938.1.1, 2쪽.

명일明日의 조선문학朝鮮文學
- 장래將來할 사조思潮와 경향傾向

문단중진文壇重鎭 십사씨十四氏에게 재검토再檢討된 리얼리즘과 휴매니즘

정상적正常的으로 발전發展하는 문단文壇에 잇어서는 한 개의 사조思潮나 경향傾向은 그 사회현실社會現實로서나 문학현실文學現實로서나 필연적必然的 산물産物이다. 그리고 작가作家나 평가評家는 매양이에 기基하야 창작創作하고 비판批判해야한다. 그러나 지금까지의 우리 문단文壇은 그러치못햇다. 평가評家는 부질없이 해외海外의 풍성학려風聲鶴唳에 휩쓸려 조선적朝鮮的 현실現實을 도외시度外視한 감感이 불무不無햇으며 또 작가作家는 작가作家대로 해외사조海外思潮와의 교류交流를 지나치게 거부拒否해온 감感이 없지안타. 그리하야 이론理論을 위爲한 이론理論에 함陷한 경향傾向도 보엿고 심甚하면 고집固執을 위爲한 논쟁論爭으로 일을 삼은 힘도 잇어 작가作家와 평가評家가 서로 괴리乖離케 되엇엇다. 문단文壇의 고민苦悶은 실實로 여기에 잇엇든 것이다. 그러나 새해를 맞어서는 작가作家나 평가評家를 막론莫論하고 그 무슨 새로운 과제課題가 제출提出되어야할 것이다. 해외海外에서 섬홀閃忽한 이색異色의 사조思潮에서 보다더 조선현실朝鮮現實에 기基한 이즘을 양출釀出해야할것이다. 작가作家와 평가評家가 손을 맞잡고 나아갈 그 새로운 과제課題를 얻자는데 이번 좌담회座談會의 본의本意가 잇엇든 것이다.

서항석徐恒錫 일기日氣도 불순不順한데 이러케와주서서 감사感謝합니다. 금년도今年度 문단文壇은 이미 검토檢討도 되엇으니까 오늘은 주主로 명백明白의 조선문단朝鮮文壇의 진로進路에 관關해서 말슴을 해주섯으면

조켓습니다

　이런 기회機會가 아니드라도 늘 관심關心해왔으니까 같은말을 되푸리하는것도 같기는 하지만 획기적劃期的인 타개책打開策은 갑작이 생각나지 안켓지마는 명백明白의 조선문학朝鮮文學 발전發展에 도움이 될만한 방도方途가 없겠읍니까.

　김용제金龍濟　좀 구체적具體的으로 질문質問을 해주시면조케습니다.

　서항석徐恒錫　다시 말하면 지금까지 논의論議되어온 모든 문제問題, 가령, 리얼리즘이라든가 휴매니즘, 낭만정신浪漫精神이라든가 고발告發의 정신精神이라든가 이런 것이 다 검토檢討되엇는지 그러찮으면 내년來年까지 끌고가야할 것인지 이런 문제問題는 여기서 끝이 낫다면 명년明年에는 어떤 새로운 이름이 문단文壇을 레뷰하게되겟는지

　박영희朴英熙　허나, 그 문제問題에 관關해서 써온 필자筆者들 여기 다 모이엇으니까 그 문제問題들이 어느 정도程度까지나 검토檢討되엇는지 어디 필자筆者들이 좀 이야기를 해주시면 조켓읍니다. 지도적指導的인 논문論文을 만히 쓰신 남천南天 씨氏나 임화林和 씨氏나 김용제金龍濟 씨氏나 ……

　김문집金文輯　쓰긴 뭘 만히 썻나요. 나는 도시都是 평론가評論家들이 예술藝術이 원치 문학文學이 뭔지를 알고 쓰는겐지부터가 의문疑問입니다. 리얼리즘 리얼리즘 하는데 그 리얼리즘과 예술藝術과의 관계關係를 알기나 하고서

　박영희朴英熙　그러나 나타난 것 가지고 이야기 하잔 말이지요.

김남천金南天 아니 김문집金文輯 씨氏가 어떠케해서 그러케 보는지를 추구追求할 필요必要가 잇잔습니까.

김문집金文輯 내가 보건댄 공상적空想的인 이념理念, 아모런 감수성感受性도 없이 그저 개념화槪念化한 인증印象만으로 비평批評을 하는게 평론가評論家인가?

김남천金南天 그건 김문집金文輯 씨氏의 견해見解지 김광섭金珖燮, 김문집金文輯 씨氏 말슴은 감상感想에 불과不過하지 그런다면 좌담회座談會가 성립成立이 되나.

서항석徐恒錫 그러치요. 임화林和, 아까 필자筆者당자當者들이 말을 하라지만 그 점點을 읽으신 분들이 더잘 알잔을까?

김남천金南天 그러죠, 총평總評쓰신분들이잘 아시겟죠. 리얼리즘이 날마두 되푸리된다고 거기에 압증壓症을 내는것 같으나 그러타고 새 문제問題 새이즘만이 문단文壇을 인도引導한다는 논법論法도 없잔음니까.

김문집金文輯 김남천金南天 씨氏는 새삼스런 고발告發의 문학文學을 제창提唱하는데 어떤 작품作品을 물론勿論하고 그속에는 고발告發의 정신精神도 잇고 리얼리즘도 잇고 또 낭만정신浪漫精神도 내포內包되어 잇는것치요.

김남천金南天 내가 고발告發의 정신精神을 제창提唱한 것은 조선朝鮮의 사회적社會的 현실現實이 작자作者로 하여곰 그것을 고발告發시킨 까닭입니다. 그래서 나는 작자作者인만큼 지금가지 작가作家들이 범범犯한해온 주관주의적主觀主義的 과류過謬에서 벗어나서 좀더 이해理解하고 그 현실現實

을 문학적文學的으로 ○○○○

　김문집金文輯　그러타면 백백교百百敎의 신문기사新聞記事가 고발적告發的인 점點에서는 더 효과效果가 잇을것이다. 그 속에는 고발告發의 정신精神도 잇을 것이고 리얼, 낭만浪漫 다 들어잇지요.
　헛되이 남의 문단文壇의 모방模倣만하고

　정인섭鄭寅燮　모방模倣이 나뿐것은 아니지요. 문제問題는 거기에서 우리에게 논의論議되어야할 새로운 문제問題를 발견發見하는데 잇지요.
　그런 논전論戰을 논전論戰대로 내버려둡시다. 휴매니즘 논의論議되어도 조흔 것이고 리얼리즘이 검토檢討되어도 조치요. 그리고 각인각색各人各色의 리얼리즘이 생겨서 화제話題가 되어도 조치요. 보편적普遍的인 의미意味의 리얼리즘이든가 경향적傾向的인 작가作家들이 일일적一日的 말을 위爲한 경향적傾向的 리얼리즘이라든가 이것은 다 용인容認할 수 잇는검니다. 다만 최재서崔載瑞 씨氏에게 뭇는말인데 최형崔兄은 심리주의心理主義와 리얼리즘을 어떠케 구별區別하시나요? 이옹李翁의「날개」를 리얼리즘이 심화深化라고 햇는데 그런 심리주의心理主義 리얼리즘도 리얼리즘이라고 부를수 잇을까요.

　최재서崔載瑞　그것은 신문사新聞社에서 붙인 제목題目이나 심리주의心理主義 리얼리즘이 붙엇으니까 그러케 부를수잇겟죠.

　정인섭鄭寅燮　그런 심리주의적心理主義的인 리얼리즘이 금후今後로도 발전發展할수잇고 실천화實踐化할수잇을것 같지 안슴이다.

　최재서崔載瑞　그런데 김남천金南天 씨氏 레얼이라고 하지안코 고발告發이라는 신술어新術語를 쓴 동기動氣는 어떳습니까.

김남천金南天 리얼을 좀더 심화深化하는 의미意味에서 고발告發이란 말을 썻습니다.

최재서崔載瑞 그래도 리얼리즘과 무슨 관련성關聯性이 없을까요?

김남천金南天 인간人間에게 잇는 가장 아름다운 감정感情이 증오憎惡할 만한 사실事實을 고발告發한다. 그 증오憎惡를 고발告發하는 마음도 역시亦是 사랑하기 때문에 고발告發하는 것이다. 그러나 소시민小市民은 사회적社會的 현실現實에서 증오憎惡를 발견發見하기 전前에 자기자신自己自身 속에서 증오憎惡를 발견發見합니다. 그래서 그것을 고발告發!

최재서崔載瑞 그러면 레알리즘을 표방標榜하는 작가作家가 평가評家는 지금부는 사회적社會的 현실現實을 고발告發하는 것이 아니라 자아自我를 고발告發해야 합니까?

김남천金南天 임화林和 그런 것만은 아니겟지요.

최재서崔載瑞 그러면 『소년행少年行』 남매男妹 등等 남천씨南天氏 작품作品에서 고발성告發性을 연 인물人物은 누굽니까?

김남천金南天 사회적社會的 현실現實의 산물産物인 빈곤貧困- 비굴卑屈 등等을 고발告發햇다고 생각합니다.
그리고 너무나 무능無能, 무기력無氣力한 자아自我-인테리에 대對한 증오憎惡를 고발告發햇다고 봄니다.

최재서崔載瑞 그러타면 "고발告發의 정신精神"이란 리얼리즘의 폭로暴

露의 정신精神과 조금도 다를 것이 없잔습니까. □□□□□□다는 웅변雄辯을 토吐하게 햇는데 이러케 인물人物로 하여금 고발告發을 시키는 것일까요.

김문집金文輯 고발告發이란 말은 휴매니즘과 같은 말이지.

정인섭鄭寅燮 왜 걸작傑作은 걸작傑作입넨다. 웨냐면 심리주의적心理主義的 인도주의人道主義와 심리주의적心理主義的 리얼리즘에 고발告發의 정신精神까지 하면 삼위일체三位一體가 되니까 걸작傑作의 아니고됩니까.
허나 이것은 완전完全히 실패失敗입니다 이유理由는 휴매니즘의 정신精神으로 고발告發이 되지 못하고 정욕情慾에 끌려워 에르를 고발告發하는데 그첫으니까 실패失敗지요.

최재서崔載瑞 남천南天 씨氏의 고발告發 운운云云은 조케말하면 폐인廢人의 정열情熱의 발현發顯이오. 기쁘게 말한다면 무기력無氣力하기 짝이 없는 것입니다.

임화林和 이 작품作品에서 작자作者는 주인공主人公이 기생妓生을 구救하려고는 하면서도 그것이 불가능不可能한 이 현실現實을 주제主題로 작품作品을 구성構成햇는데 물론勿論 그 의도意圖만은 조흐나 이러케 사소些少한 일은 통通해서 인간人間의 추잡한 일면一面을 나타내자면 기생妓生이 좀더 뚜렷하게 나와야 할것입니다. 효과效果가 없엇죠. 허나 남천南天의 작품作品은 전부全部그럽다.

김남천金南天 나는 그 작품作品에서 인도주의적人道主義的 허망虛妄, 환상幻想 같은 것을 고발告發하랴고한것인데 역량力量이 부족不足해 서 작품作品에까지 그것이 나타나지 못했지.

김문집金文輯 남천南天 군君. 그것이 자승자박自繩自縛이라는 것이오.

최재서崔載瑞 그래도 노력努力을 햇다면 노력努力햇다는 흔적痕迹만이라도 남어야하잔을까?

서항석徐恒錫 그런데 가마니보면 요새의 문단文壇은 이즘한테 너무 구속拘束이 된것 같은데…가령 리얼리즘으로부터 떠나는 것은 작가作家로서 무슨 큰 과류過謬나 되는듯이 해석解釋하는

정인섭鄭寅燮 그러니까 우리 문단文壇에서는 먼저 이 이즘을 해방解放해야합니다. 이즘으로 구속拘束을 말고 각자가 자유분방自由奔放하게 자기自己의 특장特長을 발전發展시키도록. 평론가評論家들도 이 이즘에서 해방解放이 되어야 됩니다.

서항석徐恒錫 도시都是 휴매니즘이란 것을 간단簡單히 말한다면?

정인섭鄭寅燮 현재現在 제창提唱되고잇는 휴매니즘은 인도주의人道主義를 배격排擊합니다. 좀더 전진적全陣的으로 말한다면 백철白鐵 씨氏의 휴매니즘과 전용해全龍海가 말하는 고발告發의 정신精神과는 그 ABC에서 XYZ에까지 정반대正反對지요. 즉卽 푸로데 라리아를 위爲한 휴매니즘의 완성完成인데 이는 미운 것은 영구永久히 머문 것이지요. 그□제(濟)씨(氏)한□ 합니다.

김문집金文輯 작가作家란 미워하고 사랑하는 것이 없어야 한다. 작가作家가 작중인물作中人物을 사랑하지안코는 작품作品을 못쓰지, 그것은 예술가藝術家의 태도態度가 아니야. 예술가藝術家란 악인惡人을 취급取扱할때라

도 그 악인惡人의 아름다운 관성慣性을 그리게 되는것이니까.

서항석徐恒錫 김광섭金珖燮 씨氏 웨 잠잠코 과자菓子만 잡수십니까. 어니 휴매니즘에 대對해서 한말슴.

김광섭金珖燮 글세 지금 여러분들의 말슴을 들엇지마는 내게 말을 시킨다면 휴매니즘이란 현대現代와 같은 정세情勢에서는 휴매니즘으로서의 기능機能을 완전完全히 발휘發揮할 수가 없고 다만 억제抑制된 인간성人間性을 좀더 인간人間다웁게 발전發展시키고 계몽啓蒙한다는 의미意味로 봅니다. 물론勿論 이 선의宣義는 현재現在의 사회정세社會情勢를 참작參酌해서 한 말입니다.

(칠시석반七時夕飯)

서항석徐恒錫 김광섭金珖燮 씨氏 웨 잠잠코 과자菓子만 잡수십니까. 어니 휴매니즘에 대對해서 한말슴.

김광섭金珖燮 글세 지금 여러분들의 말슴을 들엇지마는 내게 말을 시킨다면 휴매니즘이란 현대現代와 같은 정세情勢에서는 휴매니즘으로서의 기능機能을 완전完全히 발휘發揮할 수가 없고 다만 억제抑制된 인간성人間性을 좀더 인간人間다웁게 발전發展시키고 계몽啓蒙한다는 의미意味로 봅니다. 물론勿論 이 선의宣義는 현재現在의 사회정세社會情勢를 참작參酌해서 한 말입니다.

(칠시석반七時夕飯)

서항석徐恒錫 요새보면 리얼리즘으로부터 떠나서는 작가作家의 큰 죄

罪나 되는듯이 생각하는 경향傾向이 보이는데 여기서 새로운 길이 없을 술가術家가 돼야한다니까. 문예평론가文藝評論家들은 고발告發이니 리얼이니 공연히 이즘만 찾지말고 먼저 예술藝術 전前의 감정感情을 길러야해요.

정인섭鄭寅燮 그보다도 이 시대時代는 이론理論을 강요强要할 시대時代가 아닙니다.
 통일統一된 이론理論을 재래在來처럼 요구要求할수가 없으니까 먼저 이즘을 해방解放하는 것입니다. 그러타고 이즘을 무시無視하는 것은 절대絶對아닙니다. 되려 그 반대反對지요. 그리고 통일統一된 이론理論에 작가作家들은 구속拘束이 될 필요必要가 없다고 생각합니다.

김광섭金珖燮 그러나 통일차된 이론理論을 세울수없다 하더라도 고민苦悶하는 과정過程을 살릴 필요必要는 잇지요. 쉬스토프의 침통沈痛과 같은 – 다시말하자면 침통沈痛은 또 침통沈痛으로로서의 통일統一된 이론理論이 성립되잔을까
 정지용鄭芝溶 정인섭鄭寅燮 씨氏는 괘니 문자만 쓰느라고.

서항석徐恒錫 그럼 어디 문자 안 쓰고 말슴좀 하시지요.

정지용鄭芝溶 리즘이 없긴 웨 없어요? 씨름을 하는데도 씨름하는 법法이 잇는데, 그저 뾰족한 소리는 살살 피避해가며 책안잽힐 안전지대安全地帶에서 뱅뱅 돌일이지.

김용제金龍濟 말이 부족不足해서 평론가評論家들은 불리해요.

서항석徐恒錫 그러면 내년來年에도 리얼리즘을 그대로 가지고 가야 할까요. 너무 한군데 구속拘束이 돼서 그것이 그대로 작품비평作品批評의

척도尺度가 되고 기준基準이 돼버리는 것 같은데?

정인섭鄭寅燮 향토적鄕土的 신비주의神秘主義로 나간다면?

최재서崔載瑞 민족주의적民族主義的인 것을 의미意味하는 말인가요?

정인섭鄭寅燮 그보다도 각자各自가 자기自己가 신봉信奉하는 이즘을 발육發育시켜서 거기서 각자各自의 이즘이 살고 걸작傑作이 나오게 된다면 -

정지용鄭芝溶 이즘을 수입輸入은 잘해도 그것이 조선朝鮮에 와서는 발육發育이 못되고 뻐뻐 말라죽으니 웬일입니까.

유치진柳致眞 작가作家가 리얼리즘만 추궁追窮하고보면 너무 어두워저서 비관悲觀으로 흐르기가 쉽고 나종에는 자승자박이 돼서 신변身邊소설화小說化하기가 쉽게 되드군요. 리얼리즘에 입각立脚한 자신自身자신自身의 에스푸리 - 를 강조, 거기서 수년數年세례洗禮를 받은 후에 낭만적浪漫的으로도 수련修鍊을 해서 자기自己를 계발啓發하는 것이 명백明白의 문학文學의 -

정인섭鄭寅燮 당신이 고조高調하는 낭만주의浪漫主義란 신낭만주의新浪漫主義를 말하는 걸 □□□ 내가 말하는 낭만주의浪漫主義란 화和 씨氏가 말하는 리얼리즘에 입각立脚한 시뻘건 심장心臟이란 의미意味의 것입니다.

정지용鄭芝溶 글세 문학文學이란 공식公式이 아니래두들 그러거든 아리스토테레스가 한말처럼 예술藝術은 엄숙嚴肅해야 하지요. 덮어노코 황당무괴한것이 낭만浪漫이 아니고 정확正確한 것만이 리얼리즘이 아니지요.

김문집金文輯 정지용鄭芝溶 말에 나는 대체大體로 동감同感입니다. 그러니까 작가作家는 제 갈길을 가고 평론가評論家는 예술가藝術家가 되어서 재출발再出發해야죠.

이헌구李軒求 예술가藝術家로 돌라가라느니보다도 좀더 현실적現實的으로 문제問題를 포착할줄 알어야하고 그 현실現實속에서 늘 새로운 문제問題를 제시提示해야합니다. 공연히 문자만 쓰거나 문학文學만 희롱하는데 그치지 말고 현실現實을 잘 이해理解하고 사회社會를 정확正確히 관찰觀察해서 자꾸 새로운 문제問題를 제시提示하도록 —

김문집金文輯 새로운 문제問題야 평가評家가 제시提示하는 것이 아니라 작가作家가 제시提示하는 것이지.

임화林和 유치진柳致眞 씨氏가 리얼리즘의 세례洗禮를 받으며 낭만화浪漫化하듯이 지금 작가作家들은 거의 리얼리즘으로부터 떠나는것같습니다.

정인섭鄭寅燮 임화적林和的 리얼리즘에서는 떠나는게죠. 그러타면 작가作家들은 모두 낭만주의화浪漫主義化한다는 말슴인가요.

임화林和 보편적普遍的인 리얼리즘에서 작가作家들이 떨어저가는 것만은 사실事實입니다. 이효석李孝石 씨氏 같은 분은 에로티시즘으로 떠러지고 금년今年의 당선작가當選作家들도 생활生活의 광범廣凡한 관심關心을 버리는 것 같습니다. 이런때는 평가評家들은 작가作家들을 다른 조흔길로 지시指示해야할것입니다.

최재서崔載瑞 어디 유치진씨 말슴을 좀더 들엇으면 — 즉 작가作家가 리얼리즘에 분리分離되는 것은 어떠케 보는지?

임화林和 유치진柳致眞 씨氏말대로 리얼리즘의 길은 어두운데 그러니까 작품作品도 자연自然 어두어지지요. 그래서 로맨티즘이 일一루의 희망을줍니다. 그러나 나는 그보다도 우리네 작가作家가 우리의 현실現實을 아느냐 모르느냐가 의문입니다.
우울한 현실現實 분위기에 휩쓸려서 이데올로기를 상실喪失한것 같습니다. 외국外國을 본다면 십구세기말十九世紀末의 호걸豪傑한 속에서도 신시대新時代가 제시提示되지 안헛든가요. 첵홉이나 알티바세프에서 어떠케 고리키-가 나왓는가. 이것이 모두 작가作家가 현실現實을 떠나서 -

김문집金文輯 무슨소리! 작가作家가 현실現實을 안본다?

임화林和 아니 안본다는게 아니라 좀도 광범廣汎한 현실現實을 봐야한단말입니다.

김문집金文輯 무슨소리.

최재서崔載瑞 리얼리즘은 완전完全히 패배敗北한것이 아닌가합니다.

김문집金文輯 그도안될말. 리얼리즘이 언제 패배敗北했단 말입니까. 패배敗北햇다면 벌서 백년百年 전前에 패배敗北한것이오 패배敗北치안헛다면 백년百年 후後까지라도 문학이 잇는 한限 소멸消滅되지 안흘겝니다.

김문집金文輯 작가作家가 현실現實을 안보는 것은 아니지요. 그리고 십구세기十九世紀의 암담暗澹한 우울憂鬱속에서 고리키가 나왓다고 그러는데 어디 우리한테는 그런 탁월卓越한 생각을 가진 사람이 없는줄 아십니까. 아닙니다 그것은 경제적經濟的으로 또 사회적社會的으로 사정事情이 달러 그럿습니다. 먼저 우리는 자기우울自己憂鬱에 충실忠實해야지요.

임화林和 충실忠實?

김문집金文輯 말하자면 우울憂鬱속에서 우리의 우울상憂鬱相을 그리고 거기서 새로운 시대時代 새로운 광명光明을 갖어야지요.

임화林和 작가作家란 자기자신自己自身에게 보다더 가혹苛酷해야해.

최재서崔載瑞 리얼리즘이 당黨을 떠날수가 잇는가?

임화林和 김용제金龍濟 물론勿論!

김광섭金珖燮 사회정세社會情勢가 급전적急轉的으로 변變하는데서 리얼리즘이 로만티즘으로 흘르게 되는게죠. 진정眞正한 의미意味의 리얼리즘이란 지금은 문학文學에서는 불가능不可能하니까, 그래서 내적內的의 고민상苦悶相을

정지용鄭芝溶 뭘 사실주의寫實主義에서 이미 실패失敗한 일이 잇는데.

정인섭鄭寅燮 로만티즘과 리얼리즘을 조화調和시킬수 없을까?

정지용鄭芝溶 또들 그라거든, 웨 한골로 그러케 몰어너치를 못해서 애를 쓸까?

모윤숙毛允淑 도시都是 평가評家들은 작가作家를 무시합디다.

유치진柳致眞　모윤숙毛允淑 씨氏와 이헌구李軒求는 좀더 고민苦悶하라는데 현재現在 그런 작품作品은 없기는 하지만 그 이상以上 고민苦悶하면 허무주의虛無主義로 돌아갑니다.

김남천金南天　내년來年까지는 고통苦痛시기時機지.

정지용鄭芝溶　고민고민苦悶苦悶하는데 일부러 장질부사腸窒扶斯를 알을 필요必要가 어디 잇나요?

서항석徐恒錫　그런데 김상용金尙鎔 씨氏, 웨 한말슴도 안하십니까.

정인섭鄭寅燮　지금 고민苦悶을 하고 잇읍니다. (우슴소리)

김상용金尙鎔　그저 배우고 잇읍니다.

최재서崔載瑞　유치진柳致眞 씨는 자주 낭만화浪漫化를 말슴하는데 그러다가는 돈키호테가 되어버릴 우려憂慮가 잇죠.

서항석徐恒錫　이야기가 자주 딴데로 미끌어지는데 이러케 하지말고 한분한분 의견意見을 진술陳述해주십시요. 내년來年의 새로 나타날 새로운 경향傾向이라든가 우리가 특特히 노력努力해야할 방면方面이 어딘지…

김광섭金珖燮　예술가藝術家들─ 작가作家나 평가評家나 묘랄을 세우는 것은 절대絶對로 필요必要하겟지 마는 이론理論은 조흐나 그 이론理論대로 실천實踐하기는 어려운 것입니다. 작가作家나 평가評家의 비애悲哀는 거기 잇는것이지요. 아까들 생선썩은 것을 인례引例로 삼엇는데 나는 무엇보다

도 조선朝鮮이란 특수지역特殊地域과 그리고 거기에서 생활生活하는 인간
人間, 생활生活의 분위기雰圍氣를 잘 살려서 그 비관悲觀속에서 헤매이는
자기자신自己自身의 정체正體를 발견發見하는 것이 뭣보다도 급선무急先務
라고 생각합니다. 우리가 살어온 기록記錄, 고민苦悶한 기록記錄, 그것이
필요한 것이지 실천實踐하기 어려운 - 예例를 들면 오늘 현실現實에서 적
극성積極性을 띤 휴매니즘이라든가 이런 이론理論은 쓸데가 없지요.

　이런 현실現實에 제창提唱된 김남천金南天 씨氏의 고발告發의 문학정신
文學精神이란 도저到底히 활발活潑할수가 없읍니다. 쓸어넘어지는 자태姿
態- 그것을 어떠케 지목指目하느냐 어떠케 여실如實하게 독자讀者에게 전
傳할수잇느냐

　김용제金龍濟　그것은 비관적悲觀的 주관주의主觀主義가 아닐까? 나는
조선朝鮮의 작가作家들은 너무도 현실現實을 현실現實 그대로 정관正觀치
못하고 무비판無批判, 무성의無誠意하게 현실現實에 추종追從하기만 하기
때문에 그런 비관문학悲觀文學이 나온다고 봅니다. 현실現實을 떠나서는
문학文學이 없읍니다. 조선작가朝鮮作家는 현실現實을 리얼하게 그릴줄을
모른다. 예例를 들면 백백교百百敎의 미신迷信 폭로暴露, 광산생활보고鑛山
生活報告, 비상시풍경非常時風景 같은 것에는 소극적消極的이나마 손을 대
지 안코 잇으니 그 이것이 작가作家들의 현실現實 회피廻避가 아니고 무엇
일까요.

　이헌구李軒求　좀더 암담暗澹하고 우울憂鬱한 분위기雰圍氣를 맛보자는
것은 김광섭金珖燮 씨氏와 동감입니다. 즉即 현실現實이 그대로 반영反映된
거울로서의 문학文學- 그런 작품作品을 남기면 싶습니다.
　그밖에는 조선문학은 현실적現實的으로 나지 못하고 상징적象徵的으로
흐르지 안흘까? 심甚하게 되면 메-텔링크와 같은 -

정인섭鄭寅燮 아까도 한말이지만 당분간當分間은 이즘을 해방解放것이오 주류主流로서는 역시亦是, 희망希望이라든가 광명光明을 목표目標로 로만티즘과 리얼리즘을 조화調和시켜서 감정感情과 의지意志를 만족滿足시킬 그런 작품作品이 나왔으면 합니다.

김상용金尙鎔 배우러 온 사람더러 자꾸 말을 하라니. 그런데 내게 말을 시킨다면, 첫째 예술藝術이란 자기자신自己自身에 정직正直해야할 것 그러니까 자기소신自己所信대로 매진邁進할것이지요. 그리고 그 방향方向이란 무슨 주의主義든 간間에 예술藝術의 ABC인 예술藝術이라야 할 것 같습니다. 예술藝術의 재료材料가 없는 것이 아니라, 자기自己가 무력無力한것이지요. 근본문제根本問題로 가서 무엇보다도 예술藝術은 먼저 예술藝術이어야 합니다. 둘째로는 탐구探求, - 고민苦悶을 크게 고민苦悶하는 영현靈現 이것이 필요必要하다고 생각합니다.

모윤숙毛允淑 오늘날의 객관적客觀的 정세情勢가 그것을 허용許容치안흐니까 거대巨大한 문학文學은 당분간當分間 어려울것입니다. 애란문학愛蘭文學은 우리와 가장 가까운데 거대巨大한 반면反面에 섬세纖細합니다 그러나 애란문학愛蘭文學에 거대巨大한 대중성大衆性이 없다고 문학적文學的 가치價値가 없다고는 하지 안흐니까 아프고 쓰리고한것을 그대로 섬세하게라도 표현表現하는게죠.

정지용鄭芝溶 자꾸들 현실현실現實現實 하는데 이건 현실現實에 사로잡힌것 같습니다 그려. 개가 죽은 것도 현실現實이고 공자孔子가 춤을 추엇대도 현실現實인데 뭘그러케 어렵게들만생각합니까. 현실비판現實批判은 진리眞理인데 문학인文學人이란 이상인理想人이요 향악인享樂人입니다. 조선문학朝鮮文學이란 조선朝鮮말로 씨워진 것입니다. 거기에 조선적朝鮮的인 음音, 색色, 희喜, 애락哀樂 모든 것이 째어집니다. 그러면 고만이지 일즉이 사진주의寫眞主義에서 실패失敗를 하고도 또 현실現實 – 리얼리즘 어이 찬를.

　　김문집金文輯　몇번이나 말햇지마는 조선朝鮮의 평론가評論家는 공상적空想的인데로부터 떠나야합니다. 그래서 예술가藝術家가 되어야 합니다. 조선朝鮮의 평가評家들은 지성知性에서 감수성感受性을 획득獲得해야 하지요. 고민苦悶은 진정眞正한 의미意味의 고민苦悶이 될수없다. 가장 질거워할줄아는 사람이라야 고민苦悶할 줄도 아는것이오 따라서 예술藝術도 거기서 나와야 한다.

　　서항석徐恒錫　감사感謝합니다. (구시산회九時散會)

—『동아일보』, 1938.1.1~1.3.

신건新建할 조선문학朝鮮文學의 성격性格

어찌하야 새삼스러니 "신新" 자字를 붙혓는가 하는 것이 독자讀者의 의문일 것이다. 이것을 혹或은 쩌알리즘의 작란作亂으로 해석解釋할분도 잇을지모르나 그 본의本意는 다른데잇다 우리의 입으로 신문학新文學운동運動을 불으짖은지도 이미 이십년二十年이다.

이 삼십년간三十年間은 다른 모든 문화부내文化部內에서도 그랫지마는 문학운동文學運動으로 볼때도 실實로 다사다난多事多難한 이십년二十年이엇다. 허다許多한 사상思想이 우리의 생활生活속을 흘럿고 수數만흔 조류潮流가 또한 이 삼십년三十年 동안에 오고가고 햇고 또 한데 어울려서 이르는 바 혼돈시대混沌時代를 이루기도 햇던 것이다.

그러튼것이 이 사四, 오五은 거의 무풍지대無風地帶처럼 거센바람, 거친 물결 한번 일지아혼 채 정적靜寂해왓던 것이다. 이 기간期間을 혹或은 침체沈滯라 말하고 혹或은 정돈停頓이다 말한다. 그러나 그것이 침체沈滯이든, 정돈停頓이든 간間에 이 기간期間이 우리네 작가作家로 하여금 수업修業의 길을 닦에한것만은 누구나 시인是認하는 사실事實이다. 바꾸어 말한다면 이 짧은 기간期間에나마 종래從來 등한시等閑視햇던 기술적技術的의 인 문제問題를 재고再考케하엿다고 볼수잇슬것이다. 그리고 만일萬一 이말이 용허容許된다면 우리는 새집을 세우기 위爲한 기초공사基礎工事는 어느 정도程度까지 닦엇느냐라고도 말할 수 잇지 안흘까?

이 기초공사基礎工事를 다 닦엇느냐 다 못 닦엇느냐는 각자各自의 해석解釋에따라서 다르겟거니와 어느 정도程度까지 닦엇다면 우리는 이 터우에다 어떠한 문학文學을 세울것인가를 한번 생각해볼수도 잇지안흘까 – 하는 것이 이번 회합會合을 개최開催한 편집자編輯者의 의도意圖이다.

　기자記者　날씨가 갑작이 추워젓는데 이와같이 다수내림多數來臨하여 주시어 감사感謝합니다. 돌아보건대 조선朝鮮문학文學이 이러커나 저러커나 어느 정도程度의 기초공사基礎工事는 다저진가 합니다. 곧오늘까지 싸어올린 우리의 문학운동文學運動은 첫 공사工事는 끝나고 지금부터는 새 문학文學을 건설建設할 시기時機가 왓다고 생각하는데 여러분은 이 점點을 어떠케 보십니까.

　김남천金南天　기초공사基礎工事가 완성完成되엇다는 것은 무엇을 의미意味하는 것일까요.

　기자記者　기초공사基礎工事가 끝낫다는 것은 저 개인個人의 의미意味로는 조선문학朝鮮文學의 성격性格이라든가 기타其他 지금까지는 우리의 문학운동文學運動이란 것은 조선적朝鮮的인 것이라기보다 문학적文學的으로 외국문학外國文學을 수입輸入해가지고 그곳에서 섭취攝取한 것이 만헛다는 말입니다.

　백철白鐵　요요컨대 그것은 기술적技術的의 문제問題가 아닙니까. 언어言語라든가 문장文章의 문제問題말입니다. 그러나 질적質的으로 달라질 것은 없지 안흘까요.

　안함광安含光　내생각에는 과거過去의 문학운동文學運動은 정치政治라든가 경제經濟에 관련關聯되엇던것으로부터 이제는 작가作家의 개성個性에 입각立脚하여 밟어간다는 그런 범박汎博한 의미意味에서 전개展開시키엇으면 어떨가요. "신新"자字에 그리 매이지말고.

임화林和 "네오네오기"같어서… (일동폭소一同爆笑)

김상용金尙鎔 기초공사基礎工事라는 말은 아마 조선문학朝鮮文學이 어느 정도程度에 틀이 잡혓다는 것이겟지요. 그런데 조선문학朝鮮文學이 앞으로 새로워진다는 것은 내 생각 같어서는 朝鮮文學이 세계적世界的으로 진출進出해야될 것이라고 봅니다. 문학文學은 요要컨대 시대적時代的이면서 초시대적超時代的이어야 할 것이며 지방적地方的이면서 초지방적超地方的인데 위대偉大한 힘을 가지는 것인데 이런 의미意味에서 조선문학朝鮮文學이 새로워진다는 것은 곧 세계적世界的 문학文學으로 향상向上되는 것을 의미意味한다고 봅니다.

김광섭金珖燮 "신新"자字는 신구新舊의 대립對立이라는 말은 아니겟지. 그것은 창조성創造性을 말하는 것일터인데 조선문학朝鮮文學의 창조성創造性이란 새로운 방면方面이 여하如何히 전개展開될 수 잇을까가 문제問題겟지요.

김남천金南天 나는 이 문제問題를 결국結局 세계적世界的 수준水準의 문제問題로 생각하는데 조선문학朝鮮文學의 세계적世界的 수준水準이란 첫째 무얼로 표준標準하는가를 생각케됩니다.

임화林和 기초基礎는 옛날 다되지안헛소? (소성笑聲) 요要컨대 조선문학朝鮮文學은 재래在來에는 여러가지 구별區別을 할수가 잇엇는데 말하자면 자연주의自然主義 문학文學이라든가 신경향파新傾向派 문학文學 등等 분류分類가 되엇지만 지금至今은 모든 유파流波가 교류交流하고 잇는데 이것으로써 세계문학世界文學이 지내온 과정過程을 지내왓다고 볼수잇지 오그래 지금은 혼돈混沌되고 잇으므로 이에서 새로운 출발出發을 예상豫想

할수는 잇지오.

기자記者 조선문학朝鮮文學이란 다른 나라에서 밟어온 순조順調로운 길이 못되어 문학文學이 가질바 본질本質을 죄다 가젓다고는 못할것입니다. 일본문학日本文學이 자연주의自然主義 시대時代에 그 기초공사基礎工事가 되엇다고 하는데 우리도 그런 시대時代를 지냇다는 의미意味에서 말한 것입니다.

정지용鄭芝溶 그러케 "에폭"을 구별區別할수 잇엇던가요?

김상용金尙鎔 아무렴. 세계문학世界文學에서 "에폭"을 정定하는 것도 그러치 안습니까.

정지용鄭芝溶 그러면 조선문학朝鮮文學은 언문諺文이 해방解放된 이후以後 언문일치言文一致로서 이광수李光洙 씨氏가 제창提唱한 신문학新文學 시대時代란 말일까? 하여何如간間 "신新" 자字는 자미滋味잇고 유쾌愉快한 게야. 조선문학朝鮮文學을 정치적政治的 이즘에 이용利用하려고햇지만, 조선문학朝鮮文學도 나이를 먹으니까 철이 들어서 숙성熟成한가봐. 이십구세二十九歲 쯤은 되엇을걸. 작가作家가 육체적肉體的으로나 심리적心理的으로나 신자세新姿勢를 취취取하면 신문학新文學이 나올수잇지 안흘까.

김광섭金珖燮 신조선문학新朝鮮文學의 신문학新文學이란 제목題目보다도 조선문학朝鮮文學도 한 삼십년三十年 걸어왓고 또 작가作家들이 실험적實驗的인 시기時期도 지나 앞으로는 조선朝鮮의 시대성時代性을 나타낸 건실健實한 문학文學을 창조創造해 나가자는 말이겟지요.

백철白鐵 지금至今까지 말슴한 것을 종합綜合해보면 세 가지라고 볼 수

잇는데 무영無影 씨氏는 기술技術을 가르첫고 임화林和 씨氏는 사상주의思想主義를 말햇고 또 정지용鄭芝溶 씨氏의 것은 문학적文學的 노력努力이겟는데 이 모든것이 문학文學으로 보아서는 이利로웟지오.

정지용鄭芝溶 내가 그말 햇을때는 찬성贊成하지안코 공연空然히 늘어놋는군 (소성笑聲)

임화林和 문학文學이란 어느때든지 한 시대時代를 대표代表할만한 작가作家가 나와야하는데 아직 당대當代 작가作家로는 그런 작가作家가 없읍니다. 문학文學을 대표代表하는 것은 소설小說인데 지금 조선朝鮮에는 당대當代 작가作家가 안 나왓습니다. 지금 활동活動하는 작가作家가 진보進步한 것은 사실事實이나 한 시대時代를 종합綜合하고 대표代表할만큼은 못 되엇죠. 한 시대時代가 지날때 한사람의 대표작가代表作家가 잇어야 할것입니다. 가령假令 춘원시대春園時代에는 춘원春園의 작품作品이 그 시대時代를 대표代表하고 잇엇지만 지금은 없지안습니까.

김상용金尙鎔 조선문학朝鮮文學은 지금까지 성쇠소장盛衰消長이 잇는동안 진보進步햇지만 나보기에는 아직도 조선적朝鮮的이면서 세계적世界的인 것은 없습니다. 앞으로는 조선적朝鮮的인 동시에 세계적世界的이어야 할 야심野心 의욕意慾이 잇어야겟습니다. 손기정孫基禎 군君이 스포-츠에 잇어서 뽐내엇는데 우리는 작품作品에 잇어서도 그래야할것입니다.

김광섭金珖燮 스포-츠와 문학文學과는 다르지오.

정지용鄭芝溶 그런데 조선문학朝鮮文學이 진보進步햇다는것은 또 무슨 소리인가요 임화林和 진보적進步的이라는 말은 기술적技術的으로 발전發展핫단 말이겟지요.

정지용鄭芝溶 아니 나는 진보進步된 것은 경향파傾向派가 쑥들어간게 진보進步라고 생각하는데 (소성笑聲)

김상용金尙鎔 그런 농담弄談은 그만두고 하여간何如間 조선문학朝鮮文學이 사반세기四半世紀를 지나오는동안 질적質的으로나 양적量的으로 진보進步한 것은 사실事實이니까.

백철白鐵 임화林和, 김상용金尙鎔 양씨兩氏가 말한바와 같이 개인個人이 나와야한다는 뜻과는 다르지 안흘까요? 나는 개인個人은 유파流波가 없이는 대표적代表的 개인個人이 나올수는 없다고 봅니다. 마치 "유-고-"가 낭만파浪漫派의 수령首領으로 낭만파浪漫派를 대표代表하듯이.

김상용金尙鎔 손기정孫基禎이가 나오는데는 물론勿論 숨어엇는 손기정孫基禎이가 만히 잇지오.

임화林和 스포-츠에서 본나도 문학文學은 한층더 개인個人이 대표代表한다고 생각합니다. 유파流波 중中의 대표작가代表作家 일인一人을 보면 그 뿐이죠. 그속에 모든것이 들어잇지요. 이런것이 고전古典입니다.

백철白鐵 안함광安含光 (동시同時에) 그러치안쵸.

백철白鐵 주장主張이 없이는 안 됩니다.

임화林和 세계문학世界文學이 되려면 이같이 고전적古典的이어야 합니다.

가. 조선문학朝鮮文學의 신성격新性格

기자記者 그러면 조선문학朝鮮文學에 잇어서의 신성격新性格은 어데서 구(求)햇으면 조켓습니까.

안함광安含光 조선문학朝鮮文學이 다소多少의 진보進步를 보인것은 사실事實이오 양적量的으로 는 것도 사실事實이나 그곳에 잇는 바 성격性格이란 무어 이러타할것이 별別로 잇는것 같지안습니다. 그러나 신성격新性格을 수립樹立하자면 먼저 현재 조선문학朝鮮文學의 성격性格부터 구명究明해야하겟는데 그것이 여간한 난사難事가 아닐것입니다.

백철白鐵 신성격新性格이라하면 구성격舊性格이란 무엇이엇든가 하는 것이 연상聯想되는데 현재現在 조선문학朝鮮文學의 성격性格이란 너무 다양다종多樣多種이어서 어떤 것을 신성격新性格이라고 하고 지적指摘하기는 어려울 것입니다. 이것은 일면一面 주장主張이나 경향傾向이 없다고도 볼수잇는것으로 신성격新性格이란 참으로 새로운 무엇이 잇어야 할것입니다.

김상용金尙鎔 조선문학朝鮮文學의 신성격新性格이란 현재現在에 잇는 조선문학朝鮮文學이 가지고 잇는바 모든 성격性格의 구체적具體的 표현表現, 즉 종합적綜合的이오 집중적集中的 표현表現의 성격性格을 요구要求하게 되는데 그것은 역사歷史안에 잇으면서도 역사歷史 밖으로 나와야할것이라고 봅니다. 역사적歷史的이면서 초역사적超歷史的이어야 합니다. 그것은 조선적朝鮮的이면서 초조선적超朝鮮的인것 같이 말입니다.

임화林和 내가 그말입니다. 쉑스피어 예例를 보아도 그것이 위대偉大한

것은 그 시대時代의 작품作品이면서 지금에도 그 위대성偉大性을 가지고 잇으니까요. 여기에 고전古典의 가치價値가 잇는 것입니다.

백철白鐵 그런데는 고전古典이란 말이 타당妥當치 안치. 신경향新傾向이 잇어가지고 그것이 후대後代에 와서 고전古典이 되는게지 처음부터 고전古典이 잇는 법이 어데 잇습니까.

임화林和 고전古典이란 고古는 "예 고古" 자字가 아니고 형용사形容詞로서 썻습니다.

김상용金尙鎔 그러치만 시대적時代的이면서 초시대적超時代的임을 바라야합니다.

안함광安含光 그러나 나는 여기에 대對해서 견해見解를 달리하고 잇습니다. 신성격新性格을 발견發見하기 위해서 고전古典으로 돌아가라면 알수 잇지마는

임화林和 고전古典으로 돌아가라는 것은 아니겟지요. 고전古典이란 그 시대時代에 살어잇으면서 한편 후대後代에 영향影響을 주어야 하는 것입니다 세계문학世界文學은 마치 연봉連峯과 같어서……

김남천金南天 조선문학朝鮮文學이 무엇을 가졋을까요?

정지용鄭芝溶 밤낮 지방적地方的이면서 초지방적超地方的이라거나 역사적歷史的이면서 초역사적超歷史的이라고 김상용金尙鎔 씨氏는 하지만 나는 그것보다도 세계世界를 수용收容할 타당妥當한 사상思想을 가져야할 줄 압니다.

임화林和 동감同感이올시다.

김광섭金珖燮 조선문학朝鮮文學의 신성격新性格이란 물론勿論 이것이다 하고 처방전處方箋을 써서 내노흘수는 없는 것이나 현역現役 작가作家가 시대의식時代意識을 잘 파악把握하여 솔직率直하고 대담大膽하게 표현表現하는데서만 이것은 나타나리라고 생각합니다.

김남천金南天 그러한 탄생誕生이 잇을 전前 조타고 생각합니다. 그런데 아까 임화林和 씨氏가 당대當代의 고전古典될만한 문학文學은 적어도 작가作家 당대當代의 작품作品은 아니라고한 말슴의 뜻은 무엇입니까.

임화林和 지금 작가作家는 만습니다. 그러구 한사람한사람씩 보면 사상思想이나 기술技術의 세세細細한 부분部分은 조흔데 이 모든것을 최량最良의 의미意味에서 종합綜合되엇으면 고전古典이 될 수 잇는데 이것이 없다는말입니다.

신남철申南澈 그러치만 현역現役 작가作家가 새로운 출발出發을 하면 고전古典을 날 수 잇지 안켓슴니까.

임화林和 물론勿論 되겟지오. 내말은 지금까지의 작품作品 중中에는 없엇다는 것이지오.

김광섭金珖燮 외국고전外國古典을 보아도 그러케 모든 것이 종합綜合되어 잇다고는 볼수는 없지안허요?

김남천金南天 또 당대문학當代文學을 대표代表하는 것이 소설小說이어야 한다는 말은?

임화林和 그거야 다하는 이야기고 … 그러구 작품作品이 위대偉大할려면 사상思想으로나 형식形式으로나 모두 걸작傑作이어야 합니다. 즉 예例를 들면 고전古典을 공부工夫하여서도 그에 뒤를 따르는 것을 맨들어서는 안된다. 톨스토이를 배운다면 그보다 내용內容도 뛰어나야되겠지만 형식形式에 잇어서도 새로워서 이것을 이겨야 된다는 말입니다.

김광섭金珖燮 그러면 현대문학現代文學이즘 중中에서 어떤 이즘을 배워야 한다는 말입니까.

임화林和 어떠케 내가 약처방藥處方 내듯 할 수 잇어요.

정지용鄭芝溶 고금古今을 통通해서 이태백李太白이가 제일第一 유명有名하지안허요. 안잠 재도 알거든.

김광섭金珖燮 그건 이태백李太白의 시詩를 모르고 이름만 아는게지. (소성笑聲) … 임화林和 씨氏 말은 현역現役 작가作家를 무시無視하고 하는말 같은데 어데 현역現役을 버리고야 그런 문학文學이 나오리라고 생각할수가 잇습니까 일一센치 식式이라도 진보進步하도록 힘써야 하지 안습니까.

신남철申南澈 임화林和 씨氏에게 한마디 더 물을 것이 잇는데 현조선문학現朝鮮文學의 조류潮流는 혼돈混沌되엇다는 것은 무슨 뜻입니까.

임화林和 어째 대질對質같어서 (소성笑聲) 혼란混亂이란 말은 지배적支配的 조류潮流가 없다는 것이죠. 조류潮流가 잇어도 아조 미약微弱해젓다고 생각되어서.

신남철申南澈   지배적支配的 조류潮流가 잇지 안허요?

임화林和   자신自身의 입장立場들은 잇겟지 마는 일반화一般化된 조류潮流가 없다고 봅니다.

기자記者   신성격新性格 형식形式에 필요한 조목條目을 임화林和 씨氏 같이 들어주엇으면 조켓는데.

김남천金南天   현재現在의 조류潮流를 신성격新性格 발생發生의 전야前夜라고 볼수 없을가요.

백철白鐵   사상思想이나 주장主張이 혼돈混沌하엿 엇다고 이를 신성격新性格 발생發生의 전야前夜라고 전 말할 수는 없지오. 그러한 성격性格을 설정設定해야 한다고는 보겟지마는.

안함광安含光   나는 위대偉大한 작품作品이 나올려면 "톨스토이"나 "도스토엡흐스키" 같이 시대時代가 말하고 싶어하는 것을 작품作品 속에서 전개展開시키는 의논성議論性이 잇는 작가作家가 나와야 한다고 생각합니다.

신남철申南澈   신성격新性格을 맨들어내는 데는 반드시 고전古典에 대對한 연구硏究가 절대絶對로 필요必要한 것이 도제는 안켓지오. 역사歷史나 전통傳統이 무엇을 창조創造하는데 한 관련關聯이나 참고參考는 될수잇을 지언정 곧 새로운 성격性格으로는 나타날수잇다고는 생각할수없습니다. 조선문학朝鮮文學의 신성격新性格이란 역시亦是 신시대新時代 의식意識을 잘 파악把握해가지고 세계적世界的인 무엇을 맨들어 내야할것이라고 생각합니다. 이러기위하여서는 늘 안광眼光을 세계적世界的인데 돌리지 안흐면 아니됩니다.

안함광安含光　그건 결국結局 작가作家의 교양敎養 문제問題겟지오.

임화林和　시대時代란 고전古典을 돌아보게되는때가 잇다.

백철白鐵　어째서 현대現代는 고전古典을 돌아보는때란 말입니까.

임화林和　시대時代는 나가다가 큰 변전기變轉期를 만나면 과거過去를 돌아보게 됩니다. 서양문화西洋文化가 때때로 희랍希臘으로 돌아가듯이, 그런데 지금 조선문학朝鮮文學은 "스탕달" "발자크" "톨스토이"…를 돌아볼 때입니다.

안함광安含光　그것은 개인적個人的 문제問題겟지오.

임화林和　아니오 시대時代의 문제問題입니다.

김광섭金珖燮　현대現代 조선문학朝鮮文學은 읽고나면 늘 불만不滿이 잇습니다. 외국外國것은 섭취攝取할 무엇이 잇지만 조선문학朝鮮文學은 조선朝鮮 사람이 살아나가는 그 힘을 표현表現해야할 것입니다. "장발장"의 예例를 들면 "장발장"이 어떠케 살어갓느냐를 볼 대 감격感激합니다. 조선문학朝鮮文學에는 이것이 잘 표현表現되지 못하엿습니다.

임화林和　조선현대문학朝鮮現代文學은 조선朝鮮의 십구세기十九世紀 것에도 못갓지. 이제 비약飛躍을 하려면 먼저 십구세기十九世紀의 수준水準을 넘어야 합니다.

김광섭金珖燮 그러치만 이즈음만은 넘엇지오.

김남천金南天 그러케 말하면 비단非但 십구세기十九世紀 뿐인가 "호-머"부터 넘어야 하지.

나. 비평기준批評基準의 확립確立

기자記者 이번은 비평批評에 대對하야 말슴해주엇으면 합니다. 지금까지의 비평기준批評基準이란 확립確立되엇다고 할 수는 없으니까요. 가장 실제적實際的인 문제問題로서의 비평기준批評基準의 확립確立에 대對한 생각을 좀더 쉽게 짧게 이야기해주섯으면 합니다. 그러기 위하야 종래從來의 각자各自 비평기준批評基準이 어떠햇다고 기탄忌憚없이 말슴하섯으면 합니다.

백철白鐵 과거過去의 경향파傾向派의 문학비평文學批評은 기준비평基準批評이어서 공격攻擊을 받엇는데 나는 종시終始 인상주의印象主義에서 왓습니다마는 지금은 나는 새로운 주장主張을 세워가지고 작품作品을 평評해야되리라고 생각하고 잇습니다. 즉 다시 기준基準이 필요必要하게 되엇습니다.

신남철申南澈 인상비평印象批評이란 어떤 비평批評입니까.

백철白鐵 처음부터 어떤 기준基準이 잇는 것이 아니라 이러는 작품作品에서 얻는 인상印象을 재료材料로 비평批評을 하는 게지요.

김광섭金珖燮 미학적美學的 비평批評이란 말이겟지요 그래 백년전의 작품이라도 그저 심미안審美眼에만 맞으면 전가치를 알어주는 그런 것이겟지요.

김남천金南天 조선朝鮮의 비평가批評家란 일정一定한 기준基準이 잇엇던 것이 아니지오. 일정一定한 기준基準이 잇엇다면 그래도 경향문학파傾向文學派이겟는데 대언大言 장어壯語로 이론理論은 버려노핫지만 작품作品에서 그 이론理論을 받어드린 것은 극極히 드물겝니다.

신남철申南澈 백철白鐵 씨氏 말같으면 비평批評은 늘 작품作品에 끌리워 다니게 되지 안습니까.

백철白鐵 꼭 그러치도 안치오.

금후문학비평기준今後文學批評基準 확립確立은 여하如何히할까

기자記者 그러면 금후今後의 문학비평기준文學批評基準의 확립確立을 어떠케 햇으면 조흘까요.

김상용金尚鎔 비평가批評家에게 연래年來의 품엇던 말을 하겟습니다 - 비평批評이란 절단截斷입니다. 그런데 조선朝鮮의 평가評家는 너무 경경輕輕하게 평評을 씁니다. 문학비평가文學批評家가 되려면 세 가지의 자격資格을 갖후어야 합니다. 첫째는 감상력感賞力, 둘째는 풍부豊富한 교양敎養, 셋째는 너그러운 덕의德義가 잇어야 합니다.
날카로운 감상력이 잇으면 문학경향文學傾向에서라도 사회적社會的 예언豫言을 할 자격資格이 잇는데 만일萬一 이것이 없다면 비평가批評家는 말이 못됩니다. 새 시대時代, 새 공기空氣의 싹이 나오다가도 덕의德義가

없는 비평가批評家를 만나면 잘리워버리고 맙니다. 여기에 나쁜 비평가批評家의 해독害毒이 잇는것입니다. 그러타고 첨부瞻部한 지식智識과 교양敎養이 잇느냐하면 그러치도 못합니다. 외국外國의 비평가批評家- 예例를 들면 "세인츠베리"라던가 "에드먼드·거슨" 같은 이는 첨부瞻部한 지식智識이 잇엇습니다만, 작가作家를 비평批評하는 대신代身에 작품作品을 쓰라면 못쓰는 그런 비평가批評家가 너무 만습니다.

백철白鐵 두가지 혼동混同해서 말슴하시는데 첫째는 작가作家와 비평가批評家를 함께 섞어서 말슴하시고 둘째는 여기는 조선朝鮮과 영국英國을 혼동混同햇습니다. 물론勿論 비평가批評家가 다 올흘수도 없지만 갑재기 어떠케 바랄수 잇습니까.

김상용金尙鎔 지나친 말도 잇겟지마는 과거過去의 경향적傾向的 비평가批評家에 특特히 만헛습니다. 남이 먼저 말한 것을 되푸리해서 말은 햇는데 속이 텅비어서 얼마 못가서들 창낫지오.

김광섭金珖燮 그실 조선朝鮮같이 문학비평가文學批評家가 만흔 곳도 없을 것입니다. 그러나 외국外國에서도 이름잇는 비평가批評家는 만흔 비평가批評家 중中에서 이二, 삼인三人이 남는 것이 아닙니까 하긴 작가作家도 또 욕慾도 먹고 그러는 중에 진보進步잇고…생각됩니다.

기자記者 얼마전에 이효석李孝石 씨의 "해바라기"라는 작품作品에 대對하여서 임화林和 백철白鐵 양씨兩氏가 비평批評을 하엿는데 양씨兩氏의 견해見解가 전연全然다르드군요. 이제 양씨兩氏가 한곳에 모엿으니 어떠케 해서 견해見解가 다르시다는 점點을 이야기해주엇으면 비평기준批評基準의 수립樹立에 호표본好標本이 될까합니다.

임화林和 이건 아주 대질신문對質訊問이로군 (일동소一同笑)

백철白鐵 나는 주인공主人公이 비관적悲觀的 인텔리가 낙관주의자樂觀主義者하고 대립對立되어 묘사描寫되어잇는데 마즈막에 주인공主人公이 금광金鑛으로 가는것으로 무슨 큰 행동行動을 한것같이 그려젓으나 그것은 결국結局 결말結末로서는 비속卑俗하다고 보앗습니다.

임화林和 나는 그 비속卑俗으로 들어가는 주인공主人公이 이를 능동적能動的이라고 생각하는 것이 아니라 도리혀 행동行動까지 비관悲觀하는 것이 진실적眞實的이라고 보앗습니다 …… 이건 딴 이야기지만 최재서崔載瑞 씨氏의 박태원朴泰遠 저著 "천변풍경川邊風景"과 이상李箱 씨氏의 "날개"에 대對한 비평批評은 재미잇다고 봅니다. 최씨는 본래本來 해석적解釋的인 필치筆致잇는데 최근最近 모랄 문제問題에까지 도달到達햇습니다. 최근最近 "개조改造"에 실인 논문論文을 보면 모랄, 도그마, 그리고 역사관歷史觀, 가치비판價値批判을 생각하게 된것인데 해석적解釋的인 사람이 기준基準을 세우게 된 것은 주목注目할만한 사실事實입니다.

안함광安含光 재래在來의 기준비평基準批評이 틀렷다는 것은 작품作品에 아모 개성個性이 없어도 기준基準에만 맞으면 조타고 하고 이에 맞이 안는것은 덮어노코 나쁘다고한데 잇엇는데 내생각같에서는 비평기준批評基準의 다원성多元性을 강조强調해보고도 싶습니다.

다. 창작방법론創作方法論

기자記者 조선朝鮮의 작가作家는 일반적一般的으로 보아 시야視野가 너무 좁고, 더나가서는 작품作品에 잇어서 성격창조性格創造가 빈약貧弱한것만은 사실事實이라고 봅니다. 그래서 인간생활人間生活과 유리遊離한 감感이 만습니다. 이 점點을 어떠케 보충補充하엿으면 조흘까요.

김남천金南天 창작방법론創作方法論이라고 하면 우리는 예例의 "소시알리스틱·리얼리즘"의 "슬로간" 설정設定을 연상連想케 되는데 작금昨今 양년兩年은 통 이러한 창작방법創作方法에 대對하야 논의論議가 없엇으나 "리얼리즘"의 추구追求에 잇어서 좀더 구체적具體的으로 나갓다고 봅니다. "데테일"이라던가 "되피칼"한 것을 그리는데 잇어서 이러한 걸 볼 수 잇습니다. 역시亦是 창작방법創作方法으로는 "리얼리즘"이 그 본질적本質的의 것이므로 "리얼리즘"의 추구追求는 문제問題가 됩니다.

백철白鐵 이것이 "리얼리즘" 문학론文學論의 시대적時代的 성격性格인데 최근最近의 것을 들면 세태소설世態小說이 주작품主作品이지요.

김남천金南天 내가 세태世態를 풍속風俗에까지 높히자는 것은 세태(世態)의 분절分析에서 사상思想을 찾자 즉 세태世態에서 세태世態 이상以上을 볼려는 것입니다. 이러케하면 풍속에서도 조선적朝鮮的 성격性格이라는 것이 나올수 잇다고 믿습니다.

김광섭金珖燮 현재現在에 잇어서 우리가 생각할 수 잇는 성격性格 큰 고민苦悶하는 성격性格은 조선朝鮮의 작가作家들에게서 아직껏 발견發見치 못하엿을뿐만아니라 역시亦是 완전完全히 세태世態를 거린 작품作品도 드물다고 나는 봅니다.

안함광安含光 세태소설世態小說은 "리얼리즘"의 범위範圍를 좁게 하는 듯 합니다. 인물人物의 내면세계內面世界 – 심리세계心理世界를 탐구探究하는 힘이 부족不足한데 우리는 심리주의心理主義까지도 "리얼리즘"안으로 포옹抱擁하면 조타고 생각합니다.

임화林和 그런 심리주의心理主義가 아니고 심리묘사心理描寫이지오. 심리묘사心理描寫의 심화深化가 "리얼리즘"의 경지境地에 들어 왓다는 것이 최재서崔載瑞 씨氏의 "날개" 평評의 요점要點이엇지오. ……이지음 소설론小說論을 이곳저곳에서 보앗는데 모두 세부細部의 진실眞實은 그럿으나 소설小說을 써가는 결정적決定的 요소要素가 적습니다. 성격性格의 "구성構成"이 적습니다.

안함광安含光 이기영李箕永 씨氏의 "설"을 보면 딸이 공부工夫시켜달라니까 학교學校에서만 공부工夫하는 것이 아니라 현재現在의 여급생활女給生活에서도 공부工夫란 할 수 잇는것이라고 아버지가 퉁명스레 말하엿는데 그러케 말하는 아버지의 고민苦悶이 전혀 안 그려젓습니다. 지금은 이같이 감성感性이 심리적心理的인 것이 무시無視되어 잇습니다.

임화林和 심리心理보다는 소설小說을 구성構成하는 사상思想이 아닐가.

라. 농민문학문제農民文學問題

기자記者 조선朝鮮의 작가作家는 농촌農村에서 취재取材하는 것이 가장 조흘듯한데 불구不拘하고 잇는데 차제此際 농촌農村을 취급取扱한 작품作品이 거이 없습니다 이것은 어데 그 원인原因이 잇을가요.

백철白鐵 경향파傾向派 문학文學이 성성할 때에는 농민문학農民文學이 잇엇는데 경향파傾向派가 후퇴後退하자 농민문학農民文學도 업서지고 말엇습니다. 지금 농민문학農民文學을 재기再起시키는 것은 필요必要한데 이에는 그 전前과 같이 생산면生産面에만 관계해서 쓸 것이 아니라 농민農民의 의리義理라던가 향토鄕土에 대對한 애착심愛着心 등等에서 취재取材하는 것이 조흐리라고 생각합니다.

김남천金南天　나는 그러한 취재取材에 대對해서는 그리 찬성贊成하고 싶지 안타. 백철白鐵 씨氏의 말대로 하면 동경문단東京文壇의 "옥토沃土"(和田傳 作)나 "토土"(長○節 作)의 정도程度 밖에 아니될 것이라고 보입니다.

임화林和　"옥토沃土"는 역시 일종一種의 자연주의自然主義가 아닐가요. 지금에 조선朝鮮에서 농민문학農民文學을 그린다면 이 정도程度밖에 안될 것이지오.

백철白鐵　인간욕人間慾에 대對한 농민적農民的 성격性格이라든가 또는 인심人心의 깊은데로 들어가니까 자연주의自然主義는 아니지요.

임화林和　그러치마는 그 속의 "휴매니티" 외外에는 우리와 관련關聯이 없지안허요.

정지용鄭芝溶　도시都市에 사는 문학자文學者들이 농촌을 어떠케 잘그릴 수잇나? 작가作家의 귀농운동歸農運動이라도 해보아야될줄압니다.

김광섭金珖燮　농민문학農民文學의 발달發達을 위하여서 신문新聞이나 잡지雜誌에서 그런 작품을 실어주어야 할텐데 농촌農村의 암담暗澹한 것을 못실으니 자연自然히 농민문학農民文學이 빈곤貧困해집니다.

임화林和　일본문학日本文學을 보아도 걸작傑作은 도시문학都市文學에 잇지 농촌문학農村文學에는 없습니다. 우리는 잘안다는 도시都市도 아직 못쓸만큼 생활체험生活體驗 – 정신적精神的 체험體驗이 없습니다.

문제問題는 농민문학農民文學에 어떠케 현대성現代性을 가지는수잇느냐?하는 것인데 인텔리와 농민農民의 구체적具體的 정신적精神的 교섭交涉이 잇어야 할것입니다.

정지용鄭芝溶　그러기에 작가作家 귀농운동歸農運動이 잇어야 한다니까.

김광섭金珖燮　파란波蘭의 "레이몬드"는 농민農民과의 정신적精神的 교섭交涉을 가젓지 농민층農民層의 사람은 아니지오

정래동丁來東　임화林和 씨氏의 말슴은 농민農民의 것은 취재取材할 것이 없다고 들리는데, 그럴가요?

임화林和　농민생활農民生活을 취급取扱한데는 현대성現代性이 없다고 햇습니다. 물론勿論 작가作家가 조사調査해서 쓸수잇지마는 그것은 인텔리를 그린것만큼은 절박切迫한 감흥感興은 없습니다. 농민農民의 운명運命을 자기(인텔리)의 운명運命으로 절박切迫하게 느낄 때에 비로소 조흔 작품作品이 나올수잇습니다.

김광섭金珖燮　그러치만 농민農民을 묘사描寫할 수는 잇겟지오.

임화林和　그것이 "예술藝術"로서 뭉칠려면 주관主觀을 통通해야하니까.

김광섭金珖燮　지금은 모두 농촌農村에 관심關心이 적은 것 같습니다. 프

로문학文學이 성행盛行할때에 농민문학農民文學이 나오려고 햇지만 지금은 조류潮流가 없어젓는데 그때는 사회社會 전체全體가 농촌農村에 관심關心은 가젓엇습니다.

김남천金南天 그때는 농촌문제農村問題가 주체화主體化되엇엇는데 지금은 시대時代가 달라젓으니까 인제는 작가作家 자신自身의 문제問題로 제기提起하야할 것입니다.

신남철申南澈 나는 농민문학農民文學에 대對하여 퍽으나 조흔 부면部面이 아직도 만히 남엇다고 생각되는데 즉 농촌민農村民과 자연自然과의 대립관계對立關係가 그것입니다. 이때까지는 인간人間과 인간人間과의 대립對立을 주주로 그럿는데 조선朝鮮에는 삼국시대三國時代 이후以後만해도 한해 수해가 무려 수백회數百回나 되푸리 하엿습니다. 이런 것을 취급取扱하엿으면 퍽 의의意義가 깊을 것입니다.

김남천金南天 지금의 농민문학農民文學은 자연自然 대對 인간人間의 문제問題를 취급取扱할때가 아니고 인간人間 대對 인간人間의 문제問題를 취급取扱하야하겟지오.

신남철申南澈 이 문제問題는 사회적社會的 문제問題도 되는데 인간人間만이 아니라 자연自然까지 포옹抱擁할 "스케일" 큰 작가作家가 나오면 문학文學의 내용內容이 크고 풍부豊富해질껨니다.

임화林和 신남철 씨 말슴에 동감同感인데 이런 예例로는 "퍽얼, 뻑"의 "대지"는 그런 점點에서 지나支那의 역사적歷史的인 "에포크"를 그렷다고 생각합니다. 이 점點 민촌民村의 "고향故鄕"이나 박화성朴花城 씨氏의 "한발旱魃"은 "데테일"만 나온 것 같다.

안함광安含光 "대지"가 분명分明히 한 시대時代를 대변代辨하는 작품作품인것만은 사실事實이나 역시亦是 이곳에도 농촌생활農村生活과 도시생활都市生活의 연관관계連關關係가 맺어지고 잇는것이니까 농민문학農民文學이라 하드래도 순수純粹히 농민農民만을 묘사描寫하므로는 불가능不可能할 것입니다.

임화林和 정비석鄭飛石 씨氏의 "성황당城隍堂"같은 것은 조선적朝鮮的이라기보다 민속학적民俗學的입니다. 이런 것은 순전純全히 복고주의復古主義니까 재미없는데… 그리고 이효석李孝石 씨氏의 "들"을 농민문학農民文學의 입장立場에서 문제問題삼아보면 어떨가요. 산야山野에 대對한 취미趣味인데 반성反省할 재료材料가 됩니다.

정지용鄭芝溶 전원문학田園文學은 농민문학農民文學과 다릅니다.

기자記者 그러면 이만 하겟습니다.

— 『동아일보』, 1939.1.1~4.

우문현답愚問賢答

문問

① 삼월삼일三月三日이면 강남江南갔든 제비도 도라온다는데 무슨 감상 적感傷的 기분氣分은 없으심니까?

② 식사食事하실 때는 외床을 하시는지요? 겸상兼床을 하시는지요? 겸상兼床이시라면 어느 분과 같이 하시는지요?

③ 만일萬一 이 세상世上에 귀하貴下 한분만이 남으시게 된다면 어떠케 하시렵니까?

답答

1. 신조연미안新調燕尾眼을 잡수시고 산뜻이 날러온 나의 자매姉妹제비를 보니 올해는 나도 장가를 갈것이오. 가는데 족족 꽃을 밟으리다.
2. 내가 친붕親朋과 그리고 미주美酒로 더부러 셋 겸상兼床을 즐기오.
3. 금성金星에 올라가서 (이브)를 한분 모시여 나리렸다. 단둘이 단둘이 아기자기 살자하니 유구만년悠久萬年에 자손子孫이 억조億兆라 나의 자손子孫은 홍역紅疫 알치 말지어다.

— 『신세기』 1권 3호, 1939.3, 110쪽.

설문답設問答

問

1. 선생은 창작하실 때 모델을 쓰십니까.
2. 선생은 앞으로 자기 작품에 어떠한 야심을 갖고 계십니까.
3. 선생은 최근 어떤 서적을 애독하십니까.

答

1. 무응답無應答
2. 진부평속陳腐平俗한 시정설화市井說話에서 30년간 저회低廻하는 소위 언문일치言文一致를 산문으로 인정할 수 없다. 산문이야말로 가장 타당한 문장文章이다. 그들의 언문일치에서는 하등의 정신精神을 느낄 수 없다.
　문장文章과 정신에서 낙오한 것은 〈글〉이 아니라 〈이야기〉다. 무식한 이야기꾼이 너무 많다. 진정한 산문정신에 목말러가는 이에게 기달려 주기 바란다.
3. 어떤 작품을 특히 갈리여 애독할 수 없다.

—『작품』, 1939.6.

월탄月灘의 『금삼錦衫의 피』와 각지各紙 비평批評과 독후감讀後感

　　신문新聞에 소설小說을 맡아쓰는 이의 말을 들으면 흔히는 독자讀者를 널리 얻기가 목적目的이요 골독히 문학文學과 예술藝術을 위爲한 것이 아닌 모양으로 변명辨明한다. 은연중隱然中 자기自己의 일면一面과 여유餘裕를 자랑하는 것도 되는 것이니 그러고 보량이면 옳은 공부工夫와 유익有益한 글을 찾는 사람들이 절로 신문소설新聞小說과는 멀리 떠러질 수 밖에 없지 아니한가. 구타여 그의 광범위廣範圍에 널린 독자층讀者層에 휩쓸려 들어 그의 영웅적英雄的 지위地位를 다시 한층層 올릴 맛이 없다. 소설小說 이라는 것이 녹신히 자미滋味가 나는 동시同時에 심전心田을 길를 만한 양식糧食이 될 것이요 지낭智囊에 간직할 만한 보패寶貝가 무진장無盡藏 쏟아져 나와야 할 것이다. 그렇지 못할 량이면 마침내 아녀자兒女子의 눈물과 웃음을 지어내기가 위주爲主인 것이 소설小說일 것이니 그러고서야 이 바쁘고 빗싼 세상에 소설小說을 돈을 주고 사둘 맛이 있느냐 말이다. 월탄月灘의 『금삼錦衫의 피』를 삼가 읽고 나서 나는 머리가 절로 숙으러지는 것을 어찌할수 없었으니 첫째 그 착잡錯雜한 사실史實에 얼마나 밝히 가닭을 풀어나갔으며 당시當時의 사회社會 각층各層을 통통하여 용어用語와 풍습風習에 대對하여 얼마나 면밀綿密한 조사調査가 있었던 것이며 궁실사가宮室私家와 시정촌구市井村衢까지의 예법의작수수거지禮法儀作授受擧止에 대하여 얼마나 소소昭昭한 견문見聞을 보혀준 것이며 더욱이 문장文章과 사화詞華에 있어서는 한문漢文에 취醉해 떨어졌거나 양학洋學에 쏠린 자者들의 손도 대어 보지 못할 그야말로 동서신구東西新舊의 교양敎養에서 빛을 발發한 조선朝鮮 글이 당연當然히 갈길을 지침指針으로 보혀준 것이겠으며 연산조燕山朝를 중심中心으로 하여 그 전후前後의 무뚝뚝한 사실史實를 낙음낙음한 소설小說로 꾸미자니간 자연自然히 보태고 덜고한 것도 있겠으나 조금도 부자연不自然함과 억지가 보이지 않을 뿐외라 도로혀 그의 예술적藝術的 수법手法에 안심安心하고 즐길 수가 있게 한 것이냐! 월탄月灘이 과연果然 역사소설歷史小說의 타당妥當한 길을 열었도다. 하도 많은 소위所謂 대중大衆과 통속通俗이 범람汎濫하는 시대時代에서 이것은 심혈心血을 경주傾注한 대문자大文字가 아닐 수 없다. 그러나 천만千萬가지 깊은 조예造詣와 빛난 재화才華를 보였으면 그것이 결국結局 무엇이랴?『금삼錦衫의 피』의 진가眞價는 대체 어데 있는고 하니 연산조燕山朝 무대舞臺에 오르나리는 주역主役이나 조연助演이나 엑스트라로 나오는 모든 인물人物들이 인생대도人生大道에서 어찌 어찌 어그러져 나갔으며 어떻게까지 옳게 버티고 나간 것을 보인데 있으니 연산조燕山朝와 같은 난세亂世에 처處하였을지라도 허둥지둥하던 사람들은 결국結局 천추千秋에 헛물을 켜고 말았다. 누구는 이르기를 소설小說은 권선징악勸善懲惡을 위한 것이 아니라고 옳은 말이다. 그러나 명창정궤明窓靜几에 무릎을 꿇고 쓴『금삼錦衫의 피』가 읽는 이로 하여금 인생人生에서 엄연儼然한 비판批判과 새로운 의리義理를 배워 얻게 하는 것도 자못 불가피不可避의 일이 아닌가. 그야 모든 동양소설사상東洋小說思想의 중추中樞가 <의리義理>에 있었지만 월탄月灘의 예술藝術이 새롭고 보니간 의리義理도 새롭게 빛날 수 밖에 없다.

― 『박문』 창간호, 1939.1, 24~25쪽.

예양禮讓

전차電車에서 나리어 바로 뻐스로 연락連絡되는 거리距離인데 한 십오분十五分 걸린다고 할지요. 밤이 이윽해서 돌아갈 때에 대개 이 뻐스 안에 몸을 실리게 되니 별안간 폭취暴醉를 느끼게 되어 얼골에서 우그럭 우그럭 하는 무슨 음향音響이 일든 것을 가까수로 견디며 쭈그리고 앉어 있거나 그렇지 못한 때는 갑자기 헌 솜같이 피로疲勞해진 것을 깨다를 수 있는 것이 이 뻐스 안에서 차지하는 잠시 동안의 일입니다. 이즘은 어쩐지 밤이 늦어 교붕交朋과 중인衆人을 떠나서 온전히 제 홀로 된 때 취기醉氣와 피로疲勞가 삽시간에 급습急襲하여 오는 것을 깨닫게 되니 이것도 체질體質로 인因해서 그런 것이 아닐지요. 뻐스로 옮기기가 무섭게 앉을 자리를 변통해 내야만 하는 것도 실상은 서서 씰리기에 견딜 수 없이 취醉했거나 삐친 까닭입니다. 오르고 보면 번번히 만원滿員인데도 다행히 비집어 앉을 만한 자리가 하나 비어 있지 않었겠읍까. 손바닥을 살짝 내밀거나 혹은 머리를 잠간 굽히든지 하여서 남의 사이에 끼일 수 있는 약소畧少한 예의禮義를 베풀고 앉게 됩니다. 그러나 나의 피로疲勞를 잊을 만하게 그렇게 편편한 자리가 아닌 것을 알었읍니다. 양옆에 완강頑強한 젊은 골격骨格이 버티고 있어서 그 틈에 끼워 잇으랴니까 물론 편편치 못한 이유理由 외外에 무엇이겠읍니까마는 서서 쓸어지는이보다는 끼워서 흔들리는 것이 차라리 안전安全한 노릇이 아니겠읍니까. 만원滿員뻐스 안에 누가 약속約束하고 비여 놓은 듯한 한 자리가 대개는 사양辭讓할 수 없는 행복幸福같이 반갑은 것이었읍니다. 사람의 일상생활日常生活이란 이런 대수롭지 안혼 일이 되푸리하는 것이 거의 전부全部이겠는데 이런 하치못한 시민市民을 위하야 뻐스 안에 비인 자리가 있다는 것은 말하자면 <아모것도 없다는 것보담은 겨우 있다는 것이 더 나은 것이다>라는 원리原理로 돌릴

만한 일이 아니겠읍니까. 그래도 종시 몸짓이 불편한 것을 그대로 견디어야만 하는 것이니 불편이란 말이 잘못 표현表現된 말입니다. 그 자리가 내게 꼭 적합하지 않았던 것을 나중에야 알었읍니다. 말하자면 동그란 구녁에 네모진 것이 끼웠다거나 네모난 구녁에 동그란 것이 걸렸을 적에 느낄 수 있는 대개 그러한 저어감齟齬感에 다소多少 초조 焦燥하였던 것입니다. 그렇기로소니 한 15분十五分 동안의 일이 그다지 대단한 노역勞役이랄 것이야 있읍니까. 마침내 몸을 가벼히 솔치어 빠져나와 집에까지의 어둔 골목길을 터덕터덕 걷게 되는 것이었읍니다. 그 이튿날 밤에도 그때쯤 하여 뻐스에 올르면 그 자리가 역시 비어 있었읍니다. 만원滿員 뻐스 안에 자리 하나가 반드시 비어 있다는 것이나 또는 그 자리가 무슨 지정指定을 받은 듯이나 반드시 같은 자리요 반드시 나를 기달렸다가 앉치는 것이 이상異常한 일이 아닙니까. 그도 하로 이틀이 아니오 여러 밤을 두고 한갈로 그러하니 그 자리가 나와 무슨 미신迷信에 가까운 숙연宿緣으로서거나 혹은 무슨 불측不測한 고장으로 누가 급격히 낙명落命한 자리거나 혹은 양복洋服 궁둥이를 더럽힐 만한 무슨 오점汚點이 있어서거나 그렇게 의심쩍게 생각되는데 아모리 드려다보아야 무슨 실쿳한 혈흔血痕 같은 것도 묻지 않었읍니다. 하도 여러 날 밤 같은 현상現象을 되푸리하기에 인제는 뻐스에 오르자 꺼어멓게 비어 있는 그 자리가 내가 끌리지 아니치 못할 무슨 검은 운명과 같이 보히어 실듯한 대로 그대로 끌리게 되었읍니다. 그러나 여러밤을 연해 앉고 보니 자연自然히 자리가 몸에 맞여지며 도로혀 일종一種의 안이감安易感을 얻게 된 것입니다. 그러나 더욱 괴상怪狀한 노릇은 바로 좌우左右에 앉은 두 사람이 밤마다 같은 사람들이었읍니다. 나히가 실상 20二十 안팎 밖에 아니되는 청춘남녀 한쌍인데 나는 어느 쪽으로도 쐴릴 수 없는 꽃과 같은 남녀이었읍니다. 이야기가 차차 괴담怪譚에 가까워 갑니다마는 그들의 의상衣裳도 무슨 환영幻影처럼 현란絢爛한 것이었읍니다. 혹은 내가 청춘과 유행에 대한 예리銳利한 판별력判別力을 상실喪失한 나히가 되어 그런지는 모르겠으나 밤마다 나타나는 그들 청춘

한쌍을 꼭 한사람들로 여길수 밖에 없읍니다. 이 괴담과 같은 뻐스 안에 이국인異國人과 같은 청춘남녀와 말을 바꿀 일이 없었고 말었읍니다. 그러나 그 자리가 종시 불편하였던 원인原因을 추세追勢하여 본면 아래와같이 생각되기도 합니다.

1. 나의 양兩옆에 그들은 너무도 젊고 어여뻤던 것임이 아니었던가.
2. 그들의 극상품極上品의 비누냄새 같은 청춘靑春의 체취體臭에 내가 견딜 수 없었던 것이 아닐지?
3. 실상인즉 그들 사이가 내가 쪼기고 앉을 자리가 아이에 아니었던 것이나 아닌지?

대개 이렇게 생각되기는 하나 그러나 사람의 앉을 자리는 어디를 가든지 정定하여지는 것도 사실事實이지요. 늙은 사람이 결국 아랫목에 앉게 되는 것이니 그러면 그들 청춘남녀靑春男女 한쌍은 나를 위하야 뻐스 안에 밤마다 아랫목을 비워놓은 것이나 아니엇을까요? 지금 거울 앞에서 아츰 넥타이를 매며 역시 오늘밤에도 비어 있을 꺼머언 자리를 보고 섰읍니다.

— 「야간뻐스안의기담」, 『동아일보』, 1939.4.14, 3쪽.

— 「예양」, 『백록담』, 1941.

의복일가견衣服一家見(호초담胡椒譚)

　양복洋服을 입고 양인洋人 앞에 서기가 어색하다. 양복洋服이라고 입은 꼬락선이를 어떠케 보아주는가 생각하면 불쾌不快하기까지 하다. 조선옷은 부끄림없이 입고 버틸 수가 잇다. 조선옷은 양인洋人 앞에서 입을 자신自信이 잇는 까닭이다.
　그러나 양복洋服을 입은대로 양인洋人 앞에서 유유悠悠히 견딜 수도 잇다. 왜 그런고하니 우리는 양복洋服을 작업복作業服으로 실무용實務用으로 밖에는 아니 입을 수도 잇는 까닭이다.
　그대들이 세계적世界的으로 뽑내는 입성을 우리는 이쯤 밖에는 대접할 수 없오 하는 태도態度를 갖을 만하지 안흔가.
　그들은 기계機械와 공장工場에서 나오는 입성을 직전直錢이나 월부月賦로 사입는 수밖에 없다. 우리는 어머니와 수의와 안해의 손끝이 고비고비 돌아나간 옷을 한달에도 초생 보름 그믐을 따라 철철히 입을 수가 잇다. 세상에도 청결淸潔하고 운치韻致 잇는 옷을!
　고름, 깃, 동정, 섶, 솔기, 호장, 소매, 주름에서 미술美術을 보지 못하는 사람은 미개인未開人이다.
　양복洋服은 실용實用으로 아모나 입는 것이나 조선옷은 품위品威를 가초지 안코 입으면 업수히 어김을 받게 된다. 주정酒酊뱅이나 게으른 안해를 갖은 장부丈夫도 입을 수 없다. 오전午前부터 명치정明治町 다방茶房골목으로 어슬렁거리는 청년靑年도 입을 것이 아니다.
　만천하滿天下 양복洋服쟁이들! 그대들이 몬지 때투성이를 뒤집어 쓰고 다니기가 몸이 군실군실하지 안소?

― 『동아일보』, 1939.5.10, 3쪽.

시선후詩選後

1.

깊숙히 숨었다가 툭튀여 나오되 호랑이처럼 무서운 시인詩人이 혹시나 없을가? 기달리지 않었던 배도 않이였으나 이에 골라내인 세사람이 마침내 호랑이가 아니고 말었다.

조선朝鮮에 시詩가 어쩌면 이다지도 가난할가? 시詩가 이렇게 괴조조하고 때묻은 것이라면 어떻게 소설小說을 보고 큰소리를 할고! 소설가小說家가 당신네들처럼 말 얽기와, 글월 세우기와, 뜻을 밝힐 줄을 몰은다면, 거기에 글씨까지 괴발개발 보잘것이 없다면, 애초에 소설小說도 쓸 생각을 버릴 것이겠는데 하믈며 당신네들처럼 감敢히 문장文章 이상以上의 시詩를 쓸 뜻인들 먹을 리가 있으리까? 투고投稿를 살피건대 소설小說은 아조 적고 시詩는 범람氾濫하였으니 무엇을 뜻함인지 짐작할 것이며, 일즉이 시詩를 심히 사랑은 하되 지을 생각은 아이예 아니하는 어떤 소설가小說家 한분을 보고 칭찬한 것이 있었으니 그를 보고 시詩를 아니 쓰는 이유만으로서 시詩를 아는 이라고 하였다. 시詩를 앞히여 놓고 자리를 조금 물러나서 능히 볼 줄 아는 이를 공자孔子가 가여어시可與語詩라고 하신 것이 아니었던가 생각되기도 한다. 그렇다고 당신네들이나, 우리들이 시詩를 짓기보다도 시詩와 씨름을 아니 결고 그칠 노릇이요? 작고 지여서 문장사文章社로 보내시오. 정성精誠것 보아 드리리다. 그러나 잡지雜誌에 글을 던져 보내기란 대개 가장 자신自信이 있어서나, 그렇지 않으면 가장 용감勇敢한이거나, 가장 자신自信이 없어서거나, 혹은 가장 무책임無責任한 이도 한번은 하여봄 즉한 일이니 글을 보내시라거든 사자중四者中에 택기일擇其一하여 하십시요.

　백여편百餘篇 투고投稿 중中에서 選에는 들고 발표發表까지에는 못들은 분도 몇분 있으시니 부디 섭섭히 여기시지 말으시고 꾸준히 공부工夫하시고 애쓰시고 줄곳 보내시요. 샘물도 끝까지 끓이면 다소多少 소금ㅅ적이 들어나는 것이니 시인詩人도 참고 견디는 덕德을 닦어야 시詩가 마침내 서슬이 설 것입니다.

　내 손으로 가리여 내인 이가 이다음에 대성大成하신다면 내게도 일생一生의 광영光榮이 될 것이요 우수優秀한 시詩를 몰라보고 넘기었다면 그는 얼마나 높은 시인詩人이시겠읍니까! 그러나 빛난 것이 그대로 감초일 수는 없는 것이외다. 그리고 남의 평評을 듣기에 그다지 초조焦燥할 것이 없으니 그저 읽고 생각하고 짓고 곤치고 앓고 말러 보시오. 당신이 닦은 명경明鏡에 당신의 시詩가 스사로 웃고 나설 때까지.

　백여편百餘篇이 넘은 투고投稿를 어떻게 일일一一히 평評하야 드릴 수가 있읍니까. 우표郵票는 동봉同封하지 말고 글만 보내시고 다음에 당선當選된 세분의 시詩는 무슨 등급等級을 부치는 뜻이 아니니 그리 짐작하시압.

　조지훈군趙芝薰君 「화비기華悲記」도 좋기는 하였으나 너무도 앙징스러워 「고풍의상古風衣裳」을 취取하였읍니다. 매우 유망有望하시외다. 그러나 당신이 미인화美人畵를 그리시랴면 이당以堂 김은종화백金殷鐘畵伯을 당하시겠읍니까. 당신의 시詩에서 앞으로 생활生活과 호흡呼吸과 연치年齒와 생략省略이 보고 싶습니다.

　김종한군金鍾漢君 당신이 발표發表하신 시詩를 한두번 본 것이 아니오나 번번이 좋았고 번번히 놀랍지는 않습데다. 이 경쾌輕快한 「코댁」취미趣味가 마침내 시詩의 미술적美術的 소부분小部分에 지나지 않습니다. 그러나 하도 텁텁하고 구즈레한 시詩만 보다가 이렇게 명암明暗이 적확的確한 회화繪畵를 맞나보아 마음이 밝지 않을수 없습니다. 어서 학교學校를 마치시고 깊고 슬프십시오.

　황민군黃民君 월광月光과 같이 치밀緻密하고 엽록소葉綠素같이 선선하고 꿈과 같이 미끄러운 시詩를 혹은 당신한테 기대期待하야할것인지도 몰으겠습니다. 기이奇異한 수사修辭에 너무 팔리지 마시오. 단한편篇가지고 당선當選이 되었다면 그것은 당신의 우연偶然한 행복幸福이외다. 다음에는 대담명쾌大膽明快하게 실력實力을 보히십시오.

　　　　　　　　　―『문장文章』제1권 제3호, 1939.4, 132~133쪽.

2.

　향香을 살에 부칠 수 있으량이면 머리털낯부터 발끚까지 이 귀貴한 냄새를 지니기가 어려운 노릇이 아닐 것이로되 무슨 놀라울 만한 외과수술外科手術 이 발견發見되기 전에야 표피表皮 한겹 안에다가 향香을 간직할 도리道理가 있으랴. 시詩를 향香에 견주어 말하기란 반다시 옳은 비유比喩가 아니나 향香처럼 시詩를 몸에 장식裝飾할 수 있다고 하면 대체 신체身體 어늬 부분部分에 붙어 있을 것인가. 미친놈이 되여 몸에 부작처럼 부치고 다닐 것인가. 소격란蘇格蘭사람의 두뇌頭腦에 잉글리쉬 휴머를 집어 넣기를 억지로 해서 아니될 것도 없을 것이나 우리가 소격란적蘇格蘭的 벽창호가 아닐 바에야 시詩를 어찌 외과수술外科手術을 베풀어 두개골頭蓋骨 속에 집어넣어 줄 수가 있느냐 말이다. 시詩는 마침내 선현先賢이 밝히신 바를 그대로 쫓아 오인吾人의 성정性情에 돌릴 수 밖에 없다. 성정性情이란 본시 타고 난 것이니 시詩를 갖을 수 있는 혹은 시詩를 읽어 맞드릴 수 있는 은혜恩惠가 도시 성정性情의 타고낳은 복福으로 칠 수 밖에 없다. 시詩를 향香처럼 사용使用하야 장식裝飾하랴거든 성정性情을 가다듬어 꾸미되 모름즉이 자자근근孜孜勤勤히 할 일이다. 그러나 성정性情이 수성水

性과 같아서 돌과 같이 믿을 수는 없는 노릇이니 담기는 그릇을 딸어 모양을 달리하며 물ㅅ감대로 빛갈이 변變하는 바가 온전히 성정性情이 물을 닮었다고 할 것이다. 그뿐이랴. 잘못 담기여 정체停滯하고 보면 물도 썩어 독毒을 품을 수가 있는 것이 또한 물이 성정性情을 바로 닮었다고 해야 할 것이다. 성정性情이 썩어서 독毒을 발發하되 바로 사람을 상傷할 것인데도 시詩라는 이름을 뒤집어 쓰고 나오는 것이 세상에 범람汎濫하니 지혜智慧를 가촌 청춘사녀青春士女들은 시詩를 감시監視하기를 맹금류猛禽類의 안정眼睛처럼 빠르고 사나웁게 하되 형형炯炯한 안광眼光이 능히 지배紙背를 투透할 만한 감식력鑑識力을 갖어야 할 것이다. 오호嗚呼 시詩라고 그대로 바로 맞어들일 수 있을 것인가. 도적盜賊과 요녀妖女는 완력腕力과 정색正色으로써 일거一擧에 물리칠 수 있을 것이나 지각知覺과 분별分別이 서기 전엔 시詩를 무엇으로 방어防禦할 것인가. 시詩와 청춘青春은 사욕邪慾에 몸을 맡기기가 쉬운 까닭이다. 하물며 열정劣情 치정痴情 악정惡情이 요염妖艷한 미문美文으로 기록記錄되어 나오는 데야 쓴 사람이나 읽는 이가 함께 흥흥 속아 넘어가는 것이 차라리 자연自然한 노릇이라고 그대로 버려둘 것인가! 목불식정目不識丁의 농부農夫가 되였던덜 시詩하다가 성정性情을 상傷우지 않었을 것이니 누구는 이르기를 시詩를 짓는이보담 밭을 갈라고 하였고 공자孔子 — 가라사대 시삼백詩三百에 일언이폐지왈사무사一言以蔽之曰思無邪라고 하시었다.

　투고수投稿數는 먼저보다도 곱절이 많어 수백편數百篇이 되나 질質이 좋은 것이 아조 적다. 지면紙面이 넉넉할 것이며 소위所謂 독자시단讀者詩壇이라는 것처럼 하야 너그럽게 취급取扱함즉도 하나 ≪문장文章≫의 태도態度로서는 일년一年에 잘해야 한두사람 우수優秀한 시인詩人을 얻기가 목적目的이요 무정견無定見한 포용책包容策을 갖지 않는 바에야 선자選者로서 그대로 쫓기가 불평不平스럽지 않다. 이번에도 역시 세사람을 뽑았다. 한번 뽑고서는 그대로 아모 책임責任을 지지 않는 것이 아니니 서령

호號마다 발표發表되지는 아니할지라도 원고原稿를 다달이 보내주어야 되겠다. 삼차당선三次當選으로 대시인大詩人이 되는 것일 줄은 마침 몰으겠으나 ≪문장文章≫이 있기까지는 객客이 아니라 가족이 되는 것만은 사실事實이니 투고投稿하는 이는 먼저 ≪문장文章≫의 결벽潔癖과 성의誠意만은 이해理解하여야 할 것이다. 제일회第一回로 당선當選하였던 세분은 이번 호號에는 쉬기로 하였다. 황민군黃民君은 원고가 없으니 그만이고 조지훈군趙芝薰君은 이번 시詩는 지저분하니 기구器具만 많었지 전전것만 못하고 김종한군金種漢君은 낙선落選 감어리는 보내는 적이 아즉까지는 없었으나 요새 청년靑年을 꽉 믿을 수야 있나, 김군金君의 이번 시도 좋았으나 다른 사람을 위하야 좀더 참어 기달리고 더 낳은 시詩를 보내기 바라며 박남수군朴南秀君의 시의 수사修辭는 차라리 당선급當選級보다 낳은 데도 있으나 시혼詩魂의 치열熾烈한 점點이 부족不足한 듯하야 연이차連二次 할애割愛하였으니 다음에는 더 낳은 시詩를 보혀주기 바랍니다.

이한직군李漢稷君 시詩가 노성老成하여 좋을 수도 있으나 젊을수록 좋기도 하지 아니한가. 패기도 있고 꿈도 슬픔도 넘치는 청춘靑春 이십二十이라야 쓸 수 있는 시詩다. 선線이 활달活達하기는 하나 치밀緻密치 못한 것이 흠欠이다. 의와 에를 틀리지 마시요. 외국단어外國單語가 그렇게 쓰고 싶을 것일까?

조정순군趙貞順君 남자男子는 월래 전장戰場에 광산鑛山에 갈 것이요 서정시抒情詩는 여자女子한테 맡길 줄인 줄로 내가 주창主唱하여 오는 터인데 당신이 바로 그것을 맡으실 분입니까? 어쩌면 여학생女學生 태를 이때껏 못 벗으셨읍니까. 눈을 맞고도 붉은 동백꽃 같은 시심詩心이 흘으기에 선選하였을 뿐이니 다음에는 비약飛躍하십시요.

김수돈군金洙敦君 경상도慶尙道에서 오는 시고詩稿가 흔히 조사措辭와 철자綴字에 정신없이 틀린다. 원고지原稿紙도 좋은 것을 쓰시고 첫재 글씨를 잘 쓰서야 합니다. 활자活字 직공職工의 은공隱功 때문에 시인詩人의 필적筆跡이 예술藝術 노릇은 아니하여도 좋게 넘어가는 것이 유감遺憾입니다. 당신의 소박素朴하고 곧은 시심詩心이 아슬아슬하게 당선當選된 것이니 다음에는 발분망식發憤忘食하야 두각頭角을 들어내십시요.

― 『문장文章』 제1권 제4호, 1939.5, 152~153쪽.

3.

김종한군金鐘漢君 「고원故園의 시詩」와 「그늘」은 서로 고향故鄕이 달러서 앉기를 낯설어 할지 모르나 「고원故園의 시詩」를 「가족회의家族會議」와 앉히기는 선자選者가 싫읍디다. 꿰맨 자최가 보이는 것은 천의무봉天衣無縫이 아닙니다. 「가족회의家族會議」에는 군색한 딴 헝겊쪽이 붙었기에 할애割愛하였으니, 혼자만 알고 계시오. 당신이 구태여 추천推薦의 수속手續을 밟는 태도態度는 당당堂堂하시외다. 유유연悠悠然히 최종最終 코오스로 돌입突入하시오.

박두진군朴斗鎭君 당신의 시詩를 시우詩友 소운素雲한테 자랑삼어 보이었더니, 소운素雲이 경론經論하는 중에 있던 산山의 시詩를 포기抛棄하노라고 합디다. 시詩를 무서워할 줄 아는 시인詩人을 다시 무서워할 것입니다. 유유悠悠히 펴고 앉은 당신의 시詩의 자세姿勢는 매우 편하여 보입니다.

이한직군李漢稷君 다소多少 영웅적英雄的인 청신清新한 당신의 시적詩的 페이소스는 사랑스럽습니다. 일거一擧에 이회당선二回當選. 선자選者는 인제부터 당신을 감시監視하오리다.

— 『문장文章』 제1권 제5호, 1939.6, 127쪽.

4.

　김종한군金鐘漢君　달리는 말이 준마고 보면 궁둥이에 감기는 채칙이 도로혀 유쾌할 것이요. 김군金君! 더욱 빨리 달아나시요. 경쾌하고 상량爽凉한 당신 포에지에서 결코 시적詩的 스노버리(snobbery)를 볼 수 없는 것이 깃겁고 믿음직하외다. 위선이란 흔히 장중한 허구를 유지하기에 힘들이는 것인데 당신의 시詩는 솔직하고 명쾌하고 단순하기 때문에 절로 쉬운 말과 직절直截한 센텐스와 표일飄逸한 스타일을 가지게 되는 것입니다. 비애를 기지로 포장하는 기술도 좋습니다. 좀처럼 남의 훼예毁譽와 비평에 초조하지 않을 만한 일여一如한 개성을 볼 수 있는 것도 좋습니다. 이리하야 당신은 추천전 제삼회第三回를 보기좋게 돌파하였읍니다.

　이한직군李漢稷君　호랑이랄지는 몰으겠으나 표범처럼 숨었다가 튀여나온 시인詩人이 당신이외다. 당신을 제삼회第三回를 처리하고 났으니 이제 다시 꽃처럼 숨은 시인詩人을 찾으러 나서야 하겠오. 저윽이 방자에 갑갑도록 불기不羈의 시詩를 가진 당신의 앞날이란 가외可畏하외다. 분방청신한 점으로서 시단詩壇의 주목을 끌 것이요. 시詩는 실력이람보다도 먼저 재분才分이 빛나야 하는 것인데 당신한테서 그것을 보았읍니다. 젊고도 슬프고 어리고도 미소할 만한 기지機智를 가춘 당신의 시詩가 바로 현대시現代詩의 매력일가 합니다.

— 『문장文章』 제1권 제7호, 1939.8, 205쪽.

5.

　한번 추천推薦한 후에 시럽시 염려되는 것이 이 사람이 뒤를 잘 대일가 하는 것이다. 어떤 이는 실수 없이 척척 대다싶이 하나 어떤 이는 둘재번에 허둥지둥하는 꼴이 원 이럴 수가 있나 하는 기대期待에 아조 어그러지는 이도 있다.

　그럴 까닭이 어디 있을가? 다소多少의 시적詩的 정열情熱 — 보다도 초조焦燥로 시詩를 대對하는 데 있을가 한다. 격검擊劍채를 들고 나서듯 팽창彭漲한 자신自身과 무서운 놈이 누구냐 하는 개성個性이 서지 못한 까닭이다. 이십二十 전후前後에 서정시抒情詩로 쨍쨍울리는 소리가 아니 나서야 가망可望이 적다. 소설小說이나 논설論說이나 학문學問과는 달러서 서정시抒情詩는 청춘靑春과 천재天才의 소작所作이 아닐 수 없으니 꾀꼬리처럼 교사驕奢한 젊은 시인들아 쩔쩔맬 맛이 없는 것이다.

　선자選者의 성벽性癖을 마추어 시조詩調를 바꾸는 꼴은 볼 수가 없다. 일고一顧할 여지餘地없이 물리치노니 해害를 입지 말기 바란다. 오신혜군吳信惠君. 시詩를 주리면 시조時調가 되고 시조時調를 느루어 시詩가 되는 법입니까. 시詩가 골수骨髓에 스미여들도록 맹성猛省하시요. 김수돈군金洙敦君. 제일회第一回 당선시當選詩는 전전에 써서 애껴 두었던 것이요 요새 보내는 것은 임시臨時 임시臨時 작고 써서 보내시는 것이나 아닙니까? 자가自家의 좋은 본색本色을 자각自覺지 못하고 시류時流와 상투常套에 급급汲汲하시는 당신을 어떻게 책임責任지겠읍니까. 조지훈군趙芝薰君. 당신의 시적詩的 방황彷徨은 매우 참담慘憺하시외다. 당분간當分間 명경지수明鏡止水에 일말백운一抹白雲이 거닐듯이 한아閑雅한 휴양休養이 필요必用할가 합니다. 김두찬군金斗燦君. 몇편 더 보내보시요. 경성전기학교京城電氣學校 김군金君.「차창車窓」이 어디에 발표되었던 것이나 아닙니까. 의아疑訝스러워 그리하니 그렇지 않다는 것을 알리여 주시고 다시 수편數篇을 보내

보시요.

　박목월군朴木月君 등을 서로 대고 돌아앉어 눈물없이 울고싶은 「리리스트」를 처음 맞나뵈입니다그려. 어쩌자고 이 험악險惡한 세상에 애련측측哀憐惻惻한 「리리시슴」을 타고 나셨읍니까! 모름지기 시인詩人은 강강하야 합니다. 조롱鳥籠 안에서도 쪼그리고 견딜 만한 그러한 사자獅子처럼 약弱하야 하지요. 다음에는 내가 당신을 몽둥이로 후려갈기리라. 당신이 얼마나 강강한지를 보기 위하야 얼마나 약弱한지를 추대推戴하기 위하야!

　박두진군朴斗鎭君　제일회第一回 쩍 시는 완전히 조탁彫琢을 지난 것이였으나 이번 것은 그렇지 못하시외다. 당분간當分間 답보踏步로를 계속繼續하시렵니까. 시상詩想도 좀 낡은 것이 아닐 수 없읍니다. 고루청풍高樓淸風에 유화流畵한 변설辯說 — 당신의 장점長點을 오래 고집固執하지 마시요. 이래도 선뜻 째이고 저래도 째이는 시적詩的 재화才華가 easy going으로 낙향落鄕하기 쉬운 일이니 최종最終 코―스를 위하야 맹렬猛烈히 저항抵抗하시요!

―『문장文章』 제1권 제8호, 1939.9, 128쪽.

6.

　화가畵家도 능能히 글을 쓴다. 그림 이외에, 서령 서툴러도 남이 책責할 리 없을 글을 써서 행문行文이 반듯하고 얌전할 뿐 아니라, 의사意思를 바로 표表하기람보다도 정취情趣가 무르녹은 글을 쓸 줄 안다. 내가 사귀는 몇몇 화가畵家는 화론畵論이며 화평畵評이며 수필隨筆 사생문寫生文 소품문小品文을 써서 배울 만한 데가 있고, 관조觀照와 감수感受에 있어서, 〈문

文〉 이상以上의 미술적美術的인 것을 문文으로 표현表現하는 수가 있다. 자기自己가 본시 이에 정진精進하였던 바도 아니요, 그것으로 조금도 문인文人의 자랑을 갖지도 않건만, 언문諺文에 한자漢字를 섞어 그저 거리는 것이 유일唯一의 장기長技가 되는 문단인文壇人보다도 빛난 소질素質을 볼 수 가 있다. 술을 끝까지 마시고 주정을 하여도 굵고 질기기가 압도적壓倒的이요 아침에 툭툭 털어 입는 양복洋服 어울림새며 수수하게 매달린 넥타이 모양새까지라도 아무리 마구 뒤궁굴렸다가 일어 세울지라도 소위所謂 문인文人보다는 격格과 멋을 잃지 않는다. 문학인文學人이 추구追求할 바는 정신미精神美와 사상성思想性에 있는 배니, 복장服裝이나 외형미外形美로 논란論難하기란 예禮답지 못한 노릇이라고 하라. 그러나 지향志向하고 수련修練하는 바가 순수純粹하고 열렬熱烈한 것이고 보면 몸짓까지도 절로 표일飄逸하게 되는 것이니, 베-토-벤을 사로잡아 군문軍門이나 법정法廷에 세울지라도 그의 풍모風貌는 역시一個 일개 숭고崇高한 자연自然이 아닐 수 없으리라. 편벽偏僻된 관찰觀察이 아닐지 모르겠으나, 같은 레콤 음악音樂을 듣는데도 문인文人이 화가畫家보담 둔재바리가 많다. 이유理由가 어디 있을가? 화가畫家는 입문入門 당초當初부터 미美의 모방模倣이었고 미美의 연습練習이였고 미美의 추구요 제작製作인 것이 원인原因일 것이나 따라서 생활生活이 불행不幸히 미중심美中心에서 어그러질지라도 미美에 가까워지려는 초조焦燥한 행자行者이었던 것이요 순수純粹한 제작製作에 손이 익은 것이다. 한가지에 능能한 사람은 다른 부문部門에 들어서도 비교적比較的 수월할 것이니, 화畫에 문文을 겸兼한다는 것이 심히 자연自然스런 여력餘力이 아닐 수 없다. 운동運動의 요체要諦를 파악把握한 선수選手는 보통普通 야구野球 축구蹴球 농구籠球 쯤은 겸할 수 있음과 다를 게 없다. 문인文人인 자者 반드시 반성反省할 만한 것이 그대들은 미적美的 연금煉金에 있어서 화가畫家에 미치지 못하고 지적知的 참모參謀에 있어서 장교將校를 따르지 못하는 어중간於中間에 쩔쩔매는 촌村놈이 대다수大多數다. 하물며 주량酒量에 인색하고 책을 펴매 줄이 올바로 나리지 못하고 붓을 들어 치부致富글씨도 되지 못하고도 하필何必 만만한 해방解放된 언문諺文 한자漢字가 그대들을 얻어걸린 것인가. 시詩니 소설小說이니 평론評論이니 하는 그대들의 〈현실現實〉과 〈역사적歷史的 필연必然〉의 사업事業에 애초부터 〈미술美術〉이 결핍缺乏되었던 것이니, 온갖 문학적文學的 기구器具를 짊어지고도 오즉 한개의 〈미술美術〉을 은혜恩惠받지 못한 불행不幸한 처지에서 문학文學은 그대들이 까마케 치어다볼 상급上級의 것이 아닐 수 없다. 문학文學은 〈미술美術〉을 발등상으로 밟고도 그 위에 다시 우월優越한 까닭에!

김수돈군金洙敦君 시詩의 태반胎盤은 아무리 생각하여도 쾌활快活보다도 비애悲哀인 것 같습니다. 당신의 시詩를 읽을 때마다 어쩐지 슬픔에 염색染色되지 않을 수 없읍니다. 비애悲哀에서도 항시恒時 미술美術을 계획計劃하는 것은 이러한 의미意味에서 시인詩人은 비애悲哀의 장인匠人이기도 합니다. 경상도慶尙道 사람들은 곡哭할 때 갖은 사설을 늘워 놓는데 당신의 슬픔에는 다행多幸히 사설은 없으나, 흉악한 사투리가 통체로 나오는 일이 있으니, 이러한 점點에 주의하시요. 안심安心하시고 최종最終 코스를 위하여 정진精進하시요.

박남수군朴南秀君 듣자하니 당신은 체구體軀가 당당堂堂하기 씨름군과 같으시다 하는데, 시詩는 어찌 그리 섬섬약질纖纖弱質에 속屬하시는 것입니까. 금박이 서령 이십사금二十四金에 속屬하는 것에 틀림없을지라도 입김에도 해여지는 것이요, 백금선白金線이 가늘지라도 왕수王水를 맞나기 전에는 여하如何한 약품藥品에도 작용作用되지 않습니다. 당신의 시詩가 금박일지는 모르겠으나, 백금선白金線이 아닌 모양인데 하물며 왕수王水를 맞나면 어찌하시려오.

—『문장文章』제1권 제9호, 1939.10, 178~179쪽.

7.

　박남수군朴南秀君　시詩를 쫓아 잡는데는 법法이 있을 것이요. 노루사냥처럼 지나는 목을 직혔다가 총을 놓아 잡듯이 토끼를 우로우로 모리하야 그물에 걸리면 귀를 잡어치여 들듯이, 그러나 나는 새를 손으로 홈켜잡는 그러한 기적奇蹟에 가까운 법法을 기대期待할 수야 있읍니까. 혹或은 영리영리怜悧한 아이들처럼 발자취 소리를 숨기여 가며 나븨를 뒤로 잡듯이 함도 역시 타당妥當한 법法일 진댄 박군朴君의 포시법捕詩法은 아마도 나븨를 잡는 법法일가 합니다. 나븨를 잡든 법法으로 다음에 표범을 한머리 잡어오면 천금상千金賞을 드리리다.

　신진순군申辰淳君　특별特別히 규수시인閨秀詩人이랄 것이 없는 규수시인閨秀詩人들의 시詩는 다분히 남성적男性的이였다. 실로 여성적女性的인 시詩가 기대期待됨 즉도 할 때 혹或은 신군申君의 시詩가 감각적感覺的이요 정서적情緒的인 것보다도 여성女性 특유特有의 <심리적心理的>인 것을 선자選者만이 발견한 것인가? 기술技術이 리파인되지 못하고 위태위태 늘어세운 것이 도로혀 날카롭기까지 하다. 표현表現 이전以前의 포에지의 소박素朴한 Intensity를 넘겨다볼 수 있다. 다음에는 원고原稿글시까지 채점採點할 터이니 글시도 공부工夫하시오.
　　　　　　　　　　　　　　　　　―『문장文章』제1권 제10호, 1939.11, 158쪽.

8

　조지훈군趙芝薰君　언어言語의 남용濫用은 결국結局 시詩의 「에스프리」

를 해소解消 식히고 마는 것이겠는데 언어言語의 긴축緊縮 절제節制 여하如何로써 시인詩人으로서 일가一家를 이루고 안이룬것의 일단一端을 엿볼 수 있는 것인 줄로 압니다. 그러나 이런 시작적詩作的 생장과정生長科程은 연치年齒와 부단한 습작習作으로서 자연自然히 발전發展되는 것이요 일조일조一朝의 노성연老成然으로 되는 것은 아닙니다. 언어言語의 다채多彩 다각多角 미묘微妙 곡절曲折 이러한 것이야 말로 청춘시인靑春詩人의 미질美質의 산화散火가 아닐 수 없습니다. 청년靑年 조군趙君은 시詩의 장식裝飾적인 일면一面에 향向하여 얼마나 찬란燦爛한 타개打開를 감행敢行할 것일지! 그러나 시詩의 미적근로美的勤勞는 구극究極에 생활生活과 정신精神에 경도傾倒할 것으로 압니다.

박목월군朴木月君 민요民謠에 떠러지기 쉬울 시詩가 시詩의 지위地位에서 전락顚落되지 않었읍니다. 근대시近代詩가 〈노래하는 정신精神〉을 상실喪失치 아니하면 박군朴君의 서정시抒情詩를 얻을 것으로 생각합니다. 충분充分히 묘사적描寫的이고 색채적色彩的이기도 합니다. 이러한 시詩에서는 경상도慶尙道 사투리도 보류保留할 필요必要가 있는 것이나 박군朴君의 서정시抒情詩가 제련製鍊되기 전前의 석금石金과 같어서 돌이 금金보다 많았읍니다. 옥玉의 티와 미인美人의 이마에 사마귀 한낯이야 버리기 아까운 점도 있겠으나 서정시抒情詩에서 말 한개 밉게 놓이는 것을 용서容恕할 수 없는 것이외다. 박군朴君의 시詩 수편數篇 중中에서 고르고 고르고 골라서 겨우 이 한편篇이 나가게된 것이외다.

—『문장文章』 제1권 제11호, 1939.12, 147쪽.

9.

요새 어찌 나히 쌈이 그리 소란騷亂한가. 〈삼십대三十代 작가作家〉〈이십대二十代 작가作家〉란 누구한테서 나온 말인지, 허기야 나히가 삼십三十이 넘고 보면 삼십三十 전전前에 그렇게 아니꼽든 〈어른〉이 차차次次 노릇하고 싶은 것이기도 하렸다. 우리가 한 이십二十적에 어찌어찌 하였더라는 것은 오십五十 이상 사람들이 하는 보기에 딱한 말버릇이다. 제가 제 이야기를 하는 동안에 부지중不知中 제가 다소多少 영웅英雄이였더라는 것은 물이 우에서 알로 굴르기보다도 용이容易한 설단舌端의 자연유세自然頹勢가 아닐지.

우스운 이야기가 있다. 〈이십대二十代 신인新人〉 계용묵씨桂鎔默氏와 〈삼십대三十代 기성旣成〉 임화씨林和氏 사이에 연치年齒는 문단규정文壇規定대로 되었을지 몰라도 계용묵씨桂鎔默氏 슬하膝下에 중학교中學校에 다니는 아들이 있다. 실력實力과 사상력思想力이라는 것은 〈정신내과精神內科〉에 축적蓄積될 만한 것이요 입술 근처近處에 여드름딱지 성종成腫으로 달고 다닐 것은 아니리라. 기회機會와 정실情實이 발표發表의 길을 일즉 열었기로 이십二十적 〈고민苦悶〉과 〈불행不幸〉에 새삼스럽게 장중壯重하실 것이 우습지 아니한가. 김종한金鍾漢 이한직李漢稷 양군兩君이 나가자 냅다 한대 갈긴 것이 효력效力이 너무 빨렀든지 〈책임責任〉이 돌아오는 모양인대 지라면 질 터이니 책임責任지는 방법方法을 보히라. 비단非單 김종한군金鍾漢君이라 《문장文章》을 통通하야 나가는 사람이 나가서 갈기기는 갈기되 어퍼컽으로 갈기지는 말라고 〈명령계통命令系統〉을 분명分明히 하라는 말가. 사공명死孔明이 주생중달走生仲達이랬는데 대을파소對乙巴素〈권투전拳鬪戰〉에 엄파이어로 서기가 괴로우니 〈신세대新世代〉에 공명孔明이 다시 아량雅量이 있거든 이왕이면 〈이십대二十代 작가作家〉로 나려서라. 『칠세七歲 이전以前에는 지능知能이랄 것이 없었고, 십사세十四歲 이후以後에는 모초롬만의 지능知能도 정욕情慾으로 인因하야 어지러워진 것을 생각하면 교육敎育의 시기時期라는 것은 극極히 짜르다. 이십육세二十六歲의 예술가藝術家여, 그대는 상기 아모것에 대對하여서나 사색思索하여 본 일이 없었다고 생각하여야 하느니라.』 막스·쟈콥은 단기短期에 졸업卒業하였던 모양이지, 대다수大多數의 <삼십대三十代 작가作家>가 바야흐로 정욕情慾의 중통기重痛期에 들어 작고 도당徒黨을 부르지 아니하나, 도당徒黨에 대對한 부단不斷한 설계設計로 몸이 다시 파리하니 이에 <시대적時代的 고민苦悶>이 가중加症하고 보면 고름이 정正히 삼중三重이다.

박두진군朴斗鎭君　박군朴君의 시적詩的 체취體臭는 무슨 삼림森林에서 풍기는 식물성植物性의 것입니다. 실상 바로 다욱한 삼림森林이기도 하니 거기에는 김생이나 뱀이나 개미나 죽음이나 슬픔까지가 무슨 수취獸臭를 발산發散할 수 없이 백일白日에 서늘없고 푹은히 젖어 있습디다. 조류鳥類의 우름도 기괴奇怪한 외래어外來語를 섞지 않고 인류人類의 친밀親密하야 자연어自然語가 되고 보니 끝까지 박군朴君의 수림樹林에는 폭풍이 아니와도 좋습니다. 항시恒時, 멀리 해조海潮가 울듯이 솨—하는 극極히 섬세纖細한 송뢰松籟를 가졌기에. 시단詩壇에 하나 <신자연新自然>을 소개하며 선자選者는 만열滿悅 이상以上이외다.

박남수군朴南秀君　이 불가사의不可思議의 리듬은 대체 어디서 오는 것이럿가. 음영陰影과 명암明暗도 실實로 치밀緻密히 조직組織되였으니 교착膠着된 <자수刺繡>가 아니라 시詩가 지상紙上에서 미묘微妙히 동작動作하지 않는가. 면도面刀날이 반지半紙를 먹으며 나가듯 하는가 하면 누에가 뽕닢을 색이는 소리가 납니다. 무대舞臺 우에서 허세虛勢를 피는 번개ㅅ불이 아니라 번개ㅅ불도 색色실같이 고흔 자세姿勢를 잃지 않은 산번개ㅅ불인대야 어찌하오. 박군朴君의 시詩의 <인간적人間的>인 것에서 이러한 기법技法이 생기였오. 시선詩選도 이렇게 기쁠 수 있으량이면 이밤에 내가 태백太白을 기울리여 취醉할가 합니다.

—『문장文章』제2권 제1호, 1940.1, 195쪽.

10.

　글이 좋은 이의 이름은 어쩐지 이름도 덜보힌다. 이름을 보고 글을 살피랴면 글씨도 다른 것에 뛰어난다. 원고지原稿紙 취택取擇에도 그 사람의 솜씨가 들어나 글과 글씨와 조히가 그 사람의 성정性情과 풍모風貌와 서로서로 어울리는 듯도 하지 않는가. 글을 보고 사람까지 보고 싶게 되는 것에는 이러한 내정內情이 있다. 원고原稿에서 그 사람의 향기香氣를 보게끔 되야만 그 사람이 〈글하는 사람〉으로서 청복淸福을 타고난 사람이다.
　〈칠생보국七生報國〉이라는 말이 있다. 문약文弱한 사람으로서 이렇게 지독한 문구文句에 좀 견디기 어렵다. 그러나 일곱번 〈인도환생人度還生〉하야 나올지라도 글을 맡길 수 없는 자者들을 지저분하게 만나게 된다. 게덕스럽고 억세기가 천편일률千篇一律이다. 단정학丹頂鶴은 단정학丹頂鶴으로 사는 법法이 있고 황새는 황새대로 견디는 법法이 있거니 황새가 아이예 단정학丹頂鶴을 범犯할 바이 없거늘 글과는 담을 쌓은 자者들이 글에서 거리적거린다. 생물生物에는 적응성適應性이라는 것이 있다. 게덕스럽고 억세고 누陋한 사람은 그대로 살어가야만 되게 된 것이니 만일 이러한 사람들을 글과 그림과 음악音樂에서 해방解放한다면 놀랄 만한 성능性能을 발휘發揮할 것이니 어시장魚市場 광산鑛山 취인소取引所 원외단院外團 소굴巢窟에서 바로 쾌적快適한 선수選手가 될 것이다. 어찌하야 문학文學에서 연연戀戀히 떠나지 못하는 것이냐! 지방地方에서 불운不運하야 쾌쾌快快하는 청년靑年들은 대가숭배벽大家崇拜癖이 있다. 그들이 만일 편집실編輯室에 모히는 원고原稿를 검열檢閱한다면 기절氣絶하리라.
　글씨를 바로 쓰고 못쓰는 것은 문제問題할 것이 아니다. 혹은 문장文章 조사調査도 문학文學에서 제일의적第一義的인 것은 아니다. 그러나 예술제작藝術製作에 천품天品이 거세去勢되고 철학적哲學的 사변思辨에 항력抗力을 상실喪失한 문예시장文藝市場의 거간군居間軍 — 언감생심焉敢生心에

〈비평가批評家〉냐? 〈작가作家〉냐?

　권력權力이라는 것은 화약火藥처럼 위험危險한 때가 있다. 게다가 관권官權에 합세合勢에 시류時流에 차거借據하는 〈문학文學〉! 문학文學이 혹은 여당與黨에서 야당野黨에서 은퇴隱退하는 것일지도 몰은다.

　조지훈군趙芝薰君　작년昨年 삼월三月에 누구보다도 먼저 당선當選하야 금년今年 이월二月 이래以來 열한달 만에 괴팍스런 ≪문장文章≫추천제推薦制를 돌파突破하시는구료, 미안스러워 친親히 만나면 사과謝過할 각오覺悟가 있읍니다. 그러나 무릇 도의적道義的인 것이나 예술적藝術的인 것이란 그것이 치열熾熱한 것이고 보면 불행不幸한 기간其間이나 환경環境이란 것이 애초에 없는 것이외다. 잘 견디고 참으셨읍니다. 찬자撰者의 못난 시어미 노릇으로 조군趙君을 더욱 빛나게 하였는가 하면 어쩐지 찬자撰者도 한목 신이 납니다. 조군趙君의 회고적懷古的 에스프리는 애초에 명소고적名所古蹟에서 날조捏造한 것이 아닙니다. 차라리 고유固有한 푸른 하늘 바랑이나 고매高邁한 자기磁器 살결에 무시無時로 거래去來하는 일말운하一抹雲霞와 같이 자연自然과 인공人工의 극치極致일가 합니다. 가다가 명경지수明鏡止水에 세우細雨와 같이 뿌리며 나려앉는 비애悲哀에 artist 조지훈趙芝薰은 한머리 백로白鷺처럼 도사립니다. 시詩에서 것과 쭉지를 고를 줄 아는 것도 천성天成의 기품氣品이 아닐 수 없으니 시단詩壇에 하나 〈신고전新古典〉을 소개하며……쁘라보우!

　　　　　　　　　　　　　―『문장文章』제2권 제2호, 1940. 2, 171쪽.

11.

　시선詩選도 한 일년一年 하고 나니 염증厭症이 난다. 들어오는 족족 좋은 시詩고 보면 얼마나 즐거운 노릇이랴마는 시詩가 되고 아니되기는 고 사姑捨하고 한달에 수백통數百通이 넘는 황당荒唐한 문자文字를 일일一一이 보아 넘기는 동안에 모처럼 만에 빨리 다리어 갖는 정신精神이 구긴다.

시詩하기 위하야 구즌 일을 피避하야 하겠다.

사무事務와 창작創作 ― 좋은 이웃이 될 택이 없다.

겉봉에 주소住所 성명姓名도 쓸 만한 자신自信이 없는 위인爲人이 당선當選에 요행僥倖을 바라는 심리心理가 사나히답지 못하다.

그러면 여자女子는 시詩를 못한다는 말가.

앞엣 말은 잘못되었다.

그러면 여자女子답지 못한 사람도 시詩를 못한다.

선禪이라는 것이 무엇하는 것인지 나는 모른다. 꿇어앉은 채로 무슨 정말체조丁抹體操와 같은 효과效果를 얻는 것이나 아닌가, 이렇게 엉뚱하게 생각된다. 무식無識한 탓이리라.

문학청년文學靑年의 불건강不健康은 순수純粹 정말체조丁抹體操로 교정矯正할 수 있다.

시詩를 그만 두시요.

이것이 발표發表할 만한 것인지 아닌 것인지를 판단判斷하는 양능良能을 갖은 사람은 벌써 당선當選한다.

당선當選 일회一回 혹은 이회二回로 답보踏步하고 있는 몇몇 사람한테 끝까지 무슨 책임감責任感에서 자유自由로울 수가 없어 괴롭다.

이번달에도 역시 내보낼 시詩가 없다.

창간創刊 이후以後 일년一年 동안에 얻은 다섯 시인詩人 ― 희한稀罕하기가 별과 같이 새삼스럽게 보인다.

화푸리로 펜을 대동대치며!

이만.

— 『문장文章』 제2권 제4호, 1940.4, 190쪽.

12

용기勇氣와 같은 것을 상실喪失한 지 수월數月이 넘었던 차 혼인婚姻잔치에 갔다가 소설가小說家를 만나 이사람 시詩를 조르기를 빚조르듯 한다.

『소설小說을 앞으로 얼마나 쓰겠느뇨.』

『사십년四十年은 염려없노라.』

『사십년四十年?』

『환산換算하야 팔십八十까지 시詩를 쓰면 족足하지 않느뇨.』

『이제 태백太白이 없으시거니 그대가 능能히 당명황唐明皇 노릇을 하랴는가?』

『하하呵呵.』

통제統制가 저윽이 완화緩和될 포서가 있을지라도 끔직스러워라 시詩를 어찌 괴죄죄 사십년四十年을 쓰노?

여간 라디오 체조體操쯤으로는 아이들 육신肉身에 반향反響이 있을가 싶지 않어 좀 더 돌격突擊적인 것을 선택選擇한 나머지에 깡그리 죽도竹刀를 돌리기로 하다.

정면正面 2백번

동胴치기 좌우 2백번

팔면面 2백번
반면半面 2백번
……………………

여덜살 째리까지 함께 사부자四父子 해오르기 전 아츰 허공虛空을 도합都合 수천도數千度치다.

타태惰怠한 버릇이 동퉁胴치기에선들 한눈이 아니 팔리울 리 없어 팔이 절로 풀리니

『아버지 동퉁胴치기에는 파초芭蕉순도 안부어지겠네.』

내가 죽도竹刀를 둘러 이제 유은有殷의 실력實力을 얻으랴? 너희들은 이것을 십년十年 이십년二十年 둘러, 선뜻 나리는 칼날이 머리카락을 쪼개야 한다드라 머리카락을 쪼개라!

검사劍士가 머리카락을 쪼개지 못하고 어찌 성城을 둘러빼겠느냐.

내사 망녕이 아니 난 바에야 이제 머리카락을 쪼갤 공부工夫를 하랴.
추풍秋風이 선선하야지거든 죽도竹刀마자 버리랸다.

시詩가 집행이 가음도 못되거니 설허라 나의 시詩는 죽도竹刀를 두르기에도 무력無力하고나.

박목월군朴木月君 북北에 김소월金素月이 있었거니 남南에 박목월朴木月이가 날 만하다. 소월素月의 툭툭 불거지는 삭주朔州 귀성龜城조調는 지금 읽어도 좋더니 목월木月이 못지 않이 아기자기 섬세纖細한 맛이 좋다. 민요풍民謠風에서 시詩에 진전進展하기까지 목월木月의 고심이 더 크다. 소월素月이 천재적天才的이요 독창적獨創的이었던 것이 신경神經 감각感覺 묘사描寫까지 미치기에는 너무도 <민요民謠>에 종시終始하고 말었더니 목월木月이 요적謠的 데쌍 연습練習에서 시詩까지의 콤포지슌에는 요謠가 머

뭇거리고 있다. 요적謠的 수사修辭를 다분多分히 정리整理하고 나면 목월木月의 시詩가 바로 조선시朝鮮詩다.

─『문장文章』제2권 제7호, 1940.9, 92~94쪽.

천주당天主堂

원근법遠近法이 어그러지고 보면 사진寫眞이 되지 않는다니 내가 맡은 「창窓으로 멀리 보이는 성당聖堂」이라는 예술작품藝術作品에서 나는 아조 원근법遠近法에 서툴으다.

대체 어느 구석에 서서 보아야 우리 성당聖堂을 두고 작문作文이 지여질 것일가?

열없이 창窓까지 걸어가 묵묵黙黙히 서다.
이마를 식히는 유리쪽은 차다
무연無聯히 씹히는 연필鉛筆 꽁지는 뜁다.
나는 나의 회화주의繪畵主義를 단념斷念하다.

예술藝術은 모든 경쾌輕快한 신사紳士한테 빼앗겨도 싫지 않다. 침중沈重한 신도信徒고 보면 서령 중환重患으로 누웠을지라도 막상莫上 은혜恩惠로운 일임으로!

어느곳에 아니 게시리요 마는 따우에서는 더욱이 성당聖堂에 즐겨 거居하시는 나의 주主를 오늘은 이 병실病室에서 침의寢衣 입은대로 사모思慕할 수밖에.

— 『태양』 1호, 1940.1, 61쪽.

화문행각畵文行脚

군복軍服이 반드시 편리便利한 의복은 아니다. 무의武儀와 전투戰鬪를 위하야 더욱이 한산閑散한 성평盛平에 처處하야 정신精神의 강의剛毅를 소일消逸치 않기 위爲하야서도 다소多少 〈불편不便한 군복軍服〉에 군장軍裝된 심신心身의 내용內容이 긴요緊要한 것이다.

수녀修女가 입은 제복制服은 삼복三伏 더위에 검정 서—지가 대한大寒 치위까지한 가음이다. 계절季節을 초월超越하야 다만 정결淨潔에 한限할 뿐이다.

진찰실診察室에 나올 때 포개여 입은 백색白色 예방의豫防衣는 군복軍服 우에 다시 무장武裝이랄 수 밖에 없으니 중후重厚하고 삼엄森嚴하기까지 한 이 장의長衣에는 훨석 신성神性한 이유理由가 있다.

난행難行 고업苦業을 쌓아서 기분간幾分間 동양적東洋的 〈정신精神의 자유自由〉를 시련試鍊하는 것은 선종禪宗의 승려僧侶나 검도劍道사범들의 일과日課가 되였다. 이와 달리하야 천주교天主教 수녀修女는 그들보다는 솔직率直하고 단순單純한 교재教材를 택擇한 것이다. 무엇인고 하니 주主 그리스도와 그의 성모聖母를 위한 곤곤滾滾한 애덕愛德과 국가國家와 사회社會를 위한 가장 섬세纖細한 봉사奉仕—이것뿐이다. 이것뿐인 이외以外에 그들은 공개公開해야 할 아모 비밀秘密도 없다.

다만 두텁고 묵어운 옷을 입고도 가볍게 화和하기가 나븨와 같음은 무슨 까닭일까?

주主의 성총聖寵이 이 중후重厚한 군장軍裝을 일층一層 가비얍고 쾌快하게 하심으로 그들은 앉을 새도 없이 작고 부즈런할 수 밖에 없다.

마르세—유 항港에서 일년一年에 몇 백명百名식 출범出帆하야 아프리카 오지奧地까지 혹은 알라스카 변방邊方까지 출정出征하는 이 평생平生 동정童貞부대는 기후조氣候鳥와는 행방行方이 같지 않다. 기후조氣候鳥는 일년일차一年一次 고소故巢에 돌아오지마는 수녀修女들은 임지任地에서 무친다.

정의正義와 죽음으로 병사兵士가 점령占領한 촌토寸土가 벌서 이적夷狄의 흙덩이가 아님과 마찬가지로 애덕愛德과 희생犧牲으로 무친 곳이 바로 <신神의 나라>로 편입編入되는 까닭이다.

이제 조선수녀修女가 도로혀 마르세—유에 줄곳 <적전敵前상륙上陸>하기까지가 종교문화宗敎文化上 그다지 장구長久한 역사歷史에 방임放任되지 않으리라. (성모병원聖母病院에서)

— 『여성』, 1940.1, 56~57쪽.

호낭가故娘街
― 안동현安東縣의 이인행각二人行脚

연연燕燕(와리메)

연연燕燕이가 사는 바로 지붕밑 방은 까아맣게 치어다 보였다. 연연燕燕이는 낙시질하듯 손님을 달아올린다. 손님이 낚이지 않는 날은 하루종일 난간欄干에 기대어 기달리느라구 고달프다.

붉은 당지唐紙에 〈보보입운步步入雲〉이라고 써부친 층층層層다리로 한참 올라가면 연연燕燕이는 나비처럼 되뚱거리며 제방으로 모신다.

    小蠻細腰差楊柳
    蘭陵美酒醉神儒

진한 자주紫朱빛 대조의 大袚衣(따―지아이)에 수화혜繡花鞋 신고 사는 연연燕燕이는 신선神仙같이 산다. 수박씨만 까먹고 산다. 수박씨 까는 법을 실지로 가르처드리겠노라고 체경體鏡 속에다 연연燕燕이 얼굴과 손님 얼굴 나란히 포갠다.

연연燕燕이는 정말 수박냄새가 나고, 수집기는 손님이 더 수집고, 말은 둘이 다 모른다.

왕려매王麗妹(와리메)

수양어미를 건마乾媽(칸마)라고 한단다. 건마乾媽가 뚱뚱하고 붉으스름하기에 귀고리며 이마를 덮은 다방머리를 만져주며 퍽 젊고 예쁘다고 하니깐, 내사 늙은이가 무에 이쁘냐고, 여매麗妹가 이쁘다고 한다. 말끝마다 여매麗妹 자랑이다. 실상은 상품商品 자랑이리라. 통변通辯은 일일一一히 팔촌八寸형兄님이 하시는 것이었다. 난로暖爐에는 무순탄撫順炭이 이글거리고 밖앝밤은 새까맣다. 바람이 휘이 휘이 쉬파람 분다.

〈심자호心子好. ○○○선생규先生叫.

왕려매속래유주王麗妹速來侑酒.〉

한쪽 조히에 쓰인 글씨가 감쪽같이 「구양순歐陽詢」이다. 여매麗妹는 갑자기 부산하다. 밖에서는 양차洋車 방울소리가 재축한다.

여매麗妹 속적삼이 깨끗한 것이라고 보아지지 않으나 겉옷은 밤에 보아도 검정비단이다. 신뒤축까지 덮이는 외투外套 깃돌애에는 중역重役들이 두르는 수달피가 둘리었다. 여매麗妹목이 폭 파무친다.

여매麗妹가 반점飯店(얜텐)에서 바루 돌아왔다.

오곤지襖褌子(아오쿠 – 쓰)로 바꾸어 입고 나안는 양이 가련可憐하기 한 떨기 목부용木芙蓉이다. 바람결에 이상스러운 곡성哭聲이 넘어온다. 아이! 무서워! 하며 여매麗妹가 달려들며 얼굴을 묻는다. 맥주麥酒를 나수어 들어오는 건마乾媽 말이 이웃집에 초상初喪이 났다 한다.

— 『춘추』, 1941.4, 152~154쪽.

「무서록無序錄」을 읽고 나서

운동運動으로 피로疲勞한 육체肉體는 다시 가벼운 운동運動으로 푸는 법이다. 소설집필小說執筆에 쎄친 머리를 갓든하게 씻기 위하여 수필隨筆이란 붓을 들 만한 것이 아닐가. 무서록無序錄이 혹或은 이러한 의미意味에서 작가作家 이태준李泰俊의 경문학적輕文學的 소창消暢일 것이다.

수필隨筆이니 「엣세이」니 하고 보면 문학자文學者들의 사설辭說이 만타. 무서록無序錄이 구타여 「엣세이」에 가담加擔할 맛이 업슬가 한다. 「엣세이」는 영인英人이이어야만 쓸 수 잇는 것이라든지 임어당林語堂을 처들고 위협威脅한다면 이태준李泰俊의 무서록無序錄은 꼼작할 수 업슬는지 몰으고 수필隨筆이란 것이 박학다식博學多識의 풀어헷드리고 나서는 자세姿勢로서의 일례一例를 들면 자연과학자自然科學者의 수필隨筆이 아니어도 조타. 무서록無序錄은 마침내 그대로 보아도 조타고 할 수박게 업다.

작가作家 이태준李泰俊이 단적端的으로 들어나기는 무서록無序錄과 가튼 글에서다. 교양敎養이나 학식學識이란 것이 어쩌케 논란論難될 것일지 논란論難치 안켓스나 「미술美術」이 업는 문학자文學者는 결국結局 시인詩人이나 소설가小說家가 아니되고 마는 것도 보아온 것이니 태준泰俊의 「미술美術」은 바로 그의 천품天品이요 문장文章이다. 동시同時에 그의 생활生活이다. 화초花草에 관關한 것 자기궤연磁器机硯 등등 고완古翫에 관關한 것, 서도필묵書道筆墨 남화南畫에 관關한 것, 초가와옥草家瓦屋의 양식樣式 장정裝幀 제책製冊에 관關한 것, 기생가곡妓生歌曲에 관關한 것, 대부분大部分이 문단文壇에 관關한 것 ―이 사람의 「미술美術」은 상당相當이 다단多端하다. 이러한 점點에서 태준泰俊은 문단文壇에서 희귀稀貴하다.

이조미술李朝美術의 새로운 해석解釋 모방模倣 실천實踐에서 신인新人이

둘이 있다.

  화단畵壇의 김용준金瑢俊이요 문단文壇의 이태준李泰俊이니 그 쪽 소식消息이 감상문感想文이 아니라 정선세련精選洗練된 바로 수필隨筆로 기록記錄된 것이 이 무서록無序錄이다.

— 『매일신보』, 1941.4.18.

『여적餘滴』 창간사

　　여적餘滴이 명장明匠의 화룡점정畵龍點睛이라면 이만 생색生色이 다시 없으련마는 잔대盞臺에 흐른 술방울이래서야 부질없은 일이요 ▼허다 못해 방타滂沱한 만곡루萬斛淚가 거친 뒤에, 뼈에 맺힌 서름에 저러나온 짜는 눈물방울이라면 쓸모도 있겠고, ▼직정경행直情徑行 간간侃侃악하야 구각비말口角飛沫하는 침방울 같을진대 이 또한 때로는 청량제淸凉劑도 될 것이다. ▼산모産母의 유두乳頭에서 떨어지는 뽀야코 기름지고 부드러운 젖방울은 또 어떨고 ▼젖방울이라니 정신精神의 젖방울, 마음의 유방乳房도 그 아니 좋으냐 ▼파업罷業의 성과成果로 쌀 두승이 주린 배를 요기療飢해줄지 안줄지 아죽도 현안懸案은 현안懸案대로 남아 있고 두합승세합승이 하필何必 파업단罷業團에 한恨한 최저절대량最低絶對量이라마는 ▼대중大衆의 정신적精神的 카로리, 마음의 양식糧食도 두합승세합승이 갈망渴望되는 최저절대량最低絶對量이 아닐가! ▼출노계出勞系의 파업罷業으로 미곡반입米穀搬入 두절杜絶에 못지않은 문화활동文化活動의 고민상苦悶相을 연출演出하였었거니와 '경향신문京鄕新聞'은 동업각지同業各紙가 작금昨今 양일간兩日間 복구발간復舊發刊하는 이사품에 휩쓸려 나가는 것은 결決코 아니다. ▼앞설 것도 없고 뒤질 것도 없이 예정豫定한 그대로 또 여러분이 소원所願하시는 그대로 마음의 양식糧食을 될 수 있는 대로는 담북 십고 일은 아침 여러분 택宅을 두다리리라. ▼그것이 두합승이 되고 세합승이 될지 두말(斗)이 되고 세말이 되고 못되는 것은 여러분의 맛보실 탓이거니와 힘껏 싣고 가는 이 마음 이 정성精誠만은 아라주시려니 할뿐

─『경향신문』, 1946.10.6, 1쪽.

회화교육繪畫教育의 신의도新意圖

– 이화여중梨花女中 미전美展 소인상小印象

이 전람회장展覽會場을 끝까지 돌아나오기에 피로疲勞를 느끼지 않았다 볼 것이 많고 들을 것이 많은 진열처소陳列處所에서 문화인文化人 행세行世하기도 상당相當히 고단한 신세身勢가 아닐 수 없는 것은 나만이 아닐가 한다

이 전람회展覽會는 대단한 미술전람회美術展覽會라고 할 수는 없었다 여학교女學校 미술교실美術教室을 고대로 공개公開하였다는 이외以外에 다른 주장主張이 있을 리 없었다

이러한 점點에서 이 전람회展覽會는 놀라운 전람회展覽會로 성공成功한 것이다 거저 여학교女學校 교원教員의 〈쇼이즘〉으로 무슨 학교행사學校行事날 진열陳列하기 위하여 진열陳列한 회장會場이 아니었다

이 전람회展覽會에서 지도교사指導教師의 지도원리指導原理와 미술교육美術教育의 순서順序와 기초基礎와 학생學生의 미술훈련美術訓練의 엄격嚴格을 볼 수 있었다

우리는 전에 도화시간圖畫時間에 모모某某 화백畫伯들이 교실教室에 감독監督으로 들어오셨다 나가는 것만을 많이 보아 왔었다 임본臨本을 정식正式으로 펴놓고 가장 숙성熟成한 〈커닝〉의 가작佳作이 도화점수圖畫點數가 좋았고 말았던 것이다

그때 그 선생先生님들은 여태껏 화백畫伯으로 계시고 졸업생중卒業生中 1, 2명一二名의 천재天才는 후기인상파後期印象派 〈말기末期의 왕王〉으로 광인狂人과 같이 비장悲壯하고 고독孤獨하다

화가畫家 이인성씨李仁星氏가 고등사범미술과계통高等師範美術科系統이 아님에도 불구不拘하고 충분充分히 미술교원美術教員으로서 성적成績을 올린 것은 그가 작가作家로서 먼저 기본적基本的이요, 순서적順序的이요, 탐

구적探究的이요 경력적經歷的인 것을 의미意味하는 것이다 이러한 교사敎師의 영향影響에서 좋은 미술학생美術學生이 배출輩出할 것은 자연自然한 일이다

　놀라운 성적成績을 보았다 진열陳列한 순서順序를 따라서 기공발전技工發展의 과정過程을 이해理解할 수 있었다

　석고石膏 데쌍의 실력적實力的인 것은 (연필鉛筆과 목탄지木炭紙 아닌 대용지代用紙만으로서도) 미술대학생美術大學生을 위압威壓하는가 하면 무명잡초사생無名雜草寫生에서 아이들은 수학자數學者와 같이 치밀緻密한 훈련訓練을 받고 자연自然에 대한 섬세纖細한 애착愛着을 얻을 것이다7

　　　　　　　　　　—『경향신문』, 1947.4.3, 3쪽.

수수어愁誰語 — 지전紙錢

 몇 해 전에 들은 얘기
 남쪽 어느 지방 도시에 큰 부자가 있었다.
 부자하니말이지 조선서 부자라면 결국 땅을 많이 가진 지주를 말하는 것이었고 돈은 많고 땅은 적은 부자란 별로 적었던 것이니 지주는 대개 기업企業의 재능才能이 없어서 상공업商工業에 손을 대기란 조상열대祖上列代의 산소山所와 면남전북답面南田北畓을 떠나가보담 원양항해遠洋航海 이상의 위험胃險이었던 것임으로 내가 얘기하는 남쪽 부자富者라는 이도 큰 지주地主이었을 줄로 알면 좋을 것이다.

 논두렁에 많이 황새라는 야학野鶴의 일종一種인 새를 볼 수 있지 않은가?
 이 새는 한나절식 우두커니 한다리를 고이고서서 논바닥을 나려다보는 새다 거기서 먹을 것을 얻는 까닭일 것이다
 겨우 옮겨날러야 다른 논두렁에 가서 역시 다리 한 짝을 고이고 서서 또 남어지 한나절을 보내는 것이니 밤에도 논두렁에 서서 자는 것일가 한다
 나는 상공업商工業에 대對한 기업열企業熱이 없는 지주地主를 이 황새에 비유한다
 황새의 영토領土는 마침내 논두렁에서 논두렁까지에 지나지 못하고보니 남쪽 부자의 영토領土는 그것이 황새의 영토領土이었다
 작인作人에게서 도조稻租를 받아 그것을 팔아 은행에 맡기어 이자利子를 찾거나 작인作人에게 고리高利로 빚을 주어 이중二重으로 빼앗아 다시 황새의 영토를 확장擴張하는 이외에 다른 기술技術이 없었으나 이 남쪽

부자에게는 은밀隱密한 취미趣味까지도 있었던 것이다.

은행도 대금업貸金業도 전적全的으로 믿지 못하는 이 지주地主는 의처증疑妻症과 함께 아들 며누리 손자를 모두 믿지 못하는 남어지에 다액多額의 은행권銀行券을 특이特異한 장치裝置로 된 광에다가 저장貯藏하는 것이었다.

보물寶物도 천당天堂에 쌓지 않고 땅에 묻으면 썩는 것임으로 은행권銀行券을 볓을 못 보는 광에 쌓으랴면 일一년에 정기定期로 몇번식 거풍을 해야만 하는 것이었다

바람 잠자고 햇살바른 날 그집 마당 명석 여러 벌 위에 은행권銀行券이 쪽 펴지고보면 마누라 첩 아들 며누리 손자 할 것없이 모조리 집에서 쫓기어 나는 날이다

손자 중에 한 놈이 있어서 집안 어느 구석에 감쪽같이 몸을 숨기고 하라비 거동을 보는 것이었다 한낮이 되니까 하라비가 옷을 홀홀 벗고 창피한데까지 감추지 않고 명석 위 은행권銀行券퍼진 위에 이리 구르고 저리 구르고 강아지처럼 홀로 재롱을 피는 것이었다

홀닥 벗은 하라비가 다시 광으로 은행권銀行券 뭉치를 가지러 간 틈을 타서 손자놈이 재빨리 명석 위에 은행권銀行券을 걷어모아 한뭉텅이를 바로 앞집 담 넘어로 내동당이쳤다

다시 숨어서 하라비의 거동을 보아하니 광에서 나온 하라비가 후각嗅覺이 날카로운 짐승처럼 씩씩거리고 미치는 것이었다.

한참 홀로 허둥대다가 앞집 담을 넘어가 야단을 치는 것이었다.

앞집 여자와 해괴망칙한 싸움이 벌어졌을 때 손자 놈이 은행권을 구救하느냐 하라비를 구救하느냐 하는 위기일발危機一髮에 하라비를 구救하기 위하여 용감勇敢하게 담을 넘어가 이 기괴奇怪한 분쟁紛爭을 일거一擧에 해결解決시키었다 한다.

얘기는 우숩고 재미있으나 이런 것을 반드시 그대로 믿어야 하는 것도 모든 선의善意의 인사人士의 상식常識이 아닐 것이다 나는 그대로 믿지 않

앉다

그후 어느 기회機會에 다른 실담實談을 들은 것이 있다.

나의 친구로 종로鐘路에서 장사를 꽤 얌전히 하는 이가 하나 있다

한번은 내가 그의 상점商店에 들려 인사도 농담弄談겸사『돈을 그렇게 급살이끼도록 벌어 무엇하노? 당신 편히 쉬는 날을 볼 수 없으니 구찮흔 줄도 모르오?』

술도 담배도 모르는 이 친구에 내가 다소반감多少反感이 있었을 것이다.

『허허 지용! 모르시는 말이요

돈이란 쓸 목적目的을 세워놓고 벌어서는 돈이 생기는 것이 아닙넨다

거저 돈 자체自體가 좋아서 버는 맛이 좋읍넨다

돈이 들어오는대로 세는 맛과 철궤에 드리는 맛과 장부帳簿에 기입記入하는 맛과 말하자면 돈이 종이*던지 은銀이던지 피부皮膚에 닫는 감각感覺이란 말할 수 없이 황홀恍惚한 것입넨다

하도 진실眞實하게도 경건敬虔하게 말하기를 미술품美術品 애호가愛好家가 미술품美術品에 대對한 감각感覺을 논의論議하듯하므로 나는 도리어 엄혹嚴酷한 압박감壓迫感을 느끼어 남쪽 어느 수전노守錢奴의 일화逸話가 그것이 중상적中傷的 유언流言이 아니라 현실적現實的 근거根據에서 온 실화實話인 것을 알았다.

돈이 손구락 끝에 닫는 맛이 그렇게 좋을진대 알몸둥아리 전체全體로 감촉感觸되는 맛이 성욕性慾이상에 강렬强烈할 것이 무었이 이해利害하기 어려우랴!

돈이란 이렇게 좋은 것으로 알고 나서 내가 첫 월급月給 백십오원에 살림을 시작하였다. 아들 딸은 자꾸 생기고 월급月給은 오르지 않고 한번은 월급月給이 태에 따로 돈버는 재조를 가진 교장校長을 보고

『살기가 이렇게 어려운 줄을 미리 알았더라면 구타여 대학大學이 문과

---

* 원문의 '조이'는 '종이'의 오식으로 보인다.

文科니 그만두고 소학교小學校 졸업정도卒業程度로 사과장사라도 하였더라면 지금 이렇게 곤란困難을 격지 않았을까 합니다」

교육敎育보다 금리金利를 존중尊重하는 교장校長에게 나의 감상적感傷的 후회담後悔談이 무슨 동정同情을 샀으랴?

그때 교장校長의 웃음이란 지금까지도 냉혹冷酷한 비소鼻笑로 기억記憶에 사라지지 아니한다.

그후 또 어느 기회機會에 대학大學이니 문과文科니 보다는 사과장사 애기를 나의 다른 친구의 아버지께 토로吐露하였더니 그 어른도 역시 남쪽에서 웬만한 지주地主이었거니와 그 어른 말씀이

「그것은 자네가 모르는 말일세 애초에 돈을 벌 소질素質을 타고 난 사람은 공부工夫를 할만한 조건條件을 구비具備하여도 공부工夫보다는 돈을 벌 것이오 애초에 공부工夫를 하고야 마를 소질素質을 타고 난 사람이고 보면 공부工夫를 못할 환경環境에서도 결국決局 공부工夫를 하고야 마는 것일세」

나는 처음 들었던 지혜知慧스러운 말씀으로 승복承服하였고 돈은 없어도 내가 시인詩人 소리 듣는 것 만으로 좋다고 생각하였다. 죄그만 범사凡士처럼!

이리하야 생활生活은 점점 가혹苛酷하여지고 돈이 없이 주정酒酊이 늘고 미곡米穀과 물자物資가 8・15 이후八・一五 前後 점점 가속도加速度로 결핍缺乏하여 갈때 그대로 죽지 않고 있다 돈에 대對한 수전노守錢奴의 감각感覺이나 교장校長의 비소鼻笑나 지주地主의 교훈敎訓이나 그러한 것쯤은 나도 일절一切 비소鼻笑할만한 때가 와 있다.

남조선南朝鮮에 돈이 지주地主나 교장校長이나 상공기업가商工企業家에 남아 있는 것이 아니라 돈이란 돈은 모조리 따로 몰리는 데가 있는 것을 본다 나라와 인민人民은 쑥대밭이 될 지 언정 토지土地도 없이 기업企業도 없이 순연純然히 외제外帝를 낀 모리배謀利輩의 손으로 돈이 모이는 것을 본다.

— 『주간 서울』, 1948.11.15, 6쪽.

수수어愁誰語 ─ 혈거축방穴居逐防

원고原稿를 쓸랴다가 책冊을 펴니 두가지가 함께 제대로 될리없다 담배에자조 불을 켜대기에 신경信經이 초조焦燥하여 진다

앉았다 누었다 종긋거려야 낮잠도 들지 아니한다

만일 정식正式으로 실직失職을 한다면 이러한 태타怠惰가 실직失職의 초보적初步的 증상症狀일 것이다 마누라와 단둘이 남어있는날, 마누라도 부지중不知中 집에서 없어졌다

간단簡單한 빨래를 가지고 나갔을 것이다

『이리 오너라』 소리도 없이 발소리도 없이 들어 선 여인女人네 하나가 디딤돌까지에 올라서서 겨우

『좀 여쭐 말슴이 있어서 왔읍니다』 자동적自動的으로 일어나지며 나는 『네에!』 하였다

그 여인女人네는 나이는 우리와 근사할것이나 마누라와 같이 주름살이 없다

그대신 딱 버러지고 얼굴은 검붉은 차림은 중류中流 이하以下나 드럽지 않고 말세는 서울 바로 문밖말이고 유려流麗하다 이이가 만일 시골 주막酒幕집 마누라라면 입이 험한늙은 술군쯤은

『여편네 행낙이 아니겠는데!』 이런 언사言辭를 들을수도 있을가 한다

그 여인女人네의 『여쭐 말슴』이란 사정事情은 대충 아래와 같다

이북以北에서 복기어 살수가 없어서 서울로왔는데 방 한칸 얻을도리가 없고 날은추어오고 영감과 열세살짜리 딸 하나와 우선 잘데를 구하다가 댁문전 방공호防空壕자리에들어가 우선 자기나하고 길거리에서 낮에 빈자떡 장수라도하야겠다는 것이다

집앞에 방공호防空壕가 있었던지를 이사 온지일년이 넘어도 몰으고 지

났다

방공호防空壕가 과연果然 있었던 것이 완전完全히 메워놓고 입구入口를 돌로 이를마춰 놓았기에내가 몰으고 지난 것이다

그러나 행길하나 건너 산끝을 깍은자리라 바로 우리대문과 방공호防空壕 입구入口가 서로 맞보고있다는 이유理由만으로서 방공호防空壕 개폐開閉의 권한權限이 우리집 대문서門과 대문서門안에누었다 이러한 내에 있을 법法이 없는 것이다

허가許可가 아니라 위로慰勞로 좋으실대로 하시라고 하였고 이왕이면 반장班長집과 이웃 몇몇 집에 양해諒解나 통通해보고 흙을 파내라고하였다

그러나 그럴까닭이 없다고 주장主張하는 것이 다만 우리집 동향대문東向서門이 결재決裁한다는 理論이 서는 모양이다

『우리집에 비는 방이있으면 거저라도 빌려드려야 하겠는데 보시다시피 방 셋에식구는 많고하니 매우 골난하시겠읍니다다걱정마시고 방공호防空壕자리를 파내시지요』 하고 삽을 빌려주었다

『이북以北에서 사시기가 어떠하십데까?』

『말도 마십시오 사철 부역賦役에 공전工錢한푼아니주고 농사農事도 장사도 못하게 합니다』

『생업生業은 무엇을 하셨읍니다?』

『농사農事도 집고 장사도 하였지요』

『사시던 집은 어떻게 하시고 오셨읍니까?』

『내버리고 왔지오』

『인심人心은 어떠읍니까?』 곤

『인심人心은 그래도 이북以南이 났지오 이남以南에 오니 인심人心이 예전같구 먼저 숨을 돌리겠읍니다』

보아하니 이 여인女人네의 문화정도文化程度가 그래 혈거생활穴居生活을 해야만 할것이 아니었다

오후午後에 운동부족적運動不足的 증상症狀으로 대문大門밖을 나가보니 영감 내외와 어린딸이 어떻게 억세게 파내었던지 방공호防空壕안이 분벽粉壁이 되어 있다

『밤에 주무시다가 위험危險하지 않으시겠어요?』

『괜찮읍니다』

『춥지 않으시겠어요?』

『흙속이라 괜찮읍니다』

『깔기는 무엇을 까시나?』

『혼 다다미를 깔지요』

『고생하십니다』

『말슴만이라도 고맙읍니다 덕택으로 삼동三冬이라도 나겠읍니다』

저녁때 동네가 시끄럽게 대문大門앞에서 야단이 났다

동네서 이러나 당장當場에 방공호防空壕를 다시 메워 노라는 것이요 영감내외와 어린딸이 곱절 노동속력勞動速力으로 메우는 중이다

이유理由는 방공호防空壕를 파 놓으면 나중에 문둥이들이 들어와 원거인原居人을 쫓아내고 저이들이 들어 동네가 문둥이촌村이 된다는 것이다 문둥이가 아니 오드라도 동네가 지저분하여저 못쓴다는 것이다

동네ㅅ 사람들의 마땅치 못한 언사言辭가 내게로 들으라고 오는 것이다

아침에 나갔다가 돌아온 큰아들놈까지 대문大門안에 들어오기전에 동네ㅅ사람들과 한통이 되어서 주책없이 떠들어댄다

먼저 아들놈의 따귀를 주먹으로 갈기고 싶도록 화가 나고 무안하다

『이놈아! 이리 들어오나라!』

아들놈을 불러드려 세워놓고

『이 못된 놈의 자식! 그 방공호防空壕가 우리 땅이냐? 웨 너도 한목 거드는 것이냐?』

아들놈 탄압彈壓이야 문제問題 없었다

밤에 역시 전등電燈이 켜지지 않았다

원고原稿도 쓸 수 없고 잠도 아니오고 취醉할수도없고 답답하였다

다시 영감 내외와 그의 어린 딸과를 생각하여 보면 이북以北에서 이남以南 인심人心을 찾아 와서 다시 혈거穴居에서 축방逐防을 당當하고났으니 그들은 다시 또 어느 인심人心을찾어 위도선緯度線을 넘어가야 하는것일가?

원고原稿는 쓸 수 없다 할지라도 원고原稿의 구상構想만이라도 암흑闇黑 속에서라도 결체結體를맺어야만 한다

인심人心의 후박厚朴을 가리여 돌아다니는것도 늙어서 고향故鄕이라고 찾어가는 것과 함께 그것이 봉건시대적封建時代的 폐풍弊風의 하나이다

토지土地와 생활生活과 근로勤勞를 완전完全히 인민人民으로서 획득獲得한 후後에 『인심人心』이 바로 서는것이 아닐수없다

동향대문東向大門따문에 내가 다소多少 관후寬厚하였느냐? 반성反省될 때 나의 책임감責任感없는 『인심人心』이 저옥이 편편치 않어진다

—『주간 서울』, 1948.11.29, 6쪽.

"부르조아의 인간상人間像"과 김동석金東錫
=新刊 評=

제가 지은 책에 제가 서문序文을 쓰되 지금 살아있는 사람의 이름을 물어 치는 사람을 나는 처음 보았다. 이 사람이 바로 평론가評論家 김동석金東錫이다.

이런 까다롭고 발발한 문단인文壇人을 쇠퇴衰頹한 사람으로 김동인金東仁을 보았고 신진新進 기설氣銳로 김동석金東錫을 보았다.
김성金姓에 '동東'자字를 붙는 사람이 일가一家 간間은 아닌 모양인데 성미性味가 같다고 볼 사람이 또 하나 있다.

누가 옳고 긇고를 따지기 전前에 나는 이들 김성金姓에 '동東'자字 붙은 사람들이 문득 생각날 때 절로 웃음이 난다.
우스운 소리는 못하는 사람들이나 인간人間 자체自體가 웃음을 제공提供하는 사람들이다.

그러나 이 사람들은 같은 사람이라고 보고 마는 것은 그것은 인물평人物評도 아니려니와 남을 보고 "그 사람 참 호인好人이지."라든지 혹은 "그 사람 참 재분才分이 놀랍지."라든지 한참 당년當年의 '조선문단朝鮮文壇의 삼三 천재天才'라든지 하는 따위의 허무虛無한 사교社交 회화적會話的 기만欺瞞 이외에 아무 것도 아니다.

교양敎養, 학예學藝, 논리論理, 의욕意慾, 논의議論에서 세 사람이 같지 않다.
김동석金東錫은 두 사람과 같지 않을 뿐 아니라 이들에서 결별訣別한지 오래였고, 8·15 이후以後 조선朝鮮의 문학文學, 문예평론文藝評論으로는 이 사람 혼자 독론獨論 부富하여 오다시피 한 것이다.

주主로 남녀男女 학생學生, 청년단靑年團에 이 사람의 포퓰레리티는 대단大端한 것이다. "재조才操 있다!"는 말이 남을 다소多少 가볍게 여기는 때 쓰는 말이 아니라면 김동석金東錫은 소학교小學校 대학大學 졸업반卒

業班까지 다시 30년年이 훨씬 넘어 현現 문단文壇 현역생활現役生活에 이르기까지 갈 데 없는 우등생優等生이다.

우수優秀한 문학사文學士 중에 김동석金東錫이 NO. 1이다. 원래 문학사文學士라는 존재存在가 사회社會와 문단文壇에 나와 성적成績이 좋지 않은 예例가 되었거니와 김동석金東錫은 위대偉大한 8·15와 세계世界와 역사적歷史的 조선朝鮮의 현실現實과 사태事態의 능동적能動的 대大 동향動向으로 인因하여 꾀죄죄한 문학사文學士의 버릇을 송두리째 탈각脫殼하고 생동生動하여 팔팔한 좌충우돌左衝右突에 선참후격先斬后擊하고도 여유작작 餘裕綽綽한 문학투文學鬪士가 되어버린 것이다.

그의 제일第一 평론집評論集 '예술藝術과 생활生活'을 남녀男女 청년靑年들이 교과서教科書처럼 공부工夫하는 것을 내가 안다. 이번에 다시 비교적比較的 장長 논문論文만을 거두어 제이第二 평론집評論集 '부르조아의 인간상人間像'이 나왔다.

돌아다니기도 잘하고 아내와 아들과도 남달리 의誼가 좋고 남의 내외內外 이혼離婚싸움 화해和解에도 열성熱誠스럽고 적산가옥敵産家屋 쟁탈전爭奪戰에 옳은 편을 들어 언변言辯과 분주奔走로 이겨내고 미국美國 시빌리안을 붙들고 민주주의民主主義 토론討論을 걸고 이론理論에 맞지 않는 경우境遇에는 단도직입적單刀直入的 정면正面 공격攻擊을 하다가도 신경질적神經質的 흥분興奮이 없이 자기自己가 스스로 엄파이어적 입장立場에 서고 마는 여력餘力으로 들어앉아 공부工夫하고 나와서 원고原稿를 판다. 몸도 뚱뚱해 간다. 나는 이 사람의 사람을 잘 안다. 참 좋은 사람이다.

부질없이 몇몇 사람의 미움을 받는 모양이나 이 사람 하는 말이 "무척 많은 사람들이 나의 책을 좋아하는데 그까짓 몇 놈이 미워하는 것쯤은 문제問題가 아니다." 하며 역시 자신自信이 있다. 이런 소리도 나는 믿지 않다. '부르조아의 인간상人間像'을 인제 유유悠悠히 내가 읽으려니와 기필期必코 좋은 책일 터이니 만천하滿天下 여러분 먼저 읽으시압.

(探求堂 書店 發行. 定價 400圓) =〈自由新聞〉 1949년 2월 20일=

『뀌리부인夫人』의 서평書評

『큐리 부인전夫人傳』과 『뀌리 부인夫人』이 일주일一週日 선후先後하여 독서시장讀書市場에 나왔다.

『큐리』와 『뀌리』가 다른부인夫人이 아니라 한 사람인 것을 가뜩이나 삼팔선三八線 때문에 출판出版과 독서수용讀書需用이 빈혈상태貧血狀態에서 신음呻吟하는 오늘날 역자譯者나 출판사出版社끼리 서로 어색하게 되고 불리不利하게 되었는가 한다.

신간소개新刊紹介를 쓰는 나도 좀 어색하다. 그러나 누구편을 드는 것은 아니다.

내사 일개一介 독자讀者 이전以前에 먼저 청풍명월淸風明月이다. 누구의 책을 누가 번역飜譯했던지 아랑곳 있으랴? 누구의 번역飜譯이든지 실상 돈을 주고 사보는 독자대중다수讀者大衆多數의 판단判斷으로 옳게, 잘, 정확精確하게 재미있이 번역飜譯되었느냐 아니되었느냐가 규정規定되는 것이다.

내가 무슨맛으로 양개역본兩個譯本을 다읽어야 할 부담負擔을 지랴? 나는 『뀌리부인夫人』의 신간소개新刊紹介를 쓰게 되고 다른 사람이 『큐리부인전夫人傳』에 대對하여 쓰게 되었을 뿐이다.

역자譯者 안응렬씨安應烈氏를 내가 잘 알고 이십년二十年 친구다.

안응렬씨安應烈氏하면 나는 먼저 그의 어학력語學力을 신뢰信賴한다.

그는 가톨릭 신학교출신神學校出身이오 불어佛語 이전以前에 나전어羅典語의 기초基礎가 튼튼하였으나 말하자면 벽초碧初의 한글 소설가小說家가 먼저 한문漢文의 토대土臺가 만만치 않은 것과 같이 안응렬씨安應烈氏의 불어佛語에는 먼저 나전어羅典語의 미천이 지극至極히 유효有效하였던 것으로 그의 불어佛語는 역대불란서歷代佛蘭西『빠리장』영사領事들과의 가족적家族的 생활生活 팔년간八年間의 이득利得인 것이다.

팔·일오八·一五 이후에 안씨安氏가 조선어문語文에 급격急激하게 열렬熱烈하게 눈이 뜨이기 시작한 것을 내가 보아 왔다.

『노오트』와 싸워 가며 조선어문語文공부에 맞낮 박몰泊沒하며 나와 만나면 문장文章이야기─ 겸손謙遜하고 근면勤勉하기 짝이 없는 이 독실篤實한 선비가 삼사년三四年 동안에 대작大作 『뀌리부인夫人』의 전역全譯을 다르되 일어일구一語一句 그야말로 일사불란一絲不亂은커니와 천의무봉天衣無縫이다.

신화神話와도 비슷한 이 전기傳記에 조그만치라도 꾸밈이 있다면 나는 죄스러움을 면하지 못할 것이다. 나는 확실하지 않은 삽화揷話는 하나도 적지 아니하였다. 나는 중요한 말구절은 하나 바꾸지 않고 옷빛갈 하나라도 생각해 내지 아니하였다. 사실 있는 그대로 말한 그대로를 적었을 뿐이다. ─원저자原著者 에브·뀌리의 머리말중의 안씨安氏 역문譯文의 일절一節─이 예문例文을 드는 이유理由는 휘대諱大한 여성女性 『뀌리 부인夫人』의 전기傳記를 쓴 정신精神과 태도態度와 또 그의 필치筆致가 이럴바에야 그 역문譯文의태도態度도 이와 꼭 부합符合하고 필적이상匹敵以上이어야만 하는 것이다.

역문譯文이야말로 엄격嚴格, 섬세치밀纖細緻密, 일자일획一字一劃의 자의自意를 단부용서斷不容恕하는 것이오 독자讀者는 역문譯文인 줄도 망각상태忘却想態에서 황홀恍惚 심취心醉하게 되는 것이다.

안씨安氏 역자譯者에서 나는 이를 보고 만열滿悅한 남어지에 이를 천하天下에 소개紹介한다.

─『서울신문』, 1949.2.23.

소와 코 훌적이

　소의 유용가치有用價値를 새삼스럽게 논의論議할 맛이 없을까 하나 소라고 하는 가축家畜은 뿔에서부터 발굼치에 이르기까지 살과 가죽은 그만두고라도 내장內臟으로 들어 쓸개나, 배설물排泄物로 나와 분뇨糞尿까지 사대四大 삭신 육천六千마디가 못쓸 데가 과연果然 하나 없는 것이다.
　모질毛質만은 연의 짐승보다 열질劣質에 폐폐廢할 것이었는데 전쟁戰爭 중中에는 일본인日本人들이 이것까지도 이용利用하여 질기고 튼튼한 『국방복國防服』 가음을 짜내어 그도 저의들 정분情分 좋은 놈들끼리 논아 입었던 것이다.
　소에서 노력勞力을 뺏고 영양榮養을 뺏고 지방脂肪 약품藥品을 뺏고 평화산업平和産業과 군수공업軍需工業에 희생犧牲하고 공예工藝와 비료肥料로 쓰고 의복衣服가음까지 만들어냈으면 또 무엇이 소에 대對한 불평不平이 있을 것인가?
　마침 잊었으나 고래古來 민간요법民間療法에 소의 타액唾液을 무슨 약藥에 쓴다는 말이 있다. 어려서 고모가姑母家에 갔을 때 열네 살짜리 고종사촌姑從四寸 누이가 학질瘧疾을 앓었다.
　하루는 해돋기 전前에 아저씨가 사촌四寸 누이를 별안간 반짝 안어다가 오양간으로 옮겨 가서 사촌四寸누이의 입을 소의 입에다 부비대었다. 사린四隣이 들리도록 아저씨는 큰소리를 질러
　『어허! 우리 문숙文淑이 소하고 입마췄네!』
　누이는 한나절 울었다.
　그래서 그랬던지 사촌四寸누이의 학질瘧疾이 떠러졌다.
　조선의 『기니네』가 없는 무의촌無醫村에서는 소가 학질瘧疾에도 유용有用한 것이었다.

이렇게 귀중貴重한 가축家畜이거니 근간近間에 들리는 바에 의依하면 일본산日本産 군마軍馬 삼천두三千頭와 조선산産 해태海苔 오백만속五百萬 속에 일만두壹萬頭와 연정年定 물물교환物物交換이 된다고 한다.

조선朝鮮에 지금 소가 몇 마리 남아 있기에 말이다.

그도 해태海苔만을 가지고 마두馬頭를 바꿀 수 있다면 식량부족食糧不足으로 곤란困難하다는 일본인日本人들이 말을 연산年算 삼천두三千頭씩 팔어 백미대용白米代用으로 해태海苔를 먹고 살 수 있을까 하나 조선朝鮮 남해南海에 작금昨今 비상非常한 온기溫氣 때문에 해태海苔가 무전無前 흉작凶作이라 하니 해태海苔 대신 조선朝鮮 농우農牛가 일본인日本人의 입에 말려 들어갈 판이다. 조선에 부富, 중中, 빈농貧農 통틀어 삼천호三千戸에 소 일두一頭가 겨우 배당配當될까 말까하는 현상現象에 일두당一頭當의 경작耕作 면적面積이 오정팔단보五町八段步가 된다 한다. 그러나 축우畜牛 총수중總數中에 유우幼牛 차우車牛가 약約 반수反數가 될 것임으로, 현역現役 경우耕牛는 농우農牛 중中에도 성우成牛만이 유자격자有資格者임으로, 성우成牛 일두당一頭當 경지면적耕地面積이 십정보十町步가 넘게 되는 것이다.

이에서 연당年當 소 만두萬頭를 일본日本에 보내고 군마軍馬 연당年當 삼천三千을 끌어 온다면 경우耕牛가 경마耕馬로 여하如何한 수자數字로 개편改編될 수 있는 것이며 군마軍馬를 경마耕馬로 조종操縱할만한 기술技術 농민農民 조직組織의 개편改編이 다시 문제問題일까 한다. 농우農牛 절멸絶滅 상태狀態에서 농우農牛를 팔아 일본日本 군마軍馬를 사올 필요必要가 어데 있는 것이냐? 군마軍馬는 비기계화非機械化 군대軍隊에 필요한 것이오 경우耕牛는 비기계화非機械化 농촌農村에 필요必要한 것이다. 기계화機械化 이전以前에서 조선은 군마軍馬 농우農牛 양대문제兩大問題로 질식窒息할 지경인데 농민農民 중中의 농민農民이 인우人牛가 되어 농민農民 이하以下에 다시 인우적人牛的 신흥계급新興階級이 대두擡頭할 징조徵兆가 심甚히 걱정이다.

나의 이야기가 어찌타 농업경제農業經濟 애국학자愛國學者가 할 소리에

까지 침범侵犯하였으나 다시 사촌四寸누이와 소의 강제强制 키스 이야기에 올라가 그때 사촌四寸누이 노발怒發하여 통곡痛哭할 순간瞬間에 저윽이 분개憤慨하였던지 그 큰머리를 흔들며 『식!』 소리와 함께 콧김과 코침을 뿌렸던 것이다.

　소의 이러한 동작動作을 코푸는 것으로 간주看做하여 무방無妨하나 소가 발을 써써 코를 푼달 수야 없는 것이오 소가 코를 풀고 아니 푸는 것이 통히 또 전적全的으로 유용有用한 소의 본질本質 본체적本體的인 것에 이러한 부수적附隨的인 동작動作이 이용利用 후생厚生에 그래도 유용有用한 것이면 것이엇지 유해有害할 리理가 없다.

　소의 코푸는 것도 대우待遇해야 한다.

　사람은 웬만한 아이나 여자女子라도 손을 사용使用하여 능能히 코를 푼다. 사람은 더욱이 여자女子가 소에 못지않게 머리끝에서 닭의 알같은 발굼치에 이르기 까지 통히 또 전적全的으로 필요必要할 뿐 아니라 버릴 데가 하나 없는 것이다. 더욱이 여자女子의 기능技能 정서情緒와 동작動作의 미묘섬세微妙纖細에 들어서는 여간 소에 비교比較할 배 아니다.

　여자女子가 소보다 확실確實히 정당正當하게 손을 사용使用하여 코를 푸는 동작動作을 갖는다.

　유용가치有用價値가 소 이상以上일 바에는 여자女子의 코푸는 동작動作은 소의 그것보담은 더 우대優待할 만하지 아니한가?

　그런데 겨울 치위에 들어 어떤 여자女子들은 흔히 대학생급大學生級의 여자女子들이 코를 푸는 것이 아니라 손을 쓰지 않고 들여마시는 것이 유행流行한다.

　밥상을 들고 코를 마시는 것쯤은 마침 변명辨明이 설 수 있겠으나

『선생님, 새해에 안녕安寧하세요? 흐음! 훌적!』

　비액鼻液 처치處置에 관關한 동작動作이고 보니 코를 마시는 것도 일종一種의 코를 푸는 동작動作이랄 수도 있다.

　그러나 이것은 소에도 없는 유해有害한 코푸는 방법方法이 아닐까 한

다.

　비액鼻液이라고 하는 것은 뇌수腦髓의 피로물질疲勞物質의 배설물排泄物이라고 한다. 배설물排泄物을 드려마시고서야 위생衛生에 해害롭다 아니할 수 없다.

　그럴 뿐 외라 이러한 동작動作을 청춘에 따르는 치태稚態라고 장려奬勵할 것은 아니라도 단불용서斷不容恕까지 갈 과오過誤는 아니라고 할 수는 있으나 이러한 습관習慣이 오육월五六月 더위 중에도 버리지 못하는 여자女子를 많이 대對하는 것은 좋은 일이라 할 수 없다.

　그러나 여자女子의 병사원인病死原因이 코훌적이에서부터 시작되었다는 검진檢診 작성서作成書가 있었다는 것을 들은 적이 없으니 여자女子의 코훌적이를 사회문제화社會問題化할 데까지 가지 않아도 좋을까 한다.

　그런데 극단極端의 유물론자唯物論者 중中에는 사고작용思考作用을 뇌수腦髓의 분비물分泌物 내지乃至 배설물질排泄物質로 규정規定하는 파派가 있다.

　그러면 뇌수腦髓에서는 이종二種의 배설물排泄物, 즉卽 물질적物質的인 비액鼻液과 정신적精神的인 사고思考 두개個가 있는 것이 된다. 열악劣惡한 사고체계思考體系는 그것이 고도高度의 영혼론자靈魂論者에서 나왔다 할지라도 이것이 사회적社會的 표명表明이 될 때에는 열악劣惡한 사고思考가 추악醜惡한 배설물排泄物 이하以下에 해당該當할 것이 아닌가!

　배설물排泄物을 여학생女學生처럼 드러마시는 데서 더욱이 정신精神에 역축적逆蓄積되는 배설물排泄物의 해독害毒이란 여하如何한 해독害毒일까 걱정해 본이가 있는가?

　코훌적이 습관習慣이 사상思想의 코 훌적이로 진전進展 되어서야 쓰겠는가?

　여자女子는 고사姑捨하고 일류신사一流紳士 사상적思想的 코훌적이들이 신문사新聞社, 주필主筆, 작가作家, 평론가評論家, 교수敎授, 종교가宗敎家로 들어앉어서야 국론國論의 통일統一은 고사姑捨하고 나라가 코훌적이로 위태危殆한 것이다.

철두철미徹頭徹尾 유용有用하고 심수적心需的인 농우農牛가 일본日本으로 연정年定 만두萬頭로 팔려가는데이 망국적亡國的 코훌적이들을 어느 병원病院에 입원入院 시켜야 하는 것이냐!

회수문제回收問題로 상정上程한,『포나파르트·나폴레옹』의『쌘르·헤레나』도島보담은 낙원樂園이리라, 동삼冬三석달에도 종백柊栢꽃이 붉은 대마도對馬島로나 수송輸送할까?

—『새한민보』, 1949.2.21, 28~29쪽.

약弱한 사람들의 강强한 노래

팔八·일오一五 직후 태극기太極旗와 연합국기聯合國旗와 미진주군美進駐軍 병사兵士가 방방곡곡坊坊曲曲에 범람汎濫할 무렵 나는 봉래교蓬萊橋 건너 어느 초소哨所 흑인병사黑人兵士와 잠간 지나다가 입담立談한 기회機會를 가졌다. 지극히 달리는 영어회화英語會話로 —

『코리안 레디는 왜 긴 스카-트를 입소?』

『아메리카 레디의 짧은 스카-트는 보기에 숙녀淑女답고 점잖은 미美를 보지 못하시오?』

실상은 속심에

『엣따나 꼬락서니하고 미美는 무슨 미美냐?』하는 반발反撥이었던 것이리라.

흑인병사黑人兵士는

『노오! 노오! 긴 스카-트는 숙녀淑女의 미美에 아조 나쁘오!』

구태여 이론투쟁理論鬪爭을 전개展開할 거리가 아니니 그대로 『꾿 빠이!』 하고 헤졌다.

그후 어느 때 모시인某詩人의 말이 어느 진보적進步的 백인白人 씨빌리안과 이야기 중에『흑인黑人은 어덴지 모르게 가차워지기 어려운 느낌을 주는 이질적異質的인 것을 가지고 있더라.』하였다가 그 백인白人 씨빌리안한테 책망을 톡톡이 당한 모양이었다.

『그게 무슨 소리오! 민주주의民主主義 세계인世界人으로서 색色의 황백흑黃白黑을 가리어 무엇하오? 친구, 그릇된 생각 버리시오!』하더라는 것이었다.

나는 역시 그렇던가 했을 뿐이오 별別로 감동感動이 없었다.

그후 내가 인천仁川에 볼일이 있어 갔을 때 길에서 술이 취한 흑인黑人

해병海兵을 만나

『여보시오 조선 신사, 도화동桃花洞(유곽遊廓)을 어데로 갑니까?』하며 연상 허리를 굽혀 가며 황인黃人이 백인白人에 대對하듯 쩔쩔 매기에

『당신은 미국美國 신사紳士가 아니시오?』

『노오! 노오! 나는 옐로(흑인黑人의 별명別名)요! 옐로요!』

『당신은 어데서 나셨오?』

『아메리카에서 낳지요』

『그러면 당신은 옐로가 아니라 훌륭한 미국시민美國市民이오 진정眞正한 아메리칸이시외다.』

『데이 세이 쏘. (남들이 그렇다고 하지요.)』

그러더니 별안간 길에서 탭 딴쓰를 하며 보기에 난처難處한 자포자기적自暴自棄의 꽤사 짓을 하는 것이었다.

나는 생각하기를 백인白人은 상륙上陸 후에 우리는 『토인土人』으로 녀기지 않나 하였는데 흑인黑人은 원거인原居人에게도 하등何等의 자존심自尊心이 없는 것이로구나 하였다.

말하자면 나는 이때것 흑인黑人과 단문답短文答은 일一, 이차二次 있었으나 그들의 정신精神에 접촉接觸한 적이 절무絶無하였던 것이요 또는 접촉接觸하고져 하는 노력努力도 사양辭讓하였던 것이다. 심甚히 고루固陋하게도!

이렇던 차에 나의 사랑하는 시인詩人 김종욱金宗郁이 번역飜譯한 흑인시집黑人詩集 『강강한 사람 들』을 읽게 되었다.

흑인黑人의 역사歷史가 어떠니 현상現象이 어떠니 백인白人 과의 두뇌頭腦와 지능知能의 차이差異가 어떠니를 내 주제에 논의論議하여 무엇하랴! 나는 시집詩集 『강강한 사람 들』을 통通하여 흑인黑人과 흑인黑人의 정신精神과 흑인黑人의 문명비판文明批判과 흑인黑人의 의식意識과 투쟁鬪爭과 비애悲哀와 울분鬱憤을 단적端的으로 체감體感하였다.

흑인계열黑人系列에 우수優秀한 시인詩人들이 있구나! 흑인黑人에서 째

쓰만이 나올 까닭이 있느냐!

『어찌하여 흑인黑人의 시詩가 좋으냐?』를 회의懷疑하는 자者는 차라리 『어찌 하여서 우리가 인민人民이냐!』 질문質問하라.

당래當來할 세대世代에 흑인黑人이 아메리카를 지배支配한다고 혹시 망상妄想하는 자者가 있다면 그도 낡은 세기世紀의 중독中毒인 일종一種의 파시즘적 광인狂人의 예언預言이다.

당래當來할 아메리카는 아메리카 인민人民의 것이고 보면 아메리카에 막대莫大한 인민人民 흑인黑人도 있는 것을 황홀恍惚히 감동感動해야만 한다.

당래當來할 세대世代에 향向하여 황홀恍惚한 감동感動이 없이 어찌 흑인黑人의 인민시人民詩를 이해理解할 수 있으며 더욱이 조선의 인민시人民詩를 알아 낼 수 있을까 보냐?

먼저 인민人民으로서 진솔眞率하여야만 시詩를 안다.

—『새한민보』, 1949.3.

사교춤과 훈장

남자 중에도 우리 같은 남자는 술이나 취하기 전에는 춤을 출 수가 없다. 무용예술이라는 춤이 아니라 보통 장판방 춤 말이다.

원시 무용 이전 무용 정도의 춤은 술이 머리 끝에서 발꿈치에 까지 완전히 유통만 되면 장판방 대청마루 위에서는 종일 팽창한 자신이 있다.

그런데 여자들 중에도 젊은 여자들은 술은 고사하고 커피에도 취하지 않고 춤을 추기를 좋아 한다.

여자가 훈장을 찬 것을 외국 왕실의 여자가 정장한 사진으로 보았고 조선서는 구황궁 황후 왕비가 몽고 유풍의 정장에다 서양적 휘황한 훈장을 찬 것을 어려서 역시 사진으로 보았을 뿐이다. 기타의 조선여자가 훈장을 찬 것을 그 많던 친일파 여자들에서도 보지 못하였다.

그러나 한개식 채우는 문호를 열기만 하였더라면 금시계 보석반지를 모조리 바치고라도 훈장 한개로 바꾸었을 것은 틀림 없었을 것이다.

사치가 허영이라면 훈장 이상으로 허영을 채울 거리가 없었을가 하며 여자가 사치를 싫어하는 예는 없어서 그러한 이유 외에는 없는 것일가 한다.

그러나 실제로 훈장을 차기 좋아하는 여자를 본 적이 없었으니 그것은 훈장적 본능이 없어서 그런 것이 아니라 애초에 체관적 단념으로 그러했던 것일가 한다.

그러나 춤추기 좋아하는 여자는 훈장을 욕망하는 여자보다는 비교할 수 없이 천문학적 숫자이상으로 많은 것이다. 여학교에서 무슨 발표회니 친목회니 하며 훗닥하면 무대에 올라가 춤을 춘다.

같은 수무살이면 남자 수무살이 여자 수무살 보담 훨석 부끄럼 성이 많은 것을 간파할 수 있는것이다.

그뿐이 아니라 여자는 분장하기를 더욱이 남자로 변장하기를 좋아한다.

여학교에서 너도 나도 연극하기를 좋아하는 것이 특별이 감각과 예술의 소질이 남자보담 우수하여서 그러한 것이 아니었다.

무슨 이유가 반듯이 있는 것이다. 여자대학에서 연구발표라면 반듯이 연예발표로 혼란되고 마는 것을 보아왔다.

처음에 한번은 연예발표로 혼동되는 연구발표 때문에 문과가 시끄러워 귀치않기에 이를 비난하고 또 탄압할 의사를 갖었더니

『선생님 남녀동권시대에 여자대학에서 하는 연구발표회에 대하여 웨 봉건적 탄압을 하시는 것입니까?』

『애야 남자로서 죽지 못해 너이를 여자틈에 끼어 살자는데 남녀동등권이고 부동등권이고 있을게 무엇이냐? 그러니까 이제부터 탄압이다!』

그후로 두고 두고 보아하니 내가 이햇성이 늦었던 것이 알어졌다.

워낙 남자 본위로 구성된 사회에서 본능과 충동과 욕구의 차이가 남녀가 그렇게 있을게 아니고 보니 여자도 남자와 같이 자유 분방하기가 원인 것이다.

그런데 일례를 훈장으로 들어 말할지라도 여자도 훈장을 찰 수 있는 국가 사회적 인민 영웅의 권리가 아조 거세되고 단념한 남어지에 웅혼한 정치본능이 현란한 감각 본능으로 변질하여 그리하여 부지중 춤추기를 좋아하는 일례를 볼 수 있는 것이다. 신이 나도록 자유로울 수 있는 순간이 이 순간이상 없는 것이다. 담배를 먹여 꼴불견일 것이요 술을 먹여 남자 이상 해괴망측하게 미칠 것이라 춤에 한하여 제 멋대로 해방할만한 것이다.

가엽서라 우리 마누라는 춤을 출 기회가 한번도 없이 늙어 버렸다.

춤이 먼저 여자 해방의 길로 중요성이 있는 것이다.

그런데 열살 전후의 작란구럭이 남자아이들은 하는 것이 무비 죽을 짓인 것이다. 낭떠러지 가장자리에 되뚝 서기 나무에 올라가 다름질 치기

가로에서 팽이 치기 지붕에서 뜀뛰기 해동무렵에 어름 지치기 울타리 거적 밑에서 불작란 풋살구 따먹기 등등 이런 아이들은 종일 하는 짓이 죽을 짓이건만 용하게도 죽지 않고 살아서 늙었다. 예를 들면 나와 같은 아이가 용하게도 아즉까지는 죽지 않고 늘어 간다.

열살 전후의 여자아이는 별로 죽을 짓을 하지 않는다.

수무살 전후에 맹열하게 죽을 짓을 시작한다.

죽을 짓이 가지가 남자보다 지극히 단순하고 적기는 하지만 한번이면 죽을 짓을 한다.

역시 춤추기 좋아하는 충동적 본능이 그의 하나이다.

내가 허여하고 다소 장려하기는 학교 무대이었건만 무대를 전연 다른 데로 돌리는 것이다.

외인이나 모리배나 도색유희자의 파아티에 나가서 폭약 위에서 춤을 추는 것이다.

사춘기간 중의 처녀의 육체라는 것은 사지 백체가 간질음타지 않는 부분이 없는 것이다.

고통 중에 무엇이 참기 어렵지 않은게 있을까 마는 고통 중에도 제일가는 고통은 여자의 산아고통 형벌 중의 화형고통 병 중의 치통이 삼대 고통이라는 말이 있다.

간지름도 심하고 보면 사지 백체가 진감되는 일종의 고문에 가까운 것이나 그러나 이것은 최대 희극 이상의 우승으로 당할 수 있는 고문이라 당하기가 그다지 원통할게 아닌 것이요 청소녀기의 어떤 여자들은 저열하게도 자진하여서 억센 손의 우수어 죽을 간지름의 고문을 받기를 원하는 경향도 있는 것이다. 강아지처럼 희살대며 남자들 틈에 석기기를 좋아하는 여자가 대게 그러하다.

사지 백체가 무비 간지름 타는 기관인 것을 구태여 동물적 저일한 생리감각적 경향으로 돌릴 것이 아니라 이런 점에서 조물주의 현묘한 섭리를 발견할 수 있는 것이다. 청소녀기의 처녀성을 완미하게 보호 방비할

수 있도록 된 것이다.

경건하고 근신하는 처녀의 저고리 두루막 위로라도 손고락으로 직신하여 보라. 전기에 접촉이나 한듯 이 질겁을 하지 않던가?

이것이 바로 처녀인 것이다.

인류 중에 여자 보고 더욱이 처녀를 아름답다 여겨주며 아낀 사람이 인류 중에 남자 이외에 없기 때문에 남자 중에는 못된 네브카드네살의 병대로 부터 처녀를 보호 방비하기 위하여 더욱이 처녀 자신이 처녀보호의 유일한 책임자이기에 이러한 민감한 생리적 무장이 부여된 것이다.

이러한 미묘한 무장을 처녀가 완전히 성장하고 급기야 일조 정정 당당한 유사지시에 일거에 해제 되도록 조물주와 인류의 경륜이 도덕화 된 것이다.

자지하여 간지름 타는 기회를 갈망하는 여자가 처녀파괴의 네브카드네살의 병대와 우군을 조직한다는 것은 다른게 아니라 모리배와 외인관 도색유희자의 딴싱 파아티에 나간다는 것이다.

요새 나가서 밤을 샌다는 것은 밤 열시를 지나기만 하면 무난히 밤을 새는 것이다.

거기다 원숭이 새끼처럼 참참히 양주를 홀작 홀작 마셔가며 간지름 잘 타는 미묘한 생리를 흠하고 간교한 남자몸의 손아귀와 기타 체구에 맡기는 결과가 대체 어떠한 결과이겠는가 상상하기가 어려운 것일까?

사교춤이라는 것이 본래 서양에서 생긴 것이오 이를 조선에 옴기기는 침략자 일본놈이 한것이다.

팔·일오八·一五가 오자 사교춤이 이중 수입이 아니라 본격적 직수입이 되었다.

미 진주군이 들어오자 제일차 첫사업이 친일파 모리배의 손으로 된 것이 딴스 호올이었다.

직업적 비생산 무산계급의 젊은 공작이 새끼들은 그도 입장자가 엄중히 제한 된 딴스 호올에 모혔거니와 일부 불양 여학생 유한 마담들이 모이는 곳은 따로 비밀히 소위 적산 가옥이다 소위 양갓집인 모양이다.

진정한 민주주의 애국여성들이라고 간지름을 아니 탈리가 있으랴 만은 모히는 곳이 도색 유희장 딴싱 파아티나 퇴패한 연기와 음탕한 공기층이 아닌 것 만은 절대로 보증할 수 있다.

간지름 형락을 미묘하게 기술화한 것이 대체로 사교춤이라고 보아서 잘못이 아닐 것이다.

이 기술을 잘못 이용하여 온 것이 자본주의적 퇴폐 말기의 할일 없고 자미 부칠 곳 없고 그렇다고 잠시 가만히 있지 못하는 망해 가는 계급인 것이다.

사교춤도 이따위 계급에서 탈환해야 한다.

누가 추어야만 옳은 춤이 되는고 하니 진정한 생산자 노동자와 농민과 조국과 인민에 봉사하는 군인과 학생이 추어야 하는 것이다.

근로 자체가 최대의 문화와 예술의 원동력이 되고 법열상대가 되도록 합치 경제 기구가 완전히 민족화될 이상국이 아니라 진정한 민주주의 조국의 무수한 청춘과 영웅과 선수들을 위하여서만 사교춤이 근로와 건국의 진정한 기술의 일부가 되는 것이다.

그러고 보면 훈장도 자본주의 제국주의 국가에서처럼 무실한 침략전쟁을 이르키는 군인이나 그들을 주구로 사용하는, 최대급의 착취계급이나 그들의 문화역군인 박사가 받는 것이 아니라 또는 화장과 낭비 이외에 봉사하는 일이 없는 최대급의 유한마담이 차는 것이 아니라 여자도 누구던지 받게 된다.

어떠한 여자가 받는고하면 가령 예를 들면 근로와 기술에 있어서 또는 진지한 모성적인 사랑으로서의 민주주의국가에 이바지하는 여자면 누구든지 찬란한 훈장이 조국과 민족의 이름으로 채워지고야 만다.

한일 없이 늙은 이가 훈장이 될 말이냐 언제 배웠다고 사교춤을 추느냐 장판방 술취한 춤이 훈련원 마당춤으로 술 아니취하고 어리씨고 덩실 못 춰볼게 무엇이냐!

— 『신여원』, 1949.3.25~28쪽.

어린이와 돈

프랑쓰에 유명한 성녀 "작은·테레샤"라는 분이 계시었다. 제일차 대전 전에 빠리 카르멜 수녀원에서 스물 네살로 이 세상 나이를 마치신 수녀이시었다. 열다섯살에 수녀원에 들어 가셨지만, 본래 빠리에서 상당한 보석상을 하시던 아버님의 딸이시었다.

성녀·작은 테레샤는 어려서부터 어떻게 착하고 총명하고 경건하였던지, 아버님 어머님의 대단한 사랑을 받으시었다. 어려서부터 보통 아이에 지나치게 총명하여서, 여간해야 남에게 속지 않으셨다 한다. 네살적에 한번은 그의 아버님이 하도 총명한 어린 딸을 시험해 보기 위하여,

"너 땅에다 머리를 굽히고 입술을 흙에 붙치고 일어 서면 아버지가 돈을 많이 주마"

하시었다. 작은·테레샤는 성이나서 단연코 아버지의 시험하시는 말씀을 거부하셨다.

물론 아버님도 딸이 구태여 흙에다 입술을 붙쳐가며 돈을 얻기를 바란 것이 아니고, 어린 딸의 기상이 어떠한가를 보려고 한 것이었으나, 어린 딸의 늠늠한 기상을 보고, 매우 만족해 하시고 기뻐하신 것이다. 어려서부터 이러한 높고 깨끗한 기상을 갖춘 작은·테레샤는, 스물 네살에 과연 거룩한 성녀로 이 세상을 떠나신 것이었다.

그러나 나는 그 때 그 아버지의 하신 일을 따님과 같이 쓸데없이 한 짓으로 볼 수 없어 한다. 만일 그때, 네살된 어린 따님이 아버지의 명령대로 하셨다면 어떠하였을까 생각해 볼만한 일일까 한다. 아버님은 크게 실망하시고, 분해하시고, 어린 딸을 다소 노여워하셨을 것이다. 돈이 좋은 것이라고, 좋은 것이라고 만들어 놓은 것은 모두 어른들이 하여 놓은 것이다. 세상에 모든 어린이가 돈을 좋아하게 된 것은, 어른들이 하여 놓은

잘못 지도한 것이 아닐 수 없다.

그리하여 놓고 왜 어린 '테레샤'를 시험하여 본 것일까?

이 세상에는 성녀 작은·테레샤 같으신 분은 매우 수가 적고, 혹시 몰라 돈을 바라고 흙에다 입술을 대일 네살짜리 어린이들이 훨씬 많을 것이다. 그렇다면 몰라서 성인 성녀가 못될 이런 어린이들은, 모두 못쓸 것인가를 생각해 보아야 한다. 성인 성녀는 몇 분에 그치는 것이요, 보통 어린이들도 자라서 모두 훌륭한 사람이 되는 것이다. 그러니까 애초에 어른들이 돈을 표준하여 만들은 사회에서, 어린이들도 보기에 가엾은 짓을 하게 되는 것이요, 심하면 남의 돈을 훔치기까지 하게 되는 것이다. 그렇다면 돈 그 물건이 나쁘고 더러운 것은 아니다. 전기와 수도와 일용잡화 등속이 반드시 사람의 생활에 필요하듯이, 돈도 필요한 것에 틀림없는 것이다. 돈이 그렇게 좋은 것도 아니요, 그렇게 더러운 것도 아니요, 적당히 필요한 것임으로, 어린이가 철이 나리고 할 때부터 돈에 대한 지혜와 옳은 도리를 배우게 할 것이다.

돈을 무조건 하고 더러운 것이라고 가르치거나, 제일 좋은 것으로 알게 하는 교육에서 비참한 어른들의 사회가 되는 것이다.

서양 문화국의 좋은 가정에서는, 아버지 어머니가 아무리 어린 딸이 귀엽다고해서 돈을 거저 주는 법이 없다고 한다. 마당을 쓸리우든지 방을 치우고 반드시 그 보수로 돈을 준다고 한다. 일을 하여 돈을 받고, 돈으로 먹고 입고 사는 것을 알리우랴는 것이라고 생각한다.

그러면 서양 문화국의 좋다는 가정에서 귀여운 아들 딸에게 집안일을 시키고 돈을 준다는 것이, 거저 돈을 주어 까먹게 하는 것보다는 좋을까도 싶으나, 그렇게 한다면 돈을 반드시 보아야만 일을 하게 되고, 돈 없이는 집안일도 못시킬 염려가 있지 않을까?

그렇게 자란 문화국의 아이들이란, 극단 가는 개인주의자로 늙을 염려가 있지 않을까? 이러나 저러나 돈이라면 어려서부터 약아빠져 깎정이가 될 염려가 있다. 그러니까 가장 이상적인 돈과 어린이의 관계를, 적어도 소학생 시절까지는 아주 가깝게 만들지 않도록 하는 것이 상책일까 한다.

교과서, 학용품 값, 월사금, 입학금, 후원회비따위 문제로, 일체 어린이의 머리와 가슴을 졸이게 하고 괴롭게 굴지 않을만한 어른의 사회가 먼저 서져야하겠다.

아이들이 돈을 자랑하고 돈 때문에 눈이 퉁퉁 부어야 하는 꼴을 지금 우리 나라에서 본다. 소학생이 해가 지기 전부터 밤이 늦도록 "내일 아침 신문 삽시요, 삽시요."하고 비참한 소리를 지르며 달음질을 쳐야 하는 것이, 어찌 '이마에 땀을 흘려 일하고 먹어라'하는 성경 말씀에 맞는 것이 되느냐?

성경에 이르기를 "이마에 땀을 흘려 일하고 먹어라"하였다. 우리 나라에서는 아직도 어떻게 나쁜 풍속이 남아 있는지, 정월 초하룻날 세뱃돈이라는 것이 있다. 어린이들 세배를 받고 즉시 돈을 준다. 으례히 받을 작정으로 세배를 한다. 아이! 이것이 흙에 입술을 붙치고 돈을 받는 것과 조금 다른 것일까?

이렇게 자란 어린이들이 자라서, 돈이라면 무슨 짓이라든지 하지 않을지 어떻게 보증하겠는가? 돈을 단 한푼이라도 절을 하고 비굴한 짓을 하여 얻을 것이 절대로 아니다. 제 손발로 일을 아니하고, 남의 덕분에 살기 좋아하는 어른이나 어린이 일쑤록 돈을 제일 좋아하는 것이다. 생각만 해도 싫금한 일이다.

—『소학생』 제67호, 1949.5, 6~7쪽.

반성할 중대한 재료
−특히 선생님들에게 드리는 말씀

　아협에서 하는 사업 중에 제일 유익하고 재미있는 일이 해마다 현상으로, 어린이들의 작문과 동요와 동시를 모집하는 것이다. 나도 첫해부터 여러 선생들과 함께 선자 축에 끼워 온 것을 명예롭게 생각한다. 해마다 죽순이 돋아 오르듯 하는 어린 소년 소녀들의 싹이 좋고 기상이 놀라운 성실과 재주를 볼 때, 당선된 어린이를 보다, 이러한 어린이들과 그들의 글을 발견한 우리가 도리어 더 기쁘기가 첫아들을 낳은 아버지와도 같고, 또는 거꾸로 사오십이 되어도 소학교 때 반장 노릇 하듯이 신이 나기도 한다.
　8·15 이후에 기역 니은을 새로 배워, 이만한 성적을 보는 것이 기쁘지 않다면, 대체 무슨 좋은 꼴을 볼 수 있느냐 말이다.
　국민 교육에 과학적 교육科學的敎育이 토대가 되는 것이 물론 중요한 일이다. 과학적 교육의 토대에 다시 더 기초적 교육基礎的敎育이 우리의 말들이 되는 것이니, 말글의 교육 그 자체가 과학교육科學敎育 이상의 과학적 교육이 아니 되면 안되는 것이나, 과학교육과 과학식 교육을 달리 생각하여 볼 때, 소학교 교육에 있어서 말글의 교육은 과학적 교육이 되어야하고, 또 모온 과학적 교육 중에 가장 기초가 되고 중요한 것이 말글의 과학적 교육이 아닐 수 없는 것이다. 말글의 과학적 방법적 교육에 신념을 갖고, 열의와 부지런을 계속할 때, 우리는 그 효과의 일부 중에도 꽃과 같이 아름다운 열매를, 어린이들의 예술적 표현인 작문과 동요와 동시에서 얻어서, 이것을 과학교육의 승리로 돌리고 안심할만한 것이다.
　우리는 어린이들을 가르치어 위대한 어른들을 만들 수 있는 것을 믿어야 한다. 다만 어린이의 소질과 천재에 방임하는 태도를 버리고, 과학적 교육의 방법으로써, 어린이의 소질과 천재를 남김 없이 발양시킬 수 있다는 신념을 가질 수 밖에 없는 것이다. 여태까지 우리는 소학생의 작문과 더우기 중요한 동시를 신문 잡지 단행본의 사회적 영향에서 다분히 얻어 온 것이었다. 바로 말하면 어리인이들의 조숙한 과외서적 탐독벽에서 문학소년이 되고 문학청년으로 자라서 동요 시인이 되고, 기껏 소년소녀 문학자가 되어 버리는 것을 보아 왔다. 이러한 길을 밟아 온 어른들의 영향을 다시 받는 어린이들이 대체 어떠한 어른 문학자가 될 것인가를 항시 교육적 위치에서 반성해야만 한다.

이번 제 사회 현상작품을 고르고 고르고 한 나머지에, 우리는 이러한 공통한 결론을 얻은 것이었다.

"동요의 수준은 높아가는데, 작문의 성적은 해마다 내려간다."

선자 선생들의 채점이 거진 일치하였고, 선후 감상選後感想이 일치하였다.

동요만 성적이 좋다고 기뻐할 수 없는 노릇이요, 동요가 성적이 좋다고 당선 된 어린이들이 자라서 모두 시인이 된다고 할수도 없는 일이고 보니, 작문 성적이 해마다 내려가는 것이 큰 걱정거린 것을 알아야 한다.

이러한 현상現狀에도 반드시 원인이 있는 것이다.

동요의 성적이 좋다는 것은 재래로 어린이의 자연발생적 충동적 표현에서 우연한 성적이겠고, 작문 성적이 내려가는 것은 국민학교의 말글 교육과 표현 훈련과, 기타 종합적 교육 일반의 반성거리가 아닐 수 없는 것이다. 불과 몇몇 어린이의 작품에서 뽑은 것이 아니라, 수천 어린이들의 작품에서 엄선한 것이 이러한 것이니, 이것을 일개 아협에서 발견한 것이라고 볼 것이 아니라, 아동 교육의 사회적 위치에서 논란할 반성의 중대한 재료가 되어야 할 것이다.

제 일회 때 특등 당선인 이문용군의 "그리웠던 고국"과, 재작년도 특등 당선인 김종걸 군의 "나의 발견장"과 같은 것이 다시는 볼 수 없었다. 그 아이들을 천재라고 추킬 것이 아니라, 그 다음 아이들은 모두 머리가 과연 나뻐진 것인가를 생각하여야 할 것이다.

이러한 사정은 국민 학교 선생님들이 우리보다 중대한 관심을 가지시고, 그 원인을 철저히 밝혀 주셔야 하겠다.

그리고 이런 작문들에는 전에 볼 수 없었던, 어린이들에게서 보아서는 아니될 암담하고 슬픈 기록을 많이 보았다.

"후원 회비" "아버지를 찾아서" "새책" "세금과 어머니"등을 거저 잘 된 작문이니 점수를 많이 주어야 한다는 것은, 거저 사무적 태도밖에 아닙니다.

과연 어린이들이 이러한 부자연하고 음울한 환경의 기록을 제공하게 된 사정을, 민족과 사회적 위치에서 지적하고 비판하고 반성하여야 한다.

예전에는 항간에 도는 동요와 민요로 민심과 세태를 살피었다고 한다. 우리는 이렇게 절실하고 긴급한 아동들의 현실과 사태의 호소들, 거저 채집으로 통과시키기에는 너무도 비통한 사정이다.

당선 동요 동시 작품에서는 볼 수 없는 현상現狀을 작문에서 보았다.

국민 학교 선생님들의 작문 과정 지도로서, 이러한 기현상의 생활기록을 보게 된 것이 아니다. 맞춤법과 말글 읽기가 잘못 되었다면, 가장 초보적 책임을 선생님들께 돌릴 수는 없지도 않겠으나, 작문에 나타난 어린이들의 겪어야 하는 생활기록 그 자체는, 결코 선생님들이 지도하신 것이 아닌 것이고 보면, 작문 교육 그 자체도 선생님들이 책임지신 것이 아닌 한 개의 자연발생적 현상이 되고 만다. 그러니까 동요 동시 뿐만이 아니라, 작문 교육도 학교에서 하등의 책임도 지지 않았다는 것이 되고 만다. 우리는 전력을 다 하여 명년도에는 이러한 현상을 극복한 성적을, 현상 아동 작품 성적에서 단적으로 구체적으로 보도록, 위정자와 교육가와 사회인과 민족으로서 초인적 노력을 하여야 하겠다.

— 『소학생』제69호, 1949.7, 18~19쪽.

소설가小說家 이태준군李泰俊君 조국의 〈서울〉로 돌아오라
—「이북문화인以北文化人들에게 보내는 멧세이지」 중

　　10여세적부터 네니 내니 가까웠던 벗 상허尙虛 이태준李泰俊께 이제 새삼스럽게 말을 고칠 맛이 없어 편지로도 농하듯하니 그대로 들어주기 바라네.
　　자네가 간줄조차 모르고 한번 술을 차고 자네댁을 찾았더니 자네가 애써 가꾸던 상심루賞心樓 뜰앞에 꽃나무 그대로 반가웠으나 상심루 주인 자네만이 온다 간다 말없이 행적이 이미 5년간 묘연하이 그려. 전에 없었던 월북이란 말이 생긴 이후 구태어 자네의 월북사정이 아직도 이해하기 어려우이.
　　일제질곡에서 사슬이 풀리자 8・15 이후에 자네가 반드시 좌익소설가가 되어야 할 운명이라면 좌익은 어디서 못하겠기에 좌익지대에 가서 좌익 노릇하는 것이 맛이란 말인가. 이왕이면 멀리 모스코바에 남아서 좌익은 아니되던가? 자네 좌익을 내 믿기 어렵거니와 아무도 죽어도 살아도 민족의 〈서울〉에서 견딜 근기根氣가 없는 사람이 비행기를 타고 모스코바 가는 바람에 웃슥했던가 시퍼이. 여기서 아메리카 기행을 쓴 사람이 아직 없는 바에 자네 소련기행이 분수없이 일러버렸네. 38선 책임을 자네한테 돌릴 수는 없으나, 자네 소련기행 때문에 자네가 친소파親蘇派 소리 듣는 것이 마땅하고 민족문학의 좌우파쟁左右派爭의 참담한 책임은 자네가 질만하지 않는가?
　　나는 아직 친미파親美派 시인 소리 들은 적 없으나 아무리 생각해야 내가 친소파가 되어질 이유가 없네. 어려서부터 자네를 내가 아는 바에야 어찌 자네를 소련을 조국으로 삼은 소설가라고 욕하겠는가? 다만 그대의 행동이 경솔한 처신이 되었는가 하네.
　　왜 자네의 월북이 잘못인고 하니 양군정철퇴兩軍政撤退를 최촉催促하여 조국의 통일 독립이 빠르기까지 다시 완전자주 이후 무궁한 연월年月까지 자네가 민족의 소설가로 버티지 않고 볼 수 없이 빨리 38선을 넘은 것일세. 자네가 넘어간 후 자네 소설이 팔리지 않고 자네 독자가 없이 되었네. 옛 친구를 자네가 끊고 간 것이지 내가 어찌 자네를 외적外敵으로 도전하겠는가? 자네들은 우리를 라디오로 욕을 가끔 한다고 하더니만 나도 자네를 향하여 응수하기에는 좀 점잖아졌는가 하네.

38선이 장벽이 아니라, 자네의 월북이 바로 분열이오, 이탈이 되고 말았네. 38선의 태세가 오늘날 이렇게까지 된 것도 자네의 일조一助라 할 수 있지 않는가? 38선에서 우리는 낙망하고 말 태세에까지 간다면 소설은 어디서 못 써서 자네가 「에무왕」 총을 들고 겨누어야 할 허무맹랑한 최후까지 유도하여야 할 형편이 아닌가?

애초에 잘못할 계획이 아니었을지라도 결과가 몹시 글러지고 말았으니 지금도 늦지 않았다. 조국의 서울로 돌아오라! 신생 대한민국 법치하에 소설가 이태준의 좌익左翼이야 건실명랑한 지상으로 포용할만하게 되었다.

빨리 빠져올 도리 없거던 조국의 화평무혈통일을 위하여 끝까지 붓을 칼삼어 싸우고 오라.

— 『이북통신』, 1950.1.

작가作家를 지망志望하는 학생學生에게

애초에 작가지원자라는 것은 없는 것이다. 가령 소학小學을 마치고 중학中學에 입학해서 비교적 조숙한 학생같으면 2, 3학년부터 일반 독서력이 왕성해간다. 특히 문예, 문학이 이 세상에 있다는 것을 발견할 것이다.

그때는 벌써 그들은 그 방향에 따라 독서를 촉진시키는 경향이 생긴다. 만일 그때 그 독서적 경향만으로 작가가 되겠다고 하면 그건 너무 조숙하고 터무니없는 계획일 것이며 자연스럽지 않다.

그러나 보통학과普通學課와 학식이 자꾸 축적되어 나가는 중에 문학 예술적 충동이 왕성하면 왕성해질수록 억제할 수 없이 부지중 시나 산문에 붓을 들 수 있겠지. 동시에 이때는 벌써 그대들은 아름다운 청춘의 포도주를 마시고 있는 것이니 이때 유의하여야 할 것은 그대들은 이미 인생의 위험기에 제일보를 들어서고 있다는 것이다.

세상에 문학작품의 애독자로서 청춘의 황홀한 환상에 빠지지 않은 사람이 어데 있겠는가? 그러나 그때부터 작가와 독자의 구별은 차차 운명적으로 결정되어가는 분기점이 된다.

소질이란 것은 한 천재天才다.

그 아이가 작가적 소질이 나타난다고 하면 벌써 운명적으로 나타난 작가적 천재적 소질인 것이다. 그때부터 엄격하고 세밀하고 친절한 지도자가 필요하게 된다, 그 지도자는 그대들을 특별히 가르치는 교사가 되는 것이 아니라, 그대들의 천재와 소질을 신중하게 또 서서히 유도하게 되는 이른바 기르는 사람이 될 것이다.

거듭 말하거니와 작가는 벌써 천재인 것이다. 그대의 천재에 대하여 겸손하고 경건한 걸음을 걷기 시작해라, 유유히 흘러가는 그대의 청춘은 다분히 그대에게 시간을 주느니라. 그 시간 동안에 부지런하라 탐구하라

생활하라. 다음은 그대가 알아서 할 것이지 내가 무슨 말을 또 하겠느냐.

그대가 시인일 수 있겠거던 20 전후에 서정시에 발화하라.

만일 그대가 소설가 혹은 극작자일 수 있겠거던 25세 전에는 제작에 손도 대지마라, 그때부터 연습하여라, 무엇이 늦어 초조하겠느냐 30에 시험삼아 발표하여 보아라 그대가 과연 천재고 옳은 길을 걸어왔다면 엠파이어는 스사로 독자대중이니라.

독서의 범위를 문예작품만에 탐닉하지 마라, 이런 책 이런 책을 보라고 지적하지는 않는다. 보통 상식인이 읽어야 할 모든 부분의 서적을 충실히 읽기에 게을리마라.

시인과 작가는 기악가器樂家가 가져야 하는 악기가 필요한 것이 아니다, 다만 절대의 무기가 있느니라, 모어母語와 외어外語의 공부에 대하여 수험생처럼 유유하게 인색하라.

— 『학생월보』, 1950.2.

『춘뢰집春雷集』 자서自序

아직까지는 내게 시집이 둘 밖에 없다. 『정지용鄭芝溶 시집詩集』과 『백록담白鹿潭』.

여기서 골라서 선집選集을 냄에 있어서, 선選하는 수고를 목월木月과 지훈芝薰께 맡기었으니, 오죽 잘하랴 하는 믿음성에서 그랬다.

선집選集 이름이 『춘뢰집春雷集』! 이것은 내가 부텼다. 별로 깊은 뜻은 없고, 봄에 우는 우레는 소리가 큰 것이 아니고 한 번씩은 있을 만한 것이니, 내가 시단詩壇에 서기 전에 황국黃菊과 같은 시인詩人, 설중매雪中梅와 같은 시인詩人이 많이 계셨으나, 아니 울어도 무방無妨하였던 봄우뢰는 내 시詩가 운 것이다. 이래서 『춘뢰집春雷集』이라 이름붙였다.

— 『춘뢰집』, 정음사, 1950.3.

월파月坡와 시집詩集 『망향望鄉』

『여보게 <월파月坡>호號를 가지고 행세行世가 되겠는가 고치세.』
『아니다 은사恩師가 불러주신 호號로세.』
　월파月坡, 월파月坡, 불러익고 보니 이제 기명妓名 같지는 않게 되었다.
　이 사람 자기自己 신변身邊에 대對하여 표범같이 소심小心하지마는 이구훼예異口毁譽에는 초연超然한 indifferentist다!
　이리하여 문단文壇과 인연因緣을 끊고 사는 시인詩人 김상용金尙鎔이 하나 있다. 애초 시작을 잘한—이런 점點에서 나보다 총명聰明한 셈이 되었다.

　……
　……
　강냉이가 익걸랑
　함께 와 자셔도 좋오
　왜 사나건
　웃지요

　<록 들라임잉>에 개동미명開東未明에 장작패기, 밤새워 마시고 내처 냉수마찰冷水摩擦에 가방을 들고 기를 쓰고 애기릉 고개 넘어 다니기 이십년二十年만에 월파月坡가 해방解放을 만나 조금 살게 되었다.
　도지사道知事 시인詩人에 영국인英國人·모리배謀利輩에 별별別別 별명別名을 다 듣고도 뚱뚱하게 돌아다녔다.
　적치敵治 극악기極惡期에 들어 한번 고故 여몽양呂夢陽이 월파月坡꽃가개에 들렀다가

『꽃 뒤에 숨는 법도 있구료!』
......

넙적 무투룩한 쇠쪼각 너 팽이야
괴로움을 네 희열喜悅로
꽃밭을 갈고
물러와 너는 담뒤에 숨었다.
......

어떤 날 아침 월파月坡 냉수마찰冷水摩擦을 마치고 덤비기에
『월파月坡 육덕肉德이 장창長槍이 아니라 비수匕首로구나. 넘어지면 흙 한줌 될 몽둥아리 그렇게 식전마다 문질러 무얼하나』
『이래야만 기분氣分이 좋아이』
『그것도 정신불통일精神不統一의 하나이다』
......

오고가고
나그네 일이오
그대완 잠시
동행이 되고
......

낭만파浪漫派 주지파主知派라는게 있으니 이왕이면 비수파匕首派라는 것도 있을만 하지 않는가?
......

깜박이는 두셋 등장 아래엔
무슨 단란團欒의 실마리가 풀리는지……
별이 없어 더 설어운
포구浦口의 밤이 샌다.

『망향望鄕』 삼판三版을 월파月坡 제일시집第一詩集이라고 아주 이쁘게

출판出版하였다. 나이 오십五十에 언제 제일시집第一詩集이냐? 제이시집第二詩集이 있는 터에 먼저 내놓는 것이 이대출판부梨大出版部 첫 시집詩集이 되는 것이 아니냐?

『게을러 그러이』

『내일來日부터 출동出動만은 기를 써라!』

『인제 제삼第三 제오第五 제육시집第六詩集이 나오겠구나!』

며칠후 용구溶九를 만나서!

『월파선생月坡先生 열심熱心이십니다!』

— 『국도신문』, 1950.4.15.

남해오월점철南海五月點綴

기차汽車

　우리가 타고 달리는 기차 뒤를 따르는 딴 열차를 나는 의논할 수가 없다. 내 뒤통수를 내 눈으로 볼 수 없드시 나는 하루종일 한열차 밖에 모른다. 편히 앉아 다리 뻗고 천리를 가는 동안에 더욱이 나는 고도의 근시안을 가졌기 때문인지, 내 생각이 좁았던 것을 인제 발견했다. 생각이 좁아서 시야가 열리지 않았던 것이다. 시야가 될 자연한 환경 그 자체가 좁았던 것은 아니었다.

　또 나는 기차 전면 화통 앞을 볼 수가 없다. 그것은 괴롬이 되지 않는다. 순시로 바루바루 전개되겠기에! 나는 나의 좌우로 열려나가는 풍경을 모조리 관상하고 음미할 수 있는 기쁨을 기차 타고 얻는다. 바로 나의 옆을 지나가는 기차들을 여러 차례 좁며 보았다. 열차가 면목 일신해진 것을 보았다.

　유리 한장 깨진 차창 하나 보지 못했다. 차체가 모두 맑게 닦이어 제비깃처럼 윤이 나고 쾌속하게 역시 제비와 나란히 날러간다. 나는 흥이 난다. 내가 설령 삼등 말석에 발을 뻗고 앉았을 망정 나는 검찰관과 같이 정확하고 엄밀한 차체의 구조와 모든 장식과 도포와 배치와 질서와 봉사를 조사하기 위해 일어선다.

　나는 슬리퍼 대신 집세기를 끌고 전망차로부터 일일이 삼등실과 식당차 변솟간까지 모조리 답파한다. 완전히 파스로구나. 일제말기 내지 미군정시절의 비절애절한 열차가 아니다. 완전하고 깨끗하고 구비하고 아름다워졌다. 나는 현직 교통부장관의 방명이 누구신지 마침 잊었다. 나는 남쪽의 대소교통 동맥에 주야근로하는 수만 종업원 조원께 감사해야 한다. 나는 일본 사람 하나 없는 기차를 탔다. 양인을 겨우 한 두 사람 볼 수 있을 뿐, 우리끼리 움직이고 달리는 기차를 탔다. 나는 쇄국주의자가 아니다. 다만 우리 겨레끼리 한번 싫컷 살아보아야 나는 쾌활하다. 야밋 보따리 끼지 않은 세상에도 깨끗하고 아름답게 늙으신 경상도 할머니 앞에서 나는 감개무량하다. 나는 이 할머니를 배워 어여쁘게 앞으로 이십년 늙으면 좋을 뿐이다.

— 『국도신문』, 1950.5.7.

남해오월점철南海五月點綴
보리

　　지난번 비는 사흘 연해 바람이 불은 끝에 전곡 채소에 흡족하게 왔던 것이다. 나는 평생에 흙을 갈고 밑거름 웃거름 주고 씨를 뿌리고 매고 유유하게 대자연의 섭리에 일임하는 마음의 여유를 배웠다. 비가 흐뭇이 젖은 위에 땅을 쪼기고 솟아 오르는 싹을 볼 때 평생 몰랐던 놀라움과 기쁨을 발견했다. 제일 먼저 나오는 것이 무배추, 다음다음 나오는 것이 상추 쑥갓 깻잎 완두 올콩 옥수수 호박 오이등 ……나오기 몹시 기달리우는 것이 고추 감자싹들이다.

　　그러나 내가 집을 떠나오던 날 아침 이것들 모조리 머리를 드는 것을 보았다. 화학비료라는 것이 좋은 줄 안다. 그러나 퇴비 인분 오줌 재를 잘 활용함에서 소출을 풍부히 할 수 있는 것과 더욱이 계분을 말리어 가루를 만들어 곡식 채소에 소량으로 공급할 제 놀라운 효과를 얻을 수 있는 것을 배웠다. 우분을 충분히 썩히어 밑거름을 주면 몹시 가물 때에도 수분을 유지할 수 있는 것을 배웠다. 아침 저녁으로 쌀 뜨물을 토마토 모에 부어 주면 열매가 익어 맛이 단 것을 배워 알았다. 우리 나라 재래식 비료로도 소출을 배나 내일 수 있을 뿐 아니라, 토질 그 자체를 개량할 수 있는 것을 배웠다.

　　남들 트럭터로 갈고 화학비료로 재배하는 것을 게을러 가지고 부러워해서 무엇하랴? 먼저 부지런하고 적극적 합리한 경작실천에서 한국의 농업을 추진시켜야 한다. 대전서 올라온 충청도 고향 일가 구익군을 수년만에 만나『고향에서는 모두 어떻게들 사는가?』『농지개혁 착수 이후 농민 생활은 좋아졌지요.』『굶는 사람은 없는가?』『굶어죽는 수야 있나요, 일하는 사람은 생활이 전보다 훨석 낫구, 일 못하는 사람은 형편 없읍니다. 제땅 가지고도 일을 배우지 못한 사람이 곤난합니다. 머슴을 둔다면 한달

지불액이 이래저래 이만원이 듭니다.』

 흔 나라가 물러가고 새 나라가 일어설 때 많은 사람이 당분간 다소 불리함을 각오하고 더 많은 사람이 유리해지는 것을 축복해야 한다. 차창 밖에 일망무제한 보리가 푸르구나.

―『국도신문』, 1950.5.11.

남해오월점철南海五月點綴
부산釜山 1

서울서 떠나기 전날부터 구름없이 바람없이 하늘빛 일광이 트이기가 희한한데도 불구하고 샤쓰 바람에도 더웠다. 거저 더운 것이 아니라 무덥고 계절이 아직 이른데 찌더운 편이었다. 이래도 며칠 더 계속되면 저거번 비에 터져 나온 밭곡식 채소들이 걱정스럽다. 모자리 물이 염려다. 그러나 나는 믿는 것이 있다. 『여보게! 수가 났네!』『무슨 수요!』『비가 오겠네!』『이렇게 멀정하게 더운데 무슨 비가 오겠능기요!』『저거번에는 사흘 두고 동풍이 불어 비가 오고 이번에는 연사흘 무더워서 비가 오는 것일세.』『어디 두고 보입시다.』『두고 보게! 예언한다!』『비고 머시고 덥어 죽겠오!』 오후 여섯시에 부산에 내렸다. 우연히 만난 우리가 오는 줄을 모르고 서울 애인 미쓰 J를 마중나온 김군을 가로챈 것이다. 미쓰 J는 이 차에 안 탔다. 부산 천지에 갈 데가 없겠느냐! 이중 다다미 육조삼 삼면을 열어 젖기고 속샤쓰 바람에 앉았다. 나머지는 알아 무엇하느냐? 무지무지한 부산 사투리에 보끼는 판이다. 우리는 육자백이 선소리 사랑가 이별가 이외는 용서치 않는다. 남도 노래는 경상도 색씨 목청을 걸러나와야만 본격인 것이다.

경상도 색씨는 호담하고 소박하고 툭 털어놓는데 천하 제일이다. 최극한으로 인정적이다. 맘끗 손님 대접한다. 싱싱한 전복 병어 도미 민어회는 먹은 다음 날 제시각에 돌아오니 과연 입맛이 다셔지는 것이었다. 취하고 보니 다리가 휘청거리는 것이 무슨 큰 죄랴. 쓰윽 닿고 보니 영도 향파댁이 아니고 어딜가 보냐! 담지국이 왜 맑은 것이냐? 담지(홍합)가 심기어 맑은 것이다. 술은 내일부터 안먹는다. 오늘은 마시자! 어찌 드러 누었는지 불분명하다. 술 깨자 잠도 마자 깨니 빗소리가 토드락 동당거린다. 가야금 소리같은 빗소리······『청계야! 청계야! 비온다! 비온다!』

— 『국도신문』, 1950.5.12.

남해오월점철南海五月點綴
부산釜山 2

　들리기만 하는 빗소리에도 나는 풀밭 만난 양처럼 행복스러워진다. 그러나 해항도시 부산은 애초 비가 잦은 곳이나 이 빗소리가 삼천리강산 고루고루 들리는 것일지. 서울이라 문밖 우리집 조그만 밭대기에까지 쪼르륵 쪼르륵 빨려드는 빌지 나는 궁금하다. 어린 손자놈이 새벽부터 보고 싶다. 이것도 기도하는 상태일지 나는 눈뜨고 죽은듯이 누어 있다.
　친구들은 성히 코를 곤다. 적당히 느지막하게 일어나 세수하고 아침먹고 다시 누어 잠들을 청한다. 몇시쯤 되었는지 친구들을 홀다꺼 일어세워 끊이락 이으락 하는 우중에 우산도 없이 영도 나룻배터로 나간다. 똑닥선이 내 유학생 때 퐁퐁퐁 소리 그대로다. 본 시가지로 올랐다. 오십만 인구의 가가호호가 깡그리 음식집으로 보이는 것은 내 불찰일 것이다. 무지무지하게도 많다. 하꼬방이 해안지대 좌우로 즐비한 거리가 없나, 스싯 가개로만 된 거리가 없나, 무수한 일본식 요릿집들, 맨 먹을 것 천지다. 길 초마다 생선을 무덱이로 놓고 팔고 생선을 저미어 길에서 회로 팔고, 길에서 생선배를 쪼기어 창자를 끄내어 말릴감으로 일들하고 있다.
　생선 파는 장사가 이름도 모르고 파는 생선이 있다. 멍기라는 것이 있다. 우멍거지라고도 하고 우름송이라고도 한다. 꼭 파인애플 같이 생긴 바다의 갑충류다. 칼로 쪼기어 속살을 빼내면 역시 파인애플 과육으로 비유할 수 있다. 물끼 많고 싱싱하고 이것을 길에 서서 먹고 걸어가면서 먹고 참외 깨물어 먹듯 하고들 있다. 우리는 이것을 사가지고 하꼬방으로 들어가 초간장에 찍어 막걸리와 함께 먹는다. 나는 한점 이외에 도리가 없다. 청계는 열 다섯 개를 먹는다.『답니더, 이거 참 답니더.』비리고 떫은 것이 달다면 정말 단 것을 비리다고 할 사람 아닌가! 향기는커녕 나는 종일 속이 아니꼽다. 비는 울듯 나려 뿌리고 길은 질고 구질구질 축축하나 온 부산이 먹을 것 천지다. 밥에는 팥이 섞였으나 하여간 팥밥에 우동에 각종 생선에 고기에 맨 먹을 것 뿐이다.

─『국도신문』, 1950.5.13.

남해오월점철南海五月點綴
부산釜山 3

『먹을거 만타고 너무 선전 마이소…… 모두 부산으로만 뫄들만 어떠 칼랑기오?』 먹는 부산만이 부산일가부냐? 무역도시 어업 상업 공업 도시의 진면목을 찾아 뵈일래야 이 우중에 안내인도 없어 도리가 없다. 우리는 항박포구로서 천연한 조건이 동양에 제일인 부산항 부두로 간다. 부두 바다에 깔린 침목이 마룻짱 빠지듯 모두 빠지고 세멘트가 바닥이 나고 이건 황량한 폐허가 되었다.

그 소란스럽던 쪽발 딸까닥 소리 장화 뻐기던 소리 군도 절거덕 거리던 소리가 물에 씻어낸 듯 없다. 방이 어두워 일본 사람 바께 모노와 만나 볼 형편이 되었구나! 인제부터 훨석 판단이 올바러야 한다. 제국주의 일본의 부산부두는 이 꼬락소니가 된 것이 타당하다. 대한민국의 신흥 부산부두는 일로부터 장식되는 것이다. 세계 민주국가의 상선들이 수집은 듯 겸손히 닻을 나리고 우리 나라 무수한 선박들의 조화로운 출범을 이 부두에서 날로 밤으로 볼 때가 빨리 와야 한다. 붓이 뛰어 우수운 조그만 이야기를 쓰자. 미주둔군 시절에 이곳 부산서 미인선원의 빨래를 맡아 빨아주는 한국소년들이 약간의 빵과 병물을 숨겨들고 빨래와 함께 미국 기선에 들어 창고 속에 숨어 샌프란시쓰코에 상륙 검거 되었다.

유치장이라기보다 미인 경관들의 귀염과 친절을 받아 푼푼이 얻은 돈이 한 아이 앞에 삼백달라씩 생겼다. 이 진기한 아이 컬럼버스들은 팔척 호위경관을 대동하고 샌프란시쓰코 일대에 <신세계>를 찾아 방황했다. 급기야 그 배로 다시 부산으로 정식 무임회항이 되었다. 이 유색인종 소년 컬럼버스의 신세계는 부산서 발견되고 말았다. 한 아이 앞에 돌아간 오백 딸라씩이 지금 부산서 유수한 상업가가 된 미천이 되었다. 조금도 교육재료로 선전할 배 못되나 한국 소년들의 모험성 대담성이 정상하게 발육되어 이 정력이 지능으로 천연의 미항 대부산이 나폴리 이상으로 훌륭하게 아름답게 될 때가 언제 오기는 오는 것이다.

— 『국도신문』, 1950.5.16.

남해오월점철南海五月點綴
부산釜山 4

 향파원작 겸 연출인 입학학생극이 동래여자중학교 연극부원들의 실연으로 부산여자중학교 대강당에서 열린다. 교장실에서 마이크로『이십분 동안에 점심을 먹고 대강당으로 모이시오……』간단한 방송이 각 교실로 퍼진다. 일천육백명의 유순한 양떼들이 여학교 중 방대하기 남한 제일인 부산여중 교사 방방곡곡에서 쏟아져 나와 대강당 우리 안으로 정제하게 들어간다. 훈육교사가 호통 아니해도 무사한 학교가 있다. 윤이 자르르 나는 마루 위에 총총 앉히고 보니 솜털 안 벗은 복숭아들 같은 오리알 제똥 묻은 듯한 청소년들이 정히 천육백명이다. 검은 커어틴이 모조리 나리우자 막이 열리자 무대가 밝어졌다. 동래여중 연극부 일행 환영사가 부산여중 연극부장인 상급생 입으로 정중하게 열린다. —『우리는 양교의 친선을 예술을 통해서만 도모할 수 있음을 믿습니다. 우중에도 불구하시고 본교에 왕림하사 존귀하온 예술을 보여주실 귀교 연극부 여러분께 진실로 감사하는 바입니다.』우뢰같은 박수.
 환영 꽃다발이 일년생 죄그만 발벗은 학생의 공손 지극한 두손으로 전해진다. 다발을 안고 서니 말만한 동래처녀의 가슴이 가리운다 —『한국에서도 유명한 귀교 연극부 여러분! 우리들을 이처럼 환영해 주시니 우리가 이제 실연할 연극이 퍽 부끄럽습니다. 그러나 우리는 귀교 연극부와 일치단결하여 한국의 예술을 향상케하는 영광을 갖고자 하는 바입니다.』박수갈채.
 막이 나리자, 전등이 꺼지자, 징이 울자, 막이 열리자, 조명이 장치무대를 노출했다. 창밖으로 본격적으로 나리는 비가 자진하여 무대효과의 일역을 담당한다. 쏴아쏴아…… 연극의 줄거리는 이렇다. 못살게 된 예전 아전의 집딸이 못살게 된 예전 양반의 집으로 시집가서 아들낳고 산다.

시어머니는 사납고 욕심많고 남편은 선량한 시인이나 주책없고 살 줄을 모른다. 아내가 아이를 업고 담배장사를 하여 산다. 남편은 시 쓴다고 흥얼거리고 있다. 이 비극은 이래서 전개된다.

— 『국도신문』, 1950.5.24.

남해오월점철南海五月點綴
부산釜山 5

학교교육 어문학 훈련에 있어서 시와 산문의 낭독이라는 것이 매우 중요한 것이요, 그 효과는 그 나라 국민으로 하여금 우수한 국어의 구사자가 되게 하는 것이요, 그 나라 국어를 국제적으로 품위를 높이는 것일가 한다.

한국극의 효과는 좋은 대사를 암송하고 무대 뒤에서 동작과 함께 구연 실연함으로써 어문학 낭독 훈련의 절대한 효과일 것인가 한다. 『나비의 풍속』이 종래 여중 여학생들의 열심히 공부한 표준어로 유창하게 진행된다. 죽어서 마침내 그칠 평생고질과 같은 경상도 사투리가 이만치 아름다운 표준어로 탈태되어 씩씩하고 귀여운 경상도 여학생들의 입으로 발표되는데 나는 국어말살교육 이래 흐뭇한 기쁨을 얻는다. 그러나 어린이 영문과 여학생들이 열심히 연습한 영어극처럼 다소 어색하기도 하다. 나는 듣는 동안에 자조 웃는다.

그러한 점이 더 재미있다. 한번은 이발소에서 이발을 하다가 젊은 이발사에게 말을 건의하기를,『여보, 이발사, 당신은 조선말 중에도 제일 어려운 경상도 어학을 어떻게 그렇게 잘 하시오?』젊은 이발사가 말하되『어─태요! 우리는 이게 쉴 합ㄴ─며.』농담 잘 받고 잘 하는 통영친구 두준을 이십년만에 만나,『여보게 평생 낫지 못하는 것을 무엇이라 하지?』『만성병이캉 고질이캉 그렁거 아닌가?』『자네 경상도 사투리는 그것이 한 개의 질병일세』『시끄럽다! 내사 늬 경사 밸이사 없다!』여학생들은 검도 시합하듯 긴장하여 표준어 연극을 진행하고 있다. 창밖에는 빗소리 더욱 세다. 검은 커어틴 앞의 ○○천육백명 청춘의 호흡은 삼림과 같이 파도와 같이 왕성하다. 무대 위에서는 처녀들이 기를 쓰고 아내와 남편과 시어머니와 아들을 연습하고 있다. 숭없어라 동넷집 과부까지 모방한다. 나는 평생 남의 남편 노릇 연습한 적이 없이 이제 남의 늙어가는 남편이 되어 이곳 남쪽 여학교 강당에 당도하여 남편노릇 아내노릇 박수하며 견학하고 있다. 처녀들은 시어머니께와 남편과 다투는 우는 연습을 진행한다. 처녀 남편은 술마시고 우는 연습으로 막이 천천히 내리며 레콜 음악소리 빗소리.

— 『국도신문』, 1950.5.25.

남해오월점철南海五月點綴
통영統營 1

영도 향파댁 남창 유리가 검은 새벽부터 흔들린다. 새벽이 희여지자 유리창 밖 가죽나무 가지가 쏠리며 신록 잎알들이 고기새끼들처럼 떤다. 나는 저윽이 걱정이다. 바람이 이만해도 통영까지의 나의 배멀미가 겁이 난다. 청계말이 괜찮다는 것이다. 일백 팔십톤짜리 발동선이 뽀오—를 발하자 쾌청! 하기 구름 한점 없이 우주적이다. 배 타보기 십여년만에 나는 바다라기보다 바다의 계곡지대인 다도해 남단 코오스를 화통 옆에서 밟아 들어간다. 바다는 잔잔하기 이른 아침 조심스럽던 가죽나무 잎알만치 떨며 열려 나갈 뿐이다. 영도 송도를 뒤로 물릴쳐 보내고 인제부터 섬들이 연해 쏟아져 나온다. 어느 산이 뭍산이오 어느 산이 섬산인지 모르겠다. 일일이 물어서 알고 나가다가 바로 지친다. 금강산 만이천봉치고 이름없는 봉이 없었다. 어떻게 이 섬들과 지면인사를 마칠 세월이 있는 것이냐? 큰 섬 적은 섬에는 초가 하나 있는 섬이 있다. 집없는 섬에도 꼭두에 보리가 팬 데가 있다. 보리이삭 없는 바위 섬도 흙이 덮였기에 풀이 자라나는게지, 나무랄 것이 못 되어도 성금성금 다옥다옥하다. 태고로 어느 열심한 식목가가 있었기에 심었겠는가? 몬지가 이 맑기 옥과 같은 하늘까지 이는 사막으로부터 날러왔기에 이돌섬 이마에 머물러 흙으로 싸인 것이냐? 모를 일이다. 저우에 꽃이 핀다. 꽃가루는 섬에서 섬까지 나를 수 있다. 가을에 솔씨도 나를 수 있다. 섬에서 딴 섬으로 시집가는 신부일행의 꽃밭보다 오색 영롱한 꽃배를 보았다. 우리는 손을 흔들고 모자를 저었다. 햇살이 가을 국화처럼 노랗다. 갑판 위로 북쪽은 바람이 차다. 바다라기보다 바다의 계곡을 나려가는 것이니 섬그늘이 찰 수 밖에—열살이 랬는데 일곱 살 만치 체중이 가벼운 옴짓 못하고 멀미앓는 소녀를 나는 무릎에 앉히고 바람을 막는다.『너 어디 살지?』『저어하—동읍에 살고 있지요』 낭독하듯 한다. 『너 이름이 무엇이지?』『성은 정가고 이름은 명순입니다.』 나는 소년시절에 부르던 유행가적 정서를 회복한다.

―『국도신문』, 1950.5.26.

남해오월점철南海五月點綴
통영統營 2

오호쓰구해로부터 내려오는 한류수맥이 동해를 연해 통영 앞바다에서 종적을 일른다. 대만 유구열도 수역에서 올라오는 난류가 한갈래는 일본으로 향하고 한갈래는 통영앞을 싸고 진해만 부산앞을 지나 동해로 치올라 일본 북해도 해역에서 종적을 일른다. 한파난파의 상극으로 동해안 일대에 눈이 많고 진해만 일대에 더욱이 통영연안에 한난양류의 무수한 어류가 동시에 총집중한다. 산란기의 어류가 아늑하고 바람자는 내해로 모아든다. 통영연안을 지나면 한층 고기는 없다. 자고로 어로 생산으로 통영이 유명한 것은 벌써 이러한 천혜적 조건에 인한 것이다. 멸치는 봄서 가을까지 막대량으로 잡히고 겨울에 대구, 가을 도미, 여름 칼치 기타 무수한 홍합이 통영 개조개 전북 삼치 방어가 잡힌다. 멸치와 해초중에 우무가시는 일본으로, 진해삼은 중국으로 간다. 이 조개달린 눈은(이바시라) 주로 마카오로 수출되어 마카오 양복지를 바꾸어 온다.

여기저기 닻을 내린 큰 배, 적은 목선들이 무수히 널려 있다. 모다 고기잡이 배들이다. 충무공께서 왜군 병선을 처음으로 유도해 들이신 게내량(見乃梁)에 드니 무수한 목선, 적은 배들 위에서 어부들이 긴 장대 끝에 창을 꽂고 물밑을 찌른다. 꽂혀 나오는 것이 조개 중에 품미 일등인 통영개조개다. 이것이 하루에도 몇섬씩 담기어 남한 각지로 운반된다. 하여간 해녀의 손으로 떠올린 생북류 해들만이 경남 일대에 분산 수확된 것이 작년 일년도만 치더라도 매출고 팔억원에 달하였다. 고기가 많이 모이는 탓인지 물오리가 많이 떠 있고 한곳을 지내랴니 수천의 오리떼가 뜨고 잠기고 한다. 물구비를 타오르고 미끄러지고 가꾸로 잠기고 목부러져 섯는 꼴이 실로 장관이다. 하도 많이 보고 나니 나종에는 잔물결 햇볕에 번드시기는 것이 모다 오리대강이로 보인다. 일본 풍신수길의 수병대군을 이목에서 대기하신 충무공의 눈부신 무훈이 내 눈에도 열리는 듯하다. 한난양류를 따라 고기가 모이고 오리가 모이고 일본으로 들어간 난류를 따라 올라온 풍신수길의 대군이 충무공의 신출기계에 걸리기 시작한 아마 여기가 『게내량!』

— 『국도신문』, 1950.5.27.

남해오월점철南海五月點綴
통영統營 3

　통영읍안 뒷산 밑 명정리明井里라는 한적한 동리에서도 뒤로 물러나 예로부터 유명한 일정월정日井月井 두개의 우물물이 한곳에서 솟는다. 이를 합하여 명정明井이라 이른다. 명정明井 우물물이 맑고 달기 비와 가물음에 다르지 않고 수량이 풍족하기 읍면을 마시우고도 고금이 일여하다. 우리는 먼저 손을 씻고 이를 가시고 시인 청마 두준 두 벗의 안내로 명정에서 다시 올라 동백꽃 고목이 좌우로 어우러진 길과 석계단을 밟는다. 역대 통제사들의 기념비석이 임립한 충렬사忠烈祠 정문에 든다. 한개의 목공옛품과 같이 소박하고 가난하고 아름다운 중문에 든다. 감개무량이라고 할가. 우리는 미물과 같이 어리석고 피폐한 불초 후배이기에 설다고도 할 수 없는 눈물이 질금 솟는다. 살으셔서 가난하시었고 유명천추 오늘날에도 초라한 사당에 모시었구나! 웬만한 시골 향교보다도 규모가 적고 터전이 좁은데 건물이 모두 적고 얕어 창연하다. 인류역사상 넬슨 이상의 명제독인 우리 민족 최대의 은인 지충 지용의 충무공 이순신의 충혼 영령을 모시기에는 너무나도 가난한 사당이다. 유명한『맹산盟山』『서해誓海』의 목각 대액大額이 좌우로 사념 망상 일체를 습복시키는 사당 정전문이 신엄하게 열린다. 우리는 분향하고 재배하되 과연 이마가 절로 마루바닥에 다었다. 이대로 수시간 배복하기로 우리는 마음속속드리 에누리의 여지가 없다. 우리는 종교적 신앙 혹은 사생관 영혼 유무관에서 전해온 여러 종류의 의식배례를 떠나 단 한가닥 민족적 통절한 실감에서 대충무공께 배복하기에 조금도 에누리가 없어진다. 우리는 일어나 영위 좌우 전후로 키를 펴고 돈다. 절을 마치고 난 어린 손자가 자애로운 할아버지 무릎과 수염에 가까이 굴듯이, 명나라 천자가 사당에 바치었다는 몇개의 도검과 기치를 본다. 사당문을 고요히 닫고 나와 석계에 앉아 멀리 한산도를 조망한다. 충무공은 순국하시고도 이렇게 겸손한 사당에 계신다!

— 『국도신문』, 1950.6.9.

남해오월점철南海五月點綴
통영統營 4

충무공의 진영眞影이 남아계시지 않다. 모필과 먹으로 이루어지신 충무공의 전집과 필적까지 충분히 뵈일 수 있으나 충무공 살아계실 적 체격이 어떠하신지 얼굴이 어떠하신지 알 길이 없다. 다단단난한 국난에 일생을 치구하시노라고 화공을 불러 진영을 남기실 한가가 없으셨으려니와 겸양 지극하신 충무공의 성자적 기질이 진영을 남기시지 않았으리라고도 생각된다. 청마대 이층에 밤에 앉아 우리는 이곳 친구들과 한산도 제승당에 모신 충무공의 신구新舊영정에 대한 인상을 의론한다. 누구는 충무공 새 영정이 너무 무장의 기개가 없이 문신의 기풍이 과하다고 일르고, 누구는 충무공께서는 반드시 대장부가 아니었을 것이요, 소위 선풍도골도 아니시었을 것이요, 반드시 무강하신 무서운 얼굴도 아니시리라고 나는 차라리 이 의론에 귀를 기울리며 충무공께서는 외화가 평범하시기 소위 문무를 초월하신 일개 성자와 같으시리라는 의견을 세우고 편이 잤다.

다음날 배를 저어 물길 삼십리를 지나 한산도 제승당에 올라 새로 모신 영정을 뵈었다. 내 의견에 풍족한 영정이시다. 세상에 그렇게 무섭고 잘난 사람이 어디 있으랴! 투구에 갑옷에 장검을 잡으시신 조선민족중에 제일 얌전하시고 맑고 옥에 티없웃듯이 그리워지셨다. 초상화 그린 화백을 칭찬할 수 있는 것이 아니라, 우리 민족의 후예는 모두 충무공처럼 생겼으면 좋겠다고 생각한다. 영정 모신 정당이 협착하기가 충렬사 사당 이상이다. 『한산섬 달밝은 밤에……수루에 앉었으니……』하신 수루 둘레에 고목이 울창하다. 나무 꼭두마다 무수한 해오리의 황새들이 깃들이고 끼루룩거린다. 앞개에는 저녁조수가 닥아온다. 이 골짝이까지 왜선 칠십여척을 끌어들여 빠져날 길목을 모조리 막고 두들려 분쇄섬멸하신 충무공과 충용한 장병들의 위대한 전적은 거저 사담전설이 아니다. 당시에 울던 조수가 오늘도 천병만마처럼 울부르짖는다.

― 『국도신문』, 1950.6.10.

남해오월점철南海五月點綴
통영統營 5

 통영과 한산도 일대의 풍경 자연미를 나는 문필로 묘사할 능력이 없다. 더욱이 한산섬을 중심으로 하여 한려수도 일대의 충무공 대소 전첩기를 이제 새삼스럽게 내가 기록해야 할 만치 문헌이 부족한 것도 아니다. 우리가 미륵도 미륵산 상봉에 올라 한려수도 일대를 부감할 때 특별히 통영 포구와 한산도 일폭의 천연미는 다시 있을 수 없는 것이라고 단언할 뿐이다. 이것은 만중운산 속의 천고절미한 호수라고 보여진다. 차라리 여기에서 흐르는 동서 지류가 한려수도는커니와 남해 전체의 수역을 이룬 것 같다. 통영에 대한 요구와 기대는 이 이상 찾고자 아니한다. 위대한 상공도시가 되어지이다. 빌지 않는다. 민생의 복리를 위하여 통영은 위대한 어촌어항으로 더 발전하면 족하다. 민족의 성지 순례지로서 영원한 품위와 방향을 유지하면 빛날 뿐이다.
 지세 현실상 용남면 장문리 원문고개 위 고성으로 통하는 넓이 삼백 메터쯤 되는 길을 막고 보면 통영읍은 한 개의 적은 섬이 될 것이오 미곡이란 가을 김장 무배추가 들어올 육로길이 막히는 것이다. 농업지도 될 수 없어 봉오리란 봉이 모두 남풍에 보리가 쓸린다. 위로 보랏빛 아래로 물빛 아울리기 이야말로 금수강산 중에도 모란꽃 한숭이다. 햇빛 바르기 눈이 부시고 공기가 향기롭기 모세관마다에 스미어든다. 사람도 온량하고 근검하고 사치없이 한갈로 히고 깨끗하다. 날품파리 지겟군도 기운 무명옷이 히다. 유자와 아열대 식물들이 길옆과 골목 안에서 자란다. 큰 부자 큰 가난이 없이 부즈런히 산다. 부산 마산 사이에 특이한 전통과 현상을 잃지 않는 어항도시다. 통영서 경북 본선까지의 철도가 부설된다면 부산을 경유하지 않고 산간벽지까지에도 생선의 분배가 고를 것 같다. 다시 왜적 침입도 가망이 없다. 다만 〈맥아더 라인〉이 철폐되는 경우에는 일본 밀어선의 침입이 염려될 뿐이다. 신흥 민국의 해군 근거지 진해군항이 옆에 엄연히 움직인다. 비행기로 원근향 역류의 대진군을 발견하자. 최근 어로기술로 어업생산을 확대하자.

— 『국도신문』, 1950.6.11.

남해오월점철南海五月點綴
통영統營 6

 전파탐지기와 같은 전기활용 장치로 적군의 진행을 손쉽게 알수 있다 한다.
 어군을 한곳으로 유도할 수도 있다. 현대어로 작업기술은 여기까지 이르렀다. 일본인 어업자들은 이것을 사용한다. 우리 나라 영해에 자조 침입하는 놈들이 이 일본인 밀어해적이다. 그 놈들은 우리 영해의 어장 요소요소를 소상히 알고 있다. 쾌속력어정으로 다람쥐같이 들어와 우리 천연자원을 한 그물에 훔쳐간다.
 상주 우리 해군 해안 경비대의 기관총 앞에 손을 든다. 한번은 일본인 밀어선을 납포하여 경비대 당국의 준렬한 취조하에도 일인밀어 선장놈이 함구불언이었다. 상당한 형벌이 나리어도 선장놈이 『으으읏!』으로 굴복지 않았다. 마침내 중형하에 본색을 고백하기를 『소인은 대전중의 일본 해군 중좌로 함장이었읍니다.』 일본인은 무기를 버리어도 어업침략의 여죄를 버리지 못한다. <맥아더 라인>으로 절대 알여할 수 없는 점이 이것이다. 그자들은 원양 모험에 굳세고 어로기술이 우수하다. 통영에 웬만한 연해소금도 어로에 사용할 수 있는 거물을 기계로 엮어내는 공장이 있다.
 한가지 예를 들어 멸치 잡는 거물을 얽을 기계와 기계의 기술이 없어서 거물을 일본에서 사온다. 조금 창피한 일이 아닐 수 없다. 잡은 고기를 회로 먹고 구어 먹고 나머지를 캔에 넣어 해외에 전할 공장이 없다. 재래식 어로작업으로 치어稚魚까지 연안에서 휩쓸어 올린다. 통영 연해에서 고기를 잡는 것이 난사임이 아니라 어류의 양호번식이 더 중대문제가 되었다. 전쟁중에 정어리가 전멸되듯이 이러다가는 통영 연안에서 멸치가 멸종되지 말라는 법도 없을가 한다. 통영읍 총선거 입후보자 중의 애국자는 인문계통의 애국자보다는 이 어업생산의 경륜기술자로서의 애국자가 더 필요하다. 통영의 어업생활을 위하여 국가의 관심을 유도할 만한 국회 투사가 필요하다. 누구실지는 내 몰라도 통영읍 네개 남녀 중학생 중에도 제일 기대되는 것이 이곳 수산중학교가 아닐 수 없다.

— 『국도신문』, 1950.6.14.

남해오월점철南海五月點綴
진주晉州 1

　진주를 일러 예로부터 색향이라 함은 무슨 뜻이냐고 물으니, 진주 인근읍은 예전에 많은 지주가 살았다 한다. 지주 중 호화롭게 지내는 사람들이 진주부내에 기생소실을 두기 좋아하였다. 감영 관찰부가 있어 왔고 촉석루 남강의 절승한 경치가 있고 보니 지주 계급한량들이 아리따운 기녀를 거느리고 노름직도 하였다. 이리하여 곡식과 돈이 진주로 모이게 되는 것이었다. 농·공·상에 부칠 수 없고 더욱이 양반일 수 없는 빈한한 사람들의 어여쁜 딸들이 기적에 실리고 몸을 지주와 관원에 맡기게 된 것이었다. 임진왜난적에 그 많은 진주기생중에서 만고의기 논개가 있었다. 한려수도내해 일대 수전에서는 충무공의 서슬 때문에 왜적이 형편없이 되었고 육전에 있어서는 부산서부터 서울까지 형편이 없었다. 성읍을 버리고 다라나는 수령방백이 없었나 항전전쟁에서 침략적 군과 내통한 놈이 없었나, 나라와 민족 최악의 수난기에 일개 섬약한 여승 논개가 진주에 있었다.
　승승장구 진주성을 둘러싸고 호기헌앙한 왜장 게야무라毛谷村는 절세미인 논개를 거느리고 촉석루에서 취했다. 촉석루 아래 푸른 수심水深에 솟은 반석 위에서 논개에게 안기어 춤을 추었다. 논개의 아름다운 열 손가락에 열개 옥가락지가 끼어 있었다. 음아질타에 천인이 쏟아질 만한 무장이 일개 미기 논개의 팔 안에 들었다. 열개 손가락에 열개 옥가락지가 적장의 목을 고랑 잠그듯 잠겄지. 반석 위에서 남강수심으로 떨어졌다. 다음 이야기가 짧은 지면에 그다지 필요하지 않다. 한개의 적장을 사로잡는다는 것은 한개의 적군단을 섬멸시키는 것이다. 더욱이 한개 기녀의 충의 애족, 애국의 일념으로 이러한 만고미담이 영원히 빛날 것이다. 논개의 순국일념이 역대 수백명 진주기생의 기개를 세웠다. 진주기생이 모두 논개가 되었을 리가 있을랴? 다만 화랑에 화랑도가 따른다면 기생에도 기생의 기풍이 있을만한 것이다. 반석을 의암義巖이라 이름하고 한 옆에 논개 충의비를 세우고 촉석 위에 사당을 모시었다.

— 『국도신문』, 1950.6.20.

남해오월점철南海五月點綴
진주晉州 2

산천이기로 아니 변할 수 있느냐! 산이 허울고 벗고 해마다 홍수에 남강일대에 모래가 몇백년 싸였다. 요즘 한 보름 가뭄에도 촉석루 아래 쇠잔한 물이 흐른다. 그러나 촉석루 누각은 당시의 모습을 진주역대 인사들의 성력으로 황혼에도 다치지 않은 채로 보여진다. 나는 한 시인처럼 즉흥 운문을 쓸 수 없다. 그러나 나는 감개무량하다. 논개 충의비는 일제 망국놈들이 빼어 버렸다. 사당에 제사는 막을 도리가 없었다. 해마다 오월 삼십일이 돌아오면 진주부 유수한 노기들이 제관이 되어 의기 논개 할머니께 제사를 드린다. 제사밥에 음복과 함께 종일 촉석루 위에 시조와 검무가 점잖게 경건히 열린다. 의기 논개 할머니께 드리는 호화삼엄한 예술제이다. 이리하여 젊고 어린 기녀들이 노명기들의 범백을 따라 기생의 기풍을 논개제에서부터 배우고 체득하여 면면히 전해온 것이다.

설고도 아름다운 전통이다. 해방 후에는 해마다 진주시 당국에서 이 제사를 주최하여 온다. 기생이 접대부로 전변하게 되었고, 기생이 기생집에서 접대부로 요릿집 술집으로 야근한다. 북장고 가야금 거문고가 금지되었다. 저까락으로 술상을 치며 잡가를 부른다. 지주와 관원의 세월이 가자 접대부들이 부산으로 몰려간다. 진주는 이제 색향이 아니다. 최근에 생긴 이러한 실화가 있다! 진주시내 모요릿집 전속인 젊은 접대부가 있다. 어떤 젊은 돈없는 청년과 정이 깊었다. 기생어미의 성화에 견딜 수 없는 접대부는 어떤 날 정남에게 정사를 제의했다. 취기도도한 정남은 무난히 합의하고 남강으로 나갔다. 여자가 먼저 뛰어들었다. 잇딸아든 남자는 창졸간에 여자를 구해낼 노력으로 헤엄을 쳤다. 술이 순시에 깼다. 여자는 바위 위에 고무신을 남기고 수심水深에서 죽었다. 술깨자 춥자 남자는 애초에 죽을 의사가 없었던 것이다. 남자는 살았다. 죽은 접대부의 장의행렬 앞뒤에 옛날 논개 할머니의 불초 후예들 오십여명이 울며 따랐다.

— 『국도신문』, 1950.6.22.

남해오월점철南海五月點綴
진주晋州 3

양화가 C씨가 경영하는 다방『세르팡』은 과연 화가답게 고안되고 장식되고 배치되었다. 다방 세르팡 한 구석에서 한목 닷새치 원고를 나는 쓴다. 코피 진짜를 대접받는다. 왈쓰『쾌활한 미망인』이 돌아간다. 나는 부산 이후 일주일만에 레콭 음악을 듣는다. 나는 쾌활해지는 것이냐? 피로가 코피에 흥분되어 침착하기 어렵다. 거리거리로 나간다. 화가 C씨가 상량한 설명으로 나는 진주에 관한 예비지식이 섰다. 어느 거리 고삿길을 지나도 쾌활치 않다. 중소상가에 활기를 찾을 수 없다. 명향 진주의 전통적 가옥 건물이 없다. 고요한『미망인』이라기에는 너무나 답답하다. 요건대 옛날붓터 순전히 소비도시에 지나지 못하므로 생산이 없이『쾌활한 신부』가 될 수 없음은 도청이 부산에 옮긴 이유에만 그칠 것이 아닌가 한다.

바다가 멀고 보니 수산물 집산지가 될 수 없고 국제 무역도시가 될 수 없다. 주로 삼천포 통영서 오는 싱싱치 못한 해물이 소비된다. 주변전지에서 고구마 무배추와, 과일로 배 복숭아 특별이 여름 수박이 대량 산출된다. 수공업으로 예전부터 대세공(竹細工)이 성하다.

은방 앞 유리창 안에 옛날 금비녀가 때묻은 채 누어 있다. 지금 진주답기도 하다. 예전 옥가락지 옥비녀가 누어 있다. 그러나 남강 다리건너에 남북한에서 유수한 제기공장이 돈다. 견직공장이 돈다. 남강물 푸르고 맑을 이유가 업지 않을까 한다. 해방후 농과대학이 섰다. 이제부터 진주는 농공상업으로 발전되어야 한다. 부산처럼 먹을 것만이 자랑이 아니다. 이제는 색향이라는 별명이 부끄러워야 하고 사실상 색향진주는『고요한 미망인』이상으로 쇠약하다. 서민층 생활이 매우 곤란하다. 방출미를 사기에 일활오부의 빗을 낸다. 빗을 얻어 방출미를 사서 야미로 팔아 빗을 갚고 나머지는 끓여먹는다. 이 우울한 사실을 가리울 필요가 없다. 이렇다고 비판할 것이 아니다. 강 건너에 심대한 공장이 늘어야 한다. 때로 사이렌소리가 그림처럼 임립한 굴둑과 함께 왕성해야 한다.

— 『국도신문』, 1950.6.24.

남해오월점철南海五月點綴
진주晋州 4

  매년 오월 삼십일에 논개사당에 제를 드릴 제 기적에서 벗어났거나 살림들어 갔거나 고령에 노쇠했거나 전기생 현기생할 것 없이 모조리 촉석루에 운집한다. 그 중에도 장로급의 노기가 주제관이 되고 부제관 기타 합하여 팔구인이 입은 옷은 긴소매 느린 황색 깁옷으로 갈아입는다. 위의와 위용을 정제한 제관 일행이 엄숙한 행렬을 지어 논개사당으로 걷는다. 기타 수백의 후배기생들은 촉석루 누각 위에 질서정연히 임립한다. 정성을 다한 제물 제상 드높이 만고의인 논개의 영위가 열린다. 축문없이 제사가 일사불란한 예절에 따라 진행된다. 이러한 아름답고 경건한 예절이 수백년 진양계원晉陽偰員 노소기생 아가씨들의 경제력과 정성으로 이어온다. 한번도 궐제한 적이 없다. 일제 최악기에 논개비를 부시고 논개제를 엄금했다. 밤으로 몰래몰래 제사향화를 이어왔다. 태평한 때 제사후에는 촉석누각 위에 삼현육각이 잡히고 가무가 종일 계속된다. 춤은 고아하고도 상무적尙武的인 검무에 한하고 노래는 속기없는 국시國詩 시조에 한한다. 말이 없이 민속가무가 진행된다.
  「한산섬 달밝은 밤에 수루에 홀로 앉아 큰 칼 옆에 놓고 깊은 시름 하는 적에 어디서 일성호가는 남의 애를 끝나니」(이충무공)
  근래에 와서는 삼현육각을 맡은 악공들이 기악반주를 하되 장막으로 가리고 안에 숨어서 악음을 내보내는 예가 생겼다. <광대가 아니다. 음악가로서 기생들과 자리를 함께 하지 않겠다>는 뜻일가? 혹은 수백년대 부당한 모멸시에서 이제 해방되어 악공들이 기생앞에서 내외를 하자는 것일지? 이유는 모른다. 그러나 우리 나라 국악국무는 실상 광대와 기생이 비절한 역사적 환경에서 이어온 것이다. 이제 무삼 장막뒤에 숨으리오!

—『국도신문』, 1950.6.25.

남해오월점철南海五月點綴
진주晋州 5

　　진주성이 왜군에게 포위 함락되기 전에 당시 방백 서원예徐元禮는 변복에 삿갓을 쓰고 말티 고개를 넘어 제 목숨 위하여 도망했고 삼장사三壯士 최경회崔慶會, 황진黃進, 김천일金千鎰 등 이하 모든 충용한 장병들은 끝까지 싸우다가 옥쇄 자결하되…… 혹은 목을 찌르고 혹은 촉석에서 남강에 던졌다. 평화가 회복되자 논개사당 옆에 논개사당보다 조금 큰 충렬사가 섰다. 삼장사 이하 모든 충혼을 모신 사당이다. ○○○○○○, 이십구일 삼장사 제사날이 된다. 제수와 일체 경비의 제수 음식 솜씨가 전부 진양계원 노소기생의 손에서 나온다. 논개 제사를 권한적 없듯이 삼장사의 ○○○○○○ 없다. 최근에는 진주사회 일부 남성들이 충렬사 제향에 대한 것을 일체 양도하라는 제의가 있다 한다. 진양계 측에서는 이 전등식 의무를 양도할 의사가 없다. 나는 어떻게 되었는지 모른다. ○○○○○○○○○○ 집을 볼 수 있지 않은가? 인정과 의리와 보수적인 기풍이 경상도 진주에 와서 여태껏 눈물겨운 것이 ○○○○○하기가 좋다. 유행가적 접대부가 아니라 기생의 자존심을 지니는 고전적인 기생을 앉히고 앞에 마조 대하니 어글어글한 눈매에 트인 이마에 골격의 강건함이 육박하여 온다. 초로 미인 …… 하선여사의 말이,

　『이뿐 것과 점잖은 것이 뭣뭣이 다릅니까?』 선소리 목청이 바로 창해장풍이다. 평양기생들은 빈손으로 타향에 나가서 집을 작만하고 살림을 작만하건만, 진주기생은 트렁크에 돈을 가득히 담고 나간다 할지라도 나종엔 빈손으로 고향찾아 온다고 하는 말이 있다. 진주에는 자고로 불교가 성행한다. 사찰에 늙어서 죽어서 모이기는 절대 많은 기생 정신녀들이라고 한다. 그들은 논개사당에 복을 비는 것이 아니고 향화를 받들 뿐이요. 칠겁의 복락을 사찰불전에 의탁한다. 사찰 수입에도 지대한 관련

이 진주기생에 있는 것이다. ○○○○ 너는 아름답다.

— 『국도신문』, 1950.6.28.

정진업 시집 『얼굴』을 보며

나서 여일곱 달이 된 발가숭이 어린 것이 바깥 재미를 부치게 되면 자고 젖 먹는 시간 이외에는 바깥 세계를 조아하기 시작한다.
젖을 재촉하여 우는 적 보다 엎히어 바게 나갈 투정이 더 많다. 우리는 이만 적의 바깥 산천 초목 조수들이, 우리 어린 눈에 어떻게 어떠한 인상으로 비추웠던 것인지 전연 기억할 수 없다. 우리가 이제까지 보아 익어 온 세게 보다는 신기하고 놀라운 첫 세게 딴 세상이었음에 틀림 없었을 것이다.
그러렸으려니 한 것을 나는 나의 첫 손자를 안고 추측한다. 이 놈이 할애비 할미를 조아하는 것이 먼저 바깥 구경이 용이한 까닭에 있는가 싶다.
첫 눈에 소개한 것이 가까운 밭이랑 하늘 까치 등이다. 정정한 송림 속으로 안고 드니 둘레 둘레 보며 저윽이 불안한 표정이요 웃지도 울지도 않았다. 길 옆에 핀 문들레 오랑캐 꽃에 바짝 얼굴을 대어 주니 전부터 아는 터이란 듯이 반기며 손으로 훔켜 잡는다. 나는 아직까지 우리 손자 아이에게 강이며 바다를 소개할 기회가 없었다. 나는 물이 없는 밭이랑 속에서 손자를 길르기에 그렇다.
나는 이번 남해 일대 내해의 무수한 도서와 물과 구름과 하늘과 돛과 배와 생활과 풍습을 이십여일 두고 보고 나서 산이면 금강산이요 물이면 다도해지 이 이상에 더 아름다운 자연미의 쌍벽이 지구 위에 다시 있을 수가 없다고 생각한다.
나는 애초에 물이 없는 충북 비산 비야의 촌읍에서 나서 유소년기를 애절하게 보냈다. 자라서 어른 되어 식구들을 물하고는 딴 데로만 끌고 다니며 살았다.

남해 풍광을 접하고 나니 어린 손자놈 첫눈에 바다 더욱이 다도해 일대의 신묘한 자연을 비추워 주고 길렀으면 한이 풀릴까 싶었다.

이번 여행 중에 부산서 통영서 마산서 진주 등지에서 많은 청년의 시인 화가 또는 음악가를 만나 보았다. 모다 소질이 특이 우수하고 의욕이 왕성한 것을 발견하고 나는 놀랐다.

이러한 놀라운 상황을 나는 깊이 연구한 것이 아니라 이를 간단히 남해 일대의 위대한 자연미와 그의 영향에 돌리었다. 그들은 부럽고도 남어지 있는 자연에서 자란 것을 안다. 그들이 나서 눈이 트이자 나의 손자 보다는 더 놀라운 신기한 자연에 첫대면 하였던 것이요 안계가 애초부터 넓고 시원했던 것이리라. 눈 부신 일광 몬지 없는 공기 사철 자라는 아열대권 이내의 각색 식물을 앞바다 속에 무수한 어류 해초를 저축하고 자랐다.

바다와 함께 사는 생활은 들과 산생활보담 더 기민하고 기술적이어야 하는 것이다. 대도시 생활보다 개방적이고 선이 굵다. 부지런하지 않고 살 수 없다. 남해 일대의 괄괄한 사투리에 태초로 부터 너울거리는 나부리(波浪) 소리와 생활의 마찰음을 들을 수 있다 하여 억지 소리는 아닐까 한다.

그런데 나는 이번에 또한 다른 일면을 발견했다. 그 많은 시인 화가들이 남해의 해양 도서미에 등한하다기 보다도 향토미에 탐익하지 못하는 정도가 거진 술 못 마시는 사람이 술에 취할 수 없는 상태와 유사한 것을 보았다.

환경에 너무 익어버리면 그럴 수도 있는 것이다. 그러나 환경의 자연미 만으로서는 항시 새로운 생활 의욕과 예술적 창조를 기대하기 어려운 것임으로 자연적 환경에 인간의 생활이 주체가 되어 능동적으로 환경을 경륜하고 움즈기고 운영하여야만 환경 자체도 황막한 버려진 자연을 변할 것이요 인간이 逐適 流刑 고역을 면하는 것이다. 원래 인간이 자연의 일부 노릇으로 그치기에는 초목 토석 조수 보다 너무도 우수한 생명을 가졌고 능동적인 까닭에 자연은 인간 생활의 구비한 조건으로 유구히 유동하여 말지 않아야만 할 것이었다. 자연과 환경의 제왕은 반드시 생활에 널렬한 인간이 아닐 수 없는 것이요 인간이 한개의 귀향사릿군으로 방황하는 동안에는 그 환경은 주체할 수 없는 권태와 우수를 제공하는 눈물 골작이 버려진 자연에 지나지 못한다.

그러니까 남해 연안의 시인 화가의 작품에서 남해의 자연미를 찾어 보지 못하는 것은 그들의 생활이 남해의 자연에서 유리 이탈 된 것이요 자연은 버려지고 생활은 상실된 것으로 보는 수밖에 없다. 생활이 없는 예술이 버려진 자연 이하로 미저러블 할 수 바께 없다. 남해 연안에 불상한 시인을 화가를 많이 만났다. 소질과 천품이 졸렬한 것을 본 것이 아니었다. 타고 나기는 잘 타고 났다. 사실은 대부분이 실직자이었고 몇몇 최저급의 월급 생활자를 보았을 뿐이었다. 의식주에 소극적으로 걱정이 없는 유지신사에게 시와 미술이 천부 되지 못한 것은 소위 유지신사의 생활이 그다지 예술과 문화의 창조 모태가 될만 한 「생활」이 아니었던 것인가 한다. 시인 예술가 일반은 마침내 남해 연안에 인조 아담의 슬픈 죄과 보속을 부당하게도 독담해야 할 형편에 있다.

말이 장황히 흘렀음으로 어서 시인 정진업과 그의 시집 「얼굴」로 옴기자

방매가
어굴히 죽은 아비의 원한스런 꿈자리가 사납다 하면서 낡은 대문에다 창호지로 이렇게 써 붙이게 한 홀어미였다.

어디로 가야 하는 것이냐

식구라는 게 홀어미에 그나마 어미를 생리별한 아들놈 근이 이들은 고작 눈물이 많아서 탈이다

(「눈물이 많아서 탈이다」에서)

이래서야 남해적 자연미기로소니 남해적 자연 시인이 될 수 있겠는가.

뻐꾸기 우는 삼월 초하루가 와도
노고지리 해를 보고 솟는
오월이 와도
우리는 노래를 잊어버린 카나리아 였다

하이네의 노래가 아니라
우리는 실련을 하여도
고향에 돌아가지 못하였다

(「김해 사람들에게」에서)

八・一五 해방 직후의 시다.

우리 오늘 마음 놓고
고향 하늘로 날라 가보자
더부살이로 흘러간 오랜 세월

(역시 「김해 사람들에게」에서)

남해 시인은 흥분하기 쉬웠다. 남방 다도해의 대자연이 그들을 애초에 성급한 시인으로 선택하기는 했다.

그러나 고향에는 웬 일인지

> 먼지 섞은 바람이
> 아직도 멎지 않아
> 우리는 눈을 뜨지 못하고
> 동구밖 네거리에 두다리를 끌고 섰다
>
> ―――――
>
> (역시 「김해 사람들에게」에서)

다혈질 계통의 시인은 히비가 빠르다. 향토미에 섬세하지 못할지는 몰라도 남해 시인은 경상도 사람들 특이한 성격적 향토애에 널렬하다. 이것이 남북한 십사도 삼천리에 찌르를한 애국 정렬에서 분립 된 것이 아니다.

―――――

> 지쳐 잠이 들면 어깨를 베고
> 다리쯤 섞어도 탓할 사람이 없다
>
> 사투리마냥 생각도 가지 가지 다른 것인데
> 오직 마지막 한곳을 바라고 가는 사람들
>
> 노나 건느는 담뱃불처럼
> 우리 이왕이면 가난한 겨레의 얘기에
> 도란도란 꽃을 피우며
> 그렇게 가는 것이 어떻냐
>
> (「밤차」에서)

시를 한개 공예품으로 감상하기 보담은 시가 이렇게 서럽게도 진정이어서 좋지 않은가? 시에는 완벽이라는 것이 드물다. 시에는 절정이 없다. 절정이라고 오르고 보아야 끝난 것이 아니라 다시 휘어 굽은 길이다. 나려 가는 길이래야 거기서 부터 다시 오르는 길의 한 고비다. 시가 이래서 한이 없어 좋은 것이다. 시가 진정이어서 좋은 것을 조아하는 사람은 일류 시인인 듯 자기 도취하는 자는 젊은 놈이 실상 반짓발은 놈이다. 진업의 시는 시의 이상이 아니다. 이상적 시라는 것이 성립되는 지 나는 아직 모른다. 진업의 시는 그만 해도 좋다. 진업의 시는 그의 청춘과 육체적 조건과 패기와 울분과 순정만으로서도 전도 유망하다. 경상도적 토착순정이 도리어 서구 선진 국가의 문화 세련보다도 시의 육체적 조건으로 더 요망 될 것인가 싶다.

―――

그러면 등불이여
차라리 황홀한 것을 위하여
꺼진 그대로 이 한밤을 같이 있자

끊이락 이으락 어둠의 유언 속에
울어 오는 빛의 우렁찬 산성(産聲)을 들으면서

―――

('등불'에서)

진업아! 그만만 에서 그치지 말고 너의 히망을 잃지 말아라. 진보하라. 누가 다음 날 위대한 시인이 되는 것일지 나는 모르겠다. 네가 혼자 위대한 시인이 될 수도 없는 정황이다. 너의 시는 마침내 우리 민족국가와 히망을 같이 하는 것이다. 시도 한가지 건설이요 역사(役事)다. 남해 연안의 대자연이 완전히 시에 협력하기에는 우리의 시와 손으로 분시를 다토아 민족의 농공상적 위대한 인공미로 남해 전폭이 개편 개장 되어야 한다. 그때까지 고대하는 것이 아니다. 먼저 시인 정진업! 너부터 부지런하자!
　　　　四二八三. 五月. 南海過次
　　　　　　　　於 釜山
　　　　　　　지용

모윤숙毛允淑 여사女史에게 보내는 편지

산山에서 배여온 시詩가 달을 아니 넘길가 하오나 난산難産이 더욱 두릴 배 아니겠나있가. 이제 한끗 열熱하고 초조하였아외다. 시를 어이 조르리요 술을 아슬지언정. 이제 곳 바치리오니 상기 늦지 않으외다. 바칠 때까지 아희 보내지 말어지이다. 24일. 손에 흰먹 무친 채. 지용弟. 영운자嶺雲姉 전前. *

---

* 정확한 연도는 알 수 없음.

조지훈趙芝薰에게 보내는 편지

    모습도 글과 같이 옥이실가 하와 내처 그립든 차에 이제 글월 받자와 뵈오니 바로 앞에 앉으신듯, 길게 넛지 않으신 사연에 정이 도로혀 면면히 그치지 아니하시오며 나를 보고 스승이란 말슴이 만부당하오나 구지 스승이라 부르실 바에야 스승 못지 않은 형노릇 마자 구타여 사양할 것이 아니오매 이제로 내가 형이로라 거들거리며 그대를 공경하오리다. 지리한 장마에 아즉 근친 가시지 않으신듯 향댁안후 종종 들으시며 공부 날로 힘쓰시는지, 시詩가 공부중에도 낯은 공부에 부칠 것이오나 시詩도 청춘靑春에 병되기 쉬훈 것이 아닐수도 없을가 하오니 귀하신 몸도 마자 쇠를 고느실만치 튼튼하시기 바라오며 비개고 날들거든 엽서葉書 한장 띄워 날자 알리시고 놀러 나오시기 바라며 두어자로 총총 이만

        7월 25일*
        지   용
        지훈현제芝薰賢弟 전前

---

* 1940년경으로 짐작되나 정확한 연도 표기는 알 수 없음.

제 2 부
일본어 · 영어 산문

○ 詩・犬・同人*

　眞夏の星空は素張らしい西瓜をすつぱり切つたやうだと言ふと兒玉は天女が脱ぎ去つた衣のやうだと云ふ。ミイちやんの赤い頬ぺたはちいつちやい暖爐のやうだと言ふと兒玉はミイちやんの搖籃の上に虹が掛つてゐると言つてゐる。北星館の二階でこう云ふ風な贅澤な雜談が時に交換されるのである。彼が陶器の詩を書いた時私は赤煉瓦の詩を書いた。彼が涙でやつて來ると月經で討抗する覺悟はもつてゐる。
　「詩はうす紫の空氣を吸ふことなり」と彼が勝手な定義を下した時
　「詩は犬を愛撫することなり」と勝手な定義でやつつけた。
　犬を愛するにキリストは必要でないのである。憂鬱な散歩者ぐらゐで善いのである。

　松山の民謠はいゝさうである。皆がそう言つてゐる。私もいいやうな氣がした。自分も白秋・雨情の中間を取つて行くと言つてゐる。
　そして冬休中には自作民謠を作曲して貰ふてヴアイオリン手を引きつれ旗を立てゝ路傍で歌つて廻ると偉い計劃をもらしてゐた。
　私などには一寸出來そうもない話だが彼はちと優しふりやうせうねんのやうな感じのする男だ。あの眼がいゝ。全體として金魚のやうなおどべした輕い落ちつきのなさそうな所が可愛い。

　さまざまの男が集まつてゐる。づたいにふさはしくない程淋しいそうな男・山本が居かと思へば「あゝかふえーの隅に置き忘れた魂がいましき

---

* "散らばつた遠景"(흩뿌려진 원경)이라는 표제가 있음.

りにこひびとをもとめる！」と新末來派をうつてかゝる松本が居る。あれは話中見すぼらしい長髪を野猪のやうに搔くくせがある。

　兎に角俺達は元氣をだしつ行けば善い。今頃詩作を出しても馬鹿にされる見込みはある。然しこつちで先づ馬鹿にしてかゝればいゝんだー。
（シ・ヨー）

— 『自由詩人』1호, 1925.12, 24쪽.

○ 詩·견·同人

 한 여름의 별이 빛나는 하늘은 멋진 수박을 싹둑 자른 것 같다고 말하면 고다마(兒玉)는 천녀天女가 벗어 놓은 옷 같다고 말한다. 미이(ミイ)의 붉은 뺨은 작은 난로暖爐 같다고 말하면 고다마는 미이의 요람搖籃 위에 무지개가 걸려있다고 말한다. 북성관北星館의 2층에서 이러한 풍風의 사치스런 잡담이 때때로 교환되는 것이다. 그가 도기陶器의 시詩를 썼을 때 나는 붉은 벽돌의 시詩를 썼다. 그가 눈물로 찾아오면 밤새 이야기할 각오覺悟를 한다.
 「시詩는 연보라색 공기空氣를 마시는 것이거늘」이라고 그가 나름대로의 정의定義를 내렸을 때
 「시詩는 개를 애무愛撫하는 것이거늘」이라고 내 멋대로의 정의定義로 맞받아쳤다.
 개를 사랑하는 데 그리스도는 필요必要하지 않다. 우울憂鬱한 산책자 정도가 좋은 것이다.

 마쓰야마(松山)의 민요民謠는 좋단다. 모두가 그렇게 말한다. 나도 좋은 것 같은 느낌이 들었다. 그 스스로도 하쿠슈(白秋)와 우죠(雨情)의 중간은 간다고 말한다.
 그리고 겨울방학 동안에는 자작민요自作民謠 작곡作曲을 부탁해서 바이올린 켜는 사람을 데리고 기旗를 들고 노방路傍에서 노래 부르며 돌아다닐 거라는 훌륭한 계획計劃을 말했었다.
 나와 같은 사람에게는 조금도 가능성이 없는 이야기지만 그는 어딘가 상냥한 불량소년 같은 느낌이 드는 남자다. 그 눈이 좋다. 전체全體적으로 금붕어 같이 벌벌 떨며 조금도 안정을 찾지 못하는 모습이 귀엽다.

다양한 남자가 모여 있다. 덩치에 어울리지 않게 외로워하는 남자 야마모토(山本)가 있는가 하면 「아아 카페 구석에 두고 잊어버린 혼魂이 지금 연인을 자꾸만 찾는다!」라고 신新미래파*처럼 구는 마쓰모토(松本)가 있다. 그는 이야기 중에 볼품없는 장발長髮을 멧돼지처럼 파헤치는 버릇이 있다.

어쨌든 우리들은 힘내면서 간다면 좋다. 요즈음 시작詩作을 내어도 바보 취급받을 수 있다. 하지만 우리가 먼저 바보 취급해서 써버리면 되지.

(지용**)

---

* "末來派"는 '未來派'의 오기로 보임.
** "ショー"는 'ジョン'의 오기로 보임.

停車場*

　停車ぢやうへ行けば　こゝろが　かるくなる。見も知らぬ人びとの間に肩をならべ腰をすゑると　つかれた　こゝろ　いつそう淡くなる。異國の旅空では停車場の待合室が不思議な家庭のやうにたまらなくなつかしい。
　だれも　みな　あわれつぽく　淋しいさうな善良な顔ばかり、惡い人間といへば　ひとりすらもないと思はれる。おのおのの人がみな何にかいいものを　ほしがるやうな　そのいいものが　充されさへすればたゞちに雀つこのやう　うれしがつて躍り出すばかりの單純な表情をしてゐる。
　さまざまの懇々と語る言葉や訛りに　きゝもらさぬやう耳を　そらして聽く。べつだん深い意味があるでもなく　人間は唯めぐりあつて　唯別れるといふ　さとしを　なんでもない人達の　なんでもない言葉で言ひあらわされる。その言葉の一句一句がそのまゝ詩に移されさうでならない。

　自分は　いつものマント襟をしめながら　えんえんと燃える　ストーヴに見入る。はげしい火焔のまんなか　なほ　そのまんなかの所を　じつとみつめてゐると　愛と　孤獨と　人間の　悽惨じき黄金像が　ゑがかれる。いよいよ感激の度がまさつてくる。いよいよ頬がほてられてくる。立ち上つて誰かをさがすばかりに　すみずみまで　うろつく。
　さまざまの顔に照らされるのが　こんなになつかしい。こんなにも　さびしい。
　それらの　きものゝすそに　いちいち　すがりついて見たくなる。その素朴な膚にさわつて見たい。はだ。はだ。すつぱだかな　人類の膚でな

---

* "せんちめんたるなひとりしやべり"(센티멘탈한 혼잣말)이라는 표제가 있음.

ければ どうして此のくるほしい愛が語られやう！雖へそれが羅紗賣りの露西亞人 民國人 印度人であらうが もう大分なれきつてゐる 日本人であらうが しんから たまらなく なつかしい。頭をいつしよに くつゝけさへすれば子供らのやう すやすやと眠れるさうでならない。

　いつ知らず時間になり どざどざと みな改札口へと急ぐ。きふにあわたゞしくなり自分は これら人びとの中に消えさうにして入りこまれて動き出した。おちついて なほ思ひ續けやうとする。今 黒マントのうらより 悲しい朝鮮の心臓が一つ しきりに 銀時計のやうに おのゝく。

——『自由詩人』4호, 1926.4, 20~21쪽.

정거장停車場

정거장에 가면 마음이 가벼워진다. 낯선 사람들 사이에서 어깨를 나란히 한 채 자리 잡고 앉으면 지친 마음 한층 더 엷어진다. 이국異國 하늘 아래 정거장停車場 대합실待合室이 묘한 가정家庭처럼 참을 수 없이 그립다.

누구나 모두 처량하고 쓸쓸한 듯한 선량善良한 얼굴뿐, 나쁜 인간人間을 말할 것 같으면 단 한 명도 없는 것 같다. 제각각의 사람이 모두 무언가 좋은 것을 바라는 듯한 그 좋은 것이 충족되기만 한다면 곧 새끼 참새처럼 기뻐하며 춤추기 시작할 듯한 단순單純한 표정表情을 하고 있다.

간곡히 이야기하는 다양한 말이나 사투리를 놓치지 않으려고 귀를 기울이고 듣는다. 특별히 깊은 의미意味가 있는 것도 아니고 인간人間은 그저 우연히 만나서 그저 헤어진다고 하는 교훈을 아무것도 아닌 사람들의 아무것도 아닌 말에서 드러낸다. 그 말의 한 구절 한 구절이 그대로 시로 옮겨질 수 있을 것 같다.

나는 즐겨 입는 망토의 깃을 여미며 계속 타오르는 스토브를 응시한다. 세찬 화염火焰의 한가운데 더욱이 그 한가운데를 응시하고 있으면 사랑도 고독孤獨도 인간人間의 처참悽慘한 황금상黃金像이 그려진다. 더욱 감격感激의 정도가 더해진다. 더욱 뺨이 달아오른다. 일어서서 누군가를 찾는 것처럼 구석구석까지 헤맨다.

다양한 얼굴에 비춰지는 것이 이렇게 그립다. 이렇게도 쓸쓸하다.

그들의 기모노 옷자락에 일일이 매달려 보고 싶어진다. 저 소박素朴한 피부를 만지고 싶다. 피부. 피부. 알몸인 인류人類의 피부가 아니라면 어찌 이 미칠 것 같은 사랑을 말할 수 있는가! 만약에 그것이 나사羅紗를 파는 노서아인露西亞人 민국인民國人 인도인印度人이든지 이제 꽤 익숙해진 일본인日本人이든지 진심으로 참을 수 없이 그립다. 머리를 함께 맞대기라도 한다면 아이들처럼 새근새근 잠잘 수 있을 것 같다.

어느새 시간이 되어 우르르 모두 개찰구로 서두른다. 갑자기 분주해지자 나는 이 사람들 속으로 사라지려고 비집고 들어가 움직이기 시작했다. 침착하게 생각을 계속 이어가려고 한다. 지금 검은 망토 안쪽에서 슬픈 조선朝鮮의 심장心臟이 하나 자꾸 은시계銀時計처럼 떤다.

退屈さと黑眼鏡*

　人は何時も　おんなしいやうなことを　しやべつたり　おんしいやうな罪のないくせを遠慮なくあらわしたり　さゝやかなことに感激しあつたりして御互ひをつからせる。大事に築きあげられた友情の塔が突差の間にむさんに　くづれることもしばしばある。人間の息と息が御互ひを退屈にさせる動物的な毒素を含んでゐるかと思はれる。いくら美しい詩が語られたり立派な理想に共鳴しあつたり氣焰をあげたりしても畢竟　なんにもつかむ所なく錆をかじつたやうに不快になつてしまふ。いつか自分は或る人より「同志よ！」と手がつぶれるばかりに握られたことがあるが　その時まつ先に弱つたのが自分の　せんちめんたるな手であつた。手はどんな場合にも邪魔になる。こうなると　澁い茶でも啜つて　じつとしてゐないと精力が激しく放散してしまひさうな苦痛がよつてくる。しかし何んにも言はず　だんまり狂言の威勢をはつてゐる氣味の悪い猫のやうに落ちついた男と女ほど怖いことはない。こういふ人間と　横着な日髪をはやし黑眼鏡をかけて　うろうろしてゐる　おやぢになると　いつさんに逃げて隱れたくなる。

―『自由詩人』4호, 1926.4, 21～22쪽.

---

* "せんちめんたるなひとりしやべり"(센티멘탈한 혼잣말)이라는 표제가 있음.

따분함과 검은 안경眼鏡

　사람은 언제나 똑같은 것을 말하거나 똑같이 결백한 상태를 기탄없이 드러내거나 사소한 것에 감격感激하거나 해서 서로를 지치게 한다. 소중하게 쌓아올린 우정友情의 탑塔이 갑자기 셀 수 없이 무너지는 일도 종종 있다. 인간人間의 숨과 숨이 서로를 따분하게 만드는 동물적動物的인 독소毒素를 품고 있는가라는 생각이 든다. 얼마나 아름다운 시詩를 말하든지 멋진 이상理想에 공명共鳴하든지 기염氣焰을 토하든지 해도 필경畢竟 아무 것도 쥐는 것 없이 녹을 갉아먹은 것처럼 불쾌不快해진다. 언젠가 나는 어떤 사람으로부터 「동지同志여!」라고 손이 찌부러질 정도로 잡힌 적이 있었는데 그 때 무엇보다도 약弱해진 것은 나의 센티멘탈한 손이었다. 손은 어떠한 경우에도 방해가 된다. 이렇게 되면 떫은 차茶라도 홀짝거리며 꼼짝 않고 있지 않으면 정력精力이 급격하게 방산放散해 버리는 것 같은 고통苦痛이 몰려온다. 하지만 아무것도 말하지 않고 과묵한 광언狂言의 위세威勢를 떨치는 기분 나쁜 고양이 같은 차분한 남자와 여자만큼 무서운 것은 없다. 이러한 인간人間과 대만한 날머리를 기르고 검은 안경을 쓰고 배회하는 노인이 되면 쏜살같이 도망쳐 숨고 싶어진다.

日本の蒲團は重い*

　似合はぬキモノを身につけ　下手な日本語をしやべる自分が　たえきれなく淋しい。自分ながら感づく位の　激すると　つばたまが飛び散り　鋭くあらつぽい金屬性の　へんな發音が出てくる。獨特な不作法や發作的に手をふるやら　顔肉の筋が激しく伸縮されるなどのくせが出る時に　しんせつな友達の惡意の笑ひと當惑されたやうな氣嫌が伺はれて体の組立が　ばらばらに割れてしまひさうな淋しさで　下宿へ歸つてくる。この　ぼろ見たいな感激性のために　どれほど　いやな目に逢ふのだらう。寢床に入つて考へて見る。今日は一日中曇つた日だ。

　　朝鮮の空は何時も　ほがらかで美しい。朝鮮の子のこゝろも　ほがらかで美しくある筈だ。

　　　やゝもすれば曇りがちな　このこゝろが呪はしい。追放民の種であるこそ雜草のやうな根强さを持たねばならない。何處へ植えつけても美しい朝鮮風の花を咲かねばならない。

　　　　自分の心には恐らく　いろいろの心が　いつしよになつてゐるだらう。そう云ふことが誰にも知られるものでない。肝心な　ママトパパまでが知つてくれないから　いやになる。鷄のこゝろ。兎のこゝろ。男のこゝろ。女のこゝろ。赤煉瓦　陶器のこゝろ。惡黨のこゝろ。狼のこゝろ——その中狼のこゝろが　何もなく餘計に部分を占めて居るやうな氣がしてならない。獨乙あたりの森の傳説に出てくるやうな　氣の毒に飢えた淋しい狼——それが自分である。幸福とさびの感觸——ま白い敷布の上に四つ足を空にしてねころんでゐる狼　しかも此れが　風邪を引き　ものを語り　戀

＊ "せんちめんたるなひとりしやべり"(센티멘탈한 혼잣말)이라는 표제가 있음.

をする畜生となつたら　どんなことになるだらう。狼の頰も赤くなる

　　　　破れた障子の紙が　針のやう冷い風に　ピユルルル―夜中の小唄をうたひ出す。蒲團の奧までもぐりこんで縮まる。……日本の蒲團は重い。

―『自由詩人』4호, 1926.4, 22쪽.

일본日本의 이불은 무겁다

어울리지 않는 기모노를 몸에 걸치고 서툰 일본어日本語를 말하는 내가 참을 수 없이 쓸쓸하다. 스스로 느낄 정도로 격렬하게 침이 튀기며 날카롭고 거친 금속성金属性의 이상한 발음發音이 튀어나온다. 독특獨特한 무례함이나 발작적發作的으로 손을 떤다든지 안면근육이 격렬하게 신축伸縮되는 등의 버릇이 나올 때에 친절한 친구의 악의惡意적인 웃음과 당혹當惑스러운 혐오가 엿보여 몸의 조립組立이 조각조각 부스러져 버릴 듯한 쓸쓸함에 하숙下宿으로 돌아왔다. 이 하찮아 보이는 감격성感激性 때문에 얼마나 많은 기분 나쁜 눈과 마주해야 하는가. 침상寢床에 들어 생각해본다. 오늘은 하루 종일 흐린 날이다.

조선朝鮮의 하늘은 언제나 쾌청하고 아름답다. 조선朝鮮 아이의 마음도 쾌활하고 아름다울 것이다.

걸핏하면 흐려지는 이 마음이 원망스럽다. 추방민追放民의 종種이기 때문에 잡초雜草처럼 꿋꿋함을 지니지 않으면 안 된다. 어느 곳에 심겨지더라도 아름다운 조선풍朝鮮風의 꽃을 피우지 않으면 안 된다.

나의 마음에는 필시 여러 가지 마음이 어우러져 있는 거겠지. 그러한 것은 그 누구에게도 알려지지 않는다. 가장 가까운 엄마와 아빠조차도 알아주지 않으므로 싫어진다. 닭의 마음. 토끼의 마음. 남자의 마음. 여자의 마음. 붉은 벽돌 도기陶器의 마음. 악당惡黨의 마음. 이리의 마음——그중 이리의 마음이 왠지 괜스레 한 부분部分을 차지하고 있는 듯한 느낌이 들었다. 독일 근처 숲의 전설傳說에 나올 듯한 애처롭게 굶주린 쓸쓸한 이리——그것이 나다. 행복幸福과 녹의 감촉感觸——새하얀 자리 위에서 네 다리를 하늘로 향하고 뒹굴고 있는 이리 게다가 이게 감기에 걸리고 말을 하고 사랑을 하는 축생畜生이라면 어떨까. 이리의 뺨도 붉어진다

찢어진 창호지가 바늘 같은 차가운 바람에 횡횡— 밤중 노래(小唄)*를 부르기 시작한다. 이불 깊숙이 파고들어 움츠러든다. ……일본日本의 이불은 무겁다.

---

* 에도(江戶)시대 초기에 유행한 投げ節(なげぶし) 등의 가요 또는 에도시대 말기에 유행한 俗曲의 총칭.(=江戶小唄)

手紙一つ

　　編集部のOさんに。

　冒険のつもりで出して見ましたが、それが、白秋さんのお眼にとまつたやうでした。
　自分の書いたものが綺れいに組まれた活字の香りは戀と皮膚のやうなものでした。
　じつに嬉しうございました。
　白秋さんにお手紙を上げなければならないのですけれども、かういふ、種類の手紙は燈籠に慕ひよる七月の群蛾のやうにおびただしく舞ひこむことでございませう。
　そして淋しく默さつされることもあるでせう。
　お手紙は遠慮致しますから、さういふ、心持もお察して下さい。
　ただ、無口と遠慕で東洋風に私淑させて頂きませう。

　悲しい貝殼が輝かしい水平線を夢みる。

　詩と師は私の遠い水平線でありました。
　何にか詩の時評みたいなものを書くやうにと言はれましたが私はまだ論ずることはできません。いきなり詩人になつて、いきなり論ずるやうなことは、いきなり顔が膨脹することでせう。今に皆喰つてしまふほどのすばらしいことが言ひたいのですけれども、それが、血の昇りがちな二十年代の激情の爲めに青い氣焔にしかなりません。
　青い氣焔はこらへてゐませう。

日本の笛でもお借りして稽古致しませう。

私はどうも笛吹きになりさうです。

戀も哲學も民衆も國際問題も笛で吹けばいいなと思ひます。

黨波と群集、宣言と結社の詩壇は恐しい。

笛。笛。笛吹きは、何處でも、何時でも、居るものでせう。さよなら。

— 『近代風景』 2권 3호, 1927.3, 90쪽.

편지 하나

편집부編輯部 O씨에게.

모험冒險으로 내 보았습니다만, 그것이, 하쿠슈(白秋)씨의 눈에 띄었던 것 같군요.

제가 쓴 것이 깨끗하게 묶인 활자活字의 냄새는 사랑과 피부皮膚 같은 것이었습니다.

실로 기쁨을 느꼈습니다.

하쿠슈씨에게 편지를 올리지 않으면 안 되지만, 이러한, 종류種類의 편지는 등롱燈籠으로 생각하기에 칠월七月의 나방 떼처럼 엄청나게 날아드는 것이지요.

그리고 쓸쓸하게 입을 다물어버리는 일도 있겠지요.

편지는 삼가 하겠으므로, 이러한, 마음도 살펴주시기 바랍니다.

다만, 과묵과 먼 그리움이라는 동양풍東洋風으로 저 흠모하겠습니다.

쓸쓸한 자개가 반짝이는 수평선水平線을 꿈꾼다.

시詩와 스승은 나의 먼 수평선水平線이었습니다.

제가 일종의 시詩의 시평時評 같은 것을 쓰려는 것 같다는 말을 들었습니다만 저는 아직 논論하는 것은 불가능합니다. 갑자기 시인詩人이 되어, 갑자기 논論하려는 것은, 갑자기 얼굴이 팽창膨脹하는 것이겠죠. 지금은 모두 지나갔다 정도의 멋진 말을 하고 싶습니다만, 그것이, 피가 상승하는 이십년대二十年代의 격정激情 때문에 푸른 기염氣焰으로 밖에 되지 않습니다.

　푸른 기염氣焰은 견디고 있습니다.

　일본日本의 피리라도 빌려 배우고자 합니다.

　저는 아무래도 피리 부는 사람이 될 것 같습니다.

　사랑도 철학哲學도 민중民衆도 국제문제國際問題도 피리로 불면되겠지라고 생각합니다.

　당파黨波와 군집群集, 선언宣言과 결사結社의 시단詩壇은 무섭습니다.

　피리. 피리. 피리불기는, 어디서라도, 언제라도, 있는 것이죠. 안녕.

春三月の作文

　僕は山の美の擁護者たるには古典的な奥ゆかしさをかけてゐるのでケーブルが出來て、いいものか、惡いものかを決める事が出來なかつた。
　女性的な山――だといふ。それで僕もしなやかで優しい山を感じ慕うてゐる。
　日本の傳說を象徵する山――だといふ。すべて東方の古へに憧憬れる心でこの山を敬愛する。
　傷つけられる山のために慨嘆して止まない人人の氣持ちも、いつか自分に移つてきたやうな氣がして、いよいよ山のために悲しむ一人になつてしまつた。
　山の歷史を說明して貰ふ。山の歌人や法師のことを敎へられる。木魚や鐘の音の奧義を聞かされる。
　僕がポール・クローデルの詩が好きになつたりラフカデイオ・ヘルンの態度にもなりすましこむ時はかういふ時である。
　早やう山が癒ればいいな。山は痛くあるだらう。
　あの長く引ぱつた憎く白い所を見せるのは殘忍なことである。
　木を澤山植ゑてあそこをかくしてやれば好い。山の傷　綠色で癒される。
　漱石さんが生きのびてゐられても、もうあゝいふ悠々たる山の紀行は書けなくなるかも知らない。
　見よ。蜥蜴のやうな怪物が山のてつぺんまで一息に上つたり下りたりしてゐるではないか。
　山の朝ぼらけに顏を正すために、山の夕燒けに浴びるために、この怪

物の腸から幾度も運ばれたことがある。

　これは不思議な童謠だ。

　夜の更けた時、遙か頂上で僕の時計は悲しくも整調に廻つてゐた。銀の蟋蟀のやうに、かちかち　山頂の夜を嚙んでゐた。風が矢のやうに流れてゐた。

　さうだ。海拔三千呎の頂上で僕は借金の證文を否認する。でも時計の廻らぬやうな頂上はあるまい。ここでも星は遠く歌はねばならぬのか。

　これは不思議な童謠だ。

　僕は山のためにもう憤慨しなくてもいゝ。

・

　年取つた雌鷄の格好を可笑しいと思はぬか。どう見ても纖細な想像や情緒で動くやうには思はれない。しりつぽの不風流といつたら、さながら肥滿した老婦人のスカアトを擴げたさまである。首のふり方も、コッコッと鳴く音も、艶々しい所は一つもない。あの歩く風采といつたら悲しい女性の運命のやうなものである。僕は年取つた雌鷄の後ろを見送つてゐるうちに途方もないサンチマンタルを働かすことがある。

　けれども春三月になつてから可愛いゝひよこの群れを懷へた姿を見給へ。若いお母さんになつてゐるではないか。例のしりつぽも母性の調和がとれて少しも輕べつの念が出られる所か、すべて保護と愛が拂はれるだらう。

　姉さま。私達もやがて格好が惡くなりますよ。

　可愛いゝ赤ちやんを早やう儲けなさいね。トマトのやうな兎のやうな赤ちやんを。

・

　姉さまは僕の信心深くないことを非難する

孔雀が羽を擴げるやうな僕の詩情を、イムポライットな振舞ひを非難する。深刻さを思慮と上品さを要求せられる度に輕い血が上の方に流れるのを感じる。

　姉さま。僕は哲學や宗教や品行の以前——少くとも野蠻な狀態。紫色の時代にゐるのであります。私達は愼重である前に先づ如何にして空氣の中で自由であり得るか、稀れに出食はされるビーフティツクの切れが如何に物足らぬものであるかが問題であります。

　ややもすれば演說に脫線する折、姉さまよりお祈りを强ひられる。あの額の大理石色の緊張さと不思議にも神性で朗朗たるお祈りの聲で僕はいよいよ小さい惡魔にされる。

　神さま。姉さま。僕は決して惡い人ではありません。

—『近代風景』2권 4호, 1927.4, 69~70쪽.

춘삼월春三月의 작문作文

나는 산의 아름다움을 옹호擁護하는 것에는 고전적古典的인 우아함이 없기 때문에 케이블이 생겨서, 좋은 것인지, 나쁜 것인지를 결정할 수 없었다.

여성적女性的인 산──이라고 한다. 그래서 나도 나긋나긋하고 아름다운 산을 연모한다.

일본日本의 전설傳說을 상징象徵하는 산──이라고 한다. 모든 동방東方의 옛것에 동경憧憬하는 마음으로 이 산을 경애敬愛한다.

상처받은 산을 위해서 개탄慨嘆을 금치 못하는 사람들의 마음도, 어느샌가 나에게 옮아온 것 같은 느낌이 들어, 마침내 산을 위해서 슬퍼하는 한 사람이 되어 버렸다.

산의 역사歷史를 설명說明해준다. 산의 가인歌人이나 법사法師를 가르쳐 준다. 목탁이나 종鐘소리의 오의奧義를 들었다.

내가 폴·크로데르(Paul-Louis-Charles Claudel)의 시가 좋아진다든지 카프카데이오·헤른(小泉八雲)의 태도態度를 흉내 내는 때는 이러한 때다.

빨리 산이 나으면 좋을 텐데. 산은 아파하겠지.

저 길게 펼쳐진 미운 흰 곳을 보이는 것은 잔인殘忍한 일이다.

나무를 많이 심어 저기를 숨기면 좋겠다. 산의 상처 녹색綠色으로 치유한다.

소세키(漱石)씨가 살아있었더라도, 정말 저런 끝없는 산의 기행紀行은 쓰지 못할지도 모른다.

보라. 도마뱀 같은 괴물怪物이 산 정상까지 단숨에 오르내리고 있지 않는가.

산 여명에 얼굴을 고르기 위해, 산 저녁놀을 쬐기 위해, 이 괴물怪物의 창자에서 몇 번이고 옮겨진 적이 있다.

이것은 신비로운 동요童謠다.

밤이 깊어졌을 때, 아득한 정상頂上에서 나의 시계時計는 슬프게 조율하며 돌고 있었다. 은銀귀뚜라미처럼, 재각재각 산정山頂의 밤을 맞물고 있었다. 바람이 화살처럼 흘러갔다.

그렇다. 해발海拔 삼천三千피트의 산정山頂에서 나는 차금借金증서를 부인否認한다. 하지만 시계時計가 돌아가지 않는 산정山頂은 없을 것이다. 여기에도 별은 멀리서 노래 부르지 않으면 안 되는가.

이것은 신비로운 동요童謠다.

나는 산을 위해 더 이상 분개憤慨하지 않아도 된다.

·

나이 먹은 암탉의 모습을 이상하다고 생각하지 않는가. 어떻게 보아도 섬세한 상상想像이나 정서情緒로 움직이는 것처럼은 보이지 않는다. 꼬리의 멋없음이라 한다면, 흡사 살찐 노부인老婦人의 스커트를 펼친 것 같다. 머리를 흔드는 모양도, 꼬꼬라는 울음소리도, 요염한 곳은 한군데도 없다. 저 걷는 풍채風采를 말할 것 같으면 슬픈 여성女性의 운명運命같은 것이다. 나는 나이 먹은 암탉의 뒤를 배웅하는 동안 터무니없이 센티멘털을 보인 적이 있다.

하지만 춘삼월春三月이 되어서 귀여운 병아리 무리를 거느린 모습을 보라. 젊은 엄마가 되어 있지 않은가. 예例의 꼬리도 모성母性의 조화調和가 이루어져 조금은 들뜬 다른 생각이 드는 것일까, 모두 보호保護와 사랑을 받고 있구나.

누님. 우리들도 머지않아 모습이 안 좋아지겠죠.

귀여운 아기를 빨리 얻으세요. 토마토 같은 토끼 같은 아기를.

·

누님은 나의 믿음이 깊지 않은 것을 비난非難한다

공작孔雀이 날개를 펼치는 듯한 나의 시정詩情을, 버릇없는(impolite) 행동을 비난非難한다. 심각深刻함을 사려思慮하고 고상함을 요구要求하시는 정도로 가벼운 피가 위를 향해 흘러가는 것을 느낀다.

누님. 저는 철학哲學이나 종교宗敎나 품행品行 이전以前──적어도 야만野蠻적인 상태狀態. 자색紫色의 시대時代에 칠합니다. 우리는 신중愼重하기 전에 우선 어떻게 해서 공기空氣 중中에서 자유自由로울 수 있을까. 드물게 대접받은 비프스테이크 조각이 얼마나 부족한 것인가가 문제問題입니다.

자칫하면 연설演說에서 탈선脫線할 경우, 누님은 기도를 강요합니다. 저 이마의 대리석색大理石色의 긴장緊張과 신비롭게도 신성神性하고 낭랑朗朗한 기도 소리에 나는 점점 작은 악마惡魔가 된다.

신神이여. 누님. 저는 결코 나쁜 사람이 아닙니다.

영문 졸업 논문

The Imagination in the poetry of William Blake,

英・三
鄭芝溶

The Imagination of William Blake.

Tei shi yō.

Those who read through the poetical works of Blake will feel the various changes and development between his earlier works in which he sung beautiful joy as 'To Spring' and the later hard works such as 'The Ghost of Abel'. Moreover, the changes and development are very original, very different from the cases with other poets. So his poetry may be studied from various points of view but I shall try to study from Imagination which he always admired.

At the beginning we should remember that he set out in his sensitive youth, yearning after Michael Angelo as incomplete painter. But his quality was not contente with being a mere painter but longed to harmonize and fuse the greatness as a painter and the greatness as a mystic poet. He accomplishes his desire to make his poems hard to understand. He was not contented with it, but wished to become — though unconsciously a philosopher. Such a wish, such an inclination in his thought from his temperament, was to lead him to his own ruin. Art and the modes of mysticism can not fuse metaphysically. He dared the difficult attempt only to make the thoughts in his poems more complex and harder to understand. Such inclinations appear markedly in his later works and he expresses in his poems his own agony how to to harmonize them and how to express them. It became presently his spiritual agony and made him notice that he can by no means find the proper way of expression in the world in which he lives both in singing and speaking.

Therefore, in the instant an inspiration give him, he interwove the truth or thought which he got from his Imagination into complex and confused symbols. As a painter and mystic poet, he sung only by the power of Imagination, and ascertained what

Browning sung

"What God sees — the Ideas of Plato, seeds of creation lying burningly on the Divine Hand."

Cherished the joy through all his life; without being understood by his contemporaries, lonely left the world yearning after the future. The critical words of Yeats that

"There have been men who loved the future like a mistress, and the future mixed her breath into their breath and shook her hair about them, and hid them from the understanding of their times. William Blake was one of these men"

express very well the chracter of Blake. It was his Imagination that Blake experienced and emphasized, and it makes the key-note of his thoughts and art.

We divide the life of Blake into three periods.

The first period ———— 1989 (First Publication of Songs of Innocence)

The second period ———— 1989–1800 (Removes from Lambeth to Felphams)

The third period ———— 1800–1829.

Temporarily deciding thus, we are going to trace the development of his Imagination.

The first period begins in his 4th year when he cried being surprised at the face of God in window. There must have been some fresh, green hope and expectation for life in the man who led a solitary unknown life wandering in the woods of Symbolism. "Poetical Sketches" "Songs of Innocence" belongs to the works of this period. He saw numerous angels singing at the rising sun in the calm of morning;

Holy, holy, holy, is the Lord God Almighty!

and when Evening Star began to shine with cool breeze at dusk, he caroled,

> Thou fair-hair'd angel of the evening,
> Now, whilst the sun rests on the mountains, light
> Thy bright torch of love; thy radiant crown
> Put on, and smile upon our evening bed!

And saw an angel with beautiful hair. It was the cause of strange vision and imagination that which was taken for a ball of fire or golden rivet. For him this world was the world of Vision and Imagination. Therefore he says:

> To the eyes of the Man of Imagination Nature is Imagination itself.

The modes of Blake's Imagination are very important for his poetry, and took the lead of romantic poets burning with freedom and passion, such as Wordsworth, Shelly and Keats. He set free the tendency of preponderating intellect in the 18th century by the power of Imagination he trusted. He say about Wordsworth:

> Natural objects always did and now do weaken, deaden and obliterate imagination in me. Wordsworth must know that what he writes valuable is not to me in Nature.

If things in Nature were created by the devil, and were opposed to Imagination, why did the sun and trees and grass cause in him strange Visions? Because, I think, he felt a very strong temptation in the outer forms of Nature which are too complete to have no room to be recreated as a painter and poet. Other simple poets feel strong love in the outer forms of things in Nature. Perhaps he warned Wordsworth because one who deals with the surface of objects too much is apt to fall in intellectualism, materialism. His blame against Nature is, from the view-point of his own Imagination, is secret admiration of her.

Visions of God, saints, and famous old poets frequently haunted him. When he was learning drawing under James Basire, an engraver, he sketched for many hours the ancient gravestones at the Westerminster Abbey. Blake's Gothic taste was nourished chiefly in that time, and Westerminster Abbey might have given him the mysteries of the old cathedral which causes many vision and imagination. Thus he saw Christ and his Apostles and he heard the chorus of angels. His friends and biographers tell us that his vision or rather fantasy visited him not only in his dreamy boyhood and youth but through all his life. Those who read his letters and poems know it was true, and perceive that the vision grew stronger and clearer as he advanced in his age till it became the ground force of composing his character, thoughts, and arts. They know that he decisively refused to deem his own vision as an objective, or external being; and observe Blake in his works who is insisting that Imagination is a truth; and feel themselves led into his insisting that Country of Mystery, as they read what Blake watched "not with but through his eyes."

Therefore Blake's Vision changed all, even the universe into human figures, (Letter to Butts. Oct, 2, 1800) any material image did not reflect in his eyes, and he perceived the real form and truth hidden behind material objects. Such vision Blake divided into four classes; among the "Four Zoas." The first is Single Vision, which comes from senses themselves,

The second is Double Vision, being the combination of the Vision that comes from mere senses and intellectual appreciation. The third Threefold Vision is the fusion of Double Vision and emotional value, and the fourth Fourfold Vision is that which adds spiritual interpretation to the third vision. He says to Butts:

> Now I a fourfold vision see,
> And a fourfold vision is given to me;
> 'Tis fourfold in my supreme delight,
> And threefold is soft Beulah's night
> And twofold always. May God us keep
> From single vision and Newton's sleep.
> — Letter to T. Butts, Nov. 22nd, 1802.

Most poets in the 18th century composed poems with the Single Vision. According to Wordsworth, such poems are composed with Fancy, not with Imagination. Blake prays God that he may not troubled by Single Vision. But it is the case when one describes a thing with one or two words as one pleases; and it is the same as to prove that one may draw an object using a few paints and lines. We find such sketches in the poems in his youth.

> When silver snow decks Susan's clothes
> And jewel hangs at th' shepherd's nose,
> — Poetical Sketches; Blindman's Buff

Even in later works such as 'Vala', 'Milton', we find such descriptions which is only sketches. (Four Zoas, Night I, 176; Milton, p. 24, 25). Through his works we find that there are very few scenery sketches as we see by our eyes even when they are very closely related with material things. Such lines will not exceed a hundred in the whole poems. They will notice that 'Blindman's Buff', 'Island in the Moon' belong to such poems.

Artistic cristic blames him that he describes too freely according to his Imagination, disregarding the structure of human body or with too brief style. But it was dificult for Blake to see things without Imagination, and he changed unconsciously the shapes and colours of objects with Imagination.

He observed the spirit latent in any material phenomenon. Blake called such Imagination Twofold Vision and sang 'a double vision is always with me', keeping it alive through all his life. It is a normal condition for a man who does not fall into 'Newton's sleep'.

With my inward eye, 'tis an old man grey;
With my outward a thistle across my way.
— Poems from Letters, 716.

I see everything I paint in this world, but everybody does not see alike. To the eyes of a miser a guinea is far more beautiful than the sun, and a bag worn with the use of money, has more beautiful proportions than a vine filled with grapes. The tree which moves some to tears of joy is in the eyes of others only a green thing which stands in the way.
— Letter to Dr. Trusler, Aug. 1799.

Show his own peculiar view of double vision.

The faculty of this double vision causes Blake to have a firm belief that under all natural phenomena, mysterious creatures exist, and turns the cosmos poetic. Songs in 'Poetical Sketches', 'Songs of Innocence' express the characteristics markedly. Blake watched the Goddess of Spring in dewy locks and with angel eyes approaching silently to awaken the sleeping earth, and he hears even the voice of joy of the hills that felt the visit. (Spring, poetical sketches). Morning is a girl in white robe who rouses the sleeping Dawn and ushers the Sun in. (To morning) Watching the sheep sleeping in the field, he turns them into the incarnation of God to clone and admire, singing. "little lamb, God bless thee!" (The Lamb, Songs of Innocence) And he felt the lily-of-the-valley, to be a gentle girl standing by a brook in a calm valley, took the floating cloud for a little wing, and regarded crawling insects as naked, pitiable babies. In the illustrations of Prophetic Books, he represents the Sun as an angel riding on a chariot, and the moon is drawn about in the sky by fairies.

His eyes did not see Nature nor the world. The scenery and flowers and beasts that he draws are not of the earth, trees are drawn as the ornaments for pictures and poems, the sun and moon that he draws are sinking at the same time, in the same direction, and numberless stars are placed so low as human hands can touch them. He looks upon the reality with scorn as a Mystic, and lay great store on his Imagination only.

His Imagination influenced by his own mysticism made his soul penetrate into all things and gave life, love and activity to the lifeless. Pitiable insects spoke their joy and sorrow in subtle words. Moreover, Blake thought that the soul of lilies and lambs are of the same value as that of oaks and lions.

> If thou art the food of worms, O virgin of the skies
> How great thy use, how great thy blessing.
> — Book of Thel.

Most parts of 'Poetical Sketches' and 'Songs of Innocence' are sung with this powerful Imagination of his.
But Twofold Vision did not give contentment to him. It is perhaps because his quality as a Mystic was stronger

than the quality as a poet. He saw eternal world behind this world that is limited by time and space. It is the world that we can see only when we enter the gate of Death. But he went into this world and brought back "Threefold Vision" and "Fourfold Vision" which may be called "Flower of Eternal Life" and always felt their subtle fragrance. Therefore he saw the land of mystery, land of God and angels, what he calls Beulah which more sensible poets could not see in the inner meanings of objects and phenomena, and he felt the mysterious power reigning over them all. And it is when his Imagination reaches its culmination that he leaves this world to dwell in the eternal world. Things created by such Imagination at its culmination is no longer personification of material objects, expression of the spirit of lifeless beings, a train of metaphors. He creates things through his brain and comes out from nothing. Blake thought such imaginative tendency indispensable for true arts. He says,

　　　　The man who never in his mind and thoughts
　　　　travelled to heaven is no artist. — Reynold's Discourses

Such Threefold Vision are sung in the poems from the end of the first period to the second period; a part of 'Songs of Experience', earlier works in 'Prophetic Books' such as 'Marriage of Heaven and Hell', 'French Revolution' 'Song of Liberty', 'Urizen', 'Europe', belongs to this sa:
　And in the works of this period, especially in 'Prophetic Books', Imagination is expressed with the words 'Poetic Genius' and it is represented as the idea of the Spirit of Prophecy, the source of all knowledge. This shows that his Imagination is gradually strained, I think.

　　　　That the Poetic Genius is the True Man, and that the
　　　　Body of Outward Form of Man is derived from the

poetic Genius. Likewise that the forms of all things are derived from their Genius which by the Ancients was call'd an Angel and Spirit and Demon. —— All Religions are One, Principle I.
The Religions of all Nations are derived from each Nation's different reception of the Poetic Genius which is everywhere call'd the Spirit of Prophecy.
(Ibid, Principle V.)

Blake suggests that Poetic Genius is God as a mystic poet. All philosophy and religions come from this Poetic Genius, and their various sects are to adjust them for different nations and individuals. Poetic Genius is the centre of men's individuality, and the outward shape of human body comes from Poetic Genius, that is, soul makes body. Therefore it may be said that

As all men are alike in outward form; so with the same infinite variety all are alike in Poetic Genius.

Also Universal Poetic Genius exists, from which come Poetic Genius of each individual and the philosophy and religion said above. The voice of this Genius is sobre and poets in such sense is what Blake calls prophets. Blake thought himself as a prophet and named a part of his book "Prophetic Books". The Imagination of religionists is called prophecy or revelation and a prophet is only to convey the command of The Providence. But the Prophet of Blake, as said above, is a poet who can look into the eternal truth by the power of Imagination only. Prophets in such an instant may foresee in the Future. Blake finishes "French Revolution" and "America" with the strange foreseeing lines. He asserted that Bible came directly from Poetic Genius, and we can write such books only when we have inspirations which are not perceptible with our senses.

Thus Blake's Imagination gradually developed systematically till in the 'Marriage of Heaven and Hell' it is much strained and he speaks of the certainty of super-sense perception and maintained that the perception got through senses are wrong. (A Memorable Fancy). God is Imagination and Poetic Genius. Poetic Genius is the Ultimate God, from which all other Gods derived. He believed that all are accomplished by this Imagination or 'firm persuasion'. He quoted "If ye have faith as a grain of mustard seed, ye shall say unto this mountain, Remove hence to yonder place; and shall remove; and nothing shall be impossible unto you." (ST. Matthew XVII, 2c and prove it. The faith that "God is truth" is expressed in his voice and presently God appears on Blake himself. He, reaching at last to such a point, speaks with Isaiah and Ezekiel and explained by the conversation that their appearence is not at all false. (Marriage of Heaven and Hell, Second Memorable Fancy). Such things are possible to occur by the Imagination of Blake. He expresses his sorrow that the age has already passed for the people of the world and says, "Many are not capable of a firm persuasion of anything".

In 'Milton', poetic Spirit Los entered entered into the body of Blake and he at once experience the eternity in the universe Blake calls Los 'Eternal Prophet' and says his poems are always truth as they are sung by the inspiration of Poetic Genius, and he sings.

I am inspired! I know it is Truth; for I sing According to the inspiration of the Poetic Genius, Who is the eternal, all-protecting Divine Humility,

'To Whom be Glory and Power and Dominion Evermore Amen
             Milton, BK 1, PP. 11, 1

And in 'Reynolds' Notes' he writes that the people in antique did not doubt at all the vision of God and Revelation, and that Plato and Milton believed that God really visited them. The Last Judgement is Vision itself, not a fable or irony. Fables and metaphors are made by memory, which visions are caused by Daughter of Inspiration.

In 1993, when his mother died who were always tender to him, though she scolded him who said that he had seen Ezekiel and God, Blake removed to Lambeth. This period in Lambeth saw the publication of 'Song of Experience' and poems concerning America, The Book of Urizen, Los, Vala in 'Prophetic Books', but there was a calmness before the coming third period in which he composed 'Milton' and 'Jerusalem', and his imagination did not develope so much.

But in October, 1800, he removed to Felpham and began to revise 'Four Zoas' which may be called 'Divine Humanity' most properly. He always kept in his brain clearly such vision of God, and he sang of the Gods under it

    ----- that Ideas themselves (which are
          The Divine Members) may be. —Milton 16, 35, 5

And each of them has human shape and eternity. And, moreover, these Gods or Ideas have the Uniformity to be fused into one. He developed this imagination further into Nature.

          To see a World in a grain of sand,
    -- -- And a Heaven in a Wild Flower.

> Hold Infinity in the palm of your hand
> And Eternity in an hour.   —Auguries of Innocence

Blake's Imagination sang the world of 'the grain of sand' with words tainted with mysticism, yet it did not stop in Pantheism with which ordinary mystics are apt to see gods in Nature. He scorned those men as Atheists, and, approaching the temple of God far away, he sings

> ------ the diamond which, tho' cloth'd
> In ragged covering in the mine, is open all within
> And in his hallow'd centre holds the heavens of
>   bright eternity.
>   —Milton 27: 36-38.

Here also we shall feel the development of Blake's characteristic Imagination. To him every object in Nature was a part of God and a part of Humanity. He sang 'man anciently contain'd in his mighty limbs all things in Heaven and Earth,' (Jerusalem 27) and seeing roses, he denied that they are the symbol of love, and imagined that they were a part of human heart. Nature is nothing but the mirror of man and the world that we see is the outwardly expressed inner truth which is a part of Humanity. Therefore, as his Imagination develops, his view of Nature changes gradually and his symbolism increases in its complexity. He send the following letter to T. Butts, when he was removed to Felpham,

> Work will go on here with God-speed. A roller
> and two harrows lie.

In Zoas; he constructed the outlines of his philosophy and symbolism, and now he gave those outlines changes and condensed the meaning of Eternity, giving development to the meaning of Imagination.

His creeds which we expressed with the words Poetic Genius & Imagination in 'Milton' and Jerusalem, became of more wide meaning and was used for the definition of 'the nature pure being'. Imagination is the substance of God, and is the world true and eternal.

> Imagination, the real and eternal world of which this Vegetable Universe is but a faint shadow, and in which we shall live in our Eternal or Imaginative Bodies, when these Vegetable Mortal Bodies are no more.
> —Jerusalem, To the Christian.

Again, he says that it is "human Existence itself". Perhaps he noticed that the 'human' crept stealthily into his too parnassian Imagination, leaving pain and penitence behind it, and so he put the idea of 'human Existence' into his Imagination. This may be called the progress of his Imagination. He used the words 'Divine Vision, Divine Body, Jesus' to express such Imagination. "To destroy Imagination, the Divine Body by martyrdom and wars (Jerusalem 74, 13) and "The Holy Word that walked among the ancient trees" in the preface to 'Song of Experience' show that Jesus and Spirit of Poetry are equal.

Imagination was common to God and man. Therefore he denied the ordinary divine transcendental idea. Blake often used the word 'Human' when he worked with Imagination in such meaning.

> ------ according to the wonders Divine
> of Human Imagination   —Jerusalem, VI

He declares that in his Imagination is the word 'Human'. The Vision of God always takes the human shape to him. But "before my window, I met a plough on my first going out at my gate the first morning after my arrival and the ploughboy said to the ploughman, 'Father the gate is open", beyond such a word, is the Gospel to the Imagination of the third period and with this vision he could produce such great works as 'Four Zoas', 'Milton', 'Jerusalem'.

He relates that it must be the proof of genius to be able see every objects got by the Imagination as clearly as to see the lines, shapes, colors in the material world. (Descriptive Catalogue No. IV in Gilchrist)

The next development of his Imagination had the mode of supersense vision, which was produced over the acknowledgement of the Identity of the Universe and man. Here is the complexity of mysterious odour which may be felt in many passages through the poems of 'Jerusalem' and 'Milton'. Viewing one thing from many sides, he describes it in too incomplete words for him. We perceive that two confronting thoughts run in the works of Blake through his tumultuous, vague comments upon life. One thought makes up another. The riddle of human life. The elementary contradictions of human life, or the two sides of human life that he sang in 'Songs of Innocence' and 'Songs of Experience', these were the sad fact that he could not but realize. Year after year his thoughts became more complex, and even the flash of the elementarily contradictory thoughts appeared in his poems.

The strength of his revelation or his Imagination often with joy, led him into the ecstacy of the socalled 'Divine Madness' or plato's 'inebriation of Reality'. He writes to Hayley, after the re-appearance of Vision which did not come to him for so long an interval, and says:

Dear Sir, excuse my enthusiasm or madness, for I am really drunk with intellectual vision whenever I take a pencil or graver into my heart.
—Letter, Oct, 23rd, 1804.

such condition occurs when his Imagination appears most strongly, and it is what he calls Fourfold Vision corresponds to the fourfold distinction of Divine Nature, Father, Son and Spirit. The fourth Spirit is often used as God's Imagination and Boehme called it 'Looking Glass' or 'Mirror'. Blake thought that the expression of truth is impossible without this. He gave to these four the names 'Urizen', 'Luvah', 'Urthona', 'Tharmas' and personified them. When each of these four elements is condensed and limited, they take the forms of Reason, Emotion, Energy and Sensation (Ref. Four Zoas). To them Boehme gives the names of Contradiction, Expansion, Rotation and Vegetable Life. Blake could analize his Vision and carried it always in his heart, and contracted the analized Vision as he pleased. Thus his Songs in 'Four Zoas', 'Milton' and Jerusalem have manyfold meanings in the meaning and may be interpreted in many ways.

A Spirit and a Vision are not, as the modern philosophy supposes, a cloudy vapour, or a nothing. They are organised and minutely articulated beyond all that the mortal and perishing nature can produce. He who does not imagine in stronger and better lineament and in stronger and better light than his perishing and mortal eye can see, does not imagine at all. The painter of this work asserts that all his imagination appear to him infinitely more perfect and more minutely organized than anything seen by his mortal eye. Spirits are organized men. ── Descriptive Catalogue IV.

Therefore we find what is the same with solidness and strength that we feel in our contact with things, in the representation of Imagination or his poems and pictures. We see the illustrations of Book of Job, Blair's Grave, or Dante, and we perceive how the soul of a man, fairies, angels, and gods appeared to him in real vision.

are found in the visionary scenes. Los who works at the workshop and makes Golgonoza, and Vala who is gentle but guilty are the good examples of this. We feel that those mythological characters display and exhibit the power of Blake's Imagination. Yet the strong power of his Imagination produ[ces] a world as in reality which is quite different from the world of us limited with time and space. We cannot imagine at all the terrible world of Urizen and the merry paradise of Beulah or the shapeless creatures like the spirits that appear in Prophetic Books.

Notwithstanding such powerful Imagination, we can trace its defects in his poetry and pictures. As the pictures that he drew prove, he saw the vision in fact. But unfortunately his art as a poet was inferior to his art as a painter. He as a painter had to give the shapes and outlines to his own creations that he could not reproduce in his poetry. Various deeds of his mythological creatures are impossible to be expressed clearly each seperately except with illustrati[ons]. We who read Prophetic Books feel that the symbolical creatures appear for a minute and in another minute they disappear in the mist of limitless space. Therefore to exclude the illustrations from his poems are only to mak[e] his vision and thoughts incomplete.

Is such the direct influence of his mystical thoughts. Mystics and prophets, such as Isaiah, Dante, Milton, explains in their works the land of mystery and dream so as to cause the same feeling as in this world. Why do we not get the same impression when we read Dante's pradi[se] after reading his Inferno or Purgatorio? We cannot imagine the ocean, mountains and creatures as we do not see at all as in Blake's poetry and pictures. And we may imagine the scene of Hell, but we cannot perhaps imagine the Paradise lying high up in the heaven. Here we feel how poems are hard to understand and complain of the scarcity of their interest. Therefore it is not are hard to understand, no peculiar mysticism that Blake's poems are hard to understand.

Blake's poems always make us feel the fact that he has the accurate observation toward the material world. So there will be none but Blake who can express the various visions that appear in his poems.

The chief characters in the Bible, John, for example, Dante and Milton who saw gods, Heaven and Hell in vision may be called the forerunners of Blake. Dante, as he was the accurate observer of things on the earth, described about God with earthly scenery. Dante never forgot the view on the earth in describing spiritual world. John described the image of God as a man on the earth in the description of his vision. Material world disappeared from Blake's eye when he got rid of Onefold Vision and Towfold Vision, and he rambled in the mist of dawn. Consequently his works became so strange and mystical, that they did not allow us even to imagine. He sometimes created his vision from utterly abstract idea.

Blake's view of the Universe: —— Blake's Universe is eternity itself, and eternity is the only being. The world of Imagination is to Blake the world of eternity. In this world of eternity exist the truth of all things. Man had the same value as the eternity that lives in this and was a part of the unificative life. But such peace cannot be hoped for ever. The realization of his existence that, to use Blake's words "I exist, independently of the body as a whole!" aroused in him. The realization caused the creation of seperation, the making of individuality, and then begins the first degradation from fusion to individual. Blake expresses such condition with Urizen (= Reason). The Urizen is the for of Los (Imagination). As the consequence of this degradation, man was shut up in one's seperate self, and it became difficult to commune with the spirit of the Universe or Imagination, and now the basest senses are working in Nature and remain as the gate leading into the eternity of the universe.

'The only way to go out of the prison of one's self is imagination.' Thus Imagination was the supreme and absolute reality. When we fully perceive the meaning of Imagination, we are able to get rid of the error of mistaking the outward look to be the reality. If we think all material things are symbols, we shall gradually perceive the suggestions or truths that objects give us.

Love and Understanding:—— According to Blake, the most important qualities to man are love and understanding. He says;

"Men are admitted into heaven, not because they have curbed and governed their passions, or have no passions, but because they have cultivated their understanding."
—— Why Men Enter Heaven II, 1-3.

Love springs out from understanding, and understanding is based indeed on Imagination. All merciless, cruel deeds are the sins caused by the lack of Imagination. When we hear

"Each outcry of the hunted Hare
A fibre from the Brain does tear,
A skylark wounded in the wing,
A cherubim does cease to sing." —— Auguries of Innocence

we shall proceed help. It is not caused by religion, duty or reason, but it is our sympathy and love toward the weak. All will be drawn to one who has love and understanding. Dangerous force that comes from bodily strength, desire, knowledge, self, and impurity, will be changed into mighty power to the good in the purity of heart. It was the idea "always to keep one's soul pure" that did not leave Blake's mind. And the purity may be may be got only by Imagination.

We will notice that the spirit of a sacrifice of Christianity is included in the faculty that Blake calls Imagination. In Milto he fully developed the doctrine of the eternal sacrifice :

He says;

'One must die for another through all eternity.'

Reason: — Blake's Imagination as said above, despised all the feelings from our senses, and disregarded all experimental philosophy that start from the reason. The world of phenomena is not real, and "Mental things are alone Real", only Imagination is true. He pointed out that mathematical proof and abstract philosophy are based on foam-like experiences and said that they are gross delusion. Bacon, Newton, Locke, Voltaire, Rousseau were often treated by Blake as heretics. (Jerusalem 54. 16). It is because Blake thought they denied the infallibility of intuition and maintained that the true vision which came from Imagination derived from the memory of knowledge that sprung from cognition.

Moral Law: — In the ethical view of Blake Imagination corresponds to Moral Law, and a man has to live either in Imagination or in Moral Law. His opinion about Moral Law is not at all influenced by others. To praise angels' committing sins and the rebellion of Satan against God — no one perhaps ever cried such thoughts so passionately with so intense power as Blake. And no one so earnestly stated the rebellion against laws and morality as he. He pointed out that all religions lost their elementary meaning and profaned sacredness, and that the law made by intellect are misused. He ever inspired the destroying of all the laws and the urge of all the desires. This doctrine of Blake expresses its highest value in the works of inspirited artists and poets or in the redeeming of sins, or on love. To reach such a level, one must get rid of the delusion of the senses, reason, morality, etc.

O Human Imagination! O Divine Body! I have crucifi I have turned my back upon thee into the Water of Moral Law
— Jerusalem 24. 23.

Blake's Opinion to Good and Evil;——It is a very mystic one. The relation between good and evil has been explained in various modes, and Blake together with Boehme, believed that god is the source of good and evil, and good and evil are the same one force viewed from two sides. The confronting explanation of good and evil is the centre of his thoughts, and all proof need this confronting explanation. And the declaration that "without Contraries is no progression" is the key-note of all his visions and myths, and here is the greatness of his Imagination and the profoundness of his thoughts.

　　　　Attraction and Repulsion, Reason and Energy, Love and Hate, are necessary to Human Existence.
　　　　From these contraries spring what the religious call Good and Evil.
　　　　Good is the passive that obeys Reason. Evil is the active springing from Energy. Good is Heaven, Evil is Hell.
　　　　—— The Marriage of Heaven and Hell: Argument.

'The Marriage' of Heaven and Hell is the compression of 'prophetic Books' and may be called the main points of Blake's mission are included in the following.

　　　　All Bibles or sacred Codes have been the cause of the following Errors;——
　　　　(1) That man has two real existing principles, viz: Body and a Soul.
　　　　(2) That Energy, called Evil, is alone from the Body; and that reason, called Good, is alone from the Soul.
　　　　(3) That God will torment Man in Eternity for following his Energies.
　　　　But the following Contraries to these are True;——
　　　　(1) Man has no Body distinct from his Soul,

for That called Body is a portion of Soul discerned by the five Senses, the chief inlets of Soul in this age.
(2) Energy is The only life and is from the Body, and Reason is The bound or outward circumstance of Energy.
(3) Energy is Eternal Delight.

Dec. 24, 1928

월리엄 블레이크의 시에 있어서의 상상력

정지용*

김구슬(협성대학교 영문과교수)역

블레이크(William Blake)의 시를 읽는 사람들은 「봄에게」("*To Spring*") 등과 같이 아름다운 환희를 노래한 초기 작품과 『아벨의 유령』(The Ghost of Abel)등과 난해한 후기 작품 사이에 다양한 변화와 발전이 있음을 느낄 것이다. 게다가 이 변화와 발전은 매우 독창적이며 다른 시인들의 경우와는 사뭇 다르다. 그러므로 그의 시는 다양한 관점에서 연구될 수 있을 터이지만 필자는 그가 항상 찬미해마지 않았던 상상력의 관점에서 고찰하고자 한다.

우선 우리가 기억해야 할 것은 그가 감수성이 예민한 청년기에 미숙한 화가로서 미켈란젤로(Michael Angelo**)를 동경하기 시작했다는 것이다. 그러나 그는 단지 화가가 되는데 만족하지 않고 화가로서의 위대성과 신비주의 시인으로서의 위대성을 조화시키고 융합시키고자 했으며, 이 점이 그의 특성이다. 그는 자신의 시를 이해하기 힘든 것으로 만들고자 하는 욕망을 성취했다. 그는 그것에 만족하지 않고, 무의식적이기는 했지만

---

* 이 논문은 정지용의 동지사 대학 영문과 학부 졸업논문이다. 총 21쪽에 달하는 이 논문은 전문 영어로 쓰여진 것으로서, 표지에는 '英·三 鄭芝溶,' 그리고 첫 페이지에는 TeiShiYo라는 일본명이 쓰여 있다. 이 논문은 1928년 12월 24일에 완성한 것으로 표기되어 있다.
** Michelangelo를 의미한다.

철학자가 되기를 원했다. 이러한 소망, 기질적으로 그의 사고에 내재한 이러한 경향은 결국 그를 파멸로 이끌게 되었다. 예술과 신비주의의 양식은 형이상학적으로 융합될 수 없는 것이다. 그가 감행한 이 어려운 시도는 그의 시의 사상을 더 복잡하고 더 이해하기 어려운 것으로 만들었을 뿐이다. 이러한 경향은 그의 후기 작품들에 두드러지게 나타나는데, 이러한 경향을 어떻게 조화시키고 표현해야 할 것인가라는 문제에 대한 그의 고민은 그의 시 속에 잘 표현 되어 있다. 이러한 고민은 곧 그의 영적 고뇌가 되었고, 자신이 노래하고 말하면서 살아가는 세계에서는 결코 적합한 방법을 찾을 수 없다는 것을 그에게 인식시키게 되었다.

그러므로 영감이 주어진 순간, 그는 자신의 상상력으로부터 나온 진리나 사상을 복잡 하고 혼란스러운 상징들로 엮어내었다. 화가이자 신비주의 시인으로서 그는 오직 상상력의 힘으로 노래했으며, 다음과 같이 브라우닝(Robert Browning)이 노래했던 바를 확인했다.

"신이 보는 것 - 플라톤의 이데아, 신성한 손위에 불타듯이 놓여 있는 창조의 씨앗들"

그는 또한 당대인들에게는 이해되지 못한 채, 평생 환희를 소망하고 미래를 동경하면서 쓸쓸하게 세상을 떠났다. 예이츠(William Butler Yeats)의 다음과 같은 비평은 블레이크의 성격을 매우 잘 보여준다.

"마치 연인처럼 미래를 사랑한 사람들이 있었다. 미래는 자신의 숨결을 그들의 숨결과 뒤섞고, 자기의 머리카락을 그들 주위에 흩어놓아 그들이 당대에는 이해될 수 없도록 그들을 숨겨놓았다. 윌리엄 블레이크는 이런 사람들 중의 하나였다."

(**「윌리엄 블레이크와 상상력」 "William the Imagination")**

---

* 정지용이 논문에서 밝히고 있지 않은 출처를 역자가 밝히는 경우 별표(*)로 표시한

블레이크가 경험하고 강조했던 것은 그의 상상력이었으며, 그것은 그의 사상과 예술의 기조가 된다.

우리는 블레이크의 생애를 다음과 같이 세 시기로 나누어 볼 수 있을 것이다.

제 1 기 : 1789 (『순수의 노래』 Song of Innocence 초판 출간)
제 2 기 : 1789-1800(람베스 Lambeth로부터 펠펌 Felpham으로 이사)
제 3 기 : 1800-1827

그의 생애를 잠정적으로 이렇게 구분하고 그의 상상력의 발전의 궤적을 추적해보기로 하자.

제1이기 그가 창가에서 신의 얼굴을 보고 놀라 소리쳤던 4세에 시작된다. 상징의 숲속을 방황하면서 고독한 미지의 삶을 살아가는 사람에게는 필시 삶에 대한 어떤 신선하고도 풋풋한 희망과 기대가 있었을 것이다. 이 시기의 작품들로는 「시적 소묘」(Poetical Sketches)와 「순수의 노래」 등이 있다. 고요한 아침해가 떠오를 때 그는 수많은 천사들이 노래하는 것을 보았다.

"성스럽고, 성스럽고, 성스럽도다, 전능하신 주님은!'

그런가 하면 초밤별이 황혼녘에 차가운 미풍에 반짝이기 시작했을 때 그는 이렇게 찬양했다.

그대, 아름다운 머리칼의 저녁의 천사여,
이제 태양이 산에 걸려 있는 동안, 그대의

다.
** The Yeats Reader, ed. Richard J. Finneran, (New York: Scribner, 1997)

> 빛나는 사랑의 횃불을 밝혀라. 그대의 빛나는 왕관을
> 쓰고, 우리의 저녁의 침상에 미소를 보내라!
> (*「초밤별에게」 "To the Evening Star," 『시적 소묘』)

그는 아름다운 머리칼의 천사를 보았다. 그가 초밤별을 둥근 불덩어리나 황금빛 대갈못으로 인식한 것은 기이한 비전과 상상력을 통한 것이었다. 그에게 현세는 비전과 상상력의 세계였다. 그러므로 그는 다음과 같이 말한다.

> 상상력을 가진 사람의 눈에 자연은 상상력 그 자체이다.
> (*「트러슬러 박사에게 보내는 편지」 "letter to Dr. Trusler" 1799년 8월 23일)

블레이크의 상상력의 양식은 그의 시에 대단히 중요한 것으로 이를 통하여 그는 워즈워스(William Wordsworth)나, 셸리(P. B. Shelley) 그리고 키이츠(John Keats) 등과 같이 자유와 열정에 불타는 낭만주의 시인들을 주도했다. 그는 자신이 신봉했던 상상력의 힘을 통하여 18세기를 지배했던 주지주의적 경향을 해방시켰다. 그는 워즈워스에 대해 이렇게 말한다.

> 자연물들은 항상 그러했고 지금도 그러하듯이 나의 내면의 상상력을 약화시키고 둔화시키고 말살시킨다. 워즈워스가 가치있다고 생각하여 쓰고 있는 것이 자연 속에서 발견될 수 있는 것이 아니라는 것을 그는 알아야 한다.**

---

* 앞으로 작품의 인용문은 가장 권위 있는 판본으로 평가되는 The Complete Poetry & Prose of William Blake, ed. David V. Erdman, (New York: Random House, 1988)에 의거한다.

** 정지용은 논문에서 "…what he writes valuable is not to me in Nature"로 인용하고 있으나, 원전에 의하면 "…what he Writes Valuable is Not to be found in Nature"이다. 앞으로 번역은 원전에 의거한다.

(*「워즈워스의 『시』의 주해」 *"Annotations to Wordsworth's Poems"*)

만약 자연물들이 악마에 의해 창조된 것이고, 또 상상력과 상반되는 것이라면, 왜 태양과 나무들과 풀이 그에게 기이한 비전들을 불러일으켰을까? 그것은 그가 화가와 시인으로서, 재창조될 여지가 없을 정도로 완전한 자연의 외적 형상들에 대단히 강렬한 유혹을 느꼈기 때문이었을 것이다. 다른 단순한 시 인들은 자연물의 외적 형상에 강렬한 사랑을 느낀다. 지나치게 사물의 표면을 다루는 사람은 주지주의 나 물질주의에 빠지기 쉽기 때문에 아마 그는 워즈워스에게 경고를 했던 것 같다. 자연에 대한 그의 비난은, 그 자신의 상상력의 관점에서 볼 때, 자연에 대한 비밀스러운 찬미이다.

그에게는 자주 신이나 성인들, 그리고 유명한 고대 시인들의 비전이 나타났다. 조각가 제임스 버자이어(James Basire)의 문하생으로 그림을 배우면서, 그는 몇 시간이고 웨스트민스터 사원(Westminster Abbey)에서 고대 비석들을 스케치했다. 블레이크의 고딕 취미는 주로 그 시기에 형성되었으며, 아마 웨스트민스터 사원에서 발견했음직한 고대 성당의 신비는 그의 풍부한 비전과 상상력의 원천이 되었을 것이다. 그리하여 그는 그리스도와 그의 제자들을 보았는가 하면, 천사들의 합창을 듣기도 했다. 그의 친구들과 전기 작가들에 의하면 그의 비전, 아니 환상은 몽상적인 소년 시절이나 청년기뿐만 아니라 일생을 통해 그에게 찾아왔다. 그의 서한이나 시들을 읽어본 독자라면 이것이 사실이었다는 것을 알 수 있을 것이며, 세월이 흐를수록 그의 비전이 더욱 강렬하고 선명해져 이윽고 그것이 그의 성격이나 사상, 그리고 예술을 구성하는 원동력이 되었다는 것을 깨닫게 될 것이다. 독자들은 또한 그가 자신의 비전을 하나의 대상이나 외적 존재로 간주하는 것을 단호하게 거부했다는 것도 알게 된다. 그들은 블레이크가 자신의 작품을 통해서 상상력이 진리라고 주장하고 있다는 것을 알게 되며, 그가 "자신의 눈으로서가 아니라 눈을 통해"(*「순수의 전조」 "Auguries of Innocence", 『노래와 민요』 Songs and Ballads) 바라보았던 것을 읽으면서 독자 자신 신비의 영역으로 이끌려 들어갔다고 느끼게 된다.

그러므로 블레이크의 비전은 모든 것, 심지어는 우주까지도 인간의 형상으로 변화시켰으며(「버츠에게 보내는 편지」 "Letter to Butts", 1800년 10월 2일), 어떤 물리적인 이미지도 그의 눈에 반영되지 않았다. 그는 물리적인 대상들 뒤에 감추어진 실제의 형상과 진리를 인식했던 것이다. 이러한 비전을 블레이크는 네 개의 등급으로 구분했다. 『네 가지 조아』(The Four Zoas) 가운데 첫 번째 것은 단일한 비전(Single Vision)인데, 그것은 감각들 그 자체로부터 오는 것이다. 두 번째 것은 이중적 비전(Double Vision)인데, 그것은 단순한 감각들과 지적인 이해로부터 오는 비전의 종합이다. 세 번째 것은 삼중적 비전(Threefold Vision)으로서 이중적 비전과 정서적 가치를 융합한 것이며, 네 번째 사중적 비전(Fourfold Vision)은 세 번째 비전에 영적인 해석을 덧붙인 것이다. 그는 버츠에게 이렇게 말한다.

이제 나는 사중적 비전을 본다.
사중적 비전이 내게 주어졌다.
그것은 나의 최상의 환희에 있어 사중적이다.
그리고 감미로운 비울라의 밤은 삼중적이며,
이중적 비전이 항시 있다. 단일한 비전과 뉴튼의 잠으로부터
우리가 벗어날 수 있도록 하소서.
(「버츠에게 보내는 편지」, 1802년 11월 22일)

18세기의 시인들은 대부분 단일한 비전으로 시를 썼다. 워즈워스에 의하면, 이런 시들은 상상력이 아니라 공상으로 쓰여지는 것이다. 블레이크는 단일한 비전으로 고통받지 않게 해달라고 기도한다. 그러나 자신이 원

하는 대로 한 두개의 단어로 하나의 사물을 묘사하는 경우는 단일한 비전이 되며, 그것은 마치 몇 개의 점들이나 선들을 이용해서 하나의 대상을 그릴 수 있다는 것을 증명하려는 것과 같다. 이러한 스케치들은 그의 청년기의 시들에서 발견된다.

은빛 눈(雪)이 수잔의 옷을 장식하고
보석이 목동의 코에 걸려 있을 때,
(「맹인의 술래」, "Blind-man's Buff", 『시적 소묘』)

「베일라」("Vala", Night I:176, 「네 가지 조아」)나 『밀턴』(Milton, Plates 24-25)과 같은 후기 작품에 있어서도 단지 스케치에 불과한 이러한 묘사들을 발견할 수 있다. 그의 작품에서 풍경 묘사가 물리적인 사물들과 매우 밀접한 관계를 맺고 있는 경우에도 육안으로 볼 수 있는 풍경 묘사가 거의 없다는 것을 우리는 알 수 있다. 이런 시행들은 그의 시 전편을 두고 볼 때 백 개를 넘지 않을 것이다. 「맹인의 술래」나 『달의 섬』(An Island in the Moon) 등이 그와 같은 시에 속한다는 것에 주목하는 사람은 별로 없을 것이다.

예술비평가는 블레이크가 인간의 신체 구조를 무시한 채, 또는 너무 간단한 스타일로 자신의 상상력에 따라 너무 자유롭게 묘사한다는 점을 들어 그를 비난한다. 그러나 블레이크가 상상력 없이 사물을 보기는 어려웠으며, 그는 상상력으로 대상의 형태나 색채를 무의식적으로 변화시켰던 것이다.

그는 어떤 물리적인 현상 속에도 내재하는 정신을 보았다. 블레이크는 이런 상상력을 이중적 비전이라 불렀다. 그는 "이중적 비전이 항상 나와 함께 있다"라고 노래하며 그것을 평생 생생하게 유지했다. 그것은 "뉴튼의 잠"속에 빠지지 않는 사람에게 정상적인 상태이다.

내면의 눈으로 볼 때, 그것은 백발의 노인이며,
외면의 눈으로 볼 때, 나의 길을 가로막는 엉겅퀴이다.
(「버츠에게 보내는 편지」, 1802년 11월 22일)*

나는 이 세상에서 내가 그리는 모든 것을 본다, 그러나 모든 사람이 다 똑같이 보지는 않는다. 구두쇠의 눈에 일 기니는 태양보다 아름답고**, 낡은 돈 가방은 포도가 가득 달린 포도나무보다 더 아름다운 균형미를 지닌다. 어떤 사람에게는 환희의눈물을 흘릴만큼 감동을 주는 나무가 다른 사람들에게는 그저 길에 서 있는 푸른 물상에 지나지 않을 것이다.
(「트러슬러 박사에게 보내는 편지」, 1799년 8월 * 22일)

이런 것들은 이중적 비전에 대한 블레이크 자신의 독특한 관점을 보여 준다.

이러한 이중적 비전의 능력은 블레이크로 하여금 모든 자연 현상 아래에는 신비로운 창조물들이 존재한다는 확고한 믿음을 갖도록 하며, 이것이 우주를 시적으로 변모시킨다. 『시적 소묘』의 노래들과 『순수의 노래』 등은 이러한 특징을 분명하게 표현하고 있다. 블레이크는 이슬을 머금은 머리 타래와 천사의 눈을 가진 봄의 여신이 조용히 다가와 잠든 대지를 깨우는 것을 바라보았으며, 여신의 방문을 느낀 동산의 환희의 소리를 듣기도 하였다(「봄에게」 "To Spring", 『시적 소묘』). 아침은 잠든 새벽을 깨우고 태양이 떠오르는 것을 알리는 하얀 옷을 입은 소녀이다(「아침에게」 "To Morning", *『시적 소묘』). 그는 들판에 잠들어 있는 양들을 바라보면서 그것을 신의 구현으로 변용시켜 사랑하고 찬미하며, "어린 양이여, 하나님이 너를 축복하시기를!"(「양」 "The Lamb", 『순수의 노래』)이라고

---

* 논문에는 ("Poems from Letters", III)으로 표기되어 있다. 이것은 1802년 11월 22일 Thomas Butts에게 보낸 편지 가운데 있는 시이다.
** 논문에는 "… far more beautiful than the Sun"으로 인용되어 있으나, 원전에 의하면 "… more beautiful than the Sun" 이다.

노래한다. 그리고 그는 골짜기의 백합을 고요한 골짜기 개울가에 서 있는 온순한 소녀라고 느끼고 떠다니는 구름을 작은 날개라고 생각했는가 하면, 기어다니는 곤충들을 헐벗은 불쌍한 어린아기들로 생각하기도 했다. '예언서'의 삽화들에서 블레이크는 태양을 전차를 타고 달리는 천사로 그리고 있는가 하면, 달은 하늘에서 요정들에 의해 이끌리는 것으로 그리고 있다.

그의 눈은 자연도 세상도 보지 않았다. 그가 그리는 풍경이나 꽃들 그리고 짐승들은 지상의 존재가 아니며, 나무는 그림이나 시를 위한 장식물로 그려져 있다. 그가 그리는 해와 달은 동시에 같은 방향으로 지고 있으며, 수많은 별들은 인간의 손이 닿을 수 있을 정도로 낮게 떠 있다. 그는 신비주의자로서 현실을 냉소적으로 바라보았으며, 자신의 상상력만을 중시했다.

자신의 신비주의의 영향을 받은 그의 상상력은 그의 영혼이 만물에 침투하도록 하여 무생물에 생명과 사랑과 활동성을 부여하였다. 불쌍한 곤충들은 미묘한 단어들로 자신의 환희와 슬픔을 말했다. 나아가 블레이크는 백합들과 어린양들의 영혼이 참나무와 사자들의 영혼과 똑같은 가치를 지니고 있는 것으로 생각했다.

　　　…만약 그대가 벌레들의 먹이라면, 오 하늘의 처녀여,
　　　그대의 쓸모는 얼마나 위대하며, 그대의 축복은 얼마나 위대한가.
　　　　　　　　　　　　　　　(『텔의 책』 The Book of Thel, *Plate3)

그는 『시적 소묘』와 『순수의 노래』의 대부분을 이 강력한 상상력으로 노래하고 있다.

그러나 이중적 비전이 그에게 만족을 주지는 않았다. 그것은 아마 신비주의자로서의 그의 특성이 시인으로서의 특성보다 더 강했기 때문일

---

* 논문에는 이 작품의 제목을 「봄」이라고 밝히고 있으나 실제로는 「봄에게」이다.

것이다. 그는 시공으로 제한된 현세 뒤의 영원한 세계를 보았다. 그것은 우리가 죽음의 문으로 들어갈 때에만 비로소 볼 수 있는 세계이다. 그러나 그는 이 세계로 들어가 소위 "영원한 생명의 꽃"이라고 할 수 있는 '삼중적 비전'과 '사중적 비전'을 가져왔으며, 그 미묘한 향기를 항상 느꼈다. 그리하여 그는 신과 천사들의 영역인 신비의 영역을 보았으며, 그것을 비울라(Beulah)라고 부른다. 그것은 가일층 예민한 시인들도 대상들과 현상의 내적 의미들 속에서 볼 수 없었던 것이다. 그런데 그는 만상을 지배하는 신비로운 힘을 느꼈던 것이다. 그가 영원한 세계에서 살기 위해 현세를 떠나는 것은 그의 상상력이 극점에 달할 때이다. 극점에 달한 상상력에 의해 창조된 것들은 더 이상 물리적 대상들의 의인화나 무생물의 정신의 표현, 또는 일련의 은유가 아니다. 그는 자신의 두뇌를 통해 사물들을 창조하고 무(nothing)로부터 나온다. 블레이크는 이러한 상상적인 경향이 진정한 예술에 필요불가결한 것이라고 생각했다. 그는 말한다,

> 마음으로나 생각으로 결코 천국을 여행해보지 않은 사람은 예술가가 아니다.
>
> ("Reynold's Discourse III")*

이러한 삼중적 비전을 그는 1기말부터 2기에 이르기 까지의 시들에서 노래한다. 『경험의노래』의 일부와, 『천국과 지옥의 결혼』(The Marriage of Heaven and Hell), 『프랑스 혁명』(The French Revolution), 『자유의 노래』(A Song of Liberty), 『유리즌』(Urizen), 『유럽』(Europe)등과 같은 예언서의 초기 작품들이 여기에 속한다.

그리고 이 시기의 작품들, 특히 '예언서'의 경우 상상력은 '시적 천품'(The Poetic Genius)이라는 말로 표현되고 있으며, 모든 지식의 근원

---

* 원제는 『『조슈아 레놀즈 작품집』 주해』, 강연 III("Annotations to The Works of Sir Joshua Reynolds, Discourse III")이다.

인 예언의 정신이라는 관념으로 재현되고 있다. 이것은 그의 상상력이 점차 고조되고 있음을 보여주는 것이라고 생각된다.

시적 천품이 진정한 인간이며, 인간의 외적 형상인 육체는 시적 천품으로부터 나온다. 이와 마찬가지로 만물의 형상들은 그들의 천품으로부터 비롯되며, 이것을 고대인들은 천사, 정신 그리고 악마라고 불렀다.
(『모든 종교들은 하나이다』 All Religions are One, Principle I).
모든 나라의 종교는 도처에서 예언의 정신이라고 불리는 시적 천품을 각 나라가 각기 다르게 수용함으로써 생기는 것이다.
(『같은 책』, Principle V)

블레이크는 신비주의 시인으로서 시적 천품을 신이라고 암시한다. 모든 철학과 종교는 이 시적 천품으로부터 나오며, 그 다양한 분파들은 그것을 각기 다른 나라들과 개인들에게 적용시키기 위한 것이다. 시적 천품이란 인간의 개별성의 중심이며, 인간의 육체의 외형은 시적 천품으로부터 나온다. 즉 영혼이 육체를 만드는 것이다. 그러므로 이렇게 말할 수 있을 것이다.

모든 사람들이 외적 형상에 있어서 비슷한 것처럼, 그 무한한 다양성에도 불구하고 모든 사람들은 시적 천품에 있어서 유사하다.
(★『같은 책』, Principle II)

또한 보편적인 시적 천품이라는 것이 존재하며, 위에서 말한 각 개인과 철학과 종교의 시적 천품은 이 보편적 시적 천품으로부터 나온다. 그 목소리는 명징하며, 그런 의미에서 시인들은 소위 블레이크가 말하는 예언자들이다. 블레이크는 자신을 예언자라고 생각하여 자신의 저서의 일부를 '예언서'라고 불렀다. 종교가들의 상상력은 예언 또는 계시라 불리며, 예언자는 단지 신의 명령을 전할 뿐이다. 그러나 위에서 말했듯이 블레이크의 예언자는 단지 상상력의 힘에 의해 영원한 진리를 꿰뚫어 볼 수 있는 시인이다. 이러한 순간 예언자들은 미래를 예시할 수 있다. 블레이크는 『프랑스 혁명』과 『아메리카』를 기묘한 예시적 시행으로 끝맺는다. 그는 성경이 시적 천품으로부터 직접 온 것이라고 주장했으며, 우리는 감각으로 지각할 수 없는 영감을 가질 때에만 이런 책들을 쓸 수 있다는 것이다.

블레이크의 상상력은 이처럼 점차 체계적으로 발전했다. 『천국과 지옥의 결혼』에 이르면 그의 상상력은 더욱 고조되어, 그는 초감각적 지각의 확실성에 관하여 말하는가하면, 감각을 통해 획득된 지각은 잘못된 것이라고 주장하기도 하였다(「기억할만한 공상」 "A Memorable Fancy", *『천국과 지옥의 결혼』). 신은 상상력이자 시적 천품이다. 시적 천품은 궁극적인 신이며, 모든 다른 제신들은 그것으로부터 비롯된다. 그는 모든 것이 이 상상력 또는 '확고한 신념,'에 의해 성취된다고 믿었다. 그는 "너희가 만일 믿음이 한 겨자씨만큼만 있으면 이 산을 명하여 여기서 저기로 옮기라 하여도 옮길 것이요 또 너희가 못할 것이 없으리라."(「마태복음」 17장 20절)라는 귀절을 인용하고 그것을 증명했다. "신이 진리"라는 믿음이 그의 목소리에 표현되어 있으며, 곧 신은 블레이크 자신에게 나타난다. 그는 마침내 이러한 경지에 도달하여 이사야와 에스겔과 함께 이야기하며, 그들의 출현이 전혀 거짓이 아니라는 것을 대화로 설명했다(「기억할만한 공상」, *Plate 12, 『천국과 지옥의 결혼』). 이런 것들은 블레이크의 상상력에 의해 일어날 수 있는 것이다. 그는 세상 사람들에게 이런 시대는 지나갔다고 슬퍼하며, "많은 사람들은 어떤 확고한 믿음도 가질 수 없다"라고 말한다.

『밀턴』에서, 시적 정신인 로스(Los)는 블레이크의 몸 속으로 들어왔으며, 그는 즉각 우주 속에서 영원을 경험했다. 블레이크는 로스를 '영원한 예언자'라고 부르며, 자신의 시들은 시적 천품의 영감에 의해 노래되는 것이므로 그것들은 항상 진리라고 말한다. 그리고 그는 노래한다.

> 나는 영감을 받았다! 나는 그것이 진리라는 것을 안다. 왜냐하면 나는
> 시적 천품의 영감에 따라 노래하기 때문이다.
> 시 적 천품은 영원한, 모든 것을 보호하는 신성한 인간이다.
> 그에게 영광과 힘과 지배가 영원하기를, 아멘
>
> (『밀턴』, Book Ⅰ, Plate 13)**

그리고 「레놀즈론」("Reynold's Notes")***에서 그는 고대인들은 신의 비전과 계시를 조금도 의심하지 않았으며, 플라톤과 밀턴은 신이 실제로 그들을 찾아왔다고 믿었다고 쓰고 있다. 최후의 심판은 비전 그 자체이지 우화나 아이러니가 아니다. 우화와 은유는 그 비전이 영감의 딸에 의해 촉발되는 기억에 의해 만들어지는 것이다.

1793년 그의 어머니가 돌아가셨을 때 그는 람베스로 이사했다. 그가 에스겔과 신을 보았다고 말했을 때 어머니는 그를 꾸짖기도 했지만, 그에게는 항상 자상한 어머니였다. 람베스 시절 그는 『경험의노래』와 미국에 관한 시편들, 그리고 예언서들 중 『유리즌의 책』(The Book of Urizen), 『로스의 책』(The Book of Los) 그리고 『베일라』**** 등을 출판했다. 하지만 이 시기는 그가 『밀턴』과 『예루살렘』(Jerusalem)등을 쓰던 제3기이전의 고요의 시기였고 그의 상상력이 그다지 발전되지 않았던 시기였다.

그러나 1800년 10월 그는 펠펌으로 이사했으며, 가히 '신적인간'이라 부를 수 있는 『네 가지 조아』를 수정하기 시작했다. 그는 항상 마음속에 이러한 신의 비전을 선명하게 간직하고 있었으며, 이런 비전으로 제신들

---

* 논문에서는 이 부분을 "Divine Humility"로 인용하고 있으나 원전에 의하면 "Divine Humanity"이다.
** 논문에 의하면 Plates Ⅱ, 그 다음 숫자는 확인할 수 없으나, 원전에 의하면 Plate 13이다.
*** 「레놀즈론」이란 『「죠슈아 레놀즈 작품집』 주해』를 가리킨다.
**** 『베일라』는 『네 가지 조아』의 원래 제목이었다.

을 노래했다.

> … 이데아들 자체(신성한
> 구성원들)가 … 일지도 모른다.
>
> (『밀턴』, Book II, Plate35:5-6)

제신들은 각기 인간의 형상과 영원을 가지고 있다. 게다가 이 제신들, 혹은 관념들은 하나로 융합될 수 있는 통일성을 가지고 있다. 그는 이 상상력을 자연으로 심화·발전시켰다.

> 한 알의 모래 속에서 세계를 보고,
> 하나의 들꽃에서 천국을 보도록
> 그대의 손바닥에 무한을 쥐고
> 한순간의 시간 속에서 영원을 포착하라
>
> (「순수의 전조」)

블레이크의 상상력은 신비주의로 채색된 단어들로 "한 알의 모래"의 세계를 노래했지만, 그것은 평범한 신비주의자들이 자연 속에서 제신들을 보는 그러한 범신론에 머물지 않았다. 그는 무신론자와 같은 사람들을 경멸했으며, 저 멀리 신의 전당에 다가가면서 이렇게 노래한다.

> 다이아몬드는, 광산의 거친 표면으로
> 덮여 있지만, 내부는 온통 열려 있어
> 그 신성한 중앙에 빛나는 영원의 천국을 지니고 있다
>
> (『밀턴』, Book I, Plate 28:36-38)*

---

* 논문에는 Plate 27로 되어 있으나 원전에 의하면 28이다.

여기에서도 역시 우리는 블레이크의 특징적인 상상력의 발전을 느낄 수 있다. 그에게 자연의 모든 대상은 신의 일부이고 인간성의 일부이다. 그는 "고대에는 인간이 자신의 힘찬 사지에 천국과 지상의 만물을 다 가지고 있었다."(*「유태인들에게」 "To the Jew", Plate 27, 『예루살렘』)라고 노래했다. 그런가 하면 그는 장미를 보면서, 장미가 사랑의 상징이라는 것을 부정하고 그것을 인간의 마음의 일부라고 상상했다. 자연이란 단지 인간의 거울에 불과하며, 우리가 보는 세계란 인간성의 일부인 내적 진리를 외적으로 표현한 것이다. 그러므로 그의 상상력이 발전해나감에 따라 그의 자연관은 점차 변화하며, 그의 상징주의는 그 복잡성을 더해간다. 펠펌으로 이사했을 때 그는 T. 버츠에게 다음의 편지를 보냈다.

여기에서 작업은 신의 속도로 진행될 것이다. 로울러 하나와 써래 두 개가 놓여 있다.

(*「버츠에게 보내는 편지」, 1800년 9월 23일)

『네 가지 조아』에서 그는 자신의 철학과 상징주의의 윤곽을 설정했는데, 이제 그는 상상력의 의미를 발전시키면서 그 윤곽에 변화를 주고 영원의 의미를 응축시켰다.

『밀턴』과 『예루살렘』에서 시적 천품과 상상력이라는 단어들로 표현된 바 있는 그의 신조는 이제 그 의미의 폭이 더욱 확장되어, '자연의 순수한 존재'를 정의하는데 사용되었다. 상상력은 신의 실체이며, 진정하고 영원한 세계이다.

상상력이란 실제적이고 영원한 세계이며, 이 식물적 우주란 상상력의 세계의 희미한 그림자에 지나지 않는다. 이 식물적인 유한한 육체가 더 이상 존재하지 않을때 우리는 상상력의 세계 속에서 우리의 영원한, 혹은 상상적인 육체로 살아가게 될 것이다.

(「기독교도들에게」 "To the Christians", 『예루살렘』)

다시금 그는 상상력이란 '인간 존재 그 자체'라고 말한다. 아마 그는 '인간'이 고통과 회한을 뒤로 한 채 자신의 지나치게 고답적인 상상력 속으로 슬며시 들어가는 것에 주목하고, 그의 상상력에 '인간존재'라는 관념을 덧붙였을 것이다. 이것을 그의 상상력의 발전이라고 부를 수 있을 것이다. 그는 '신성한 비전, 신성한육체, 예수' 등과 같은 단어들을 사용하여 이러한 상상력을 표현했다.

"순교와 전쟁으로 신성한 육체를, 상상력을 파괴하는 것!"(『예루살렘』, Plate74:13), 그리고 "고목들 사이를 걸어가는* 성스러운 단어"(「서문」 "Introduction", 『경험의 노래』) 등과 같은 표현들은 예수와 시의 정신이 동일하다는 것을 보여준다.

상상력은 신과 인간에게 공통적인 것이었다. 그러므로 그는 일반적으로 사용되는 신성한 초월적인 관념을 거부했다. 블레이크가 이런 의미로 상상력을 논할 때 그는 '인간의'(human) 라는 단어를 종종 사용했다.

… 인간의 상상력의
신적 경이들에 의하면

(『예루살렘』 VI)

'인간의'라는 단어로 상상력을 다룰 때, 신의 비전은 그에게 항상 인간의 형상을 취한다고 그는 선언한다. 그러나 "내가 도착한 후 처음으로 맞이한 아침, 처음 문으로 나갔을 때 나는 창 앞에서 소 떼를 보았다. 쟁기맨 소를 끄는 소년이 "아버지, 문이 열려있어요"(*「버츠에게 보내는 편지」,

---

* 논문에는 "worked"로 인용되어 있으나 원전에 의하면 "walk'd"이다.

1800년 9월 23일)라고 농부에게 말했다. 이 말 너머에는 제3기의 상상력에 대한 복음이 있으며, 이러한 비전으로 그는 『네 가지 조아』, 『밀턴』 그리고 『예루살렘』과 같은 위대한 작품을 낳을 수 있었다.

마치 물리적 세계에서 선과 형체와 색채를 보듯이 모든 사물을 상상력으로 포착하여 그렇게 선명하게 볼 수 있다는 것은 천재의 증거임에 틀림없다고 그는 말한다

(『그림 해설문』Descriptive Catalogue*, No Ⅳ in Gilchrist).

그의 상상력의 그 다음 발전은 초감각적 비전의 양식을 지니는데, 그러한 비전은 우주와 인간의 동일성에 대한 인식 위에서 가능한 것이었다. 여기에 『예루살렘』과 『밀턴』 시편의 많은 귀절에서 느낄 수 있는 복잡한 신비로운 향기가 있다. 하나의 사물을 다양한 측면에서 보면서 그는 말로는 도저히 표현할 수 없는 단어들로 그것을 묘사한다. 격정적이고 모호한 인생론을 다루고 있는 작품들을 두고 볼때, 우리는 두개의 상반되는 사상이 작용하고 있다는 것을 알 수 있다. 하나의 사상은 또 다른 사상을 보완한다. 그것은 인간 삶의 수수께끼이며, 인간 삶의 기본적인 모순들, 혹은 그가 『순수의 노래』와 『경험의 노래』에서 노래했던 바 인간 삶의 두 가지 측면들이다. 그런 것들은 그가 깨닫지 않을 수 없었던 슬픈 사실이었다. 세월이 흐름에 따라 그의 사상은 더욱 복잡해졌고, 기본적으로 모순되는 사상들의 섬광이 그의 시에 나타나기도 했다.

그의 계시나 상상력의 힘은 때로는 환희를 동반한 채, 소위 '신적 광기' 또는 플라톤의 '실재의 명정'의 황홀의 상태로 그를 이끌었다. 오랫동안 그에게 나타나지 않았던 비전이 다시 나타난 후 그는 헤일리(William Hayley)에게 보내는 편지에서 이렇게 말한다.

…나의 열정 아니 광기를 용서해주기 바랍니다. 나는 손**에 연필이나 조각

---

* A Descriptive Catalogue of Pictures
** 논문에는 'heart'로 인용되어 있으나 원전에 의하면 hand"이다.

칼을 들 때마다 정말 지적 비전에 사로잡힙니다.

(「윌리엄 헤일리에게」, "*To William Hayley*", 1804년 10월 23일)

이런 상태는 그의 상상력이 대단히 강력할 때 나타나는 현상으로, 이것이 소위 사중적 비전이다. 이것은 신성한 자연, 아버지, 아들 그리고 영혼이라는 사중적 구분에 상응한다. 네번째 영혼은 때로 신의 상상력으로 사용되며, 보엠(Boehme)은 이것을 '체경' 또는 '거울'이라고 불렀다. 블레이크는 이 영혼이 없이는 도저히 진리를 표현할 수 없다고 생각했다. 그는 이 네 개의 비전을 의인화하여 '유리즌'(Urizen), '루바'(Luvah), '우르도나'(Urthona), '다르마스'(Tharmas)라는 이름을 붙였다. 이 네 가지 요소들은 그것이 각기 압축되고 제한될 때 이성, 정서, 에너지 그리고 감각이라는 형상을 취한다(『네 가지 조아』 참조). 보엠은 각각에 모순, 팽창, 순환 그리고 식물적 삶이라는 이름을 붙인다. 블레이크는 자신의 비전을 분석할 수 있었으며, 그것을 항상 마음에 두고 자신이 원하는 대로 그 분석 된 비전을 압축했다. 그러므로 『네 가지 조아』, 『밀턴』, 그리고 『예루살렘』에서의 그의 노래들은 다의성을 지니게 되어 다양한 해석을 가능하게 한다.

…정신과 비전은 현대 철학이 가정하듯이 덧없는 환상이나 무(無)가 아니다. 그것들은 유한하고 가멸하는 자연이 창조할 수 있는 것들을 뛰어 넘은 것으로, 조직적이고 정밀한 정확성을 지닌다. 가멸하는 유한한 눈으로 볼 수 있는 것 이상으로 더 강력하고 선명한 윤곽들, 그리고 더 강력하고 더 밝은 빛으로 상상하지 못하는 사람은 전혀 상상하지 못한다. 이 작품의 화가는 자신의 모든 상상력이 그가 유한한 눈으로 볼 수 있는 그 어떤 것보다 무한히 더 완전하고 더 세밀하게 구성된 것 같다고 주장한다. 영혼은 조직화된 인간이다.

(『그림 해설문』, No4)

그러므로 우리는 상상력의 재현, 그의 시 또는 그림에서, 우리가 사물과 접촉할 때 느끼게 되는 그런 단단하고 힘찬 것을 발견하게 된다. 우리는 욥기, 블레어의 무덤 또는 단테 등의 삽화들을 보고 인간의 영혼이나 요정들, 천사들, 그리고 제신들이 어떻게 그에게 실제의 비전으로 나타났는가를 알게 된다는 것이다.

가장 강력한 묘사들을 환상적인 장면들에서 발견하게 되는 시의 경우도 이와 마찬가지이다. 작업장에서 일하며 골고누자(Golgonooza)를 만드는 로스와, 친절하지만 죄 있는 베일라 등은 그 좋은 예들이 된다. 우리는 이 신화적인 인물들이 블레이크의 상상력의 힘을 드러내고 보여준다고 느낀다. 하지만 그의 상상력의 강력한 힘은 시공으로 제한된 우리의 세계와는 사뭇 다른 세계를 마치 실제처럼 창조한다. 우리는 유리즌의 무시무시한 세계나 비울라의 즐거운 낙원, 또는 예언서에 나오는 영혼들처럼 형상이 없는 창조물들을 전혀 상상할 수가 없다.

이처럼 강력한 상상력에도 불구하고 우리는 그의 시와 그림에서 상상력의 약점을 추적해볼 수 있을 것이다. 그가 그린 그림들이 증명하듯이, 그는 사실 비전을 보았다. 그러나 불행하게도 시인으로서의 그의 예술은 화가로서의 그의 예술만 못했다. 화가로서 그는 시에서는 재생할 수 없었던 자신의 창조물에 형상과 윤곽을 부여해야 했다. 그의 신화적 창조물들의 다양한 행위들은 삽화 없이는 각기 별개로 명확하게 표현될 수 없는 것들이다. 우리는 예언서들을 읽으면서 상징적인 창조물들이 어느 순간 잠시 나타났다가 그 다음 순간 무한한 공간의 안개 속으로 사라져 버리는 것을 느끼게 된다. 그러므로 그의 시에서 삽화들을 제거해버린다면 그의 비전과 사상은 불완전한 것이 되고 말 것이다.

이런 것을 그의 신비주의 사상의 직접적인 영향이라고 할 수 있을까. 가령 이사야와 단테, 그리고 밀턴 같은 신비주의자들과 예언자들은 그들 작품 속에서 현세에서와 똑같은 감정을 불러일으키기 위하여 신비와 꿈의 세계를 설명한다. 왜 우리는 단테의 천국을 읽을 때에는 지옥이나 연옥을 읽었을 때와 똑같은 인상을 받을 수 없는 것일까? 블레이크의 시와 그림이 그렇듯이, 우리는 전혀 볼 수 없기 때문에 대양과 산과 창조물들을 상상할 수 없는 것이 다. 그러므로 우리가 지옥의 장면들을 상상할 수는 있지만, 아마도 하늘 높이 있는 천국을 상상할 수는 없을 것이다. 이제 우리는 시란 얼마나 이해하기 어려운 것인가를 느끼고 시가 별로 흥미를 유발하지 못한다고 불평한다. 그러므로 블레이크의 시가 이해하기 어려운 것은 그의 독특한 신비주의 때문만은 아닐 것이다.

블레이크의 시를 읽을 때 우리는 항시 그가 물리적인 세계에 대해 정확하게 관찰하지 못하고 있다는 사실을 느끼지 않을 수 없다. 그러므로 시에 나타나는 다양한 비전을 표현 할 수 있는 사람은 블레이크 밖에 없을 것이다.

가령 요한과 같은 성경의 주요한 인물, 그리고 제신들이나 천국 그리고 지옥을 비전으로 보았던 단테와 밀턴은 블레이크의 선구자들이라고 할 수 있다. 지상의 사물들에 대한 정확한 관찰자였던 단테는 지상의 장면으로 신에 대해 묘사했다. 단테는 정신적인 세계를 묘사할 때 지상적 관점을 결코 잊지 않았다. 요한은 자신의 비전을 묘사할 때 지상의 인간으로 신의 이미지를 묘사했다. 블레이크가 단일한 비전과 이중적인 비전을 제거했을 때 물리적인 세계는 그의 눈에서 사라져버렸으며, 그는 새벽 안개 속을 배회했던 것이다. 결국 그의 작품들은 우리가 상상하는 것조차 불가능할 정도로 기묘하고 신비주의적인 것이 되어버렸다. 그는 때로 전적으로 추상적인 관념으로부터 자신의 비전을 창조했다.

블레이크의 우주관-블레이크의 우주는 영원 그 자체이며, 영원은 유일한 존재이다. 상상력의 세계는 블레이크에게 영원의 세계이다. 이 영원의 세계에 만물의 진리가 존재한다. 인간은 그 속에서 살고 있는 영원과 똑같은 가치를 지녔으며, 이 통합적 삶의 일부였다. 그러나 이 평화는 영원히 기대할 수는 없는 것이다. 블레이크의 말을 빌자면 "나는 하나의 통일체로서 육체와는 별개로 존재한다"라는 자신의 존재의 깨달음이 그에게 일어났다. 이 깨달음은 분리의 창조 개별성의 형성을 촉발했으며, 이로써 융합으로부터 개인으로의 최초의 타락이 시작된다. 블레이크는 이러한 상태를 유리즌(이성)으로 표현한다. 유리즌은 로스(상상력)와 양극을 이룬다. 이 타락의 결과 인간은 유리된 자아 속에 유폐되었으며, 우주의 정신 또는 상상력과의 교류가 어렵게 되었다. 이제 가장 열등한 감각 들이 자연 속에 작용하며, 그것들은 우주의 영원으로 안내하는 문으로 남아 있다.

자아의 감옥으로부터 벗어날 수 있는 유일한 길은 상상력이다. 그러므로 상상력은 최상의 절대적인 실재였다. 우리가 상상력의 의미를 충분히 인식할 때, 우리는 외적 현상을 실재라고 잘못 생각하는 오류를 면할 수 있다. 만약 우리가 모든 물리적인 사물들을 상징들이라고 생각한다면, 우리는 대상들이 우리에게 주는 암시나 진리를 점차 인식하게 될 것이다.

사랑과 이해 - 블레이크에 의하면 인간의 가장 중요한 특성은 사랑과 이해이다. 그는 말한다.

"인간은 자신의 열정을 억제하거나 통제해서가 아니라, 또는 열정이 없어서가 아니라 자신의 이해를 길렀기 때문에 천국으로 들어가는 것이 허용된다."
(「인간은 왜 천국으로 들어가는가」,"Why Men Enter Heaven" II:1-3)

사랑은 이해로부터 나오며, 이해는 진정 상상력에 근거한다. 무자비하고 잔인한 모든 행동들은 상상력의 결여로 유발된 죄악이다.

"쫓기는 산토끼의 외마디소리마다
머리의 섬유질을 찢는다.
종달새가 날개에 상처를 입으면
아기 천사는 노래를 멈춘다."

(「순수의 전조」)

이런 노래를 들으면 우리는 도움을 주고 싶어한다. 그것은 종교나 의무나 이성에 의해서가 아니라, 약자에 대한 공감과 사랑에 의해 촉발된다. 사랑과 이해를 가진 자에게는 모두가 이끌리는 법이다. 육체적 힘, 욕망, 지식, 자아, 불순함으로부터 비롯되는 위험한 세력은 마음이 순수한 선한자를 대하면 위대한 힘으로 변한다. 블레이크의 마음을 떠나지 않았던 것은 "영혼을 항상 순수하게 지킨다"는 생각이었다. 그런데 순수는 상상력에 의해서만 획득될 수 있을 것이다.

우리는 블레이크가 상상력이라고 부르는 능력에 기독교의 희생의 정신이 포함된다는 것을 알게 될 것이다. 『밀턴』에서 그는 영원한 희생의 원리를 충분히 발전시켰다.

그는 말한다.

"인간은 영원히 타자를 위해 죽어야 한다."

(*『밀턴』, Book I, Plate II : 18)

이성 – 위에서 말했듯이 블레이크의 상상력은 우리의 감각으로부터 오는 모든 감정을 경멸했으며, 이성으로부터 출발하는 모든 경험주의적인 철학을 무시했다. 현상의 세계는 실재가 아니고, "정신적인 것들만이 실재이며," 오직 상상력만이 진실이다. 그는 수학적인 증거와 추상적인 철학이 거품과 같은 경험에 근거한다고 지적했는가 하면, 그것을 완전한 미망이라고 말하기도 했다. 베이컨, 뉴튼, 로크, 볼테르, 루소를 블레이크는 때로 이 단자들로 취급하기도 했다(『예루살렘』, Plate54 : *16-18). 블레이크는 그들이 직관의 확실성을 부정했을 뿐만 아니라, 진정한 비전이란 상상력으로부터 나오는 것임에도 불구하고 그것이 인식의 소산인 지식의 기억으로부터 나오는 것이라는 주장을 하고 있다고 생각했기 때문이다.

도덕률―블레이크의 윤리관으로 볼 때 상상력은 도덕률에 상응하며, 인간은 상상력이나 도덕률로 살아가야만 한다. 도덕률에 대한 그의 견해는 그 누구의 영향도 받지 않은 것이다. 천사들이 죄악을 범하고 사탄이 신을 거역하는 것을 찬미하는 것에 관해 생각해 볼 때, 아마 그 누구도 블레이크만큼 강렬하게, 열정적으로 그러한 사상을 설파한 적은 없었을 것이다. 또한 블레이크만큼 법칙과 도덕에 대한 반역을 그토록 진지하게 진술한 사람도 없었다. 그는 모든 종교가 그 기본적인 의미를 상실하고 신성을 모독했다고 지적했는가 하면, 지성에 의해 만들어진 법칙은 오용된 것이라고 지적하기도 했다. 그는 모든 법칙들의 파괴, 그리고 모든 욕망의 충동을 촉구하기도 했다. 블레이크의 이러한 신조는 영감을 받은 예술가들과 시인들의 저술에서, 또는 죄의 보상이나 사랑 등에 있어서 그 최고의 가치를 발한다. 이러한 경지에 이르기 위해서는 감각이나 이성, 그리고 도덕 등에 대한 미혹을 제거하지 않으면 안된다.

오 인간의 상상력이여! 오 신성한 육체여! 나는 박해했노라,
나는 그대를 등지고 황막한* 도덕률을 향해 갔노라.

(『예루살렘』, Plate 24 : *23-24)

블레이크의 선악관― 이것은 매우 신비적인 것이다. 선과악의 관계는 다양한 양상으로 설명되어 왔으며, 블레이크는 보엠과 더불어 신이 선과 악의 근원이라고 믿었다. 그런데 선과 악은 동일한 하나의 힘을 양면에서 본 것이다. 선과 악에 대한 상반된 설명은 그의 사상의 핵심이며, 모든 증거는 이 상반된 설명을 필요로 한다. 그리고 "상반이 없이는 진전이 없다"라는 그의 선언은 그의 모든 비전과 신화의 요지이다. 그의 상상력의

---

* 논문에는 "Water"로 인용되어 있으나 원전에 의하면 "Waters"이다.

위대함과 그의 사상의 심오함이 바로 여기에 있다.

> …인력과 반발, 이성과 에너지, 사랑과 증오는 인간존재에 필요하다.
> 소위 종교가들이 말하는 선과 악이 이 상반들로부터 비롯된다. 선은 이성에 복 종하는 수동적인 것이다. 악은 에너지로부터 나오는 능동적인 것이다.
> 선은 천국이다. 악은 지옥이다.
> (「요지」"The Argument", *Plate 3, 『천국과 지옥의 결혼』)

『천국과 지옥의 결혼』은 예언서들을 압축한 것이며, 다음에 소개하는 블레이크의 사명의 요점이라고 할 수 있다.

> 모든 성서 혹은 성전들은 다음과 같은 오류의 원안*이 되었다.
> 1. 인간은 두 가지 진실한 존재 원리들, 즉 육체와 영혼을 가지고 있다.
> 2. 악이라 불리는 에너지는 오직 육체에서 비롯되며, 선이라 불리는 이성은 오 직 영혼에서 비롯된다.
> 3. 인간이 자신의 에너지를 따른다면 그것으로 인해 신은 영원토록 인간에게 고통을 줄 것이다.
> 그러나 이런 것들과 반대되는 다음의 것들이 진리이다.
> 1. 인간은 그의 영혼과 별개의 육체를 가지고 있는 것이 아니다. 왜냐하면 육체라 불리는 것은 오감(five senses)으로 판별되는 영혼의 일부이며, 이 시대에 있어 영혼의 중요한 관문이기 때문이다.
> 2. 에너지는 유일한 생명이고 육체로부터 비롯된다. 그리고 이성은 에너지의 한계 또는 그 외적 주변**이다.
> 3. 에너지는 영원한 환희이다.
> (*「악마의 목소리」"The Voice of the Devil", 『천국과 지옥의 결혼』)

1928.12.24.

---

* 논문에는 "cause"로 인용되어 있으나, 원전에 의하면 "causes"이다.
** 논문에는 "circumstance"로 인용되어 있으나, 원전에 의하면 "circumference"이다.

역자 후기

이 논문은 영문 필기체로 수기된 것이어서 해독상의 어려움이 많았다. 지난 몇 개월간 본문을 검토하는 과정에서 문법이나 구문상 부적절한 표현이 많아 전후 문맥을 고려하여 해석한 경우도 있었다. 역자는 이 번역에서 데이빗 어드만(David V. Erdman)이 편집하고 해롤드 블룸(Harold Bloom)이 주석을 붙인 『윌리엄 블레이크 시·산문 전집』(The Complete Poetry & Prose of William Blake. Ed. David V. Erdman. Commentary by Harold Bloom. New York: Random House, 1988)을 근거로 정지용이 논문에서 인용한 인용문의 오류를 지적하고 정지용이 밝히지 않은 출처를 밝히는데 주력하였다. 정지용의 논문에서 부적절한 표현이 발견되는 경우에도 가능한 논문에 쓰인 문장을 살리는 관점에서 번역하고자 했음을 밝힌다. 정지용이 논문에서 인용하고 있는 인용문의 오류를 포함한 문법 또는 구문상의 부정확한 표현에 대해서는 역자가 시도하고 있는 정지용의 영문 논문의 주석 작업에서 밝힐 예정이다.

—『정지용 사전』(2003, 고려대출판부), 546~565쪽.

제 3 부

번역 산문

퍼―스포니와 수선화水仙花

퍼―스포니는해가이 세상世上에비추기비롯한째부터우에는더업는어엽븐분 처녀處女이엿습니다. 눈은여름바다와가치푸르고머리는 금金빗치요, 목소리는 은종銀鍾을울니는듯하엿습니다.

그는올림푸스 산山이마에잇는 황금黃金과, 은銀과 상아象牙로지은 화려華麗한 궁전宮殿에여러스리―ㄱ스, 남신男神과 여신女神들과가치살어야할몸이엿스나, 그러나그는이 세상世上해, 비추고, 꼿피고, 푸른풀, 나는고들더조화하엿습니다. 그리하여, 그 어머니쎔터―가여러 자매姉妹되는 여신女神들과 궁전宮殿에잇는것이올흔일이라고달내여보앗스나그는방긋방긋우스며머리를흔들어습니다.

너는, 이고데, 잇는것이, 더 평안平安하고 행복幸福스러우리라. 하고, 쎔터―는걱정스럽게말하엿습니다.

쎔터―는 자기自己가 궁전宮殿을써나돌불이가업슬째에귀여운쌀에게 무슨언짠흔일이나생기지아니할가하고늘 염려念慮하엿습니다. 물론勿論 그는올림푸스山에잇지마는, 가씀가다가, 世上에도다니러나려옵니다.

어느째에는 삼림森林속을헤치며, 다니고 어느, 때는, 바다ㅅ가에안저, 물결이모래우로줄렁거리며지근대는것을바라보며퍼―스포니와 행복幸福스런날을보내엿습니다.

그러나, 아모도, 그들을, 본이가, 업스니, 그싸닭은그들은, 불사不死의 신神이기째문에몸을감추는 술법術法을알음이외다. 그러나쎔터―가퍼―스포니에게 미소微笑를보낼째에는 과실果實이 성숙成熟하고 곡식穀食이, 연의, 째보다, 배倍나 속速하게잘압니다.

그리하면그리―ㄱ스 농부農夫들은 자기自己네끼리올해도 풍년豊年이라고깃버하나, 그들은, 어엽분두 여신女神이 자기自己네의밧츨지나가는것을보지못하고도, 여신중女神中에하나는 추수秋收의 신神쎔터―인줄도몰랏습니다.

하루아츰에퍼―스포니가 수선화水仙花를썩그려들에나갓습니다. 해신海神들과도가치싹지여 수선水仙으로 화관花冠을만들어 금발金髮에이기도하고억개에두를쏫두레도만들엇습니다.

그리다가얼마못되야퍼―스포니는 전前에보지못한쏫츨어덧스니이것은 백수선白水仙인데연의것은한줄기에별가튼쏫치하나 혹或은두개가열리건만, 이쏫츤한줄기에 백여百餘개가피엿습니다.

아사랑스런쏫! 아고흔쏫! 그는입술을썰어말하며좀더자세히들여다보랴고무릅을굽히고안젓습니다.

모든 공기空氣는 향기香氣로차고그는 우연偶然히 발견發見한 진귀珍奇한물건을동무들에게도보이랴고그그드로불럿습니다.

그러나갑작이무서운 사건事件이일어낫스니쌍이갈러지며깁허서시컴은 크다란구멍이그의발밋헤쩍벌어젓습니다. 그속으로부터검정말네 필匹이쓰는 마차馬車와한 필인匹人이튀여나와그사람의얼굴을채볼수도업시퍼―스포니를팔쭉에훔키여안고쌍속나라로다리고갓습니다.

「이것은쉐이데스왕王에이데스이다! 그곳 신神이죽은뒤에퍼―스포니를데리고갓다!」, 해신海神들은손을쥐여싸며부르지졋습니다.

구녕은닷치어지며 수선화水仙花는 전前과가치그우에푸른풀과가치피여잇스나그한줄기에 백여개百餘개피인백수선白水仙은그만몰을틈에업서져버렷습니다. 이것은아이데스가퍼―스포니를잡아가려고쐬를내인것이니퍼―스포니의 정신精神을그쏫체쓸어다려가랴고심어노흔 마화魔花이외다.

쎔터―가짤을차저왓슬째에는그 해신海神들도모다가버리고짤의 행방行方이엇더캐되엿는지물어볼만한사람도업섯습니다. 아홉낫과아홉밤을 짓고달피퍼―스포니를차저다녓스나, 그의맘은날로슯허질쑌이엿습니다.

　열흘재되는날에도첫날과갓치쌀의 종적跡迹을차저보앗스나그날은에로나의 화염火熖에서아조 특별特別한홰ㅅ불두자루를쌀찻는데쓸가하고가지고갓습니다.

　「나는 인간人間의탈을쓰고 인간人間에들어가쌀의소문이나좀들어보아야겟다」고그는나종에는말하엿습니다.

　그는줄음살이주럭주럭잡힌늙은할멈이되여쓰리—쓰에아ㅅ치카라하는곳을리—부나무밋우물가에안젓섯습니다. 해질무릅에졂은 처녀處女들이 진정眞鋌물동이를이고물길러왓습니다.

　「아! 참불상한할멈도잇다!」한 처녀處女가달은 처녀處女에게말하엿습니다.

　공주아지씨公主阿只氏여! 나를불상히녁이십닛가, 부왕전하궁궐父王殿下宮闕에는할멈을위하야빌리여주실만한구석방하나업슬가요? 쎔터—는말하엿습니다.

　「엇더케할멈은우리가公主인것을아는가?」.

　물동이를나려노코제일큰處女가물엇습니다.

　「늙은할멈은여간한일이야다알지요母后殿下쎄엿주어,　무슨천역賤役이라도식히시면忠實하게하야들이겟습니다」 쎔터—가 대답對答하엿습니다.

　공주公主는쌜니돌아갓다얼마못되야오더니메라네이리아 王后가어린아기의 유모乳母를 구求한다고말하엿습니다.

　졂은 공주公主들은가난한사람들에게 친절親切히굴게 교훈敎訓을바덧슴으로 자기自己네의 궁전宮殿으로다리고가저녁을가치먹자고할멈에게 권勸하엿습니다.

　「아니올시다. 공주아지씨公主阿只氏네여나의먹는것은좀달습니다.」

　하인下人에게식히여보리밥과　박하薄荷와물을조곰만가저오게하여주십시요, 네, 제가 원願하는대로요」

　그리하여그것은그러케되고쎔터—는어린아이를안고　밤에잠을재우고 잇다가, 온 궁宮안이모다잠들고요할째에그는어린아이를불꼿치이글이글이는넓은마당으로다리고나와어린아이를그불속에느엇습니다. 어린아이는울지도안코보채지도안코마치 장미화침상薔薇花寢床에나누은듯이방글방글웃고잇습니다. 그불은어린아이를조금도상하지안케함입니다.

「올치! 올치! 낫지면암보로시아(신神의 음식飮食)를먹고밤이면 화염침상火焰寢床. 이두가지로, 너를다른 신神들과가치 불사不死의 신神이되게하는것이다.」

아츰에는어린아이에게아무것도먹이지안코다만 신神의 음식飮食암보로시아로손발을문지를샏이요밤에는 화염火焰속에누일샏이다날이가고올수록적은 왕자王子는잘잘고 장미薔薇가치고화집으로 왕王은아티카에는이런아이가둘도업스리라고아조자랑하얏습니다.

「할멈은어린아이에게아무것도먹이지아니한다니그것이참말인가? 하루는왕이쎔터ー에게물엇습니다」.

「그것은뭇지말어주십시요」 엄격嚴格한말로 대답對答하얏습니다.

「그리고밤마다어린아이를다리고너른마당으로나가무슨 이상異常스런일을한다지」?

「전하殿下시여, 두가지다모르시는것이조흘듯합니다」.

「그러면할멈이기르는아이중에아이가 제일 第一어엽부지아니한가? 그것도아니가르칠가」? 왕王은 취醉한것처럼물엇습니다.

「할멈의딸은더어엽벗지요만은그아이를일어버렷습니다」. 쎔터ー는슬히 대답對答하얏습니다.

「오늘밤에는내가그마당에가서그할멈이무엇을하나좀보겟다」 고메라네이아 왕후王后는말하얏습니다.

「아니가는것이조흘듯하오그는탈쓰고온 여신女神인듯하오」.

「그를 노怒하게하여서는아니됩니다」, 왕王은 충고忠告하얏습니다. 그러나 왕후王后는 호기심好奇心을참지못하야한밤중쯤되야마당으로나갓습니다.

할멈이어린아이를안고피이랴고하는장작을발노저어불꼿츨일게하고어린 왕자王子를그우에누이는것을본 왕후王后는아조무서워서소리질럿습니다. 갑작이, 그허리굽고늙은 유모乳母는허리가곳게펴지며젊고키크고 위엄威嚴잇게보이며두억개에는 금金실머리가설이엿습니다. 왕후王后가채말도다하기 전前에그는어린 왕자王子를불에서집어내여쌍우에가만이누이면서.

「나는쎔터―여신女神이다, 나는너의아들을 불사不死의 신神으로만들랴하얏드니너의 호기심好奇心이이것을글르게하엿다.

왕후王后는아조 공순恭順하게 용서容恕를빌엇스나쎔터―는듯지안코곳 그 궁전宮殿을써나버렷습니다.

그해 추수秋收는 흉년凶年이엿스니쎔터―는아즉도퍼― 스포니째문에슯흠중에잇고그까닭에쎔터―가 미소微笑하는일이업슴으로 곡식穀食은열매를얼지못하고 과실果實은익지를못하엿습니다. 농부農夫들은씨를쑤리엿스나하나달도엇지못하고여러 신神들은 기근饑饉을 염려念慮하야올림푸스로부터 사자使者를쎔터―의게보내엿습니다.

「퍼― 스포니가돌아오기 전前에는 추수秋收는잇슬수업다」고함으로나종에아이데스에쎔터―의딸과서로써나달나고 청請하지아니할수업게되얏습니다.

퍼― 스포니는아이데스의后가되야쉐이데스나라 영화榮華로운 왕좌王座에서 왕王과가치안엇습니다.

퍼― 스포니는 전前보다더어엽버젓지마는그곳데서 결決코 행복幸福을누리지못하엿스며 신神의 사자使者허―ㅁ스가와서퍼― 스포니를노아달나고아이데스에게 청請할째퍼― 스포니도또한남편에게돌아가겟다고원願하엿습니다.

허―ㅁ스는얼굴이잘나고발과 모자帽子에는 은銀날개가달렷스니그가 번개ㅅ불처럼쉐이데스나라에날어와서퍼― 스포니에게해ㅅ빗과, 수선화水仙花와그다음여러가지싸우에잇는빗나고아름다운물건들을그립게하엿습니다.

「나를보내주시요」, 그는손을밀어빌엇슴으로아이데스는허—ㅁ스와 가치가도관게치안타고 허락許諾을하엿슴으로얼마아니잇서서퍼—스포 니는어머니팔에안기여보게되엇습니다.

「너는쉐이데스나라에서아모것도먹은일업느냐. 퍼—스포니야?」

웨요어머니?」

누구든지그고데서 음식飮食을맛보면언제던지그고데잇게된단다.」

「저의남편이 석류柘榴열매를주어서 세상世上에오는길에서먹엇습니다.」 퍼—스포니느는몸을썰어가며 사실事實을말하엿습니다.

셈터—가이말을듯고올림푸스로날러가서 신神에게쌀을불상히녁녀달 나고빌며.

「퍼—스포니를다시내게서써나지말게합소서」라고빌엇습니다.

수령 首領되는 신神들은함께모혀 회의會議를열고한 신神이말하기를.

「만일아이데스가그아이를바라면불가불 돌녀보낼수박게는업소무엇보 다도그아이가 석류柘榴열매를먹엇스닛가.」

다른 신神이말하기는.

「그러나제가한일이조코그른것을몰으고한것이요쏘는 추수秋收가글녀 염려念慮지요.」

그리하야나종에는 결정決定하기를퍼—스포니가 일년一年열두달에여섯 달은쉐이데스나라에잇게하고남어지여섯달은셈터—와잇게하엿습니다.

글로부터퍼—스포니는어두운겨울은쉐이데스사람들과지내고봄날이 와서쌍우에해가비치고 수선화水仙花가필째는 세상世上에와서여름에온갓 곡식穀食과 과실果實이어머니 미소微笑하는알에에서익고열매맷는것을본 다합니다.

—『휘문 문우』 1923.1, 16~21쪽.

여명黎明의 여신女神 오―로아

이 니야기는 엇던 여신 女神이 인간人間에 와서 결혼結婚하엿다는 일이니 예전「끄리―ㄱ」사람들이 밋어오던 바이외다.

신神들이 이 세상世上에 오면 고흔 처녀處女와 어엽부고 젊은 사나이들에게 마음이끌니여 그들을 「올림푸스」山에 잇는 궁전宮殿으로 다리고 간다합니다.

그러나 혹간或間 가다가 다른 신神에게 그들이 영원永遠히 죽지안케하는 부탁付託을 이저버림으로 몃해동안 지나서는 시들시들 말너서 죽거나 혹或은 영원너永遠히 죽지안는 부탁付託은 할지라도 영원永遠히 젊게하는 부탁付託을 이져바리는째는 가련可憐하게도 그 데불니여간 사나이나 여자女子들이 얼마 아니가서 소약衰弱하고 늙어 쇠부라저 아조 슯흔 정경情景에 싸지나 그와는달너서 「올림푸스」山에 사는 여러 신神들은 모다 영원永遠히 새파라케 젊은대로 어엽분대로 살어간다합니다.

그까닭에 그 신神들이 그들과 내외內外가 되여 지내기가 실증이 나거나 더욱이 남편이나 안해라고 부르기에 넘우 틀나게되면 그들을 세상世上에 다리고 나려와서 김승이나 초목草木으로 태여나게 합니다. 그러나 그들은 차라리 몸은 「귀쑤람이」이나 나무가 될지라도 이 세상世上에 잇는것이 「올림푸스」 황금궁전黃金宮殿에 잇는이보담 더 신세身勢가 편便하엿슬줄 압니다.

그러나, 만일 그 신神들이 그들로 하여금 이 인간人間에서 가튼 겨레끼리 저대로 살엇다가 저대로 가게하고 아모 간섭干涉도 말엇스면 더 행복幸福스러워겟지요. 여러분도 그러케 생각하십닛가?

「오―로라」라고 일으는 여명黎明의 여신女神은 「끄리―ㄱ」나라 신중神中에서도 제일第一 어엽분이외다 예전 「쓰라―ㄱ」사람들은 새벽 동틀째에 속편東便하눌이 붉고자지빗나고 보라빗으로 피여나는것을 볼째에 그하눌빗과갓치 선연히 나타나는 월계화月桂花갓흔 처녀處女가 사륜마차四輪馬車를 몰아 여명黎明의 전령傳令을 쎅우면서 진주문眞珠門을 돌아나가는것을 멀리 그리여 생각한다 합니다.

그는 몸에 진홍眞紅빗 치마를입고 「바이올렛트」빗 만틀을 두르고 이마에는 별을 이고 손에는 햇ㅅ불을 잡엇습니다. 사람들은 여명黎明의 여신女神 「오로―라」라고 만부르지마는 그는 황혼黃昏의 女神도 되기째문에 그의 궁전宮殿은 멀리멀리 서西쪽으로 가서 푸른바다 한복판에 보석寶石처럼 쩌잇는 한섬우에 잇엇습니다. 그고데는 사철 쏫피여잇는 정원庭園도 잇고 고흔잔듸밧도 잇서 「오로―라」는 한나제는 이고데서 쉬고

해가 넘어가면 이마에 인별에 빗츨 달고 손에든 홰에 불을 켜들고 왓던길을 다시 돌아 다음날 여명黎明을 효문근처曉門近處에서 기다립니다.

혹간或間가다가 공중空中으로 말을 몰아가는 대신에 이쌍 우로 통通하는 한 빗나는 소로小路로 나려오기도하니 그 고든 그가 매우 조하하는데엿습니다.

그가 초목草木이며 쏫체 이슬을 흘리여 다시살게하고 온 인류人類에게 반가운 아츰인사를 보내며 지나는곳마다 적은새들까지 잠을 째입니다. 그러나 누구던지 그를 만히 사랑하엿지마는 그가 「트로이」왕자王子 「치도누스」를 사랑하게 된 이전以前에는 아모도 그의마음을 건드려보지도 못하엿습니다.

「치도누스」는 자세姿勢가 바른 미소년美少年이요 더욱이 그는 유희遊戱이며 춤이며 노래를 질기여 부왕父王의 궁전宮殿에서는 더말할수업는 귀중자貴重子이엿습니다.

「오―로라」와 「치도누스」 두사람이 어느날 아츰 진주문眞珠門박게서 맛낫스니 「치도누스」가 찬란燦爛한 여신女神의 얼굴을 우러러 볼째에는 이제까지 몰으든 마음이 더워짐을 쌔달엇습니다. 그리고 「오―로라」도 그를

볼째 참 엇더케 어엽븐 사람이냐고 미소微笑로 그를 대對하엿습니다. 그리고 그를 애애愛하게된것이 그로부터입니다.

그뒤로는 「치도누스」가 자기自己의 유희遊戲는 모다 버리고 날마다 아츰이면 효문근처嚆門近處에 가서 「오—로라」를 기다리엿습니다. 그들을 함께 긴 세월歲月을 행복幸福스럽게 지내다가 「치도누스」가

「당신은 내안해가 되시지 안으시럽니가?」 고물엇습니다.

「네 당신은 서편西便바다에 잇는 우리섬에 가서 나와함께 살읍시다.」

「아 그러나 내가 이것습니다.」

「나는 장차將次 늙은몸이 되고 그리고 죽을몸이외다. 우리가 갓치잇게 되기도 겨우 한 몇해에 지나지못하겟습니다.」 하고 여신女神의 애인愛人은 슯히 말하엿습니다.

「그러면 부신父神 「세우스」께 말슴하야 당신으로 영원永遠히 살게 청請하야 두겟습니다」 하고 「오—로라」는 얼마 생각하다가 대답對答하엿습니다.

그리하야 「세우스」는 「치도누스」에 한限업는 수壽를 허허하여주고 「오—로라」는 그를 자기自己의 화려華麗한 궁전宮殿으로 다리고 갓습니다. 생활生活에 황금黃金물결이 흐르는것갓치 그들은 서로 깁히 사랑하엿습니다.

그러나 가이업게도 「오—로라」는 「세우스」에게 자기自己남편이 영원永遠히 죽지안케는 청請하엿지마는 영원永遠히 젊게하는것은 그만 이저버리고 청請하지안엇습니다.

세월歲月은 흘러 「치도누스」는 나이먹어 늙고 강장强壯한 체격體格은 줄음이 잡히고 머리는 백발白髮을 날리게 되엿습니다.

처妻는 전전과갓치 변變함업시 어엽부고 젊은대로 잇슴으로 자기自己는 비록 늙엇슬지라도 처妻의 어엽븐것을자랑으로 생각하엿습니다.

그러나 나종에는 그는 점점漸漸더늙어 아무것도 낙樂을 엇지못하게 되도록 늙엇습니다. 종아리는 밧작말너 붓고 눈은 흐리고 다만예전에 가젓

든 것이라고는 목소리만 남엇습니다.

「오—로라」는 오래동안 그를 다리고 잇섯스나 나종에는 편편(便便)치안어 앓는소리하는것이 듯기실케 되엿습니다.

「치도누스」는 밤이나 나지나 신(神)에게 어서 죽게하여 달나고 빌으나 「오—로라」는 자기(自己)가 그를 위(爲)하야 영원(永遠)히 죽지안케 청청(請)하엿슴으로 신(神)은 그것을 들어줄 리가 업슬줄 알엇습니다.

그는 목소리만 변(變)함업시 남어씻는듯이 외골수로 남이 듯거나 말거나 잔소리를 짓거려대 엿습니다.

「오—로라」는 그를 불상히 넉엿스나 벌서 사랑은 써러젓습니다. 늙은 「치도누스」는 「오—로라」도 거진 몰나보게 되고 다리굽은 늙은하라범에게는 예전그림자라고는 아무것도 볼수업섯습니다. 그리하여 여신(女神)은 그를 세상(世上)에 다리고와 「귀쭈람이」를 만들어 버렷습니다.

여러분이 보라빗 아츰구름을 볼째에 붉은만토로 둘으고 진주문(眞珠門)에 건이는 「오—로라」를 보며 나무덩클틈에서 날카로운 「귀쭈람이」울음을 들으실째 「오—로라」여신(女神)의 남편이엿섯던 예전 「치도누스」를 추억(追憶)하십니까?

— 『휘문 문우』 1923.1, 30~35쪽.

그리스도를 본바듬

제일권

령적 생활에 대한 유익한 일깨움

제일ㅅ장

그리스로를 본바듬과 쏘한 세속의 모든 헛됨을 업수히녁임에 대하야.

쥬 ─ 「나를 쌀으는 자는 어둠속에 것지 아니한다」* 이르시도다.
　이는 그리스도의 말슴이시니 만일 진실로 광명에비최임과 쏘한 모든 마음의 소경됨에서 구원밧기를 원할지면 이 말슴으로 인하야 그의 생활과 행실을 어쩌케 본바들ㅅ가 일깨워짐 이라.
　이럼으로 예수 그리스도의 생활을 묵상함으로 최상의 공부를 삼을것 이로다.
　2. 그리스도의 도리는 모든 성인의 도리에 쮜여나도다. 그럼으로 그의 정신을 가지는자는 거기 감초인 만나(신령한 음식)을 어들지로다.
　그러나 만흔사람들이 복음을 자조 들음에도 아모 원욕도 늣기지아니 함이 혼이잇스니, 연고는 그리스도의 정신을 가지지 아님이로다.
　누구나 그리스도의 말슴을충분히 쏘한 맛시게 알아듯기를 원하는자는 자기의 온 생활을 그 의게 합치하기를 힘써야 맛당하도다.
　3. 삼위일체에 대한 놉흔리치를 시비함이 너의게 무슨 나슨일이 잇스

---

* 요왕 8 · 12

랴. 만일 겸손이업시, 글로말미암아 성삼위일체 의향에 합하지 안이한다면?

실로 고상한말이 거룩한이와 의로운사람을 만들지못하고, 덕잇는 생활이천주께 사랑스런자가 되는도다.

통회의 정의를알기보담 차라리 통회를 늑기기가 원이로다.

서령 성경전부를 거트로, 쏘한 모든 철학자의 말한바를 네가 안다하자, 천주의 사랑과 성총이 업시 대체 무슨 유익함이 잇스랴?

「헛됨 중에도 헛됨이여」 천주를 사랑하며 다만 그를 섬기는 외는 「모든 것이 헛되도다」*.

세속을 업수히 녁임으로 하날나라에 향함이 이 최상의 지혜로다.

이럼으로 헛되도다, 멸해 업서질 재물을 구하며 바람이여.

쏘한 헛되도다, 명예를 욕망하며 놉흔지위에 자기를 놉힘이여.

헛되도다, 육신원욕을 쌀음이여 그때문에. 후에 중히 맛당히 벌바들 그것을 부러워함이여.

헛되도다, 오래 살기를바라고 잘살기는 적게 돌봄이여.

헛되도다, 현세생명에만 착심하고 내세사정은 미리안배치 아니함이여.

헛되도다, 훌훌신속히 지나가는 것을 사랑하고 영원한 즐거움이 머문 그곳으로 밧비구지 아니함이여.

자조 이 비유를긔억하라 「눈은 봄에 배불으지 아니하며 귀는 드름에 차지 아니하나니라」**.

그럼으로 너의 마음을 보이는바로 사랑함으로부터 쎄우며, 보이지 아니하는 사정에 너스사로를 옴기기로 힘쓸지라.

연고는 오관을 싸름으로 양심을 째뭇치며 쏘한 천주의 성총을 일흠이로다.

---

* 전교서 1·2
** 전교서 1·8

제이장

자기를 나춤에 대하여.

1. 모든 사람은 본대 앎을 원한다.* 그러나 천주를 두림업는 지식이 무엇이 유익하리오?**

실노 천주를 밧드는 촌백성이, 자긔를 소홀히하고 일원성신의 도는길을 닉히 연구하는 교오한 철학자보담 나흐니라.

자기를 잘아는자는 저를스사로 천히하며 사람의 기림에 즐기지 안는도다.

서령 세상에 잇는바 모든것을 안다하자 그러나 애덕에 잇지아니하면 천주압혜 무슨 도움이되랴, 그는 나를 행위대로 심판하실것임에?

2. 너무 알고십허하지 말지니, 연고는 거긔 큰 분심과 속임을 맛나리라.

사람들은 유식하게 보이기와 지혜롭다 일러지기를 감심으로 원하는도다.

앎이 도로혀 령혼에 아조적게 혹은 하나도 리로움업는것이 만흐니라.

실노 미련하도다, 자기 령혼구제에 밧들기보담 다른사물에 착심하는 자여.

만흔 말이 령혼을채오지못하나니, 조흔 행실이 명오를 시원케하며 조찰한량심이 천주ㅅ게 향한 큰밋봄을 주는도다.

3. 더알며 낫게 알수록 그만치 더거륵하게 살지아니하면 그로인하야 더욱중히 심판바들지로다.

그럼으로 엇더한기술이나 학식자랑하기를 슬혀할지며 찰하리 어든시식에대하야 두려워하라.

혹 만히 알고 충분히 리해한다고 스사로 생각될지라도 그래도 모르는 바가 이에서 만히잇슴을알으라.

---

* 아리스도델레스
** 집회서 1·17

「분수에 넘는것을 맛드리지말나」* 너의 무식함을 더욱실정알어라. 엇지하야 너를 다른사람에 나수녀기고자 하느뇨, 너보다 박학한자와 법에 더용한이를 맛날것임에?

혹 긴히 엇던것을알며 배호고자 하거든 「누구에게 알니여지지아니하고 아모것도아닌것으로 녀김밧기를 사랑하라」**.

4. 가장 깁고 유익한 공부는 실로 자기를알며 쏜한 나춤이니라.

자기는 아모것도 아닌걸로녀기고 남을항상 조케 놉히 생각함이 큰지혜이며 완덕이니라.

혹 남이 드러나게 범죄함이나 무슨 중대한 잘못함을 보앗슬지라도 그래도너를 의당 더나수 금치지못할지니, 연고는 얼마나 오래 착한분수에 머므를지 너도 모를바이니라.

사람은 모다 연약하다 그러나 아모도 너보다 더 연약한자 업슬줄알어라.

제삼장

진리의 도리에 대하야.

1. 사라저 업서질 모상이나 소리를 인함이 아니오 진리가 스사로가르치고 쏜한 잇는 그대로 가르치는자는 유복하도다.***

우리 소견이나 우리 생각이 자조 우리를 속이며 쏜한 보는바도 적도다.

가리우고 희미한 사정에 대하야 수다하게 론쟁함이 무슨 리익이 잇스랴, 우리가 그것을 모르고 지난연고로 심판쌔 문책당할것이 아님에?

미련함도 크도다, 유익하고 요긴한것은 소홀히하고 다사스럽고 해로

---

* 로마서 11 · 20
** 성보나벤두―라
*** 시편 93 · 12

운 일에 착심함이여, 눈을가지고도 보지 못하는되.

2. 쏘는 종種을 캐며 류類를 가리고 하는것이 우리에게 무슨 관게가 되랴?

영원하신 「말슴」의 가르치시을 듯는자는 여러가지 소견에 잡히지 안는도다.

한 「말슴」으로조차 만물이 오고, 하나를 만물이 니르는도다, 이는 「시초부터」 우리에게 「말하는 그로다」*.

이를 말미암지 안코는 아모도 알아들으며 바로판단하지 못하리로다.

만물이 하나이요, 만물을 하나로 잇글고 쏘한 만물을 하나에서 보는자는 심지가 견고하며 천주 안에 평화롭게 능히멈으를수 잇나니라.

오홉다 진리신 천주여, 영원한 애덕에서 나를 너와 함께 하나로 만드소서.

만흔것을 낡음과 드름이 항상 나를 괴롭게하나니, 네 안에 내가 원하며 하고십허하는것이 모다 잇슴이니다.

모든 학자를 잠잠케 하며 온갓 피조물을 네 압헤 믁믁케 하소서.

3. 누구던지 더욱 정신이 한갈스럽고 내심에 순박할사록 더만히 더깁히 힘안드리고 쌔다를지니, 연고는 우에서 오는 총명을 빗츨바듬이니라.

조찰하며 순박하고 항구한 정신은 만흔 일에 산란치 아니하나니, 연고는 모든 일이 천주의 영광을 위하야 함이오 사리를 도모함에는 한가롭고쟈 함이니라.

무엇이 너를, 너의 극긔업는 마음의 애욕보다, 더 조당하며 고롭게하랴?

어질고 지성한 사람은 밧긔 행할바 자긔 일을 미리 안에 안배하는도다.

쏘한 일이 그를 사악에 기우러지는 원욕으로 잇글지 아니하며 도로혀 그가 일을 바른 리치의 주장대로 굽히게 하는도다.

---

* 요왕 8·25

누가 자긔를 이긔기에 힘씀보다 더 용맹한 싸홈을 하리오?

그럼으로 맛당히 우리의 사업으로 하야할것은, 곳 자긔를 이김과 날노 더 용맹하여짐과, 쏘한 더 낫게 나아감이니라.

4. 이 인생에서 모든 완전함이란 다소간 매인 불완전함을 가지고잇스니 그럼으로 우리의 모든 살핌도 다소간 희미함을 면치못하느니라.

너를 겸손할줄 앎이, 지식의 깁흔 연구보다, 천주께 향하야 더욱 일정한길이니라.

지식이나 보통 일머리 앎이 글타 할 수 업스니, 이는 그 자체로 보아도 조흔 일이오 쏘한 천주께서 안배 하신것이라, 그러나 항상 조흔량심과 유덕한 행실을 더낫게 녁일것이니라.

대개는 착한 행실보다 지식 엇기를 더 힘씀으로 항상 그릇치며, 열매를 매즘이 하나로 업거나 맷는대야 아조 적으니라.

5. 오홉다, 만일 여러가지 문제를 론난하드시 악습의 쌕리를 쏩아버리고 선덕의 싹을 접부치긔에 매우 부즈런 할것이면 세상은 이러케도 만흔 죄악과 악한 표양을 짓지 안흘것이며 수원(修院)안에도 이러한 한만이 생긔지 안흘것이로다.

일정코, 심판날을 당하야 천주께서 우리가 무엇을 닑엇는지를 뭇지안으시고 무엇을 행하엿는지 차즈실것이오 엇더케 훌륭한 말을 하엿는지가 아니고 엇더케 규계를 잘 직히며 살엇는가를 무르시리로다.

내게 닐을지어다, 너희도 잘 알던터이오 살어잇던 동안에는 박학으로 령명이 쏫피듯하던 그 모든 대가와 선생들이 이제 어디잇는지를?

임의 그들의 놉흔지위를 다른자들이 차지하엿스며 그들에 대하야 생각이나 하는지도 모를바이로다.

그들이 살어잇던 동안에는 엇던양으로 우러러보이든것이 이제는 그들에 대하야 말하는이도 업도다.

6. 오홉다, 세상의 영화는 어이그리 쌜니 지나가는고! 그들의 일생도 그들의 학식과 일치 하엿더면! 배우고 닑고 한것이 다 조홧스리로다.

천주를 밧들기는 조곰도 돌보지 안코 세속의 헛된 지식을 싸르다가 멸망하는자들이 얼마나 만흔고! 사람들은 겸손함 보다 큰체하고자함으로 제 생각에 제가 사라지고 마는도다.

실노 큰자는, 큰 애덕을 가진이로다.

실노 큰자는, 자긔를 적게보고 모든 절정에 오른 명예를 아모것도, 아닌줄 녁이는이로다.

실노 지혜로운자는, 「그리스도를 엇기 위하야」싸에 모든것을 「분토 갓치」*, 녁이는이로다.

실노 유식한자는, 천주의 성지대로 행하며 자긔의 원의는 바리는 이로다.

제사장

행동에 잇서 슬기에 대하야

1. 모든 말이나 지각을 다 미들것이 아니오 삼가고 여유롭게 천주의 쯧대로 사물을 헤아릴것이로다.

오호라! 남의 조흔점 보다 악처를 쉬히 미드며 말하는도다, 이러타시 사람은 연약하도다.

그러나 완덕의 사람은 남의 말을 쉬히 밋지 아니하나니, 연고는 사람은 연약하야 악에 기우러지기와 쏘한 구설에 가볍기가 쉬움을 아는 까닭이로다.

2. 행동에 잇서서 황급하지 아니하면 자긔 의견에 고집하지도 아니함은 큰 지혜로다.

이러한 지혜는 남의 아모런 말에도 쉬히 밋지 아니하며 드른바나 미든

---

* 비리버 3 · 8

바를 즉시 남의 귀에 옴기지도 안는도다.

지혜롭고 량심이 밝은 사람의 지휘를 바드라, 그리고 너의 생각을 짤음보다 찰하리 나흔 사람의게 물어 가르침을 바들지니라.

착한 생애는 사람을 천주의 성지대로 지혜롭게 하며 여러가지 사정에 경력을 엇게 하는도다.

사람은 스사로 더겸손 하며, 천주께 더순종 할사록, 모든 사정에 더 지혜롭고 더안정 하리로다.

제오장

성경을 읽음에 대하야

1. 성경에서 차즐것은 진리오 문사가 아니로다.

모든 성경은 그를 쓴바, 그 정신으로 맛당히 읽을것이로다.

성경에서 문사의 미묘함보다 찰하리 신익을 차즘이 맛당하도다.

이러므로써 경근하고 순박한 책을 마치 고상하고, 심원한 책과 가치감심으로 읽어야 맛당하도다.

저술자의 권위를 헤아리지 말나, 그의 학문이 적든지 만튼지 무를바이 아니오 다만 순전한 진리의 사랑으로 읽을것이로다.

누가 이를 말하엿느냐 무를것이 아니오 무엇이 쓰여 잇는가를 류심하라

2. 사람은 죽어 사러지거니와 「주의 진리는 영원히 머물도다」.*

천주는 사람의 분위를 가리지 아니하시고 우리에게 「여러 모양으로」** 말슴 하시는도다.

---

* 성영 116 · 2
** 헤부레서 1 · 1

우리의 호기심이 성경을 읽을때 항상 우리를 조당 하는도다, 단순히 지나가고 마를 곳을 캐여 알고자하며 변론하랴 하는도다.

만일 성경에서 유익을 엇고쟈할지면 겸손되히, 순전히, 쏘한 성실히 읽을지오 아못대나 박학의 헛된이름을 가지고자 바라지 말지니라.

뭇기를 감심으로 하라, 잠잠히 모든 성인의 말슴을 드르라, 부로들의 비유가 네게 합의치 안타하지 말지니 연고업시 발한것이 아님이로다.

정정訂正 제삼호중 본란 제삼장 2절 말행 「모든 학자를 잠잠케 하며 온갓 피조물을 네 압헤 믁믁케 하소서」 밋헤 「너 홀노 내게 니르소서」가 락행되엿슴으로 이에 추가 함.

제륙장
차례 업는 애정에 대하야

1. 어느때든지 사람은 무엇이든지 차레업시 탐하면 즉시 내심이 불안하도다.

교오 하며 간린한 자는 결코 안정하지 못하는도다. 가난하고 마음으로 겸손한자는 만흔 평화중에 지나는도다.

아직 온전히 자긔에 죽지 아니한 사람은 유감을 당하기 쉬우며 사소하고 천한일에 지는도다.

령신으로 연약하며 어느정도로 아즉까지 육신에 쓸니우며 그리고 오관에 기우러지는자는 세속원욕에서 능히 온전히 버서나기 어렵도다.

연고로 그러한 사람은 제가 덜니게 되는 째는 항상 근심을 가지며 혹 누가 그에게 거사리이면 쏘한 경첩이 분로 하는도다.

2. 만일 탐욕하는 바를 그대로 어덧슬지라도 즉시로 량심의 가책이 믁

어워질것이니 자기가 구하던 평화를 조곰도 돕지 못하는바 자기의 편정을 쌀은연고로다.

이러므로 편정을 대적함으로 마음의 진실한 평화를 어들것이오 그들 섬김으로는 엇지못하는도다.

연고로 평화는 육신엣 사람의 마음에나 밧긔 사물을 밧드는자에 잇지 안코 도려혀 열렬하며 령ㅅ적인 사람에게 잇도다.

제칠장
헛된 희맛과 제몸눕힘을 피함에 대하야

1. 헛되도다, 자기의 바람을 사람에 두거나 피조물에 두는 자여.

예수그리스도의 사랑으로 남의게 봉사하기와 그리고 이세상에서 가난한자로 보이기를 붓그리지 말지로다.

너자신을 신뢰하지 말나, 도로혀 천주안에 너의 바람을 세울지로다.

너의 할수잇는것을 하라, 그러면 천주께서 너의 조흔원의를 도으시리로다.

너의 지식이나 혹은 엇더한사람의 재조에 힘밋지 말지며 천주의 성총에 더욱 의지하라 그는 겸손한자를 도으시고 오만한자를 낫초시는도다.

2. 재물이 서령 잇슬지라도 쏘한 엇더한 친우든지 권세 잇다는 연고로 자랑하지말나, 다만 천주안에서 자랑하라, 그는 모든것을 주시며 모든것을 초월하야 당신을 친히 주시기를 원하시는도다.

너의 육신의 장대하고 미려함을 자만하지말나, 그는 적은 병을 인하야 상하고 추해지는도다.

너의 기량이나 총명에 대하야 너스사로 자부심을 가저 천추의향을 거사리지말나, 본대 네가 가진 조흔것은 무엇이든지 온전히 그의것임 이로다.

3. 너를 다른사람에서 더나흔즐노 헤아리지 말나 혹 천주 대전에서 더 낫추 쩌러지지 안흘가함이니 그는 사람안에 잇는바를 아르심이로다.

너의 선행에대하야 자랑하지말나, 연고는 천주의 심판은 사람의 판단과 달니하나니, 사람의 의향에 합하는 것이 천주ㅅ게는 흔히 의합치 아니함이로다.

혹 무슨 선한것을 가젓슬지라도 남이 가진더조흔것을 알으라, 너의 겸손을 본존하기 위함이로다.

서령 너를 모든사람 아래에 둘지라도 해가업도다, 그러나 만일 어느한 사람일지라도 너를 그우에올니면 해가 매우 만토다.

항구한 평화는 겸손한자와 함께잇스니 오만한자의 마음에는 질투와 분노가잣도다.

제팔장

과히 친합하기를 피함에 대하야

1. 「모든 사람의게 마음을 들어내지말라」*.
다만 지혜롭고 천주를 두리는자로 더부러 너의 사정을 상의하라.
나히 젊은자들이며 낫닉지 못한 사람들과는 사이를 드물니 하라.
부자의게 아당하지말지며 권세잇는자압헤 나가기를 즐기지말라.
겸손하고 순박하자와 경건하고 단정한자들과 사괴라 그리고 덕행을세울일을 서로 담화 하라.
엇더한 여인과도 친압하지 말라 다만 대체로 모든 선량한 여인을 천주께 천거하라.

---
* 전교서 8·22

다만 천주와 그의 천신들과 친밀하기를 바랄지오 사람들과 친근하기는 쓰릴것이로다.

2. 모든 사람의게 애덕을 가저야 할지로다 그러나 친압함은 유익하지 안토다.

흔히 잇는일이니 아직 모르는 사람으로 조흔 명성에 빗나든자도 그를 만나보는 눈에 무실한것이 들어나는도다.

혹엇던째 남과 접근함으로 그를 깃브게할줄로 생각하나 우리가 가진 거동의 질점이 들어남으로 도로혀 불쾌한 심사를 알게하는도다.

제구장

순명과 겸비함에 대하야

실로 위대하도다 순명하는덕이여 장상의 아레 생활하며 자기스사로 주장이 되지 아니함이여.

겸비한데 서서 쌀으는것이 우에잇서 다사림보다 매우 안전하도다.

세상에는 만흔사람들이 애덕으로조차남보다 엇지 할수업는탓으로 순명하는도다 그리하야 그들은 괴롬을 늑기며 경첩히 원망을 품는도다. 만일 오롯이 마음으로 부터 천주를 위하야 자기를 굽히지 아니할지면 령론의자유를 어들바이 업스리로다.

예나 제나 두루다녀 보라 겸손히 장상의 지도에 순종하지안는 한에는 평안을 어들곳이 업스리로다.

환경과 변화에 대한 부즈럽슨 생각이 만흔 사람을 그릇치는도다.

2. 진실로 사람은 각각 자기 지각대로 하기를 조하하며 자기와 생각이 서로 가튼자의게 더 기우러지는도다.

그러나 만일 천주 - 우리안에 게실진대 평화의 복됨을 위하야 엇던째에는 우리의 생각을 버리는것이 요긴하도다.

누가 모든것을 능히 충족히 잘알기까지 이러타시 지혜잇는자이 잇스리오.

그럼으로 너의 생각에 너무힘밋지 말라 감심으로 다른이의 의견도 듯고자 힘쓸지로다.

서령 너의 생각이 조흘지라도 이것을 천주를 위하야 사양하고 다른이의 의견을 쌀을지면 일로 인하야 더욱 유익을 어드리로다.

3. 나 – 자조 들엇노니 남의 지휘를 듯고 바더드리는것이 스사로 남을 지휘함보다 훨신안전하다 일넛도다.

그야 의견이 다 유리할수 잇스리로다. 그러나 사리와 연유가 다른이의 의견을 싸르도록 됨에도 불구하고 순종하지 아니함은 이는 일정코 교오와 고집의 빙거로다.

제십장

말 만흠을 삼가 피함에 대하야

1. 될수 잇는대로 뭇사람의 헌화를 삼가 피하라. 세속 사정을 의론하는것이, 비록 순전한 의향에서 나왓슬지라도, 만흔 조당이 되는 연고로다. 즉시 망녕된 생각에 더럽히며 사로잡히는 연고로다.

나 – 침묵히 지내엿더라면, 쏘는 뭇사람속에 가지 아니하엿더라면 조핫스려니하는 생각이 만히 이는도다.

그러나 엇지하야 이러타시 잡담하기와 서로 이야기 하기를 조하하느뇨, 량심에 상해를 입지 안코서 침묵에 도라오기가 드물음에도?

이러타시 달게 담화 하고자하는 까닭은 서로 이야기 함으로 서로 위로를 구함이오 쏘는 여러가지 다른 생각에 수고로운 마음을 가볍게 하고자 바람이로다.

  더욱이 우리가 만히 사랑하며 원하는 바에 대하야 혹은 우리에게 상반되여 늑기는 바를 말하기와 생각하기를 감심으로 즐기는도다.

  2. 그러나 오홉다! 항상 부즈럽고 무익하도다. 밧게서 오는 이 위로가 안에서 오는 쏘한 거륵한 위안에 적지안은 손해가 되는도다.

  이르므로 째가 한가하게 지나가지 안토록 수직하며 긔도하야 할 것이로다.

  만일 말하야 합당하며 쏘한 유익할진대 덕행을 세울일에 관한것을 담화하라.

  악한 습관과 덕행에 나아감을 소홀히함은 우리 입을 경계하지 안흠으로 만히 나는도다.

  그러나 령혼 사정에 대한 경건한 회담은 령쎡 진보에 적지안케 도음이 되나니 마음과정신으로 천주 안에서 서로 가튼자 끼리의 사귐은 더욱 그러하도다.

제십일장
평화를 어들것과 덕행에 나아갈 열심에 대하야

  1. 만일 우리가 남의 말과 일이며 쏘는 우리에게 관게되지 안는 일에 상관하랴고 아니할지면 만흔평화를 누릴수 잇스리로다.

  남의 일에 간섭하며 긔회를 밧그로만 구하고 자기를 안으로 거두어드리기를 아조 적게 드물게 하는자가 엇지 오래 평화에 미믈수가 잇스리오?

  순전한사람은 복이 잇도다, 만흔 평화를 누릴 것임이로다.

  2. 엇지하야 엇던 성인들은 그러타시 완전하엿고 묵상에 한갈스러웟던고?

모든 세속 원욕에서 오롯이 자기를 억제하기를 힘쓴 연고니 그럼으로 마음 속으로 부터 천주께 결합하며 임의로 자기수덕에 힘쓸수 잇섯슴이로다.

우리는 너무도 자기 편정에 차지되엿스며 잠간 지나가고마는 세물에 너무도 로심하는도다.

한가지 모병을 완전히 이긔지 못하며 날로 덕행에 나아감에 열심하지 못하는도다, 이러므로 차고 미지근한대로 머믈뿐이로다.

3. 만일 우리 자신에 완전히 죽을수 잇스며, 내심에 걸니는것이 적을지면, 신성한것을 맛보기와 또한 천국에 대한 묵상을 경험할수 잇스리로다.

오즉 하나이오 또한 제일 큰 조당은 우리가 편정과 욕심에서 버서나지 못하며 완전한 성인들의 길에 들어가기를 애쓰지도 안이함이로다.

적은 환란을 만날째 너무도 속히 업드러지며 그리고 사람의 위로에 의지하랴 하는도다.

4. 만일 용맹한 사람들이 전장에 스다시 우리도 분투할지면 일정코 주의 도으심이 우리우에 하날로서 나리심을 보리로다.

천주 - 친히, 싸호는사람과 또한 그의 성총을 바라는 자들의게조력을 가초시고 잇스시니, 천주는 우리가 이긔기 위하야 싸홀기회를 주선하시는도다.

만일 수덕의 진보를 외면형식에만 둔다할지면 즉시로 우리의 열심은 슺나고말리로다.

그러나 쑤리에다 부월을 나리우자, 모든 편정에서 조찰히되며 평화로운 정신을 누리기 위함이로다.

5. 만일 매년에 한가지ㅅ식 모병의 쑤리를 쌔여버릴지면, 속히 완전한 사람을 일우리로다.

그러나 이제는 도로혀 우리가 처음으로 회두한때에 더욱 나엇섯고 더 순진 하엿던줄로 자조 생각되는도다, 서원誓願한 이후로 여러해 지난이제 보다도.

우리의 열심과 덕행의 나아감이 날로 불어야 할것이로다, 그러나 만일 누가 처음재 열심의 한부분을 능히 보존하엿다하면 크고 장한 일로 보이는도다.

만일 처음 비롯할재 조금 맹렬히 할지면 나종에는 모든것을 용이하게 즐겁게 할수 잇스리로다.

6. 습관을 버리기는 어려웁도다, 그러나 자긔의 의사를 거사려 진행하기는 더욱 곤난한 일이로다.

그러나 만일 적고 쉬운것을 이긔지못할지면 어쩌케 더어려운것을 굴복식히랴?

너의 성벽性癖에 처음 비롯할재부터 거사리라, 악한 습관을 버리라, 차차 더 곤란한데로 너를 인도할사가 함이로다.

오홉다 너 자신을 잘 가짐으로 네게 얼마나한 평화와, 또한 다른 이에게 깃븜이될사가 쌔다를지면, 령신상 진보에 대하야 더 로심할줄로 밋노라.

제십이장

환난의 유익함에 대하야

1. 어쩌재 혹 곤난과 역경을 만나는것은 우리에게 조흔일이니, 연고는 자조 사람을 회심하도록 부름이오 그로 인하야 자긔가 귀향에 잇슴을 쌔닷고 자긔의 희망을 세상 어쩐일에도 두지아니함이로다.

또 어쩌재에 거사리는자들을 참어바듬이 우리에게 조흔 일이오 비록 우리가 착하게 행하고 선의로 할지라도 도로혀 남이 우리를 언잔케 쏘는 그릇 생각하는 것이 또한 조흔 일이로다. 이리함이 자조 우리를 겸손에 나가게 돕고 또한 우리를 허화에서 두호하는도다.

밧긔로 사람들의게 경쳔히 녁임을 바드며 아모도 잘 미더주지 아니할째 그럴째에 더욱 열심히 우리 내심의 증좌되시는 쳔주를 찾는도다.

2. 그럼으로 사람은 의당 자긔를 오롯이 쳔주께 견고히 매질것이니만흔 사람의 위로를 그함이 요킨치아니함이로다.

션의의 사람이 고로움을 당하거나 유감을 당하거나 혹은 악한 생각에 씨닯힐째 그럴째에 더욱 쳔주 — 내게 요긴하신줄 알며 쳔주업시아모선한 일도 할수업슴을 승복하리로다.

그럴째에 곳 그가 밧는 환난을 위하야 근심하며 탄식하며 긔도하는도다.

그럴째에 세상에 오래 살기를 실허하며 『육신을 써나 그리스도와 함끽 잇기』* 위하야 죽음이 오기를 바라는도다.

그럴째에 곳 온전한 평탄과 만족한 평화가 이세상에 잇슬수 업슴을 잘 쌔다르리로다.

제십삼장
유감을 억제함에 대하야

1. 세상에 살어잇는 동안에는 환난과 유감업시 지날수는 업도다. 연고로 욥에 긔록되기를 『싸우에 사람은 일생은유감이라』** 하엿도다.

그러므로 각자 자긔 유감에 두루 녈려하야 할것이오 결코 잠자지 안코 『누구던지 삼키랴고 차저돌아다니는』***, 마귀의게 속임바들 긔회를 주지 안토록 긔도함으로 수직하야 하리로다.

혹시라도 유감을 당하지 아니하는 그러한 완덕의 사람이나 성인은 하

---

* 비리버 1·23
** 욥 7·1
*** 베두루젼서 5·8

나도 업스며 우리는 이에서 완전히 버서날수 업도다.

2. 비록 고롭고 신산하기는 할지라도 유감은 도로혀 왕왕히 사람의게 실로 유익하다도다, 연고는 그로 인하야 사람이 겸손하여지며 조찰히 되고 교훈을 바듬이로다.

모든 성인들은 만흔 환난과 유감을 지니고 덕에 나갓도다.

그리하야 유감에 견대지 못한 사람은 천주께 바람을 밧고 쓰러지고 말엇도다.

유감과 환난이 도모지 업는 그러타시 거룩한 수도원도 업고 그러타시 은밀한 곳도 없도다.

3. 살어잇슬 동안에는 유감에서 온전히 안심할만한 사람은 하나도 업스니, 연고는 우리는 사욕에 나헛슴으로 유감 바들 원인을 우리안에 가지고 잇슴이로다.

한가지 유감이나 환난이 물러가면 다른것이 홀연히 오는도다, 항상 참어바들 거리를 우리는 가지고 잇스니 우리 원시쩍 행복의 미호를 이믜 일허버린 까닭이로다.

만흔 사람이 유감을 피하랴고 하다가 도로혀 더 중하게 거긔에 쌔지는도다.

한갓 피함으로 우리가 이길수는 업스니 인내와 진실한 겸손을 말미암아 모든 원수보다 더굿세게 되는도다.

4. 다만 밧그로만 피하고 쑤리를 쏩지 안는 자는 별로 유익이 업슬지니, 오히려 유감은 더쌜리 도라올것이오 더악하게 늑기리로다.

스사로 엄혹함을 취함과 억지로 함보다 점차로, 항구한 인내로 인하야, 천주의 도으심으로써, 더낫게 이길것이로다.

유감을 당할 쌔에는 더욱자조 남의 지휘를 바드라, 유감 당한 사람에게 엄혹히 구지 말라, 네가 밧기를 원하드시 위로를 베풀지니라.

5. 모든 악한 유감의 시초는 마음이 일정치 못함과 천주께 향한 밋븜이 적음이로다.

키를 일흔 배가 물결을 딸어 이리로 저리로 밀리어 다니드시, 이와가치 마음이 풀어진 사람은 자긔의 일정한 목표를 닏허바리고 여러가지로 유감을 당하는도다.

『불은 쇠를 시험하고』* 유감은 의인을 시험하는도다.

우리는 왕왕히 자긔의 능력이 어썬하지 알지못하나, 그러나 유감이 비로소 우리가 어쩌한 것이라는 것을 들어내이는도다.

그러나 경게하야 할것이니, 첫재로 유감의 시초에서 그리하야 할것이로다, 연고로 만일 원수로 하여금 마음의 문에 들어스기를 허락지 말고 문을 두다릴째 즉시로 문턱 밧긔서 대적할지면 원수를 용이하게 이기리로다.

연고로 어쩐이가 말하기를**

처음 비롯할째 대적하라, 약도 이믜 느젓도다,
오래 지체함을 딸어병세 더욱 침중한 쌔는.

하엿스니 연고는 처음에는 단순한 의원意願이 마음에 생길 쑨이오 다음에 강렬한 상상想像이 일어나고, 그후에 즐거움快樂으로 변하야, 악정惡情이 일고, 필경승락承諾으로 마춤이로다.

이와가치 간특한 원수가, 시초에 대적을 밧지 아니할 쌔에는, 점차로 들어와 온전히 차지하는도다.

그럼으로 누구던지 이에 대적하기를 오래 게을리하면 할사록 날로 자긔의 힘이 약하여지고, 원수는 도로혀 더욱 강하리로다.

6. 어쩐이는 회두할 당초에 중한 유감을 격그며, 어쩐이는 종말에 당하는도다.

어쩐이는 거의 평생을 두고 씨닯히는도다.

어쩐이들은 천주 안배의 지혜로우심과 공변되심을 딸어 극히 유하게

---

* 적교서 31·31
** 오쎄디우스

유감을 당하나니, 그는 사람의 분수와 공로를 자세히 보시며 당신의 모든 간선자의 구령을 미리 안배하심이로다.

7. 이럼으로 유감 당한째 결코 락담할것이 아니오 이를 위하야 모든 환난중에서 우리를 굽어 도으시기까지 더욱 열렬히 천주께 간구하야 할것이니, 그는 일정고 성·바오로 말슴대로『유감과 함께 우리가 참어견듸기 위하야 공세울만한 긔회를 주시리로다』*.

그러므로 우리의 마음을 『천주 수하에 겸손히 나출지로다』** 연고는 『마음이 겸손한자를 구하실것이오』*** 쏘한 놉히실것임이로다.

8. 사람은 유감과 환난중에서 얼마나 덕에 나갓는지 증거되고, 거기 더 큰 공로가잇고, 더아름다운 덕행이 나타나는도다.

혹 사람이 아모 간난을 맛보지 못할적에 경건하고 열심할지라도 장할것이업스나, 만일 환난째에 자긔를 참어견딀것이면 크게 전진할 바람이 일슬이로다.

어썬이는 큰 유감에는 능히 보젼되나 일상 적은일에는 자조 패하나니, 이는 이러타시 적은일에 유약한자가 큰일을 당하야 자긔를 결코 신뢰치 안코 겸손해지기 위함이로다.

제십사장

경솔한 판단을 삼가 피함에 대하야

1. 네 자신에 향하야 눈을 돌리라, 남의 행위 판단하기를 삼갈지로다.
남을 판단함에, 사람은 무익히 한갓 수고할쓴이오, 자조 그르치고 경첩히 죄를 지으나 그러나 자긔 자신을 진실히 삷히며 분석함으로 항상 결실

---

* 고린도전서 10·13
** 베두루전서 5·6
*** 성영 33·19

잇는 로력이 되리로다.

우리 마음의 편정을 쌀어, 그대로 사물을 자조 판단 하는도다, 연고로 공평한 판단을 사사로운 편애偏愛로 인하야 쉬히 일허버리는도다.

만일 천주 홀로 항상 우리 원욕의 순수한 지향志向이 되실지면, 우리 감정의 거사림을 위하야 이러타시 쉽사리 혼란 하지 아니하리로다.

2. 그러나 왕왕히 우리 내심에 숨어 잇는것이나, 혹은 박그로 생기는어 쩌한 사정이 잇서, 그것이 우리를 갓치 잇끄는도다.

만흔 사람들은 그 행하는 일에 은연히 자기 자신을 위하면서도 이를 쌔닷지 못하는되.

사물이 자기들의 원의와 지각대로 될 째에는 심신이 화평한듯이 보이나 만일 일이 쯧한 바와 달리 되는 경우에는 즉시로 동요하며 근심하는도다.

감정과 의견이 서로 다름으로 인하야 너무도 자조 붕우와 한나라 사람 씨리에 알륵이 생기며, 수도자나 열심자 사이에도 그러하도다.

3. 쌕리 박힌 습관을 버리기가 어려우며 아모도 자기 의견 밧그로 쓸리어 가기를 즐기는 이가 업도다.

만일 예수 그리스도의 겸비하신 덕행보다 너의 지각이나 농간에 보다 더 의지할지면 신명神明한 사람이 되기가 어렵고 더되리로다, 대개 천주는 우리가 온전히 그에게 복종하기를 바라시며, 모든 리성理性을 불붓는 사람으로 인하야 초월하기를 쏘한 바라심이로다.

제십오장
애덕으로 조차 하는 모든 일에 대하야

1. 세상 어쩌한 일을 위하여서나, 쏘는 어쩌한 사람의 사랑을 위하여서라도, 어쩌한 악이든지 결코 행할 수 업도다, 그러나 다만 궁핍한 사람의 리익을 위하야 조흔 일을 임으로 어쩌째 중지할 수 잇스며, 혹은 차라리

더 조흔 일을 위하야 밧굴지로다.

　연고는 이리 함으로 조흔 일을 문희치는 것이 아니라, 더조흔 일과 밧굼이로다.

　애덕이 업시는 외면에 나타나는 일이 아모 유익이 없고, 그러나 애덕으로 조차 나는 일은 무엇이든지 비록 적고 천한 일 일지라도 온전한 열매를 맺는도다.

　대개 천주는, 얼마나 만히 하엿나 보다는 얼마나 간절한 원의와 사랑으로 하엿는지를, 더욱 삷혀보심이로다.

　2. 만히 사랑하는 자가, 만히 일하는 자로다.

　조흔 일을 하는 자가, 만히 일하는 자로다.

　자긔의 쯧대로 함보다 공익에 밧드는 자가, 잘 일함이로다.

　왕왕히, 애덕으로 함가티 보이나, 실상은 사욕으로 함이 잇스니, 연고는 타고난 성향性向과 사사 원의願意와 보수報酬 바들 희망과, 자긔 편익便益에 대한 애정을 써나기가 어려움이로다.

　3. 참되고 완전한 애덕을 가진 자는 어써한 일에든지 자긔를 위하지 안코, 다만 모든 일에 천주의 영광이 나타나기만 원하는도다.

　그는 쏘한 아모에게도 질투하지 아니하나니 대개 자긔의 사사 즐거움에는 아모 사랑이 업고, 자긔 일에 아모 즐거움도 바라지 아니하며 다만 천주 안에서 온갓 미호를 초월하야 복락을 구함이로다.

　어써한 조흔 일이던지 이를 사람에게 돌리지 안코, 온전히 천주께로 돌리나니, 그로부터 근원을 삼어 만물이 나왓고, 그의 안에 마침내 모든 성인들이 즐겁게 안식하는도다.

　오흡다 참된 애덕의 불티 하나라도 가즌 자는, 일정코 모든 세상이 허화로 충만한 줄을 쌔다르리로다.

제십육장

남의 결점을 견듸어 바듬에 대하야.

1. 무릇 사람이 자긔나 혹은 남에 잇서서 곳치기 어려운 결점은 천주께서 달리 안배하실째까지, 의당 참어 견딜것이로다.

그것이 아마 너의 시련과 인내를 위하야 더조흔 일인줄을 생각하라. 그것이 업시는 우리의 공로가 그다지 귀할것 업도다.

그러나 천주께서 도아주심으로, 네가 능히 이러한 조당을 너그룹게 견듸도록, 간구하여야 맛당하도다.

2. 만일 누구든지 한두차례 권고하여도 순종 아니할지면, 그와 다토지 말것이오, 다만 모든 것을 천주께 맛기라.

그의 거득하신 쯧이 일우어지며 그의 모든 종에서 그의 영광을 나타내게 하기위 함이니, 천주는 악을 선으로 변화케 하실줄을 잘 아르시나니라.

남의 흠질이나 쏘한 엇써한 종류의 약점이든지 참어 너그러히 용납하기를 힘쓰라, 대개 너도 쏘한 남의 관용寬容을 반다시 바더야할거리를 만히 가젓슴이로다.

너 자신으로도 오히려 네가 하고자하는바 그대로 할수업는바에는, 하믈며 엇써케 남으로하여곰 네쯧에쏙맛도록 하겟나냐?

감심으로 우리는 남이 흠결업기를 바라면서, 그러나 자긔의 결점은 고치지 아니하는도다.

3. 남이 엄하게 책벌밧기를 우리는 바란다, 그러나 자긔가 경책당하기는 실혀하는도다.

남의 방자함을 보고 합의치안타 녀기면서, 자긔의 욕망하는 바가 거절됨은 실혀하는도다.

남이 규구대로 속박되기는 바라면서, 자긔는 아모게로도 더다시 구속밧기를 원하지 안는도다.

이로 볼지라도 이웃을 우리자신 가티 한저울로 달지 안는것이 밝히 들어나는도다.

만일 모든 사람이 보다 완전무결 할지면, 천주를위하야 무엇을 남의게 참어 바들 거리가 잇스리오?

4. 이에 그러므로 우리가 『다른이가 쏜한 다른이의 짐을 지기』*를 배호도록, 천주께서 안배하시엇스니, 연고는 아모도 결점 업는 사람이 업스며, 무거운 짐을 아니진 이가 업스며, 스사로 충족한이가 업스며, 스사로 넉넉히 지혜로운이도 업도다. 그러므로 우리는 서로 용납하고 서로 위로하고, 쏜한 도으며, 교훈하며, 충고하야만 하리로다.

그러므로 각 사람의 덕이 깁고 야튼것은 환란을 당한 긔회에 더 요연히 들어나는도다.

긔회가 사람으로 하여곰 유약하게 만드는 것이 아니라, 다만 그 인품이 어쩌한것을 드러내는것이로다.

제십칠장
수도 생활에 대하야

1. 만일 네가 남과 더부러 평화와 화목을 누리고자 할지면 맛당히 모든 일에 너자신을 압복 식이기를 배홀지로다.

수도원 이나 혹 어쩌한 회에 속하야 사는 것이 적은 일이 아니며 쏜는 거긔에서 원망이 업시 죽을 쌔 까지 충실히 지속함이 여간한 일이 아니로다.

복되도다 그곳에서 잘 살엇스며 복되히 세상을 마친 자여!

만일 네가 견고히 쯧을 세워 덕에 나아가고자 할지면 너자신을 마치 세상에서 귀향 사는자나 나그내로 녁일것이로다.

---

* 갈라데아 6·2

만일 네가 수도생애를 보내고자 할진대
「그리스도를 위하야 어리석은자」*
가 되어야 맛당하도다.

2. 수도복이나 삭발이 별로 유조로운것이 아니오 다만 행실을 밧구며 온전히 편정을 압복함이 진실한 수도자를 만드는도다.

순전히 천주를 섬기며 쏘는 자기 령혼을 구하는 이외에 싼것을 찻는 자가 환난과 고로움 밧긔 무엇을 어드리오.

가장 나진자 되기와 모든이에게 순종하기를 힘쓰지 아니할지면 일정코 평화에 오래 머므를수 업도다.

3. 네가 오기는 남을 밧들기 위함이오 다른이를 다사리기 위함이 아니며 네가 불리우기는 해태와 한담하기 위함이 아니라 인내와 수고를 위함인줄 알지니라.

그러므로 이곳에서 사람은
「도가니 안에 황금」**
인드시 단련 되는도다.

만일 전심으로 천주를 위하야 겸비하기를 바라지아니하면 아모도 이곳에 항구하지 못하리로다.

제십팔장
성부의 표양에 대하야

1. 성부들의 산 표양을 보라 그들에게 진실한 완덕과 열심이 빗낫도다. 이에 우리가 하는 바는 얼마나 적으며 거의 아모것도 아닌 것을 보리로다.

---
* 고린도 4 · 10
** 제헤서 3 · 6

슬픈저! 실로 그들과 비기여 보면 우리들의 생활은 대체 무엇이라하랴 성인들과 그리스도의 모든 친우들은 주리고 목마름에서 치위와 헐버슴에서 신고와 피곤함에서 밤새여 신공함과 엄재嚴齋직힘에서 긔도와 혹은 거룩한 묵상에서 박해와 무수한 능욕 바듬에서 주를 맛들엇도다.

오홉다. 종도들과 치명자들과 증성자證聖者들과 동정자들과 쏘한 그다른 그리스도의 발자최를 싸르기를 바라든 모든이들이 얼마나 만코 중한 고로움을 바덧더뇨?

실로 그들은 자긔들의 생명을 이세상에서 뮈워하엿스니 그를 영원한 세게에서 엇기 위함이엇도다.

2. 오홉다 얼마나 엄하고 자긔를 버리는 생애를 성부들이 광야에서 보내엇던고! 얼마나 오래고 중한 유감을 견듸엇던고! 얼마나 자조 언수에게 씨닮히엇던고! 얼마나 간단업는 열절한 긔도를 천주께 바치엇던고! 얼마나 엄한 재齋를 날로 직히엇던고! 얼마나 큰열애와 열정을 령신상 수덕을 위하야 가젓던고! 얼마나 용맹히 모병(缺點)을 압복식히기위하야 싸웟던고! 얼마나 순수하고 바른 지향을 천주께 향하야 보조하엿던고!

날이 맛도록 일하고 밤에는 긴신공을 바치고 비록 일하는 동안 일지라도 묵상을 조금도 그치지 아니하엿도다.

3. 모든 시각을 유익하게 썻스며 천주로 더부러 보낸 모든 시간이 실로 싸르게 생각되엿스며 묵상중에 맛보는 위대한 신미神味 압헤는 육신에 요긴한 음식까지라도 이것도.

온갓 부귀와 영예와 붕우 친척까지라도 버리엇도다. 세속에서는 아모것도 가지기를 바라지 아니하엿스니 생명에 요긴한것만 겨우 취하엿도다. 육신에 밧듦을 비록 필요한 경우일지라도 슲허하엿도다.

그러므로 세속사물에는 빈한 하엿스나 성총과 덕행은 실로 풍부하엿도다.

박그로 궁핍하엿스나 안으로는 성총과 거룩한 신락神樂으로 충만하엿도다.

4. 세속에 향하야는 소원한 외방사람이엇스나 천주께서는 가장 갓갑고 친밀한 벗들이엇도다.

자긔들 자신으로는 아조 아모것도 안인것으로 생각되엿스며 세속에서는 업수히녁임을 바덧스나 천주대전에는 귀중하고 사랑스런자가 되엿도다.

진실한 겸손에 처하엿스며 순박한 복종에 살엇스며 애덕과 인내에서 행동하엿도다. 이러므로 날로덕행에 나아가고 천주로부터 막대한 성총을 바덧도다.

그들은 모든 수도자들에게 한본보기로 안배되엿스니 우리는 무수한 한만한 무리들을 짜러 해태에 써러짐보다 더욱 선덕에 나아가기 위하야 우리들 자신이 더욱 격동바더야 맛당하도다.

5, 오홉다 거룩한 수도원 건립당초에 모든 수도자들의 열심은 얼마나 위대하엿던고!

오홉다 그들의 긔구는 얼마나 정성스러윗던고! 덕행을 닥기에 얼마나 서로 싀새윗던고! 규구직하기에 얼마나 준엄하엿던고! 장상이 제증한 규률밋헤서 공경과 순명이 갓가지 사정에 얼마나 려행勵行되엿던고!

그들이 남기고 간 자최가 아즉까지 증거하나니 실로 그들은 거룩하고완덕의 사람들이엇도다. 그들은 그러타시 용맹히 싸워 세속을 짓밟엇도다.

그러하엿건만 이제는 만일 그가 다만 규구를 범치아니하엿스면 쪼한 그가 마튼바 일에 겨우 참어 견듸기만 하엿스면 그사람은 무슨 큰일이나 한것갓치 생각되는도다.

6. 오홉다 우리들의 냉담하고 등한한 태도여 처음열심이 이러타시도 쌜니줄어지고 이제는 곤비困憊와 해태를 인하야 살어가기도 견듸기어려워하는도다!

원컨대 너의 마음안에 덕에 나아갈 열정이 투철히 잠들지 말지어다. 너는 지성한 사람들의 만흔 표양을 항상 보앗슴이로다.

— 『가톨릭청년』 1~14호, 1933.6~1937.7.

제 4 부

문학독본 文學讀本 (박문출판사, 1948)

사시안斜視眼의 불행不幸

조선朝鮮말엔 꽃이름 풀이름에 흉악凶惡하게 쌍스런것이 많다.

오랑캐꽃 문둥이나물 도깨비꽃 홀애비꽃 등등等等 창피하여 소개紹介할수도 없는것이 많다. 이제 날도 차차 풀려가니 ――이 찾아가 보라.

실상 얼마나 어여쁘고 고운것들인지! 풀이름 꽃이름에 이렇게 비非 시적詩的인데 어찌 인권人權엔들 인정적人情的일수 있으랴?

육체적肉體的 불구자不具者에 붙이는 별명別名은 잔인殘忍하기 짝이없다.

외통장이 절뚝발이 코주부 눈딱부리 곰보 등등等等. 사시안斜視眼을 「사팔뜨기」라고 한다. 사시안斜視眼이 좀 「휴머러스」하기는 하지마는 「사팔뜨기」라면 먼저 소리가 경멸輕蔑하는 소리가 된다.

그러나 나는 편의상便宜上 이 단문短文에서 「사팔뜨기」란 말을 사용使用하기로 한다. 사팔뜨기도 일종一種의 불구不具인 바에야 일종一種의 불행不幸이라고 볼수있다.

불행不幸한 경우境遇가 많다.

어떠한 때가 불행不幸한 경우境遇이냐?

정면正面으로 압도적壓倒的으로 걸어오는 미인美人을 만나는 경우境遇에 사팔뜨기는 미인美人에게 호감好感을 살수 없다.

미인美人이 미인美人인바에는 노상路上에서 회고回顧는 경건敬虔치 못한 동작動作이겠으나 다소多少 정면주목正面注目을 베프는것이 미인美人의 긍지矜持를 조장助長하는것이 되겠는데 사팔뜨기는 「적의敵意」로 오해誤解를 사게된다.

오해誤解가 일종一種의 불행不幸이 아닐수 있느냐? 또 다른 경우境遇의 하나는 정면正面으로 젊은 친구親舊의 부부夫婦가 박두迫頭하야 걸어오는 때다.

경건健全한 인사를 먼저 친구親舊인 남편에게 하고 다음에 그의 부인夫

人에게 하게된다. 그다음 노상회화路上會話는 주주로 친구親舊인 남자男子와 주고받게 될것인데 사팔뜨기의 시선視線은 주주로 옆에 비켜 근신 저립謹愼佇立하여 있는 부인夫人에게 집중集中된다.

부인夫人이 불쾌不快하여 위치位置를 바꾸는 경우境遇에 어차어피於此於彼 이것은 좀더 중대重大한 불행不幸이 아닐수 없다.

다음 이야기는 문호文豪 「버나―드・쇼우」옹翁이 제공提供한것이다.

◇

어떤 사팔뜨기가 어떤 안과의眼科醫에게 수술手術을 받았다.

(그 사팔뜨기가 우사시右斜視이었던지 좌사시左斜視이었던지 나는 모른다.)

수술手術을 받은 결과結果 그 사팔뜨기가 낫기는 나았다.

그러나 버쩍 다른쪽으로 지나치게 붙여졌다.

다시 말하자면 선천적先天的 사시斜視는 낫기는 나았으나 다시 후천적後天的 사시斜視로 방향전환方向轉換한 것이다.

이 후천적後天的 사팔뜨기의 자제子弟가 그 안과의사眼科醫師의 오류誤謬를 지적指摘하여 가로되

『우리 아버지의 선천적先天的 사시안斜視眼의 수축收縮된 신경神經을 안과의사眼科醫師가 지나치게 신장伸張시킨 결과結果로 우리아버지는 마침내 사팔뜨기가 된것이다.』

◇

「쇼우」옹翁이 제공提供한 이야기는 이것으로 그친다. 이 사팔뜨기 아들이 있었길래 망정이지 만일 안해가 없었드라면 다시 새로운 비극悲劇을 상정想定할수 있다.

수술手術을 받았다는 안도감安堵感에서 묘령여성妙齡女性에게 약혼約婚을 제의提議하야 먼저 제일차第一次로 회견會見할 처소處所와 시간時間에서 직접直接 대면對面하는 「싸인」을 상상想像하여 보라.
　사팔뜨기는 묘령여성妙齡女性의 정면正面보담은 창외풍경窓外風景에 열중熱中한다는 오해誤解로 회견會見의 결과結果는 성실成實ㅎ지못하고 말것일가 한다.
　오해誤解는 일종一種의 불행不幸에 그치랴? 이번이야말로 치명적致命的 초중대超重大한 불행不幸이 아닐수없다.
　이러한 불행不幸에 대對하여 다음과 같은 단안斷案을 내릴수 있다.
　(1) 묘령여성妙齡女性에게는 하등何等의 책임責任도 없다.
　(2) 사팔뜨기는 선천적先天的 사시안斜視眼의 책임責任만은 있으나
　(3) 후천적後天的 사시안斜視眼의 책임責任은 전적全的으로 안과의사眼科醫師에게 한限하야 있는것이다.

　우리는 이러한 안과의사眼科醫師의 기능技能에 또 한가지 기대期待할수 있는것이 있다.
　말장한 정시안正視眼일지라도 손만대면 능能히 사시안斜視眼으로 만들 수 있는 기능技能을!
　이 안과의사眼科醫師가 안과의업眼科醫業을 중지中止하고 정치적政治的 지도자指導者로 출마出馬하는 경우境遇를 상상想像하여 보자.
　눈에는 육체적肉體的 안구이외眼球以外에 정치적政治的 안목眼目이라는 눈도 있다.
　무수無數한 정치안목적政治眼目的 사팔뜨기의 대범람大氾濫!

—『文學讀本』,「斜視眼의 不幸」, 1~4쪽.
—『京鄕新聞』,「斜視眼의 不幸」, 1947.3.9.

공동제작共同製作

길벌슨국장局長은 우수優秀한 도자기陶磁器 제작가製作家요 조선고공예朝鮮古工藝 흠모자欽慕者였다.

벽난로壁煖爐에 장작불을 훨석 지피고 전등電燈불을 끊은날밤, 우리들의 대화對話는 절로 질거울수 바께 없었다.

『당신은 이조백자李朝白磁의 피부皮膚와 조선朝鮮의 하늘을, 보고, 생각하고, 할수 있으시오?』

『나는 이조백자李朝白磁를 안고 아메리카에 돌아가 조선朝鮮의 하늘을 설명說明하기에 힘들지 않을가하오.』

『당신은 백자기白磁器의 피부皮膚를 찌르면 무슨 혈액血液이 삼출滲出할지 짐작하시겠오?』

『서양자기西洋磁器에는 혈액血液이 내비칠수 없으므로 그것은 육체肉體를 갖지않은것만 분명分明하오.』

『이조백자李朝白磁의 비뚤고 우그러진 자세姿勢를 어떻다 감상鑑賞하시오?』

『조선朝鮮의 자연自然과 함께 이조백자李朝白磁는 한개의 「자연自然」으로 보오, 예술이상藝術以上의 「자연自然」으로.』

『예술藝術은 「자연自然」에 「인간人間」이 부가附加된것이므로, 이조백자적李朝白磁的 「자연自然」에 「인간人間」을 제외除外하심은 무슨 아량雅量이시오? 산맥山脈이 비뚤듯 백자白磁가 비뚤고 돌이 우글듯 우근것이라기보담은 이조백자李朝白磁는 적어도 이조李朝 신분정치시대身分政治時代에 양반兩班과 황주분원廣州分院 상놈 도공陶工과 공동제작共同製作 하였던것이오.』

『어떻게?』

『눌르고 눌리우고 뺏고 빼앗기던 관계關係로, 이조백자李朝白磁는 절로 비뚤고 우그러져 태생胎生한것이오.』

감격성感激性의 아메리카 예술가藝術家의 뺨에는 홍조紅潮가 오르고 이조백자기李朝白磁器 피부皮膚안에 흐르는 백성百姓의 혈액血液은 선연鮮姸하기가 그저「고전예술古典藝術」만이 아니었다.

―『文學讀本』,「共同製作」, 5~6쪽.

―『京鄕新聞』,「共同製作」, 1947.2.16.

신앙信仰과 결혼結婚

　×소좌少佐는 뼈어취 중위사택中尉舍宅 「칵텔 파아티」에서 농담弄談을 하였다. 『자기自己는 본래 가톨릭신자信者가 아니었으나, 자기부인自己夫人과 함께 결혼結婚하기 위爲하여 카톨릭에 귀정歸正하였다가 결혼結婚에 성공成功한후後 「가톨릭」을 버리었노라.』

　『you are a profiteer of love! 당신은 연애戀愛의 모리배謀利輩이시구료.』

　『그러나 나의 안해가 나의 연애모리戀愛謀利에 행복幸福과 만족滿足을 느끼므로 나의 모리謀利에는 이득利得이 부끄릴배 없어하오.』

　『당신의 연애모리戀愛謀利로 도리어 부인夫人이 행복幸福을 느끼실바에야 당신네의 결혼結婚에는 모리적謀利的 요소要素가 해소解消되지 않었오? 남은것은 신앙信仰에 대對한 모리행위謀利行爲뿐이오.』

　신앙信仰과 결혼結婚, 결혼結婚과 신앙信仰사이의 삼십팔도선三十八度線, 아메리카적的 책임責任.

―『文學讀本』,「信仰과 結婚」, 7쪽.

C낭娘과 나의 소개장紹介狀

알아낼듯도 하고 모를듯도 하여 망서리는 동안에, 우선 인사를 받았으니 인사에는 주저躊躇할 여유餘裕가 없다. 십년이래十年以來 친친한 사람에게 인사대답 하듯

『그동안 안녕하십니까?』

무의미無意味한 웃음처럼 무의미無意味한것이 없거니와, 이러한 경우에 「비지네스」적的 인물人物은 흔히 무의미無意味한 웃음을 웃는다.

내가 편집국編輯局에 나온후 이러한 습관習慣이 붙은듯 하다. 무의미無意味한 웃음이란 그저 잇몸을 노출露出하는 이외以外에 다른 의미意味가 있을리 없다.

말(馬)도 웃는다기에 자세仔細히 보니 그것이 말이 웃는다기 보담은 말이 말의 이를 전적全的으로 노출露出하는 이외以外에 아무것도 아니었다.

『저를 알으시겠읍니까?』

이제는 내가 곤란困難한 형편形便에 서서 있다.

『글세 - 요? 뵙기는 뵈인듯 한데 -.』

『한번 Y삘딩삼층三層 R씨氏방에서 뵈인 C올시다.』

『네 네 알았읍니다, 아아 참 실례失禮하였읍니다. 그동안 안녕 하십니까?』

『네 좀 선생님께 청請이 있어서 왔읍니다.』

『네 화려華麗한 손님이 청請이신바에야.』

『제가 미국유학美國留學을 가야겠는데 선생님 소개장紹介狀을 얻으러 왔읍니다.』

『내 소개장紹介狀도 효력效力이 발생發生할 시대時代가 왔읍니까? 미국美國에서 저를 인정認定할만한 무제한無制限의 민주주의民主主義가 있읍니

까?』

『놀리지 말으시고 써주십시요.』

『네, 다음 월요일月曜日 오전午前으로 오십시요.』

월요일月曜日 아침에 정서精書한 나의 소개장紹介狀의 내용內容.

C낭娘은 내가 알고 이해理解하는 범위範圍안에서, 내가 옹호擁護하고 보증保證할수 밖에 없다.

C낭娘은 나의 유일唯一의 친우親友라고 주장主張할수는 없다. 왜 그런고 하니, 동양東洋의 관습慣習과 예의禮儀가 아직까지 이러한사교적社交的 용어用語를 신임信任하지 않는 까닭이다.

C낭娘의 연령年齡은 내가 알고저 아니하나 나의 장녀長女가 살았으면, 방년芳年 이십이二十二 이십이세二十二歲를 기준基準하여 삼십세三十歲까지 안으로적의適宜하게 요량料量할 뿐이다.

C낭娘의 의지意志와 정서情緒 또는 건강상태健康狀態는 그의 외모外貌와 외양外樣과함께 적정適正한 균형均衡을 갖추었을줄 확신確信한다.

소개장紹介狀보다 인물人物이 직접적直接的이다.

C낭娘은 그의 가정家庭과 함께 경건敬虔한 가톨릭 신자信者임을 보증保證한다.

C낭娘은 서울 ×여전문과출신女專文科出身임을 보증保證한다.

C낭娘의 시詩와 문화文化에는 결점缺點이 있음을 지적指摘할수 있다. 그의 시詩와 문화文化에는 청춘靑春과 애정愛情을 발표發見할수 없다.

여학교女學校를 마치고 결혼結婚까지의 사이에 마땅히 있을만한 시집詩集이 그에게 있기는 있다. 그러나 그의 시詩에는 애정愛情에 관關한것을 찾아 낼수 없다.

C낭娘은 꽃병瓶에 꽃을 꽂아 놓고 시詩를 썼다.

C낭娘의 시詩에 청춘靑春과 애정愛情이 없다는 것은 그의 가톨릭적的

엄격嚴格에 책임責任이 있는 것이 아니라, 무릇 동양적東洋的 여성탄압女性彈壓에서 오는 여성함구령女性緘口令 또는 여성집필정지女性執筆停止에서 오는 위선적僞善的 전통傳統에 책임責任이 있다.

위선적僞善的 전통傳統에서 쓴 C낭娘의 시詩는 다소多少 위선적僞善的일 수 바게 없다.

C낭娘은 미국대학美國大學에 가서 교육적敎育學 전공專攻을 지망志望한다.

C낭娘은 「올드미쓰」일로一路로 매진邁進할 위험성危險性이 있다.

소심小心하고 근신謹愼하고 침묵沈默하고 근면勤勉한 조건條件만으로서도 귀국유학생貴國留學生 되기에 충분充分함을 확인確認하고 또 주장主張하는 바이다.

C낭娘과 나의 소개장紹介狀, 춘풍일로春風一路 태평양太平洋을 건는다.
　　　　　　　　　　— 『文學讀本』, 「C娘과 나의 紹介狀」, 8~11쪽.

녹음애송시綠陰愛誦詩

춘잠春蠶이 오르랴고 한밥 먹고 마금잠을 잘 무렵이면 사람도 무척 곤하다.

누에도 머리를 치어든채로 잠을 자랴는데 누에를 치랴, 애기 젖먹이랴, 남편 수발하랴, 젊은 안해는 서서라도 졸립다.

때마침 버꾸기가 뽕나무 가지 위에서 유심히도 운다.

뻐꾸기 뽕나무 위에 앉아 새끼 일곱을 거나리놋다.
착한 안해요 옳은 남편, 그 거동이 한갈 같으이.
거동도 한갈 같거니 마음이사 맺은닷 하올시.
(시구재상鳲鳩在桑 기자칠혜其子七兮 숙인군자淑人君子 기의일혜其儀一兮 기의일혜其儀一兮 심여결혜心如結兮=시전詩傳)

낮에 나가 밭갈기 밤에 삼낳기
마을 아낙네들 집일이 바뻐이.
아이들 철없어 농삿일 알리 있나,
뽕나무 그늘 옆에 외 심기 배호는다.
(주출경전야적마晝出耕田夜績麻 촌장아녀각당가村莊兒女各當家 동손미해공경직童孫未解供耕織 야방상음학종과也傍桑陰學種瓜 = 범성대范成大)

남은 뽕잎이 새로 짙어질 철이면, 다시 보리 가을 철로 든다.

돌다리 땃집 후이 굽은 방천에
시냇물 졸졸 두 언덕사이를 지나다.

개인날 다사론 바람에 보리가 향기롭고야
푸른잎 꽃다운 풀이 꽃철보담 나허이.
(석양모옥재만기石梁茅屋在灣碕 유수천천도양피流水濺濺度兩坡 청일난풍생맥기晴日暖風生麥氣 녹음방초승화시綠陰芳草勝花時 = 왕안석王安石)

벗꽃이며 살구꽃 배꽃 복사꽃은 길지못하다.
하룻저녁 모진 비바람에 씻기운듯 사라지면 산이며 들이며 마을은 붉으죽죽 하고 흐릿하고 게슴치레하고 나릇한 누덕이를 아주 벗는다.

사월四月달 맑고 고르와 비 활짝 개고보니
문에 마주 선 남산南山이 분명分明도 하이.
버들개아지 다시는 바람딸어 일지 않거니,
해바라기 꽃만이 해를 딸아 도노매라.
(사월청화우사청四月淸和雨乍晴 남산당호전분명南山當戶轉分明 경무류서인풍기更無柳絮因風起 유유규화향일경惟有葵花向日傾 = 사마광司馬光)

해바라기꽃이 이철에 핀다기는 그것은 한토漢土에 있는 일이요, 그 대신에 이땅에서는 몇날이 아니가서 석류石榴꽃을 보리라.

석류石榴꽃 잎에 어울려 봉오리 지고보니,
느티나무 그늘 침침하니 비올듯도 하이.
집 적고 휘진 곳이라 오는이도 없고야,
샷샷히 밟은 새 발자옥 이끼마다 놓였고녀.
(유화영엽미전개榴花映葉未全開 괴영침침우세래槐影沈沈雨勢來 소원지편인부도小院地偏人不到 만정조적인창태滿庭鳥跡印蒼苔)

어디로 둘러 보아야 창창蒼蒼한 녹음綠陰이라, 녹음綠陰을 푸른 밤으로 비길지면 석류石榴꽃은 켜들은 붉은 촉燭불이요, 녹음綠陰을 바다에 견줄지면 석류石榴꽃은 깊숙히 새로 돋은 산호珊瑚송이로다.

— 『文學讀本』, 「綠陰愛誦詩」, 12~15쪽.

구름

보—드레—르는 구름을 사랑할만한 사람이었던가?

보—드레—르는 구름을 사랑하였다기 보담은 구름에게 흔히 넋을 잃은 것이었다.

애인愛人이 손수 나수어온 스—프을 앞에 받어 놓고도 마실것을 잊었다.

창窓밖의 개인 하눌에 구름이 하도 희고 고왔던 까닭이었다.

애인愛人은 그의 등을 치며 스—프 마시기를 경고警告하도록 그는 한눈을 팔았던것이다.

스—프을 마시기란 가볍고 쉬운 노릇을, 그 겨를에도 한눈을 팔어야하는 보드레—르는, 혹은 구름에 인색하고 스—프에 등한等閒한 사람이었던가?

마침내 구름을 바라보며 스—프을 마심으로 그쳤을 것이로되 사나이란 흔히 스—프보담은 구름에 팔리는 수가 있고, 애정愛情보담은 스—프을 마시는 그러한 슬픈버릇이 없지도 않다.

보—드레—르의 애인愛人뿐이랴? 여인女人은 대개 구름이 그처럼 좋지는 않었다. 그리하여 여인女人의 살림살이란 스—프과 애정愛情을 날름으로 제한制限되고 만다.

그럴수 바께 없는것이, 이 수증기水蒸氣를 달아올려 세운, 움직이는 건축建築, 너무도 공상적空想的인 방대尨大한 구성構成, 허망虛妄한 미학美學, 그러한것들이 여인女人의 심미審美에 맞을 까닭이 없는것이오, 마침내 염생이 수염만한것일지라도 수염을 가질수있는 사나이의 취향趣向에 합습하는것이 구름이 아니었던가!

구름의 무슨 업적業績이라든가 혹은 그의 행지行止의 가지가지를 논의論議하랴는것이 아니다.

또는 무슨 악의惡意와 불길不吉한 징조徵兆를 품은 그러한 구름이야기 도 아니요, 바다와 호수湖水의 신경神經과 표정表情에 쉴새 없이 영향影響을 주는 그러한 구름의 빛갈을 풀이 하랴는것도 아니다.

오월五月하늘, 말끔히 개인 한폭이 푸르면 어쩌면 저렇다시도 푸른것 일가! 땅위에는 아직도 게으르고 부질없은 장난을 즐기는 사람들이 준동 蠢動하고 있는 상태狀態라, 예例를 들면 낙서落書와 같은것이라 무엇으로 나 쓱쓱 그어보고싶기도한 푸른 하늘에 걸려있는 무용無用한 한만閒慢한 흰구름을 이야기 하자는것이다.

보라! 울창鬱蒼한 송림松林이 마을 어구에 늘어선 그 위로 이제 백목단白牧丹처럼 피어오르는 저 구름송이를!

포기 포기 돋아 오르는 접치고 터져나 오는 양이 금시에 서그럭 서그럭 소리가 들릴듯도 하지 아니한가?

습기濕氣를 한점도 먹음지 아니한 그러한 흰구름이 아니고보면 우리가 이렇게 넋을 잃고 감탄感歎할수가 없다.

비는 잠간 사푼 밟고 지나간것 바께 아니된다. 그것도 아침나절 잠간 사이에.

그만만 하여도 산山과 들은 청青개고리등이 척추脊椎로 이등분二等分 되듯이 선연鮮妍하게도 새로 나서는 것이다. 그저 푸르고 더 푸른 구별區別뿐인, 푸른 세계世界가 아주 개이었고나! 그우에 흰구름이란 그저 호화豪華스런 회화적繪畫的 의도意圖 이외以外에 아무것도 아니고 만다.

구름이 저렇게 희고 선량善良할바에야 애초에 나의 일요일日曜日을 망치어 놓을리가 있나?

구름은 자랐다. 모르는동안에.

구름은 움직인다. 차라리 뭉긋 뭉긋 도는것이다. 도는 치차齒車위에 치차齒車가 돌듯이 구름은 서로 돈다.

고대古代 애급埃及의 건축建築처럼 무척이도 굉장宏壯하고나.

금시 금시 돋아오르는 황당荒唐한 도시都市가 전개展開되었고나.

어쩐지 구름은 허세虛勢를 피는것이라고나. 무척이도 적막寂寞한 궁전宮殿이고 보니깐 그럴 수 바께?

그러기에 체펠린이고 비행기飛行機고 지나가기에 지장支障이 없게하는것이오 때로는 기구氣球와 솔개를 불러 올리는것이다.

구름은 대체 무슨 의미意味로 저렇게 변화變化하는것이냐?

일어섰다가 엄청나게 무너졌다가 다시 흩었다가 주욱 펴는것이 아닌가.

무슨 이유理由로 불시에 횡진橫陣을 펴는것일까?

냉큼하게도 아주 숨어버리는것이 아닌가!

뒤떨어져서 탕크처럼 굴러가는 한덩이 구름은 무슨 일일가?

혹은 구석에 흘려 떨어진 손수건처럼 구기어진 한낱 구름!

그보다도 하리잇하게 오오 귀중貴重한 청자기靑磁器의 육체肉體에 유유悠悠한 세월歲月이 흐리우고 간 고흔 손때와 같은 한바람 실오래기 구름!

　　　　　　　　　　　　　　　—『文學讀本』,「구름」, 16~19쪽.

　　　　　　　　　　　　　　　—『동아일보』,「구름」, 1938.6.5.

별똥이 떨어진 곳

밤뒤를 보며 쪼그리고 앉었으랴면, 앞집 감나무 위에 까치 둥어리가 무섭고, 제 그림자가 움직여도 무서웠다. 퍽 치운 밤이었다. 할머니만 자꾸 부르고, 할머니가 자꾸 대답하시어야 하였고, 할머니가 딴데를 보시지나 아니하시나 하고, 걱정이었다.

아이들 밤뒤 보는데는 닭 보고 묵은 세배를 하면 낫는다고, 닭 보고 절을 하라고 하시었다. 그렇게 괴로운 일도 아니었고, 부끄러워 참기 어려운 일도 아니었다. 둥어리 안에 닭도 절을 받고, 꼬르르 꼬르르 소리를 하였다.

별똥을 먹으면 오래 오래 산다는것이었다. 별똥을 줏어 왔다는 사람이 있었다. 그날밤에도 별똥이 찌익 화살처럼 떨어졌었다. 아저씨가 한번 모초라기를 산채로 훔켜 잡아온, 뒷산 솔푸데기 속으로 분명 바로 떨어졌었다.

『별똥 떨어진 곳
마음해 두었다
다음날 가보려
벼르다 벼르다
인젠 다 자랐소.』

— 『文學讀本』, 「별똥이 떨어진 곳」, 20쪽.
— 『소년』1권 6호, 「별똥이 떨어진 곳」, 1947.12.

가장 시원한 이야기

그날밤 더위란 난생 처음 당하는것이었다. 새로 한시가 지나면 웬만할가 한것이 웬걸 두시 세시가 되어도 한결 같이 찌는것이었다. 서령 바람 한점이 있기로서니 무엇에 쓸가마는 끝끝내 바람 한점이 없었다. 신을 끌고 나가서 뜰 앞에 선 나무밑으로 갔다. 잎알하나 옴짓 아니하는것이었다. 옴짓거리나 아니 하나 불가하고 갸웃거려 보았다. 죽은 고기새끼떼처럼 차라리 떠 있는것이었다. 나무도 더워서 죽은것이었던가? 숨도 막혔거니와 기가 막혀서 가지를 흔들어 보았다. 흔들리기는 흔들리는것이었다. 마음이 저으기 놓이는것이었다. 참고 살기로 했다.

아무리 덥다해도 제 철이 오고보면 이 나무에 새로운 바람이 깃들일것이겠기에!

— 『文學讀本』, 「가장 시원한 이야기」, 21쪽.

더 좋은데 가서

홍역, 압세기, 양두발반, 그리고 간기, 백일해, 그러한것들을 앓지 않고도 다시 소년이 될 수 있소?

그럴수 있다면 다시 되어봄직도 하지오.

그러고 보면 아버지 어머니도 젊으실 터이니까 아버지 어머니를 따라 여기보다 더 좋은데 가서 살겠소.

성당聖堂도 있고, 과수원, 목장도 있고, 산도 있고, 바다도 멀지 않고, 말을 싫것 탈수 있고, 밤이면 마을 사람만 모여도 음악회가 될수 있는데 가서 선생이 쨍쨍거리지 않어도, 시험을 극성스럽게 뵈지 않어도 질겁게 공부하겠소.

— 『文學讀本』, 「더 좋은데 가서」, 22쪽.
— 『소년』2권 1호, 「더 좋은데 가서」, 1938.1.

날은 풀리며 벗은 앓으며

　오면가면 하는 터이요 며칠 못보면 궁거워 하는 사이나, 별로 전화電話를 거는일이란 없던 사람이 그때 전화電話를 걸었던것을 보면 무슨 대수로운 부탁이 있었던것도 아니었는데 자기딴에는 아찔한 고적감孤寂感을 느끼었던것인가 생각된다.
　수화기受話器에 앵앵거리는 소리로 즉시 그사람인줄 알았으매
　『아 언제 왔던가? 그래 춘부장春府丈 환후患候는 쾌차快差하신가? 근데 자네 전화電話 어디서 거는것인가?』
　『나왔다가 거는데, 아버지 병환이 몹시 위중危重하시다가 겨우 돌리신 것 뵙고 왔네.』
　『여보게, 하여간 있다가 자네댁에 감세 저녁때 감세.』
　그러자 상학종上學鐘이 울자 나는 황황히 전화電話를 끊었다.
　그러나 이제 생각하면 그때 그 사람의 말소리란 전류電流를 통通해서도 확실히 힘없고 하잔한 것임에 틀림 없었다.
　그러니까 그것이 바루 세브란스에서 심상尋常ㅎ지 않은 진단診斷을 받고서 암담暗澹한 심경心境에 그래도 벗이라고 전화電話로 불러 보고 싶었던것이 아닌가 싶다.
　어디서 전화電話를 거노라는것은 가벼히 기이고 다만 곧 만났으면 하는 생각이 가까운 벗에게 먼저 옮기었던것인가 생각 하니 고마울 뿐이다.
　설마 무슨 일이 있으랴 하고 그날 저녁때 가겠다고 한것이 그 다음날 밤에야 가게 되었다.
　그사람이 거처하는 방이 볕이 잘 아니드는 방이라 갈때마다 마땅ㅎ지 않은양으로 말을 하여온 터이지마는 그날밤에도 좁고 외풍이 심한 방에 불이 빠안히 켜있는데 그사람은 목에 풀솜을 감고 쪼그리고 있었다.

들아가면서 앉기전 첫 인사로

『시골 가서 메기를 잡는 대신 감기感氣를 잡아 왔네그려.』

별로 대꾸가 있어야할 인사도 아니고 보니 그사람은 그저 빙긋이 웃었을 뿐이오 R여사女史는 자리를 사양하고 안으로 들어 갔었던것이다.

자기 어르신네 중환重患으로 급거히 나려간후 시탕범절侍湯凡節로 밤을 몇밤 밝히게 되고 한 탓으로 다시 감기感氣가 들리어 목이 아프고 열熱이 높고 하기에 겨우겨우 올라와 세브란스엘 갔더니 의사醫師말이 본병本病이 아주 악화惡化 되었다는것이요 목에 심상尋常하지 않은 증후症候가 일어났다는 것이었다.

『감기感氣로 편도선扁桃腺이 부어 오른것이지 별것이겠는가.』라고 나는 그렇게 바루 짐작 하였던것이다.

은銀주전자에 술이 따뜻이 데워나오고 전유어 접시가 놓이었었다.

그러니까 그것이 지난 음력陰曆 섣달 그믐날 밤이었다.

『자네 부인이 인제 나를 주객酒客으로 대접 하시는 모양일세그려. 술을 내가 좋아 하는줄 아나? 술이란 결국結局 지기知己가 될수 없는것일네. 역시 괴로운 노릇에 지나지 않는것이데.』

그날사말고 나의 심기心氣가 그다지 고르지 못한 탓도 있었겠지마는 나의 가림없는 말에 그사람은 옳은 말인양으로 머리로 대답 하는것이었다.

은銀깍지잔으로 한 다섯쯤 되는것을 혼자 기우리게 되었었고 더운김이 가시기전 전유어는 입을 당길만한것이었다.

혼혼히 더워오는 몸에 나는 그사람을 중환자重患者라고 헤아릴것을 잊고, 그사람 역시 나를 평소平素에 실없지는않은 떠벌이로 여기고 하는 터이므로 그날밤에도 양력陽曆 초하룻날 아침에 만물상萬物相에를 오른 자랑이며 옥류동玉流洞 눈을 밟고온 이야기를 신이나서 하였던것이다.

개골산皆骨山 눈을 밟으며 옮아온 시詩를 풍을 쳐가며 낭음朗吟해 들리면 자기가 한 노릇인양으로 좋아하던것이었다.

일어나 나오는 길에 정황없는 중에도 대문까지 나와보내며
『학교에서 나오는 길에 자주 좀 들리게.』
그 소리가 전보다도 힘이 없이 가라 앉은 소리였음에 틀림 없었다.
그날밤까지도 과연 그 사람의 병이 그렇게 중한것인줄은 전혀 몰랐던 것이다.

그러나 그사람이 여름 가을철 보다도 치위로 닥어들면선 전보다 현저히 못한 줄은 나도 살피었던 바이기도 하여서 어짠지 막연漠然한 불안不安한 생각이 돌아오는 길에 내쳐 일었던것이요 이래저래 그러 하였던것이든지, 나이라고 한살 더먹은 보람인지 세상이 실로 괴롭고 진정 쓸쓸히 느끼어 지던것이었다.

새해로 들어 첫 정월도 다 가고 보니 날새도 저으기 풀리고 밤바람일망정 품을 헤치고 드릴다시 차지 않았다.

『이사람이 이 해동解冬무렵을 고이 넘기어야 할터인데 ……』 중얼거리기도 하며 밤걸음을 홀로 옮기던 것이었다.

— 『文學讀本』, 「날은 풀리며 벗은 알으며」, 23~26쪽.
— 『조선일보』, 「날은 풀리며 벗은 알으며」, 1938.2.17.

남병사南病舍 칠호실七號室의 봄

　　OZONE에서는 무슨 경금속輕金屬의 냄새가 난다. 배리잇하고 산산한 냄새가 그다지 유쾌愉快한것은 아니나 호흡呼吸이 저으기 쾌활快活해지기도 할것이렸다. 라디오 장치裝置처럼된 궤짝에서 한종일 밤새도록 이 유조로운 기체氣體가 새여 나오는것이다. 냄새뿐이 아니라 푸지지 푸지지 하는소리가 겨우 들리기는 하나 고막鼓膜에 가려울 정도程度로 계속한다.
　　어찌하였든 앓는사람의 폐肺를 얼마쯤 이라도 깨끗이 할수있는 일이면 무슨 노릇이라도 해야 한다.
　　R여사女史는 아침부터 밤 아홉시까지 줄곳 서서 간호看護를 하게되고 K군君은 밤 아홉시이후 아침 출근시간전出勤時間前까지 교대交代로 옆을 뜨지 못하게 되는것이다. 그외에 몇몇 친구들이 있으나 모시고 거나리고, 사는데 매인 신세들이 되어서 잘해야 오후午後 네시를 지나거나 혹은 일요일日曜日을 타서 잠간식 들리어 앓는사람을 묵묵黙黙히 위로慰勞하고 갈 뿐이다.
　　주치의主治醫의 이름으로『면회사절面會謝絶』이라고 써붙이었으나 그것이 몇몇 사람들에게 까지도 그다지 엄격嚴格하게 실행實行되어야만 할 것이라면 좀 가혹苛酷한 일이 아닐수없고 평소平素에 벗을 좋아하던 앓는 사람으로 보아서도 외롭고 지리한 병상病床에서 몇몇 사람을 대하기란 심신心身이 저으기 밝어질수 있는 일이기도 할것이다.
　　급기야 만나고 보아야 누은사람과 선사람들 사이에 별로 말이 있을수 없다. 목이 착 쉬어 발음發音을 할수없는 사람을 대하여 열심熱心스럽게 회화會話를 바꾸고 한댓자 그사람을 그만치 소모消耗시킬 것이 되겠으므로 절로 말이 삼가게 되는것이다.
　　그러나 아주 오롯한 침묵沈黙이란 이 방안에서 금金노름을 할수 없는것이 입을 딱 봉하고 서로 얼굴만 고누기가 무엇이라 형용形容할수 없는 긴장緊張한 마음에 견딜수 없는 까닭이다.

그뿐이랴. 남南쪽 유리로 째앵하게 들이 쪼이는 입춘우수立春雨水를 지난 봄볓이 스팀의 온도溫度와 어울리어 훗훗히 더웁기 까지 한데 OZONE의 냄새란 냄새 스스로가 봄다운 흥분興奮을 하는것일지도 모르겠다.

그러나 이 방안에서 OZONE의 공로功勞를 생각할때 애초에 불평不平을 가질수 없는것이나 저으기 불평不安한 압박감壓迫感을 주는 것이오 삼십분이상三十分以上 견디기에 가벼히 초조焦燥하여지기도 하는것이다.

원래 사람의 폐肺를 위해서는 문을 굳이 닫고 OZONE을 맡는다느니 보담은 훨훨 열고 아직도 머뭇거리는 얼음과 눈을 밟고 다정히도 걸어오는 새로운 계절季節의 바람을 맞는것이 좋기야 좀도 좋으랴. 그러나 소맷자락으로 일은 바람으로도 이사람을 상傷울사 한데 어찌 창窓을 열법도 할일이랴.

조심조심히 입문을 열어 위로慰勞될수 없는 위로慰勞의 말머리를 지어보기도 한다.

미음을 치릅보새기로 하루에 셋을 마시었다면 그것이 중병重病에 누은 사람으로서는 차라리 칭찬을 받게 되는것이오 며칠식 설친잠을 다섯시간 이상 잔밤이 있으량이면 그것은 큰보람을 세운것인양으로 키우어 치하하게 된다.

알른사람은 어린아이같은 심정心情을 가질수도 있는것이기도 한가보다.

무슨 말을 발發하고도 싶은 표정表情이나 아픈후두喉頭가 사리게 하므로 여위고 핼숙한 뺨을 가벼히 흩어 미소微笑를 보이기도 한다. 저으기 안심安心하는 양이며 희망希望이 나타나 보이는 웃음이 아닐수도 없다.

위로慰勞가 반듯이 위로慰勞의 말이어야만 할것이 아니라 달리라도 효과效果를 낼수 있을량이면 할만한것이니 허우룩히 솟아오른 수염터전이 하여간 삼각수三角鬚인것에 틀림 없으므로 무장武將 관우關羽의 풍모風貌

와 방불彷彿하다는 양으로 기식氣息이 가쁜 사람을 도리혀 가벼히 희롱戱弄하기도 한다. 아니들 웃을수 없는 일이기도 하다.

남자男子가 삼십三十이 지난 나이가 되고보면 이만한 나룻과 염을 갖홀수 있는것이었던가, 달포 가까히 입원入院한 동안에 이렇게 짙을수 있는 것이런가, 새삼스럽게 놀랍기 도하다.

이러는 동안에도 흰옷 입은 의사醫師며 간호부看護婦가 한끗 정숙靜肅한 행지行止로 맥脈과 열熱을 살피고 나가는 것이고 묻는 말에도 대답을 사릴뿐이다.

잠시를 걸르지 못하게 뱉게되는 침에 목이 실로 아픈모양이요 눈가에 돌은 주름살과 홍조紅潮로 심상尋常ㅎ지 않은 피로疲勞를 짐작할수 있다. 알는사람이야 오작하랴마는 사람의 생명生命이란 진정 괴로운것임을 소리없이 탄식嘆息아니할수 없다. 계절季節과 계절季節이 서로 바뀔때 무형無形한 수레바퀴에 쓰라린 마찰磨擦을 받아야만 하는 사람의 육신肉身과 건강健康이란 실로 슬픈것이 아닐수없다.

매화梅花가 트이기에 넉넉하고 언 흙도 흐믈흐믈 녹아지고 동冬섣달 업디렸던 게도 기어나와 다사론 바람을 쏘일 이 좋은 때에 오오! 사람의 일은 어이 이리 정황없이 지나는것이랴. 알른 벗이 며칠동안에 헌출히 나을 수야 있으랴마는 이 고비를 넘어서서 빠듯이 버티고 살아나야 하리로다.

　　　　　　　　　　　—『文學讀本』,「南病舍 七號室의 봄」, 27~30쪽.
　　　　　　　　　　　　　　　—『동아일보』,「南病舍」, 1938.3.3.
　　　　　　　　　　　—『朝鮮使品年鑑』,「南病舍 七號室」, 1939.3.

서왕록逝往錄(上)

성城안에 들어 갈만한 일이 있음에도 집에 그대로 배기기가 무슨 행복幸福과 같이 여기어지는 일요일日曜日 — 하루 종일 비가 와도 좋다고 하였다.

보릿가을철 답게 산산한 아침에 하늘이 끄므레 하기는 하나 구름이 포기기를 엷게하고 빗날이 들기는 할지라도 그대로 맞고 나가는것이 촉촉하여 좋을것 같다.

오늘은 약현성당藥峴聖堂에 아침 일곱시 미사를 대여갔다. 돌아오는 길에는 제법 빗발이 보인다. 아주 짙어 어울어진 녹음綠陰에 비추어 비껴 흐르는 빗살이야 말로 실실이 모조리 볼수가 있다. 깁실같이 투명透明하고 고은 비가 푸른 바탕에 수繡놓이는듯하다.

비도 치근하게 구주레 오기가 싫여 조찰히 잠간 밟고 가기가 원願이라, 소리가 있다면 녹음綠陰이 수런거리는것으로 바께 아니 들린다.

장끼 목쉰 소리에 뻐꾸기도 울었다.

별로 아침생각이 나지 않고 부엌연기 마당에 돌고 도마 똑딱거리는 울안으로 들고싶지 않다. 내친 걸음에 잔등이 하나를 넘고싶다.

퍼어런 속으로 뛰어 다니면 밤자고 난 빈 위胃도 다시 청결淸潔히 물들어질듯하다.

그러나 내게는 밀려나려온 잠이 있다. 늘어지게 자야 한숨이면 갚을 잠이 남아있다.

생애生涯에 비애悲哀가 있다면 그러한것은 어떻게든지 처치處置하기에 곤란困難한것도 아니겠으나 피로疲勞와 수면睡眠같은것이 도리혀 마음대로 해결解決되지 못할것이 무엇일까 모르겠다.

다시 눕기전에 미리 집사람보고 단단히 부탁 하여 두었더니 한밤처럼 자고 일도록 깨우지도 않었던것이다.

캘린더는 토요일土曜日 퍼런 페이지 대로 걸려있다. 그대로 두기로소니 나의 『일요일日曜日』에 아무 지장支障이 있을리 없다.

아까운 이름이야 가리워 둠직도 하지 아니한가. 일요일日曜日도 한나잘이 기울고 보니 토요土曜가 일요日曜보다 혹은 더 나은날이 었던것일지도 모른다.

강진康津벗 영랑永郞으로 부터 편지가 왔다. 그동안에 날새는 씻은듯 개였다.

………그 이튿날 바로 집으로 왔으나 몸도 고단하고 하여 이제사 두어자 적습니다. 시비詩碑와 유고집遺稿集 내일것은 그날 산상山上에서 박군朴君의 춘부장春府丈께 잠간 여쭈었더니 좋게 여기시는것이었고 시비詩碑는 소촌素村 앞 알맞은곳으로 보아두었으나 경비經費가 불소不少한 모양이오며 하여간何如間 유고집遺稿集만은 원고原稿를 가을까지는 정리整理 하시도록 일보一步와 잘 상의相議하여 하시기 바랍니다. ………여름에는 한라산漢拏山까지 배낭背囊지고 꼭 함께 동행同行 하실줄 믿습니다.………

그날 영등포永登浦까지 영구차靈柩車 뒤를 따라가서 말한마디 바꿀수 없는 영별永別를 한후로 반우返虞에도 가보지 않은채 이내 보름이 넘었다. 그러자 영랑永郞의 편지를 받고보니 심사心思의 한구석 빈터를 채울수가 없다.

인사人事 겸사 홀홀히 일어나 가볼가 한것이 어쩐지 오늘은 문門안에 아니 들어 가기로 결심決心을 해야할 날이나 되는듯이 의관衣冠을 채리고 나서기가 싫었다.

사나이가 삼십三十이 훨석 넘어서 만일 상처喪妻를 한달것이면 다시 새로운 행복幸福을 기대期待하기가 매우 어려울것이리라. 친구를 잃은것과 안해를 여인다는것을 한갈로 비길것은 아니로되 삼십평생三十平生에 정든 친구를 잃고 보면, 다시 새로운 우정友情의 기쁨을 얻는다는 것은 진정 어려운 노릇에 틀림없다.

남녀간男女間의 애정愛情이란 의외意外에 속速히 불붙는것이오 상규常規를 벗는 경우에는 그야말로 전광석화電光石火의 보람을 내일수도 있는 노릇이나 우정友情이란 그렇게 쉽사리 이루어질수야 있으랴! 적어도 십년十年은 가진 곡절曲折을 겪은 후라야 서로 사랑한다기 보다도 서로 존경尊敬할만 한데까지 갈수 있는것이 아니랴.

우정友情이란 대체 어떻게 이루어지는것인지 알수가 없다. 그러나 우정友情이란 연정戀情도 아니오 동호자同好者끼리 즐길수 있는 취미趣味에서 반듯이 친구親舊가 될수 있는것도 아니요. 서령 정견政見이 다를지라도 극진한 벗이 될수 있는것이 아니었던가. 더군다나 기질氣質이나 이해利害로 우정友情이 설수 없는 것은 너무도 밝은 사실事實이다.

그러한것으로 밀우어 보면 친구는 안해와 흡사恰似하다. 부부애夫婦愛와 우정友情이란 나이가 일러서 비롯하여 낯살이 든 뒤에야 둥글어 지는 것이 아닐까?

—『文學讀本』,「逝往錄(上)」, 31~34쪽.
—『조선일보』,「逝往錄(上)」, 1938.6.5.

서왕록逝往錄(下)

『선인善人과 선인善人의 사이가 아니면 우의友誼가 있을수없다 —시세로』

내가 어찌 감敢히 선인善人의 짝이 될수 있었으랴.

『악인惡人도 때로는 기호嗜好를 같이 할수 있고 증오憎惡를 같이 할수 있고 공외恐畏를 같이 할수 있는것을 보아오는 바이나 그러나 선인善人과 선인善人사이의 우의友誼라고 일카르는바는 악인惡人과 악인惡人사이에서는 붕당朋黨이다 —시세로』

내가 스사로 악인惡人인것을 고백告白할수도 없다.

스사로 악인惡人인것을 느끼고 말할만 한것은 그것은 선인善人의 일이기 때문에!

『사람의 일이란 하잘것 없는것이요 또한 허탄한것이므로 우리는 사랑하고 사랑받는 그 누구를 항시 구求하지 않을수 없다. 그 연고는 인애仁愛와 친절親切을 제거除去하여 버리면 무릇 희열喜悅이 인생人生에서 제거除去되고 말음이다 —시세로』

이 논파論破로써 내 자신自身을 장식裝飾하기에 주저躊躇하지 아니하겠다. 이 장식裝飾에서도 내가 제거除去된다면 대체 나는 헌 누덕이를 골라 입으란 말이냐!

『그의 덕德이 우의友誼를 낳고 또한 지탱하는도다. 그리하야 덕德이 없으면 우의友誼가 결決코 있을수 없으니, 우인友人을 화합和合시키고 또한 보존保存하는 바사자는 덕德인저! 덕德인저! —시세로』

고인故人이 세상에 젊어 있을때 그의덕德을 그에게 돌리지 못하였거니 이제 이것을 흰 종이쪽에 옮기어 쓰기도 슬픈일이 아닐수 없다.

고인故人의 부음訃音을 들었던 인사人士들을 만날때마다 나는 고인故人

의 형제兄弟나 근친近親이 받아야 할만한 조위弔慰의 말씀을 들었던것이다.

  그의 덕德을 조곰도 많지 못하였고 우의友誼에 충실忠實하지 못하였음에도 고인故人의 지우知友가 그를 아까워 할때에 내가 그와 함께 기억記憶된줄을 생각하니 두려운 일이다. 한편으로는 도적盜賊도 처妻는 누릴수 있으나 오즉 선인善人에게만 허락許諾되었던 우의友誼에 내가 십년十年을 포용包容 되었음을 깨달았을적에 나는 한일이 없이 자랑스럽다. 나의 반생半生이 모르는 동안에 보람이 있었던것이로구나!

    짙은 꽃에 숨어 보이지 않더니
    높은 가지에 소리 홀연 새로워라.

    화 밀 장 난 견 花 密 藏 難 見
    지 고 청 전 신 枝 高 聽 轉 新

                             — 두보杜甫

  법국이 어디서 저다지 슬프고 맑은 소리를 울어 보내는것일까. 법국이 우는 철이 길지 못하야 내가 서러 세상에서 다시 삼십생애三十生涯를 되푸리 한다할지라도 법국이 슬픈소리로 헤일수밖에 없지 아니하랴! 아아 애닯은지고! 고인故人은 덕德의 소리와 향기香氣를 끼치고 길이 갔도다.
                           —『文學讀本』,「逝往錄(下)」, 35~37쪽.
                           —『조선일보』,「逝往錄(下)」, 1938.6.7.

우산雨傘

아무리 피한대도 비에 젖지 않을수 있읍니까. 미리 우장雨裝을 하고 나 선것도 아니고, 남의 상점商店 문門어구에서 열없이 오래서기도 계면쩍은 일이요 다시 우줄우줄 걸어나서자니 비를 놋낫 맞게됩니다. 그래도 비에 아주 내맡길수도 없어서 몇집건너 다른 상점商店 문門어구에서 축축한 무료無聊를 다시 느끼지 않을수 없게 됩니다. 요컨대 오늘은 비도 오고하니 다음날 다시 만나세 한마디로 홱 헤져서 지나는 전차電車를 잡아 타든지 아조 택시에 맡기어 바로 집문턱에다 대었으면 그만으로 그치고 말것이 아닙니까. 병病은 만나서 떨어지기 싫은데 있읍니다.

시골뚜기가 아닌바에야 아침에 나서자 천기天氣를 미리 겁내어 우산雨傘을 짚을수도 없읍니다. 우산雨傘 한개가 무슨 짐이 되겠읍니까마는 쾌快한 날새에 큰돌을 한짐 차라리 지는것이 장쾌壯快하지 말짱한 오후午後에 우산雨傘이란 실로 마뜩잖은 가구家具요 내동대치기에도 곤란困難한 것입니다.

아침부터 악수惡水가 나리는날이 아니면 우산雨傘을 동반同伴할수없고 악수惡水가 바로 그치면 대개 이발소理髮所나 드나드는 출판사出版社에 맡기게 되는데 우산雨傘이란 완전完全히 부서지는 예例보다는 흔히 유실流失되는 경우가 많습니다. 문화도시文化都市에 서식棲息하는 당대시민當代市民으로서 우산雨傘따위한테 일일——히 부자유不自由를 느끼게 된다는것은 그것으로 봉기蜂起할 문제問題야 되겠읍니까마는 문화文化로서 다소多少 반성反省할만한 거리가 아니겠읍니까. 퍼들면 그대로 얼만쯤 면적面積을 차지하게 되는 우산雨傘이기 때문에 교통交通이 여간 거치장스런 일이 아닐수 없읍니다. 그러니까 이것을 도시생활都市生活에서 아주 절영絶影시킬 포부抱負가 없지도 아니하니 차도인도車道人道는 지금 시설施設대로 그대로 괜찮고 가두양측街頭兩側에 즐비櫛比한 건축建築이 표면表面이 몇 걸음식 쓱쓱 물러 설것이오 처마가 척척 앞으로 나설것입니다. 현대現代 고층건축高層建築이 완비完備한것이라면 예전 의미意味로서의 처마라든지 부연끝이라든지 그리한것을 생각할만한 일이 아닐지요.

생각은 여러가지로 할수있으나 요要컨대 변혁變革이 어려운 노릇이므로 산만散漫한 우산雨傘의 풍습風習을 그대로 유지維持하기로 합시다. 다만 집집마다 반드시 몇개를 갖기로 하되 언제든지 대기체재待機體裁로 걸어둘것이오 지면知面이 있고 없고간에 들어서면서 손만 쓱 들어도 즉시 내어 공급供給할것입니다. 일체

우산雨傘에 대對한 소유관념所有觀念을 일체一切 해소解消하되 그것이 아주 풍습風習이 되야만 하겠읍니다. 그러자면 있던 우산雨傘이 나갈것이오 다른데서 들어올것이오 나갔던것이 도로 돌아올것입니다. 낡아서 무용無用하게 되면 누가 언제든지 적당適當한 처소處所에 쉽게 버릴수있게— 그러나 이것이 문門밖으로 나가서 다시 시골로 유실流失될수도 있으리다마는 일년一年에 몇개식 없앨 예산豫算으로 하지요. 비오는 거리에서 비를 피避하면서 우산雨傘이야기가 너무 길었고보니 심신心身이 더욱 구즐구즐하여 다시 껑충거리며 몇집 뛰어건느기로 하는데 우연偶然히 만나서 도모지 떨어지지 못하는것이 병病입니다. 그렇다고 썰렁한 다방茶房에 들려 탄산수炭酸水나 홍차紅茶를 마시고 있기로 젖은옷이 가뜬히 마를수야 있으며 친구도 류類가 달러 다방茶房에서 헤여지고 말수 없는 패가 있으니 자연自然 몇집을 더 건너뛰는 동안에 비를 더 맞을지라도 이왕이면 의식하고 서둘으지 않을 단골집을 찾게 됩니다. 후루룩 떨며 들어서며 좀 따뜻이 데워 달라는 말이 간단簡單한 인사가 될뿐이니 그리고 앉어야 몸도 풀어지고 차차 달어올르는 체온體溫으로 비에 젖었던것을 잊게 됩니다. 봄비에 젖은 몸을 결국 주량酒量으로 말리워 다시 입게 되는것이니 우산雨傘을 아침에 아니갖고 나와서 낭패狼狽본일이란 실로 근소僅小하고 결국 만나기만하면 십년十年 못보았다 본것처럼 좋은것이 병病입니다. 전

등電燈이 켜지고 벗의 얼굴은 불처럼 붉어지고 구변口辯이 점점 유창流暢하여지고 취기醉氣가 바야흐로 난만爛漫할적에 밤이 깊어가는 것을 잊을 만 할지라도 밖에 나리는 봄비가 굵어가는것을 들을수 있읍니다. 열두시 막전차電車에서 나리어 한 십분十分남짓 걷는 호젓한 길에서 다시 젖을지라도 벗과 헤여진 후 우산雨傘이 새로 그리울것이 있읍니까. 그저 맞으며 걷지요. 꽃이 한창 어울리노라고 오는 칩지 않은 봄비에 다시 젖으랍니다. 젖고 휘즐은 옷이 마침내 안해한테 돌아갈 것인데 나의 풍류風流가 안해한테는 다소多少괴로운일이 될것이나 젖은 옷을 말리고 다리는것이 안해의 즐거움이 아니어서야 쓰겠읍니까?

— 『文學讀本』, 「雨傘」, 38~41쪽.
— 『동아일보』, 「雨傘」, 1939.4.16.

합숙合宿

　합숙合宿이라는 수면제도睡眠制度는 병대兵隊나 운동선수층運動選手層에 있을만한 것이지 가련可憐한 여자女子들이 한다는것이 특수特殊한 경우와 境遇外에는 불행不幸한 제도制度가 아닐가 생각됩니다.
　유학留學할 시절時節에 식사食事는 공동식당共同食堂에서 잠은 기숙사寄 宿舍방에서 공부工夫는 도서관圖書舘에서 강연講演 친목회親睦會 예배禮拜 같은것은 『호올』에서 무슨 대교시합對校試合같은것이 있으면 합숙소合宿 所에서 밤낮 머리와 어깨를 겨르는 여러가지 공동생활共同生活이라는것이 지금 돌아다보아 감개感慨깊은것이 아닌것은 아닙니다. 그러하였던 생활 生活로 인因하야 나의 청춘靑春과 방종放縱이 교정校訂되었던것이며 이제 일개사회인一個社會人으로서 겨우 부비적거리며 살어나가기에 절대絶對 효력적效力的인것이었을지도 모르겠읍니다. 지금도 생활형태生活形態가 공동적共同的인것이 아닌것은 아니나 이제 다시 공동식당共同食堂에서 설 지않으면 질어터진 공기밥을 대한다든지 합숙소合宿所에서 밤중에 남의 팔굽이에 목아지가 감기어 숨이 막히어 잠을깬다든지 발치의 잘못으로 남의 복부腹部를 찬다든지하는 단체기거團體起居를 계속繼續하겠느냐하면 지금 나의 나이를 수물세살로 바꿀수 있다 할지라도 사양辭讓하겠읍니다.
　주일主日날 『최풀』에서 숙숙연肅肅然히 혹은 희희연嬉嬉然히 열列을지 어 돌아가는 여학부女學部 기숙생寄宿生 일행一行을 볼때마다 그들 화원花 園의 호접蝴蝶같은 생활生活을 얼마쯤 선모羨慕하지 않을수 없었읍니다마 는 그것은 그럴 연령年齡에 그러한 원거리모색적遠距離摸索的 그런 심리心 理에서 그렇게 생각되었을것이지 남학부男學部 기숙사생활寄宿舍生活이 얼 마나 삭막索漠하였던것이겠습니까. 한번은 육상경기대회陸上競技大會날 이날은 경기競技뿐만 아니라, 전람회展覽會 모의점模擬店 가장행렬假裝行列

기숙사공개등寄宿舍公開等 여러가지 주최主催가 있는데 그중에 기숙사공개寄宿舍公開라는것이 가장 바바리즘을 발휘發揮하는 것이었습니다.

제第몇호실號室에서는 『도어』에 『인축동거人畜同居』라고 써붙였기 보면 낡어빠진 다다미방에 난데없는 송아지가 한마리 매여있는가 하면 그 옆에서 『도데라』바람에 공부工夫하는 흉내를 내는 학생學生들이 없나 또 제第몇호실號室 도어에는 『산 송장의 진열陳列』이라고 써붙이었길래 열고보면 냄새가 훅훅끼치는 드러운 솜이 비죽비죽 튀져나온 이불을 덮고 대낮에 눈을 허옇게 뜨고 즐비하게 들어누어 구경온 여학생女學生들을 깜짝 놀라게하는 장발파長髮派 예과생豫科生들이 없었나 별별別別 괴상怪常한 주최主催가 많었읍니다.

그리하여서 퇴역우좌退役中佐로 학생감學生監 겸兼 사감舍監이 되신 M 선생先生에게 침묵沈默의 시위示威를 하는것이 연중행사年中行事로 되었던것입니다. 사람은 결국 자기自己가 경험經驗한것 이외以外에 말하지 못할것이겠는데 공동생활共同生活도 학생생활學生生活처럼 약과藥菓먹듯 쉬운 노릇이 어디 있었겠읍니까. 여공女工 기숙생활寄宿生活이 퍽 음참陰慘한줄로 다소면분多少面分이 있는 여공女工에게 들은 일이었는데 모직조공장某織造工場 견습여공見習女工이 한푼 아니쓰면 한달에 일원오십전壹圓五拾錢이 떨어진다고 합니다. 기숙사寄宿舍 식비食費 사원오십전四圓五拾錢을 떼고 말입니다.

일개월一個月 식비食費가 매인분每人分 사원오십전四圓五十拾錢식이라면 대개 어떠한 영양소榮養素가 공급供給되는것일지 상상想像하기 어렵습니다. 제일 숭늉이 뿌─옇고 무슨 냄새가 나서견딜수가 없다는것인데 성숙成熟한 여자女子로서 한달에 한번식은 의례히 있는 신체身體에 관關한것이 몇달식 띠운다거나 있다할지라도 극極히 소분량小分量이라는것을 들었을 때 자기自己가 경험經驗못한것은 결국 몰르고 마는것이니 얼마나 가엾고 무섭게 생각 되었는지 몰르겠습니다. 창백蒼白한 얼굴에 부당不當한 주름살까지 잡히었는데 그래도 무슨 화장료化粧料같은것을 베픈것을 보고 빈한寒이라는것이 여자女子한테는 한층一層 더 치명상致命傷인것을 느끼었읍니다.

그래도 그중에서도 서로 언니 옵빠를 정定하고 의지依支하고 위로慰勞하고 몇해 지난다는 말을 듣고 여자女子를 움직이는것은 반드시 은전銀錢 지화紙貨일것일까. 별別로 신기新奇롭지도 못한 반의反意를 품게 하는것이었읍니다. 그들은 본시 낭비浪費할줄을 모르는 사람들이기에 그중에서 한푼 모이는 재미도 아주 없지도 않을것이나 십수시간十數時間되는 근로勤勞가 끝난후에 합숙실合宿室에 들어누었을때 그들의 보수報酬와 애착愛着은 모다 반작 반작하는 은전銀錢에 그치고 말것입니까.

주장酒場의 여급女給들도 복강福岡 경도京都 동경등지東京等地나 혹은 평양平壤 대련등지大連等地에서 고향故鄕과 가정家庭을 떠나서 온 이가 많은 모양인데 대개 소속所屬한 주장酒場 이층二層에서 자기自己네끼리 합숙제도合宿制度로 기거起居하며 밤마다 오전午前 두시나 세시에 한방에 십여명十餘名식 자게된다고 합니다. 대체 그들은 무엇에 정진精進하기 위한 합숙合宿입니까. 그들은 밤마다 받들고 대對하여야만하는 인사人士가 모다 취醉하고 떠들고 노래부르고 외설猥褻한 농담弄談을 건늬는 남자男子들 뿐이겠는데 그들은 역시 무슨 시합試合을 위한 운동선수運動選手들처럼 남편의 옷도 걸리지않고 어린아이 울음소리도 나지않는 이층二層에서 밤마다 합숙合宿하고 정진精進해야 하는것입니까. 그들은 눈섭을 그리고 머리를 지지고 화장化粧도 몇겹식하고 편신기라遍身綺羅를 감었으며 홍등紅燈에 호접蝴蝶처럼 요염妖艶할지라도 그들은 어찌하여 애절차탄哀切嗟嘆 해야만 하는것입니까. 무부武夫의 관심關心이 반드시 금색찬란金色燦爛한 훈장勳章에 있지 않겠는데 천생려인天生麗人으로서 일체一切의 애착愛着이 어찌 은화銀貨를 모으고 세이는데 있겠읍니까.

다소多少 몽롱朦朧한 취안醉眼에 비치는 그들의 후두부後頭部에 떠올르는 눈물겨운 서기瑞氣가 저것은 무엇입니까. 빈고貧苦라는것은 무슨 덕德과 같은것이어서 그들에게 후광後光을 씨우는 것이오리까. 절색絶色이면서도 빈한貧寒하기에 그들은 냉冷한 이층二層에서 혼기婚期를 유실流失하고 은화銀貨를 안고 합숙合宿하여야 하는것입니다.

— 『文學讀本』, 「合宿」, 42~45쪽.
— 『동아일보』, 「合宿」, 1939.4.20.

다방茶房「ROBIN」안에 연지 찍은 새씨들

「ROBIN」은 어린이들 양복과 여자옷을 단골로 지어파는 양복가게 였다.

크낙하지도 굉장할것도 없었지마는 참하고 얌전한 집으로 그 호화豪華스런 사조통四條通 큰 거리에서도 이름이 높았았다. 「ROBIN」에서 지은 양복이라야 본격적本格的 양장洋裝한 보람이 나던것이었다.

그집 진열장陳列場이 좁기는하나 꽤 길어서 으리으리한 속으로 휘이 한번 돌아나오는 맛이 불유쾌不愉快한것이 아니었다.

꽃밭이나 대밭을 지날 지음이나 고삿길 산길을 밟을적 심기心氣가 따로따로 다를수 있다면 가볍고 곱고 칠칠한 비단폭으로 지은 옷이 가진 화초花草처럼 즐비하게 늘어선 사이를 슬치며 지나자면 그만치 감각感覺이 바뀔것이 아닌가.

「ROBIN」양복가게에 걸린 어린이 양복에서는 어린아이 냄새가 났었고 여자옷에서는 여자냄새가 났었다.

암내 지린내 비린내 젖내 지저귀내 부스름딱지내 시퍼런 코내 흙내가 아조섞이지 아니한 순수한 어린아이냄새가 있을수 있고 기름내 분내 크림내 마늘내 입내 퀴퀴한내 노르끼한내 심하면 겨드랑내 향수내 앞치마내 부뚜막내 세수대야내 자리옷내 벼개내 여우목도리내 불건강不健康한내 혈행병血行病내 혹은 불결不潔한 정조貞操내 그러그러한 냄새가 통히 아닌 고귀高貴한 여자냄새가 있을수 있는것이니 그것이 얼마나 신선하고 거룩한 것일가.

적어도 연蓮닢 파릇한 냄새에 비길것이로다. 「ROBIN」 양복가게가 흥성스럽던것은 이러한 귀한 냄새를 풍길수 있는 옷을 지어 걸고 팔고하는데 있었던것일지도 모른다.

그러나 어린이나 여자의 알맹이가 아직 들이끼우기전의 다만 옷감에서 오는 냄새란 실상 우수은것이 아닌가.

드나드는 손님들중에 반듯이 긴한 손이 아닌듯한 사방모四方帽짜리니 여드름딱지 예과생豫科生따위들이 그앞으로 지나다간 부질없이 들려 휘이 돌아나오곤 나오곤 하는 것이었다.

「ROBIN」양복가게는 그만치 번창하고 말았다.

「ROBIN」주인主人이 이러한 점을 이용利用하였던것인지 양복가게에 다방茶房이 새로 곁들게 된것이었다.

다방茶房이름도 마자 「ROBIN」

다방茶房 「ROBIN」입구入口가 따로 난것이 아니고 양복점洋服店「ROBIN」진열장陳列場을 들어서서 걸린옷사이로 지나 안으로 들어가면 열고보면 문은 문이나 문이랄게 대단하지 않은 문이 겨우 붙어있던것이니 문이 열고 닫히는 맛이 벨베트에 손이 닿는 듯이 소리가 없어서 들며나며하는 손님들도 그림자같이 가벼웠었다.

사박스럽게 돌아가는 축음기 소리도 없었으니 원래 이야기소리가 죄용죄용하고 소근소근들 한것이었기에 소리판 소리그늘을 빌어야하도록 치근치근한 말거리도 없었고 통채로 쏘다놓는 사투리도 없었던것이다.

차야 어느집에 그만한 가음이 없을가 마는 차를 다리는 솜씨와 담긴 그릇이 다른집과 달렀다. 적은 찻종 빛갈이나 찻빛이나 불빛이나 온갖 장식품裝飾品이나 벽壁빛 천정빛 마담의 옷감이나 모다 꼭 조화調和를 잃지 않어서 손님들의 품위品威나 회화會話도 역시 거기 많ㅇ게 되던것이 아니었던가.

그보다도 그집의 특색特色은 차 날르는 아이들이었는데 많아야 열네살쯤 된 시악시들이 삼사인三四人이 모두 꼭같은 단발이마에 까만 원피스를 짜르게 해 입고 역시 까만 스타킹이며 까만신을 가볍게 신었다.

두볼에 돈짝만콤 동그란 붉은 연지를 꼭같이 찍은것이 여간 그집에 밝은 보람을 내인것이 아니었다.

연지 찍은것을 온당ㅎ지 못하다고 트집을 잡는다면 할수없으나 그집 아이들은 일체 말이없었고 설혹 용렬한 손이 있어 엇비딱한 농을 걸지라도 그 아이들은 연蓮꽃봉오리처럼 복스런 볼에 경첩히 웃음을 흩지 아니 하였으니 그럴수 바께 없었던것이 아무리 어리고 귀엽고한 색씨들일지라도 여자는 마침내 여자에 지나지 않고보니 웃음이라도 조심없이 흩어놓고 볼양이면 못나게 구는 손이 없다할지라도 그만한일로 다방茶房의 질서秩序를 잃게 되는것이 아니었던가.

하여간 그집에 으젓ㅎ지 못한것이란 하나도 없었으니 그집에서 지어 팔던 어린애 양복에서 어린아이냄새 여자옷에서 여자냄새가 미리 풍기던 생생한 보람이야말로 그 집 다실茶室에서 나비처럼 바쁘기만하던 볼에 연지 찍은 어린색씨들로서 나던것이나 아니었던가― 지금도 그렇게 생각한다.

  ―『文學讀本』,「茶房「ROBIN」안에 연지 찍은 새씨들」, 46~49쪽.
  ―『삼천리』96호,「茶房 고마도리 안에 연지찍은 색씨들」, 1938.6.

압천상류鴨川上流(上)

압천鴨川의 수원水源이 어딘지는 모르고 말았다. 애써 찾아가본다든지 또는 문서文書를 참고參考한다든지 지리地理에 취미趣味가 있는 사람이고 보면 마땅히 할만한일을 아니하고 여섯해를 지냈다.

대개 중압中鴨에서 하숙下宿을 정하고 지냈으니 하압下鴨으로 말하면 도심지대都心地帶에 듦으로 물이 더럽고 공기도 흐리고 여러점으로서 있기가 싫었다. 그래도 중압中鴨쯤이나 올라와야만 여름이면 물가에 아침저녁으로 월견초月見草가 노오랗게 흩어져 피고 그 이름난 우선友禪을 염색染色도하여 말리고 표백漂白도 하고 하였다. 원래 거기서 이르는 말이 압천鴨川물에 행군 비단이라야만 윤이 칠칠하고 압천鴨川물에 씻기운 피부皮膚라야만 옥玉같이 희다는것이었다. 그래서 그런지는 몰라도 거기는 비단과 미인美人으로 이름난 곳이었다. 그러나 압천鴨川이란 내는 비올철이면 흐르고 그렇지 않으면 아주 말러붙는 내다. 수석漱石의 글에도 『압천鴨川 조약돌을 밟어 헤여 다하였다』라는 한 기행문紀行文 구절句節이 있었던 줄로 기억記憶하고 있지마는 물이 마르고 보면 조약돌이 켜켜히 앙상하게 들어나 있어서 부실한 겨울해나 비치고 할때는 여간 쓸쓸하지 않었다. 여름철이 되어야만 역구풀이 붉게 우거지고 밤으로 뜸부기도 울고 하는것을 한번은 그렇지 못한때 지금 만주滿洲에 가있는 여수麗水가 와보고, 그래 어디가 『역구풀 욱어진 보금자리, 뜸부기 훌어멈 울음 우는곳』이냐고 매우 시시하니 말을 하기에 변명하기에 좀 어색한적도 있었으나 어찌 하였든 나는 이 냇가에서 거닐고 앉고 부질없이 돌팔매질하고 달도보고 생각도하고 학기시험學期試驗에 몰리어 노-트를 들고나와 누어서 보기도 하였다.

폭幅이 상당히넓은 내가 되어서 다리가 여간 길지 않은것이었다. 봄 가을 비오는날 이 다리를 굽높은 나막신에 파란 지우산을 받고 거니는 정취情趣란 업수히 여길것이 아니었다. 광중류廣重流의 부세화浮世畫도 그러한 것이었기 때문에.

마주 서있는 비예산比叡山도 계절季節을 따라 맵시를 달리하고 흐리고 개이는 날새대로 자태姿態를 바꾸는 것이었다. 이불을 쓰고 누은것 같다는 동산東山도 바루 지척인데 익살스럽게 생긴 산이었다.

조선朝鮮서는 길에서 인사만 좀 긴하게 하여도 무슨 트집을 잡아 말구실을 펼쳐 놓고 하지마는 거기서야 우산 하나에 사람은 둘이고 비는 오고 하면 마침내 한우산 알로 둘이 꼭 다가서 가는 수바께 없지않었던가. 그래도 워낙 꽃같이 젊은 사람들이고 보니깐 그러하고 가는꼴을 보면 거짓 사람들도 싫지않을 정도程度로 가볍게 놀리기도 하던것이었다.

다시 상압上鴨으로 올라가면 거기는 정말 촌이 되어 늪에 물이 철철 고여있고 대수풀이 우거지고 물레방아가 사철 돌고 동백꽃이 겨울에도 빨갛게 피고있다. 겨울에도 물이 아니얼고 풀도 마르지 않으니까 동백꽃이 붉은것도 괴이하지 아니하였다.

노는날이면 우리들의 산보散步터로 아주 호젓하고 좋은 곳이었다. 거기서 다시 거슬러 올라가면 팔뢰八瀨라고 이르는 비예산比叡山 바루밑에 널리어 있는마을이 있는데 그 근처近處가 지금은 어찌 되었는지 모르나 그때쯤만해도 거기 하천공사河川工事가 벌어지고 비예산比叡山 케―블카―가 놓이는때라 조선노동자朝鮮勞動者들이 굉장히 많이 쓰이었던것이다.

이른 봄철부터 일철이 되고보면 일판이 흥성스러워졌다. 석공石工일은 몇몇 중국中國사람들이 맡아 하고 그대신 일공日工값도 그사람들은 훨석 비쌌고 평坪뜨기 흙 져나르기 목도질같은일은 모두 조선토공朝鮮土工들이 맡아 하였지만 삯전이 매우 헐하였다는 것이다.

수백명식 모이어 설레는 일판에 합비따위 노동복勞動服들은 입었지만 동이어맨 수건틈으로 날른대는 상투를 그대로 달고온사람들도 많았다. 째앵한 봄볕에 아지랑이는 먼 불 타듯하고 종달새 한끗 떠올라 지즐거리는데 그들은 조선朝鮮의 흙빛갈은 얼골이며 우리라야 알아듣는 왁살스런 사투리며 육자배기 산타령 아리랑 그러한 것들을 그대로 가지고 온것이었다.

— 『文學讀本』, 「鴨川上流(上)」, 50~52쪽.

압천상류鴨川上流(下)

그 단순單純하고 소박素朴한 일군들도 웬 까닭인지 그곳 물을 몇달 마시고나면 거칠고 사납고 하룻강아지 범무서운줄 모른다는 셈인지 십장什長에게 뭇매를 앵겼다는등 순사巡査를 때려주었다는 등 차차 코가 세어지는것이었다. 맞댐으로 만나 따지고보면 별수없이 좋은 사람들이었지만 얼굴 표정이 잔뜩질려 보이고 목자가 험하게 찢어져있고하여 세루양복에 머리를 갈렀거나 치마대신에 하까마, 저고리대신에 기모도를 입었다는 이유理由만으로 욕을 막 퍼붓고 희학질이 여간 심한것이 아니었다. 우리가 조곰도 못알아 듣는줄로만 알고 하는 욕이지마는 실상 그것을 탓을 하자고보면 살이 부들부들 떨릴소리를 하는것이다. 그러나 우리는 조금도 어찌 여기지않고 끝까지 모르는 표정으로 그들의 옆을 천연스레 지나간것이었다. 우리가 조금도 모를리 없는 욕설이지만 진기하기 짝이없는 욕들이다. 쉑스피어극劇 대사台詞의 해괴한욕을 사전辭典을 찾아가며 공부工夫도 하는터에 실제로 모르는척 하고 듣는것이 흥미興味없는것도 아니었다. 그러나 좀 얼굴이 붉어질 소리를 하는데는 우리는 서로 얼굴을 피避하였다.

뻔히 알아들을 소리를 애초 모르는체하는 그러한것이 이를테면 교양敎養의 힘일것이리라.

그러나 만일 그들이 별안간 삽으로 흙을떠서 냅다 뒤집어 쓰힌다면 어떠한대책對策이 설수있을까 할때에, 나는 절로 긴장緊張하여지고 어깨를 떡 펴고 얼굴과 눈을 좀 엄혹嚴酷하게 유지維持하고 또 주시注視하며 지나가게 되던것이었다.

그러나 우리들의 호기심好奇心과 향수鄕愁는 좌절挫切되지 아니하였었다.

장마치르고난 자갈밭이거나 장마가 지고보면 의례히 떠나갈 터전, 말하자면 별로 말성이되지않을 자리면 그들은 그저 어림어림하며 집이라고 고혀놓는다. 궤짝 부서진 널쪽 전선電線줄 양철판 등속으로 얽어놓고 그들은 들어앉되 남편, 마누라, 어린것, 계수, 삼촌, 사돈댁, 아조 남남끼리 할것없이 들고 나고 하는것이었다.

짜르르 짧었거나 희거나 푸르둥둥하거나 하여간 치마 저고리를 입은 아낙네들이나 아래동아리 홀홀벗고 때가 겨른 아이들일지라도 산설고 물설은 곳에서 만나고보면 반갑지 않을수없다.

그들은 우리가 조선학생인줄 알은후에는 어찌 반가워하고 좋아하던지 한 십여인이나 되는 아낙네들이 뛰어나와 우리는 그만 싸이어 들어가듯 하여 무슨 신랑신부新郞新婦나 볼모로 잡아오듯이 아랫목에 앉치는것이었다. 그래 조선서와서 학교하는 양반이냐고 묻고 고향도 묻고 나이도문고하는것이다. 어찌되는 사이냐고 하기에 나는 어찌다 튀어나온 대답이 사촌간四寸間이라고 한 것이었다. 그들은 별로 탓도 아니하였으나 사촌四寸오누간에 퍽 서로 닮었다기에 우리는 같은 척하고 견디었다. 이러한 경우에는 사촌四寸이 아니라고 한다든지 혹或은 사촌四寸이 아닌줄이 명백明白히 들어나고 보면 결국 꼼작없이 억울해도 할수없이 뒤집어쓰고 마는것이었다.

그중에 퍽 넉넉해 보이고 있고보면 손님대접하기 즐길듯한 끌기는 끌었으나 당목저고리에 자주고름을 여미고 자주끝동을 달은, 좀 수선스럽기도할 한분이 일어나가는 거동으로 우리는 벌써 눈치를 챘던것이었다. 황황히 일어서랴니까 왼방안에 있는 분들이 모다 붙들며 점심먹고 가라는것이었다.

이밥에 콩도 섞이고 조도 있으나 먹을만한것에 틀림없었고 달래며 씀마귀며 쑥이며 하여간 산효야채山肴野菜임에 틀림없었고 골고로 조선것만 골라다 놓은것이 귀한 반찬들이었다.

한끗 성의誠意를 다하여 먹는참에 바깥주인主人이 들어오는 모양인데 안주인이 우리를 변명겸 설명하는것이었다. 안주인의 이때까지 정이 녹을듯한 거동擧動이 좀 황황해진것이기도 하였다.

바깥주인의 태도가 좀 무뚝뚝하고 버티기로서니 내가 안경을 벗고 한팔집고 한무릎꿇고 무슨도道 무슨면面 무슨리里 몇통統 몇호戶까지 대며 인사를 올리는데야 자긴들 어찌 그대로 하나 뺄수 있을것이며 또 저으기 완화緩和되지 않을배 어디 있었으랴.

끝까지 나의 교양敎養의 힘으로 희한히 화기애애和氣靄靄하던 그날의 동향일기同鄕日氣를 조금도 흐리우지도 않고 견딘것이었다.

방안에서 문에서 뜰에서 부엌에서 모두들 잘가고 또 오라는 인사를 받고 나오는길에 우리는 보아서는 아니될것이 눈에 뜨인것이었다. 막대하나 거침없는 한편에 한 아낙네가 돌맹이 둘에 도틈 쪼고리고 앉아 있는것이었다. 조금 황겁히 구는것이었으나 결국 우리가 보아서는 못쓸것이 없으매 아낙네는 그대로 견디기 어려운 일이 아니었다.

일찌기 농촌전도農村傳道로 나선 어떤 외국선교사外國宣敎師 한분이 모든 불편한것을 아무 불평不平없이 참어받었으나 다만 조선朝鮮의 측간厠間만은 좀 곤란困難하였던지 조선朝鮮의 측간厠間은 돌맹이 두개로 성립成立되었다는 우스개 말씀을 한일이 있었으나, 그 컨시쓰·어브·투·스토운즈 라는 섭섭하기도하고 우숩기도한 말이 잊어지지 않었다.

그야 측간厠間이 반드시 돌맹이 두개로 성립成立된것도 아니지마는 혹시 그럴수도 있지 아니한가.

산이 서고 들이 열리고 하늘이 훨쩍개이고 사투리가 판히 다른 황막荒漠한 타향他鄕이고 보면 측간厠間쯤이야 돌맹이둘로 성립成立되지 말라는 법도 없다.

— 『文學讀本』, 「鴨川上流(下)」, 53~56쪽.

춘정월春正月의 미문체美文體

　대체로 기지개를 키게 되겠고 다음으로 담배를 한개 피어 물어야만 눈이 개온히 뜨일 순서順序이겠는데— 아침 여섯시로 여섯시반까지 대개 그동안— 나는 이 좋은 나이를 해가지고 그러한 한아閑雅한 관습慣習을 길르지 못하였다.
　그대신에 이곳 「애기릉陵안」으로 이사 나온후로 난데없이 처량한 호들기 소리를 듣는것이다. 그도 한두번이 아니요 번번히 잠깰 무렵이면 반드시 들리는것이다. 호들기 소리로되 충청도忠淸道 사투리로 나오니깐 애끊는듯 자지라질듯 내쳐 졸리운듯 하여 달삭 옴직 못하고 그대로 누어 망사리게 되는것이다.
　시집이 조곰 늦어진 처녀들의 호들기 소리라야만 정말 충청도忠淸道 사투리가 나오던것이었다. 호였들 소리가 너무 극성스러우면 꽃뱀이 울안으로 기어든다고 어른들이 꾸중도 하시던 것이었다. 단같은 머리채에 호말만 하게 헌출하다는 처녀들이 물오른 실버들가지를 비틀며 하는 말이

　　요놈의 호들기
　　소리 아니 날냐니?
　　소리 아니 날라고 해봐라
　　쪽쪽 찢어 금강錦江물에 띄울란다.

　그야말로 어디까지든지 여운餘韻을 위한 악기樂器이었다. 한손아귀론 버들피리를 감추어 불고 다른 손아귀론 절조節調를 골르고보면 끝까지 슬픈 소리가 고비고비 이어나가 마을앞도 절로 어두워 보슬비가 나리던것이었다. 그래서 그러한지는 몰라도 충청도忠淸道색씨 치고 말씨나 몸짓이

툭툭튀고 똑똑 끊지는 법이 없다.

 그러나 난데없는 호들기 소리란 마침내 이웃집에서 넘어오는 부지런도한 음악학생音樂學生의 바이올린 소리이었던것이다. 그것을 번번히 호들기 소리로 듣는다는것은 음악音樂을 가리어 들을만한 귀가 애초에 아니었던것이다.

 그러나 사람에게는 이러한 노릇이 있지 아니한가.

 ① 번번히 하는 짓이 궂은 짓이기는하나 번번히 잠고대를 하게되는것.

 ② 번번히 도모지 그럴수 없는것이 분명한데 번번히 꿈으로 꾸게 되는것.

 또 이외에 다음과 같은 현상現象도 있을수 있으니

 ① 아주 깨인 상태狀態도 아니요.

 ② 꿈도 아니요.

 ③ 비몽 사몽도 아니요.

 ④ 이 치운 첫정월아침에 빠이올린 소리가 호들기 소리로 들리는 한개의 증상症狀.

 대개 이러한 염려艶麗한 착각錯覺은 어떻게 해석解釋 할것인가. 혹은 요즘 나의 건강健康이 향수鄕愁에 견딜만하게 다시 돌아온 까닭이나 아닐가. 하여간 골고루 펴 보아야 찌뿌드데한데가 없이 팽창膨脹한 느낌이 없지 않다.

— 『文學讀本』, 「春正月의 美文體」, 57~59쪽.
— 『여성』22호, 「春正月의 美文體」, 1938.1.

인정각人定閣

허둥지둥 새문턱을 닥아드니 마침 폐문시각閉門時刻이라 큰 문이 닫히 노라 요란한 소리에 큰 쇠가 덜크덩 잠기었다.

겨우겨우 성城안애 들어선 일행一行은 살은듯 마음이 놓이고 다행 하였다. 걸음이 한풀에 줄어 서서徐徐히 차라리 힘없이 흘러져 걸리는 것이었다.

전人자리 깡그리 닫힌 거리에 유지등사방등이 번거로히 지나 가고 미구에 술라군이 돌때가 되었다.

교전비轎前婢 등불 들리어 앞세우고 급한 행차 돌아가는 교군도 간혹 보이나 그 외에 부녀자의 행색이란 이 아닌밤에 일체 보일리 없었다.

새 대궐 앞까지 앞서거니 뒤서거니 하야 밤길 걸으며 이야기하는 사이에 행인行人을 살필배 없었으니 어느 골목에서 나왔다고 바루 이를수도 없는 젊은 장옷자리가 문득 앞을 서서 가로거치는것이었다.

도람직한 키에 몸맵시가 어색하지 않으려니와 가벼운 갓신에 옮기는 걸음새가 밤에 보아도 아릿다운 젊은 여자임에 틀림없어 별안간 마음들이 설레기 비롯하였다.

그러나 앞에 세운 기집애 하나 없고 등불 하나 딸리지 않었으니 저으기 괴이쩍은 일이 아닐수도 없었다.

그리하고보니 한창 장난들 질겨하는 젊은 일행一行은 바싹 뒤를 다가서서 히학질이 시작된것이었다.

아닌밤에 무슨 급한 병자가 초라한 살림에 생기어 약화제를 들고 나선 여인이 아닌바에야 예사 여염집 여자로서 밤출입이 있을수 있는 노릇이냐 말이다.

그만한 히학질 작란이야 받을만 하지아니한가.

그러나 그 여인은 소호도 놀란다든지 당황하는 꼴이 없이 거름을 사븐사븐 흩지않고 걸어가는 양이 더욱 요염妖艶하여 일행一行의 호기심好奇心을 더욱 요란ㅎ게 하는것이었다.

이상스러운 노릇이, 아무리 빨리 쫓아가야 그 여인은 쫓아가는 일행一行의 손이 장옷자락에 닿을 거리에서 서서 가는것이 아니었다. 그렇다고 신뒷축이 금시 금시 밟힐듯한 사이에서 더 앞서 가는것도 아니었다. 감질이 날 노릇이 아니런가.

아무리 쫓아가야 잡을 도리가 없었다.

이리이리 승강이를하며 쫓아가는것이 황토마루를 지나 샌전 앞을 나섰으나 역시 잡히지 않았고 중추막 소매가 바람에 부우 뜨고 소창옷 세자락에서 쇳소리가 날지경이었으나, 지척에 보는꽃을 꺾지못하는 까닭을 모를 일이라 인제는 일개 만만히 볼만한 여자의 팔을 흠켜잡고야 만다느니 보담은 삼사인三四人이나되는 젊은 사내자식들의 의기意氣와 고집固執으로서도 거저 덮어둘 일이 아니었다.

성난 승냥이 떼처럼 약들이 잔뜩 올랐다.

신이 금시금시 밟힐듯 밟힐듯 하면서도 몸이 잡히지 아니하니 웬 셈일까.

여자는 한결같이 태연히 사븐사븐 가는것에 지나지 않았다.

일행一行들의 입은 옷으로 말하면 꽃 진지도 오래고 녹음이 한창 어울리어가는 사월四月초승이라 갓다듬어 입고 나선 모시옷 아니면 가는 백목이었고 신으로 볼지라도 산뜻한 마침 마른신이나 발편한 누리바닥 고은 메투리였으므로 걸어가기는 새레 날러라도 갈 셈인데 점잖은 갓모자가 모조리 뒤로 발딱 제켜지도록 여자의 걸음을 많지 못한다는 까닭을 알수가 없다.

인제는 마지막 기를 써서 쫓은것이 종로 인정전 바로앞에까지 왔던것이다.

인정전 바루 뒤 행랑뒷골로 여자는 슬쩍 몸을 솔치자 한사람의 손이 여자의 장옷소매에 닿자마자 여자가 힐끗 돌아보자 달밤에보는 옥玉과 같은 흰 얼굴에 처참悽慘하게도 흰 앞 이 두개가 길기가 땅바닥까지 닿는 것이아니었던가! 으악! 소리와 함께 일행一行은 모두 너머지자 여자는 인홀불견이 되고 말았다.

자정子正 인경이 땅! 한번 울었다. 그 소리를 이어 네밀 네밀 네밀하는 여음餘音이 실쿳하게도 무엇인지 끔직이 꾸짖는것 같았다.

일행一行은 태기친 개구리 펴지듯 모두 까무라쳐 바닥에 쓸어졌으니 사내자식이 아무리 놀라기로소니 그중에 하나쯤이야 아주 죽는수야 있느냐 말이다. 이왕 쓸어지는 바에야 종각鐘閣 창窓살에 허리를 붙이고 설흔 두번 우는 인경 소리를 들으며 내처 잠이 들었던것이다.

얼마쯤이나 잤던지 아름푸시 정신이 돌며 눈이 뜨이고 보니 날이 후연히 밝어오는데 파루罷漏치는 꼴을 볼수가없다. 자—그러니까 간밤일이 그것이 취몽醉夢은 취몽醉夢일지라도 인경 소리를 꿈엘지라도 듣기는 들었다.

툭툭 털고 일어서며 곰곰히 생각하여 보아야 열네살때 서울 올라온 이후 사실로 인경소리를 들어본일이 있는상 싶지 않다.

하니까 꿈에라도 한번 들어본 셈인가?

우리 연배年輩되시는 벗님네들! 누구나 서울 종로鐘路 인경 소리 들은이 있소?

    너를 바로 보고도
    네소리 듣지 못하니
    그를 설워 하노라.

—『文學讀本』, 「人定閣」, 60~64쪽.
—『조선일보』, 「人定閣」, 1938.5.13.

화문점철畵文點綴(一)

새해가 아직도 우리집에서는 법法으로 정定해진것에 지나지 못하니, 어쩐지 설날로서 가풍家風이 서지 않는다. 아이들도 손가락 구구九九로 동동거리며 기달리던 큰설날이 아니고 말았다. 그러나 나로서는 이 대교황大教皇 그레고리력曆—양력陽曆설이 이론상理論上 확실確實히 옳다는 주견主見에 안해까지 끌어 넣기에 자못 엄격嚴格하다. 안해도 동회방침洞會方針에 별별別로 관습적慣習的 반의反意를 갖지 않을 만은 하게 되었으나 요要컨대 교직交織남시랑일망정 아이들을 울긋불긋 감아 놓기와 칠분도미七分搗米 화인火印몇됫에 떡이라고 냄새라도 피워야 하는 가엾은 한계限界에서, 양력陽曆설이라도 무방無妨하고 음력陰曆설이라도 좋은것이다. 나는 이러한 물질적物質的 배비配備에 관關한 유치幼稚한 사상思想은 우습게 여긴다. 무릇 신년新年이라는 것은 심기일신心氣一新한 정신상精神上 각오覺悟에 의의意義가 있는것이지 그까짓 떡이야 해먹고 안해먹는것이 그리 대단할것이 무엇이냐 말이다.

안해는 나의 신년新年에 대對한 정신주의적精神主義的 경향傾向에 그다지 열렬熱烈하지 않은 편이다. 저엉 섭섭하다면 때때옷이며 떡가래며 고기근斤은 음력陰曆으로 연기延期해도 좋지않으냐고 여유餘裕를 준다. 그러는것이 작년도昨年度와 재작년도再昨年度에 내가 어찌어찌 하다가 그만 신용信用을 잃었다.

그러나 나는 언제든지 양력신춘陽曆新春에 기분氣分이 청신淸新하다. 다만 간밤에 일찍 헤여 지기로 한것이 다소과음多少過飮이 되었던지 머리가 뛰이한듯도 하나 금년今年에는 제일, 춥지 않아서 좋다. 딸년이 평일平日과 소허小許 다를것 없이 맨발로 이른 아침부터 뛰어 돌아 다닌다. 딸년으로 해서 나의 수면睡眠이 방해妨害되는 점點이 많다.

제4부 문학독본文學讀本(박문출판사, 1948) 467

안해는 다소多少 무료無聊한지 어린것을 업고 울안으로 돌아간다. 햇볕이 곱고 다사롭기가 바로 매화梅花꽃 필 무렵같지 아니한가.

— 『文學讀本』, 「畵文點綴(一)」, 65~66쪽.

화문점철畵文點綴(二)

화실畵室에 침입闖入할때 적어도 채풀에서 나온뒤만한 경건敬虔을 준비準備하기로 했다.

화실주인畵室主人의 말이 그림을 그리는 순간瞬間은 기도祈禱와 방불彷彿하다고 하기에 대체웨이리 장엄壯嚴하여계시요 하는 반감反感이 없지도 않었으나 화실畵室의 예의禮儀를 유린蹂躪할만한 밴댈리스트가 될수도 없었다.

화실畵室에서 화가畵家대로의 화실주인畵室主人은 비린내가 몹시 났다. 모초라기 비둘기 될수 있는대로 가녈픈 무리를 쪽쪽 찢고 째고 저미고 나오는 포정庖丁과 소허少許 다를리 없었다. 통경通景과 전망展望을 차단遮斷한 뒤에 인체구조人體構造에 정통精通할수있는 한산閑散한 외과의外科醫이기 도하다.

미켈안젤로 따위도 이런 지저분한 종족種族이었던가.

기름떵이를 이겨 붙이는것은, 척척 이겨다 붙이는데 있어서는 미쟁이도 그러하다. 미쟁이는 어찌하여 애초부터 우월優越한 긍지矜持를 사양하기로 하였던가. 외벽外壁을 바르고 돌아가는 미쟁이의 하루는 사막沙漠과 같이 음영陰影도 없이 희고 고단하다.

오호嗚呼 백주白晝에 당목瞠目할만한 일을 보았다. 격렬激烈한 치욕恥辱을 견디는 에와의 후예後裔가 떨고 있다. 화실畵室의 경건敬虔이란 긴급繁急한 정신방위精神防衛이기도하다. 한개의 뮤─스가 탄생誕生되랴면, 여인女人! 그대의 영원永遠히 희랍적希臘的 노예奴隷에 지나지아니한가. 가장 아름다운것이 제작製作되는 동안에 가장 아름다워야할자여! 그대는 산山에서 잡혀온 소조小鳥와 같이 부끄리고 떨고 함루含淚한다.

— 『文學讀本』, 「畵文點綴(二)」, 67~68쪽.

안악安岳

고뿔이 들려 이레째 나가질 않는다고 화연花蓮이는 고개도 고누기가 싫다. 화연花蓮이가 비쓸비쓸 눕기만하는것을 탓할수야 없다. 그래도 연거퍼 이틀밤채 우리자리에 나오게 된것이니 나와선 손님신세를 지우고 간다할지라도 그만치 보람을 아주 아니내는것도 아니니 아픈사람이 고흔 사람이고 보면 서둘러 위로하기가 즐겁지 않은 노릇도 아니다. 누구는 무릎을 빌리어 수고롭지않고 누구는 머리를 짚어주고 고뿔에는 따근따근한 약주藥酒술이 제일이라고 짓궂게도 권勸하는것이요 누구는 웬걸 더하다는것이다. 그러나 이화梨花가 사약私藥이나마 임시臨時로 방문方文을 내었으니 귤을 까서 알맹이는 바르고 껍질을 모아 한홉큼 되는 것을 술에다 끄리는것이다. 귤껍지가 곰이 되도록 끓고보니 술에서는 주정酒精이 발산發散되어버렸을 것이나 쌀이 삭아 술이 됐을바에는 선변화善變化한 곡기穀氣가 귤껍지에서 우러 나온 진액眞液과 서로 엉키어 이야말로 단방진피탕單方陳皮湯이 아닌배아니니 고뿔이 아무리 곱서리고 주춤거릴지라도 무위이화無爲而化로 풀려 나가고야 말것이다. 냄새가 실로 좋지 아니한가. 만실귤향滿室橘香에 섣달추위도 바로 봄철다히 훗훗하여 지는것이니 떠도는 향기香氣로서도 다소多少 취기醉氣를 띤것이 분명分明하다. 이리하여 순배巡盃가 돌고돌아 쌍이雙耳가 불과같이 열열熱하여 오른다. 이화梨花는 이골태생胎生으로 꺄—꺄— 사투리로 이야기 잘하고 웃기 잘하고 약시종藥侍從을 들되 인정人情이 무르녹다. 살림을 들어가면 잘 살 것이니 살림살이란 진피陳皮를 다림에도 솜씨를 볼것이 아닌가. 화연花蓮이는 물건너서 왔댓다고 하는데 이골사람들은 남포南浦나 평양平壤을 물건너라고 부른다. 키와 생김새가 그러려니와 어쩐지 헌출하고 쓸쓸하기 단정학丹頂鶴과 같다. 학鶴도 독감毒感이 들리면 어디가 먼저 풀이 죽는 것일지? 빳빳한다리는 그대로 고힐지라도 기다랗기도한 모가지가 절로 곱오라 질수바께 없을것이다. 진피陳皮를 삶은물도 약藥이고보니 화연花蓮이는 고개를 갸우뚱 느리운채 찡그리며 마신다. 무릎에 다시 기댄다. 정숙貞淑이는 나이는 어리나 콧날이 쪽 서고 인물이 고은데 이밤에는 어쩜인지 피지를 않는다. 이화梨花는 이골에서 누구레 누구레 정분情分이 나서 죽자살자 한다는 이야기를 하며 웃었다. 정숙貞淑이는 종시 피지 아니하니 꽃옆에서 꽃이 음치린듯하다. 순배巡盃가 정숙貞淑한테로 모인다. 사간장방四間長房에 신선로神仙爐김이 서리고 서린다. 숯이 활씬 피어서 난만爛漫한데, 밖에서는 쇠쪽이 우글어지는듯이 겨울이 달린다. 멀리 구월산九月山으로 뚤린 북창유리北窓琉璃에는 성애가 겹겹히 짙어지는데 밤도 따라서 두꺼워간다. 성애가 나를 오싹 무섭게 굴기에 얼른 순배巡盃에 뛰어들었다. 지꺼리고 흥얼대고 읊고 부르는 것이요 한되들이 병이 몇차례식 갈아들어 즐비하게 놓이는것이다. 이골 아이들은 가무歌舞와 주량酒量에 함께 정진精進하여야 자리에 불리우게 되는 것이니 올에 열일곱에 난 정숙貞淑이도 손님의 뒷술을 따라가고도 뺨이 곱게 붉을 정도程度라 산천山川이 다르기로소니 풍습風習도 이렇게 야릇할줄이 있으랴.

    정방산성正方山城에 초목草木이 무성茂盛한데
    밤에나 울닭이 낮에도 운다.

    정숙貞淑이는 황주黃州 늘난봉가를 글읽듯 정성精誠스럽게 부른다. 꾀꼬리같지 아니한가.

    달뜨는 동산에 해조차 솟는데
    이내 가슴엔 님도 아니돋네.

    이화梨花가 부르는 감내기에 우리는 눈을 감고 들었다. 넓기도 한이 없는 나무릿 벌을 걸어 남포南浦로 소몰고 가는 노래가 서럽고도 한가롭지 아니한가. 화연花蓮이가 일어나 장고를 안었다. 컬컬하고 굵고 수리목진 소리로 뽑는 들건너 수심가愁心歌는 본바닥 소리임에 틀림없다. 고뿔이 들렸다고 저렇게 슬픈 소리가 나온달수야 있나. 화연花蓮이 소리는 속이 석은 소리다. 취醉하고 울듯할때 우리는 일어섰다. 차고 움추린 귤 하나를 집어들며『귤하고 우리 정숙貞淑이하고 조끼에 집어넣고 갈가?』

깃을 사리며 아양아양 다가드는 정숙貞淑이가 주머니 속에서도 구기어지지 않을것 같다. 이애야! 안악安岳골에서 다락같은 큰말을 불러 오라고 하여라. 너도 앞에 타잣구나! 말을 타고 나서량이면 화랑花郞이 아니겠느냐! 언 궁둥이에 채칙을 감으며 찬달을 떠받으며 흰눈을 차며 신천평야信川平野 칠십리七十里를 달리잣구나!

— 『文學讀本』,「安岳」, 69~72쪽.

수수어愁誰語(一)

한가롭어 한가롭어 글이나 쓰겠다는이가 부러울리 없으나 바빠서 바뻐서 창窓을 밝히고 자리를 안존히할 겨를이 없어 붓대를 친할수없음이 섭지않으랴.

하도 바뻐 초서草書를 쓰기 어렵다는 말이 있으니 초서草書도 본시 급한때 빨리 쓰기 위한 글씨가 아니리라. 굴르는 바퀴를 따라 붓이 또한 달릴수 있다면 히한히 좋을것이로되 줄을 바르히 세로 긋고 가로 치고 칸칸에 또박 또박 한자식 써 채우기만하라는 그만한 재조가 내게는 없어 원고지原稿紙를 펴고 굽어보면 뛰어들가 싶지도 않어 벽차기가 호수湖水와 같다. 글이란 원래 한가지도 능能한것이 없는 선비가 쓰는것이런가. 어떤 소설가小說家의 말에 자기는 평생에 일군이 무거운 돌을 옮기듯이 문자文字를 날렀노라고 하였거니 그이쯤 늙고 격格을 이루어야 그러한 말이 있을만하다고 높이보았다. 그도 글만 쓰게된 편한 사람의 말이지 이 신산한 살림살이에 얽매여 어찌 그러하기를 바라리. 한갓 그래지이다 바랄수 있다면 어느때 어느곳에서든지 랏슈아워 전차電車속에서나 황혼黃昏을 싣고 돌아가는 뻐스 안엘지라도 마음의 풍염豊艶한 꽃봉오리가 이울지 않어 글로 다만 한줄이라도 옮기어지기만하면 족하다. 짧은 글을 소홀히 할자 이 누구냐. 짜를수록 엄격嚴格하기 방문方文에 질배 있으랴. 나도 늙어 맑고 편히 살으리라. 두보杜甫와같이 술을 빚어 마시리라. 봄비에 귤나무를 옮겨 심으리라. 손을 씻고 즐거운 글을 쓰리라.

— 『文學讀本』, 「愁誰語(一)」, 73~74쪽.

수수어愁誰語(二)

　밤 열한시를 넘어 돌아오게되니 집사람이 이르기를 적선정積善町 형馨이가 저녁 여섯시에 자기사관으로 부대 와달라는 말을 남기고 갔다고한다. 저를 내가 아는터에 제가 부르는 까닭을 내 모를리 없다. 하도 서운하여 그렇다면 낮에 미리 전화電話로 기별을하여 주었더면 퇴근退勤길에 달리 새지않고 제한테로 갈것인데, 허나 야심夜深한뒤 단간방을 찾아가는수가 없다. 넥타이를 풀자 이내 코를 골았다는것은 다음날 지천삼아 들은말이나 이왕 집안 별명『수염난 간난이』 대접을 받을바에야 잠도 그쯤 들어야할것이 아닌가.
　품품이 좋은것으로 한되쯤으론 탁시신세를 혹시 지우지 않을사한데 그것은 양량의 소질素質로 의론할바이요 남은것은 격格을 높일것이며 분별分別을 기를것이라. 애당초 섞이어 쓸 축이 있고 얼리지 못할 패가있다. 자리를 먼저보기를 지관地官과 같이 문서文書가 있어야할것이라. 옷깃을 저샇고 풀지 않을것이요 마음과 웃음은 풀것이로되 입은! 아니, 입은 풀지라도 말을 함부로 풀수없는일이라. 실상 이 놀음이란 홀로 풀지않어도 못쓸려니와 또는 그리해도 못쓰는것이다. 요컨대 끝까지 선인善人의 잔치인지라 그러한 자신自信이 없이는 이자리에 앉지못하리라. 혹시 스사로 얽히고 맺히어 풀지못할 심질心疾이 있는자는 모름지기 소심小心스러히 배우면 효效를 얻을것이나 필경 보제補劑로 마시는외에 지나지못할지며 태생이 어리석은자는 흉악한 야수野獸처럼되어 화禍를 국가國家에 끼칠것이요 간교한 무리는 이 복福된 음식을 시정市井으로 끌고다니며 이욕利慾을 낚는 미끼로 쓰니 복福된 음식이 흔히 노발怒發하야 불측不測한 죄罪을 나릴수있다. 진흙에 쓰러지고 입술을 서로 바꾸던 자리에 도리어 치고 이를 가는 주저呪詛를 받지 않었던가. 붓이 어찌 이리 딴길로 헤매는것이냐.

다음날 저녁에는 형馨이가 부르지않을지라도 자진하여 가랴고한것이 역시 달리 길이 열리어 시각을 놓지고 말았다. 집사람이 또 이르기를 형馨이가 또 왔다갔다는 것이다. 고맙고나. 추위로 들어서 처음 눈다운 눈이 쌓인날이 어제다. 순한 집 개도 눈이오면 좋아라 동무를 찾아나가는데 형馨이도 눈에는 견딜수 없었던것이지. 말이적은 형馨이는 고독孤獨하면 무엇인지 몰를세라 씩씩 맛는 버릇이 있다.

다음날 저녁 여섯시에는 어김없이 대어갔더니 즐겁지 않으랴 셋이 고스란히 기다리고 있었고나. 두 내외와 일승병一升甁이. 병甁이 소허小許 덜리었기에 연고를 물었더니 그대로 두고 보며 기다리기란 과연 양난兩難한 일이더라고. 기껏하여 두홉쯤 줄었으니 천하天下에 무슨 명목名目으로 이를 치죄治罪할 줄이 있으랴. 대추를 감춘 광에 쥐를 두고 적선責善함이 옳을 지로다.

이윽고 형馨이 애인愛人이 모르는듯 일어나가 칼이 도마에 나리는 소리가 기름불과 함께 조용조용스럽더라.

— 『文學讀本』, 「愁誰語(二)」, 75~77쪽.

수수어愁誰語(三)

　　간肝회와 개성開城찜이 나수어왔다. 병속에서 고이 기다리던 맑고 빛나는 『품品』이 별안간 부피이 부풀러 오르는사 싶다. 이것은 무슨 적의敵意에 가까운짓이냐 혹은 원래 호연浩然한 덕德을 갖춘지라 애애靄靄한 보람을 미리 견디지 못함이런가. 정히 그럴진대 기어나오라. 그대를 어찌 기게하랴. 내 은배銀杯로 너를 옮기리라. 거든히 들어 너의 덕德을 기리량이면, 오호嗚呼 덕德이 높은자는 기적奇蹟을 행行하리니 언 가지를 불어 눈같이 흰 매화梅花를 트이게하라. 금시 트이어라.

　　찜도 가지가지려니와 개성開城찜이란 찜이 다르다. 선배가 찬방饌房 절차를 세세細細 살펴 무엇하리요 그저 듣기도전에 칭찬을 극극極極 베풀어도 틀릴배 없는 진미珍味인줄 여기어라.

　　은행이며 대추며 저육이며 정육이며 호도며 버섯도 세가지 종류라며 그외에 몇가지며 어찌어찌 조합된것인지 알수없으나 산산하고도 정녕丁寧하고 날새고도 굳은 개성적開城的 부덕婦德의 솜씨가 묻히어나온 찜이 어찌 진미珍味가 아닐수 있겠느냐. 허나 기름불 옆에서 새빨간 짐생의 간肝을 저미어 약념을 베푼다는것은 그것이 더욱 깊은밤에 하이얀 손으로 요리料理된다는것이 아직도 진저리나는 괴담怪談으로 여김을 받지 아니함은 어쩐사정이뇨. 병甁안에든『품品』이 별안간 흥분興奮함도 대개 이러한 간肝을 보아 그리함인지도 모른다. 마침내 괴담怪談이 아니되고마는 이유가 병甁안에든『품品』의 덕德으로써 그러함이니 그러기에 간肝과『품品』을 알량이면 비린내 나는것은대개 그 이름만으로도 해결解決하겠거니와 아직 파ー래서 간데족족 채이는것, 채이고도 깨닫지 못하는것, 할수없이 새침하여지는것, 진실로 덤비는것, 죽도록 생각해내어도 미움받는것, 대상점大商店 간판看板만 치어다보아도 변증법적辨證法的 분개憤慨를 남발濫發하는것, 부흥회復興會에 나아가 이마가 부셔지도록 회개悔改하여도 실상 그것이 신경쇠약神經衰弱의 극치極致일수 있는것, 아녀자兒女子에게 볼모를 잡히어 꼼짝못하는 인격자人格者, 감환感患이 코에 걸린채 입춘절立春節을 넘는것, 장서藏書가 낡어감을 따라 점점 울울鬱鬱하여지는것 등等쯤은 문제問題가 되지아니하니

    취醉하야 음淫하지않고 난亂하지않고
    배저杯底에 천지天地의동정動靜을 비초인다.

  도연陶然한 이후에 형馨이는 산山토끼같은 눈이 쪼그라지도록 웃으니 이사람은 남의 무릎을 쓰다듬으며 이야기 하는것이 일수다.
  하나앞에 네홉식이면 예절禮節답게 되었거니와 이러한 자리를 다스림에는 옷깃을 바르히하고 사뢰노니 오직 조선朝鮮의 빛난 부덕婦德이 없을수 없다.
  좀생이별들이 아실아실 추이타는 밤 밤도 이슥했으니 나오라고 창窓밖에 대한大寒이 부른다. 품을 파고 헤치고 드는 봄바람다히.
  돌아오는길 아스팔트위로 걸음이 가비야울적 문득 호젓한 모통이길언 차돌이 그립으니 앉어보고 만져보고 단 뺨도 부비어야 하겠기에.

— 『文學讀本』, 「愁誰語(三)」, 78~80쪽.

수수어愁誰語(四)

해로명海老名이라는 성姓이 있읍니다. 해로명海老名아래 총장總長을 붙이고 보면, 해로명총장海老名總長이 될수바께 없읍니다. 학교게시판學校揭示板에 붙은 교령校令, 인사이동人事移動, 집회集會, 귀빈봉송영등貴賓奉送迎等에 관關한 게시揭示가 모두 해로명총장海老名總長의 이름으로 붙으니 어떤날은 한 이십매二十枚식 붙는적이 있읍니다. 해로명총장海老名總長이 감환感患으로 미령未寧하신대도 곧 알게 됩니다. 어떤 짓궂은 학생學生은 일부러 해로海老 명총장名總長으로 발음發音하는 사람도 있었읍니다.

한번은 해로명총장海老名總長이 이사측理事側과 불화不和한 일이 있어서 사임辭任하게 되었읍니다. 학생단學生團은 결속結束하고 궐기蹶起하였읍니다. 스트라이크로 사태事態가 중대重大하게 되었읍니다.

『해로명총장海老名總長을 유임留任시켜라!』

『해로명총장海老名總長을 지지支持하라!』

『해로명총장海老名總長을 위爲하야 우리는 일전一戰을 불사不辭한다.』

이러한 격월激越한 포스터 ― 가 무수無數히 교실敎室에 테불에 게시판揭示板에 입구入口에 수부受付에 외벽外壁에 붙어있고 혹 운동장運動場으로 굴러 돌아다니기도 하였읍니다. 포스터 ― 마다 해로명총장海老名總長의 얼굴이 위대偉大하게 그리어져 있고 붉은 잉크로 관주를 여러개 주고 하였읍니다.

회화선생會話先生 미세스『시오미』는 금발벽안金髮碧眼 그대로의 미인美人이었읍니다. 국제결혼國際結婚을 한 까닭으로『시오미』성姓을 따른것이오 이름도 『사구라꼬』신데 학생學生들은 그저 『췌리』『췌리』로 불렀읍니다. 깡파르고 쨍쨍거리는 여선생女先生이신데 시간時間이되면 단번에 염마장閻魔帳을 끄내어들고

『나우 보이쓰……』로 서두는 것이었읍니다.

학생중學生中에는 응원단형應援團型의 구레나룻이 꺼먼 사람이 여럿이요 나이로 치더라도 여선생女先生이 몇살 아래일는지 모르겠는데 좀 깜직하게 구시었읍니다.

숙제宿題로 미리 분배하여 돌려가며 영어英語 연설演說을 교실敎室에서 하게 되어서 한번은 내차례가 왔읍니다.

잔뜩 준비하였다가 썩 일어서서 대강 이러한 골자骨子로 이야기 한것입니다.

『숙녀淑女한분과 신사紳士 여러분! 그리웁고 보고싶고 하던 경도京都 평안고도平安古都에 오고보니 듣고 배우고 하였던바와 틀림없읍니다. 압천鴨川도 그러하고 어소御所도 그러하고 삼십삼간당三十三間堂 청수사淸水寺 남산嵐山도 그러합니다. 특별히 놀라웁기는 신사神社 불각佛閣이 어떻게 많은지 모를 일입니다. 나중에는 여우와소를 위하는 신사神社까지……』

잘되었다든지 못하였다든지 웃든지 찡그리든지하여야 할것이 아니겠읍니까. 염마장閻魔帳에다 무슨標인지 똑 찍어 늘 뿐이었읍니다.

아부阿部라는 학생學生보고 미스터 애비로 부르고 딱 질색할일은 나를 보고 미스터·테이시요우로 부르는것이었읍니다.

한번은 어을빈부인魚乙彬夫人한테 들은말인데 미세스·시오미는 조선 유학생을 싫어한다는것입니다. 나는 적의敵意를 갖게 되었읍니다.

어느날 내가 상국사相國寺 솔밭길로 산보중散步中에 미세스·시오미가 허둥지둥 쩔쩔매며 오다가 나를 보고

『미스터·테이시요우! 당신 우리 어린애 못보았오?』

나는 그저

『노오!』하여버렸읍니다.

◇

　감이 떫어가지고 자라가지고 익어가지고 그리고 붉어가지고 달아지는 것이 아니겠읍니까.

　그러한 차례를 기두리기 난감하고보면 자라기만한 떫은감을 담거서 억지로 달게하여 먹을 수 바께 없는것입니다.

　꽃 떨어져 열매가 생기자 말자 달기부터 시작하는 감을 보았읍니다. 달아가지고 자라가지고 마침내 단감을 감시甘柿라고 합니다.

　학교學校에서 돌아오는 길초에 이 감시甘柿나무가 선 집이 있습니다. 나는 그집에서 이 단감을 여름부터 가을까지 얻어먹고 하였읍니다. 나종에는 하도 고맙고 염치없고 하여서 이번에는 내가 그집 나무에 올라가서 그집 단감을 따서 그집에 선사하였읍니다.

―『文學讀本』,「愁誰語(四)」, 81~84쪽.

옛글 새로운 정(上)

세상이 바뀜을 따라 사람의 마음이 흔들리기도 자못 자연한 일이려니와 그러한 불안한 세대를 만나 처신과 마음을 천하게 갖는것처럼 위험한게 다시 없고 또 무쌍한 화禍를 비저내는 것이로다. 누가 홀로 온전히 기울어진 세태世態를 다시 돌아 이르킬수야 있으랴. 그러나 치붙는 불길같이 옮기는 세력에 부치어 온갖 음험 괴악한짓을 감행敢行하여 부귀富貴는 누린다기로소니 기껏해야 자기 신명身命을 더럽히는 자를 예로부터 허다히 보는바이어니 이에 굳세고 날카로운 선비는 탁류濁流에 거슬리어 끝까지 싸우다가 불의不義를 피로 갚는이도 없지 않어 실로 높이고 귀히 녁일 바이로되 기왕 할수없이 기울어진 바에야 혹은 몸을 가벼히 돌리어 숨도 피함으로써 지조와 절개는 그대로 살리고 신명身命도 보존하는 수가 있으니 이에서도 또한 빛난 지혜를 볼수 있는것이로다.

> 가마귀 싸우는 골에 백로白鷺야 가지마라
> 성낸 가마귀 흰빛을 새올세라
> 청산淸江에 조히 씻은몸을 더러일가 하노라.

뜻이 좀도 좋으려니와 얼마나 뛰어나게 높으신 글인가.
뜻이야 어찌 돌아가든지 글월의 문의紋儀를 펼쳐 볼지라도 하도 희고 올이 섬세하고도 꼭꼭 올바르지 아니한가. 개인 하늘과 햇빛과 이슬이라도 능히 걸러 지나도록 곱고 가는가하면 더러운 손아귀에 구기어 지지도 때에 물들사 싶지도 아니한 신비神秘한 비단폭과 같도다. 그야 포은圃隱 公과 같으신 어른을 낳으신 어머니의 글이시니 오작하랴.
어머니로서 아드님에게 주신 글이 또 하나 마음에 간직되어 있는것이 있으니 경정백모당耿庭柏母堂 서씨徐氏가 벼슬살러 슬하를 떠나간 자기 아들에게 편지겸사 보낸 칠절七絶 한수이다. 이를 우리말글로 옮기여 놓고 볼양이면

    집안 평안한줄 네게 알리우노니
    논밭에서 걷운것으로 한해 쓰고도 남겠고나
    실오락 만치라도 남중南中물건에 손대지 말어라
    조히 청관淸官 노릇하야 성시聖時에 갚을지니라.

  세상에 이러한 어머니를 모신 아들이야 복福되도다. 사내로 한번 나서 태평성시太平聖時에 밝으신 임금을 모시고 백성을 착히 다사리어 위位와 벼슬이 높아 봄즉도 한 교훈敎訓과 고요히 일깨워주시는 어머니의 글월을 벼슬자리에서나 변방 수자리에서나 받자와 뵈일수 있는이로서야 나라에 빛난 공훈을 세움이 의당한 일일지로다.

  이도 또한 글로만 의론할지라도 글장이의 글로서는 도모지 따를법도 아니한 간곡하고도 엄한 자애심慈愛心에서 절로 솟아난 글이 아니냐. 마침내 글이라는것을 말과 뜻과 진정眞情이 서로 얼키어 안팎을 가릴수 없이 그대로 들어난것이 극치極致일가 싶어라. 세상에 착한 어머니로서 재조와 덕이 높음에도 불구하고 이름조차 묻히어 알바이 없이 다만 누구의 어머니로서 전傳할뿐이니 동양東洋의 부덕婦德이란 이렇다시 심수한 것이로다.

  이번에는 아버지로서 아들에게 보낸 짧고 짧은 글쪽이 또 하나 있으니 도연명陶淵明이 팽택령彭澤令이 되어 가루家累를 따르게 할수도 없고 하여서 그의 아들로 하여곰 집을 지키어 치산하게 하고 하인 하나를 보낼적에 편지 한쪽을 끼워 보낸것이니 실상 한줄이 될사말사한 짧은글월이다. 우리 글로 옮기고 볼양이면

네가 조석 살림살이 몸소 보살피기 어려울줄 여기어 이제 하인 하나를 보내어 나무 쪼기고 물긷기 수고를 덜가 한다. 이도 사람의 아들이어니 착히 대접함이 옳으니라.

원문原文은 자수字數가 모다 스물 여덟개로 된 희한히 간결簡潔한 편지어니와 소학小學에는 이러한 좋은 글이 실리어 있다.
— 『文學讀本』, 「옛글 새로운 정(上)」, 85~88쪽.
— 『동아일보』, 「옛글 새로운 정(上)」, 1937.6.10.

옛글 새로운 정(下)

글 잘하시고 이름 높으신 정절선생靖節先生을 아버지로 모시어 집안 살림살이에 이름과함께 묻히어 버린 아들이 믿음직 하고 든든 하였음에 어김 없으리로다.

다음에 또 글월 하나는 별로 보신이 적으실까 하여 속심에 자랑스럽기도 하나 우연한 기회에 얻어뵈인 선조대왕계후宣祖大王繼後 인목왕후仁穆王后의 언문전교諺文傳敎 한쪽이니

乾大
元哉

이 찍힌것으로 보면 흔히 있던 기별지는 아닌듯싶고 만력萬曆 원년元年 계묘부월癸卯復月 십구十九 일日 사시巳時라고분명히 쓰신 걸로 따지어 보면 이제는 삼백삼사三百三四 년전年前이니 그해가 정히 인목왕후仁穆王后께서 반송방盤松坊 김씨댁金氏宅 규수閨秀로서 선조대왕宣祖大王 계후繼后로 드옵신후 바로 다음해일것이라. 아직 대군大君이나 옹주翁主를 낳으시지 아니한 때가 분명分明하고 또 글월사연을 놓고 살필지라도 친정댁親庭宅 손아래 친속親屬 그 누구 한분에게 나리신 전교傳敎도 아니요 필연코 선조대왕宣祖大王께서 어찌어찌 낳으시었던지 세자世子 대군大君 옹주翁主하시여 모두 십삼남十三男 십삼녀十三女를 두시었으므로 인목왕후仁穆王后 친히 낳으시지 아니한 군君이나 옹주翁主 한분에게 나리신것임에 어김 없으리로다.

이제 그대로 뵈옵고 옮겨 쓰되 철자綴字만 요샛것으로 바꾸어 놓으면

글월 보고도 둔것은 그방이 어둡고(너역질하던방)날도 음陰하니 일광日光이 돌아지거든 내 친親히 보고 자세 기별하마 대강 용약用藥할 일이 있어도 의관醫官 의녀醫女를 대령待令하려 하노라 분별말라 자연 아니 좋이하랴.

사가私家로 치더라도 아랫사람에게 보낸 대수롭지 아니한 편지쪽에 지나지 아니한것이니 위도 밑도 없고 겉 꾸밈이나 사연 만들기 위한 글이 아니요(일로 보면 찰한법札翰法이나 편지틀이 따로 있는줄 아는것이 우숩다) 총총히 그저 적어나리신것이요 종이도 손바닥만 할사한 선지宣紙쪽이었다. 그러나 글을 쓰실때 심경心境이시나 실내정경室內情景이 약연躍然히 떠오르는가 하면 간곡하신 자애慈愛가 흐르는듯하고 수하사람에 향하야 마음 쓰심이 세밀하고 보드라우신가하면 매우젊으신 왕후王后로서(대왕大王과 삼십삼三十三 세歲나 차差가 계시었다) 엄위嚴威가 또한 서슬지어 보이지 아니하신가. 무엇보다도 농부農夫로부터 제왕帝王에 이르기까지 한갈로 보배가 되는 갸륵한 인정人情이 묻어나온 글을 명문名文이라 하노라. 다만 옥수玉手로 이루어진 주옥珠玉같으신 필적筆跡마자 옮기어 놓을수 없어 섭섭하도다.

—『文學讀本』,「옛글 새로운 정(下)」, 89~90쪽.
—『동아일보』,「옛글 새로운 정(下)」, 1937.6.11.

내금강소묘內金剛素描(1)

　　표훈사表訓寺 채 못미쳐서 인가人家가 서너댓채 있어 지나자면 자연 마당은 새레 마루며 안방房근처에 이런 반반한 여자들이 있을가 별로 깊이 투득해 알아질것도 아니지마는 담뱃갑 사과개나 놓이었기에 영신환이 있느냐고 물었더니, 장안사長安寺에서 아니사셨으면 올라가시다가 만폭동萬瀑洞 매점賣店에서야 사신다는것이다. 말 접대라든지 쪽에 손이 돌아간 맵시가 서울사람의 풍도가 있기에 이런이가 대개는 한번 험한 꼴을 본이거나 혹은 어쩧다 미끄러져 산그늘에 핀 꽃이 되였으려니 하였다.
　　철喆이는 입술이 점점 노래지고 이마에 구슬땀이 솟아 송송 매여달린 품이 암만해도 만만하지 않은데 그래도 개실개실 딿아온다. 장안사長安寺에서 먹은 그 시커먼 냉면이 살어오르는 모양이나 이사람이 벌써부터 이러면 내일 비로봉毗盧峯을 넘을가가 문제다.
　　안팎 십릿길, 츩녕쿨에 걸리며 돌뿌리를 차며 찾어보고온 명경대明鏡臺는 화원花園에 들어서기전에 먼저 까실까실한 선인장仙人掌 한포기를 대한 느낌이 있어 한밤 자고나 내일 깊숙히 들어가 펼쳐볼데를 생각하면 황홀恍惚한 예감豫感에 기쁨이나 걱정이나 말이나 다리가 미리 애끼어만 진다.
　　표훈사表訓寺 법당法堂앞에 들어서서 차라리 비창한 걸음으로 딿아오는 철喆이보고 정양사正陽寺까지 되겠느냐고 물은것은 실상 탈이 난 정도를 알아보자는것이, 그래도 대여선다는것이다. 절 뒤에 흐르는 개천으로 하야 길이 끊어져 징검돌다리로 잇은 목을 드딈 드딈 건너서보니 인제부터 숨이 차게 까스락진 정양사正陽寺 오르는 길이 된다. 이렇게 고집을 피는 사람보고 안되겠네 나려가 누어있게 하고 어린애 다루듯하니, 그러면 자네혼자 올라갔다 오게 하며, 새파랗히 돌아서는 꼴이 안스럽기도 하나 위해 한다는말이 절도 우락부락하게 나간다.

한 삼십분동안 흑흑거리며 올라가는 길인데 길가에 속사풀이 수태 솟았다. 어려서 약방藥房에서 얻어다가 일가집 누이와 이를 닥던 약이 본고장에서 보면 하도 많은 푸른 풀이로고만. 꽃도 잎도없이 보릿순처럼 마디진 풀이 쏙쏙솟아 풀피리로 불면 애연한 소리가 골을 울릴듯하다.

고볼고볼 기어오르는 길이 숨이 턱에 받친다. 한옆에 절로 솟는 별똥백이 새암물이 고여있다. 후후 불어 훔켜마시고나니 속이 씽그라히 피부皮膚와함께 차다.

절마당에 들어서서 먼저 띠이는것은 육모진 조그만 불당佛堂인데 저것이 유명한 정양사正陽寺 불당佛堂이라고하였다. 나무쪽을 나막신만큼 파고 아로새기어 조각조각 맞추어 놓은것이오 들보라든지 섯가래가 없는 단청丹靑이라든지 절묘絶妙한 조화造化와 같다.

그러나 정양사正陽寺는 집보다도 터가 더욱 절승絶勝하다. 내금강內金剛 연봉連峯이 모조리 한눈에 들어오는데 낙조落照에 물들어 빛갈이 시각으로 변해나간다. 말머리로 보면 말머리요 소로보면 소요 매가 날개를 접고 있는사 싶으면 토끼가 귀를 쓰다듬는 모상이다. 달이 뜨는듯 해가지는듯 뛰어나온 날까지 구기어진 골짜구니 날래솟은 봉오리가 전체로 주름 잡힌 황홀恍惚한 치마폭으로 보아도 그러려니와 겹겹히 접이어 무슨 소린지 서그럭 서그럭 소리가 소란한 모란꽃 송이송이로 보아도 역시 그러하다. 현란絢爛한 색채色彩의 신출귀몰神出鬼沒한 변화變化에 차라리 음악적音樂的 쾌감快感이 몸을 저리게 한다.

— 『文學讀本』, 「內金剛素描(1)」, 91~93쪽.

내금강소묘內金剛素描(2)

　　춘천春川쪽으로 지는 해가 꼬아리처럼 붉게 매어달리고 트일듯이 개인 하늘이 바닷빛처럼 짙어가는데 멀리 동쪽으로 비로상봉毗盧上峯에는 검은 구름이 갈가마귀떼같이 쏘알거리고 있다. 쾌히 개인날도 저 봉우에는 하로 세차레식 검은구름이 음습한다고한다. 내일 낮쯤은 우리다리가 간조롱히 하늘끝 낮별 가장자리를 밟겠구나.
　　산山그림자가 갑자기 어두어지며 등에 흠식 젖은 땀이 선뜻선뜻하여 팔월중순八月中旬 기후가 벌써 춥다싶이 하다.
　　나려올때는 좀 무서운생각이 일도록 산이 검어지므로 지팽이가 아니었더라면 고꾸라질뻔 질뻔하게 단숨에 나려왔다. 표훈사表訓寺로 나려와 중향여관衆香旅館을 찾았더니 매캐한 석웃불이 켜진 방에서 정말 꽁꽁소리가 난다. 주인을 불러 먼저 죽을 묽게 쑤게하고 마늘을 한줌 실하게 착착 이겨 소주를 쳐오라고 하였다. 전에 효험본 일이 있기로 철喆이를 한번 황치荒治로 다스릴 필요를 느끼었다. 철喆이는 아프지는 않고 아랫배가 뚤뚤뭉치어 옴짓 못하겠다는것이다.
　　옴짓 못하는것과 아픈것이 어떻게 다른것인지 알른사람보고 웃을수도 없고 그걸 뚫어야 하네 뚫어야해 싫다는것을 위협하듯 먹였더니 눈에 눈물이 글성글성해가며 흐물흐물 먹더니 다시 누어 업덴다. 살아오르는 시커먼 냉면을 죽일 자신이 있어서 하는 일이라 그대로 사루마닷바람으로 일어서 나가 잣나무사이를 돌아 물가로 갔다. 감기가 들까 염려가 되도록 찬물에 조심조심 들어가 목까지 잠그고 씻고나서 바위로 올라가 청개고리같이 쪼그리고 앉으니 무엇이 와서 날름 집어삼킬지라도 아프지도 않을것같이 영기靈氣가 스미어 든다. 어느 골작에서는 곰도 자지 않고 치어다 보려니 가꾸로 선듯 위태한 산봉오리 위로 가을은하銀河는 홍수洪水가

진듯이 넘쳐흐르고있다.

　산山이 하도 영기靈氣로워 이모 저모로 돌려보아야 모두 노려보는 눈 같고 이마같고 가슴같고 두상 같아서 몸이 스스로 벗은것을 부끄러울 처지다. 한편으로 생각하면 진정 발가숭이가 되어 알몸을 내맡기기는 이곳에설 하였다. 낮에 명경대明鏡臺에서 오는길에 만난 양녀洋女 두명이 우락牛酪을 척척이겨다 붙인듯한 우통을 왼통 벗고 가슴만 그도 대보름날 액막이로 올려다 단 집웅위의 종이달 만큼 동그랗게 두쪽을 가릴뿐이요 거들거리고 오기에 망칙해서 좋지않신 하였더니 매우 좋신하며 부끄러운줄 모르는 양녀洋女와 농담을 주고 받고한 일도 있었거니와 금강산金剛山이 그다지 기름진것으로 이름이 높은곳이 아닌바에야 천한 살을 벗어도 산그늘이 아주 검어진뒤에 벗는것이 옳을게라고 하였다.

　개온히 씻고났다느니보담 몸을 새로 얻은듯 가볍고 신선하여 여관방에서 결국 밥상을 혼자 받게되었다. 머얼건 죽만 몇번마시고 나서 꿩한 눈으로 밥상을 살피어보는 철喆이의 등뒤에 그림자는 장승처럼 구부정 서 있다. 고비고사리며 도라지며 취에 소전골에 가진 절간음식이 모두 그림자가 길게 뉘여있다.

　소리라고는 바람도 자고 뒷뜰 홈으로흘러 떨어지는물이 쫄쫄거릴뿐이요 그래 좀 후렷한가 물어보면 좀 낳은것 같어이, 그래 내일 비로봉毘盧奉 넘겠는가, 하면, 넘지 넘어, 이야기하며 먹노라니 벅차게 큰 뒤곽이 유난히도 버그럭 소리가 나는것이었다.

──『文學讀本』, 「內金剛素描(2)」, 94～96쪽.

꾀꼬리
― 남유南遊 제일신第一信

꾀꼬리도 사투리를 쓰는것이온지 강진康津골 꾀꼬리 소리는 소리가 다른듯 하외다. 경도京都꾀꼬리는 이른봄 매화梅花필 무렵에 거진 전차電車길 옆에까지 나려와 울던것인데 약간 수리목이 져 가지고 아담雅淡하게 굴리던것이요, 서울 문밖 꾀꼬리는 아까시아 꽃 성盛히 피는철 이른 여름에 잠깐 듣고 마는것이나 이곳 꾀꼬리는 늦은봄부터 여름이 다 가도록 운다 하는데 한놈이 여러가지 소리를 내는것입니다.

바루 장독대 뒤 큰 둥그나무가 된 평나무 세거루에서 하로 종일 울고 아침 햇살이 마악 퍼질 무렵에는 소란스럽게 꾀꼬리 저자를 서는것입니다.

꾀꼬리 보학譜學에 통通하지 못하였고 나의 발음기관發音器官이 에보나이트판板이 아닌바에야 이 소리를 어떻게 정확正確하게 기록記錄하여 보내 드리리까?

이골 태생胎生 명창名唱 함동정월咸洞庭月의 가야금병창伽倻琴並唱『상사가相思歌』구절에서 간혹 이곳 꾀꼬리의 사투리같은 구절이 섞이어 들리는가 하옵니다.

그도 그럴사하게 들으니 그렇게 들리는 것이지 어떻게 그럴수 있겠읍니까.

꾀꼬리도 망녕의 소리를 발하기도 하는것이니 쪽쪽 찢는듯이 개액 객거리는것은 저것은 표독한 처녀의 질투에서 나오는 발악에 가깝기도 합니다.

―『文學讀本』,「꾀꼬리―南遊 第一信」, 97~98쪽.
―『동아일보』,「꾀꼬리」, 1938. 8.6.

동백나무
― 남유南遊 제이신第二信

동백꽃을 제철에 와서 못본 한恨이 실로 크외다. 그러나 워낙 이름이 높은 나무고 보니 꽃철은 아닐지라도 허울만으로도 뛰어나게 좋지않습니까? 울안에 선 오육주五六株가 연령年齡과 허우대로 보아도 훨씬 고목古木이 되었것만 잎새와 순이 어찌 이리 소담하게 좋으며 푸른것이오리까! 같이 푸르러도 소나무의 푸른빛은 어쩐지 노년老年의 푸른빛이겠는데 동백나무는 고목古木일지라도 항시恒時 청춘靑春의 녹색綠色입니다. 무수한 열매가 동글동글 열리어 빛갈마자 아릿답게도 붉은빛입니다. 열매에서 향유香油가 나와 칠칠한 머릿단을 다시 윤이 나게하는 것입니다.

예의禮儀와 풍습風習으론 조금도 다른 점点을 볼수 없다 할지라도 울창鬱蒼히 어울어진 동백수풀 그늘안에 들어서고 보니 남도南道에도 남도南道에를 왔구나 하는 느낌이 굳세어집니다. 기차汽車로 한밤 한낮을 허비하여 이 강진康津골을 찾아온 뜻은 친구의집 울안에 선 다섯거루 동백나무를 보러 온것인가 봅니다.

하물며 첫 정월正月에도 흰눈이 가지에 나려 앉는날 아조 푸른 잎잎에 새빨간 꽃송이는 나그네의 가슴속에 어떻게 박힐것이 오리까! 더욱이 그것이 마을마다 집집마다 있다싶이 한데야 어찌합니까! 무덤앞에 석물石物은 못 장만 할지라도 동백나무와 반송盤松을 심어서 세상에도 쓸쓸한 처소를 겨울에도 봄과같이 꾸민다 하오니 실로 남방南方에서 얻을수 있는 황홀恍惚한 시취詩趣가 아니오리까.

― 『文學讀本』, 「동백나무―南遊 第二信」, 99~100쪽.
― 『동아일보』, 「동백나무」, 1938.8.23.

때까치
— 남유南遊 제삼신第三信

　　평나무 우에 둥그런것은 까치집에 틀림 없으나 드는것도 까치가 아니오 나는놈도 까치가 아닙니다.
　　몸은 가늘고 길어 가슴마자 둥글지 못하고보니 족제비 처럼 된 새입니다.
　　빛갈은 햇살에 번득이면 남색藍色이 짜르르 도는 순흑색純黑色이오 입뿌리는 아조 노랗습니다. 꼬리도 긴 편이요 눈은 자색紫色이라고 합듸다. 까치가 분명分明히 조선朝鮮새라고 보면 이새는 모양새가 어딘지 물건너 적的이 아니오리까? 벙어리가 아닌가 의심疑心할만치 지저귀는 꼴을 볼수가 없고 드나드는꼴이 어딘지 서툴러 보이니 까치집에는 결국 까치가 울어야 까치집이랄수 바께 없읍듸다.
　　음력陰曆 정이월正二月에 까치가 말른 나무가지와 풀을 물어다가 보금자리를 둥그렇게 지어놓고 삼三, 사월四月에 새끼를 치는것인데 뜻 아니한 침략侵略을 받아 보금자리를 송두리채 빼앗긴다는것입니다. 이 침략자侵略者를 강진康津골에서는 『때까치』라고 일르는데, 까치가 누구한테 배운것도 아닌 보금자리를 얽는 정교精巧한 법을 타고난것이라고 하면, 그만재주도 타고나지못한 때까치는 남의 보금자리를 빼앗아 드는 투쟁력鬪爭力을 가질뿐인가 봅니다.
　　알고보면 때까치는 조곰도 맹금류猛禽類에 들수 있는 놈이 아니오 다만 까치가 너무도 순하고 독하지 못한 탓이랍니다. 우리인류人類의 도의道義로 따질것이면 죄악罪惡은 확실確實히 때까치한테 돌릴것이올시다. 그러나 이 한더위에 나무를 타고 올라가 구태여 때까치를 인류人類의 법法대로 다스리고 까치를 다시 불러올 맛도 없는 일이고 보니 때까치도 절로 너그러운 인류人類의 정원庭園을 장식裝飾하게되는것입니다.

그러나 만일 보금자리를 빼앗긴 까치떼가 대거大擧 역습逆襲하여 와서 다시 탈환奪還하는 꼴을 볼수가 있으랴이면 낮잠이 달아날만치 상쾌爽快한 통쾌痛快를 느낄만한것입니다.

—『文學讀本』,「때까치—南遊 第三信」, 101~102쪽.
—『조선일보』,「때까치」, 1938.8.19.

체화棣花

― 남유南遊 제사신第四信

꽃이 가지에 피는것이 아니오리까? 가지뿐이 아니라 덩치에, 덩치에서도 아랫동아리 뿌리 닿는데서 부팀 꽃이 피어 올라가는 꽃나무가 있읍디다. 꽃이 가지에 붙자면 먼저 화병花柄이 달리어야 하겠는데 어찌도 성급性急한 꽃인지 화판花瓣이 직접直接 수피樹皮를 뚫고나와 납족 납족 붙는 것이랍니다. 어린아이들 몸동아리에 만신滿身 홍역紅疫꽃이 피듯 하는 꽃이니 하도 탐스런 정열情熱에 못견디어 빛갈마자 진홍眞紅이랍니다. 강진康津골에서는 이것을 체화棣花라고 일르는데 꽃이 이운자리 마다 열매가 맺어 달렸으니 원두콩같은 알이 배였읍디다. 먹기 위한 열매도 아니오 기름을 짜거나 열매를 뿌리어 다시 나무를 모종할수 있거나 한것도 아니겠는데 그저 매달려 있기위한 열매로 보았읍니다. 이와같이 정열情熱이 이운 자리에는 무슨 결실結實이 있을만한 일이나 대개 무의미無意味한 결실結實이 이다지도 수다히 주루루 따른다는것은 나무로도 혹或은 슬픈 일일수도 있을것이요 사람에게도 이러한 비유比喩는 얼마던지 볼수 있지 않습니까. 체화棣花나무에 맺는 열매는 모두 한성姓이라 한문漢文으로 형제간兄弟間을 상징象徵하는데 이 체화棣花나무를 쓰지마는 사람의 정열情熱에서 맺는 열매는 흔히 성姓도 다를수가 있으니 그것은 얼마나 슬픈 형제兄弟들이 오리까!

― 『文學讀本』, 「棣花―南遊 第四信」, 103쪽.
― 『조선일보』, 「棣花」, 1938.8.17.

죽도烏竹 · 맹종죽孟宗竹

— 남유南遊 제오신第五信

참꽃 개꽃이 한창 피명지명 하는 음력陰曆 이二·삼월三月에는 이고장 사면산천四面山川에 바람꽃이 뿌—옇게 피도록 소란한 바람을 겪어야 한답니다. 그 바람을 다 치르고 사월四月 그믐께로 다가 들면 고은 햇볓과 부드러운 초하初夏 기후氣候에 죽순竹筍이 쭉쭉 뽑아올라 간답니다. 죽순竹筍도 어리고보면 해풍海風도 잠을 재주어야만 잘도 자라는게지요. 달포를 크면 평생平生 가질 키를 얻는 참대나무가 자가웃 기럭지 이전에는 능能히 식탁食卓에 올를만 하다 합니다. 싱싱하고 연하고 향취香臭좋은 죽순竹筍을 너무 음식飮食이야기에 맡기기는 아깝도록 귀貴하고 조찰한것이 아니리까?

여리고 숫스럽게 살찐 죽순竹筍을 이른 아침에 뚝뚝 꺾는 자미滋味란 견주어 말하기 혹은 부끄러운 일일지 모르나 손아귀에 어쩐지 쾌적快適한 맛을 모른체 할수없다는것은 시인詩人 영랑永郞의 말입니다. 그러나 하도 많이 돋아오르는 것이므로 실상 아무런 생채기가 아니나는것이랍니다. 울뒤 오육백평五六百坪이 모두 대수풀로 둘리우고 비소리 바람소리를 보내는 댓잎새는 사시四時로 푸르른데 겨울에는 눈을쓰고도 진득히 검푸르다는것입니다. 참대 왕대. 검고 윤이 나는 오죽烏竹. 동이 흐벅지게 굵은 맹종죽孟宗竹. 하늘하늘 허리가 끊어질듯 하나 그대로 견디어 천성天成으로 동양화취東洋畵趣를 갖춘시느대.

—『文學讀本』,「烏竹·孟宗竹—南遊 第五信」, 104~105쪽.

—『조선일보』,「烏竹·孟宗竹」, 1938.8.9.

석류石榴 · 감시甘柿 · 유자柚子

— 남유南遊 제육신第六信

감이 가지에 열자 익기전에 달기부텀 하는감을 감시甘柿라고 일컬으는데 이 나무가 현해탄懸解灘을건너 왔건마는 이 강진康津골에 와서도 잘도 자랍니다. 벌써 자하문紫霞門밖 능금만큼씩 쥐염쥐염 매달려 살이 붙었읍니다.

석류石榴라면 본시 시디 신것으로 알아 왔드랬는데 이곳 석류石榴는 익으면 아조 달디 단것이랍디다. 감류甘榴라고 일릅디다.

벌써 육六, 칠세七歲 된 아이들 주먹만큼이나 굵어졌으니 음력陰曆 팔월중순八月中旬이면 쩍쩍 벌어져 으리으리한 홍보옥紅寶玉같은 잇몸을 들어 보인답니다. 유자柚子나무를 맞댐 해 보았더니 앙당하게 짙은 잎새가 진득히 푸르고 어인 가시가 그렇게 사납게 다닥 다닥 솟은 것입니까. 괴팍스럽기는 하나마 격格이 천賤하지 않은 나무로 보았읍니다.

구렁이나 뱀이 허리를 감아 올라가면 이내 살지 못하고 말라버린다 합니다. 정렬貞烈한 여성女性과 같은 나무의 자존심自尊心을 헤아릴수 없지 않읍니까!

지리산智異山 호랑이는 딱총을 맞아도 다만 더러운총銃을 맞았다는 이유理由로 분사憤死한다는데 이곳 유자柚子나무도 그러한 계통系統을 받은 것이나 아닐지. 열매가 익으면 향취香臭가 좋고 빛갈이 유난이 노랗다 합니다.

맛이 좋아서 치는 과실이 아니라 품품이 높아서 조상祖上을 위하는 제사祭祀에나 놓는다하니 뱀에 한 번이라도 감기어 쓰겠읍니까!

　　　　　—『文學讀本』, 「石榴·甘柿·柚子—南遊 第六信」, 106~107쪽.

　　　　　—『조선일보』, 「石榴·甘柿·柚子」, 1938.8.7.

다도해기多島海記(一)

이가락離家樂

잠시暫時 집을 떠나서 나그네가 되는것이 흡사히 오래간만에 집을 찾아드는것과 같이 기쁠수 있는 일이기도하다.

집을 떠나는 기쁨! 그래도 집이 있고 이웃이 있고 어버이를 모시고 처자妻子를 거나리는 사람이라야 오직 가질수 있는 기쁨으로 돌릴수 바께 없다.

가루家累라는 말을 쓰기로 하자. 가루家累에 얽매여 보지 못한 매아지 같이 자유自由로울수 있는 사람이 지금 형편으로는 미상불 부러웁기 그지 없다.

허나, 내가 부러워하는 훗훗히 신세 편한 사람들이여, 집안일 나 모릅세하고 훌떨어 안해에게 처맡기고 물따라 구름따라 훌훌히 떠나가는 기쁨은 그대가 애초에 알수가 없으리라.

라빈드나-드 · 타고-르시詩에 이러한 뜻으로 된것이 있었던줄로 기억되는것이 있으니, 어린아기가 본래 초사흘달나라에서 아무것도 부족한것이 없이 행복幸福하였지만 어머니 무릎에 안기어 우는 부자유不自由가 더 그립어 이세상에 나려온것이라는것이다. 완전完全한 자유自由보다는 사랑에 사로잡히는것이 더 즐겁다는 뜻으로 된 시詩다.

글세 내가 이세상에 태여난것도 타고-르의 시풍詩風으로 장식裝飾해야 할것인지 아닌지 모르겠으나 가물음에 틉틉하고 무덥은 골목길에 나서서 밤하늘에 달을 아무리 치어다 보아야 이러한 인도풍印度風의 신비神秘가 염두念頭에도 오르지 아니한다.

나는 마침내 생활과 가정에 흑노黑奴와 같이 매인것이요, 가다가는 성급性急한 폭군暴君도 되는것이요 무슨 꾀임에 떨어져 나가듯이 며칠동안은 고려考慮할 여유餘裕조차 가지지않고 빠져나가는 에고이스트로 돌변突

變하는것이다.

말하자면 집안에서 실상 에고이스트로서의 교양敎養을 실행實行할만한 사람이 나 이외에는 없는것이다. 모기와 물것에 씨달피면 씨달피었지 더위와 자주 성ㅎ지않은 어린아이들로 찢기면 찢기었지 잡았던 일거리를 손에서 털고 일어서듯 할만한 사람이 나 이외에는 있지않다. 먼저 안해로 예例를 들어 말할지라도 집안에 내동댕이 쳐 둔 살림 기구 처럼 꼼작 없이 집을 지키는 이외에는 집을 간혹 비워두는 지식知識이 전혀 없다. 혹은 솔선하여 남편을 선동해서 어린것들과 가까운 거리距離의 해풍海風이라도 쐬임즉도 한것이 먼저 자기해방自己解放의 일리一利가 되는것인줄을 도모지 모르는것에 틀림 없다. 나는 이것을 구타여 불행不幸한 일로 생각지는 않게 되었다.

이리하여 내가 다도해多島海를 거처 한라산漢拏山에를 향向하야 떠나던 전전날부터 대소롭지 않은 준비準備였으나 실상 안해가 나보다 더 바삐 구던것이다.

등산화登山靴를 끄내어 기름으로 손질을 하는둥 속 샤쓰를 몇벌 새로 재봉침裁縫針에 둘러내는둥 손수건감을 두루는둥 등산복登山服일지라도 빳빳해야만 척척 감기지를 덜한다고 풀을 먹여 다리는둥 나가서도 자리 옷은 있어야한다고 고의 적삼을 새로 박는둥, 부산히 구는것이었다.

운동구점運動具店에 바랑을 사러 나갔을적에는 자진 하여 따라나서는 것이었다. 나그네길을 뜨는것이란 그 계획計畫에서부터 어쩐지 신선新鮮한 바람이 부는것이라. 등산登山바랑을 지기는 실상 내가 지고 가는것이겠는데 그날은 어쩐지 안해도 심기心氣가 구긴데가 없이 쾌활快活히 구는것이었다. 같이 나온길에 종로鐘路로 진고개로 남대문南大門으로 휘돌아 온것이었다. 데파―트에도 들리고 간단한 식사食事도 같이한것이다. 그는 과언寡言인 편이기는하나 그날은 상당相當히 말이 있었고 거름도 가볍고 쾌快하게 따르던것이었다.

수학여행修學旅行이나 등산登山에 경험經驗이 아주 없는 그는 이리하야 그런 기분氣分을 얼마쯤 찾을수 있는양으로 살피었던 것이다.

떠나던 날 밤은 하늘과 바람에 우정雨情이 돋는데도 불구不拘하고 구타여 열한살 난 놈을 다리고 역驛에까지 나가 떠나는것을 보겠다는것이다. 몇군데 알리면 우정 나와서 여정旅程을 화려華麗하게 꾸미어 보내줄 이도 있었겠는데 안해가 하도 서두루는 바람에 그대로 그뜻을 채워 주었던것이다.

자리를 미리 들어가 잡아주며 강진康津까지 가는 생도生徒 하나를 찾아 앞자리에 앉도록하고 그리고 나가서 차창車窓 앞에 서서 시간時間을 기다리는것이었다. 귀ㅎ지않다든지 고맙다든지 미안스럽다든지 가엾다든지 그러한 새삼스러운 감정感情과 눈으로 그를 불빛 휘황한 풀랫호―ㅁ에 세워놓고 바라본것은 아니었다.

그날밤 그가 입었던 모시백이치마가 입고 나서기에는 너무 굵고 억센 것이었고 빛갈이 보통 옥색일지라도 좀더 질을수도 있지 않을가 생각되었다. 소나기가 쏟아질듯하니 어린것 다리고 어서 들어가라고 재촉하여 보내놓고도 기차汽車가 떠날 시간은 아직도 남은것이었다. 유리琉璃에 나려와 붙는 빗방울에 이마며 팔둑을 내여적시우는 맛은 서늘옵고 쾌快한 것이니 이만한 빗발같으면 밤새워 늦낫 맞으며 자며 갈만도 하다고 생각할때 호남선湖南線 직통열차直通列車는 십일시삼십분十一時三十分에 떠나는 기적汽笛을 길게 뽑던것이었다.

— 『文學讀本』, 「多島海記(一)離家樂」, 108~111쪽.

다도해기多島海記(二)

해협병海峽病(1)

목포木浦서 아홉시반 밤배를 탔읍니다. 낮배를 탔더라면 좀도 좋았으리까마는 회사會社에서 제주濟州가는 배를 밤배 외에 내놓지 않았읍니다. 배에 올르고보니 제주濟州가는 배로는 이만만해도 부끄러울데가 없는 얌전하고도 예쁜 연락선連絡船이었읍니다. 선실船室도 각등各等이 고루 구비具備하고도 청결한것이었읍니다. 우리는 좀 늦게 들어갔드랬는데도 자리가 과히 뵈좁지 않을뿐외라 누을 자리 앉을 자리를 넉넉히 잡았읍니다. 바로 옆에 어떤 中年가까이된 부녀婦女한분이 놀라웁게도 풀어헤트리고 누어 있는데 좀 해괴하고도 어심에 괘씸한 생각이 들어 무슨 경고警告 비슷한 말을 건늬어 볼가 하다가 나그네 길로 나선바에야 이만일 저만꼴을 골고로 보기도 하는것이란 생각이 나서 그만 잠자코 있었읍니다. 등산복登山服을 훌훌 벗어버리고 바랑속에 지니고 온 갈포 고의 적삼으로 바꾸어 입고나니 퍽도 시원했읍니다. 십년전十年前 현해탄玄海灘 건느어다닐 적 뱃멀미 앓던 지극지긋한 추억追憶이 일기에 댓자곳자 들어눕고 다리를 폈읍니다. 나의 뱃멀미라는것은 바람이 불거나 안불거나 뉘(파도波濤)가 일거나 안일거나 그저 해협海峽을 건늘적에는 무슨 예절禮節처럼이라도 한통 치러야 하는것이었읍니다.

이번에도 멀미가 오나 아니오나 누어서 기다리는 체재體裁를 하고 있노라니 징을 치고 호각을 불고 뚜―가 울고 하였읍니다. 뒤통수에 징징거리는 엔진의 고동鼓動을 한시간時間 이상 받았는데도 아직 아무렇지도 않었읍니다. 선실船室에 누어서도 선체船體가 뉘(파도波濤)를 타고 오르고 나리는것을 넉넉히 증험할 수가 있는대 그럴적에는 혹시 어떤듯 하다가도 그저 그대로 참을만하게 넘어가는 것입니다. 병중病中에 뱃멀미는 병중病中에도 연애병戀愛病과 같은것이라 해협海峽과 춘청春靑을 건늬어 가랴면 의례히 앓을만한것으로 전자에 여긴적이 있었는데 나는 이제 뱃멀미도 아니 앓을만하게 나이를 먹었나봅니다. 실상 그럴수 바께 없는것이 지금 내가 누어서 지나는곳이 올망졸망한 무수한 큰섬 새끼섬들이 늘어선 다도해多島海 위가 아닙니까. 공해公海가 아니요 바다로치면 골목길을 요리조리 벗어나가는 셈인데 큰 바람이 없는바에야 무슨 큰뉘가 일것이 겠읍니까. 천성天成으로 훌륭한 방파림防波林을 끼고나가는데 멀미가 나도록 배가 흔들릴 까닭이 없었던것입니다. 이러고 보면 누어있을 까닭이 없다고 일어날가하고 망사리노라니 갑판甲板위에서 통풍기通風器를 通하여

『지용! 지용! 올라와! 등대燈臺! 등대燈臺!』하는 영랑永郞의 소리였읍니다(우리 일행一行은 영랑永郞과 현구玄鳩, 나, 세사람이었읍니다) 한숨에 갑판甲板우에 오르고보니 갈포 고의가 오동그라질듯이 선선한 바람이 수태도 부는것이 아닙니까.

— 『文學讀本』, 「多島海記(二)海峽病(1)」, 112~113쪽.

다도해기多島海記(三)

해협병海峽病(2)

　　아아! 바람도 많기도하구나! 섬도 많기도하구나! 그저 많다는 생각외에 없어서 마스트끝에 꿰뚫리고도 느직이 기울어진 대웅성좌大熊星座를 보고도, 수로水路 만리萬里를 비추고도 남을 달을 보고도, 동서남북東西南北 사위팔방四位八方을 보고도, 그저 많소이다! 많소이다! 하는 말씀밖에는 아니나왔습니다. 많다는 탄사嘆辭가 내쳐 지당한 생각으로 변해서 그저 지당하온 말씀이올시다, 지당한 말씀이올시다 하였습니다. 배는 과연 쏜살같이 달리는줄을 알았사오며 갑판甲板이 그다지 넓다고는 할수없으나 수백인이라도 변통하여 앉을수 있었습니다. 구석구석에 끼리끼리 모여앉고 눕고 기대고 설레고하는데 켙도를 펴고 덮고 서로 자는척 하다가 나종에는 서로 훌트러 잡아뺏는 장난을 시작하여 시시거리고 웃고하는패가 없나, 그중에도 단발머리에 유까다입은 젊은여자女子가 제일 말괄량이 노릇을하는데 무슨 철도국원鐵道局員같은 청년이삼인靑年二三人이 한테 어울려 시시대는것이었고, 어떤자는 한편에서 여자女子의 무릎을 베고 시조時調를 듣고있는 자가 없나, 옆에 붙어앉아 있는 또한여자는 어떠한 여자인지 대종할수 없습니다. 차림차림새는 살림하는 여자들 같으나 무릎에 사나히를 눕히고 노래를 불른다는것이 아모리해도 놀던 기집에 틀림 없었습니다. 장의자長椅子 위에 무릎을 꿇고 이마를 붙이고 달팽이처럼 쪼그리고자는 다비 신은 할머니도 있었습니다. 가다가 추자도楸子島에서 나린다는 소학생小學生들이 벼개를 나라니 하고 켙도를 덮고 있기에 나는 용서容恕도 청請할것 없이 그 아이들이 덮은 켙도자락 한옆을 잡아다리어 그우에 누어서 하늘을 보기로 했습니다. 아이들도 괴잇적게 여기는것이 아니었습니다. 이러는 동안에도 하도 많은 섬들이 물러가고 물러오고 하는것이었습니다. 달밤에 보는것이라 바위나 나무라던지 어촌漁村이나 사람을 짐작할수 있는것은 아니나 거뭇거뭇한 덩어리들이 윤곽輪廓이 동긋 동긋하게 오히려 낮에 볼수 없는 섬들의 밤얼굴이 더 아름답지 않습니까. 그러나 하도 많은것이 흠이 아닐가 합니다. 저 섬들이 총수總數가 늘 맞는 것일지 제자리를 서로 바꾸지나 않는것일지 몇개는 하로 아침에 떠 들어 온 놈이 아닐지 몇개는 분실紛失하고도 해도海圖우에는 여태껏 남아있는 것이 아닐지 몰르겠으며 개중個中에는 무뢰無賴한 도서島嶼들이 있어서 도적島籍에도 가입加入ㅎ지 않은채로 연안沿岸에 출몰出沒하는 놈들이 없지 않을가 합니다. 나는 꼭 바로 누어있는 나의 코ㅅ날과 수직선垂直線위에 별하나로 일점一點을 취取하여 놓고 배가 얼마쯤이나 옮겨가는것 인지를 헤아려 볼라고 하였읍니다. 몇시간을 지나도 별의 목표目標와 나의 시선視線이 조금도 어그러지는것이 아니었읍니다. 우리가 지구地球위로 기어다닌다는것이 실상 우스운 곤충昆虫들의 놀음과 같지 않습니까. 그래도 우리 일행一行이 전속력全速力을 잡어탔음에 틀림없는것이, 한참 들었다 깨었다 하는 동안에 뜀 뛰기로 헤일지라도 기좌도箕佐島 장산도長山島 석우수영右水營 가사도加沙島 진도珍島 새섬을 지나지 않었겠읍니까!

— 『文學讀本』, 「多島海記(三)海峽病(2)」, 114~116쪽.

다도해기多島海記(四)

실적도失籍島

배가 추자도楸子島에 다달았을때 잠이 깨였읍니다. 지지과地誌科 숙제宿題로 지도地圖를 그리어 바칠적에 추자도楸子島쯤이야 슬쩍 빼어버리기로소니 선생先生님도 돗뵈기를 쓰셔야 발견發見하실가 말가 생각되던 녹두알만하던 이섬은 나의 소학생小學生적에는 시험점수試驗点數에도 치지 않었던것입니다. 이제 달도 넘어가고 밤도 새벽에 가까운때 추자도楸子島의 먼 불을보니 추자도楸子島는 새벽에도 샛별같이 또렷한것이 아니오리까! 종래 고무로 지워버리지 못하고 그대로 말은 이섬에게 이제 꾸지람을 들어야 할가봅니다. 그러나 나의 슬픈 교육敎育은 나의 어린 학우學友들의 행방行方과 이름조차 태반이나 잃어버렸는데도 너의 이름만은 이때것 지니고 오지 않었겠나! 이밤에 너의 기슭을 어루만지며 너의 곤히 잠든 나룻을 슬치며 지나게된것도 전생前生에 적지않은 연분緣分이었던 모양이로구나 하였읍니다. 갑판甲板에서는 떠들석하고 희희거리던 사람들이 모두 깊이 잠들었읍니다. 평생平生에 제주해협濟州海峽을 찾아오기는 코를 실컷 골기로 온양으로 생각되는 사람도 있었읍니다. 어쩐지 나는 아까워서 눈을 다시 붙이고 잠을 청해올수가 없었읍니다. 배가 점점 가까이 다가감을 따라 섬의 불빛이 늘어서기를 점점 넓게하는것이 아니겠읍니까. 섬에도 전등電燈불이 켜진 곳은 실상 그중에도 한 부분에 지나지않을것이요 그중에도 술과 담배나 울긋불긋한 빰을 볼통히하고있는 사탕개나 사슴이나 원숭이를 그린 성냥갑이나 파는 집에 지나지 않을것이니 선인船人과 어부漁夫들이 모여 에튀 주정하며 쌈하며 노름하며 본조고로하고 요망한 계집들이 있어 더한층 흥성스러운 그러한 종류種類의 거리에 뿐일것이 아니겠읍니까. 그외에 개짐생이나 나무나 할아버지 손자 형수 시동생 할 것없이 불도없이 거믄 바닷소리와 히유스럼한 별빛에 싸이어 자는 어촌

漁村이 꽤 널리 있을것입니다. 어쩐지 성급性急하게도 배에서 뛰어나려 한 숨에 기어올라 가보고 싶어 지는것이 아닙니까. 이상스럽게도 혀끝에 돌아가는 사투리며 들어보지못한 민요民謠며 연애戀愛와 비애悲哀에 대한 풍습風習이며— 그러한것들이, 어쩐지, 보고싶어하는 생각이 불일듯하는 것이 아닙니까. 서령 쫓아 올라가서 무턱대고 두들긴 문앞에서 곤한잠에서 뿌시시 일어나온 사나운 할머니한테 무안을 보고말음에 지나지 않을지라도 이 섬은 나의 호기심好奇心을 모두 합하여 쭈구리고 있는것입니다. 배가 바로 섬에 닷는것이아니라 상당相當한 사이를 두고 닻을 나리고 쉬는것입니다. 노를 저으며 오는 적은 목선木船들이 마침 기달렸었노란듯이 몰려와서 사람을 나리우고 짐을 풀고 하며 새벽포구가 왁자지껄하며 불빛이 요란해지는것입니다. 웬 짐짝과 물화가 이렇게 많이 풀리는것입니까. 또 실리는 물건도 많은것입니다. 밤이라 섬의 윤곽輪廓을 도저히 볼수 없으나 내가 소학생小學生적에 가볍게 무시無視하였던 그러한 절도絶島는 아닌것이 틀림없습니다. 희뚝 희뚝하는 적은목선木船에 실리어 섬으로 가는 젊은 여자女子 몇은 간단한 양장洋裝까지 한것이 었고, 손에 파라솔까지 가진것이니 여자라는것은 절도絶島에서도 몸짓과 웃음이 유심히 사람의 눈을 끄는것이 아닙니까. 그것이 더욱이 말성스럽지 않은 섬에서 보니깐 더 성싱하고 다혈적多血的이고 방심放心한것이 아니오리까. 밤에 보아도 건강健康한 물기가 듣는듯한 얼굴에 웃음소리 말소리가 물결우에 또랑또랑 울리며 가는것입니다. 그러나 이 아닌 이른 새벽에 무엇이 그렇게 재깔거릴것이 있는것이며 웃을거리가 많은것입니까. 사투리는 사투릴지라도 대개 알아들을수 있는 말이며 짐푸는 일군들의 노래소리는 실상 전라도全羅道에서도 경기도京畿道에서도 듣지못한 곡조였으나 구슬프고도 힘차고 굳센 소리였습니다. 생활生活과 근로勤勞가 있는 곳이면 어디서던지 절로 생길수 있는 노래 곡조인것에는 틀림없습니다. 목선木船 한척이 또 불을켜들고 왔는데 뱃장 널빤지쪽을 치어들고 보이는것은 펄펄 뛰는 생선들이 아닙니까! 장어長魚 붉은도미 숭어 따위가 잣길이 썩이나 되는 놈들이 우물우물 하지 않습니까! 값도 놀랍게도 헐할것입니다. 사라고 권하기도 하는것이요 붉은도미 흐벅진 놈을 사서 갑판甲板위에서 회를 쳐서 먹고싶은것입니다. 독하고도 맛이 감치는 남도南道소주를 기우리면서 말이지요. 눈이 초롱초롱하고 펄펄 살아 뛰는 놈을 보고서 돌연突然한 식욕食慾을 일으키는 것은 사람의 본성本性이 아닐수 없을것입니다. 그러나 나의 절제節制로서 가볍게 넘기지 못할 그러한 맹렬猛烈한 식욕食慾에 까지 이른것도 아니니 그야 하필何必 붉은도미에 뿐이겠읍니까? 이렇게 나 그네길로 나서고 보면 모든 풍경風景에 관關한것이나 정욕情慾이나 식욕食慾이나 이목耳目에 관關한것이 모두 성성하고 다정多情까지도 한것이나 대개는 대단ㅎ지 않은 절제節制로서 보내고 지나고 그리고 바로 다시 떠나가야 할수바께 없는 것입니다.

─『文學讀本』,「多島海記(四)失籍島」, 117~120쪽.

다도해기多島海記(五)

일편낙토一片樂土

　한라산漢拏山이 시력범위視力範圍 안에 들어와 서기는 실상 추자도楸子島에서도 훨석 이전이 었었겠는데 새벽에 추자도楸子島를 지내놓고 한숨 실컷 자고나서도 날이 새인 후에야 해면우에 덩그렇게 선연嬋妍히 허우대도 끔직이도 크게 나타나는것이 아닙니까! 눈물이 절로 솟도록 반갑지 않으오리까. 한눈에 정情이들어 즉시 몸을 맡기도록 믿음직 스러운 가슴과 팔을 벌리는 산山이외다. 동방洞房 화촉花燭에 초야初夜를 새우올제 바로 모신님이 수집고 부끄럽고 아직 설어 겨울뿐일러니 그님의 그얼굴 그 모습이사 동창東窓이 아주 희자 솟는 해를 품은듯 와락 사랑홉게 뵈입는 신부新婦와같이 나는 이날아침에 평생平生 그리던 산山을 바로 모시었읍니다. 이지음 슬프지도 않은 그늘이 마음에 나려앉어 좀처럼 눈물을 흘린 일이 없었기에 인제는 나의 심정心情의 표피表皮가 호도胡桃 껍질같이 오룻이 굳어지고 말었는가 하고 남저지 청춘靑春을 아주 단념斷念하였던것이 제주도濟州島어구 가까히 온 이날 이른아침에 불현듯 다시 살아나는것이 아니오리까. 동행同行인 영랑永郞과 현구玄鳩도 푸른 언덕까지 헤염처 올르랴는 물새처럼이나 설레고 푸덕거리는 것이요 좋아라 그러는 것이겠지마는 갑판甲板위로 뛰어돌아다니며 소년少年처럼 히살대는것이요, 꽥꽥거리는것이었읍니다. 산山이 얼마나 장엄壯嚴하고도 너그럽고 초연超然하고도 다정多情한것이며 준열峻烈하고도 지극히 아름다운것이 아니오리까. 우리의 모륙母陸이 이다지도 절승絶勝한 종선從船을 달고 엄연嚴然히 대륙大陸에 기항奇港하였던것을 새삼스럽게 감탄感嘆하지 않을수 없었읍니다. 해면海面에는 아직도 야색夜色이 개이지 않았는지 물결이 개온한 아침얼굴을 보이지않었것만 한라산漢拏山 이마는 아름풋한 자주빛이며 엷은 보랏빛으로 물들은것이 더욱 거룩해 보이지 않습니까. 필연必然코 바다 저쪽의 아침해를 미리 맞음인가 하였으니 허리에 밤잔 구름을 두르고도 그리고도 그우에 다시 헌출히 솟아오릅니다. 배가 제주성내濟州城內앞 축항築港안으로 들어가자 큼직한 목선木船이 선부船夫들을 데불고 마중을 나온것이었읍니다. 갑자기 소나기 한줄금을 맞으며 우리는 목선木船에로 옮겨타고 성내城內로 상륙上陸하였읍니다. 흙은 검고 돌은 얽었는데 돌이 흙보다 더 많은곳이었읍니다. 그러고도 사람의 자색姿色은 희고도 아름답지 않습니까. 소나기 한줄금은 금시에 개이고 멀리도 밤을 새워 와서 맞는 햇살이 해협일면海峽一面에 부챗살 퍼듯 하였읍니다. 섬에도 놀라울 만치 번화繁華한 거리가 있고 빛난 물화物貨가 놓이고 팔리고 하지않습니까. 그보다도 눈이 새로 열리는듯이 화안한것은 집집마다 거리마다 백일홍百日紅 협죽도夾竹桃가 한창 꽃이 어울리어 풍광風光의 밝음을 돋우는것입니다. 귤橘이며 유자柚子며 지자枳子들이 모두 푸른 열매를 달고 있는것이요. 동백나무 감나무 석남石楠 참대 들이 바다보다 푸르게 짙어 무르녹은 것입니다. 햇빛에 나의 간지러운 목을 맡기겠사오며 공기空氣는 차라리 달아 혀에 감기는것입니다. 꾀꼬리도 마을에 나려와 앉는데 초롱초롱한 울음을 자랑하는것이 아닙니까. 가마귀 지저귐도 무슨 흉조凶兆로 들을수가 없읍니다. 그러나 토리土利는 사람을 위하여 그다지 후厚한것으로 생각되지 않았사오며 제주도濟州島는 마침내 한라영봉漢拏靈峯의 오롯한 한 덩어리에 지나지 않는곳인데 산山이 하두 너그럽고 은혜恩惠로워 산록山麓을 둘러 인축人畜을 깃들이게하여 자고自古로 넷 골을 이루도록 한것이랍니다. 그리하야 사람들은 돌을 갈아 밭을 이룩하고 우마牛馬를 고원高原에 방목放牧하여 새업生業을 삼고 그러고도 동녀童女까지라도 열길 물속에 들어 어패魚貝와 해조海藻를 낚어내는 것입니다. 생활生活과 근로勤勞가 이와같이 명쾌明快히 분방奔放히 의의롭게 영위營爲되는 곳이 다시 있으리까? 거리와 저자에 넘치는 노유老幼와 남녀男女가 지리地利와 인화人和로 생동生動하는 천민天民들이 아니고 무엇이오리까. 몸에 깁을 감지않고 뺨에 주朱와 분粉을 발르지않고도 지체肢體와 자색姿色이 전아典雅 풍염豊艶하고 기골氣骨은 차라리 늠름凜凜하기까지 한것이 아니오리까. 미녀美女가 구덕과(제주여자濟州女子는 머리로 이는일이 없고 구덕이라는것으로 걸방하여 진다)지개를 지고도 사리고 부끄리는 일이 없읍니다. 갈포葛布나, 마포麻布 토산土産으로 적삼과 치마를 지어 입되 떫은 감물(시즙枾汁)을 물들여 그 빛이 적토색赤土色과 다를데가 없읍니다. 그러나 그것이 도리어 흙과 비에 젖지않으며 바다와 산山에서 능能히 견딜수 있는것이니 예로부터 도적盜賊과 습유拾遺가 없고 악질惡疾과 음풍淫風이 없는 묘묘杳杳한 양상洋上 낙토樂土에 꽃와같이 아름다운 의상衣裳이 아니고 무엇이오리까.

― 『文學讀本』, 「多島海記(五)―片樂土」, 121~124쪽.

다도해기多島海記(六)

귀거래歸去來

　　해발海拔 일천구백오십미돌一千九百五十米突이요 이수里數로는 육십리六十里가 넘는 산山꼭두에 천고千古의 신비神秘를 감추고 있는 백록담白鹿潭 푸르고 맑은 물을 곱비도없이 유유자적悠悠自適하는 목우牧牛들과 함께 마시며 한나절 놀았습니다. 그러나 내가 본래 바닷이야기를 쓰기로 한것이오니 섭섭하오나 산山의 호소식好消息은 할애割愛하겠습니다. 혹或은 산행山行 일백이십리一百二十里에 과도過度히 피로疲勞한 탓이나 아니올지 나려와서 하롯밤을 잘도 잤건마는 축항부두築港埠頭로 한낮에 돌아다닐 적에도 여태껏 풍란風蘭의 향기香氣가 코에 알른거리는 것이요. 고산식물高山植物 암고란岩高蘭 열매(시레미)의 달고 신맛에 다시 입안이 고이는것 입니다. 깨끗한 돌위에 배낭背囊을 벼개삼아 해풍海風을 쏘이며 한숨 못잘 배도 없겠는데 눈을 감으면 그 살찌고 순하고 사람따르는 고원高原의 마소들이 나의 뇌수腦髓를 꿈과같이 밟고 지나며 꾀꼬리며 회파람새며 이름도 모를 진기한 새들의 아름다운 소리가 나의 귀를 소란하게 하는것이 아닙니까. 높은 향기香氣와 아름다운 소리는 어진사람의 청덕淸德안에 갖추어 있는것이라고하면 모두 동방東方의 현인賢人들은 저으기 괴로운 노릇이었을것이, 내가 산山에서 나려온 다음날 무슨 덕德과 같은 피로疲勞에 견딜수 없는것으로 눌러 짐작할듯 하옵니다. 해녀海女들이 일할때를 기다리다 못하여 해녀海女하나를 붙들고 물속엘 들어 뵈지 않겠느냐고 하니깐,

　『반시간 시민 우리들 배타그냉애 일하레 가쿠다』

　우리 서울서 온사람이니 구경좀 시키라니깐,

　『구경해그냉애 돈주쿠강?』

　돈을 내라고하면 낼수도 있다고 하니깐,

『경하민 우리배영 갓찌탕앙가쿠가?』

돈을 내고라도 볼만한것이겠으나 어짠지 너무도 Bargain's bargain(매매계약賣買契約) 적的인데는 해녀海女에 대對한 로맨티시슴이 엷어지는것입니다. 그리고 그를 따라 배를타고 가다가는 여수麗水가는 오시午時배를 놓치고 말것이 아닙니까. 우리는 축항築港을 달리 돌아 한편에서 해녀海女라기 보담은 해소녀일단海小女一團을 찾아냈으니 호―이 회파람소리(물속에서 나오면 호흡呼吸에서 절로 회파람소리가 난다)에 두름박을 동실 동실 띠우고 푸른 물속을 갈매기보다도 더 재빨리 들고 나는것입니다. 제주濟州에 온 보람을 다 찾지않었겠읍니까. 물속에 드는 시간時間이 대개 이삼십초가량二三十秒假量이오 많아야 일분一分동안인데 나올적마다 청각 미역 소라등속을 훔켜들고 나오는것입니다. 그리면서 떠들며 이야기하며 하는것이니 우리는 그들이 뭍에로 기어 올라오기를 기다리고 있었던것입니다. 열 육칠세쯤 되어보이는 해녀海女들이 인어人魚와 같은 모양을하고 올라오는것입니다. 잠수경潛水鏡을 이마에 붙이고 소중의(잠수의潛水衣)로 간단簡單히 중요重要한데만 가린것에 지나지않었으나 그만한것으로도 자연自然과 근로勤勞와 직접直接 격투格鬪하는 여성女性으로서의 풍교風敎에 책責 잡힐데가 조금도 없는것이요 실로 미려美麗하게 발달發達된 품이 스포―츠나 체조體操로 얻은 육체肉體에 비길배가 아니었읍니다. 그리고도 천진天眞한 부끄럼을 속이지못하여 빰을 붉히는것입니다. 우리는 그중中에 한 소녀少女를 보고 그것을(잠수경潛水鏡) 무엇이라고 하느냐고 물으니깐 『거 눈이우다』안경眼鏡을 『눈』이라고 하니 해녀海女는 눈을 넷을 갖고 소라와 전북과 조개를 기어다니며 미역과 청각이 푸르고 산호珊瑚가 붉은 이상스런 삼림森林속으로 하로도 몇차례식 나가려는것입니다. 하도 귀엽기에 소녀少女의 육안肉眼을 손고락으로 가르치며 저눈은 무슨 눈이라고 하노 하니깐,

『그눈이 그눈이고 그눈이 그눈입주기 무시거우깡?』

소녀少女는 혹시 성낸것이나 아니었을까? 그러나 내가 웃어버리니깐

소녀少女도 바루 웃었읍니다. 물론勿論 물에서 금시 잡아 내온 인어人魚처럼 젖어 서서 있는것이었읍니다. 소라와 같이 생기었으나 그보다 적은것인데 꾸정이라고 이릅니다. 하나에 얼마냐고 물으니,

『일전一錢마씀.』

이것을 어떻게 먹는것이냐고 물으니,

『이거 이제 곧 깡먹으면 맛좋수다.』

까주기만 하랑이면 반듯이 먹으랴고 별르고 있노라니 소녀少女는 돌맹이로 꾸정이를 깨어 알맹이를 손톱으로 잘 발라서 두 손으로 공순히 바치며,

『얘—이거 먹읍서.』

맛이 좋고 아니좋고 간에 우리는 얼굴을 찡그리어 소녀少女들의 고은 대접을 무색無色하게 할수가 없었읍니다. 헤엄치며 있던 소년少年하나이 소녀少女의 두름박을 잡아다리어가지고 물로 내동댕이치며 헤여 달아나는것입니다. 소녀少女는 사폿 나려서더니 보기좋게 다이빙자세姿勢로 뛰어들어가 몇간통이나 헤어서 소년少年을 추적追跡해 잡아가지고 발가벗은 등을 냅다 갈기며,

『이놈의 새끼 무사경 햄시니!』

하도 통쾌痛快하기에 손벽을 치며 환호歡呼하였더니 소녀少女는 두름박을 뺏어 끼고 동실거리며,

『무사경 박수 첨시니?』

물에서는 소년少年이 소녀少女의 적수敵手가 될수없는것이었읍니다. 그야 우리도 바다와 제주처녀濟州處女의 적수敵手가 애초에 될수없었기에 다시 연락선連絡船을 타고 이번에는 여수麗水로 항로航路를 잡지 않었겠읍니까. 다도해중多島海中에도 제일 아름답고 기절奇絶한 코—스로 들어 다도해多島海의 낮과 황혼黃昏과 새벽과 아침을 모조리 종단縱斷하면서……뿌라보!

— 『文學讀本』, 「歸去來」, 125~129쪽.

화문행각畫文行脚(一)

선천宣川·1

천북동川北洞 뒤가 대목산大睦山, 눈우에 낙엽송落葉松이 더욱 소조蕭條하야 멀리보아 연기煙氣에 짜힌듯하다. 이산山줄기가 좌우左右로 선천읍宣川邑을 히동그란히 싸고 돌아 다시 조그만한 내를 흘리워 시가지중앙市街地中央을 꿰뚫었으니 서남西南에서 동북東北으로 흐른다.

삼동三冬내 얼어붙은 냇물도 제철엔 제법 수세水勢좋게 흘러 차라리 계곡수溪谷水답게 차고 맑기까지하다. 그러나 청천강淸川江줄기 같이 큰물이라곤 없는 곳이 들이랄것이 없어 안옥한 분지盆地로 되었다. 겨울에 바람은 없지만 여름에 무더위가 심한편이요 아침에 밥들 지어먹은 연기가 열한시 열두시까지 서리고 있어 빠져나갈 틈이 없다니 이골 사람들이 자칭自稱 산山골사람이로라고 하는것도 그저 겸사謙辭의 말도 아닐가 한다.

그러나 호수戶數로 사천四千이 넘고 이만인구二萬人口가 호흡呼吸하는데 초가草家라곤 별로 없고 계와집 아니면 양옥洋屋이다. 산山골에서 여차직하면 양옥洋屋을 짓고사는 이곳 사람들은 첫눈에 북구인北歐人같은 심중沈重한 기질氣質을 볼수있다. 별장지대풍別莊地帶風의 소비적消費的 소도시小都市인지라 소매상가小賣商街를 지날때 양식식료품洋式食料品, 모사의류毛絲衣類, 화장품化粧品, 약품藥品, 과자등菓子等—이 어덴들 없을가 잡다雜多하다느니보다 많은 진열陳列 배치配置된 품품이 착실着實하기 Quality street 다운데가 있으니 물건 팔기 위한 아첨이라든지 과장誇張하는 언사言辭를 들을수 없고 등을 밖으로 향向하야 앉어 성경聖經읽기에 골독하다가 손님이 들어서면 물건을 건늬고 돈을 받은후에 별로 수고로운 인사도 없이 다시 돌아 앉어 책을 드는 여주인女主人을 볼수있는것이 예사다.

장로교長老敎가 거진 풍속화風俗化 하였다는것을 이 일단一端으로도 짐작 할만하니 내가 새삼스럽게 장로교長老敎 경영經營의 남녀男女 학교學校

라든가 병원病院, 양로원養老院, 고아원孤兒院이라든가를 열거列擧해야만 할것도 없이 선천宣川은 사회시설社會施設의 모범지模範地다. 개인個人으로 공회당公會堂, 도서관圖書館, 학관學舘을 겸겸兼한 선천회관宣川會舘을 제공提供한이가 없겠나 동東, 서西, 남南, 북교회등北敎會等 사대예배당四大禮拜堂이 읍邑을 사四 소교구小敎區로 분할分割하야 주사酒肆 청루靑樓에 배당配當한 토지土地가 없이 되었다. 더욱이 남교회南敎會라는 예배당禮拜堂은 거대巨大한 이층二層 연와煉瓦 건축建築인데 일천수백명一千數百名을 앉칠만한 호올이 이개二個가 있다. 일소교구一小敎區의 신도信徒의 각자各自의손義損으로 된것인데 건축경비建築經費 육만원六萬圓이라는 거액巨額이 어떠한 방법方法으로 판출判出되었는가 하면 일례一例를 들건대 월급月給 오십원五十圓의 가족家族을 거나리는 신도信徒가, 일구一口 오십원五十圓을 의연義捐하되 불과不過 삼사삭三四朔에 완납完納하였다.

남교회南敎會 건축建築에 관關한 부채負債는 깨끗이 청산淸算되고도 여유餘裕가 있었다. 여자사회女子社會가 얼마나발달發達되었는지 청년회靑年會 합창대등合唱隊等은 물론勿論하고 춘추春秋로 그네뛰기와 때로 대회大會를 열되 순연純然히 여자女子만으로서 주최主催하며 시어머니 며누리가 이인삼각二人三脚으로 출전出戰하야 우승優勝하였고 상품賞品으로 평안도平安道 놋쟁반 크다 마한것을 탔다고 했다.

— 『文學讀本』, 「畵文行脚(一)宣川·1」, 130~132쪽.

화문행각畫文行脚(二)

선천宣川·2

　동백冬栢나무도 이곳에 와서는 방에서 자란다. 이중유리창二重琉璃窓으로 눈빛이나 햇빛을 맞어 들이게 밝은 사간온돌四間䚅突안의 동백冬栢나무는 자다가 보아도 새록히도 푸르고 참하다.
　분盆에 심기어 가지가 다옥 다옥 열리운것이 적은 반송盤松과 같아서 나무로치면, 사철 푸르다느니 보다, 사철 어린애로 있다. 나는 동백冬栢나무의 나이를 요량料量할수 없다.
　나무의 나이를 묻는다는것이 혹은 글자字나 하는 사람의 쑥스런 언사言辭이기도 하려니와 실상은 동백冬栢나무와 키가 나란한 은희恩姬가 올에 몇살에 났는가를 이름보다도 먼저 알었다.
　은희恩姬가 인제 네살에 나고보면 동백冬栢나무도 키가 같다 할지라도 네살에 났다고하면 억울할것이다. 혹은 곱절이거나, 십년十年이 우일는지도 몰른다. 군가지가 붙는대로 가위를 가다듬고 보니 몸맵시가 어리어 은희恩姬와 같이 나무가 사철 어린아이로 있는것이니 은희恩姬가 옆에 서거나 앉거나 할때 은희恩姬는 눈이 더욱 까만 꾀꼬리가 된다. 검은 창이 유난히도 검은 눈이 쌍거풀지고 속눈섭이 길다. 웃으면 입갓이 따지어서보면 정제整齊한것이 어떻게보면 야릇이 기웃해지며 눈자위는 조금 들어가는가 싶다. 쫑쫑 들어백힌 무슨 씨갑씨와 같은 이쪽마다 가장자리에 까무잡잡한 선線이 인공적人工的으로 돌린것 같다. 어린 콧나루가 족 선것이 벌써 서도여성西道女性으로서 조건條件이 선명鮮明한데 아직 혀를 완전完全히 조종操縱할줄 몰르는 사투리는 서도西道에서도 다시 사투리맛이 난다.
　아무리 보고도 옙 할 까닭을 몰르는 권리權利를 가진 은희恩姬는 큰아바지 보고나 서울선생先生님을 보고나 자기自己의 친절親切이 즉시卽時 시행施行되지 않는 경우에는 『그르카래는데 와 그네!』 하며 조그만 군조軍曹

처럼 질타叱咤한다. 째랑 째랑 산뜻 산뜻한 이 어린 군조軍曹한테 우리는 복종服從한다. 이른아츰 자리에서 일기도 전에 은희恩姬가 가져오는 꽁꽁 얼은 사과를 명령적命令的으로 먹게 되는것이니 먹이고나선 『사과가 제 혼자 절루 얼었다』는것이요 『서울은 가서 멀하갔네, 그림책 보구 여게서 살디』하면 우리는 훨석 예전의 우리의 『교과서敎科書』를펴고 일일─히 경청傾聽해야하며 그리고 대답對答해야한다.

그러고보니 동백冬柏나무는 역시 나이가 들어보이는것이 나이가 들지 않고서야 이렇게 검두룩 짙푸를수야 없다.

은희恩姬가 노큰마니한테로, 중큰마니한테로, 큰아버지한테로, 서울 선생先生님한테로, 왔다갔다 하며, 좋아라고 발發하는 소리가 「소프래노우」의 끝까지 올라간다.

동백冬柏나무도 보스락 보스락거리는가 하면 창窓밖에는 며칠째 쌓인 눈우에 다시 쌀알눈이 내린다.

중큰마니가 둘리시는 물렛소리에 우리는 은은한 먼 춘뢰春雷를 듣는다. 우루릉 두르릉.

─『文學讀本』, 「畵文行脚(二)宣川·2」, 133~135쪽.

화문행각畵文行脚(三)

선천宣川 · 3

　노큰마니는 중큰마니의 친정오마니시요 중큰마니는 은희恩姬의 친큰마니가 되신다. 노큰아바지도 중큰아바지도 예전 이야기에서나 있으신듯이 은희恩姬는 몰른다. 노큰마니 한분은 피양서 사시다가 사리원沙里院 큰아버지한테 가서서 지나신다. 사리원沙里院 노큰마니는 중큰마니의 시오마니가 되신다. 사리원沙里院에도 노큰아바지도 중큰아바지도 아니계신다. 이리하야 본가本家로나 진외가로나 장증손長曾孫 은희恩姬는 사리원沙里院서 보아도 반작 반작하는 한개 별이요 선천宣川서 보아도 한개 별로 반작 반작한다. 은희恩姬가 자기自己의 계보적系譜的 위치位置를 알기에는 산술算術배우기보담 어렵겠으므로 나는 일부러 이렇게 수수께기처럼하여 서울선생先生님을 데불고 오신 서울큰아바지는 은희恩姬의 아바지의 삼촌三寸 자근아자씨가 되시고 사리원沙里院 큰아바지는 삼촌三寸 둘째 아자씨가 되시는것을 일러두고 그친다.

　은희恩姬가 양력陽曆으로 네살에 나니깐 음력陰曆으로 아직도 세살이다. 그러나 음력陰曆설때에는 양력陽曆설때보다 더 자라 있을것이다. 그렇게 보면 이제부터 미구未久에 동백冬栢나무의 키를 지나고도 훨석 어른이 될날도 볼것이 아닌가. 식물植物에도 무슨 심리心理가 있다고 하는데 나는 동백冬栢나무가 어느때 슬프고 않은것을 관찰觀察할수가 없다. 혹은 외광外光과 불빛의 관계關係겠지마는 동백冬栢나무가 그저 검풀어 암담暗憺한 모습을 할때와 잎새마다 반짝반짝하는 눈을 뜨듯이 생광生光이되는적이 있는것을 본다. 암담暗憺한 빛을 짓는때는 우리는 심기心氣가 완전完全히 쾌快한 날이 아니기도 하야 은희恩姬의 현관玄關옆 양옥洋室에 가서 난로暖爐에 통나무를 두드룩히피우고 붉은 불빛에 얼굴을 달루며 유리창琉璃窓에 나리는 함박눈을 본다.

어느날 오후午後에 은희恩姬가 잠이 들었을때 우리는 차車를 타고 의주義州 안동安東을 지나 오룡배五龍背까지 갔다. 하로후後에 악영군樂永君이 뒤를 딸아와서 전傳하는말이 은희恩姬가 잠을 깨고나선 우리가 없어진 것을 발견發見하고 노발怒發하야 노큰마니한테 가서 울고 중큰마니한테 가서 울고 달랠 도리가 없었더라는 것이다.

내말이 맞었다. 선천宣川서 신의주新義州까지 낮에도 람프불을 켠 거실車室안에서 아무래도 은희恩姬가 잠이 깨서 몹시 울었으리라고 한것이 맞었고 말었다.

국경근처國境近處로 일주간一週間이나 돌아다닐제 우리는 노오 은희恩姬말을 하였다. 돌아오는길에 선천宣川에 다시 들린것은 반드시 들려야 할것은 아니었다.

현관玄關까지 뛰어나오며 환호歡呼하는 은희恩姬는 뛰고 나는것이 한개의 난만爛漫한 조류鳥類가 아닐수 없었다. 우리는 은희恩姬를 천정 반자까지 치어들어 올리었다.

동백冬栢나무는 이 저녁에는 잎새마다 순이 트이고 불빛도 유난히 밝은데 우리들의 식탁食卓은 잔치와같이 즐거웠고 떠들석하기까지 한것이었다.

— 『文學讀本』, 「畵文行脚(三)宣川·3」, 136~138쪽.

화문행각畵文行脚(四)

의주義州·1

영하零下 이십오二十五 도度되는 날, 뻐스안에서 발이 몹시 어는것을 여간 동동거리는 것으로서 견딜것이아니었다. 뻐스에서 나리는 즉시 통군정統軍亭 언덕배기를 구보驅步로 뛸 작정으로 한시간時間 이상以上 발끝을 배빗 배빗하노라니 이건 심술궂기가 시골당나귀로구나. 앞뒤 궁둥이가 모조리 뛰어 오르는가 하니 몸은 천정을 떠받고 찡그린다.

물건너서는 재채분한 산山이랄것도 없는것들이 가로걸쳐 실상 만주滿洲벌판이 어떻다는 것을 몰르겠더니 신의주新義州로부터 의주義州가까히 오는 동안에 과연果然 대륙大陸이라는느낌이 답새온다. 끔직히도 넓다. 그러나 사하진沙河鎭서부터 오룡배근처五龍背近處처럼 지긋지긋이 쓸쓸해 보이지 않는다

조선朝鮮초갓집 지붕이 역시 정다운것이 알어진다. 한데 옹기종기 마을을 이루어 사는것이 암탉 둥저리처럼 다스운것이 아닐가. 만주滿洲벌은 오리五里나 십리十里에 상여喪輿집같은것이 하나 있거나 말거나 하지않았던가. 산山도 조선산山이 곱다. 논이랑 밭두둑도 흙빛이 노르끼하니 첫째 다사로운 맛이돈다. 추위도 끝닿은데 와서 다시 정情이 드는 조선朝鮮추위다. 안면혈관顔面血管이 바작바작 바스러질 듯한데도 하늘빛이 하도 고와 흰 옷고름 길게 날리며 펄펄 걷고 싶다.

우리가 노오 새옷 입고싶은것도 강江 한줄기로 사이를 갈러 산천풍토山川風土가 이렇게도 달러지는까닭에 있지않을지.

발끝이 거진 마비痲痺되는가 할때, 머리는 잠간 졸을수 있을만치, 우리 여행旅行은 그만치 짐될것이 없었던것이다. 지난밤 물건너 신시가新市街에서 글라스 폭격爆擊을 감행敢行한 패기覇氣가 이제사 다소피곤多少疲困을느낄만 할때 우리는 흔들리며 뛰며 그리고도 닭처럼 졸아 징징거리는

엔진 소리에 잠시 견딜만하였던것이다.

머리가 저으기 가뿐하여지는것을 느끼며 남문南門을 들어서 낯웃낯웃한 기왓골이 이랑지에 흐르는 거리에 섰다.

단숨에 통군정統軍亭에 올르자던것이 낙영樂永이가 앞을서서, 의주약방義州藥房집 빨갛게 익은 난로暖爐를 돌라앉아 발을 녹이던것이었다.

주인主人집 『체네』는 참 미소녀美少女라고 감탄感歎한것이 낙영樂永이 한훤寒喧으로 소녀少女가 아니라 젊은 주부主婦인줄을 알았다.

주부主婦는 바로 문을 닫고 들어가고 우리몸은 충분히 더웠다. 나머지 시간時間이 바쁘게 원 그렇게 어리어 보일수가 있는가, 길吉의 놀라함은 정식正式으로 발표發表되었다.

검정 두루막 입은 주인主人이 들어왔다. 인사도 채 마치기전에 전화電話통에 붙어서서 방에 불이나 따근 따근히 집혀놓고 그리고 어찌어찌 하라는 지휘指揮인 모양인데 일이 벌어지는 모양이로구나 하는 생각 뿐으로서 나는 그저 잠잠하였다.

통군정統軍亭에 길吉은 흥미興味를 갖지 아니한다. 멀리도 일부러 찾어와서 통군정統軍亭에 올르기는 어서 나려가자고 재촉하기가 목적目的이었던지 나야 그럴수가 없었고 또한 관찰觀察한바가 비범非凡한바가 없지도 않았으나 구련성九連城 넘어 달어오는 설한풍雪寒風을 꾸짖어가며 술회述懷하기에는 코가 부어지는것이요 단작스런 글씨쪽들이 실상은 낙서落書감어리도 못되는것을 업수히 여기고 나려왔으나 지나대륙支那大陸에 향向하야 구멍을 빠꼼히 뚫어놓고 심장心臟이 그다지 놓이지 못하였던 서문西門을 활 한바탕쯤 되는 거리距離에 두고 아니보고 온것을 이제 섭섭히 여긴다.

— 『文學讀本』, 「畵文行脚(五)義州·2」, 139~141쪽.

화문행각畵文行脚(五)
의주義州・2

『오호, 끔즉이 춥수다이!』하며 들어서는 아이의 이름이 추월秋月이라는것을 알았다. 귀가 유난히 얼어 붉었는데 귀뿔이 흥창 익은 앵도櫻桃처럼 호므라져 안에서 부터 터질가 싶다. 그림이나 글씨 한점없는 백노지로 하이얗게 발른 이 방안에 추월秋月이는 이제 그림처럼 앉었고 그리고 수집다.

술이 언몸을 골고루 돌아가기에 얼마쯤 시간時間이 걸리는것이었던지 아직도 잔이 오고 가기에 저으기 뻐근한 의무義務같은 것을 느낄뿐이요 농담弄談이라거나 웃으개가 잔뜩 호의好意를 갖추고 팽창膨脹할 따름으로 활시위에서 활이 나가기전前 상태狀態에서 잔뜩 겨누고 있을때

『추월秋月아, 넌 고향故鄕이 어디냐?』

『녕미(영미嶺美)웨다.』

『언제 여기 왔어?』

『칠월七月에 왔시요.』

칠월七月에 온 추월秋月이는 방이 더워옴에 따라 귀뿔이 녹아 만지기에 따근따근하나 빛갈이 눈우에 걸어온 고대로 고은것이 가시고 말었다.

『추월秋月아 너 밖에 나가서 다시 얼어 오렴아.』

추월秋月이가 웃는외에 달리 무슨 말이 없었을때 차차 웃음소리가 이야기를 가져오고 화선花仙이마자 추위를 부르짖으며 들어와 예禮하며 앉는다.

의주약방주인義州藥房主人 김군金君이 검정 두루막을 벗어 화선花仙이가 일어나 걸었다. 김이 서리고 훈기가 돌고 방이 차츰 따근따근하여질때 들어오는 병수瓶數가 점점 늘어간다. 아까 길吉의 명함名啣이 나가는가 하였더니 『유도사단柔道四段』이 『자字』처럼 불리어지는 최군崔君과 나이 삼

십三十에 웃으면 여태것 볼이 옴식옴식 패이는 얼골이 여자女子보다도 흰 장군張君이 들어온다. 한훤寒喧과 폭소爆笑가 어울리어 갑작히 자리가 흥성스러워지자 종시 시침이를 떼고 앉었던 길吉이 사동使童을 시키어 미리 사 두었던 신의주新義州까지 당일행當日行 자동차표自動車票를 물러보기로 한다.

순배巡杯가 한곳으로 몰린다. 화선花仙이의 말문이 열리기 위하야 우리는 수종을 들어야한다. 길吉의 스켓취뿍이 화선花仙이 손에 옮기어 갔을 때 화선花仙이는 첫장부터 끝까지 열심熱心스럽다. 물건너『왕리메』(왕려매旺麗妹)를 그린 여러폭幅의『크로키』가 펼쳐진다.

『화선花仙이 말좀 하라우 애!』

『아니 데셴상님 이거하고 삽네까?』

길吉이 일탄一彈을 받고 어깨를 흔들며 웃었다.

『이거하고 살다니?』

화선花仙이가 저으기 당황唐慌하여졌는가 하였을때 뺨이 붉어지기 전에 웃음이 얼굴을 흘으리며

『내레 언제 그랬읍네까? 셴상님 직업이 무어시과? 그르는 말입습디에!』

화선花仙이가 도사리고 앉음앉음새가 새매와 같었던것이 빨리도 완화緩和되자 김군金君의 교묘巧妙한 사식司式으로 주기酒氣가 바햐흐로 난만爛曼에 들어간다.

짠디에 분디를 싸서 먹는맛을 추월秋月이가 아르켜 주었다.

분디는 파릇한 열매가 좁쌀알만할가 한것이 아릿하기도 하고 맵사하기도 하야 싸늘한 향취香臭가 아금니를 지나 코로 돌아 나올때 창窓밖에 찢는듯한 바람소리의 탓일지 치운듯 슬픈듯한 향수鄕愁와 같은것까지 느끼는것이었다. 감상感傷이라는것이 무형無形한것이기에 어느때 어느모양으로 엄습掩襲하여 오는것일지 보증保證할바이 아니겠으나 혹은 내가 한데 몰리어 오는 잔을 좌우수左右手에 받치어 들고 울듯하고도 즐거운것이 아닐수도 없다.

『개뿔다귀 개저오라구 그래라 얘!』

『한마디 듣잣구나 얘!』

　서창西窓 미닫이 유리쪽에 성애가 남저지 햇살을 받어 처참凄慘하기가 지하고 옆에 붙은 국엽菊葉의 투명透明하도록 파릇한빛이 살어오른다. 장고長鼓를 『개뿔다귀』라고 치며 기개氣慨를 돕기에는 아직도 일다.

―『文學讀本』, 「畵文行脚(五)義州·2」, 142~145쪽.

화문행각畵文行脚(六)
의주義州 · 3

　자리를 옮기기로 하야 골목길을 걸어 마을 가듯 할수 있는것이 즐거웁다. 이제는 추위를 대수롭게 여기지 않을만치 되었고 서로 스서러워 아니하여도 좋게 되었다. 스서러울것이 없을만치 되기까지가 실상은 그다지 많은 시간時間이 걸리는것이 아닌것이 우리틈에 걷는 화선花仙이는 망내누이처럼 수선을 떨기 시작하기가 어렵지 않았다. 입으로 왕성旺盛한 흰 증기蒸氣를 뿜을수 있는 남어지에 점점 『오오! 치워!』할 뿐이지 소한小寒 바람에도 뺨을 돌려대기가 그다지 싫지 않다. 그리고 눈 위에 다시 달을 밟으며 이야기소리는 낭랑朗朗히 골목밤을 울리며 간다. 시골 대문이란 잘때 닫는것이라 무심코 눈을 돌리어도 길 옆집 안방 건너방 영창에 물들은 불빛을 볼수있다. 우리에게 훨신 익은 생활生活이 국경國境거리에서 새삼스럽게 정情답게 기웃거려지기도 하는것이다. 기왓골 아래 풋되지 않은 전통傳統을 가진 의주義州살림사리에 알고 가고 싶은것이 많다. 우리 총 중에서 익살을 깨트려 컹! 컹! 왕왕 짖는 소리를 흉내내어 동넷집 개를 울리게 하량이면 미닫이를 방싯열고 의아疑訝하는 남어지에 의거리 장농에 호장저고리에 남치마 태태態를 눈도적 맞은 이도 있고 우리가 끄는 신소리가 나막신 소리처럼 시끄럽기까지 하다.

　들어가 앉고보면 요정料亭이 아니라 일러도 좋은 안방 아니면 건넌방 같은 방 아루깐이 짤짤 끌는다. 우리는 깡그리 보료밑에 손을 묻고 뺨을 녹이고 궁둥이를 도사리고 추위를 과장誇張한다. 영산홍映山紅이 어느 새에 왔댓는지 의주義州밤이 점점 행복幸福스러워 간다. 끈에 뽑혀 오지도않고 뽑혀 갈 배도 없이 우리는 오보롯이 조찰히 놀수 있는것이다. 영산홍映山紅이가 미리 『푸로』를 만들었음인지 화선花仙이보고 무에라고 눈짓을 찌긋찌긋 하더니 일동일정一動一靜이 유창流暢하게 진행進行된다.

일국지명산一國之名山으로 풍덕새가 날라들어
우노라 경술년庚戌年 풍년豊年이 대대로 감돌아든다.

화선花仙이가 장고長鼓를 안고—

말은 가자고 네굽을 치는데 님은 부여잡고 낙루落淚만 한다.

영산홍映山紅이가 가두歌頭를 번갈어 바꾼다.

밤이면 달이 밝고 낮이면 물이 맑고 산山아 산山아 수양산首陽山아 눈이 왔다 백두산白頭山아—

의주義州 산타령山打令이란 전前에 들었던상 싶지않은 유장悠長하고 유쾌愉快한 노래다. 나는 자못 감개感慨가 깊어간다. 통군정統軍亭서 바라보이던 구련성九連城 뭇봉우리가 절로 올라갔다 나려왔다 다시 우줄우줄 걸어온다. 야작夜酌이 난무순亂無順으로 순배巡杯가 심히 빈번頻繁하다. 영산홍映山紅이의 쾌변快辯이 난만爛漫하여질때 우리는 서울말씨가 의외意外에 빳빳하여 혀가 아니도는것이 알어진다.

『아이구 데센상님 말씀이 다 과다오는 구만.』
『말줌 하시래이에! 조상님 들이 말슴을 하시다가 돌아가선난디 와 말삼이 없읍네가?』

담론풍발談論風發이 잠간 절심이 되면 (연발連發하던 총銃불이 별안간 멈추는것) 다시 잔이 오고 가고 잔이 멈칫하면 개뿔따귀가 운다. 『서도팔경西道八景에 의주義州경발림』이 연달어 나온다. 영산홍映山紅이가 일어섰다. 화선花仙이가 장고長鼓를 메고 따라선다. 『유도사단柔道四段』이 일어섰다. 『개량집사改良執事』의 별명別名을 듣는 장군張君이 앉어서 꼼작 앉고 배길 때 저고리빛이 연두빛에 가깝다. 읍회의원邑會議員 김군金君은 끝까지익살스러운 사식司式으로 유흥遊興을 진행進行시킨다. 놀량 한고비가 본때 있게 넘어갈때 영산홍映山紅이의 조옥 서서 내려간 치마폭이 보선을 감추고도 춤이 열리고 화선花仙이 장고長鼓채가 화선花仙이를 끌고 돌린다. 다시 앉아서 견딜때 흥분興奮과 홍조紅潮로 남긴채 그대로 식은 찬잔을 기울린다. 요구要求가 질서秩序를 잃어도 분수가있지 장타령을 청請하는가 하면 장님 독경讀經에 염불念佛까지 합청合請한다.

『애! 일전一錢자리 엿가래 꼬듯한다 흔한 솜씨에 한마디 하라우 애!』

『아―니 용하다 용하다 하면 황통이 벌레 집어먹까쉬까?』

실상 조금도 사양 하지않고 고대로 일일――히 실행實行된다. 이래서 영산홍映山紅이 화선花仙이는 수탄 화녕 받는 의주義州색씨로 이름이 높다.

『잡수시라우예―좀더 잡수시래예!』

밤 늦어 들어온 장국에 다시 의주義州의 풍미風味를 느끼며 수백년數百年두고 국경國境을 수금守禁하기는 오직 풍류風流와 전통傳統을 옹위擁圍하기 위함이나 아니었던지 …… 멀리 의주義州에 와서 훨석 『이조적李朝的』인것에 감상感傷하며……

―『文學讀本』,「畫文行脚(六)義州·3」, 146~149쪽.

화문행각畵文行脚(七)

평양平壤·1

평양平壤에 나린 이후로는 내가 완전完全히 길吉를 따른다. 따른다기 보담은 나를 일임一任해 버린다. 잘도 끌리어 돌아다닌다.

무슨 골목인지 무슨 동네인지 채 알아볼 여유餘裕도 없이 걷는다. 수태 만난 사람과 소개紹介인사도 하나 걸르지 않었지마는 결국은 모두 모르는 사람이 되고만다. 누구네집 안방같은 방 아루간 보료밑에 발을 잠시 녹혔는가하면 국수집 이층에 앉기도 하고 낳고 자라고 살고 마침내 쫓기어난 동네라고 찾아가서는 소낙비 피해나가는 솔개처럼 휘이 돌아오기도 하고, 대동문大同門턱까지 무슨 기대期待나 가진 사람같이 와락와락 걸어갔다가는 발도 멈추지않고 홱 돌아서 온다. 담배 가가에 가서 담배를 사고 우표郵票집에 가서 우표郵票를 사고 백화점百貨店에 가서 쓸데없는것을 사들어 짐을삼고, 누구집 상점商店 이층二層에 몬지에 켜켜쌓인 제전帝展에 파스했던 『모자母子』라는 유화油畵와 그리다가 마치지 못하고 이여 돌아가신 아버지의 초상화肖像畵와 그의 대폭소폭大幅小幅의 사오점四五點을 끄내어 보고서는 다시 단속할 의사意思도 없이 나오고 만다. 어떤 다방茶房에 들러서는 정면正面에 걸린 졸업기卒業期 제작製作 일점一點이 자기自己의 승락承諾도 없이 걸린 이유理由와 경로經路를 추궁追窮하는 나머지에 카운터-에 선 흰 쓰메에리입은 청년靑年과 다소多少 기분氣分이 좋지않어 나오기도 한다.

청류벽淸流壁 길기도한 벼랑이 눈녹은 진흙을 가리지도 않고 밟을적에 허리가 가늘어지도록 실컨 감상感傷한다. 감상感傷에 내가 즉시卽時 감염感染한다. 오줌도 한데서서 눈다. 대동강大同江 얼지않은 군대군대에 오리 목아지처럼 파아란 물이 옴찍않고 쪼개져 있다. 집도 친척도 없어진 벗의 고향故鄕이 이렇게 고운 평양인것을 나는 부러워한다.

부벽루浮碧樓로 을밀대乙密臺로 바람을 귀에 왱왱 걸고 휘젓고 돌아와 서는 추레해 가지고 기대어 앉는집이 "La Bohem"

이집에다 가방이며 화구畵具며 귀치않으면 외투外套까지 맡기고 나간다.

나는 이집이 좋다. 하로에 열번 들렌다. 카피를 나수어 올때마다 체네가 잔과 잔받침과 다시茶匙를 먼저 얌전스레도 가져다 소리없이 놓고 다시 돌아가 얼마쯤 조용한 시간이 흘러도 좋다. 말이라는것이 조곰도 필요ㅎ지 않을적이 많다. 남의 얼굴이란 바라보기가 이렇게 염치없이 즐거운것을 깨닫는다. 체네만이 고운것이 아니라 서명 데켄에 억둑억둑한 중년남자中年男子가 버테고 앉았다 손 칠지라도 조금도 싫지않거니와 그의 얼굴에 미묘微妙한 정서情緖의 광맥鑛脈을 찾으며 다시 고요히 흐르는 악음樂音에 마추어 연락聯絡없는 애정愛情까지 느낀다. 그야 젊은 사람이 더 좋아뵈고 청년靑年보다도 체네가 사랑스럽기까지한것이 자연自然한 경향傾向이겠으나 우리는 서로 이얼골로 저얼골로 옮기어 한곳에 집중集中할 수 없는것이기도 하여서 실상은 대화對話를 바꿀거리도 없는것이요 따라서 음악音樂은 참참히 자꾸 바뀌는것이다.

차가 큰그릇에 담기어 와서 공순히 따리울때 실낱같은 흰김이 떠오르는 향취香臭로 벌써 알어지는것이 있다. 나그네 길에 나서서 자조 무슨 인스피레이슌에 접촉接觸한다. 느긋한 피로疲勞에 졸림과 같은것을 느낄때 난로暖爐안의 석탄石炭불은 바야흐로 만개滿開한다. 문득 도아를 밀고 들어서는 이의 안경眼鏡이 보이얗게 흐리어지자 이것을 닦고 수습하노라고 어릿 어릿하는것을 우리는 우정 잠잫고 반가운 인사를 아끼다가 이어 자리를 찾노라고 머리를 둘르며 가까히 오는것을 기달려 손을 꼬옥 부여잡어본다. 놀라워하고 반가워하야 마지않는것을 보고나서야 우리는 만족滿足한다. 후리후리 큰키에 수척하고 흰 얼굴에 강렬强烈한 선線을 갖춘 마스터까지 우리자리에 와서 함께 앉어 경의敬意를 갖는다.

이 얘기 저 얘기 앹 랜돔 한것이 즐거웁고 흥분興奮까지 한다.

길吉의 어느시대時代의 생활生活과 슬픔이었던것이라는 그림아래 우산牛山의 「자류柘榴」가 걸려있다. 『정물靜物』이라는것을 "Still life" 『고요한 생명生命』이라고하는 외어外語는 얼마나 고운 말인것을 느낀다.

모딜리아니화집畫集을 어떻게 구求하여 온것을 마스터한테 물어보며 가지고 싶기까지한것을 느낀다. 목아지마다 가늘고 기이다랗고 육체肉體를 그리기위한것이 아니요 육체肉體안에 담긴 슬프고 어여뿐것을 시詩하기 위하야 동양화東洋畫처럼 일부러 얼골도 가슴도 손도 나압작하게 하고도 유순柔順하게도 서양적西洋的 Pathetics에 정진精進하다가 미완성未完成으로 마친 모딜리아니 그림에 나는 애연히 서럽다. 다시 일어나 우리는 바깥 추위와 붉은 거리의 등燈불이 그리워 한쌍 흑아黑蛾처럼 날러 나간다.

―『文學讀本』, 「畫文行脚(七)平壤·1」, 150~153쪽.

화문행각畫文行脚(八)
평양平壤·2

몇햇만에 만나는 친구사일지라도 페양사람들은 다른 도시都市사람들처럼 손을 잡고 흔들며 수선스럽게 표정적表情的이 아니어도 무관하다. 양위兩位분 기후안녕氣候安寧하시냐든가 아기들 잘 자라느냐든가 물음즉도 한일이요 아니물어도 실상 진정眞情이 없는것도 아닌바에야 서울 이남以南 사람들은 한가지 빠칠세라 모조리 늘어놓는것이요 페양사람들은 그저『원제 왔댓소?』정도程度로 그친다. 수년數年만에 서로만난 처소處所가 조용한 다방茶房 한구석에서라도 벽오동碧梧桐 중허리 툭쳐서 서로 마조 세운 생목生木처럼 담차고 싱싱하게 대對하고 앉는다. 저사람이 어쩌다 군관학교軍官學校에 갈 연령年齡을 놓지고 말았을가 아깝게 생각되는, 만나는 사람마다 군인軍人처럼 말이 적다. 말이 청산유수靑山流水같다는 말은 페양사람한테 맞지 않는다. 원래 말을 꾸밀만 한 수사修辭를 갖지않었다. 말소리가 대체로 큰편은 아니요 다자字줄에 나오는 어음語音을 다분多分히 차지한 언어言語가 공기空氣를 베이며 나갈제 쉿 쉿 하는 마찰음摩擦音이 섞인다. Intonation의 구조構造는 실상 순수純粹한 서울말과 같이 되어서 싹싹하고 칠칠한 맛이 더욱이 여성女性의 말은 라덴계통系統의 언어言語처럼 리스미칼하다. 흐느적거리고 끈적거리는것이 도모지 없다. 페양 여성女性은 어디나 다를것없이 다변多辯인 편이겠으나 수다스럽지않고 페양남자男子의 뜸직한 과묵寡默은 도리혀 과분過分히 직정적直情的인것을 속으로 견디는것을 볼수있다. 단적端的이요 휴지부休止符가 많이 끼이는 설화說話에도 소박素朴한 인정人情이 얼마든지 무르녹을수 있다. 여자女子는 모조리 흰편이겠으나 남자男子는 거이 검은 얼굴에 강경强硬한 선線이 빛나고 서령 그사람이 T.B삼기三期에 들었을지라도 완전完全히 녹초가 되지않고 아직도 표한慓悍한 눈매를 으스러트리지 아니한다. 원래, 나가서 맞고 들어와서도 『그새끼 한대 답새 줄랬다가 그만뒀다.』는것이 이 곳사람들의 기질氣質이 되어서 오해誤解도 화해和解도 심히 빠를가 한다.

적은 사람이 큰자를 받어 쓰러트리고 약弱한놈이 센 놈을 차서 달싹 못하게 만드는것이 페양식 쌈일가 하는데 페양사람이라도 쌈패는 따로 있는것이지 점잖은 사람이 그럴수야 있을가마는 대체로 대동강大同江줄 기를 타고 올르는 나리는 연안沿岸에 난 사람들이 미인美人과 군센 남자男 子가 많고 평양에 와서 더욱 특색特色이 집중集中된다. 하여간何如間 십년 친十年親한 친구의 귓쌈을 갈긴다니깐! 그것이 다음날은 씻은듯 잊고 소 주燒酒에 불고기를 나누어 먹는다니 명쾌明快한 노릇이다.

그러나 시대時代와 비애悲哀의 음영陰影이 그들의 나맹獰猛한 안면근육 顔面筋肉에서도 가실날이 없는것도 사실事實이다. 문약文弱의 퇴색褪色한 빛을 갖지 않을뿐이다. 멋 부리는것과 『노적』대는것을 평양사람들은 싫 어한다. 『멋』이라는것이 실상은 호남湖南에서도 다시 남南쪽해변海邊 가 까이 가객歌客과 기생妓生을 중심中心으로한 사회社會에서 발전發展된것이 아닐가 한다. 그림 글씨와 시詩와 문文에서 보는것은 그것이 멋이 아니라 운치韻致다. 멋은 아무래도 광대와 명창名唱에서 물들어 온것이 아닐가 하 는데 남도南道 소리의 흐르는 멋이 수심가愁心歌에는 없을가 한다. 그러나 남도南道 소리라는것이 봉건封建 지배계급支配階級을 즐겁게 하기 위함이 라든지 아첨하기 위하야 발달發達된 일면一面이 있는것을 부정否定할수 없는것이라면 어떨지! 결국結局 음악적音樂的 원리原理에서 출발出發한것 이 둘이다 못될바에야 수심가愁心歌는 순연純然히 백성사이에서 자연발생 自然發生으로 된 토속적土俗的 가요歌謠라고 볼수바께 없을가 한다. 단순單 純하고 소박素朴한 리슴에서 툭툭 불거져 나둥그는 비애悲哀가 어딘지 남 도南道소리에서 보다도 훨석 근대적近代的인것이기도 하다. 살얼음 아래 잉어처럼 소곳하고 혹은 바람에 향한 새매처럼 도사리고 불르는 토산기 생土産妓生의 수심가愁心歌는 서울서 듣던것과도 달르다. 기생妓生도 호흡 呼吸이 강경強硬하야 손님이 몇번 권하는 술을 사양辭讓하기 세번이 되고 보면 『정말 단둘이 하자오?』하는 선뜻한 태도態度가 그것이 실상 이제부텀 친하여 보자는 뜻이라는 것이라고 한다. 잔이 오고 가는것이 야구野球와 같다. 서울서 같이 어느 한 기생妓生이 좌석座席을 독재獨裁한다든지 한 아이 옆에서 다른아이가 이울어 피지않는다는것이 없다. 포동포동 펑펑소리가 나도록 서로 즐겨논다. 혹시 기분氣分이 상傷해 자리에 남을 맛이 없으량이면 빨끈 일어서 피잉 나가는것이다. 그렇다고 폐양 남자男子가 당황唐慌해서 붙들고 말릴리도 없다. 서울손님이란 이런때 일어서서, 『얘! 유감有甘아 너 날과도 친하잣구나 야』』하며 어깨를 안어 발을 가벼이 차서 앉치면 폐양여자도 여자이기에 대동강大同江 봄버들처럼 능청한데도 있다. 새매는 새매라도 길이 들은 새매라 머리와 깃을 쓰다듬어 주고 보면 다소곳이 맡기고 의지한다.

—『文學讀本』,「畵文行脚(八)平壤・2」, 154~157쪽.

화문행각畵文行脚(九)

평양平壤·3

『선네—에!』

『선네—있소오?』

『거 누구요?』

『나야— 』

『길아재씨요?』

『응 나야— 』

『애개개—길아재씨!』

『들어오라우요!』

포둥 포둥 살찐 노랑닭 몇마리 발을 매인채 모이 없는 토방 밑에 거닐고있다. 햇살을 함폭 받어 낯모를 손님을 피하지 않는다.

가늘다란 겹살 미닫이를 열고 들어서기 스서럽지 않다.

풀끼 없는 남치마에 쪼그러트리고 앉어 뒤로 마므짓 물러나가며

『언제 왔소오?』

『발서 왔는데』

『그르믄서두 우리집에 안왔소오?』

『율루루 내려앉으라우요.』

『괜찮아 괜찮아 그까짓거..』

남빛 모본단 보료 깔은 아루깐에 외투도 아직 입은채 앉어 눈이 의거리, 장농, 체경, 사진, 경대, 화병, 불란서인형 걸린 입성을 돌아본다.

머릿맡 병풍쪽 그림은 당사주책唐四柱冊에 나오는 인물人物들 같이 고와도 좋다. 웃간 미닫이 손쥐는데는 박쥐를 네귀에 오려 붙이어 햇볕을 받고 아루깐 미닫이에는 부지쪽안의 국엽菊葉이 파릇이 얼었다.

『이재 덕수씨德洙氏 만내구 왔디?』

『구름! 상이 시뻘겋드구만 어젯밤 어데서 한잔 했는디 —』

『아재씨두! 어젯밤 나하구 놀았는데!』

『흥, 잘됐구만!』

『우리는 괘니 와서 놀디두 못하구 가는사람인데.』

『길아재씨두 그름네까?』

『사실은 어젯밤 내가 실수 할번 했는데…… 참 곱던데!』

『아이고 아재씨 멀 그래요! 발세 내가 다 아는데!』

『알기는 멀 알아?』

『정화가 아재씰 퍽 도하하던데요 멀그래!』

『다아들 동무들 안오나』

『아니야 — 이제 올게디』

『오랄가?』

『그만 두라우』

머리를 고쳐 빗기위한 앉음새 뒤태도를 아재씨는 오롯이 차지할수 있고, 경대안에는 얼골끼리 따로 포갤수바께 없다.

살그머니 훔치듯하야 미끄럽게 나가는 연필鉛筆촉에 머리빗는 뒷몸매가 목탄지木炭紙에 옮겨놓일때 선네는 목이 간지럽기도 하다.

『어데 나좀!』

『가만 이서!』

『날래 그리라우?』

『또 어렇가라우』

『잉! 됐서』

머리카락이 까아만 명주실 같이 보드랍게, 『기사미』 담배 말리듯 쪽이 가볍게 말린다. 솔잎같은 핀이 한줌이 든다.

『아재씨 그것좀 주시라요.』

『조코레또 하나 잡서 보세유.』

『나 서울말세 쓰갓다』

『나 참 다라시가 없어 요즘은』

『그게 돈게야 다라시가 없어야 도티』

『그를가?』

『기침 나는데 오사께만 먹구!』

『선네는 페양 깽구단장團長이야!』

『흠, 졸병!』

『페양은 여자들두 떠받습니까아?』

『녀자는 못떠받아요』

『덤심 잡삽소오?』

『이자 먹었어』

『정말 잡샀소오?』

연상 머리를 요리 돌리고 조리 돌리고 석경을 들어 뒤로 돌려 비추우고 경대안에서 옳다고 하도록 기달려 쪽맵시 이마태가 솟아오른듯 마치자 마자 돌아앉기가 급하게 크로키에 손이 걸어오며

『아재씨 이거 하나 안된거 있쉐다』

『그렇게 앉었으니까 그렇디』

『이거 얼간이야!』

툭 친다.

『그래두 아재씨 술술 그래ㅡ』

스켓취·뽁 페이지가 넘어가며

『이거 어디요?』

『금강산이야』

『금강산 난 못가봐서 몰라』

『참 정 별거 다 있구나!』

『이거 누굴디 참 몸매 곱다』

『가야 하지 않겠소? 그만 실례하지 첨 와서 미안하지않소오? 길?』

『아이구 왜이래요 좀더 놀다가소 고레』

회색 바탕에 가느다란 붉은선線이 섞인목도리가 볼모(질質)로 선네목으로 빼앗기듯이 옮겨가며 우리는 일어서며 의례하는 수인사 보다는 훨석 섬세纖細하고 혹은 서울서도 몰랐던 수집기까지 한것이었을지도 모른다.

『아재씨 언제 오갔소?』

『인쟈 안오가서, 망맞어서!』

『아재씨 안동 갔다 오는 길에 이 목텐 날주구 가라우, 잉!』

가녈핀 흰목에 다시 가벼히 졸라매이듯 안기듯 하는 회색 바탕에 붉은 선線 목도리가 밉지않은 체온體溫에 넉넉히 붙들려 다시 옮기어 올때, 토방 닭들은 제대로 옮긴 별을 찾아 자리를 옮기었다.

— 『文學讀本』, 「畵文行脚(九)平壤·3」, 158~164쪽.

화문행각畵文行脚(十)

평양平壤 · 4

스팀은 우덩 손으로 만져 봐서 역시 찬줄을 알았다. 그러나 이방안 보온상태保溫狀態에 불평不平을 말할만할 거리가 하나두 없다. 외풍外風이란 우리집에서만 겪는것이었던가. 침대위에 눈같이 흰 시이트래던디 그우에 낙티駱駝털 케트래던디, 그우에 하부다이 천의래던디, 그리구 속옷을 빨어 대려 안을 바테논 도데라잠옷과 푹신한 이중二重벼개, 내가 집을 떠나와서 있을수 있는 사치奢侈임에 틀림없다.

그외에 조꼬만 테이블이 둘이 있어 동그란것에는 물병과 컾에 재터리가 준비되 있구 네모난 테이불에는 편지지 봉투까지 맘대로 쓰게 됐구 이켄 데켄 바꿔 앉을만 한 적은 소파가 서이가 뇌이구 세수하는데는 찬물 더운물 고루레이 나오게 되구 양복장이 없갔나, 양복장 섹경안에 다시 폐정閉靜하게 들어앉은 이 방안의 장식裝飾과 풍경風景이 내가 조꼼두 서툴게 굴디 앉어도 좋다는거들 은근스레이 표정表情하는거디 아닌가. 기온氣溫이 얼마나 피부皮膚에 알맞어야만 하는거디냐구 공기空氣가 온화溫和롭게 속살거리구 있는거디 아닌가.

스팀이 활활 달았으믄……… 돟갔구만 생각되는것은 죄꼼도 한기寒氣에 관련關聯된거디 아니라 이런 거디 거처居處가 갑째기 달라딤에 따르는 「여수旅愁」의 시초가 아닐디.

뽀오이가 『손님, 물이 준비 됐읍네다. 목욕 하시디요.』라고 그르는거디구 보믄 가뜬한 잠옷바람에 내가 얼마나 호텔에 닉속한드디 슬리퍼를 끌구 나가서 몸을 몇분동안 훈훈이 당그구 나와선 몇번 비비는 정도程度루 그틸디래두 훨신 심기心氣가 침착沈着해딜거딜걸 『어저께, 서울서 하구와서 안하갔오.』했다. 뽀오이가 제가 손님을 서툴게 대접할배야 죄꼼도 없디마는 나두 도회인都會人이 교양敎養으루서 자지라질드디 수집어디구 어색하구 초조焦燥까지 느끼어디는거든 이유理由가 선명鮮明한 윤곽輪廓을 가질수 없다.

어떻든 길吉이 어서 냉큼 돌아와야 하갔다. 「노조미」로 오기로 한거들 댐차 「대륙大陸」으로 온 것과 전보電報틸걸 안틴거이 호텔 이층에서 내가 이렇게 서글프고 쓸쓸히 겐디야만 된것이다.

길吉이 필연 역驛에서, 아니오는거라구, 단념斷念하구 그길루 다시 몇이 어울리어 취醉하게 될거딤에 틀림없음을 내가 짐작한다. 그리고 나선 저으기 마음이 추근해지기도 하야 스탠드에 불을 냉기구 쉔데리아는 끄구 이내 잠이 들기에 힘이 아니들었던 모양이다.

길吉이 내가 누운 침대寢臺에 걸테앉아 꿈에서 같이 웃는거디었다. 나는 펀뜻! 반가웠다.

불빛에 보아 밉디 않은 취안醉顏이었다. 선교리역船橋里驛으루 평양역平壤驛으루 급행차急行車마다 뒤디기에 택시값만 육원六圓이나 없앴누라구한다. 『날과 동생同生과 같이 디내던이』라는 이와 나이는 어리나 이곳서 상당相當히 이름이 높은 아이까지 대빌구 나갔댔노라구 한다. 나는 지금이 몇시時냐구 묻구나서, 새루 두시時라는것을 알구, 다시 그애가 이름이 무어디드냐구까지 묻기를 주저躊躇티 않았다.

『맞정자字 정화正花』

『성姓은?』

『윤尹』

윤정화尹正花, 윤정화尹正花, 발음연습發音練習하듯 하는 발음發音을 두어번 한것을 내가 스스로 깨달았다. 구태여 고맙기도 한 너긋한 즐거움을, 아니라구 해야할 까닭두 없었다.

이전 그만 자자구 하구나서 다시 담배를 피기를 한두개 했을것이리라.

『이전 그만 자라우 —』

『그래 가서 자소』

또아를 잡구 돌아세서 나가믄서 전에 없이 경쾌輕快히
『꾿 나잍!』
『꾿 나잍!』
　나는 다시 자기루 하는 자세姿勢를 가질때 기관차機關車들이 늦은 밤중에 무슨 연습練習을 하는디 종작없이 뚜우 뚜우 한다.

　나야 선잠을 잤다구 할거이 없었다. 잘만침 잔것이 틀림 없는거디, 어저께 차車에서 몇시간時間 뵈좁은 자리에 쪼끄라티구 겐디누라구 어깨가 뻐근한듯 하던거디 아주 풀렸구 심기心氣도 저으기 쾌快하다. 아래서 호텔의 아침살림사리다운 설레는 소리가 일구 이중유리창二重琉璃窓 또루루 말레 올리는 커어틴은 아즉 볕은 아니라두 십분十分허애온다. 일어나 잠옷바람으루 이전 활작 달어 있는 스팀옆에서 그림엽서葉書를 별별別로 긴緊하지 않은데까지 몇당 쓰구 그길루 탕湯에 가서 실컨 더운물에 몸을 감구 철버덕거리기까지 하구나서두 관후리성당舘后里聖堂 야들시반 미사를 댈 만하얐던 거디다. 전차電車를 바꿔타는 걷이라던가 골목쨍이 찾어 돌아가는 거디야 서울과 다를게 없었다. 미사후에는 한번 걸어 돌아 올만하니 아침공기空氣가 도앗댔다. 전신주電信柱밑에 자유노동자自由勞動者들이 몰레 앉구 세구 벌써부텀 억센 폐양말세가 왁작하다. 허이얀 수건을 잘끈 머리에 동제 매구 바꾸니 들구 나선 부인네며, 양羊털루 갓을 선두른 조께터럼 된 등거리에 반듯한 은銀단추 우아레넝긴 젊은 색씨들의 입성 빛갈이 남빛 자디빛 아니믄 노랗기두 하구 그렇디 않으믄 우아래가 하이얗다.
　소에 달구지에 전차電車에 뻐스에 교통交通이 대도시大都市겉다. 아스팔트가 우드럭 두드럭 凹凸이 나구 말똥 소똥이 지저분히 서리와 얼어 붙구, 거리 구획區劃이 꾸불게 혹은 엇비스디 언덕데 올라가구 내레가구 한게 도로혀 지방도시地方都市곁애서 도타.

　말세말이 났댔으니 말이디 페양사람들은 말의 말세에 쉿, 데, 테, 리까니, 자오, 라오, 뜨랬는데, 깐, 글란, 등등等等의 소리루만 들리는것은 아무래도 내귀가 서툴러서 그를디, 예사 할말에두 몹시 싸우듯하며 여차하믄 귓쌈한대, 쌍, 새끼, 치, 답쌔등等의 말이 성급性急하게 나오는것은 혹은 내가 너무 과장誇張하여 하는말이 아닐디두 모르갔으나 하여간何如間 부녀자婦女子들두 초매끝에 쉿소리가 난다는 말이 있디만 싱싱하구 씩씩하기가 차라리 구주여자歐洲女子같은데가 있다. 수옥여관水玉旅館인가 하는데를 디내누라니까 어떤 아이 업은 소녀少女가 디내가다가 닫자곧자 포대기를 풀어 헤티자 어린애를 뒤집어 바꿔업어 자끈 동여 매는거던데 애가 왜 이를가 하는 의아疑訝에 어린아이가 거야말루 불뎅이터럼 성이 나서 시양털을 뚫으는 소리루 우는것을 발견發見했다. 등에다가 등을 결박을 당한거터럼 어린 두주먹을 바르르 떨며 가므라틸드니 울며 매달레 가는거디다. 대개 머리를 쥐 뜯구 보채기에 그렇가는 모양인데 어린아이에 대對한 소녀少女의 제재制裁루는 우습기도 하려니와 혹독酷毒하기두 하다. 기후氣候가 아무리 변칙變則의것이라 할지래두 페양쯤 와서 더군다나 이른아침이구 보니까 귀끝 손끝이 아릴 정도程度의 추위다. 소녀少女는 다시 타협妥協할 여지餘地가 없다는드디 휙 달아나기에 애 애 불러서 어린애기를 그르능거이 아니라구 타 일를 짬두 주디 않았다.

　신사紳士 하나를 만나서 나는 우뎡『털도호텔을 어드메루 해 갑네까?』묻는다는거디 호텔의 호가 왜 그른디 회루 발음發音되는걸 어드칼수 없는것을 스스루 발견發見했다. 한번『털도 회텔이요 털도 회텔말슴이야요.』거듭하누래니 그이가 침착沈着한 표준발음標準發音으루 철도 호텔의 방향方向을 대주었다. 아무래두 내가 페양말루, 그가 경언京言으루, 우리가 노상路上에서 잠시暫時 타협妥協하였던거디라구 해석解釋된다.

　길吉은 여지껏, 잠은 깬모양인데, 딍글 딍글 굴구 있었다. 길吉이 자구난 십호실十號室 방 동향창東向窓을 내가 활활 열어 제꼈다.

하늘 살결이 푸르구 고와두, 이를수가 있갔나 하구 나의 감탄感歎은 절루 청명淸明하였다. 성내일면城內一面의 기왓골이 물이랑 치듯 내레다 뵈이는데 연돌煙突이 별루 없는 도시都市에 종소리두 수태 처처에서 뎅그렁 거리는것이다.

서웃달 그믐날이오 마즘 일요일日曜日, 오정午正이 거반 다 돼서 우리는 이제 정식正式으루 페양을 방문訪問하기 위해서 나센 거디니 발이 한끗 가볍구 선선했다. 호텔 현관玄關앞에서 탁시루 나센거들 노중路中에서 내삐리구 걷기루 한것이다. 항공병航空兵이 수태두 쏘다데 나와 삼삼오오三三五五 돌아댕긴다. 병과금장兵科襟章을 아무리 주목注目해 봐야 제가끔 하늘빛을 오레다가 붙인듯한 세루리안·불류뿐이었다. 내가 화가畵家라구 한대믄 「일요일日曜日」이라는 그림을 구상構想하구푸다. 이웃집마다 칼렌더빛이 모다 빨갛구 거리마다 항공병航空兵의 금장襟章이 하늘쪽 같이 나붓긴다고 어떻게 이렇게 슈우루·레알리스틱 하게 말이다. 우리는 들어갈 의사意思도 없이 영화관映畵館 간판看板 그림을 쓰윽 테다 보며 머췄다가는 다시 와락 와락 걸었다. 다방茶房마다 들레서 마신 커피가 삼사三四잔이 넘을거이다.

대동문大同門앞 김덕수씨金德洙氏를 만났댔는데,

『원제 왔댔소?』

『어젯밤에 왔쉐다.』

『서울냥반이 시골은 왜왔소?』

『시골을 와야 냥반이 되지 않능거이요! 더터타 이냥반 식전부터 췄네게레!』

『골라서 기깐너머에게 술한잔 머거띠. 쌍너메게! 어드메루 가는 길이오?』

『더어 우꺼레루 해서 한바쿠 돌라구 그래.』

『그름 만제 가라우 좀있다 만나자우.』

대동문大同門을 나세믄 바루 강江인데 발이 우덩 웽기가 싫었다. 대동문大同門을 수선修繕한다는거디 회칠을 찍찍 둘러서 붕대繃帶감어 놓듯 했다. 이건 대동문大同門의 미美가 아주 중상重傷을 입은드디 보기 흉축하기까지 하다.

새 수구水口 선창船艙에 다나가서 「강산면옥江山麵屋」을 찾어 쟁반을 대대對하기루 했다. 「신속배달迅速配達」쯤은 무난無難한데 「친절본의親切本意」라는 뜻의자意字가 다정多情스럽다. 아루깐 국물 데우는 가매 넢에 오마닌지 색씬지 모를이가 앉구, 나추 걸린 전화電話통 아래 조께 입은이, 감투 쓴 넝감, 촌사람인듯한이들이 앉구 한 새에 섞에앉어서 고명판에 고명 고르는 꼴이며 국수 누르는 새닥다리에 누어서 발로 버티는 풍경風景을 보며 쟁반을 먹을까하는데 「우층으로 올라 가소」하는거디다. 행색行色이 양복洋服을 입구 오버를 입구해서 대접하누라구 그러는 거딘디 난로暖爐 피운 우층 마루방으루 안내案內하는거디다.

『우층에 쟁반하나 자알 해올레라ㅡ』

둘이 실컷 먹구 마시구두 남았다. 이귀를 기울리구 저귀를 기울리어 마시며 권勸하며 고기와 사래를 서루까락 밀며 먹으며 칭송稱頌하여 마지 않았다.

신창리新倉里 빼짓한 골목이 길기두 했다. 경제리鏡濟里로 들어서서 길이 꽤 질었디마는 가레서 살살 듸딜만했다.

나는 다소多少 주저躊躇하야만 할것 같은 심경心境을 깨달았다. 그러나 내가 페양에 와서 무슨 부정통계표府政統計表 같은 거들 베껴가야 될 의무義務가 있갔나, 부회의원府會議員들과 교제交際를 하야될 일이 있갔나, 그래두 스키모帽에 륙색을 메구 초연悄然히 역驛에 내리는 일개一介 서생書生을 명목名目하야 손님따라 나온 겸사겸사래두, 나왔댔누라는 가인佳人을 찾어 사의謝意를 표表하기가 무엇이 맞가롭지 못할배가 있을고, 그르나 막상 대문(大門)깐에 들어세구서는 놈의집 닭이 놈의 집에 침입할 때 터럼 어릿더릿 하구 잠간 분명(分明)한 태도(態度)를 가질수 없었던것일지두 모른다. 으레히 노는사람들 같구보믄 조용한 처소(處所)에 미리 지휘(指揮)를 놓는대든디 할거디갔는데 그러티두 못한생각을 하믄, 그러나 우리가 그를 그의 직업(職業)으로 대(對)하지 않갔누라는거디 그에게 베풀수 있는 경의(敬意)에 가까운 거딜디두 모른다. 더욱이 이곳에서 나고 자라서 타도(他道)에서 화명(畵名)으로 발신(發身)하야 모처름만에 슬픈 고향(故鄕)에 찾어온 가난한 청년화가(靑年畵家)와 그와 간단(簡單)한 그림 도구(道具)를 서로 나누어 들만한 가티온 동무가 나그넷길루 나센바에야 말이다.

아직 머리두 곤테 빗디 못한 이 색씨를 수구롭게 굴어 이런 포오즈를 지어라, 저리로 향하라, 이쪽 광선(光線)을 받아라, 하기두 초면(初面)에 무엇하니 목탄지(木炭紙)에 폭폭파고 드는 연필(鉛筆)로 우리가 제목(題目)하기를「화문행각(畵文行脚)」이라고 한 재료(材料)에 올리는거디 어떻갔느냐구 했다. 서울루 티면 거반 사간방(四間房)이나 되는 이간방(二間房)에 어거리 장농이 어리어리 들어셋고 체경(體鏡)이 모다 벽(壁)으루 세듯했다. 수(繡)틀까지 모다 자개를 박았구 보니 안주수(安州繡)「쌍학(雙鶴)」이 자개 화원(花園)에서 노니는듯하다. 어거리 유리짬으로 뽀족 보이는 베개모 퇴침모가 모다 오색(五色)실루 수(繡)가 놔데스니「복(福)」자(字)「수(壽)」자(字)「희(囍)」자등자(字等)이 베갯모마다 글자(字)가 달리됐다. 동무가 그린 연필화(鉛筆畵)는 내가 부탁(付託)한것과는 아주 간소(簡素)한 인상적(印象的)인거디 돼서 적막(寂寞)하기까지 한거디니 주인(主人) 색씨를 때때루 대하는 경대(鏡臺)를 그려두, 아릿답기가 뺨에 대보구푼 불란서인형(佛蘭西人形)을 분갑넢에 세우구, 나드리갔다 돌아와 개키디두 않구 그우에 걸테있는 초매와 저고리를 그리구 말았다.

주인(主人)색씨 방에 주인(主人)색씨가 압센트 된것터럼 된거디 나그냇길에 오른 우리의 풀롵없는 이애기를 훨신 슬프게 한거들 알았을때 벽(壁)에는 이와같은 글이 붙은것을 봤다.

나부산색춘 羅浮山色春
이입화장중 移入畵粧中

―『文學讀本』,「畵文行脚(十)平壤·4」, 165~174쪽.

화문행각畵文行脚(一)

오룡배五龍背·1

선천宣川으로 다시 돌아갔다가 긴한 볼일을 마추고 다음날 저녁때 안동安東을 되고파 오기로한 악빙樂氷이를 보내 놓고 나니 만주滿洲추위가 버썩 더 추워 온다.

나는 신시가新市街 육번통六番通 팔정목八丁目, 아주머니 없으시고 어린 조카아이들 있는 삼종형三從兄님댁에서 형님과 자고 아침을 같이 먹어야 한다. 길吉은 역전驛前 일만日滿호텔 이층二層 북향실北向室에서 내집과 내가방과 자기自己 화구畵具를 지키고 자야한다. 육번통六番通에서 역전驛前까지 마차馬車삯 이십전貳拾錢이드는 거리距離에 눈이 오면 치우고 오면 치우고하야 가로街路옆에 싸올린것이 사방토제砂防土堤와 같이 키가 크다. 그위로 치위와 전선電線이 우르릉 우르릉 포효咆哮하며 돌아다닌다.

형님兄任은 은행銀行에 시간時間당해 가시고 나는 이발소理髮所에 가서 세수를 하기로 한다. 체경에 얼굴을 바짝 대고 나는 걱정스럽다.

이제 만일 여드름이 다시 툭툭 불거져 나온다면 진정 치가 떨리도록 슬퍼 못살을 노릇이겠으나 나그넷길에 나서 한 열흘되니 눈갓으로 입갓으로 부당不當한 잔주름살이 늘었다. 놀며 돌아다니기도 무척 고된것이로고나.

이 치위에 일부러 치운 의주義州 안동安東을 찾어 나선것도 나선것이려니와 애초부터 볼일이라고는 손톱만치도 없이 그저 보기위해 놀기 위해 나선것이고보니 결국 이것도 일종一種 난봉이 아니었던가 한다. 난봉도 슬프고 고된것이로구나 하며 글 제목題目을 어떻게『무목적無目的의 애수哀愁』이렇게 생각해 내어보며 얼굴과 머리가 빤빤해진것을 거울속에 찾어낸다. 기분氣分도 아찔하도록 쾌快한것을 느끼며 형兄님댁에 돌아오면 아이들이 보는 족족 기어올르고 매달리고 감긴다. 아주머니 없으신방에 장농 의거리 반다지가 그다지 빛이 나 보이지 않는다고 생각한다. 서령 약藥으로 기름으로 자개와 놋쇠장식을 닦고 닦어서 윤潤을 내인다고 한다 손 치드라도 달리 쓸쓸한 빛이 돌가 싶다.

간밤에 웃층에서 와사난로瓦斯煖爐를 피우고 형兄님과 술을 통음痛飮하고 나서 형兄님이 주정하시는 바람에 나는 나려와 큰조카 아이를 붙들고 울은 생각을 하고 나의 옅은 정정情이 부끄러워진다. 다시 눈갓이 뜻뜻해 올르는것을 피하야 성애가 겹겹히 낀 유리창窓에 옮기어 얼굴을 숨긴다. 야릇하게도 애절哀切한 만주滿洲새납 소리와 긴 나발소리가 뚜우 뚜우하며 지나간다. 만주滿洲사람들은 죽어서 나가거나 혼인행차婚姻行次에 꽃을 달고 따르거나 새납과 나발이 따른다. 경우를 따러서 새납 곡조曲調를 어떻게 달리하는것인지 분간해 들을수가 없다.

『아저씨 안동약국安東藥局에서 전화電話왔었서요』

『장선생張先生 한테서?』

『네』

나는 전화기電話機 앞으로 옮긴다.

『………어제는 참 수고하셨지요? 네에! 길吉한테서 전화電話가 왔어요? 네에! 네에! 이제 곧 가 보겠읍니다. 네에! 네에! 그러면 있다 저녁때가 뵈입겠읍니다.』

전화電話는 다시 일만日滿호텔로 옮긴다.

『………그럼! 일어났오? 아침은? 빅토리아에 나가서 한잔 마시구! 호텔에서 한잔 마시구! 빤짜는 몇잔이나 마시구? 당신이 차만 마시는 금金붕어요? 그래! 그래! 그럼 그동안 다마나 치구 있구려! 오라잍!』

세째 조카아이 치과齒科에 가는길에 구열求烈이와 셋이 마차馬車를 탔다. 아이들은 털로 곰처럼 싸놓아야 외출外出을 할수있다. 일만日滿호텔 앞에서 나는 『돌라! 돌라!』하며 나리고 두 아이는 그대로 앉어 성립병원省立病院으로 향向하는데 마차부馬車夫가 『쥐! 쭈어바!』하면 말이 달달 달리다가『우우웨!』하니깐 방향方向을 바꾸어 달린다. 이상스럽게도 가볍고 보드라운 방울소리가 울린다……… 실상은 마차馬車가 방울소리처럼 가볍게 흔들며 가는것이다. 구름 한점 없이 파아랗게 얼은 치운 하늘이 쨍쨍 갈러질가도 싶은데 낚싯대처럼 치어들은 채축에는 붉은 술실이 감기어 햇빛에 타는듯이 나부낀다.

옥돌실玉突室에서 께임이 마치는 동안이란 나는 신경질神經質이 일어나는 동안이다. 내가 빅토리아에서 커피를 한잔 놓고 버티고 있노라니 길吉이 휘이 젓고 들어온다.

손가락을 들어 튀이어 딱! 소리를 내어 웨이트레스를 부르니 무슨 기계機械처럼 걸어와 앞에 따악 버티고 선다.

『워드카!』

『워드카 입빼이?』

백계로서아여자白系露西亞女子는 해군海軍으로 잡어다 썼으면— 생각된다.

워드카는 마알간한히 싸늘해 보인다.

『이걸루 커피가 몇잔챈고?』

『녁잔 채?』

『한잔은 어디서?』

『옥돌실玉突室에서 한잔 또 먹었지!』

커피에 워드카 섞이어 넘어간것이 등으로 몰리는지 등이 단다.

오룡배五龍背까지 가는 기차시간汽車時間을 따지어 보니 우리는 정거장까지 막 뛰어나가야만 한다.

— 『文學讀本』,「畵文行脚(一一)五龍背·1」, 175~179쪽.

화문행각畵文行脚(一二)

오룡배五龍背 · 2

　까솔린차車 안의 보온장치保溫裝置가 무엇이었던지 알아보지 못하였으나 외투外套를 벗을수도 없이 꼭 끼어서 홧홧하기 땀이난다.
　결박 당한듯이 부비대고 견디기가 견딜만 한것이, 내가 어느기회機會에 만주滿洲사람들과 이렇게 친근親近하여 보겠기에 말이지. 길吉이 앉치어 주는대로 앉기는 하였으나 『포케트』에 든 손이 나올수 없고 나온 손이 다시 제자리에 정제整齊하기가 실로 곤란困難한 노릇이니, 까솔린차車 안에 인체人體와 호흡呼吸이 이렇게 치밀緻密하여서야 만철당국滿鐵當局보다도 내객來客인 내가 어떻게 반성反省할만한 여유餘裕를 가질수 없다.
　멀리 타국他國에 나와서 호텔이층二層에서 잠꼬대가 역시 충청도忠淸道 사투리였던가! 스스로 놀라깨인 적이 지나간 밤중에 있었거니와 만주인滿洲人 청복靑服사이에 보깨어 괴로운 소리가 역시 조선말인 것을 깨달을 때 나는 문득 무료無聊하다. 길吉은 턱을 받치우고 허리를 떠받치우고 연상 허허 웃으며 떠드는것이 내가 일일一一이 응구應口아니하여도 좋은 말뿐이다.
　짐승의 방광膀胱을 말리어 그릇으로 한것 같은 그릇에 고량주高粱酒를 담어들은것이야 여기서만 볼수 있는것이겠으나, 기름병 든 사람 울긋 붉긋한 이부자리 보통이를 어깨위에 세우고 버티는 사람, 그중에도 놀라웁기는 바가지짝 꿰어 든 사람이 있으니, 조선풍속風俗과 어디 다를것이 있더란말가.
　이사람들이 떠들기를 경상도慶尙道사람들 처럼 방약무인傍若無人하다.
　차車가 어쩐지 추풍령秋風嶺 근처近處에 온것 같다. 한 여인女人네의 젖가슴에 파묻힌 발가숭이가, 아랫동아리가 기저귀도 차지않은 정말 발가숭이인것을 알었으니 만주여자滿洲女子의 저고리가 목에서부터 바른편으로 나간 매듭단초를 끄르고 보면 어린아이를 집어넣어 얼리지 않기에 십상 좋게되었다. 어머니도 천생 조선 어머니가 아닌가! 발가숭이는 잠이 들고 어머니는 젊고 어여쁘기까지하다. 이렇게 우리가 꼼짝할수 없이 서서 대체 실내室內 고온도高溫度가 공급供給되는것을 그저 『스팀』이나 까솔린에 돌릴수 없는것이니, 만주농민滿洲農民들은 마늘냄새가 나느니 무슨 내가 나느니들 하나 별別로 그런줄을 몰으겠고, 가난과 없는것이란 이렇게 뒤섞이어 양명陽明하고 훈훈하도록 비등沸騰하는것이 흥興이 나도록 좋다.

대체 어디서 털쪽이 그렇게 많이 나오는것인지 털쪽을 붙이지않은 사람이 별로 없다. 털외투에 털모자를 갖춘 부자사람은 말할것 없으나 마래기가 털이요 귀거리가 털이요 저고리안이 털이요 발목에도 털이다. 그렇게 골고루 갖훈사람이 실상은 몇이 못되고 마래기와 신에는 털이 조곰식은 붙는다. 그것으로 가난과 추위가 남루襤褸하게 들어난다. 생생生껍데기를 요렇게도 벗기우는 만주滿洲짐승은 대체 어디서 이 찬눈을 견데고 사는것일가. 털쪽도 여자女子한테는 골고루 못참례 되는것인지 솜이 뚱뚱한 푸른무명옷 우아래로 발에 다님을 치고 머리에 조화造花를 꽂고 그저 섰는이가 많었다.

바로앞에 선 아이가 열두서넛에 났을가한데 하도 귀엽길래,

『소고낭小姑娘, 그대가 어디로 가는가?』

『울룽페로 가노라.』

『우리도 일양一樣 울룽페로 가노라.』

『소고낭小姑娘, 그대가 기세야幾歲耶?』

『십유十有 삼세三歲로라』

『가애可愛인저! 심가애甚可愛인저!』

전연全然 엉터리 없는 만주어滿洲語를 함부로 써서 그래도 통통하는것이 놀랍지 않은가. 옆에 손을 잡고 선 노인老人이 아모래도 하라버진 모양인데 엉성하기 말징게미 같은 웃수염을 흘으리며 빙그레 웃고 섰다. 이노

인老人이 어디서 본 이 같은데 도모지 생각이 아니난다. 보기는 어디서 봤단 말가. 만주滿洲 하마당蝦蟆塘근처에 사는 농민農民을 내가 본 기억記憶이 있누라는 생각이 우수워서 나는 나대로 웃고 앉었다.

만주滿洲에 와서 판이判異한것은 실내室內와 실외室外의 춥고 더운것이니 실내室內가 과연 더웁다.

장갑 낀 손으로 성애를 긁어 흘이고 내다보이는 추위가 능글능글하게도 쭈구리고있다. 이제 유리창琉璃窓을 열고 뛰어나간다면 밭이랑에 산모롱이에 도사리고 있는 놈들한테 발기발기 찢기울듯 싶다.

땅속이 한길 이상이 언다는 만주滿洲취위가 우리가 다녀간 뒤에 바로 풀리어 봄이 왔으면 좋겠다고 생각한다. 이런 땅을 쪼기고 솟아 고이는 펄펄 끓는 물이 있다는것이 끔직하게도 사치奢侈스런 기적奇蹟이 아닐수 없다. 오룡배온천五龍背溫泉까지 와서 우리가 아직도 한창때요 건강健康한 것이 으쓱 행복幸福스럽다. 총銃대 들고 섰는 만주인滿洲人 철도경비병鐵道警備兵 앞으로 바짝 다가서며 금장襟章에 별이 몇갠가를 조사調査하고 우리는 개찰구改札口로 나선다.

— 『文學讀本』, 「畵文行脚(一二)五龍背・2」, 180~183쪽.

화문행각畵文行脚(一三)

오룡배五龍背·3

온천장溫泉場호텔은 적어도 삼三, 사일전四日前에 교섭交涉하기 전前에는 방을 차지할수 없고 무상시無常時로 출입出入할수 있는 취악관聚樂舘이라는 탕湯은 당분간當分間 폐관閉舘이라고 써 붙이었으니 마침내 보양관保養舘이라는 병자病者들이 가족家族을 데불고 오는 탕湯에라도 찾어갈수 바께 없다.

현관玄關에 들어서자 농촌청년農村靑年인듯한 조선사람 둘이 올라가기에도 주저躊躇되는 모양이요 그저 나오기에도 멀리온 길에 그럴수 없는 모양이다. 여급女給도 별別로 인도引導해 올릴 의사意思가 없이 곁눈으로 흘리우고 왔다 갔다 할 뿐이다.

방房이 비었느냐고 물은것이 실상은 방마다 비다싶이 하였다. 『슬리퍼』를 찍찍 끌고 들어가 차지한 방이 다다미우에 『스팀』이 후끈 달어있다. 외투外套를 벗어 내동댕이 치다싶이 하고 다리를 뻗고 있노라니 갑작히 피로疲勞를 느낀다. 바꾸어 입을 옷을 가져온다든지 차를 나수어 온다든지 마땅히 있어야할 순서順序가 없다. 초인종招人鐘으로 불러온 여급女給이 어쩐지 고분 고분 하지않다.

이러한 곳이란 쩔쩔매도록 친절親切해야만 친절親切값에 가겠는데 친절親切은 새레 냉랭冷冷한 태도態度에 견디기 어렵다.

일일一一히 가져오라고 해야만 가져온다. 초인종招人鐘으로 재차 불러오니 역시 뻣뻣하다.

『느집에 술 있니?』

『있지라우.』

『술이면 무슨 술이야?』

『술이면 술이지 무슨 술이 있는가라우?』

『무엇이 어째! 술에도 종류種類가 있지!』

『일본주日本酒면 그만 아닌가라오?』

『일본주日本酒에도 몇십종十種이 있지않으냐!』

정초正初에 이여자女子가 건방지다 소리를 들은것이 자취自取가 아닐수 없다.

『맥주麥酒 가져오느라!』

『몇병인가라오?』

『있는대로 다 가져 와!』

호령號令이 효과效果가 있어서 훨석 몸세가 부드러워져 맥주麥酒 세병이 나수어 왔다.

센뻬이를 가져오기에도 온천장溫泉場거리에까지 나갔다 오는 모양이기에 거스름돈을 받지 않었더니 고맙다고 좋아라고 절한다.

눈갓에는 눈물자죽인지도 몰라 젖은대로 있는가 싶다.

『성 났나!』

『아아니요!』

사투리가 복망福岡이나 박다근처博多近處에서 온 모양인데 몸이 가늘고 얼굴이 파리하여 심성心性이 꼬장꼬장한 편이겠으나 호감好感을 주는것이 아니요 옷도 만주滿洲추위에 빛갈이 맞지않는 봄옷이나 가을옷 같고 듬식 듬식 놓인 불그죽죽한 동백冬栢꽃 문의가 훨석 쓸쓸하여 보인다. 어찌보면 순직純直하여 보이는 점도 없지않다. 이런데 있는 여자女子가 손님이 거는 농담弄談이라거나 희학戲謔에 함부로 몸짓을 흘으린다든가 생긋생긋 웃는다든가 하여서는 자기自己의 체신體身을 보호保護하기 어려울것이라고 동정同情하는 해석解釋을 갖기도 한다.

이 치위에 맥주麥酒는 아무리 보아도 쓸쓸한 화풀이가 아닐수 없다. 탕湯에라고 가보니 좁디좁은 수조水槽에 뼈쩍 말른 사람 둘이 개구리처럼 쭈그리고 있다. 몸을 가실 새물을 받는 장치裝置도 없다. 수건도 비누도 없다. 나오다 보니 현관玄關에 흰옷입은 청년靑年들이 그저 서 있다.

『한시간에 자릿값만 몇원圓이 될가분데 여기 오실맛이 무엇 있오? 보아하니 농사農事짓는 양반들이신 모양인데 그대로 가시지요.』

옳은말로 알아듣고 곱게 돌아간다.

호령으로 버릇을 고치기는 하였으나 박다博多에서 온 여자女子이고, 의주義州에서 온 농촌청년農村靑年이고 간에 친절親切한 언사言辭와 여간『팁』쯤으로서 멀리 만주滿洲에 까지 지고온 가난과 없어서 그런것이야 징치懲治할 도리道里가 있느냐 말이다.

만주인滿洲人치고 온천溫泉에 오는이가 별別로 없다고 한다. 세수洗手한 겨울쯤 아니하기는 예사例事일터인데 온천溫泉이란 쓸데없는 소비적消費的인것이 아닐수 없으리라.

도데라가 짤라서 길길吉은 시골 심상소학생尋常小學生같다고 스스로 조소嘲笑한다. 컵에 담긴 맥주麥酒는 스팀옆에서 거품도 없이 절로 찬것이 가시운다. 원고原稿쓰기에 좋은 방이라고 생각한다.

동창東窓 유리琉璃의 성애를 닦고, 들어오는 멀리 선 산山이 구타여 악의惡意를 가지고 대對할것은 아니라도 나무도 풀도 없는 석산石山이 안동현安東縣 유일唯一의 등산登山코—스가 된다는것은 한심寒心한 일이다. 그래도 오룡배五龍背에 왔었노라고 유리琉璃앞에 서서 산山을 그리는 길길吉의 키도 쓸쓸해 보인다. 철판鐵板이 우글어지는듯한 바람이 몰려간다. 실큰한 만주滿洲개 짖는 소리가 들린다.

몇해 전前에는 여기서 비적匪賊이 일어 불질을 하였던 사건事件이 있었더라는 말을 들었는데 그래서 그랬던지 아까 정거장停車場을 나설때 무슨 철조망鐵條網같은것이 역사주위驛舍周圍에 남어 있었던가 기억記憶된다.

『기미꼬상! 여기서 쓸쓸해 어찌 사노?』

『할수없이 그대로 지나지라우.』

『경성京城은 살기 좋다지요?』

패랑이 꽃처럼 가늘고 쓸쓸한 이 여자女子는 그래도 열탕熱湯이 솟는 오룡배五龍背 다다미 방房에서 겨울을 나는것이 좋을것이라고 생각하며 맥주麥酒도 인제 맛이 난다고 나는 말하며 컾을 든다.

유리琉璃바같 추위는 뿌우연 토우土雨같이 달려 있다.

— 『文學讀本』, 「畵文行脚(一三)五龍背·3」, 184~188쪽.

생명生命의 분수噴水

=무용인舞踊人 조택원론趙澤元論=(上)

　위로 솟아올라 춤추는 물이 분수噴水라고 하면 분수噴水와 같이 싱싱하고 날렵한 사람이 무인舞人 조택원趙澤元이 아니랴. 분수噴水는 미처 떨어져 이울줄이 없으니 너무도 뒤바쳐 치오를 줄만 아는 까닭이다. 분수噴水가 하도 열렬熱烈하기에 불멸不滅의 화염火焰으로 탄미嘆美하는수바께 없으니 무인舞人 택원澤元은 정지停止와 침체沈滯를 망각忘却한 항시恒時 약동躍動하는 일개一個 우수優秀한 『생명生命』이 아닐수 없다. 어디서 그러한 의력意力과 용기勇氣와 청춘靑春과 희열喜悅이 무진장無盡藏 솟아 오르는것이냐! 분수噴水는 스위취를 돌리어 꺾을수 있으나 무용인舞踊人 택원澤元은 눌러서 삭으러지지 않는다!

　이제로 십오년전十五年前 우리네들 집안에 무용지원자舞踊志願者가 생겨난다면 그것은 의사意思만으로도 일종一種의 반역反逆이었던것이다. 그도 상당相當한 유서由緖가 있는 가문家門의 장손長孫 택원澤元으로서는 차라리 비절悲絶한 출발出發이 아닐수 없었다. 이리하야 택원澤元은 오직 청춘靑春과 항의抗議와 오오! 우수優秀한 육체肉體만을 가지고 출가出家한 이후以後 십오년十五年동안에 마침내 조선무용사朝鮮舞踊史의 새로운 페이지가 부지중不知中 기구崎嶇하고도 찬란燦爛하게 째이어졌으니 이만한 사실事實을 실로 너그러운 사람은 부인否認ㅎ지 않으리라.

　석정막문하石井漠門下의 쌍뺭별이 조택원趙澤元과 최승희崔承喜 두사람인것은 공연公然한 자랑꺼리가 되었으나 승희承喜는 행운幸運과 인기人氣의 절정絶頂에 오르고 택원澤元은 고독孤獨과 예술藝術의 일로一路를 달려온것이다. 불운不運한 탓이 도리혀 택원澤元으로 하여금 늦도록 빛나게 할 것이 아닐가. 하여간何如間 택澤은 잘 견디어 왔다. 굴屈ㅎ지 않었다. 그의 파리巴里의 우울憂鬱에서 조막열助膜熱 사십四十 도度 고하중高下中에서도 도리혀 그의 회심會心의 쾌작快作『포엠』을 획득獲得하고야 말었다. 귀조후歸朝後 제일회第一回 공연公演에 발표發表된 작품作品중에서 가장 경건敬虔하게 완성完成된것이 이『포엠』인가 하노니 그것은 서양취西洋臭도 조선朝鮮냄새도 아니나는 순수무용純粹舞踊의 당연當然한 귀착歸着이요 근대미학近代美學의 확호確乎한 단안斷案에서 고평高評을 받아야할것이었다. 석정일문石井一門의 지방색地方色인 길로뛰고 모로뛰는 원시정열原始情熱의 과장誇張이 자최조차 없어지고 근대近代의 추태醜態 데카당티즘을 추호秋毫도 볼수 없다. 손의 모색摸索과 발의 회의懷疑로서 출발出發한 무용시舞踊詩『포엠』은 필연적必然的으로동작動作의 요설饒舌과 도약跳躍의 난태亂態가 용허容許될수 없었던것이니 고지高至한 무용舞踊은 동작動作의 타당妥當한 절약節約에서 완성完成되는 것이라 그것은 언어言語의 절제節制가 도리혀 시詩의 미덕美德임과 다를데가 없다. 필열必然의 제약制約에서 황홀恍惚한 팽창膨脹에로 비약飛躍하는 것이 그의 귀조이후歸朝以后의 명확明確한 경향傾向이다.『포엠』1,『고요한 걸음』2,『희망希望』3의 『플롯』은 거칠게 보아서 이러하다. 가까스로 일어서고보니 의외意外에 걸어가겠고 걷고보니 달릴자신自信이 났다. 금시 금시 좌절挫折되는 희망希望이 순간瞬間 순간瞬間의 절망絶望을 통통하여 마침내 광명光明에 돌진突進하는 생활적生活的의 푸로세스가 무용적舞踊的의 편곡編曲으로 실현實現될적에는 결국結局 동체적胴體的의 설화說話이며 감각적感覺的 구성構成인 호개서정시好個抒情詩요 눈물겨운 심적心的 약투사若鬪史의 일一 단면斷面이다.

　　이로보면 그는 순수형식주의純粹形式主義의 스타일리스트로 제한制限하여 보는것보다는 생활내용生活內容의 긴밀繁密한 엑스프레쇼니스트로 취급取扱하는것이 더 옳을가 한다. 형식形式과 내용內容은 일방편중一方偏重에서 언제든지 편시호접片翅蝴蝶을 면免하지 못하는것이니 형식形式과 내용內容은 반드시 표현表現에서 일치一致하고야 만다. 그럼으로 문학文學과 무용舞踊은 서로 혈속血屬인것을 거부拒否할 이유理由가 없는것이요 택원澤元은 다시 회화繪畵와 무용舞踊의『조화調和』에 향向하야 일맥一脈의 혈로血路를 타개打開하고야 말은것을 작품作品『안젤류스』에서 볼수 있으니 그는 밀레의 명화名畵『만종晩鐘』의 동작적動作的 재현再現이다.

원근법遠近法과 구도構圖와 종교적宗敎的 생활감정生活感情의 표현表現인 거장巨匠의 원화原畵에다가 조선朝鮮바지와 치마를 바꾸어 입히고 택원독특澤元獨特의 무대적舞台的 유희정신遊戱精神으로 밀레를 하로종일 끌고다니고도 조곰도 버릇이 없지 않었다. 피나―레에서는 원화原畵를 고대로 고스란히 원작자原作者에게 돌리고 말었으니 경건敬虔한 밀레의 에스푸리를 조곰도 손상損傷하지 않은것은 택원澤元의 『웃음』의 효용效用이었다. 『웃음』은 그의 무용적舞踊的 성격性格임에 틀림없으니 그는 가슴팍이 허리 어깨 손발로 모조리 미소微笑한다. 그의 무용舞踊은 모든 근육세포筋肉細胞가 율동적律動的 통제統制에서 행행하는 미소微笑의 제창齊唱이다. 그러므로 그는 골격骨格의 도약선수跳躍選手라기 보다 근육세포筋肉細胞의 소리없는 가수歌手다.

—『文學讀本』,「生命의 噴水=舞踊人 趙澤元論=(上)」, 189~191쪽.
—『동아일보』,「生命의 噴水=舞踊人 趙澤元論=(上)」, 1938.12.1.

참신斬新한 동양인東洋人

=무용인舞踊人 조택원론趙澤元論(下)

　　조택원趙澤元이 파리행巴里行을 계획計劃하기전前 양삼년간兩三年間은 그의 예도藝道와 심경心境에 지극히 암담暗憺한 구름이 개일날이 없었다. 그것은 무용인舞踊人 으로서의 환경環境의 불운不運과 인기人氣의 귀추歸趨에서 오는 우수憂愁 초려焦慮 뿐이 아니라 실상은 예술인藝術人으로서의 훨석 근본적根本的인 난제難題에 봉착逢着한것이었다. 이것은 모든 양질良質의 예술인藝術人이 반드시 겪고야 마는 것이요 또는 겪어야 하는것이니 새로운 진경進境이 열리기전 예도상藝道上의 『막다른 골목』에 무용인舞踊人 택원澤元도 들어섰던 것이다. 그의 관중觀衆들은 여태껏 택원澤元의 무용舞踊이 좋으니 낮으니 잘 추느니 못추느니 내지乃至 택원澤元이가 사람이 옳으니 그르니 까지가 화제話題꺼리이었으나 택원자신澤元自身의 절박切迫한 당면문제當面問題는 자기自己가 십十년年배워 추는춤이 정말 서양무용西洋舞踊인가 아닌가 아주 엉뚱한 회의懷疑이었던 것이다. 그의 무용예술舞踊藝術의 일반기초一般基礎, 말하자면 무용적舞踊的 문법文法 문체文體가 이 막다른 골목의 모색자摸索者를 구제할수는 없었다. 때마츰 전후前後하여 무용시인舞踊詩人 사카로프부처夫妻와 무용철인舞踊哲人 크로이츠베르그가 사막砂漠의 북극성北極星같이 동경東京에 나타났었다. 그들은 교사驕奢한 호접蝴蝶처럼 춤추고 갔다. 이국화원異國花園에 그림자 조차 남길세라 계절季節밖으로 황홀恍惚히 날러 돌아갔다. 택원澤元은 보고 차라리 심통心痛하였다. 은사恩師 석정石井한테 의리義理와 감사感謝는 더욱 굳어 졌으리라. 파리행巴里行을 결의決意하기는 대개 이러한 동기動機에 있었다.

　　파리巴里에 간지 일년一年만에 택원澤元의 편지에는 이러한 구절句節이 있었다……… 시詩는 동양東洋에 있읍데다………. 그럴가하고 하로는 비를 맞어가며 양철집 초가草家집 벽돌집 건양사建陽舍집 골목으로 한나절 돌아다니다가 돌아와서 답장答狀을 써 부쳤다. ………시詩는 동양東洋에도 없읍데………라고.

택원澤元이가 다시 펄펄 돌아왔다. 손에 소매를 느리고 고롬을 고이매고 깃동정도, 솔기도 얌전히 돌아가고 다님에 버선 맵시가 앙증스럽게도 멋쟁이 도련님이 되어왔다. 홀홀 벗고 춤춘다는 파리巴里에 가서 옷입고 추는 법法을 배워왔다.

의상衣裳을 새로입은 택원澤元의 무용舞踊이 순수동양미純粹東洋美의 장식적裝飾的 경향傾向에 기울어지고보니 서양적西洋的의 에로스가 퇴진退陣할 수 바께 없다. 적라赤裸한『매스』(괴체塊體)의 구성미構成美로서 전아典雅한 선線의 비약미飛躍美로 전신轉身하였다. 손과 입술을 서로 사양辭讓하고도『미美』는 서로 연애戀愛할수 있는 조선朝鮮의 예의禮儀를 이방異邦 불란서佛蘭西에가서 배워 온 총명聰明한 택원澤元은 일개一個 참신嶄新한 동양인東洋人이 아닐수 없다.

★승무僧舞의인상印象 기생妓生이 추는 재래승무在來僧舞는 얼굴이 없었다. 호흡呼吸이 미약微弱하여 어쩐지 끊어져 들어가는듯 하였다. 관중觀衆을 고려考慮하지 않고 혼자 추기에 정신精神없었던 춤이었던것이 택원澤元의 승무僧舞로 호흡呼吸이 확대擴大되었다. 무대舞台와 극장劇場의 약속約束이 이행履行된 대남자大男子의 대승무大僧舞!

★땐쓰 포풀레르 누구든지 출수 있을 춤, 왜 그런고 하니 조선朝鮮사람의『흥興』은 저절로 이러한 운동運動을 하게 되는것이므로다. 다만 범속凡俗의 환희歡喜를 저으기 예술藝術로 끌어 올린 택원澤元의 유창流暢한 계획計劃을 볼것이다.

★검무劍舞의인상印象 장고長鼓는 장단長短을 위한것이거늘 여기에서는 강약強弱을 위한 타악기打樂器로 완전完全히 이용利用된다. 재래검무在來劍舞의 가락이 완전完全히 무시無視된다.

관중觀衆으로 하여금 무엇인지 반성反省을 강요強要하는 춤이다. 택원

제4부 문학독본文學讀本(박문출판사, 1948) 559

자신澤元自身이 추는것이 어떠뇨?

★가사호접袈裟蝴蝶『승무僧舞의인상印象』으로 부터 다시 새로운 의도意圖에 고심苦心한것을 볼수 있다. 석정石井 대가大家의 영향影響을 부인否認하기 어려운 묵극黙劇. 주체하기 곤란困難한 장삼長衫이 날리는데서 살았다.

★코리안 판타지 흥興과 멋으로도 번창繁昌한 장판방춤이 현대무대現代舞台로 올르니 결국結局 택원澤元의 새로운 유쾌愉快한 아레인지! 끝까지 풍기風紀에 주의注意하여 손한번 잡지 않은것이 나중에는 할수없이 돌아서서 서로 어깨를 댄다. 하하呵呵.

★김민자인상소기金敏子印象小記 무희舞姬로서 먼저 좋은 육체肉體를 얻었다. 너무 크지않고 비만肥滿할 염려念慮가 없다. 기교技巧를 십분十分 마스터한후後 바야흐로 일가一家를 이루려는 한참 물올르는 계절季節에 들었다. 『월스』에서 보이는 정치精緻한 토우땐쓰는 바람받는 새매와 같은 매스러운 예풍藝風, 완전完全히 자기自己의 것이다. 그의 조선朝鮮춤에서 어깨가 올라가 동체胴體와 떨어졌다는 흠欠을 여럿이 지적指摘한다. 어깨가 다시 나려오기는 아조 용이容易하리라. 김민자金敏子의 조선朝鮮춤은 허리를 쓸줄 아는 까닭으로!

　　　　　―『文學讀本』,「嶄新한 東洋人=舞踊人　趙澤元論(下)」, 192~195쪽.

　　　　　―『동아일보』,「嶄新한 東洋人=舞踊人　趙澤元論(下)」, 1938.12.3.

시詩의 위의威儀

 안으로 열熱하고 겉으로 서늘옵기란 일종一種의 생리生理를 압복壓伏시키는 노릇이기에 심히 어렵다. 그러나 시詩의 위의威儀는 겉으로 서늘옵기를 바라서 마지 않는다.
 슬픔과 눈물을 그들의 심리학적心理學的인 화학적化學的인 부면部面 이외以外의 전면적全面的인것을 마침내 시詩에서 수용收容하도록 차배差配되었으므로 따라서 폐단弊端도 많어 왔다. 시詩는 소설小說보다도 선읍벽善泣癖이 있다. 시詩가 솔선率先하야 울어버리면 독자讀者는 서서徐徐히 눈물을 저작詛嚼할 여유餘裕를 갖지 못할지니 남을 울려야할 경우境遇에 자기自己가 먼저 대기大器하야 실소失笑를 폭발爆發시키는것은 소인극素人劇에서만 본것이 아니다. 남을 슬프기 그지 없는 정황情況으로 유도誘導함에는 자기自己의 감격感激을 먼저 신중愼重히 이동移動시킬 것이다.
 배우俳優가 항시恒時 무대舞臺와 객석客席의 제약制約에 세심細心하기 때문에 울음의 시간적時間的 거리距離까지도 엄밀嚴密히 측정測定하였던것이요 눈물을 차라리 검약儉約하는것이 아닐까. 일사불란一絲不亂한 모든 조건條件 아래서 더욱이 정식正式으로 울어야 하자니까 배우俳優 노릇이란 힘이 든다. 변화變化와 효과效果를 위爲하야 능能히 교활狡猾하기까지도 사양辭讓하지 않는 명우名優를 따라 관중觀衆은 저절로 눈물이 방타滂沱하다.
 시인詩人은 배우俳優보다 다르다. 그처럼 슬픔의 모방模倣으로 종시終始할수있는 동작動作의 기사技師가 아닌 까닭이다. 시인詩人은 배우俳優보담 근엄謹嚴하다. 인생人生에 항시恒時 정면正面하고 있으므로 괘사를 떨어 인기人氣를 좌우左右하려는 어느 겨를이 있으랴. 그러니까 울음을 배우俳優보다 삼가야 한다.
 감격벽感激癖이 시인詩人의 미명美名이 아니고 말았다. 이 비정기적非定

期的 육체적肉體的 지진地震 때문에 예지叡智의 수원水源이 붕괴崩壞되는 수가 많었다.

정열情熱이란 상양賞揚하기 보담도 어떻게 정리整理할것인가. 관료官僚가 지위地位에 자만自慢하듯이 시인詩人은 빈핍貧乏하니까 정열情熱을 유일唯一의것으로 자랑하던 나머지에 택없이 침울沈鬱하지 않으면 슬프고 울지 않으면 히스테리칼하다. 아무것도 갖지 못하였다는것은 용이容易한 일이다. 다시 청빈淸貧의 운용運用이야말로 지중至重한 부담負擔이 아닐수 없다.

하물며 열광적熱狂的 변설조辯說調—차라리 문자적文字的 지상폭동紙上暴動에 이르러서는 배열配列과 수사修辭가 심히 황당荒唐하야 가두행진街頭行進을 격려激勵하기에도 채용採用할수 없다.

정열情熱 감격感激 비애悲哀 그러한것 우리의 너무도 내부적內部的인것이 그들 자체自體로서는 하등何等의 기구機構를 갖추지 못한 무형無形한 업화적업화業火的의 괴체塊體일것이다. 제어制禦와 반성反省을 지나 표현表現과 제작製作에 이르러 비로소 조화調和와 질서秩序를 얻을뿐이겠으니 슬픈 어머니가 기쁜 아기를 탄생誕生한다.

표현表現 기구機構 이후以後의 시詩는 벌써 정열情熱도 비애悲哀도 아니고 말었다. 일개一個 작품作品이요 완성完成이요 예술藝術일뿐이다. 일찌기 정열情熱과 비애悲哀가 시詩의 원형原型이 아니었던것은 다만 시詩의 일개一個 동인動因이었던 이유理由로서 추모追慕를 강요强要하기에는 독자讀者는 직접直接 작품作品에 저촉抵觸한다.

독자讀者야말로 끝까지 쌀쌀한대로 견디지 못한다. 작품作品이 다시 진폭振幅과 파동波動을 가짐이다. 기쁨과 광명光明과 힘의 파장波長의 넓이 안에서 작품作品의 앉음 앉음새는 외연巍然히 서늘옵기에 독자讀者는 절로 회득會得과 경의敬意와 감격感激을 갖게 된다.

근대시近代詩가 안으로 열熱하고 겉으로 서늘옵기는 실상 위의문제威儀問題에 그칠뿐이 아니리라.

—『文學讀本』, 「詩의 威儀」, 196~198쪽.
—『문장』 10호, 「詩의 威儀」, 1939.11.

시詩와 발표發表

꾀꼬리 종달새는 노상 우는것이 아니고 우는 나달보다 울지 않는 달수가 더 길다.

봄, 여름, 한철을 울고 내쳐 휴식休息하는 이 교앙驕昻한 명금鳴禽들의 동면冬眠도 아닌 계절季節의 함묵緘默에 견디는 표정表情이 어떠한가 보고 싶기도 하다. 사철 지저귀는 가마귀 참새를 위하여 분연憤然히 편을 드는 장쾌壯快한 대중시인大衆詩人이 나서고보면 청각聽覺의 선민選民들은 꾀꼬리 종다리 편이 아니 될수도 없으니, 호사豪奢스런 귀를 타고 난것도 무슨 잘못이나 아닐까 모르겠다.

시詩를 위한 휴양休養이 도리혀 시작詩作보다도 귀하기 까지 한것이니, 휴양休養이 정체停滯와 다른 까닭에서 그러하다. 중첩重疊한 산악山岳을 대對한듯한 침묵중沈默中에서 이루어지는 계획計劃이 내게 무섭기까지 하다.

시詩의 저축貯蓄 혹은 예비豫備 혹은 명일明日의 약진躍進을 기期하는 전야前夜의 숙수熟睡—휴식休息도 도리혀 생명生命의 암암리暗暗裏의 영위營爲로 돌릴수 바께 없다.

설령 역작力作이라도 다작多作일 필요必要가 없으니, 시인詩人이 무슨 까닭으로 마소의 과로過勞나 토끼의 다산多産을 본받을것이냐.

감정感情의 낭비浪費는 청춘병靑春病의 한가지로서 다정多情과 다작多作을 성적性的 동기動機에서 동근이지同根異枝로 봄직도 하다.

번번히 걸작傑作은 고사姑捨하고 단 한번이라도 걸작傑作이란 예산豫算으로 되는것이 아니요. 시작詩作 이후以後에 의외意外의 소득所得인것뿐이다. 하물며 발표욕發表慾에 급급汲汲하여 범용凡庸한 다작多作이 무슨 보람을 세울것인가. 오다가다 걸릴가하는 걸작傑作을 위하여 무수無數한 다작多作이 필요必要하다는것일가. 나룻이 터가 잡히도록 계속繼續하는 작문作文의 습관習慣이 반듯이 시詩를 낳는다고 할수 없으니, 다작多作과 남작濫作의 거리距離가 얼마나 먼것일가. 혹은 말하기를 기악器樂에 있어서 부단不斷한 연습練習이 필요必要함과 같이, 시詩의 연습練習으로서 다작多作이 필요必要하다고. 기악가器樂家의 근면勤勉과 시인詩人의 정진精進이 반듯이 동일同一한 코오스를 밟아서 될것이 아니겠으나, 시詩를 정성精誠껏 연습練習한다는것을 구태여 책責할수도 없다. 범용凡庸의 완명頑瞑한 마력馬力도 그도 또한 놀라운 노릇이 아닐수도 없는 까닭이다. 그러나 연습練習과 발표發表를 혼동混同함에 있어서는 지저분하고 괴죄죄한 허영虛榮을 활자화活字化한것 바께 무엇을 얻어 볼것이랴.

　시詩는 수자數字의 정확성正確性 이상以上에 다시 엄격嚴格한 미덕美德의 충일充溢함이다. 완성完成 조화調化 극치極致의 발화이하發花以下에서 저회低徊하는 시詩는 달이 차도록 근신謹愼하라.

　첫째 범용凡庸한 시문류詩文類는 앉을 자리를 가릴줄을 모른다. 유화油畵 한폭을 거는 화인畵人은 위치位置와 창명窓明과 배포背布까지에도 세심細心 용의用意하거늘, 소위所謂 시인詩人은 무슨 지면紙面에든지 앉기가 급하게 주저 앉는다. 성적性的 기사記事나 매약광고賣藥廣告와도 흔연欣然히 이웃하는것은 발표욕發表慾도 이에 이르러서는 시詩의 초속성超俗性을 논의論議하기가 도리혀 부끄러운 일이니, 원래 자신自信이 없는 다작多作이고보니, 자존自尊이 있을리 없다.

　시詩가 명금鳴禽이 아니라, 한철이 따로 있는것이 아니겠으나, 될 때 되는것이요 아니될 때는 좀처럼 아니되는것을 시인詩人의 무능無能으로 돌릴것이 아니니, 신문소설新聞小說 집필자執筆者로서, 이러한「무능無能」을 배울수는 없는 일이다.

　시詩가 시詩로서 온전히 제자리가 돌아빠지는것은 차라리 꽃이 봉오리를 머금듯 꾀꼬리 목청이 제철에 트이듯 아기가 열달을 채서 태반胎盤을 돌아 탄생誕生하듯 하는것이니, 시詩를 또한가지 다른 자연현상自然現象으로 돌리는것은 시인詩人의 회피廻避도 아니요 무책임無責任한 죄罪로 다스릴법法도 없다. 무엇보다도 이러한 시적詩的 기밀機密에 참가參加하야 그 당오堂奧에 들어서기 전에 무용無用한 다작多作이란 도로徒勞에 그칠뿐이요, 문장文章 탁마琢磨에도 유리有利할것이 없으니, 단편적斷片的 영탄조咏嘆調의 일一 어구語句 나열羅列에 습관習慣이 붙은이는 산문散文에 옮기어서도 지저분한 버릇을 고치지 못하고 만다.

산문散文은 의무義務로 쓸수 있다. 편집자編輯者의 제제提題를 즉시卽時 수응酬應하는 현대現代 신문잡지문학新聞雜誌文學의 청부업적請負業的 문자기능文字技能이 시작詩作에 부여賦與되지 못한것이 한사恨事도 아니려니와, 시詩가 의무義務로 이행履行될수 없는 점에서 저날리즘과 절로 보조步調가 어그러지고 마는것도 자연自然한 일이다. 시詩가 충동衝動과 희열喜悅과 능동能動과 영감靈感을 기달려서 겨우 심혈心血과 혼백魂魄의 결정結晶을 얻게 되는 것이므로, 현대現代 저나리즘의 기대期待를 시詩에 두었다가는 초속도超速度 윤전기輪轉機가 한산閑散한 세월歲月을 보낼수 바께 없다. 저날리슴이 자연自然 분분紛紛한 일상성적日常性的 산문散文, 잡필雜筆, 보도報道, 기사記事, 선전宣傳등에 급급汲汲하게된다. 이른바 산문시대散文時代라는것이니, 산문시대散文時代에서 시詩의 자세姿勢는 더욱 초연超然히 발화發花할뿐이다. 저날리즘의 동작動作이 빈번頻繁할대로 하라. 맥진驀進에 다시 치구馳驅하라. 오직 예술문화藝術文化의 순수純粹와 영구永久를 조준照準하기 위하여 시詩는 절로 한층 고고孤高한 자리를 잡지 않을수 없는 필연성必然性에 집착執着할뿐이다.

이리하여 시인詩人이 절로 다작多作과 발표發表에 과욕寡慾하게 되므로 시詩에 정진精進하되 수험공부受驗工夫하듯이 초조焦燥하다든지 절제節制 없는 감상感傷으로 인因하여 혹은 독서중讀書中에 경첩輕捷한 모방벽模倣癖으로 인因하여 즉시卽時 시작詩作에 착수着手하는 짓을 삼가게 되는것이요, 서서徐徐히 정열情熱과 영향影響과 진정眞情과 요설饒舌을 정리整理함에서 시詩를 조산助産하는것이다.

　가장 타당妥當한 시작詩作이란 구족具足된 조건條件 혹은 난숙爛熟한 상태狀態에서 불가피不可避의 시적詩的 회임懷妊 내지乃至 출산出産인 것이니, 시작詩作이 완료完了한 후後에 다시 시詩를 위한 휴양기休養期가 길어도 좋다. 고인古人의 서書를 심독心讀할수 있음과 새로운 지식知識에 접촉接觸할수 있음과 모어母語와 외어공부外語工夫에 중학생中學生처럼 굴종屈從할수 있는 시간時間을 이 시적詩的 휴양기休養期에서 얻을수 있음이다. 그보다도 더 좋은것을 얻을수 있는것은 바다와 구름의 동태動態를 살핀다든지 절정絶頂에 올라 고산식물高山植物이 어떠한 몸짓과 호흡呼吸을 가지는것을 본다든지 들에 나려가 일초일엽一草一葉이, 벌레 울음과 물소리가, 진실眞實히도 시적운율詩的韻律에서 떠는것을 나도 따라 같이 떨수있는 시간時間을 가질수 있음이다. 시인詩人이 더욱이 이시간時間에서 인간人間에 집착執着하지 않을수 없다. 사람이 어떻게 괴롭게 삶을 보며 무엇을 위하여 살며 어떻게 살것이라는것에 주력注力하며, 신神과 인간人間과 영혼靈魂과 신앙信仰과 애愛에 대對한 항시恒時 투철透徹하고 열렬熱烈한 정신精神과 심리心理를 고수固守한다. 이리하여 삶음과 죽음에 대對하여 점점漸漸 단段이 승진昇進되는 일개一個 표일飄逸한 생명生命의 검사劍士로서 영원永遠에 서게 된다.

—『文學讀本』,「詩의 發表」, 199~203쪽.
—『문장』9호,「詩의 發表」, 1939.10.

시詩의 옹호擁護

사물事物에 대對한 타당妥當한 견해見解라는것이 의외意外로 고립孤立하지 않았던것을 알았을 때 우리는 비로소 안도安堵와 희열喜悅까지 느끼는 것이다. 한가지 사물事物에 대對하여 해석解釋이 일치一致하지 않을 때 우리는 서로 쟁론爭論하고 좌단左袒할수는 있으나 정확正確한 견해見解는 논설論說 이전以前에서 이미 타당妥當과 화협和協하고 있었던것이요, 진리眞理의 보루保壘에 의거依據되었던 것이요, 편만遍滿한 양식良識의 동지同志에게 암합暗合으로 확보確保되었던것이니, 결국結局 알만한것은 말하지 않기전에 서로 알고 있었던 것이다. 타당妥當한것이란 천성天成의 위의威儀를 갖추었기 때문에 요설饒舌을 삼간다. 싸우지 않고 항시恒時 이긴다.

왜곡歪曲된 견해見解는 고독孤獨할수 바께 없다. 고독孤獨한 상태狀態에서 명목瞑目 못하는것이 왜곡歪曲된것의 비운悲運이니, 견해見解의 왜곡歪曲된것이란 영향影響이 크지 않을 정도程度에서 일지라도 생명生命이 기분간幾分間 비틀어진것이 되고 만다.

생명生命은 비틀어진채 몸짓을 아니할수 없으니, 이러한 몸짓은 부질없이 소동騷動할 뿐이다.

비틀어진것은 비틀어진것과 서로 도당徒黨으로 얼리울수 있으나, 일시적一時的 서로 돌려가는 자위自慰에서 화합和合과 일치一致가 있을리 없다. 비틀어진것끼리는 다시 분열分裂한다.

일편一片의 의리誼理와 기분幾分의 변론辯論으로 실상은 다분多分의 질투嫉妬와 훼상毀傷으로 써 곤곤滾滾한 장강대류長江大流를 타매唾罵하고 돌아서서 또 사투私鬪한다.

시詩도 타당妥當한것과 협화協和하기 전에는 말하자면 밝은자리가 크게 옳은 곳이 아니고 보면 시詩될 수 없다. 일간一間 직장職場도 가질수 없는 시詩는 너무도 청빈淸貧하다. 다만 의의義로운 길이 있어 형자荊莿의 꽃을 탐貪하여 걸을뿐이다. 상인商人이 부담負擔하지 않아도 무방無妨한것을 예전에는 시인詩人한테 과중過重히 지웠던 것이다. 청절淸節 명분名分 대의大義 그러한 지금엔 고전적古典的인것을. 유산遺産 한푼도 남기지 않았거니와, 취리聚利까지 엄금嚴禁한 소크라테스의 유훈遺訓은 가혹苛酷하다. 오직 「선선善의 추구追求」만의 슬픈 가업家業을 소크라테스의 아들은 어떻게 주체하였던것인가.

　시詩가 도리어 병병인양하야 우심憂心과 적의戚意로 항시恒時 불평不平한 지사志士는 시인詩人이 아니어도 좋다. 시詩는 타당妥當을 지나 신수神髓에 사무치지 않을수 없으니, 시詩의 신수神髓에 정신지상精神至上의 열락悅樂이 깃들임이다. 시詩는 모름지기 시詩의 열락悅樂에까지 틈입闖入할 것이니, 세상에 시詩한다고 흥얼거리는 인사人士의 심신心神이 번뇌煩惱와 업화業火에 끄실르지 않았스면 다행多幸하다. 기쁨이 없이 이루는 우수優秀한 사업事業이 있을수 없으니, 지상至上의 정신비애精神悲哀가 시詩의 열락悅樂이라면 그대는 당황唐荒할터인가?

　자가自家의 시詩가 알리워지지 않는것이 유쾌愉快한 일일수는 없으나, 온慍하지 않아도 좋다.
　시詩는 시인詩人이 숙명적宿命的으로 감상感傷할때 같이 그렇게 고독孤獨한것이 아니었다. 시詩가 시詩고 보면 진정 불우不遇한 시詩라는것이 있지 않았으니, 세대世代에 오른 시詩는 깡그리 우우優遇되고야 말았다. 시詩가 우우優遇되고 시인詩人이 불우不遇하였던것은 편만遍滿한 사실史實이다.
　이제 그대의 시詩가 천문天文에 처음 나타나는 미지未知의 성신星辰과 같이 빛날때 그대는 희한稀罕히 반갑다. 그러나 그대는 훨씬 지상地上으로 떨어질만 하다. 모든 맹금류猛禽類와 같이 노리고 있었던 시안詩眼을 두리고 신뢰信賴함은 시적詩的 겸양謙讓이다. 시詩가 은혜恩惠로 받은것일바에야 시안詩眼도 신神의 허여許與하신배 아닐 수 없다. 시안詩眼이야말로 기계적機械的인것이 아니라, 차라리 선의善意와 동정同情과 예지叡智에서 굴절屈折하는것이요, 마침내 상탄賞嘆에서 빛난다. 우의友誼와 이해理解에서 배양培養될수 없는 시詩는 고갈枯渴할수 바께 없으니, 보아줄만한 이가 없이 높다는 시詩, 그렇게 불행不幸한 시詩를 쓰지 말라. 시詩도 기껏해야 말과 글자로 사람사는 동네에서 쓰여지지 않았던가. 부지하허不知何許의 일개一個 노구老嫗를 택擇하야 백낙천白樂天은 시적詩的 애드바이서—로 삼았다든가.

　시詩는 다만 감상鑑賞에 그치지 아니한다.

　시詩는 다시 애착愛着과 우의友誼를 낳게 되고, 문화文化에 대對한 치열熾烈한 의무감義務感에 까지 앙양昂揚한다. 고귀高貴한 발화發花에서 다시 긴밀繁密한 화합和合에까지 효력적効力的인것이 시詩가 마치 감람성유橄欖聖油의 성질性質을 갖추고 있다.

　이에 불후不朽의 시詩가 있어서 그것을 말하고 외이고 즐길수 있는 겨레는 이방인異邦人에 대對하야 항시 자랑거리니, 겨레는 자랑에서 화합和合한다. 그 겨레가 가진 성전聖典이 바로 시詩로 쓰여졌다.

　문화욕文化慾에 치구馳驅하는 겨레의 두뇌頭腦는 다분多分히 시적상태詩的狀態에서 왕성旺盛하다. 시詩를 중추中樞에서 방축放逐한 문화文化라는것은 생각조차 할수 없다. 성급性急한 말이기도 하나 시詩가 왕성旺盛한 국민國民은 전쟁戰爭에도 강강하다.

　감밀甘蜜을 위하야 영영營營하는 봉군蜂群의 본능本能에 경이驚異를 느낄만하다면 시적욕구詩的慾求는 인류人類에 있어서 가장 우수優秀한 본능本能이 아닐수 없다.

　부지런한 밀봉蜜蜂은 슬퍼할 여가餘暇가 없다. 시인詩人은 먼저 근면勤勉하라.

제4부 문학독본文學讀本(박문출판사, 1948) 569

문자文字와 언어言語에 혈육적血肉的 애愛를 느끼지 않고서 시詩를 사랑할수 없다. 사랑은 커니와 시詩를 읽어서 문맥文脈에도 통通하지 못하나니 시詩의 문맥文脈은 그들의 너무도 기사적記事的인 보통상식普通常識에 연결連結되기는 부적不適한 까닭이다. 상식常識에서 정연整然한 설화說話, 그 것은 산문散文에서 찾으라. 예지叡智에서 참신嶄新한 영해嬰孩의 눌어訥魚, 그것은 차라리 시詩에 가깝다. 어린아이는 새 말 바께 배우지 않는다. 어린아이의 말은 즐겁고 참신嶄新하다. 으례 쓰는 말일지라도 그것은 시詩에 오르면 번번히 새로 탄생誕生한 혈색血色에 붉고 따뜻한 체중體重을 얻는다.

시인詩人은 구극究極에서 언어문자言語文字가 그다지 대수롭지않다. 시詩는 언어言語의 구성構成이기 보다 더 정신적精神的인것의 열렬熱烈한 정황情況 혹은 왕일旺溢한 상태狀態 혹은 황홀恍惚한 사기士氣임으로 시인詩人은 항상恒常 정신적精神的인것에서 정신적精神的인것을 조준照準한다. 언어言語와 종장宗匠은 정신적精神的인것까지의 일보一步 뒤에서 세심細心할뿐이다. 표현表現의 기술적技術的인것은 차라리 시인詩人의 타고난 재간才幹 혹은 평생平生 숙련熟練한 완법腕法의 부지중不知中의 소득所得이다. 시인詩人은 정신적精神的인것에 신적神的 광인狂人처럼 일생一生을 두고 가없이도 열렬熱烈하였다. 그들은 대개 하등何等의 프로페슈날에 속屬하지않고 말았다. 시詩도 시인詩人의전문專門이 아니고 말았다.
정신적精神的인것은 만만하지 않게 풍부豊富하다. 자연自然, 인사人事, 사랑, 죽음 내지乃至 전쟁戰爭, 개혁改革 더욱이 덕의적德義的인것에 멍이 든 육체肉體를 시인詩人은 차라리 평생平生 지녀야 하는것이, 정신적精神的인것의 가장 우위優位에는 학문學問, 교양敎養, 취미趣味 그러한것보다도 「애愛」와 「기도祈禱」와 「감사感謝」가 거據한다. 그러므로 신앙信仰이야 말로 시인詩人의 일용日用할 신적神的 양도糧道가 아닐수 없다.
정취情趣의 시詩는 한시漢詩에서 황무지荒蕪地가 완전完全히 없어지고 말았으리라. 진정眞正한 「애愛」의 시인詩人은 기독교문화基督敎文化의 개화지開花地 구라파歐羅巴에서 족출簇出하였다. 영맹獰猛한 이교도異敎徒일지라도, 그가 지식인知識人일것이면 기독교문화基督敎文化를 다소多少 반추反芻하는것임에 틀림 없다.

신神은 애愛로 자연自然을 창조創造하시었다. 애愛에 협동協同하는 시詩의 영위營爲는 신神의 제이창조第二創造가 아닐수 없다.
이상스럽게도 시詩는 사람의 두뇌頭腦를 통통하여 창조創造하게 된것을 시인詩人의 영예榮譽로 아니할수가 없다.

회화繪畫, 조각彫刻, 음악音樂, 무용舞踊은 시詩의 다정多情한 자매姉妹가 아닐수 없다. 이들에서 항시恒時 환희歡喜와 이해理解와 추이追移를 찾을수 없는 시詩는 화조월석花朝月夕과 사풍세우乍風細雨에서 끝나고 말았다. 그러나 이러한것들의 구성構成, 조형造型에 있어서는 흔히 손이 둔鈍한 정신精神의 선수選手만으로도 족足하니 언어言語와 문자文字와 더욱이 미美의 원리原理와 형수亨受에서 실컷 직성을 푸는 슬픈 청빈淸貧의 기구器具를 가진 시인詩人은 마침내 비평批評에서 우수優秀한 성능性能을 발휘發揮하고 만다.

시詩가 실제實際로 어떻게 제작製作되느냐. 이에 답답答하기는 실로 귀치않다. 시詩가 정형적定型的 운문韻文에서 메별袂別한 이후로 더욱 곤란困難한 질문質問이 아닐수 없다. 그것은 차라리 도제徒弟가 되어 종장宗匠의 첨삭添削을 기다리라.
시詩가 어떻게 탄생誕生되느냐. 유쾌愉快한 문제問題다. 시詩의 모권母權을 감성感性에 돌릴것이냐 지성知性에 돌릴것이냐. 감성感性에 지적智的 통제統制를 경유經由하느냐 혹은 의지意志의 결재決裁를 기다리는 것이냐. 오인吾人의 어떠한 부분部分이 시작詩作의 수석首席이 되느냐. 또는 어떠한 국부局部가 이에 협동協同하느냐.

　그대가 시인詩人이면 이따위 문제問題보다도 달리 총명聰明할 데가 있다.

　비유比喩는 절뚝바리. 절뚝바리 비유比喩가 진리眞理를 대변代辯하기에 현명賢明한 장녀長女노릇 할수가 있다.

　무성茂盛한 감람甘藍 한포기를 들어 비유比喩에 올리자. 감람甘藍 한포기의 공로功勞를 누구한테 돌릴것이냐. 태양太陽, 공기空氣, 토양土壤, 우로雨露, 농부農夫, 그들에게 깡그리 균등均等하게 논공행상論功行賞하라. 그러나 그들 감람甘藍을 배양培養하기에 협동協同한 유기적有機的 통일統一의 원리原理를 더욱 상찬賞讚하라.

　감성感性으로 지성智性으로 의력意力으로 체질體質로 교양敎養으로 지식智識으로 나중에는 그러한것들중의 어느 한가지에도 기울리지 않는 통히 하나로 시詩에 대진對陣하는 시인詩人은 우수優秀하다. 조화調和는 부분部分의 비협동적非協同的 단독행위單獨行爲를 징계懲戒한다. 부분部分의것을 주체하지 못하여 미봉彌縫한 자취를 감추지 못하는 시詩는 남루襤褸하다.

　경제사상經濟思想이나 정치열政治熱에 치구馳驅하는 영웅적英雄的 시인詩人을 상탄賞嘆한다. 그러나 그들의 시詩가 음악音樂과 회화繪畫의 상태狀態 혹은 운율韻律의 파동波動, 미美의 원천源泉에서 탄생誕生한 기적奇績의 아兒가 아니고 보면 그들은 사회社會의 명목名目으로 시詩의 압제자壓制者에 가담加擔하고 만다. 소위所謂 종교가宗敎家도 무모無謀히 시詩에 착수着手할것이 아니니, 그들의 조잡粗雜한 파나티슴이 시詩에서 즉시卽時 들어 나는 까닭이다. 종교인宗敎人에게도 시詩는 선발選拔된 은혜恩惠에 속屬하는 까닭이다.

　시학詩學과 시론詩論에 자주 관심關心할것이다. 시詩의 자매姉妹 일반예술론一般藝術論에서 더욱이 동양화론東洋畫論 서론書論에서 시詩의 향방向

方을 찾는이는 비뚤은 길에 들지 않는다.

　경서經書 성전류聖典類를 심독心讀하야 시詩의 원천源泉에 침윤浸潤하는 시인詩人은 불멸不滅한다.

　시론詩論으로 그대의 상식常識의 축적蓄積을 과시誇示하느니 보다는 시詩 자체自體의 요설饒舌의 기회機會를 주라. 시詩는 유구悠久한 품위品位때문에 시론詩論에 자리를 옮기어 지꺼릴 챤스를 얻음직 하다. 하물며 타인他人을 훼상毁傷하기에 악용惡用되는 시론詩論에서야 시詩가 다시 자리를 옮기지 않을수 없었던것이니 열정劣情은 시詩가 박탈剝奪된 가엾은 상태狀態다. 시인詩人이면 어찌하야 변설辯說로 혀를 뜨겁게 하고 몸이 파리하느뇨. 시론詩論이 이미 체위화體位化하고 시詩로 이기었을것이 아닌가.

　시詩의 기법技法은 시학詩學 시론詩論 혹은 시법詩法에 의탁依托하기에는 그들은 의외意外에 무능無能한것을 알리라. 기법技法은 차라리 연습練習 숙통熟通에서 얻는다.

　기법技法을 파악把握하되 체구體軀에 올리라. 기억력記憶力이란 박약薄弱한 것이오, 손끝이란 수공업자手工業者에게 필요必要한것이다.

　구극究極에서는 기법技法을 망각忘却하라. 탄회坦懷에서 우유優遊하라. 도장道場에 서는 검사劍士는 움직이기만 하는것이 혹은 거저 섰는것이 절로 기법技法이 되고 만다. 일일一一이 기법技法대로 움지기는것은 초보初步다. 생각하기 전에 벌써 한대 얻어 맞는다. 혼신渾身의 역량力量 앞에서 기법技法만으로는 초조焦燥하다.

　진부陳腐한것이란 구족具足한 기구器具에서도 매력魅力이 결핍缺乏된것이다. 숙련熟練에서 자만自漫하는 시인詩人은 마침내 맨너리스트로 가사제작歌詞製作에 전환轉換하는 꼴을 흔히 보게 된다. 시詩의 혈로血路는 항시 저신타개抵身打開가 있을 뿐이다.

　고전적古典的인것을 진부陳腐로 속단速斷하는 자者는, 별안간 뛰어 드는 야만野蠻일뿐이다.

꾀꼬리는 꾀꼬리 소리 바께 발發하지 못하나 항시 새롭다. 꾀꼬리가 숙련熟練에서 운다는것은 불명예不名譽이리라. 오직 생명生命에서 튀어나오는 항시恒時 최초最初의 발성發聲이야만 진부陳腐하지 않는다.

무엇보다도 돌연突然한 변이變異를 꾀하지 말라. 자연自然을 속이는 변이變異는 참신嶄新할수 없다. 기벽奇癖스런 변이變異에 다소多小 교활狡猾한 매력魅力은 갖출수는 있으나, 교양인敎養人은 이것을 피避한다. 귀면경인鬼面驚人이라는것은 유약孺弱한자者의 슬픈 괘사에 지나지 않는다. 시인詩人은 완전完全히 자연自然스런 자세姿勢에서 다시 비약飛躍할뿐이다. 우수優秀한 전통傳統이야말로 비약飛躍의 발디딘곳이 아닐수 없다.

시인詩人은 생애生涯에 따르는 고독孤獨에 입문당시入門當時부터 초조焦燥하여서는 사람을 버린다. 금강석金剛石은 석탄층石炭層에 끼웠을 적에 더욱 빛났던 것이니, 고독孤獨에서 온통 탈각脫却한 것을 차라리 두리라. 시고詩稿를 끌고 항간매문도巷間賣文徒의 문턱을 넘나드는것은 주책이 없다. 소위所謂 비평가批評家의 농락조籠絡調 월단月旦에 희구喜懼하는것은 가없다. 비평批評 이전以前에서 그대 자신自信에서 벌써 우수優秀 하였음 즉하다.

그처럼 소규모小規模의 분업화分業化가 필요必要하지 않다. 시인詩人은 여력餘力으로 비평批評을 겸兼하라.

일찌기 시詩의 문제問題를 당로當路한 정당토의政黨討議에 위탁委托한 시인詩人이 있었던것을 듣지 못하였으니, 시詩와 시인詩人을 다소多少 정략적政略的 지반운동地盤運動으로 음모陰謀하는 무리가 없지도 않으니, 원인原因까지의 거리距離가 멀지 않다. 그들은 본시 시詩의 문외門外에 출산出産한 문필인文筆人이요, 그들의 시적詩的 견해見解는 애초부터 왜곡歪曲되었던것이다.

비툴어진것은 비툴어진대로 그저 있지 않고 소동騷動한다.

시인詩人은 정정亭亭한 거송巨松이어도 좋다.
그위에 한마리 맹금猛禽이어도 좋다.
굽어보고 고만高慢하라.

—『文學讀本』,「詩의 擁護」, 204~214쪽.

제 5 부
산문(동지사, 1949)

I

『헨리·월레스』와 계란鷄卵과 『토마토』와

남을 때린다는 것은, 예例를 들면 남의 뺨을 갈긴다는 것은 그 기도企圖가 남의 생명生命을 뺏는데 있지 않는한限 다소多少 육체적肉体的 고통苦痛을 통通하여 그의 정신精神의 모욕감侮辱感 수치감羞恥感을 급격急激히 환기喚起시키는데 목적目的이 있을까 한다.

등때기를 흐벅지게 갈김 보다 뺨을 대단치 않은 정도程度로 치는 것이 효과效果가 심甚히 빠른 것이다.

무슨 이유理由일지 모르겠으나 생각컨대 뺨은 적어도 정신精神의 바로 차석적次席的 국부局部에 해당該當함이 아닐까 한다.

뺨을 갈기면 바로 정신精神이 중상重傷하기에 말이다.

만일萬一 뺨을 경유經由치 않고 직접直接 정신精神에 테로가 돌입突入할 수 있는 기술技術과 방법方法이 혹或은 기계機械가 있다면 이것은 『토마스·에디슨』도 착상着想하기를 단념斷念하였던 대발명大發明에 필적匹敵할까 한다.

그러나 아직까지는 완전完全히 완전完全치는 못하나마 가장 합법적合法的이요 유구悠久한 전통傳統을 가진 언어言語의 구사驅使가 있을 뿐이다.

아메리카 문명文明으로도 정신모욕精神侮辱에 사용使用할 적敵의 면모面毛 하나 다치지 않고 미묘微妙하게도 효과적效果的인 기계機械가 없다면 아메리카의 물질문화物質文化의 장래將來가 아직 창창蒼蒼한 것이 되겠고 인류공통재人類共通財인 언어구사言語驅使가 부족不足하여 가장 원시적原始的인 계란鷄卵『토마토』 석전법石戰法을 행사行使하였다면 언어부족言語不足은 일종一種의 정신精神과 전통傳統의 빈곤貧困이 아닐 수 없을까 한다.

언어구사言語驅使는 정신문명精神文明의 지극至極히 기초적基礎的인 것, 초보적初步的인 것이다.

영어국민英語國民 아메리카 합중국合衆國에 언어言語의 빈곤貧困때문에 계란鷄卵과 『토마토』를 대용代用한 최근最近 아메리카 통신通信이 있었다.

『헨리·월레스』씨氏가 『노오스·캐롤라이나』주州 지방地方 이삼처二三處 시민대회市民大會에서 이번 대통령大統領 후보자候補者로서 정견발표政見發表 연설演說을 하였다.

연설演說 도중途中에 계란鷄卵과 『토마토』를 재료材料로 한 일종一種의 석전石戰질이 『월레스』씨氏의 안면顔面으로 총집중總集中되었다.

아메리카의 영어英語와 언론자유言論自由는 『월레스씨氏』의 정견발표政見發表와 계란鷄卵『토마토』 연속폭격連續爆擊에도 아직도 여유餘裕가 있었던 것이다. 무엇인고하니 안면顔面에 계란鷄卵『토마토』가 척척 이겨져 붙어 수치심羞恥心 모욕감侮辱感은 고사姑捨하고 호흡呼吸이 불통不通하는 동안에도 『월레스』씨氏는 굴屈하지 않고 『여러 분! 여기가 아메리카요?』 하였다.

이러하였던 사변事變을 청취聽取한 트루맨대통령大統領이 백악관白堊館에서 전국全國에 향向하여 꾸중을 하였다. 『계란鷄卵과 「토마토」로 언론자유言論自由를 박살撲殺하는 것은 비미국적非美國的 행위行爲이다』라고비난非難하였다.

『헨리·월레스』씨氏가 반미국적反美國的 행동조사위원회行動調査委員會에 걸릴 거리를 갖지 않은 것만은 안심安心할 수 있다. 트루맨대통령大統領의 담화談話로써―

그러나 『토마토』계란鷄卵으로 석전石戰질을 감행敢行한 시민대회市民大會 파괴행위분자破壞行爲分子가 반미국적反美國的 행동조사위원회行動調査委員會에 아직 걸리지 않은 것도 알 수 있다. 『헨리·월레스』씨氏가 봉변逢變한 뒤에 말하기를,

『나는 이러한 작란作亂을 개의介意치 아니하나 소년少年들은 계란鷄卵과 『토마토』를 더 유익有益하게 쓸 수 있을 것이라고 생각한다. 그러나 지난 밤 나를 지지支持하는 청년靑年들의 한 사람이 자상刺傷을 받은 사실事

實만은 웃어 버릴 수 없다. 사건事件이 발행發行하였을때 경관警官은 방관傍觀하고 있었다.』

폭행자暴行者들이 경찰警察에 잡히지 아니한 사실事實과 계란鷄卵『토마토』 흉기凶器로는 부족不足하여서 진검眞劍시행까지 있던 것을 알 수 있다.

언론자유言論自由에 영어英語가 심甚히 부족不足한 시대時代가 왔음인지 언론자유言論自由를 박살撲殺하기에 온갖 병기兵器가 사용使用된 것이다. 십오세十五歲 소년少年까지 가담加擔한 이 집단集團테로에 모략謀略 선동자煽動者를 적발摘發할만 한 일이니 언론자유言論自由는 고사姑捨하고 아메리카에서 인신보장人身保障이 못된 형편形便이면 어찌 하느냐?

작년昨年 언젠가 어느 날 『헨리·월레스』씨氏 한테 투서投書가 온 적이 있었던 것을 내가 역시 아메리카통신通信으로 기억記憶하고 있다.

『「헨리·월레스」씨氏께

당신이 소련蘇聯과 대단大端히 친친親하시다니 나를 위爲하여 「시베리아」산産 『토마토』와 수박씨를 소련蘇聯 주미대사관駐美大使館을 통通하여 좀 얻어 주시오. 연월일年月日 모모某某.』

그 모모某某란 자者가 누구인지 잡아내기만 한다면 미국美國에 전前에 없었던 『토마토』 투척전병投擲戰兵 일대一隊를 일망타진一網打盡할 수가 있지 않을까 생각된다.

아울러 팔·일오八·一五 이후以後 남조선南朝鮮에서 일부一部 사람들이 진실眞實한 애국자愛國者를 보고 『토마토』 수박으로 별명別名을 지어 붙이게 된 것도 그 화인禍因이 아메리카에서 『월레스』씨氏께 투서投書한 자者와 『토마토』로 폭행暴行한 도당徒黨의 국제적國際的 모략謀略이 아닐까 한다. 그러나 『월레스』씨氏께 『토마토』 계란鷄卵쯤은 그것이 약과藥菓인 것이다.

남조선南朝鮮에 한참 유행流行한 연설회장演說會場이나 무대舞臺에 폭탄爆彈 수류탄手榴彈 정말 돌맹이가 날라 들 때 그 때 연사演士나 예술가藝術家가 『여러 분! 여기가 조선朝鮮이오?』할 여유餘裕가 있었던지 모르겠다.

『노오스・캐롤라이나』주州 일부一部에서 대단大端치 않게 봉변逢變한『헨리・월레스』씨氏는 다시 행색行色을 정제整齊하고 남부南部로 향向하여 유설遊說을 계속繼續하였다.

『남부시민南部市民의 대부분大部分이 단정端正한 사람들이므로 남부南部에서는 자유주의自由主義가 지지支持를 받을 것이라』고 말하며……

원래 아메리카의 자유주의自由主義는 상공지대商工地帶인 아메리카 북부北部의 것이오, 봉건지주지대封建地主地帶인 아메리카 남부南部의 것이 아니었던 것이다.

신자본주의자新資本主義者『월레스』씨氏가 이제 북부北部에서 자유自由를 갈구渴求하며 남방南方으로 방황彷徨하는 새가 되어 유랑流浪길을 떠난다는 것은 자유주의自由主義와 봉건적封建的 공혁주의恐嚇主義의 남북이동南北移動이 아닐 수 없으니 현대통령賢大統領『아브라함・린컨』이 이제 부활復活하여 입후보立候補한다면『피스톨』의 위험危險은 도리어 북부北部 상공자유주의商工自由主義에서 오지 않을까 한다. 예전에 훨씬 예전에 희랍希臘의 역사가歷史家가 말하기를『무릇「착한 희랍希臘」은「악惡한 희랍希臘」의 편便을 들어서는 못쓴다』고 하였다. 예나 제나 남북南北의 지방적地方的 차별差別이 있는 것이 아니라 한 조국祖國안에 선량善良한 편과 열악劣惡한 편이 있어서 이 싸움이 오늘날 세계화世界化한 것이다.

오늘날 남부조선南部朝鮮에도 좋은 조선朝鮮과 나쁜 조선朝鮮으로 분열分裂되어 있으니,『헨리・월레스』씨氏 귀하貴下가 만일 조선朝鮮에 오신다면 대체大體 어느 편便을 드시겠오?

계란鷄卵『토마토』대신에 폭탄爆彈 수류탄手榴彈을 각오覺悟하셔야 할 터이니 역시亦是 귀하貴下는 계란鷄卵『토마토』투척投擲에 해당該當한 폭격爆擊을 받고도 나의 머리를 계란鷄卵이 아니라 폭탄爆彈으로 친 십오세十五歲 소년少年이 아니라 삼십세三十歲 청년靑年을 놓아 주라고 경찰당국警察當局에 간구懇求하실것입니까.

— 『散文』,「『헨리・월레스』와 鷄卵과『토마토』와」, 15~20쪽.

민족해방民族解放과 『공식주의公式主義』

기미己未 삼·일혁명三·一革命으로 전취戰取되었던 실實로 약간若干의 언론자유言論自由와 집회자유集會自由가 있었던 줄을 기억記憶한다. 일제日帝 중압하重壓下에도 다소多少 통풍기적시설通風機的施設이 필요必要하였던지 재등齋藤 실實의 소위所謂 문화정치文化政治 명목하名目下에 조선어문朝鮮語文 활용活用이 기분幾分 완화緩和되었었고 조합운동組合運動이 기두起頭하였고 청소년단체靑少年團体 소년척후대少年斥候隊, 웅변雄辯 토론회討論會가 용허容許되었던 것이다. 그리하여 약소弱小 피압박민족被壓迫民族으로서는 신문잡지新聞雜誌의 기술技術에 우수優秀한 소질素質을 보여 왔던 것이다.

소박素朴한 민족주의民族主義와 초보적初步的 맑스이론理論의 소위所謂『이론투쟁理論鬪爭』이 시험試驗되었던 것도 실實로 짧은 기간其間이나마 그 때이었다.

일면一面으로는 과학교육科學敎育의 기회균등機會均等을 극도極度로 제한制限하였으니 일례一例를 들면 최고학부最高學府 경성제대京城帝大에 경제학부經濟學府를 두지 않았던 것이다.

이면裏面으로는 보천교등普天敎等 사교단체邪敎團体를 묵허黙許하였고 숭신인조합등崇神人組合等을 암묵리暗默裡에 장려獎勵하여 부녀자婦女子를 미신迷信에 교착膠着시키어 민족民族의 활기活氣를 마비痲痺시키려는 음험陰險한 고등정책高等政策을 사용使用하였던 것이다.

지식층知識層 일부一部에서는 신간회新幹會와 같은 민족운동단체民族運動團体를 『반동反動』이라고 규정規定하고 일부一部에서는 맑시슴에 입각立脚한 민족해방운동民族解放運動을 『공식주의公式主義』라고 경원敬遠하였던 것이다.

조선朝鮮에 『공식주의公式主義』라는 용어用語가 수입輸入되기는 이 때부터이다.

『반동反動』이고 『공식주의公式主義』고 할 것 없이 재등류齋藤流의 문화정치文化政治는 조선민족朝鮮民族에 잠시暫時 언쟁言爭을 붙이고 양방兩方을 숙살肅殺하여 버렸던 것이다.

민족주의民族主義 투사鬪士들은 해외파海外派가 되어 싸워 왔고 맑시슴적의 투사鬪士들은 다분多分히 감옥監獄 아니면 지하地下로 잠기어 국내투쟁國內鬪爭을 계속繼續 전개展開하여 왔던 것이다.

투쟁鬪爭에 전연全然 무관無關하였던 계층階層이 있었으니 대별大別하여 자산가資産家 지주층地主層이었고 이에 부수附隨한 소시민小市民들이오 아일阿日 협잡배挾雜輩 악한등惡漢等은 말할 것도 없다.

일제시대日帝時代에 일제행정기구日帝行政機構에 직접直接 일권日勸은 아니 하였다 할지라도 자산가資産家 지주地主 등等이 부일협력자附日協力者가 아니었노라는 하등何等의 변명辯明도 있을 수 없었다는 것 쯤은 지극至極히 용이容易한 상식常識인 것이다.

하물며 만주사변滿洲事變 이래以來 양계급兩階級의 실적實績은 일제日帝 팽창膨脹의 최대첨병最大尖兵이 아니고 무엇이었던가?

팔・일오八・一五가 예상외豫想外에 빨라―실實은 너무도 더디게 오고야 말았다. 조선민족해방朝鮮民族解放은 삼상결정三相決定이라는 헌장憲章으로 성문화成文化되었던 것이니 포츠담선언宣言 이하以下 삼상결정三相決定은 세계민주주의전승世界民主主義戰勝의 당연當然한 결론結論이었고 일련一聯의 우미優美한 전리품戰利品이었지 세계민주계열世界民主系列 강대국強大國의 약소弱小 조선朝鮮에 대對한 소위所謂 자선사업적慈善事業的 시혜施惠가 아니었던 것이다.

역사歷史에 없었던 새로운 역사歷史가 창조創造될 때 창세기적創世記的 무오無汚에 필적匹敵할 세계世界 민주주의民主主義 전승戰勝의 전리품戰利品 배분配分에 참가參加할 권리權利가 조선민족朝鮮民族에 당당堂堂하게 부여부與되었던 것이다. 다만 피압박被壓迫 피착취민족被搾取民族이라는 실적實績만으로도!

조선민족중朝鮮民族中에 어느 계급階級이 피압박被壓迫 피착취被搾取의 최대最大 피해자被害者이었더냐 하면 최대다수最大多數의 근로勤勞 인민층人民層이었으니 토착자본가土着資本家와 지주地主는 도로혀 이조왕정시대李朝王政時代보담도 보호保護를 받아 왔었다.

자본가資本家와 지주층地主層에서 민족적民族的 단결團結이 있었다는 것을 들은 적이 있었던가?

만세운동萬歲運動에도 지극至極히 함구緘口 냉정冷靜하였던 것이다.

비폭력非暴力 저항抵抗이라기 보다는 절대絶對 평화무기平和武器『만세萬歲』에 보응報應하기를 총탄銃彈과 학살虐殺이 있었을 뿐 쓰러지기는 대다수大多數의 무산인민층無産人民層이오 발랄潑剌한 청소青少 남녀男女 학생층學生層이었었다.

일률一律로 조선민족朝鮮民族이랄 것이 아니라 조선민족朝鮮民族이라는 어의語義의 품위品位를 엄격嚴格히 규정規定하기 위爲하여『조선인민朝鮮人民』이란 용어用語를 강경强硬히 사용使用하게 된 내력來歷이 이에 있는 것이다. 진정眞正한 조선민족朝鮮民族은 조선인민朝鮮人民이었을 뿐이다.

인민진영人民陣營의 원리原理가 민족해방民族解放의 원리原理가 되는 것이요 조선통일자주독립朝鮮統一自主獨立의 공리公理가 되는 것이다. 공리公理를 떠나 정리定理가 설 수 없는 것이요 정리定理에서 이탈離脫하여 공식公式이 결정決定될 수 없는 것은 기하학幾何學에서도 기초적基礎的인 것이다. 민족해방民族解放의 유일唯一한 기본노선基本路線을 정치투쟁政治鬪爭의 공식公式이라고 하면 이 공식公式이야말로 기하학적幾何學的 정밀이상精密以上의 다시 숭엄崇嚴한 것이 아닌가?

그러나 일부一部 농문주의자弄文主義者들이 조출造出한 인민노선人民路線에 악의도전惡意挑戰하는『공식주의자公式主義者』운운云云하는 반민족적反民族的 언사言辭는 어떻게 재단裁斷해야 할 것인지 은인隱忍 침통沈痛

한 구상중構想中에 역사歷史는 격렬激烈하게 추진推進되고 있는 것이다. 기하학자幾何學者를 걸어 『공식주의자公式主義者』라고 도전挑戰할 의사意思는 없는 것이냐?

별명別名을 부르다 못하면 악동惡童도 지치고 만다. 이즘은 인민노선人民路線의 결정決定을 공식주의자公式主義者라고 부를 기력氣力도 없이 된듯 하다.

백범옹白凡翁의 법정法廷 안 대갈일타大喝一咤가 있은 후後에는 『크레므린 신자信者』설說도 입부리를 놀릴 폐기閉旣도 없이 된 모양이다.

귀하貴下들이 『공식주의公式主義』라고 중상中傷하여온 것이 전쟁전戰爭前에 일본공산주의자日本共産主義者가 좌익소아병자左翼小兒病者에게 규정規定하였던 공식주의公式主義는 물론勿論 아니오 삼상결정서三相決定書를 『공식주의公式主義』라고 뒤집어 씨웠던 것이다. 더욱이 맹랑孟浪하게도 소연방蘇聯邦 편입운동編入運動으로 중상中傷하였던 것이다.

사태事態가 지극至極히 긴박緊迫하게 된 바에 이제 다시 미소공위美蘇共委에 회고懷古 감상感傷하고저 하는 것도 아니다.

다만 최후最後요 유일唯一의 일맥一脈 혈로血路가 남았을 뿐이요 철저徹底 반탁反託의 귀결歸結이― 양주둔군兩駐屯軍 조속早速 동시철퇴同時撤退! 남북통일南北統一 자주독립민주인민정부수립自主獨立民主人民政府樹立!

이외以外에 다른 길이 있을 수 없는 것이다.

이것도 『공식주의公式主義』라고 호칭呼稱할 것인가?

철저徹底 『비공식주의非公式主義』의 가면假面을 벗기고 보면 미소공위美蘇共委에 혼입混入하기 위爲하였던 하로 저녁의 무수無數한 정당政黨 사회단체社會團体의 날조捏造되었던 사실事實과 『가능可能한 지역地域』의 『중앙정권中央政權』에 삼획參劃하기 위爲한 무수無數한 『무소속無所屬』 입후보立候補가 가두街頭를 가장假裝하고 있다. 허위虛僞의 껍데기도 한限이 있을 것이니 껍데기와 다시 속껍데기를 벗기우고 살을 찢어 헤치우고 그의 골수骨髓에 까지 서리고 있는 위선僞善을 인민人民앞에 노출露出하고야 만

것이다.

　남북인민南北人民 연석회의連席會議 까지도 맑시슴적인 『공식주의公式主義』운동運動이라고 호칭呼稱할 구실口實이 절핍絶乏한 모양이기에 중상구실中傷口實을 달리 주선周旋하고 있다.

　백범옹白凡翁이 『좌익모략左翼謀略』에 떨어졌다는둥, 혹或은 백범옹白凡翁이 이북以北에서 생명生命이 보장保障못되어 불귀객不歸客이 된다는둥 실實로 가소可笑 가증可憎스러운 악선전惡宣傳이다.

　전쟁사상戰爭史上 최대最大 처참悽慘한 소독전蘇獨戰 폭발爆發 당시當時에도 양국兩國 외교사절外交使節이 살해殺害되었다는 유언流言을 들은 일이 없거니와, 단말마적斷末魔的 일제日帝 침략전侵略戰에서도 연합군측聯合軍側 철거외교관撤去外交官들이 역시亦是 귀환선歸還船 귀빈선실貴賓船室에 유유연悠悠然히 나타났던 것은 뉴-스 영화映畫로 보았을 뿐이다.

　민족民族의 대사절大使節 백범옹白凡翁이 이북동족以北同族에게 대환호大歡呼될 것을 알기에 무엇이 인색吝嗇히 굴 조건條件이 있는 것이냐?

　이북동포以北同胞가 금수禽獸가 아닐 바에야 백범옹白凡翁을 살해殺害하여 막대莫大한 불리不利를 자취自取하여 또한 이를 세계이목世界耳目에 제공提供할 조건條件이 백범옹白凡翁 자신自身에게도 없는 것이다.

　『재등류齋藤流』의 『문화정치文化政治』시대時代에서부터 남용濫用되어 왔던 『반동反動』이나 『공식주의公式主義』의 용어用語의 해소解消도 수십년數十年을 낭비浪費하여 금차今次 남북인민연석회의南北人民連席會議 완수完遂에서만 가능可能한 것이다.

─『散文』, 「民族解放과 『公式主義』」, 21~27쪽.

산문散文

一

　지용이 시詩를 못쓴다고 가엾이 여기어 주는 사람은 인정人情이 고운 사람이라 이런 친구親舊와는 술이 생기면 조용 조용히 안주 삼아 울 수가 있다.
　전前 모고관某高官이 그가 아직 제복制服을 만들어 입기 전前 지난 이야기지만 나를 불러다가 한 말이
　『내가 미주美洲에 있을 때 당신의 글을 애독愛讀하였고 나도 문학文學을 하여온 사람이요.
　이때까지도 당신의 태도態度는 온당穩當하였던 줄로 생각하나 만일萬一 조금이라도 변變하는 경우境遇에는 우리도 생각이 있오.
　그리고 당신이 문과장文科長 지위地位에 있어서 유물론唯物論 선전宣傳을 한다니 그럴 수가 있오! 당신이 지도指導하는 학생學生들이 따로 모이어 무엇을 하고 있는 줄을 아시오?
　일간日間 당신네 학교學校에서 무슨 소동騷動이 나기 하면 문과장文科長만으로서 책임責任을 져야 하오.
　그리고 문과생文科生을 지도指導하려면 「컴패라티브・리터러춰」(비교문학比較文學)를 가르쳐야 하오. 우익문학右翼文學과 「프롤레타리아문학文學」을 비교比較하여 가르쳐서 학생學生으로 하여금 판단력判斷力을 얻도록 해야 하오.
　그 때 내가 나의 문학文學에 대對한 태도態度라던지 『비교문학교수比較文學敎授』에 관關한 권고勸告에 대對해서는 아무 답변答辯을 하지 않았고

다만 문과장文科長으로서의 책임責任을 져야 한다는 데는 응대應對하였다.

『네. 무슨 소동騷動이 난다면 책임責任을 지다 뿐이겠읍니까, 이런 말씀을 듣고 미리 겁이 나서 오늘로 문과장文科長을 내놓는다고 소동騷動에 관關한 책임責任을 면免할 도리道理가 있을 리理도 없고 하니 그대로 문과장文科長으로서 책임責任을 다할 수 밖에 없읍니다.』

하고 악수握手 경례후敬禮後에 심회心懷 초연悄然히 학교學校까지 걸어가며 이런 저런 생각에 걸음도 기운이 없었던 것이다.

무슨 일이 나랴나? 선생先生노릇 하다가 학생學生때문에 유치장留置場에를 가게 되는 것인가? 잔뜩 긴장緊張하여 가지고 학생學生들을 들 볶아 댈 결의決意가 섰던 것이다.

학교學校에 이르러 신문新聞을 보고 다음 날이 소련蘇聯의 무슨 혁명기념일革命紀念日인 것을 알았다.

소강당小講堂에 문과생文科生 전부全部를 불시不時 소집召集하여 놓고 위협威脅이라기 보다는 애원哀願을 하였던 것이다.

『너희들이 요새 출석出席이 나쁘기가 한限이 없으니 무슨 일이냐? 출석出席이 나쁜 학생學生은 불가불不可不 내일 모조리 정리整理할 수 밖에 없으니 알아 하여라.』

다음 날 출석율出席率이 100 퍼―센트 였던 것이다. 이화대학梨花大學에 이때까지 아무 소동騷動이 없고 말았다. 아직까지는 내가 그저 교원敎員일 뿐이다.

고관실高官室에서 답변答辯 못하고 나온 해고관該高官의 제안提案에 대對하여는 내가 팔·일오이후八·一五以後 이 때까지 주저躊躇 주저躊躇 생각하고 있다.

연구硏究해서 해득解得 못할 문제問題가 되어 그런 것이 아니다.

일제시대日帝時代에 내가 시詩니 산문散文이니 죄그만치 썼다면 그것은 내가 최소한도最少限度의 조선인朝鮮人을 유지維持하기 위爲하였던 것 이외以外의 아무 것도 아니었다.

해방덕解放德에 이제는 최대한도最大限度로 조선인朝鮮人 노릇을 해야만 하는 것이겠는데 어떻게 팔·일오八·一五 이전以前 같이 왜녀구축倭女龜縮한 문학文學을 고집固執할 수 있는 것이랴?

자연自然과 인사人事에 흥미興味가 없는 사람이 문학文學에 간여干與하여 본 적이 없다.

오늘 날 조선문학朝鮮文學에 있어서 자연自然은 국토國土로 인사人事는 인민人民으로 규정規定된 것이다.

국토國土와 인민人民에 흥미興味가 없는 문학文學을 순수純粹하다고 하는 것이냐?

남들이 나를 부르기를 순수시인純粹詩人이라고 하는 모양인데 나는 스스로 순수시인純粹詩人이라고 의식意識하고 표명表明한 적이 없다.

사춘기思春期에 연애戀愛 대신 시詩를 썼다. 그것이 시집詩集이 되어 잘 팔리었을 뿐이다. 이 나이를 해 가지고 연애戀愛 대신 시詩를 쓸 수야 없다.

사춘기思春期를 훨석 지나서부텀은 일본日本놈이 무서워서 산山으로 바다로 회피回避하여 시詩를 썼다.

그런 것이 지금 와서 순수시인純粹詩人 소리를 듣게 된 내력來歷이다.

그러니까 나의 영향影響을 다소多少 받아온 젊은 사람들이 있다면 좋지 않은 영향影響이니 버리는 것이 좋을까 한다.

시詩가 걸작傑作이던지 태작駄作이던지 옳은 시詩던지 글른 시詩던지로 결정決定되는 것이지 괴테를 순수시인純粹詩人이라고 추존追尊한다면 막심·고르키를 오탁소설가汚濁小說家라고 할 수 있는 것이냐? 이 양거장兩巨匠에 필적匹敵할 문학자文學者가 조선朝鮮에 난다면 괴테는 단연斷然코 나오지 않는다. 조선적朝鮮的 토양土壤에서는 막심·고르키에 필적匹敵할 만 한 사람만이 위대偉大한 것이요 또 가능성可能性이 분명分明하다.

시詩와 문학文學에 생활生活이 있고 근로勤勞가 있고 비판批判이 있고 투쟁鬪爭과 적발摘發이 있는 것이 그것이 옳은 예술藝術이다.

제5부 산문(동지사, 1949)

걸작傑作이라는 것을 몇 해를 두고 계획計劃하는 작가作家가 있다면 그 것도 『불멸不滅』에 대對한 어리석은 허영심虛榮心이다. 어떻게 해야만 『옳은 예술藝術』을 급속도急速度로 제작製作하여 건국투쟁建國鬪爭에 이바지 하느냐가 절실切實한 문제問題다.

정치政治와 문학文學을 절연絶緣시키려는 무모無謀에서 순수예술純粹藝術이라는 것이 나온다면 무릇 정치적政治的 영향影響에서 초탈超脫한 여하如何한 예술藝術이 있었던가를 제시提示하여 보라.

아이들이 『초코렡』을 훔쳐 먹고 입을 완전完全히 씻지도 못하고 『너 「초코렡」 훔쳐 먹었지』 하면 대개는 입을 다시 씻으며 『나 안 훔쳐 먹었어!』 한다.

빠안히 정치적政治的 영향影響이 들어남에도 불구不拘하고 또 그것으로 정당政黨에 부동附同하면서도, 아니다 순수예술純粹藝術이라고 한다면 『초코렡』 훔쳐 먹은 아이의 변명辨明과 무엇이 다르랴.

산란기産卵期에 명금류鳴禽類의 울음이 저절로 고운 정도程度로 연애戀愛 대신에 밉지 않은 서정시抒情詩를 써서 그것도 잡지사雜誌社에 교섭交涉하여 낸다는 것을 구타여 인민人民의 적敵이라 굴 사람이 어디 있으랴마는 원악 서정시抒情詩에도 소질素質이 박약薄弱한 청년靑年이 순수예술純粹藝術이로라고 자호自號하여 불순不純하게도 조숙早熟한 청년靑年이 고뇌苦惱 참담慘憺하게 늙어 가는 어른을 걸어 신문新聞을 빌어 욕辱을 해야만 하는 것이 순수純粹한 것이냐?

무슨 정황情況에 『유물론唯物論 선전宣傳』이나 『비교문학比較文學 교수敎授』가 되는 것이랴?

이제 국토國土와 인민人民에 불이 붙게 되었다.

백범옹白凡翁이나 모든 좌익左翼 별명別名 듣는 문화인文化人이나 겨우 불 보고 불 끄려는 소방부消防夫 정도程度에 지나지 않는 것이다.

—『문학』7호, 「散文1」, 1948.4.

二

　이십여년二十餘年 자식子息을 기르고 남여학생男女學生을 가르치노라고 얻은 경험經驗이 있다.
　아이들을 제가 잘 자라도록 화초花草에 물을 주듯 병아리에 모이를 주듯 영양營養과 지견智見과 환경環境과 편의便宜를 부절不絶히 공급供給할 것이지, 애비로서나 스승으로서나 결決코 자기自己의 주견主見을 강제强制 주입注入할 것이 아니라는 것이다.
　기르고 가르치는 것은 어른이 하는 일이다. 자라기는 제가 자라는 것이다.
　제가 자라서 무엇이 되든지 정치노선政治路線에 올라 좌익左翼으로 달리던지 우익右翼으로 달리던지 무슨 힘으로 요새 청년靑年을 내가 막을 도리道理가 있느냐 말이다.
　그러나 집에서 아이들이나 학교學校에서 학생學生이나 경찰警察에 걸릴 만 한 소질素質이 보이는 아이들이 보인다면 본능적本能的으로 겁이 난다.
　그러지 말라고 말리는 것도 당연當然한 일이다.
　『선생先生님은 왜 그리 봉건적封建的이십니까?』
　『오냐, 네 말대로 내가 봉건적封建的이 아니고서야 내가 선생先生노릇은 고사姑捨하고 네가 배기어 나겠느냐?』
　아이들이 제대로 자란다면 나도 나대로 자라는 것이 법칙法則이다. 진실眞實로 내가 봉건적封建的이라면 나는 나대로 자라는 법칙法則을 파기破棄하는 것이 아니고 무엇이랴?
　아이들이 육체적肉體的으로 지적智的으로 자랄 전정前程이 창창蒼蒼하다면 나의 자랄 여유餘裕는 다만 지적智的인 부분部分이 남아 있을 뿐이다. 나의 지적智的인 부분部分에 봉건적封建的인 것을남겨 두고서는 나는 지적智的으로도 자라지 못하고 마는것이다. 나이도 오십五十이가깝고.

자라고 못자라는 것이 문제問題가 아니라 비문학적非文學的으로 졸직卒直히 말하면 나는 답답하고 갑갑하여서 호흡呼吸이 곤란困難한 시절時節에서 교원敎員노릇을 하고 있다.

괴테는 죽을 때까지도 사치奢侈스런 말을 남기었다.

『창窓을 열어라 좀 더 빛을!』

나는 창窓을 열고 튀어 나가야만 하겠다.

— 『문학』 8호, 「散文 2」, 1948. 45.

三

R교수敎授는 자주 만나서 싫지 않은 사람이다. 허우대 얼굴이 넉넉하고 너그러운 사람이라 말씨와 심술心術이 남을 괴롭게 굴지 않는다.

그의 영어英語 영문학英文學의 실력實力은 남들이 신뢰信賴할만 하여 영어英語를 모르는 사람까지 따라서 영문학英文學의 청년교수靑年敎授로서 일급一級이라는 것을 무조건無條件하고 인정認定하는 형편形便이다.

아메리카 유학생遊學生의 Y·M·C·A 간부풍幹部風의 경망輕妄한 태도態度도 없거니와 영경英京 런던倫敦에서 칠년七年 수학修學한 학자폐學者弊의 오만傲慢한 데가 없다.

말을 하여 소리가 억세지 않고 웃어서 좌석座席이 소란치 않다.

이 사람과 생사生死를 같이 할 친구가 반드시 있을지는 보증保證키 어려우나 온아溫雅하고 세련洗鍊된 점이 외국外國서 감단지보邯鄲之步를 배운 사람과는 다르다.

어찌하였던 조선朝鮮의 교육敎育과 문화文化에 이런 인사人士가 매우 유용有用한 것이다.

이 사람이 팔・일오전八・一五前 보다 더 침울沈鬱해진것을 가까이하는 친구들은 보고있다.

이즘 와서는 버쩍 한숨이 늘어간다. 한숨도 병病이라 하여 임상의臨床醫의 신세를 져야 할데까지 갈 것이 아니라, 우리가 대개 한숨의 내용內容을 알 수 있음에는 지식인知識人의 우정友情에서 자신自信이 있다.

그러나 이 사람은 자기自己의 한숨의 윤곽輪廓을 선명鮮明하게 잡지 못한다.

말하자면 자기自己 한숨의 내용內容을 자기自己가 모른다. 몰라…… 몰라…… 하면서 역시 한숨을 쉰다.

내가 생각하기에도 한숨이란것은 논리論理가 아니오 다소多少 몽롱朦朧한 증상症狀인것이다.

증상症狀에 생리적生理的 불안감각不安感覺이 따른다는 것은 매우 자연自然한 일이다.

나는 R교수教授의 한숨을 지극至極히 당연當然하다고 한다. 동병상련同病相憐으로 나도 따라서 한숨을 쉰다.

한숨 쉬는 R교수教授와 나와 자주 만나는 친親한 두 친구가 있다.

하나는 당돌唐突하기 짝이 없는 문예평론가文藝評論家 K요, 하나는 실상 한숨 쉬기는 R보다도 더 왕성旺盛한 편집국장編輯局長 S다.

약弱하고 순順하여 한숨을 한숨대로 감추지 못하는 R교수教授에 대對하여 K와 S는 좀 가혹苛酷한 우의友誼를 행사行使하는 버릇이 있다. 만나는 대로 토론討論을 걸어 뒤 흔들어 놓는 것이다. 지면紙面때문에 토론討論의 내용內容을 대화체對話体로 하여 발표發表할 수는 없으나 R교수教授는 일체一切 항쟁抗爭을 싫어 하는 사람이므로 결국決局은 한숨을 길게 쉬는 나머지에 『세상 일이란 그렇게 간단簡單한 산술算術같이 승제乘除가 되는 것이 아니라』는 것으로 항론抗論을 맺는다.

『나는 신앙생활信仰生活을 부러워 합니다.』

아는 것은 안다 하고 모르는 것은 모른다고 해야만 한다. 빤히 알 수 있는 것을 알고도 여유작작餘裕綽綽하기는 K와 S요, 알 수 있는 것을 항시恒時 경원敬遠하면서 모르는 것에 한限하여선 심중深重한 경의敬意를 표表하는 R은 결국結局 알 수 있는것까지도 모르는 미궁迷宮에로 유도誘導하기에 여력餘力이 있고도 완강頑强하다. 문학자文學者 R교수敎授는 철학자哲學者로서는 회의주의자懷疑主義者라고 규정規定할 수 밖에 없다.

나도 토론討論에 참여參與할 기회機會가 있다.

『회의懷疑라고 하는 것은 사물事物의 진상眞相을 구명究明하기 까지의 정신적精神的 부요不撓한 노력努力이 아닙니까?

회의懷疑도 애초부텀 사물事物과 어느 정도程度로 사물事物에 대對한 초보적初步的 이해理解의 토대土台가 있어야만 회의懷疑하는 정신精神이 충분充分히 작용作用될 것입니다.

겸손謙遜도 분수分數가 있지 빤히 알 수 있는것을 모른다고 하시면 그것은 회의懷疑도 아닙니다.

회의懷疑는 백치상태白痴狀態가 아니므로 회의懷疑에는 이지理智와 논리論理의 순서順序를 밟아야 합니다.

신앙信仰도 애초부터 끝까지 모를 혼돈混沌에 대對한 배복拜伏이 아니라 안심安心하고 알 수 있는 토대土台를 밟아 이를 다시 진전進展시키어 어떠한 신비神秘한 권능權能에 절대絶對 신의信依하는 심성心性의 자세姿勢를 이르는 것일까 합니다.

절대絶對 불가지론자不可知論者가 되신다면 절대絶對 신앙信仰에도 단념斷念하실 수 밖에 없읍니다.』

K와 S는 토론討論을 끌어 단애斷崖 절벽絶壁으로 유도誘導한다.

이에 서서는 예스 아니면 노우 이외以外에 다른 길이 있을 수 없다.

예例를 들면 남북협상南北協商 친일파親日派 한간韓奸 단선單選 단정單政 남북통일南北統一 자주독립自主獨立 양주둔군동시조속철퇴兩駐屯軍同時早速撤退 문제등등問題等等.

R은 대개 이러한 문제問題에 관關하여는 일체一切 함묵緘黙한다.

함묵緘默은 반드시 불가지적不可知的 상태狀態는 아니다. 조선적사태朝鮮的事態도 신비주의神秘主義처럼 어려운 것일까?

『아이구 정치政治 없는 사회社會에서 살구 싶어요』

『정치政治없는 사회社會— 그런 사회社會를 동경憧憬할 자유自由가 남조선南朝鮮에 있기는 있읍니다. 그러나 그것은 조선자주독립朝鮮自主獨立에 관심關心없는 자유自由 회피廻避하는 자유自由 추극追極하면 거부拒否하는 자유自由가 되고 마는 것이 아닙니까? 불가지론不可知論과는 하등何等의 관련關聯이 없는 것입니다』

격렬激烈한 토론討論으로 친구를 극복克服하려는 것은 미묘微妙한 우정友情이 아니고 말 때가 많다.

별別로 효과效果가 없는 것이다.

그러나 우정友情과 효과效果에 단념斷念하는 것도 옳은 도리道理가 아니다.

말하자면 R교수敎授에게는 친구도 아니오 아내도 아니오 따로 애인愛人이 있을 수도 없고 하니 아름답고 총명聰明한 누이 같은 사람의 위로慰勞와 격려激勵가 필요必要한 것이다.

친절親切히 데불고 연구실硏究室이나 유원지遊園地보다는 현실現實의 사태事態와 정세情勢를 골고루 보여 주며 알려주고 하는 수 밖에 없을까 한다.

초연悄然히 돌아 가는 R교수敎授는 뒤로 보아도 쓸쓸한 것이었다.

다음 날 S에게 온 R의 편지의 일절—節—

『나와 골육骨肉을 논은 처妻나 자식子息도 내 마음대로 안되고 둟 지나 녁달도 못된 계집애도 내가 자유自由로 조종操縱할 자신自信이 없는데 어찌 인민전체人民全體의 생활生活과 복리福利를 좌우左右하고 농락弄絡까지 하는 정치政治에 생각이 미치겠읍니까. 가정생활家庭生活도 수습收拾못한다고 한 말도 이런 경제적經濟的이 아닌 정신적精神的인 관점觀點에서 울어난 말입니다.』

『인민전체人民全體의 생활生活과 복리福利를 좌우左右하고 농락弄絡하는 정치政治』에 생각이 미치지 못하는 R교수敎授는 확실確實히 겸손謙遜한 선비다.

겸손謙遜하고 유능有能한 선비를 살리기 위爲하여도 생활生活과 정치政治가 인민전체人民全體에 확립確立되어야 하겠다. 한 사람이 인민전체人民全體의 복리福利를 자담自擔한다는 것이 마침내 일군만민적一君萬民的 왕정이념王政理念에 지나지 못하고 마는 것이고 보니 이 왕당파王黨派가 아닌 R교수敎授에게 우리는 아직까지 단념斷念하지 않아도 좋다.

다시 그의 편지의 일절一節―

『나에게 무슨 「입장立場」이 용허容許된다면 그것은 일언一言으로 요약要約하여 「암흑暗黑」 속에서 더듬는 자者의 「입장立場」이라 하겠읍니다. 형兄은 날더러 「아나키스트」라고 속단速斷하시지만 생활生活에서 어떤 질서秩序를 요구要求하여 노력努力하는 한 사람으로서는 적합適合치 않는 말이라고 믿습니다.』

옳은 말이다. 대인민大人民의 대질서大秩序에는 개인個人 K와 S도 아무 능력能力이 없을까 한다. 일체一切의 기성노질서旣成老秩序가 붕괴崩壞되고 마는 것이요 새로운 대질서大秩序가 인민人民 전체全體에 서지고 말 것이기에 일개一個 R교수敎授도 이 대질서大秩序에 돌입突入하여 부동不動이 아니라 먼저 직립直立해야만 한다.

그 후後 어떤 날 R교수敎授를 다시 만나 신중愼重히도 나도 혹시 누의처럼 될까 하여,

『신앙생활信仰生活에 관심關心이 계시다면 교회敎會에 소개紹介하여 드릴가 합니다. 어찌 할까요?』

『글쎄요, 아즉 더 생각해야 하겠읍니다……』

문미文尾는 다소多少 강경强硬할 필요必要가 있다.

『R형兄의 현재상태現在狀態로는 현실現實에도 신비神秘에도 열렬熱烈하신 편이 아니시외다!』

― 『散文』, 「散文」, 28~41쪽.

민주주의民主主義와 민주주의民主主義 싸움

평안도平安道 출신出身 홍경래洪景來가 대역적大逆賊 누명陋名을 벗기를 언제부텀일까? 오늘 날 홍경래洪景來를 역적逆賊이라 하는 이는 없을까 한다.

홍경래洪景來를 대역무도大逆無道한 놈으로 왕정사王政史에 올리기는 당시當時 왕실王室 역사편수관歷史編修官일 것이요, 혹或이나 홍경래洪景來가 역적逆賊이 아닌 양으로 변백辯白하여준 사기史記가 당시當時에 있었을지, 사가史家가 아닌 나로서는 알 길이 없다.

그런데 부지하세월不知何歲月에 홍경래洪景來가 역적逆賊이 아니되고 말았다.

저절로 자연自然히 역적逆賊이 아니된 것이다. 저절로 자연自然히란 말로 뒤를 흐리울수 없다. 역사歷史는 사람이 만들어 나가는 것이므로 『저절로』에 방임放任하는 것은 무책임無責任한 언사言辭가 아닐 수 없다.

홍경래洪景來의 사실史實은 홍경래洪景來와 그의 도당徒黨이 만든 것이오 홍경래洪景來가 역적逆賊이랄 수가 없이 된 것은 시간時間과 인민人民의 심판審判에 의依한 것이 명백明白하다.

명백明白한 것에 대對하여 『저절로』라는 부사副詞가 해당該當하기는 불분명不分明한 것이다.

홍경래洪景來가 역적逆賊이 아니었으면 그러면 충신忠臣이랄 수가 있느냐 말이며, 당시當時 평안도平安道 사람이 이조李朝에 충신忠臣이어야 할 의무義務가 어데 있었던 것이냐?

역적逆賊도 충신忠臣도 아닌 홍경래洪景來가 전제학정專制虐政 이조李朝에 도전挑戰하여 사투死鬪하여 볼만 한 일이었고 보면 무릇 피압박被壓迫 인민人民이 역적逆賊도 충신忠臣도 될 수 없는 것이 지극至極히 당연當然한 일이다. 하여간何如間 홍경래洪景來는 통쾌痛快한 사람이었다.

그러나 홍경래洪景來가 완전完全히 성공成功하였더라면 어찌 되었을고를 생각할 수 있다.

홍경래洪景來가 십상팔구十上八九 왕王이 되었을 것이오 이조李朝가 홍조洪朝로 바뀌었을 것이오 『홍태조洪太祖』도 또한 『진정眞正한 왕도王道』를 선포宣布하였을 것이다.

역사상歷史上 무수無數한 왕조王朝에 『왕도王道』의 문헌文獻이 부족不足하여서 인민人民이 피해被害를 본 것이 아니다.

그러니까 왕조王朝와 왕조王朝의 체변遞番에는 반드시 『왕도王道』와 『왕도王道』의 투쟁鬪爭이 있었노라고 하면 이것을 인민적人民的 궤변詭辯으로 돌릴 수가 없는 것이 사실史實은 이 때까지 그 놈의 왕王때문에 인민人民이 죽고 죽을 지경이었다.

다행多幸히 이조李朝와 일제日帝가 거꾸러져서 조선朝鮮에 왕王이 없어도 인민人民이 살 수 있는 생활生活과 원리原理가 남아 있다.

이리하여 오늘 날 조선朝鮮에 왕王과 인민人民의 싸움이 있을 수 없으니, 하물며 왕도王道와 민주주의民主主義가 다투는 것이 될 수 있는 노릇이냐 말이다.

그런데 조선朝鮮은 조선朝鮮끼리 싸운다, 팔.일오八一五 이후以後 줄창 싸운다, 금년今年 팔.일오八一五가 지나도 그칠 것 같지 않다.

반드시 민주주의民主主義란 명목名目으로 싸우는 중中이다.

이것은 왕도王道와 왕도王道의 싸움이 아니라 민주주의民主主義와 민주주의民主主義의 싸움으로 『수지오지자웅誰知烏之雌雄』으로 돌리고 단념斷念해야만 하는 것일까?

민주주의民主主義가 지극至極히 진리眞理인 바에야 민주주의民主主義가 민주주의民主主義와 싸운달 수야 없는 것이다.

실없는 소리를 농담弄談으로도 할 수 없이 절박切迫한 싸움이 벌어졌다. 물이 아래로 흘러 나리는 것이 물의 천성天性이라고 하면 물은 끝까지 아주 끝까지 흘러야만 거저 주저앉는 것이 아니라 다시 범람汎濫하고 주일注溢하는 것이다.

민주주의民主主義 발전사發展史는 마침내 인민人民의 해방발전사解放發展史인 것이다.

인민해방人民解放을 끝까지 아주 끝 까지 보지 못하고 민주주의民主主義가 중간中間에 봉건지주封建地主 독점자본가獨占資本家 친일파親日派 외국상품外國商品 금권제국주의金權帝國主義 모리배謀利輩 탐관오리貪官汚吏 외군주둔무기연기外軍駐屯無期延期 고문拷問 테로등等 일체一切 반인민적反人民的 요소要素에 걸리어 가지고서야 무슨 민주주의民主主義 노릇을 하는 것이냐 말이다.

사갈蛇蝎의 무리는 민주주의民主主義까지 점령占領할 의사意思가 있는 것이다. 인민人民이 어찌 저들과 공존공영共存共榮할 도리道理가 있느냐.

아돌프 히틀러가 자저自著『마인·캄프』에 쓰기를 나치스야 말로 진정眞正한 민주주의民主主義라고 하였고, 항복후降伏後에 일황日皇 유인裕仁도 일르기를 자계自系 황실皇室이야 말로 상대上代부터 민주주의民主主義를 시범示範하였노라는 허리를 펴지못할 우스꽝스런 소리를 발표發表하였다.

월가街의 민주주의民主主義와 헨리 월레스의 민주주의民主主義가 싸우는 동안이란, 천지天池의 물이 백두산白頭山중허리에서 걸려 있는 동안일까 한다.

『수불득평수水不得平이면 낙落』이라 하였다. 아주 동해東海나 황해黃海에까지 나려오지 않고서는 천지수天池水는 쉴 수 없는 것이다.

민주주의民主主義로 끝장을 보지 않고서는 그치지 않는다.

물은 높은 데서 발원發源하는 것이나 민주주의民主主義는 소위所謂 하류사회下流社會 절대다수絶對多數 인민계열人民系列의 역사적歷史的 창의創意에서 확립確立된 것이다. 인민人民 이하以下에 다시 나려갈 데가 없이 세계인민世界人民 전야戰野에 민주주의民主主義가 팽배澎湃 노호怒呼하는 판, 일오팔一五가 다시 사차四次 거듭하여도 민주주의民主主義가 인민人民의 것이 아니라 금권제국주의金權帝國主義의 것일 수가 있는 노릇이냐!

『자네 참 훌륭한 사람이 됐데 그려.』

『거 무슨 말인가?』

『충청도忠淸道라 하는 데는 자고自古로 문한文翰과 인물人物이 떨어지는 법이 없거덩.』

『그래서?』

『자네 이름이 신문新聞에 오르랑 내리랑 하니 충청도忠淸道 인물人物이 됐길래 그렁게지……』

이 친구親舊를 데불고 가까운 주막酒幕 마루끝에라도 걸터앉을 형편形便이 되면 삼십년전三十年前에 결별訣別한 충청도忠淸道 사투리에 싫것 다시 볶일만 한 기회機會를 얻을 터인데 불행不幸하게도 둘이 함께 돈이 없다.

내가 어찌하여 사투리가 싫어졌나? 나는 진정 사투리가 싫다. 그다지도 매력魅力이 있어 들리던 평안도平安道 사투리가 이즘은 쓸쓸하게도 싫다.

예전 사람은 늙어서 돌아갈 고향故鄕이 있었거니와, 나는 머리가 히끗히끗해 가지고 좁은 서울 한복판에서 팔도八道 사투 에 밀리고 있다.

말의 사투리가 대단한 괴로움이 될 거리가 있으랴 만은 말의 사투리 보담『이념理念의 사투리』『정신精神의 사투리』에 나는 전율戰慄하고 있다.

나를 신문新聞에 오르는 사람이라고 좋아하는 고향친구故鄕親舊 보고 어찌 어찌한 말끝에『예잇! 충청도忠淸道 놈아!』하고 교묘巧妙한 화술話術로 서로 웃고 헤어졌다.

고향친구故鄕親舊일수록 소년少年쩍 동무 일수록 탓이 없어서 좋으나, 나를 다시 감상感傷으로 유도誘導하는 데야 어찌 하랴……

신문新聞에 오르는 사람이 유명有名한 사람이라면 신문新聞은 무용無用하게도 유명有名한 사람을 너무도 많이 만들어 낸 죄罪를 저야 하겠다. 그

많은 정당政黨과 사회단체社會團体와 이에 따른 무수無數한 지도자指導者 란 사람들이 실상은 신문사편집국新聞社編輯局의 선심善心 쓰는 편집정책 編輯政策에서 남조捏造된 것을 알기가 어려운 것이 아니오, 이러한 팔방미 인적八方美人的 편집책編輯策때문에 민족해방노선民族解放路線에 팔도八道 사투리적의 소란騷亂이 일어난것도 전적全的으로 사실事實일까 한다.

표준어標準語와 맞춤법 통일안統一案을 시행施行함에 이의異意가 없이 되듯이, 민주주의民主主義의 해석解釋에 있어서는 잡음雜音은 고사姑捨하 고 소박素朴한 이념적理念的의 사투리 까지도 소박素朴한 덕德이 될 수 없이 지극至極히 위험危險한 사상思想이 되고야 마는 것이다.

민주주의民主主義 해석解釋에서 일체一切 사투리를 몰아 내자!

인민人民이 아니고서 또는 완전完全히 인민계열人民系列에 전락顚落하 지 않고서야 민주주의적民主主義的 신념信念이 육체적肉体의 실감實感까지 에 투철透徹할 수가 없을까 한다.

남조선南朝鮮에 정부政府가 섰다고 하니 여관旅館마다 갑자기 사투리 쓰는 인사人士들이 운집雲集하는 것을 보라. 민주주의民主主義에 엽관운동 獵官運動이 있을 수 있는 노릇이냐? 엽관운동獵官運動이 있을 수 있는 남조 선적南朝鮮的 기구機構의 자유自由를 사랑할 수 있는 동안이란 그만치『바 벨』탑적塔的 소란騷亂의 계절季節이 아닐 수 없는 것이리라. 민주주의民主 主義란 원어原語에 화려華麗한 팔도八道 사투리의 백화료난百花燎亂!

철기장군鐵驥將軍 이범석총리李範奭總理의 역량力量이 시험대試驗台에 올랐다.

잠깐 묵도默禱!

정부수립政府樹立 축하식祝賀式 날 신문新聞마다 만국기萬國旗 처럼 현 란絢爛하게도 만함식滿艦飾을 다투었건만 모대신문某大新聞에는 이장군李 將軍이 빠졌다.

사진寫眞도 성명聲明도 휘호揮毫도 볼 수 없었다.

신문新聞에 오르지 않았으니 이장군李將軍이 유명有名할 수 없다.

실實로 의외意外의 인물人物이 총리總理가 되었다. 일개一介 인민人民이 유명有名하기 시작하면서부터 인민人民을 배반背反하기 비롯하는 예例를 많이 보았다. 그러한 점点에서 팔・일오八・一五 이후以後에 입국入國한 지사志士 투사중鬪士中에서 이장군李將軍이 신문新聞을 농락弄絡아니한 것이라던지 신문新聞이 이장군李將軍을 영웅화英雄化 아니한 것은 장군將軍이 현명賢明하였던지 신문新聞이 총명聰明치 못하였던지 둘 중中의 하나인 것이 들어났다.

이백만二百萬 단원團員을 기르기에 삼년三年을 걸린 장군將軍 이철기李鐵驥가 만주滿洲 남북중南北中 대륙大陸에서도 가져 보지 못하였던 대세력大勢力을 가졌거니 어찌 일개一個 백두재상白頭宰相일 수 있는것이냐? 청산리전靑山里戰 전후前後에 일병一兵 대對 이십왜적二十倭賊을 전멸戰滅 시킨 불멸不滅의 위훈偉勳은 세계유격전사世界遊擊戰史에 다시 없었던 것이다.

출장입상出將入相 이장군李將軍의 문필文筆이 십분十分 문학도文學徒임을 『한국韓國의 분노憤怒』를 통通하여서도 신뢰信賴할만 하다.

남조선적南朝鮮的 사태事態에서 이장군李將軍의 세심細心 묵중默重함을 다소多少 동정同情으로 용허容許하자. 그러나 총리입선總理入選 이후以後 수차數次 성명聲明으로는 인민대계열人民大系列의 신경神經이 찡그렁 울리지 않았다.

약년若年 십육세이후十六歲以後 싸운 것이, 무엇 때문에 무엇을 위爲하여 싸운 것을 인민人民으로 하여금 투철透徹히 승복承服케 하라.

왜적倭賊을 항抗하여 싸운 것은 그것이 마침내 세계世界 제국주의적帝國主義的 원리原理를 격파擊破함에 귀결歸結되고 마는 것이다.

조선朝鮮은 과연果然 평화건국기平和建國期에 놓여 있는 것일까?

토지土地가 실농實農 농민農民에게 돌아 가고, 공장工場이 노동자勞動者의 손으로 유쾌愉快히 움지기고 원조援助를 가장假裝하는 외화外貨의 상륙上陸을 거부拒否하며, 행정기구行政機構에 탐관오리貪官汚吏가 절멸絶滅되며 외군주둔外軍駐屯의 무기연기無期延期를 거부拒否하기 전전前에는, 이장군李將軍의 인민人民에 대對한 민주주의적民主主義的 선무宣撫가 무비無非 민주주의적民主主義的 사투리가 아닐 수 없는 것이다. 장군將軍이 어찌 투기적投機的 점진주의漸進主義라는 것으로 민주주의民主主義의 표준어적標準語的 해설解說을 삼을 수 있는 것이냐?

심복心腹 이백만二百萬에 일령一令이 나리면 친일파親日派 한간적韓奸的 잔재殘滓 숙청肅淸이 청산리전역青山裏戰役보담한점点의 피를 보지 않아도 용이容易할 것이오, 만일萬一 장군將軍의 일령一令에 민주주의民主主義의 사투리가 섞인다면 이백만二百萬의 막대莫大한 사투리의 대진군大進軍을 보리라.

추왈追曰

『장군將軍의 기旗빨은 어데로?』

—『散文』,「民主主義와 民主主義 싸움」, 42~50쪽.

남의 일 같지 않은 이야기

맛득지 않은 대만台灣 이야기를 써볼까 한다.

대만台灣의 원주민原住民은 애초에 한족漢族이나 일본인日本人이 아니었던 것이다. 마래족馬來族의 일계一系인 우리가 일본인日本人을 통通하여 안 생번生蕃이나 숙번熟蕃이라는 족속族屬이 대만台灣의 원주민족原住民族이었던 것이다.

고박古朴하고 표한慓悍한 이 족속族屬들은 얼마 되지 못한 지역地域에서 농목農牧 어렵漁獵을 주主로 하여 자작자급自作自給으로 대륙大陸을 부러워 아니하고도 태평泰平한 생활生活을 누리었을 것이다. 대안對岸인 대륙大陸 남중일대南中一帶의 침략적侵略的 유랑민流浪民들이 대만복지台灣福地로 기어 올라오기 시작하였다. 『문화文化』를 가지고 왔다.

어떠한 『문화文化』이었던가?

화교상품華僑商品과 무기武器와 금리金利와 행정行政을 가져왔다. 공자묘孔子廟도 의례依例 따라왔을 것이다.

막비왕토莫非王土에 막비왕민莫非王民, 대만台灣 원주민原住民이 번인蕃人이 아니라 인민人民이 아닐 수 있었던 노릇이냐 말이다.

대만인민台灣人民 번인蕃人들이 화교적華僑的 『왕도王道』에 점점漸漸 패잔敗殘하기 시작始作하였다.

문자文字를 갖지 못한 인민人民들이 『왕도王道』를 알 바 있을 리理 없이 위선 생사존망生死存亡을 위爲하여 화교적華僑的 모리謀利와 착취搾取와 무기武器와 행정行政에 반항反抗하기 시작始作하였다.

항전진지抗戰陣地를 얻기 위爲하여 신고산新高山으로 올라갔다.

살기 좋은 평지平地가 모조리 침략자侵略者 한족漢族에게 돌아가고 말았다.

산山사람이 된 원주인민原住人民들이 불의습격전술不意襲擊戰術로 한족漢族의 목아지를 떼어 가지고 달아나는 것이 몇 백년百年 동안 인지 몰라도 나중에는 습관習慣이 되고 행사行事가 되고 제전祭典이 되었다.

일년一年에 정기定期로 한족漢族의 목아지를 떼지 않으면 산山 사람들이 무슨 천재지변天災地變을 만난다는 미신迷信에 까지 이른 것이다.

일년一年에 목을 몇 개 떼일망정 평지平地의 한족漢族은 점점漸漸 번영繁榮하고 산지山地의 인민人民들은 야만野蠻으로 대접받았다. 야만상태野蠻狀態에서 철저徹底 비타협적非妥協的 항쟁인민抗爭人民은 『생번生蕃』이 되고 조금 연화軟化하여 한족漢族에 귀순歸順하여 비산비非山非 비야비野인 변지邊地에서 오욕적汚辱的 생존生存을 유지維持한 족속族屬을 『숙번熟蕃』이라고 한다. 『숙번熟蕃』이 되어 『왕도王道』의 군은君恩은 고사姑捨하고 생활生活이 조금도 개선改善될 리理 없었으나 『생번生蕃』은 산중山中에서도 신화神話를 구전口傳하며 노래와 춤이 생기고 직조織組와 자수刺繡까지 부지런히 계속繼續하여 왔다.

강경剛硬하게도 도덕道德이 유지維持되어 도벽盜癖이 없고 사음邪淫 간통姦通이 최대最大 죄벌罪罰로 되어 불의不義의 남녀男女를 잡아 내어 즉시卽時 처형處刑하여 버리는 까닭으로 그러한 범죄자犯罪者란 별로 없다는 것이다.

청일전후淸日戰後에 대만台灣이 일본日本에 귀속歸屬하게 되었다.

전승戰勝 일본인日本人이 대만台灣에 진주進駐하니 침략지배계급侵略支配階級 한족漢族은 『본도인本島人』으로 대접對接받고 숙번熟蕃 생번生蕃은 역시亦是 그대로 번인蕃人을 면免치 못하였으나 생번生蕃 만은 일본인日本人에게까지 저항抵抗하였다. 일본통치하日本統治下에 문제問題꺼리는 산중인민山中人民 『생번生蕃』에 한限한 것이었다.

일본군日本軍이 대만생번台灣生蕃에 향向하여 전쟁戰爭을 걸었다.

생번生蕃들은 수제무기手製武器로 대항對抗하였다. 생번生蕃들은 무기武器보다도 유리有利한 맨발을 가졌던 것이다. 일본군日本軍이 착실着實히 손해損害를 보았으니 최고지휘관最高指揮官 모某 친왕親王까지 죽이고 맨발로 달아나는 수에 당할 도리道理가 없었던 것이다.

일본군측日本軍側에서는 자측自側이 토벌완수討伐完遂한 양으로 발표發表되었을 것이오 생번측生蕃側으로서는 자기自己네가 승전勝戰한 것일 것이다. 생번生蕃은 점점漸漸 산속으로만 들어갔다. 비교적比較的 무난無難한 번지蕃地에 일본日本 선무반宣撫班이 들어 갔다. 공학교교원公學校敎員이며 파출소派出所 순사등巡査等이 들어갔다. 다시 탈을 내기는 일본인日本人 순사巡査이었던 것이다. 『가다까나』『히라까나』 천조대신天照大神 왜倭사탕 잡화침입雜貨侵入은 산山사람들에게 그다지 중대重大한 사건事件이 아니었다.

초중대超重大한 사변事變이 일어났다.

순사巡査놈들이 산山사람의 부녀자婦女子를 폭력暴力으로 가욕加辱하기 시작하였다. 번인蕃人들은 부녀자婦女子의 정조貞操를 생명生命으로 바꾸어 옹호擁護하던 것이다.

일제一齊 궐기蹶起 하였다. 파출소派出所를 때려 부시고 순사巡査를 죽이고 그의 가족家族을 없애 버리고 일본인부락日本人部落을 소멸燒滅하여 버렸다. 일본전토日本全土 신문기사新聞記事는 전시체재戰時體裁로 들어갔다. 고산밀림지대高山密林地帶 상공上空에 일본폭격기日本爆擊機가 종횡무진縱橫無盡으로 날랐다.

전과戰果는 불분명不分明하나 산山사람 부대部隊는 집과 기구器具와 화전火田을 버리고 아내와 누이의 손을 잡고 노인老人과 어린아이를 업고 산山속으로 달아났다.

일본인日本人은 산중山中 요소要所마다 전기철조망電氣鐵條網을 쳤다.

평지平地에는 한족漢族과 숙번熟蕃과 일본인日本人이 『평화平和』하게 살았다.

초기初期 원주민原住民 대對 한족漢族 투쟁鬪爭은 그것의 토지土地와 생존生存을 위爲한 일종一種의 경제투쟁經濟鬪爭이었던 것으로 생각되고 번인蕃人 대對 일본인日本人 항쟁抗爭은 그것이 비장悲壯한 도덕투쟁道德鬪爭이었던 것이다.

번인蕃人들은 산山속 생활生活에서 토지土地와 경제經濟에 대對한 권리權利까지 망각忘却하고야 말았고 다만 부녀자婦女子의 정조貞操와 도덕道德을 위하여 결사決死 궐기蹶起 하였던 것이다.

독자讀者 여러 분은 한족漢族 일인日人 숙번熟蕃 생번중生蕃中에서 어떤 족속族屬이 가장 고결高潔한 민족民族인줄로 인정認定하실 것인가?

고결高潔한 민족民族 생번生蕃들은 천험天險 신고산新高山에서 여태껏 버티고 산다.

이차대전二次大戰의 결과結果로 일본인日本人이 대만台灣에서 축출逐出되었다.

대만台灣에 삼민주의三民主義와 중앙군中央軍이 들어왔다. 결점缺點은 삼민주의三民主義에 있는 것이 아니라 중앙군中央軍과 함께 따라온 탐관오리貪官汚吏와 모리배謀利輩의 폐해弊害가 대사변大事變을 다시 일으킨 것이었다.

팔・일오八・一五 이후以後의 피해被害는 본도인本島人 한족漢族이 입게 되었다.

평지平地 점령자占領者의 후예後裔인 한족漢族의 일부一部 대만인민군台灣人民群이 봉기蜂起하였다.

항전기지抗戰基地를 얻기 위爲하여 한족인민군漢族人民軍이 또 신고산新高山으로 올라갔다.

이들이 생번生蕃들과 연합우군聯合友軍이 되기에는 너무도 문화文化를 가졌기에 상당相當한 무기武器와 물자物資도 반입搬入할 수 있을까 짐작된다.

그러나 이 항쟁抗爭으로 인因하여 대만臺灣 본도인本島人 항쟁군抗爭群의 맨발이 생번生蕃의 맨발처럼 되기에는 상당相當한 시일時日이 걸릴 것이요, 그러한 시일時日 이란 역시 인류人類의 불행不幸한 또는 불가피적不可避的 역사歷史의 과정過程이 아닌가 한다.

―『散文』, 「남의 일 같지 않은 이야기」, 51~56쪽.

도야지가 사자獅子 되기 까지

一

　청일전쟁清日戰爭 이전以前의 지나대륙支那大陸과 사억만四億萬 인구人口를 일러 누가 한 말인지 아마 서양西洋사람의 입에서 나온 말일 것이다.
　『지나支那는 잠자는 사자獅子라』고—
　잠자는 사자獅子를 경계警戒한 것은 잠을 깰 사자獅子가 미리 무서웠던 까닭이리라.
　싸움도 싸움답게 못하고 마관구화조약馬關媾和條約에서 마래기 이마에 옥玉을 달고 공작孔雀의 꼬리를 빗긴 천하영웅天下英雄 이홍장李鴻章이, 잣나비에 갓 고깔 씨우듯 양복洋服을 입고 발을 굴으며 호령呼令 하는 이등박문伊藤博文에게, 쉽게 말하자면 하치 못한 싸움에 항복조인降伏調印을 하였던 것이다.
　이로부터 지나支那에 새로운 별명別名이 붙었다.
　『지나支那는 잠자는 도야지라』고— 도야지는 잠을 자거나 깨거나 매일반每一般이라는 뜻이리라.
　방대尨大한 대륙大陸『도야지』에 뭇놈이 칼을 들고 대어 들어 베이기 시작하였다.
　영구永久 유기有期 조차租借에, 조계점령租界占領에, 철도부설권鐵道敷設權 획득獲得에, 항만개방港灣開放에, 차관借款에, 배상賠償에— 만신창상滿身瘡傷이 오늘날 까지 그꼴이 그저 그꼴이다.
　청일전清日戰으로 인因하여 지나支那의 알기 어려운 이치理致는 주역周易 한 권卷뿐이오 그 외外에 정치政治 경제經濟 영역領域에서 신비神秘가 일소一掃되었다.

『지나支那는 아무 것도 아니다』— 이런 경멸輕蔑하는 어구語句는 일본日本 말로 일본인日本人이 해야만 경쾌輕快한 맛이 날 것이다.

달리 말하자면 봉건토호封建土豪 지주地主 호상豪商의 천자국天子國이, 외세자본外帝資本 할거시장割據市場 이외에 아무 것도 아니었다.

물적지나物的支那는 아무 것도 아닌 것이 알아졌거니와 인적지나人的支那에 아직도 미신迷信아닌 미신迷信이 남아 있다.

『중국中國사람의 속은 알 수 없다』는 것이다.

『열 길 물속은 알아도 한 길 사람의 속은 모른다』는 것은 조선朝鮮사람의 속을 말한 조선朝鮮에서 생긴 이언俚諺이다.

조선전토朝鮮全土가 지나支那의 일성一省에 미치지 못하는 대륙大陸, 중국中國사람의 대륙성大陸性은 그야말로 수심水深으로 측량測量할 수 없을 것이 아닌가?

그러니까 당년當年의 대원군大院君 민비閔妃의 엉뚱한 속도 중국中國의 일성장一省長의 속에는 애초 비교比較할 바이 아니오 화교華僑 소상小商의 소해少孩 고낭姑娘에 겨우 비등比等하다면 겨우 다행多幸한 일이 아닐까?

조선朝鮮사람이 과연果然 몇 사람이 중국中國의 『대인大人』 영웅英雄과 교제交際해 본 이가 있었기에 말이지 마침내 『중국中國사람의 속은 알 수 없다』는 탄사嘆辭는 화상정도華商程度 위인爲人의 외교적外交的 압력壓力에 손해損害를 보고 생긴 말일 것이다.

그러나 중국인사中國人士의 속을 알 수 없다는 것은 조선朝鮮사람의 말이지만은 일본인日本人 중中에 어떤 『지나통支那通』이라는 사람이 중국中國의 상등上等 『대인大人』 장개석씨蔣介石氏를 두고 (중일전쟁전中日戰爭前 장씨蔣氏가 일시一時 남창南昌에 은거隱居한 적이 있었을 때) 이렇게 말한 일이 있다.

『장개석蔣介石은 일본인日本人이다. (?) 너무도 지나인支那人답지 않아서 주위周圍사람이 모두 곤란困難하다』라고—

이러고 보면 중국中國의 속은 도무지 알기 어렵다는 말인지, 알기가 빠드름 하다는 말인지, 이해理解하기에 다소多少 주저躊躇되기도 한다. 문맥文脈의 상하上下를 따지어 보아 장개석씨蔣介石氏 때문에 곤란困難하다는 결어結語는 볼 수 있어도 장개석씨蔣介石氏의 속은 아예 알 수 없다는 말은 은어隱語로도 발견發見되지 않는다. 『장개석蔣介石은 일본인日本人이다』(!) 라는 말이 해괴駭怪한 소리다. 어구語句 그대로 직해直解할 거리가 아니라, 일본인日本人이 최대곤란最大困難을 겪기는 실상實狀 일본인日本人에게서 라는 말이 아닐 수 없고 장씨蔣氏 에게서도 일본인적日本人的 곤란困難을 중국인中國人이 겪는다는 말이 된다.

과연果然 주위周圍 사람들이 장개석씨蔣介石氏께 이러한 곤란困難을 발견發見하고 또 겪어야 한다면 오늘날 장개석씨蔣介石氏의 주위周圍란 신측身側으로 부터 지나대륙支那大陸 전반全般에 확대擴大 되는 주위周圍가 아닐 수 없는 것이고 보니 장씨적蔣氏的 곤란困難도 또한 지역적地域的으로 그만치 확대擴大되지 않을 수 없는 것이다.

그러니까 장씨적蔣氏的 곤란困難 혹或은 장씨적蔣氏的 영향影響이 아무리 횡횡으로 널리 지나대륙支那大陸을 펼지라도 장씨蔣氏의 한 길 마음 속이 종縱으로 그렇게 깊어서 알수 없다기는 오늘날 세계世界의 역사歷史와 지성智性으로써 용인容認되지 아니한다.

마침내 중국中國과 중국中國사람에 관關하여 모를 것이 없다.

장개석대인蔣介石大人에 관關하여도 그러함에야 말이다.

이차대전후二次大戰後에 중국中國은 어떠하냐?

연합국聯合國의 주主로 아메리카의 통신通信으로 낱낱이 알 수 있다. 국민정부國民政府의 지배하支配下에 있는 지역地域의 사상史上 최고조最高潮의 『인풀레이슌』! 장총통蔣銃統도 이에는 손을 댈 수 없이 바야흐로 대황하大黃河의 제방붕괴堤防崩壞로 인因한 전유역全流域의 독랑獨浪 범람汎濫 이상以上임에 틀림 없다.

담배 한 갑에 법폐法幣로 수십만원數十萬元이란 것을 밀항상인密航商人

에게 알아야만할 것이 아니라 아래와 같은 웃지 못할 우스운 이야기가 있다.

중국中國사람으로서 소매치기 전업자專業者가 있어서 중국中國 국립경찰國立警察에 항의抗議를 제출提出하였다.

『우리 소매치기 업자業者가 이와 같은 경제공황經濟恐慌으로는 여간 법폐法幣장을 소매치기 한댓자 수지收支가 맞지 않소. 우리가 먹고 살 도리道理가 없으니 감옥監獄으로 보내 주시오. 수용收容할 감방監房이 없는 형편形便 이어든 우리의 업무業務에 대對하여 경찰警察에서 일체一切 방해妨害를 하지 말아 주시오.』 여사如斯 여사如斯.

겸兼하여 국민정부國民政府 계열系列 탐관貪官 오리汚吏의 치적治積은 어떻다 형용形容 이상以上인가 한다.

농민農民 노동자勞動者 노인老人 소아小兒의 아사시餓死屍가 도로道路에 즐비櫛比 하고 남녀男女 학생學生의 무수無數한 테로 희생犧牲— 이웃 나라의 소장지변蕭墻之變을 구타여 더 매거枚擧할 맛이 있느냐!

그런데 중국中國 중앙군中央軍은 이제 누구와 전쟁戰爭하느냐?

알기에 어렵지 않은 장원사蔣元帥는 어떠한 어려운 일을 하느냐?

二

『혁명革命이 아직 성공成功치 못하였으니 동지同志는 모름지기 노력努力하라.』 손중산孫中山의 유촉遺囑을 실천實踐에 옮기지 못하는 중국인사中國人士는 혁명동지革命同志는 고사姑捨하고 중화민국中華民國 국부國父에 대對한 먼저 불충不忠 불효不孝에 틀림 없는 것이다.

청조清朝를 따려 누인 것은 확실確實히 탕무이후湯武以後의 역성혁명중易姓革命中의 큰 하나이다.

그러나 이 혁명革命의 후속부대後續部隊가 명조부벽파明朝復辟派가 아니었던 것 만이 다행多幸한 것이 아니라 석강재벌浙江財閥과 역조歷朝 봉건封建 지주계급地主階級과 이들의 대변인代辯人 지식계급知識階級과 관료官僚 군벌등軍閥等 혼성여단적混成旅團的 당부黨部로서 삼민주의三民主義 혁명革命이 완수完遂될 까닭이 없는 것이 대중화大中華의 불행不幸인 것이다.

남경정부南京政府가 성립成立된지 이십이년二十二年동안에 혁명革命이 상미성공尙未成功이 아니라 청조적淸朝的 방대厖大한 『도야지』가 잠을 자나 깨나 이십이년二十二年째 매일반每一般이다.

외제外帝 침략侵略이 일본日本을 선봉先鋒으로 하여 방대厖大한 『도야지』의 잠식蠶食이 아니라 아조 분할론分割論 까지에 이르렀을 때 『도야지』가 눈을 뜨기는 떴다.

도야지도 바야흐로 사자분신獅子奔迅을 하려 할 때, 먼저 사자獅子처럼 자반이축自反而縮하여 무애이치無礙而馳하는 것은 차라리 물리적物理的 동작動作이라, 절강재벌浙江財閥과 봉건지주封建地主들과 성현省縣 토호土豪 군벌軍閥들이 각자各自 분산고립적分散孤立的으로 자반이축自反而縮— 즉卽 『단결團結』하였다.

일군一群의 선각先覺 『지사志士』가 천하天下를 치구馳驅한댓자 만신萬身 관절염關節炎이 걸린 『도야지』가 옴삭달삭 할 도리道理가 있느냐 말이다. 재벌대표財閥代表 지주대표地主代表가 지사대표志士代表와 함께 당대회黨大會에서 항시恒時 『삼민주의三民主義』로 토론討論하고 또 결의決議하였다.

『민족民族』『민권民權』『민생民生』하면 도대체都大體 『민民』이란 어떤 놈이 진정眞正한 『민民』이냐?

어느해 연도年度인지 외이지 못하나 진정眞正한 민民이 일어서기 비롯하였다.

잠 자는 『사자獅子』 대지나大支那가 따로 있었던 것이 아니라 원래 잠깬 『도야지』의 대체구大体軀 일부一部가 생물학상生物學上 돌연변이突然變異도 이렇게 기적적奇蹟的 일 수가 없다.

『도야지』 몸둥아리가 한 쪽으로 부텀 『사자獅子』가 되어나가는 판이다.

용공연소容共聯蘇가 중화민국中華民國 해방解放을 위대爲大한 위한 현실적現實的 예언豫言이었던 것은 이십이년래二十二年來 중국中國의 현대사現代史를 보아 과연果然 손중산孫中山의 위대偉大함을 추모追慕치 않을 수 없다.

삼민주의三民主義와 손중산孫中山의 유촉遺囑을 누가 실천實踐하여 왔으며, 누가 이를 위爲하여 투쟁鬪爭하여 왔으며, 바로 말하면 손문孫文의 중국혁명中國革命의 정통계승자正統繼承者가 누구인지를 판별判別하기에는 먼저 그 장구長久한 광범위廣範圍의 실적實績을 보면 족足한 것이다.

막대莫大한 농민農民과 노동자勞働者 기타其他 외제外帝 내적內敵의 피압박被壓迫 피착취계급被搾取階級의 해방解放과 봉건지주封建地主 토착자산가土着資産家와 그들 한간漢奸의 야합적결붕野合的結朋 외제外帝를 구축驅逐치 않고서는 중화민국中華民國의 해방독립解放獨立은 없는 것이다.

애초에 이 회천廻天의 대창업大創業을 손중산孫中山 일거후一去後에 장중정蔣中正이 실현實現해야만 『법통法統』으로 계승繼承되는 것인데 장중정蔣中正이 이를 태업怠業하였을 뿐아니라 조강지처糟糠之妻를 버리고 절강재벌浙江財閥의 사위가 되었다.

외제침략外帝侵略은 점점 가중加重하였다.

일제침략전쟁중日帝侵略戰爭中에 육해공군陸海空軍 최고위원장最高委員長 장원수蔣元帥의 공훈功勳이 적다하는 것이 아니다.

외적外敵과 싸우는 중中에도 지주地主 재벌財閥 계급階級의 불리不利를 재래齎來케 될 정세情勢에 함陷하면 국군國軍에 편입編入되었던 고투苦鬪 중국인민군中國人民軍에게 숙군적肅軍的 불리不利를 전화轉禍시키고 자가수병自家手兵을 『정규군正規軍』으로 후퇴後退시키는 것이 항일전抗日戰 십년간十年間의 상투수단常套手段이었던 것이다.

중국인민군中國人民軍의 구성構成은 거개擧皆가 중국농민中國農民이요 다음에 노동자勞働者인가 한다.

이들이 무엇이 무서워 공전公戰에서 겁내리오? 소향所向에 외적外敵을 쫓고 국토國土를 신판新版 주법周法으로 재정再整하고 그 위에 철도鐵道 광산鑛山 공장工場을 토착土着과 외제外帝로 부터 탈환奪還하여 국가國家에 이관移管시킴에 따라서 『도야지』 가죽이 일거一擧에 『사자獅子』의 살로 전신轉身하여 나가는 것이다.

이에 따라 토착土着 지주地主와 재벌財閥이 외제外帝와 함께 몰리어 나는 것은 그들의 이해利害와 운명運命이 가소可笑롭게도 일치一致되고 중국인민中國人民을 혈수血讐로 대적對敵하는 것이다. 항일전抗日戰 이래以來 중국인민군中國人民軍의 존재存在와 실적實績에 대對하여 눈으로 보지 않았다고 눈이 덮어지지 아니하는 것이다.

이차대전二次大戰 승리후勝利後에 중국中國은 대전시大戰時 이상以上의 대동란중大動亂中에 있다.

장원수蔣元帥와 그의 삼군三軍은 이제 누구와 싸우는가?

미소중영불美蘇中英佛의 연합군聯合軍 체제体制가 아직도 해소解消되지 않았다.

연합군聯合軍의 일환一環인 중국국군中國國軍에서 제적除籍된 중국인민군中國人民軍을 원조援助할 미소양군美蘇兩軍 군사원조軍事援助가 법리상法理上 있을 수 없는 것이다.

다행多幸히 중국인민군中國人民軍의 사용使用하는 병기兵器가 자제自製거나 일군日軍 소지所持의 것이오 아메리카산産이란 말은 신문통신新聞通信으로 누누屢屢히 들었으나 소련제蘇聯製 무기武器가 있다는 말을 들은 적이 없다.

소련蘇聯의 군자원조軍資援助 없이 중국인민군中國人民軍은 싸우는 것이다.

그러면 아메리카 군수호상軍需豪商들이 중국인민군中國人民軍에게 연합군聯合軍의 눈을 속이고 밀수密輸로 무기武器를 공급供給한다고 할 수 있는 노릇이냐?

미식비행기美式飛行機까지 가졌다는 중국인민군中國人民軍의 전술전술戰術이 신출귀몰神出鬼沒한 것이 아니라 중국中國 중앙군中央軍에 치명적致命的 약점弱點이 있는 것이 분명分明하다.

중국인민군中國人民軍의 점령지역占領地域이 지나支那 전지역全地域의 몇 『프로센트』임을 따지기 보다는 중국유수中國有數한 부시정청部市政廳의 지배支配가 만주滿洲 남북중지南北中支를 통通하여 성외城外 삼십리三十里 이외以外에 불급不及한다는 실정實情을 참작參酌하면 족足할까 한다. 장중정蔣中正의 『신생활新生活』 운동運動과 남의사藍衣社 별동대別動隊의 편의전便衣戰으로 삼민주의三民主義가 실현實現되지 못하는 것을 알 수 있고 『도야지』가 『사자獅子』로 전신轉身하여 나가는 역사적歷史的 과정過程에서 사자獅子가 쉬지 않고 진동震動한다.

외래外來 토착土着의 흡혈충吸血虫을 떨어 버리기에 사자獅子는 오체五體를 진동震動한다.

이것을 항일전抗日戰 승리후勝利後의 중국中國의 내란內亂, 대동란大動亂이라고 한다.

중국中國사람은 속을 알 수 없는 것이 아니라 무서운 민족民族이다.

— 『散文』, 「도야지가 獅子 되기 까지」, 57~67쪽.

동경대진재여화東京大震災餘話

一

『지금 불령선인不逞鮮人 수백명數百名이 폭탄爆彈과 무기武器를 잡고 횡빈지구橫濱地區로 부터 동경東京 시내市內로 향向하여 급진중急進中이다.』

『대진재중大震災中에 쩔쩔 매는 동경시민東京市民의 생명生命 재산財産을 노리어 불령선인不逞鮮人이 행동行動을 개시開始한다』는 등등等等의 신문호외新聞號外가 이십오년전二十五年前 구월일일九月一日 동경대진재東京大震災가 돌발突發한 직후直後 일본전국日本全國에 눗방울을 울리며 돌았다.

일본日本 관동지구關東地區 전역全域에 걸친 대진재大震災가 참담무비慘澹無比하였던 것은 이제 다시 이야기꺼리도 될 것이 아니다. 다만 땅이 들석어리고 해소海嘯가 들이 밀리고 화염火焰이 대양大洋과 같고 무수無數한 시체屍体가 노르끼한 지방脂肪에 불이 붙어 오두둑 오두둑 타는 중中에도 일본제국주의日本帝國主義 지배계급支配階級놈들은 잔인殘忍 무도無道한 묘안妙案을 구상構想해 내었던 것이다.

얼결에 당황當慌하고난 대진재大震災가 무서웠다기 보담도 일본日本 지배계급支配階級 놈들은 진재震災를 이용利用하여 폭발爆發될가 하는 일본日本 사회주의社會主義 계급혁명階級革命이 실상 치가 떨리도록 무서웠던 것이다.

말하자면 일시一時 일부분一部分의 천변지재天變地災로 일본제국日本帝國이 거꾸러지는 것이 아니라, 혼란기混亂期에 기성旣成 자기계급自己階級이 자기민족중自己民族中 피압박계급被壓迫階級에게 일거一擧에 전복顚覆될 것이 무서웠던 것이다.

　이런 비상사태非常事態를 만나 이 놈들의 상투수단常套手段이란 간단簡單한 것이다. 터문이 없는 유언비어流言蜚語를 지어내어 이민족異民族 이국가異國家에 향向하여 자민족自民族의 적개심敵愾心 증오심憎惡心을 도발挑發 선동煽動하는 것이다.

　이런 음험陰險한 모략謀略에 걸린 것이 일본日本놈 소위所謂 애국주의愛國主義 청년단원青年團員들이고, 사상사上 최대最大 테로 혈제血祭에 쓰러진 것이 당시當時 일본재류日本在留 조선동포朝鮮同胞 주主로 근로인민층勤勞人民層이었던 것이다. 일본도日本刀 죽창竹槍에 쓰러진 동포同胞 남녀노소男女老少를 가리지 않고 원수의 발치에서 최후最后로 『아이고!』— 애호哀號를 남기고 죽은 인명人命이 정확正確한 수자數字로 알 수 없이 일본日本놈의 말로 거저 수만명數萬名이었던 것이다.

　악귀惡鬼놈들이 나중에는 뒤통수 넓적한 사람, 얼굴이 넓은 사람, 일본노동자중日本勞動者中에도 구주지방九州地方 사투리 쓰는 사람까지 마구 때려 죽였다.

　찔러 보아 『아이다!』가 아니고 『아야!』하는 사람은 모조리 학살虐殺 하였던 것이다.

　자본주의資本主義 신문新聞 한 회분回分의 호외號外가 사상사上 최대最大 죄악罪惡을 감행敢行한 것이다.

　우리 동포同胞를 대량학살大量虐殺로 일소一掃한후後 이놈들의 신문기사新聞記事는 『조선인朝鮮人을 동포애同胞愛로 인도애人道愛로 대對하라』는 것이었다. 당시當時 진재혼란기震災混亂期에 우리 교포僑胞 근로인민층勤勞人民層은 고사姑捨하고 일본인日本人 사회주의자社會主義者도 결決코 무슨 혁명일규革命一揆를 기도企圖할 촌가寸暇도 없었던 것이다.

　진재震災 자체自体가 얼마나 무서운 전복顛覆이었기에 호흡呼吸이 막히고 심장心臟이 죄어 들고 머리가 둘리고 다리에 쥐가 오르고 모발毛髮에 불이 붙는 판에 혁명가革命家가 스리가 아닌 바에야 그러한 천도적天道的

순간瞬間에 비인도적非人道的 악희惡戱를 감행敢行할 여가餘暇가 있었으리라고 생각할 수 있는가? 이놈들의 망상妄狀은 한限이 없다.

미국美國서 군함軍艦이 구조품救助品을 만재滿載하고 최대속력最大速力으로 동경만東京灣에 들어왔다. 구조물자救助物資를 받고 나서는 미국해군美國海軍이 동경만東京灣의 수심水深을 비밀秘密히 측량測量하였다고 은혜恩惠를 트집으로 돌려 보내고 소련蘇聯서 온 구조군함救助軍艦은 정박碇泊도 불허不許하고 쫓아 보냈다.

원조품援助品 실은 사개소련四個蘇聯 군함측軍艦側에 『세계世界 프롤레타리아는 단결團結하라!』는 노문자露文字로 크다막하게 써 붙인 것이 싫어서 국제간國際間 우의友誼 까지 모욕侮辱하여 은의恩義를 원수로갚아 보낸 것이다.

남의 나라 항구港口에 국가소유國家所有 군함軍艦에 저의 천황天皇의 일개一個『가족문장家族紋章』을 붙이고 드나드는 놈들이 『세계世界 프롤레타리아는 단결團結하라!』는 전세계全世界 근로인민勤勞人民의 『국시國是』를 표어標語로 써 붙인 구조함救助艦이 무엇이 그다지 미웠던 것일까?

『도태랑桃太郞』적의 약탈선략奪船의 동화童話로 교육敎育받은 놈들이 되어서 국제적國際的 은의恩義도 침략侵略으로 망상妄想하였던 것일까 한다.

당시當時 조선朝鮮 우리 본국本國에서는 어떠한 동의動議가 있었던고 하니 『일본인日本人이 아무리 우리 무고無辜한 교포僑胞를 학살虐殺하였다 할지라도 우리는 원수를 은혜恩惠로 갚아야 한다』고 고월남故月南 이상재옹李商在翁과 윤치호등尹致昊等 기독신교도基督新敎徒를 중심中心으로 종로鐘路 Y·M·C·A회관會舘에서 대연설회大演說會를 열고 일본진재민日本震災民 구조금救助金을 거두어 금액金額과 물자物資를 보냈던것이다.

그리 아니해도 당시當時 총독부總督府놈들이 전조선全朝鮮 지역地域에서 강제强制로 돈 곡식 물자物資할 것 없이 닥치는 대로 징발徵發하였던 것을 어찌 하랴!

인도주의人道主義가 월남月南선생의 박애주의博愛主義가 나빴던 것이 아니라 도야지에게 진주眞珠보다는 일본지배계급日本支配階級놈에게 『인도주의人道主義』란 『귀신鬼神에게 쇠방망이』를 제공提供하였던 허무한 꼴을 무척 보았던 것이 쓸쓸한 『동・키호테』의 괘사가 아니었던가?

그러구러 이십오년二十五年을 지난 오늘날, 이 『동경대진재東京大震災 여화餘話』를 어떻게 현금現今 현실사태現實事態에 연속連續시킬 것인가?

二

빠진 이야기를 다시 잇거니와 동경東京 전지역全地域에 누어 쌓인 진재震災로 죽은 또는 학살당虐殺當한 우리 동포同胞의 참혹慘酷한 시체屍体를 운반運搬 소각消却 청소淸掃하는 고역苦役을 일명一命을 겨우 건진 우리 동포同胞 노동자勞働者들이 맡게 되었던 것이다.

듣자 하니 이에서 한몫을 착실着實히 본 자者가 따로 있었다는 것이다. 『상애회相愛會』라는 말하자면 이해의식利害意識을 파악把握치 못한 조선인朝鮮人 부랑층浮浪層 자유노동자自由勞働者들을 강제규합强制糾合 하여 의식적意識的 조직노동자組織勞働者 동포同胞들에게 아일阿日의 원리原理를 행사行使하는 악질惡質의 위혁危嚇테로를 자행恣行하여 오던 말하자면 친일親日 우익右翼 노동자단체勞働者團体가 있었다.

이 단체團体의 두목頭目은 박춘금朴春琴이었다. 무수無數한 시체屍体를 치우기는 조선인朝鮮人 노동자勞働者들이었다. 이에 얻은 실리적實利的 보수報酬와 또 이에 따른 공훈功勳은 박춘금朴春琴 에게 돌아 갔다.

원래元來 상애회相愛會라는 것이 실상實狀은 원元 총독부總督府 경무국장警務局長이었고 동경경시총감東京警視總監노릇한 환산학길丸山鶴吉이 박춘금朴春琴을 조종操縱하였고 박춘금朴春琴이 우리 단순무지單純無智한 동포노동자同胞勞働者를 농락弄絡하여 이루어졌던 단체團体이었던 것이다.

박춘금朴春琴의 『영달榮達』은 일본日本 중의원衆議員 의원議員이 되고 나중에는 전쟁중戰爭中에 조선朝鮮에 『대의당大義黨』이라는 아일자阿日者 결사結社의 당수黨首가 되어 광산권鑛山權을 잡고 부자富者가 되고 갖은 못된 짓 행패行悖를 거침 없이 자행恣行하였던 것이다.

요지음은 그는 동경東京서 원元 영친왕英親王 이은李垠을 떠메고 복벽운동復辟運動을 음모陰謀하고 있다는 말까지 있으나 그것은 잘 모르겠다. 하여간何如間 일본제국주의자日本帝國主義者놈들과 친일파親日派놈들이란 이렇게 더럽고도 간악奸惡한 지긋지긋한 전통傳統의 뿌리가 깊은 것이다.

동경대진재중東京大震災中 대량학살大量虐殺이 있었는가 하면 바로 다음 해 일본日本 삼중현三重縣 탄광炭鑛에서 조선인朝鮮人 광부鑛夫 삼백명三百名 이상以上을 작업중作業中 탈출脫出 계획計劃이라는 명목하名目下에 또 학살虐殺한 일이 있었던 것이나 원수를 은혜恩惠로 갚는 조선朝鮮 민족주의자民族主義者들은 탄핵연설彈劾演說 한번 하지 못하고 일본日本 대판大阪 경도등지京都等地에 있던 조선노동자朝鮮勞働者 학생學生 일본인日本人 사회주의자社會主義者 연합聯合으로 탄핵연설대회彈劾演說大會를 열었으나 연사演士의 말이 대진재大震災 학살사건虐殺事件과 삼중현三重縣 탄광이변炭鑛異變에 미치기만 하면 즉시卽時 일경日警놈들이 『중지中止!』 『중지中止!』를 연발連發하였던 것이니 갸륵하게도 괫심하기는 조선인朝鮮人 형사刑事놈들이 학생學生 연사演士의 하숙下宿까지 개처럼 따라 오던 것이다.

어릴 때 감상感傷에서도 피중압被重壓 피착취계급被搾取階級은 『조국祖國이 소련蘇聯이 아니라』 따로 조국祖國을 획득獲得하야만 하겠구나 하였다. 이 원통한 이야기가 한限이 있느냐?

일본日本놈의 우리 동포同胞에 대對한 테로 학살虐殺은 왜구해적倭寇海賊의 조선연안朝鮮沿岸 침략侵略과 임진왜란壬辰倭亂 이래以來 적어도 수백년數百年동안 끊임이 없었던 것이니 이 동안 유명有名 무명無名의 친일파親日派 민족반역자民族叛逆者도 끊임이 없었던 것이다.

팔·일오八·一五 이후以後 재일본在日本 조선朝鮮 동포同胞의 인원수人

員數를 육십만六十萬이라고 계산計算하나 박열씨朴烈氏 말에 의依하면 팔십만八十萬이라 하며 전쟁중戰爭中에 이백만二百萬을 계상計上하였던 것이다.

몇 달 전前에 일본당국자日本當局者놈들이 조선인朝鮮人 교육教育 탄압彈壓 악행惡行이며 조선인朝鮮人 교육기관教育機關 약취음모略取陰謀이며 이에 따른 조선인朝鮮人 총살銃殺 수감문제收監問題 등등等等은 이것이 전패국戰敗國 일본日本의 『민주주의民主主義』 가명하假名下에 다시 횡행橫行하는 제국주의적帝國主義的 관권官權테로가 아니고 무엇이냐?

너이놈들이 무슨 민주주의民主主義란 말이냐! 민주주의民主主義가 용출湧出하는 씨와 피가 다른 것이다.

『천황신성天皇神聖 불가범不可犯』이 일조一朝에 『상징적천황象徵的天皇』으로 바뀌었을지라도 최고전범자最高戰犯者가 최고지도자最高指導者가되어 대원수大元帥 제복制服을 『모오닝 코오트』로 갈았을지라도, 봉건적封建的 천황天皇이 자본주의적資本主義的 천황天皇인 이외以外에 다를 것이 없는 것이다.

일찌기 일본천황日本天皇을 폭탄爆彈으로 모살謀殺하려다가 일헌日憲에게 종신형終身刑을 받았던 애국지사愛國志士가 재일在日 조선동포朝鮮同胞 교육피해사건教育被害事件에 대對하여서는 도로혀 일본관헌日本官憲놈들과 언사言辭를 부동符同하여 『조선인朝鮮人 공산주의교육共産主義教育 탄압彈壓』이라는 변호辯護를 모국母國에 까지 사람을 보내어 한다는 것은 도무지 이해理解할 수 없는 일이다.

일본감옥日本監獄이 하도 어두어서 대명천지大明天地에 나서서도 노선路線의 좌우左右를 밝히기에 현기眩氣가 나는 것일까?

무릇 침략적侵略的 도국근성島國根性이 대장군大將軍 『맥아더』의 관용寬容으로 버려지는 것이 아니니 사상사上 일본제국日本帝國의 전쟁戰爭이란 것은 무비無非 집단集團 테로의 확장擴張인 것이었다.

이놈들의 테로화禍를 가장 장구長久하게 극통極痛하도록 받은 이가 조선민족朝鮮民族이니 이에 대對한 배상賠償 보복報復을 따진다면 여간 대마도對馬島 회수回收 쯤으로는 수지收支가 맞지 않는다.

동경東京에 조선인朝鮮人 일본총독日本總督이 부임赴任할만 한 일이나 이것은 다시 대조선大朝鮮 제국주의帝國主義가 아니었으면 요행僥倖한 일 일 것이니 일본日本이 설령設令 신성천황神聖天皇을 축방逐放하고 신성대통령神聖大統領 — 혹或은 미기행웅尾崎行雄쯤은 추재推裁할지라도 팔·일오八·一五 일제항복후日帝降伏後에 맥아더적的 신질서新秩序가 우리 민족民族에 다소多少 회의懷疑를 갖게 한다면 전전戰前에 다소多少 친미영파親美英派들을 수습收拾하여 조각組閣을 분분紛紛히 명명한댓자 일본日本 재무장설再武裝說이 진주만眞珠灣 재습再襲 호외號外로 실현實現될지도 모를 일이 아닌가?

먼저 천황제天皇制 타도打倒를 일본공산당계열日本共産黨系列과 박열씨朴烈氏의 제안提案대로 실시實施해야만 일본정치日本政治가 일본인민日本人民에 돌아갈 수 있으며 따라서 팔십만八十萬 재일조선동포在日朝鮮同胞도 세계인민世界人民의 이익利益을 공동향수共同享受할 수 있을 것이니, 대마도對馬島 회수回收와 고구려판도高句麗版圖 대만주大滿洲 요동칠백리遼東七百理 회수回收와 아울러 못지 않게 민족만년民族萬年의 낙토樂土가 처처處處에 있으리라.

조국祖國땅이 좁은 까닭이 아니라
조국祖國을 팔아 먹은 자者가 있어
원보元甫와 순順이는
우전천隅田川 찢긴 시궁창에 녹쓰른 한가닥 『와이야』에 매어 달려
화염火焰위에 검푸르게 닿은 잃어진 조국祖國 하늘 밑에 박간농장迫間農場이 들어선 남전南田과
부이농장不二農場이 마름하는
고향故鄕 북답北畓을 생각하였다.

　　　　　　　　— 설정식薛貞植 시詩의 일절一節
　　　　　　　— 『산문散文』, 「동경대진재여화東京大震災餘話」, 68~77쪽.

평화일보기자平和日報記者와 일문일답一問一答

一. 현하現下 양사상兩思想의 대립對立과 우리 민족문학民族文學의 입장立場을 말씀해 주시요.

사상진영思想陣營의 대립對立은 조선朝鮮에서만 볼 수 있는것이 아니요 세계적世界的 숙명적宿命的 현상現象이므로 이사상대립문제思想對立問題에 대對한 것은 의견意見을 피피避하겠읍니다. 우리 민족문학民族文學은 인권옹호人權擁護와 언론자유言論自由 혹或은 발표자유發表自由가 완전完全히 획득獲得되기 전前에는 우리의 신민족문학新民族文學을 기대期待하시기가 지난至難한 일일까 합니다. 인권옹호人權擁護와 언론자유言論自由의 인민적 복지人民的福祉는 차라리 미美 영英 불적佛的인 민주주의투쟁사상民主主義鬪爭史上 가장 찬란燦爛히 발화發花된 것인데 현하現下 우리 조선朝鮮에 이 민주주의적民主主義的 혜택惠澤이 수입輸入되어있는지 의문疑問입니다. 먼저 인권옹호人權擁護와 언론자유言論自由에 대對한 가장 일선적一線的 투사鬪士가 신문기자新聞記者이겠는데, 초대면初對面이신 귀기자貴記者 선생先生을 어느 정도程度로 신뢰信賴 하여야 할 것이올지 근래近來 믿을 사람이 적어서 나의 언론言論을 자유自由롭게 제공提供 하기가 지난至難합니다. 그러나 민족문학民族文學이란 어떠한 독선적獨善的 자기민족自己民族, 신손론神孫論에서 구전口傳하는 신화神話나 전설傳說이 아닐 바에야 민족문학民族文學을 현실現實과 과학科學과 이론理論에 모순矛盾되는 위치位置에서 추구追求할 수야 있읍니까? 문학文學은 언어言語와 문자文字와 민족民族 생활生活과 역사등歷史等 자연적自然的 환경環境의 제약制約에서 이탈離脫할 수 없는 이상以上 그 민족民族의 개성個性을 긍정肯定치 않을 수없읍니다. 그러나『원리原理』는 항시恒時 세계적世界的인 것이므로 세계적世界的

원리原理에 모순矛盾되는 문학文學을 민족문학民族文學이라고 추대推戴할 수는 없읍니다. 세계적원리世界的原理에 모순矛盾 갈등葛藤없는 기반基盤에서 유창활달流暢闊達한 민족적특색民族的特色을 발휘發揮하는 것이 우리 민족문학民族文學의 새로운 길일까 합니다. 올림픽 각종경기各種競技에서 우리 민족民族의 개성적個性的 특색特色을 발휘發揮할 수 있게 된 것은 이미 결정적決定的인것으로 보이는데 당래當來할 세계민족문학경기世界民族文學競技에 있어서도 우리 민족民族의 문학선수文學選手들도 당선當選 이상以上의 초특색超特色을 발휘發揮하여야 할까 합니다. 평화平和와 창조創造와 조선朝鮮과 세계世界를 위爲하여… 여기까지에 이르기에는 조선민족문학朝鮮民族文學은 올림픽경기競技보다는 훨씬 참담慘憺한 고투苦鬪의 길을 걷게 될 것입니다.

二. 음산陰散한 세태世態에 처處하는 시詩의 사명使命은?

『음산陰散한 세태世態』라니요? 조선적세태朝鮮的世態가 음산陰散한 현상現象을 기자선생記者先生도 인정認定하시는 모양이시군요. 세태世態가 음산陰散할 바에야 시詩가 그리 명랑明朗할 수야 있읍니까? 슬프지 않은 유행가流行歌도 들을 수 없읍데다. 시詩가 그저 유행가流行歌처럼 슬프기만 해서야 망국적亡國的인 일 것입니다. 시詩가 자연自然히 비절격월悲絶激越하여지는 것도 불가피不可避한 현상現象일 것입니다. 그러나 시詩에도 사명使命을 맡기실 아량雅量이 계시다면 먼저 시詩를 취체取締하지 말으시기를 요청要請합니다. 달과 꽃과 바람과 술의 시적사명詩的使命은 이태백李太白이 완전完全 이행履行한 바이어니 조선朝鮮의 새로운 시인詩人으로 하여금 암묵闇墨을 뚫고 나가는 작열灼熱한 기관차機關車처럼 돌진突進하기에 지장支障이 없게 하여 주시지요. 시적사명詩的使命보다 먼저 시적자유

詩的自由를! 시인詩人에게 『무관제왕無冠帝王』이란 예칭譽稱이 부당不當한 세대世代가 온바에야 먼저 시인詩人에게 일개자유인민一個自由人民을 용허容許하시지요. 우수優秀한 시詩가 나오도록! 그러한 뒤에야 음산陰散을 명랑明朗으로 개편改編할 자신自信이 시인詩人에게 있읍니다.

三. 유물사관唯物史觀과 순수예절純粹藝術의 입장立場은?

　유물사관唯物史觀을 공부工夫한 적이 없어서 이 문제問題는 내게 과분過分한 숙제宿題입니다. 그러나 인류人類의 물질생활物質生活이 생산生産과 노동勞働의 관계關係를 떠나 본 적이 없을 바에는 생산生産과 노동勞働ㅡ즉卽 물질생활物質生活에 유물사관唯物史觀이 성립成立된 것은 물리物理와 화학부내化學部內에 물리학사物理學史가 있음과 같이 지극至極히 당연當然한 일일 것입니다. 모든 문화文化가 물적物的 기초基礎 위에ㅡ 라는것이 어찌 문화文化와 예술藝術의 품위品位에 대對한 반역反逆하는 것이 되는 것이겠읍니까? 유물사관唯物史觀에 대對한 오해誤解가 너무도 심甚한가 합니다. 더욱이 유물사관唯物史觀을 『무신론사관無神論史觀』으로 보는 편견偏見은 유물사관唯物史觀에서는 볼 수 없을까 합니다. 유물사관적학도중唯物史觀의學徒中에는 편견적偏見的인 소위所謂『무신론자無神論者』도 있는 것입니다. 마치 유물사관唯物史觀을 즉시卽時『무신론無神論』으로 속단速斷하는 편견적偏見的인 유신론자有神論者처럼. 그러므로 인류人類가 먹고 입고 살아 온 법칙法則과 사실事實의 역사歷史에 대對하여는 신앙인信仰人도 예술가藝術家도 허심탄회虛心坦懷로 연구硏究하여 신앙信仰과 예술藝術에 막대莫大한 공헌貢獻을 하여야 할 지적책무知的責務를 부담負擔할 것이지 학술學術에 대對한 부당不當한 중상中傷과 속단速斷을 피避하여야 할 것입니다. 예술藝術이 천하天下에 제일第一입니까? 그렇다 칠지라도 먹고 입고 사는 기초공사基礎工事 위에 예술藝術을 건축建築하여야 할 것입니다. 먼저 연구研究와 공부工夫를! 연구심研究心이 없는 문학청년文學靑年들이 자칭自稱 『순수예술純粹藝術』이라고 악지를 쓰며 유물사관唯物史觀에 격투格鬪를 신청申請하는 것은 마치 신앙信仰을 거부拒否하는 정치청년政治靑年들이 교회教會를 위爲하여 십자군十字軍을 자원自願하는 것과 같이 언제 배반탈주背反脫走할지 보증保證할 수 없는 기괴奇怪한 외인부대外人部隊일까 합니다. 『순수純粹한 유물사관唯物史觀 위에 순수純粹한 예술관藝術觀』 하등何等의 모순矛盾이 없읍니다.

四. 문화인文化人의 경제해결經濟解決은?

『경제해결經濟解決』이란 무엇을 말씀 하시는 것입니까? (기자記者 문화인文化人의 먹고 살 도리道理를 해결解決한다는 말씀입니다) 문화인文化人이 먹고 살 도리道理라는 문제問題는 글쎄요? 나도 어떻게 해야 할지 도무지 도리道理가 없읍니다. 경제문제전공가經濟問題專攻家에게 물어보시지요. 내가 내 생활生活을 해결解決할 도리道理가 있으량이면 이렇게 이불을 쓰고 귀객貴客앞에 떨고 앉았겠읍니까? 하필何必 문화인文化人의 살아나갈 도리道理 뿐이겠읍니까. 인민人民이 모두 도탄塗炭에 빠졌는데—조선朝鮮의 문화인文化人이란 거개擧皆 저급低級 월급月給쟁이 아니면 실직자失職者 부류部類에 속屬하는 자者이므로 이런 사람에게 문의問議하실 것이 아니라 조금 문화인文化人을 떠나시어 물어보시지요. 요인要人이나 지도자指導者들에게. 나도 의견意見이 아주 없는 것도 아닙니다. 진정眞正한 지도층指導層과 막대莫大한 인민군人民群의 통합적강경統合的强硬한 투쟁鬪爭으로 삼팔선해소三八線解消와 자주통일독립정부自主統一獨立政府가 선 후後에야 될 것입니다. 먼저 간불용발間不容髮의 세계인민世界人民의 원리原理에 절대絕

對 순종順從하는 미소양군美蘇兩軍의 합의일치合意一致가 있은 후後에야 말씀입니다.

— 『散文』, 「平和日報記者와 一問一答」, 78~82쪽.

II

조선시朝鮮詩의 반성反省

시詩를 써 내놓지 못하고 시詩를 논의論議하는 것이 퍽 부끄러운 노릇이다.

전전前前에 평론공부評論工夫를 한 이력履歷이 있었더라면 이제 와서 이 일문一文을 초草하기가 수월하였을걸 —시인詩人소리만 들어온 것이 늦게 여간 괴롭지 않고 시詩쓴 버릇때문에 정서情緖와 감정感情에 치료治療하기 어려운 편집적偏執的 병벽病癖이 깊어져서 나는 못쓸 사람이 되어버리지나 않았나? 하는 괴로움에서 헤어나기가 힘든다.

이러한 괴로움이 일제日帝 발악기發惡期에 들어『문장文章』이 폐간廢刊 당當할 무렵에 매우 심하였다. 그 무렵에 나의 시집詩集『백록담白鹿潭』이 주제主題 가두街頭에 나오게 된 것이다.

『백록담白鹿潭』을 내놓은 시절時節이 내가 가장 정신精神이나 육체肉体로 피폐疲弊한 때다. 여러 가지로 남이나 내가 내 자신自身의 피폐疲弊한 원인原因을 지적指摘할 수 있었겠으나 결국結局은 환경環境과 생활生活때문에 그렇게 된 것이었다.

그러나 모든 것을 환경環境과 생활生活에 책임責任을 돌리고 돌아앉는 것을 나는 고사姑捨하고 누가 동정同情하랴? 생활生活과 환경環境도 어느 정도程度로 극복克服할 수 있는 것이겠는데 친일親日도 배일排日도 못한 나는 산수山水에 숨지 못하고 들에서 호미도 잡지 못하였다. 그래도 버릴 수 없어 시詩를 이어온 것인데 이 이상以上은 소위所謂『국민문학國民文學』에 협력協力하던지 그렇지 않고서는 조선시朝鮮詩를 쓴다는 것만으로도 신변身邊의 협위脅威를 당當하게 된 것이었다.

일제日帝 경찰警察은 고사姑捨하고 문인협회文人協會에 모였던 조선인문사배朝鮮人文士輩에게 협박脅迫과 곤욕困辱을 받았던 것이니 끝까지 버티어보려고 한것은 그래도 소수小數 비정치성非政治性의 예술파藝術派뿐이요 『푸롤레타리아』 예술파藝術派는 그 이전以前에 탄압彈壓으로 잠적潛跡하여버린 것이니 당시當時의 비정치성非政治性 예술파藝術派를 자본주의資本主義의 무슨 보호保護나 받아온 것처럼 비난非難한 것은 심甚히 부당不當한 일이었다.

위축萎縮된 정신精神이나마 정신精神이 조선朝鮮의 자연풍토自然風土와 조선인적朝鮮人的의 정서情緒 감정感情과 최후最后로 언어문자言語文字를 고수固守하였던 것이요, 정치감각政治感覺과 투쟁의욕鬪爭意慾을 시詩에 집중集中시키기에는 일경日警의 총검銃劍을 대항對抗하여야 하였고 또 예술인藝術人 그 자신自身도 무력無力한 인테리 소시민층小市民層이었던 까닭이다.

그러니까 당시當時 비정치성非政治性의 예술파藝術派가 적극적積極的으로 무슨 크고 놀라운 일을 한 것이 아니라 소극적消極的이나마 어찌할 수 없는 위축萎縮된 업적業績을 남긴 것이니 문학사文學史에서 이것을 수용收用하기에 구태여 인색吝嗇히 굴 까닭은 없을까 한다.

그러나 그것이 조선시朝鮮詩의 유원悠遠한 기준基準이 되어야 한다든지 신축성伸縮性 없는 시적詩的 모형模型을 다음 세대世代에까지 유습遺襲시켜야 하는 것은 아니다. 그래야 한다면 그것은 일제日帝 중압하重壓下의 조선시朝鮮詩의 상속相續일 뿐이요, 조선시朝鮮詩의 선수권選手權은 언제든지 소시민층小市民層의 보유保有한다는 것이 된다.

지금 송강松江, 진이眞伊의 시조時調에 육박肉迫할만한 시조時調가 새로 나온다고 하자 그것이 봉건封建 이조문학유산李朝文學遺産의 모조模造가 아닐 수 없음과 같은 것이다.

정치성政治性없는 예술藝術까지도 일제日帝 극악기極惡期에 이르러 고갈枯渴하여 버리고 일부一部 절조節操 상실자喪失者들이 자진自進하여 『국민문학國民文學』파적派的의 강권强權에 협력協力함에 따라 조선시朝鮮詩는 압살壓殺되고 말았던 것이다. 시詩를 쓸 수 없는 정세하情勢下에 무위칩거無

爲蟄居한 것을 고고孤高의 덕德으로 돌린다는 것을 안연晏然히 받아들일 무슨 면목面目이있었던 것이냐? 시詩를 버림으로 달리 무엇에 노력努力하고 구상構想한 것이 있었더냐 하면 무엇이라 답변答辯할 것이냐? 속수무책이외束手無策以外에 아무 것도 없었다. 정치성政治性 없는 예술藝術이란 말하자면 생활生活과 사상성思想性이 박약薄弱한 예술藝術인 것이므로 정신적精神的 국면타개局面打開에도 방책方策이 없었던 것이다.

행동行動과 실천實踐에 있어서 무력無力하였던 것을 이제 추구追究할 바가 아닐지 몰라도 다만 지적추구知的追求에 있어서도 완전完全히 폐병廢兵으로 제대除隊되었던 것이니 팔·일오이후八·一五以後 지면紙面과 발표發表의 자유自由를 얻어 나오는 시인詩人들의 소위所謂 『작품作品』을 보면 알 수 있다. 시詩가 당장當場에 완성完成할 수 있는 것이 아니라 항시恒時 발전發展과 비약飛躍으로 우수優秀한 것이고 보면 조금도 발전發展한 자최가 없는 시詩가 우수優秀할 수 없는 것이다. 약간若干의 이조李朝 봉건시대封建時代 유한계급有閑階級의 섬약纖弱한 어휘語彙와 다소多少 운율적韻律的인 단문短文이나 이차대전二次大戰 직전直前의 불란서풍佛蘭西風의 경쾌輕快한 기지적機智的인 시풍詩風의 모방벽模倣癖이 거리적거리는 이외以外에 보잘 것이 없다.

그로 보면 일제日帝 최후最後 발악기發惡期에 들어서 그들은 과연果然 고고孤高 초연超然한 은사隱士이었는지는 몰라도 지적탐구智的探究에 있어서도 완전完全히 게으른 기권자棄權者임에 틀림 없었던 것이다.

지금까지도 막연漠然히 시작적詩作的 습관習慣을 버리지 못하고 시인詩人이라는 명성名聲을 아끼고 부러워하는 나머지에— 그저 『시인詩人』일 뿐이요 공부工夫할 의견意見도 없는 것이다. 사물事物의 핵심核心을 구명究明할만한 정력精力과 의욕意慾은 상실喪失하고 시구적詩句的 표피表皮에 한限하여서만 지극至極히 인색吝嗇하고 집착執着하는 것이다.

그러나 그들의 시詩가 지난 날 서정시抒情詩의 조박糟粕을 씹어 그대로 섬세纖細하고 미려美麗하냐 하면 그렇지도 못하고 남의 버리고 간 탈피脫

皮를 뒤집어쓰고 시詩의 정통正統을 인계引繼한 양으로 그들의 언동言動을 살피기에 실實로 눈쌀이 찌푸러지는 것이니 언필칭言必稱『쉐익스피어』, 『밀튼』,『괴테』,『하이네』를 치어들고 나선다. 고전古典이라는 것은 더욱이 외국고전外國古典이라는 것은 그저 읽어지는 것이아니요, 읽어질지라도 이해理解까지에 이르기에는 암송暗誦이 되도록 학습學習해야만 하는 것이니 구미歐美 대학大學 문과文科에서 고전극시류古典劇詩類를 학생學生으로 하여금 암송暗誦을 강요强要하기까지 한다는 이유理由가 거기 있을까 한다.

태백太白 두보杜甫가 유명有名한 것은 한글도 채 모르고 다드미로 늙으신 할머니까지 아는 것이나 어찌하여 태백太白 두보杜甫의 시詩가 유명有名하냐를 아는 이는 드문 것이다. 설령 태백太白 두보杜甫의 시詩를 몇개 암송暗誦할만한 독서인讀書人일지라도 태백太白 두보杜甫의 시詩를 낳을만한 당대唐代의 사회제도社會制度와 풍습風習이라든지 그들 시인詩人의 생활적조건生活的條件과 환경環境이라든지 당대문화唐代文化의 개성個性이라든지 한문학漢文學 전체全体의 역사적발전歷史的發展 계단階段에 있어서의 태백太白 두보杜甫의 시詩와 시인적詩人的 위치位置를 이해理解해야만 완전完全히 이해理解되는 것이다. 무엇보다도 예술문화藝術文化가 발화發花된 그 시대時代의 정치政治 경제적經濟的 현실現實을 이해理解하는 것과 예술인藝術人 자체自体의 이념理念과 생활生活을 구명究明하는 것이 일개一介 독서인讀書人의 우아優雅한 상식常識을 위爲하여서도 필요必要한 것이다.

서양고전문학西洋古典文學의 원천源泉을 희랍신화希臘神話와『헤부라이』 성서聖書에 소급遡及하는 것은 바른 상식常識이다.

그러나 신화神話나 성서聖書에 기록記錄된 것이 무비無非 정치政治 경제經濟를 기저基底로 하여 또 그의 갈등葛藤, 모순矛盾, 투쟁鬪爭의 영향影響에서 온 신神의 계시啓示와 인간人間의 알력軋轢으로 교착交錯된 전설傳說과 역사歷史로 일관一貫된 대기록大記錄임을 해부解剖 천명闡明하는 것이 신학자神學者의 불명예不名譽도 아닐 것이요, 정치政治 경제經濟 역사학도

歷史學徒의 특권적特權的 영역領域이 아닐 수 없는 것이다.

 기독교정신基督教精神이 민족해방民族解放을 부정否定하는 것이 아니다. 신구약新舊約이 다분多分히 그러한 전쟁戰爭과 투쟁鬪爭의 역사적歷史的 기록記錄으로 만재滿載된 것을 볼때 또는 교회教會 자체自體가 끝까지 사도적使徒的 전진戰陣이며, 성신聖神의 보루堡壘임을 자임自任하는 바에는 인간人間의 투쟁鬪爭의 시인始因이 『아담』과 『에와』의 범명犯命에 있다는 것을 그 이전以前에 천상天上에서 선천사善天使와 악천사惡天使의 싸움에 돌린다는 것을 기독교도基督教徒로서 신앙信仰하기가 어려운 것이 아니라 영혼靈魂의 도전挑戰이 마침내 정치政治 경제적經濟的 전쟁戰場위에 실전화實戰化하여 온 것을 보는 것이 구태어 이단사설異端邪說이 아닐가 한다.

 서양고전문학西洋古典文學의 발전發展과 영향影響을 다분多分히 성서聖書와 교회생활教會生活에 돌릴 수 있다면 서양문학西洋文學의 물적物的 기저基底와 발전과정發展過程을 타면他面으로 정치政治 경제적經濟的 역사歷史 위에서 탐색探索하는 것이 아메리카 신대륙新大陸을 발견發見하기 위爲하여 기독교도基督教徒 『컬럼버스』가 항해과학航海科學을 이용利用하였음과 일양一樣 타당妥當한 방법方法일 것이다.

 그러므로 사십년간四十年間 영양부족적營養不足的 쇠약衰弱한 상태狀態로 명맥命脈을 유지維持한 조선朝鮮 신문학新文學의 역사歷史도 다분多分히 이조李朝 신분정치身分政治와 토지정책土地政策과 일제자본주의적日帝資本主義的 식민지통치殖民地統治의 영향影響을 벗을 수 없는 것을 갈파喝破할 수 있음은 이것을 조선문화인朝鮮文化人의 치욕恥辱으로 돌릴지언정 성급性急한 논단論斷으로 처리處理할수는 없는 것이다. 그러나 시詩와 예술藝術은 현실現實에 입각立脚하여 현실現實에서 다시 전진前進하기를 이념적理念的으로 부담負擔할 수 있는 것이고 보면 정치적政治的 영향影響에서만 위축萎縮되고 부상負傷할것이 아닐 것인데 사십년간四十年間 조선朝鮮 신문학新文學은 약소민족문학弱小民族文學으로서 현상타개現狀打開의 자랑할만한 업적業績을 볼 수 없는 것은 그것이 일제日帝의 민족문화民族文化 탄압

정책政策에서 뿐만 아니라 조선朝鮮 문학예술인文學藝術人 자체自体의 지적知的 부담負擔에 책임성責任性과 비판批判 의식意識이 박약薄弱한 것이었다.

말하자면 문학인文學人이 약간若干의 시문詩文 소설류小說類를 현해탄玄海灘을 건너온 외화外貨와 함께 무반성無反省하게 소화消化하려는 것으로써 문학전공文學專攻인줄 알았던 것이다. 정치사政治 경제사經濟史나 계급혁명사階級革命史나 민족해방투쟁사民族解放鬪爭史 등등을 섭렵涉獵하는 것이 시인詩人의 『천래적天來的 영감靈感』에 무슨 지장支障이나 되는듯이 외도시外道視하였던 것이다.

민족적民族的으로 항시恒時 당면當面하여 있는 시사時事나 사건事件이나 정세情勢나 국제동향國際動向 등등 일반一般 현실사태現實事態에 몰간섭沒干涉하기를 자랑으로 삼았던 것이니 일개一介 시민市民으로는 신문기자新聞記者나 상인商人에 불급不及하도록 현실現實에 우매愚昧하였던 것이다. 더우기 노동勞動과 생산生産, 혁명革命과 투쟁鬪爭에서 문학적文學的 창의創意와 구상構想을 얻는다는것은 조금도 기대期待되지 못한 것이요 도리어 이러한 문제問題가 문학적文學的 논변論辯에 오르고 보면 반드시 반동적反動的 흥분興奮을 하는 것이며 진보적進步的 작가作家의 경향적傾向的 작품作品에 대對하여서는 사감적私感的 타매唾罵를 가加함으로 안여晏如할 줄로 여기는 모양이요, 그들이 언필칭言必稱『괴테』『하이네』 등등을 들어 방위구실防衛口實을 삼으려고 하나 실상은『아리스토파네스』로 부터『하이네』에 이르기까지 무릇 위대偉大한 시인詩人들은 한양 경향적傾向的이었다는 사실史實을 어찌 하랴?

청소년기青少年期에 애정본능愛情本能이 시문학수업詩文學修業에 감미甘味한 기동력機動力이 되었겠으나 서정시적抒情詩的 번뇌계절煩惱季節이 너무 길다. 삼십三十 전후前后에 시작詩作은 습기習氣에 젖고 사람은 황폐荒廢하여 버리어도『시인詩人』은 자기自己의 병病을 모른다.

이러한 원인原因으로 사십년간四十年間 조선朝鮮 신시신문학新詩新文學

은 지극至極히 성적成績을 올리지 못한 것이요 팔·일오八·一五 이후以後 민족자주기民族自主期에 돌입突入하여서도 생활生活과 건설의욕建設意慾이 거세去勢된 시문류詩文類로 써 시詩와 문학文學이라 할 수 없이 된 것이다.

문학文學에 순수純粹를 방패삼아 나서기에도 문단적文壇的 업적業績과 연조年條가 너무도 짜르고 초보적初步的 문학모색기文學摸索期에서 방황彷徨하는 일종一種의 문학지원자文學志願者로서는 과분過分한 짓이다.

선진先進 외국外國에서는 그러한 문학文學 예술藝術은 이차대전二次大戰 이후以後에 완전完全히 노폐老廢하여 버린것이요 조선朝鮮에서는 기두起頭할 가망加望도 없는 것이다. 세계世界 인민역량人民力量이 바야흐로 청춘기靑春期에 돌입突入한 것이요 조선朝鮮에서는 광란노도상태狂瀾怒濤狀態로 역사歷史가 급격急激히 추진推進됨에 어찌하랴!

가사假使 일제시대日帝時代에 비저항非抵抗 비협조적非協助的 태도態度를 일관一貫하여 고고일로孤高一路의 문학文學을 사수死守하여 왔다면 팔·일오이후八·一五以後의 제작태도制作態度와 실적實績으로 써 분연奮然히 비약飛躍 발전發展이 있어야 할 것인데 마침내 고양이 꼬리를 삼년三年을 보장寶藏하여도 표범의 꼬리가 되지못함이 아닌가? 일제日帝 말기末期까지의 양심적문학도良心的文學徒는 소시민층小市民層 민족정서民族情緒의 최후最後 처녀성處女性만을 고수固守하기 위하였던 것이므로 다분多分히 개성적個性的이요 주관적主觀的이요 고립적孤立的인것이었다. 따라서 지극至極히 소극적消極的인 우울비애憂鬱悲哀 아니면 까닭 없는 명랑明朗 쾌활快活의 비정기적非定期的인 신경질적神經質的 발작發作의 예술적藝術的 형상화形象化에 정진精進하였던 것이었다. 표현기술表現技術에 있어서는 다정다한多情多恨을 주조主調로 하는 봉건시대封建時代 시인詩人 문사文士의 수법적手法的 원형原型에 외래적外來的 감각感覺 색채色彩 음악성音樂性을 착색着色하여 무기력無氣力하게도 미묘微妙한 완성完成으로서 그친 것이므로 이를 차대次代 민족문학民族文學에 접목接木시키기에는 혈행력血行力이 고갈枯渴한 것이다.

이러한 문학유산文學遺産을 계승繼承한다면 종장宗匠과 도제徒弟 사이의 전수傳授와 모방模倣 이외以外에 다른 창의創意와 개척開拓이 있을 수 없는 것이다.

시인詩人은 특별特別히 예술분야藝術分野에 선구적先驅的 사명使命이 부여賦與된 것이다. 현대現代 서구문학西歐文學에 있어서 시인詩人의 영도성領導性과 영향력影響力이 회화부면繪畵部面에까지 이른 것은 평론가評論家도 차라리 그의 발상정리發想整理와 이론구성理論構成으로 뒤치다거리를 맡아 하기를 부끄리지 않았던 것이다.

시인詩人은 천분天分을 이러한 점點에서 칭예稱譽할 만 하다.

시인詩人의 천분天分이 전진前進하여야 하겠느냐? 수구守舊로 후퇴後退하여야 하겠느냐? 하는 준엄峻嚴한 과제課題가 팔·일오八·一五를 계기契機로 하여 민족적民族的으로 부여賦與된 것이다.

팔·일오八·一五 직후直后부터 과연果然 시가詩歌 유사類似의것이 지면紙面마다 흥성스럽게 남장濫粧되었으나 이들 『해방解放』의 노래가 대개 일정一定한 정치노선政治路線을 파악把握하기 전前의 사상성思想性이 빈곤貧困하고 민족해방民族解放 대도大道의 확호確乎한 이념理念을 준비準備하지 못한 재래在來 문단인文壇人의 단순單純한 습기적習氣的 문장수법文章手法에서 제작製作되었던 것이므로 막연漠然한 축제목적祝祭目的 흥분興奮, 과장誇張, 혼돈混沌 무정견無定見의 방가放歌 이외以外에 취취取取할 것이 없었던 것이다.

> 어제까지 두손목에
> 매어있던 쇠사슬이
> 가뭇없이 없어졌다
> 요술인듯 신기하다
> 오래 묶여 야윈 손목
> 가볍게 높이 치어들고

우리님 하늘 우에 기시거든
쇠사슬 없어진것 굽어보소서
벽초시碧初詩・눈물 섞인 노래・중일절中一節

남산에 단풍들어 나뭇잎 아름답다
씩씩한 청소년들 떼지어 올라가네
보아라 신흥조선의 남아인가하노라
○
곳곳에 쌓인것이 무배추 무뎅이라
맛좋은 조선김치 뉘아니 즐기겠니
세계에 자랑거리는 김치인가하노라
이극로박사李克魯博士 시조時調・한양漢陽의 가을・중이수中二首

벙어리된지 설흔여섯해
삼천리강산三千里江山에 자유종自由鐘이 울렸다
대조선大朝鮮의아들 우리아가야 이종鐘소리를 너도 듣느냐?
메아리 은은히 밀려 감돌아 슬지않는 저 종鐘소리
대한민족大韓民族 만세를 부르짖는 저 환호성歡呼聲!
또한번 대조선大朝鮮에 봄이왔구나
활개를 치자 너도 나도 다시 살아났구나
인제는 조선에도 봄이왔구나
너도 나도 다시한번 살아났구나
아가야 나도 너도 조상없는 자식이었지?
성姓도 이름도 다 갈았구나
삼한갑족三韓甲族이라면서도—
월탄사月灘詩・대조선大朝鮮의 봄・중이절中二節

읽은 이의 판단判斷에 맡기고 말만 한 것이요, 도저到底히 팔・일오八・
一五 직후直後 조선朝鮮의 새로운 운명運命에 해당該當할 새로운 민족시민

族詩의 발아發芽로서는 너무도 싹이 노랗던 것이 아니면 완전完全히 끝물까지 따 버리고 난 뒤 거둘 무렵의 마른 넝쿨에 매달린 외꼬부리가 아닐 수 없다. 물론勿論 위에 열거列擧한 분들이 평소平素에 시인詩人으로서 자타自他가 공인共認한 분들은 아니므로 그분들의 시詩를 논난論難하자는 것이 아니라 『시자詩者는 언지言志라』하면 시형詩型에 담기어 있는 뜻이나 생각을 따지어 볼 때 새로운 세기世紀의 술을 담기에는 너무도 낡고 초몽草蒙 이전以前의 황당慌唐한 토기土器임에야 어찌하랴?

이제 다시 평소平素에 시구적詩句的 자가도치自家陶冶가 있었던 분의 시詩를 들추어 보면―

      불살려 날렸단들 님의 『안』을 가실것가
      못감은 눈이남아 오늘우리 보시려니
      구름에 북北에서오니 새로느켜 합내다
                      위당시조爲堂時調・십이애十二哀・중일수中一首

      타오신 그수레를 몇몇분이 미옵신고
      손발사 묶였던줄 하마 님은 아옵서도
      앉은채 뵈옵는 마당 눈물 글썽 고여라

      님 뫼신 이뒤에란 푸념 아예 마오리라
      잔 투정 그만두고 옥신 각신 마오리라
      여흰져 시틋턴 일이 뼛골 아니 저리뇨
                    무애시시조無涯時詩調・님은 뵈옵고・중이수中二首

      누나야
      이제 너도 눈물 거두고
      열두폭 남치미를 입어보렴
      하 ― 얀 버선벌이 그립고나야

눈을 들어 저 푸른 하늘을 보라
땅은 왼통 북처럼 둥둥울린다

어머님
저나라에도 아마 이 소리 들리시다
이내 향노香爐앞에 무릎을 꿇어
울고 울고 또 울어라도 보리까
눈물은 명주실에라도 꿰어
님의 하얀 목에 걸어드리오리까
하마 그님은 칠현금七絃琴 껴안고
홍민악興民樂 한곡曲을 타기로 하오리라
      이헌구李軒求 시詩・소박素朴한 노래・중이절中二節

매마른 입술에 피가 돌아
오래 잊었던 피리의
가락을 더듬노니

새들 즐거히 구름끝에 노래 부르고
사슴과 토끼는
한포기 향기로운 싸릿순을 사양하라

여기에 높으디 높은 산마루
맑은 바람속에 옷자락을 날리며
내 홀로 서서
무엇을 기다리며 노래하는가
     조지훈趙芝薰 시詩・산상山上의 노래・중일절中一節

  시詩로 이름이 알려진 분들의 시詩를 예거例擧하여 대개 이러하고 그 외外에 인용引用할수있는 것이 하도 많으나 이만만 들어도 팔・일오八・

一五 직후直後의 일부一部 시가경향詩歌傾向의 약속約束없이 이루어진 유형類型으로 보아도 무방無妨하다.

현실現實과 사태事態에 대응對應하여 정확精確한 정치감각政治感覺과 비판의식批判意識이 희박稀薄하면 할수록 유리流離되면 될수록 그의 시적詩的 표현表現이 봉건적封建的 습기習氣 이외以外에 벗어날 수 없는 것을 본다. 시詩의 재료材料도 될 수 있는대로 현실성現實性이 박약薄弱한 것일수록 『시적詩的』인 것이 되고 언어言語도 이에 따라 생활生活에서 후퇴後退된 것이므로 그런 것이 『교묘巧妙한 완성完成』에 가까울수록 우수優秀한 분식粉飾이 될지언정 생활生活하는 약동躍動하는 시詩가 될 수 없는 것이다. 시詩가 낙후落後되었다는 것은 풍속적風俗的 유행流行에 견디지 못한다는 것이 아니라 생활生活과 실천實踐에서 돌아서거나 낙오落伍되거나 말하자면 역사歷史의 추진推進과 함께 능동能動하지 못함에서 그러한 것이다.

이러한 시인詩人의 문자표현文字表現에 그다지 중대重大한 관심關心이라든지 책임성責任性을 붙일 거리가 아니라고 소방疎放한 일개一介 독자적讀自的 태도態度에 그쳐야 과연果然 옳은 것일까?

그러나 『사람은 정치적政治的 동물動物』이라는 것을 인정認定한다면 이러한 시인詩人이 반드시 『시인詩人』으로만 있을 수 없어 하는 것을 볼 수 있으니 더욱이 격렬激烈한 변혁기變革期에 있어서 후퇴後退하는 대오隊伍에 재조정再調整 되거나 소멸消滅하고야 말 숙명적宿命的인 계급階級에서 반드시 정치동작政治動作을 하게 되는 것이다.

시詩와 예술藝術만은 정치政治에서 초탈超脫시킨다든지 혹은 그의 우위優位에 둔다는 예술지상주의자藝術至上主義者가 예술藝術의 전진前進을 거부拒否하고 행동行動이 전진前進할 수 없는 것이고 보면 그의 비극적悲劇的인 고식적姑息的 안전지대安全地帶가 반드시 문화文化와 역사歷史의 반동진영反動陣營이 아닐 수 없게 되는것이다.

그의 시적詩的 천분天分이라든지 교양敎養의 『고아古雅』한 것을 또는 기술기술技術의 미묘微妙한 것을 논난論難하는 것이 아니라― 그들의 자부심自負心이란 항상恒常 이런 점點에서 강강强한 것이요 또는 이러한 완강頑强한 자부심自負心에 대對하여는 피해망상적被害妄想的인 오만傲漫한 자가방위적自家防衛的 태세態勢에서 우울憂鬱하고 고독孤獨하다― 그러한『천분天分』에 그치고 마는 시詩에 필수必隨하는 시인자체詩人自體의 언동言動이, 추진推進하여 마지 못할 민족民族과 민족문화民族文化에 도전挑戰하는 무모無謀한 위험성危險性을 간과看過할 수 없어 할 뿐이다.

어찌하여 일부一部 인사人士들이 전진前進하는 시詩와 문학文學을『정당政黨』의 지령指令에 의依한 것이라 중상中傷 하는지『정치政治에 예속隷屬』시키는 것이라 비방誹謗하는지 그의 심적心的 근거根據를 해명解明하기가 어려운 것이 아니다.

과학科學과 정치政治와 경제經濟와 역사歷史와 민족民族의 추진推進 비약기飛躍期에 있어서 문화文化의 전위前衛인 시詩와 문학文學이 일체一切를 포기抛棄하고 일체一切를 획득獲得하는 혁명적革命的 성능性能을 최고도最高度로 발휘發揮할 운명적運命的 과업課業을 위爲하여 무엇보다도 예술적藝術的 이념理念과 감각感覺이 첨예尖銳 치열熾烈하여지는 것은 차라리 자연발생적自然發生的인 현상現象이다. 시인詩人의 민감敏感이 생리적生理的 조건條件이라면 왜 이 생리生理를 거부拒否하려는 것이냐?

시적詩的 궁정미인宮廷美人으로서 고풍古風의 의상衣裳과 전아典雅한 예절禮節에 휘감기어 한『왕조王朝』와 함께 쓰러지느냐? 막대莫大한 인민人民의 호흡呼吸과 혈행血行과 함께 문화전열文化戰列에서 전진前進하여야 하느냐?

태도態度는 결정적決定的인 것 이외以外에 있을 수 없다. 아무 준비準備 없이 팔·일오八·一五를 당當하고 보니 마비痲痺되었던 문학적文學的 정열情熱이 다시 소생蘇生되어 막연漠然히 충동적衝動的으로 궤도軌道 없이 달렸던 것도 얼빠쯤 연민憐憫을 아낄 수 없는 것이었으나 민족사상民族史上 부당不當한 시련기試鍊期가 삼년三年이나 참담慘澹하게도 낭비浪費되어도 진정眞正한 민족노선民族路線을 파악把握치 못하는 시인詩人 문사文士에게 무슨 문학文學이 기대期待될 것인가?

민족문학民族文學의 노선路線과 민족民族의 정치노선政治路線이 서로 이탈離脫될 수 없다는 것이 문학文學을 정치政治에 예속隸屬시킨다는 중상적中傷的 구실口實이 될 수 없는 것이요 또 이를 양국兩國 문화文化 부문部門에 우위優位 열위劣位를 차정差定하고자 하는 것이 벌써 문학文學의 『영광榮光스런 고립孤立』으로 화인禍因하여 민족民族의 정치노선政治路線까지에 반역反逆 하는 것이 되고 마는 것이 하물며 문학자체文學自體의 파산破産까지를 무엇으로 주체 할수 있는 것이냐!

민족民族의 정치노선政治路線이 일부一部 정략인政略人의 편의적便宜的 고안考案이 아니라 세계世界 인민人民의 원리原理와 이차대전二次大戰의 세계世界 민주계열民主系列의 승리勝利로 팔・일오八・一五를 계기契機하여 역사적歷史的 창조創造로 결정決定된 것이다. 제이第二 창세기創世記에 필적匹敵할 세계世界 인민人民의 특特히 약소弱少 피압박被壓迫 조선민족朝鮮民族의 신기원新紀元에 들어서 문학文學만이 편년編年에서 제외除外되자는 것은 가련可憐한 유목遊牧 가인歌人의 『후정화後庭花』가 아닐 수 없다.

바로 말하면 만성漫性 소시민적小市民的 허탈증虛脫症을 빨리 치료治療하여야 하는 것이다.

    낙 일 심 유 장 落 日 心 猶 壯
    추 풍 병 욕 소 秋 風 病 欲 蘇
                         — 두보杜甫

소시민적小市民的 소가계小家系로 비탄悲嘆할 거리가 되는 것이 아니라 이 무병신음無病呻吟을 오래 끄는 것이 잘못이다. 아직도 늦지 않았다. 아직도 노동자勞動者 농민農民에서 시詩와 문학文學이 창조創造되기는 조선朝鮮에서 이르다. 원래元來 다감多感한 소시민小市民 문학인文學人의 대가

계大家系인 인민문학人民文學의 분류奔流에 다시 가세加勢하여 당래當來할 민족문학民族文學의 전초前哨가 되기가 아직도 늦지 않았다.

다만 일제헌경日帝憲警이 가장 혐기嫌忌하였던 『푸롤레타리아』 문학文學보다 팔·일오八·一五 이후以後 조선朝鮮 인민투쟁문학人民鬪爭文學이 일부一部 소시민小市民 문학지원자文學志願者에게까지 밀고密告 중상中傷을 당當한 데서야 이 이상以上 관후寬厚해야 하는 것이 문학文學의 덕德이 될 수 없다.

—『散文』,「朝鮮詩의 反省」, 85~105쪽.
—『문장』 27호,「朝鮮詩의 反省」, 1948.10.

시詩의 언어言語*

일—

색채色彩가 회화繪畫의 소재素材라고 하면 언어言語는 시詩의 소재素材 이상以上 거진 유일唯一의 방법方法이랄 수 밖에 없다. 언어言語를 떠나서 시詩는 제작製作 되지 않는다. 무기武器를 쓸 줄 모르는 병학자兵學者는 얼마든지 고명高名할 수 있었고 언어言語를 구성構成치 못 하는 광의적廣義的인 심리적心理的인 시인詩人이 얼마나 다수多數일지 모른다. 그러나 총검술銃劍術은 참모본부參謀本部에 직속直屬되지 않아도 부대전部隊戰에 지장支障이 없겠으나 언어구성言語構成에 백련百練하지 못하고서『시인詩人』을 허여許與 하기에는 곤란困難한 문제問題다. 그야 해변海邊에서 조개 껍질을 희롱戲弄하는 어린 아이를 보고 시인詩人이라고 흠탄欽嘆하던 나머지에 봄 하늘에 떠오르는 종달새를 보고 시인詩人이란댓자 시詩에 있어서는 그다지 망발妄發될 것이 아니므로 시詩를 남기지 아니 한 추초秋草 야화野花에 싸여 누어 있는 무명백골無名白骨이 저 세상에서 이제 계관桂冠을 쓰고 지날지도 모른다. 마음의 표피表皮가 호도胡桃껍질처럼 경화硬化 되어버린 사람 이외에야 다소多少 시적詩的 천성天性을 타고 나지 않은 이가 어디 있겠는가. 음악音樂은 도적盜賊놈도 좋아한다는 말이 있으나 뱀도 인

---

* 본래「詩와 言語」는 1939년 12월『文章』에 실린 것인데 추후 鄭芝溶의『散文』에는『文章』에 발표한 것을 1장으로 하고 1939년—1940년의 同誌 詩選後에 쓴 글을 여러 편 뽑아 가필·수정하여 7장으로 늘여 수록했다.
여기서 原典에 충실하기 위하여 본디의 1장만을「詩와 言語」로 싣고「詩選後」 전체를 따로이 수록하였다.
『散文』 전체를 따로이 수록하였다.
제2장→「詩選後」 2, 제3장→「詩選後」 6, 제4장→「詩選後」 1, 제5장→「詩選後」 5, 제6장→「詩選後」 12, 제7장→「詩選後」 10.

도印度뱀은 피릿소리에 맞추어 춤을 춘다.

　도적盜賊도 혹은 그 행동行動에 따라서 시적詩的 호의好意를 참작參酌할 만한 예例가 없지도 않았다. 그러므로 『워-즈워스』와 『하일랜드·래스』 백락천白樂天과 이웃집 노구老嫗가 인간본질적人間本質的인 상태狀態에서 시인詩人이고 아닌 것을 차별差別하는 것은 시詩의 관후寬厚한 덕德에서 거부拒否한다. 시詩의 무차별적無差別的 선의성善意性은 마침내 시詩가 본질적本質的으로 자연自然과 인간人間에 뿌리를 깊이 박은까닭이니 그러므로 자연自然과 인간人間에 파 들어간 개발적開發的 심도深度가 높을쑤록 시詩의 우수優秀한 발화發花를 기대期待할만 하다. 뿌리가 가지를 갖는 것이 심도深度가 표현表現을 추구推究함과 다를 게 없다. 표현表現에서 부터 비로서 소수小數의 시인詩人이 선민적選民的 공인公認을 얻게 되는 것은 불가피不可避의 사실事實이니 다만 『근신謹愼』만으로서 성자聖者가 될 수 있을른지는 모르나 『표현表現』이 없이는 시인詩人이랄 수가 없게 된다. 시詩는 실제적實際的으로 표현表現에 제한制限되고 마는 것이니 표현表現없이는 시詩는 발화이전發花以前의 수목樹木의 생리生理로 그치고 말음과 같다. 그러므로 『근신謹愼』은 일종一種의 Action으로서 도덕道德과 윤리倫理에 통로通路되는 것이요 표현表現은 Making에 붙이어 예술藝術과 구성構成에 마치는 것이니 Poem의 어원語源이 Making과 동의同義였다는 것은 자연自然한 일이 아닐 수 없다.

　시詩의 표현表現에 있어서 언어言語가 최후수단最後手段이요 유일唯一의 방법方法이 되고 만 것은 혹或은 인류人類 문화기구文化器具의 불행不幸한 빈핍貧乏일지는 모르나 언어言語의 불구不具를 탄嘆하는 시인詩人이 반드시 언어言語를 가벼히 여기고 다른 부문部門의 소재素材를 차용借用치 않았다. 언어言語의 불구不具가 도리어 시詩의 청빈淸貧의 덕德을 높이는 까닭이다. 언어言語의 불구不具에 입명立命하여 시詩의 청빈淸貧에 귀의歸依치 못한 이를 시인詩人으로 우대優待할 수 없게 되는 것이니 제약制約을 통通하지 못한 비약飛躍이라는 것은 그것이 정신적精神的인 것이 될수 없음이다. 가장 정신적精神的인 것의 하나인 시詩가 언어言語의 제약制約을 받는다는 것은 차라리 시詩의 부자유不自由의 열락悅樂이요 시詩의 전면적全面的인 것이요 결정적決定的인 것으로 되고 만다. 그러므로 시인詩人이란 언어言語를 어원학자語源學者처럼 많이 취급取扱하는 사람이라든지 달변가達辯家처럼 잘하는 사람이 아니라 언어개개言語個個의 세포적細胞的 기능機能을 추구推究하는 자者는 다시 언어미술言語美術의 구성조직構成組織에 생리적生理的 Lift—giver가 될지언정 언어사체言語死体의 해부집도자解剖執刀者인 문법가文法家로 그치는 것도 아닌 것이다. 그러므로 언어言語는 시인詩人을 만나서 비로서 혈행血行과 호흡呼吸과 체온体溫을 얻어서 생활生活한다.

시詩의 신비神秘는 언어言語의 신비神秘다. 시詩는 언어言語와 Incarnation 적的 일치一致다. 그러므로 시詩의 정신적精神的 심도深度는 필연必然으로 언어言語의 정령精靈을 잡지 않고서는 표현表現 제작製作에 오를 수 없다. 다만 시詩의 심도深度가 자연自然 인간생활人間生活 사상思想에 뿌리를 깊이 서림을 따라서 다시 시詩에 긴밀緊密히 혈육화血肉化되지 않은 언어言語는 결국結局 시詩를 사산死産시킨다. 시신詩神이 거居하는 궁전宮殿이 언어言語요, 이를 다시 방축放逐하는 것도 언어言語다.

— 『散文』, 「詩와 言語 一」, 106~109쪽.

二

향香을 살에 붙일 수 있으량이면 머리털낱부터 발끝까지 이 귀貴한 냄새를 지니기가 어려운 노릇이 아닐 것이로되 무슨 놀라울만 한 외과수술外科手術이 발견發見되기 전前에야 표피表皮한겹 안에다가 향香을 간직할 도리道理가 있으랴. 시詩를 향香에 견주어 말하기란 반드시 옳은 비유比喩

가 아니나 향香처럼 시詩를 몸에 장식裝飾할 수 있다고 하면 대체 신체身體 어느 부분部分에 붙어 있을 것인가. 미친 놈이 되어 몸에 부작처럼 붙이고 다닐 것인가.

소격란蘇格蘭사람의 두뇌頭腦에 잉글리쉬·휴―머를 집어넣기를 억지로 해서 아니될 것도 없을 것이다. 우리가 소격란적蘇格蘭的 벽창호가 아닐 바에야 시詩를 어찌 외과수술外科手術을 베풀어 두개골頭蓋骨속에 집어넣어 줄 수가 있느냐 말이다.

시詩는 마침내 선현先賢이 밝히신 바를 그대로 쫓아 오인吾人의 성정性情에 돌릴 수 밖에 없다. 성정性情이란 본시 타고 난 것이니 시詩를 가질 수 있는 혹은 시詩를 읽어 맛들일 수 있는 은혜恩惠가 도시 성정性情의 타고 낳은 복福으로 칠 수 밖에 없다. 시詩를 향香처럼 사용使用하야 장식裝飾하랴거든 성정性情을 가다듬어 꾸미되 모름지기 자자근근孶孶勤勤히 할 일이다. 그러나 성정性情이 수성水性과 같아서 돌과 같이 믿을 수는 없는 노릇이니 담기는 그릇을 따라 모양을 달리 하며 물감대로 빛갈이 변變하는 바가 온전히 성정性情이 물을 닮았다고 할 것이다. 그 뿐이랴 잘못 담기어 정체停滯하고 보면 물도 썩어 독毒을 품을 수가 있는 것이 또한 물이 성정性情을 바로 닮았다고 해야 할 것이다. 성정性情이 썩어서 독毒을 발發하되 바로 사람을 상傷할 것인 데도 시詩라는 이름을 뒤집어 쓰고 나오는 것이 세상에 범람汎濫하니 지혜知慧를 갖춘 청춘사녀靑春士女들은 시詩를 감시監視 하기를 맹금류猛禽類의 안정眼睛처럼 빠르고 사납게 하되 형형炯炯한 안광眼光이 능能히 지배紙背를 투透할만한 감식력鑑識力을 가져야 할 것이다.

오호嗚呼 시詩라고 그대로 바로 맞아 들일수 있을 것인가. 도적盜賊과 요녀妖女는 완력腕力과 정색正色으로써 일거一擧에 물리칠 수 있을 것이나 지각知覺과 분별分別이 서기 전엔 시詩를 무엇으로 방어防禦할 것인가. 시詩와 청춘靑春은 사욕邪慾에 몸을 맡기기가 쉬운 까닭이다. 하물며 열정劣情 치정痴情 악정惡情이 요염妖艶한 미문美文으로 기록記錄되어 나오는 데야 쓴 사람이나 읽는 이가 함께 흥흥 속아 넘어가는 것이 차라리 자연自然한 노릇이라고 그대로 버려 둘 것인가! 목불식정目不識丁의 농부農夫가 되였던들 시詩하다가 성정性情을 상상傷하지는 않았을 것이니 누구는 이르기를 시詩를 짓는이 보다 밭을 갈라고 하였고― 공자孔子가라사대 시삼백詩三百에 일언이폐지왈사무사一言以蔽之曰思無邪라고 하시었다.

― 『散文』, 「詩와 言語 二」, 109~111쪽.

三

화가畫家도 능能히 글을 쓴다. 그림 이외以外에, 설령 서툴러도 남이 책責할 이 없을 글을 써서 행문行文이 반듯하고 얌전할 뿐 아니라 의사意思를 바로 표表하기람 보다도 정취情趣가 무르녹은 글을 쓸줄 안다. 내가 사귀는 몇몇 화가畫家는 화론畫論이며 화평畫評이며 수필隨筆 사생문寫生文 소품문小品文을 써서 배울만 한데가 있고, 관조觀照와 감수感受에 있어서 『문文』이상以上의 미술적美術的인 것을 문文으로 표현表現하는 수가 있다. 자기自己가 본시 이에 정진精進하였던 바도 아니요, 그것으로 조금도 문인文人의 자랑을 갖지도 않건만 언문諺文에 한자漢字를 섞어 그적거리는 것이 유일唯一의 장기長技가 되는 문단인文壇人보다도 빛난 소질素質을 볼 수가 있다. 술을 끝까지 마시고 주정을 하여도 굵고 질기기가 압도적壓倒的이요 아침에 툭툭털어 입는 양복洋服 어울립 새며 수수하게 매달린 넥타이 모양새 까지라도 아무리 마구 뒤궁굴렸다가 일어 세울지라도 소위所謂 문인文人보다는 격격과 멋을 잃지 않는다. 문학인文學人이 추구追求할 바는 정신미精神美와 사상성思想性에 있는 바니, 복장服裝이나 외형미外形美로 논난論難하기란 예禮답지 못한 노릇이라고 하라. 그러나 지향志向하고 수련修練하는 바가 순수純粹하고 열렬熱烈한 것이고 보면 몸짓까지도 절로 표일飄逸하게 되는 것이니, 『베―토―벤』을 사로잡아 군문軍門이나 법정法廷에 세울지라도 그의 풍모風貌는 역시 일개一個 숭고崇高한 자연自然이 아닐 수 없으리라. 편벽偏僻된 관찰觀察이 아닐지 모르겠으나 같은 레코드음악音樂을 듣는 데도 문인文人이 화가畵家보다 둔재바리가 많다. 이 유리由가 어디 있을까? 화가畵家는 입문당초入門當初부터 미美의 모방模倣이었고 미美의 연습練習이였고 미美의 추구追求요 제작制作인 것이 원인原因일 것이니 따라서 생활生活이 불행不幸히 미중심美中心에서 어그러질지라도 미美에 가까워지려는 초조焦燥한 행자行者이었던 것이요 순수純粹한 제작制作에 손이 익은 것이다. 한가지에 능능한 사람은 다른 부문部門에 들어서도 비교적比較的 수월한 것이니 화畵에 문文을 겸兼한다는 것이 심히 자연自然스러운 여력餘力이 아닐수 없다. 운동運動의 요체要諦를 파악把握한 선수選手는 보통普通 야구野球 축구蹴球 농구籠球쯤은 겸兼할 수 있음과 다를 게 없다. 문인文人인자者 반드시 반성反省할만 한 것이 그대들은 미적美的 연금煉金에 있어서 화가畵家에 미치지 못하고 지적知的 참모參謀에 있어서 장교將校를 따르지 못하는 어중간於中間에 쩔쩔 매는 촌村놈이 대다수大多數다. 하물며 주량酒量에 인색하고 책을 펴매 줄이 올바로 나리지 못하고 붓을 들어 치부致富글씨도 되지 못하고도 하필何必 만만한 해방解放된 언문諺文 한자漢字가 그대들을 얻어 걸린 것인가. 시詩니 소설小說이니 평론評論이니 하는 그대들의 『현실現實』과 『역사적歷史的 필연必然』의 사업事業에 애초부터 『미술美術』이 결핍缺乏되었던 것이니, 온갖 문학적文學的 기구器具를 질머지고도 오직 한 개의 『미술美術』을 은혜恩惠 받지 못한 불행不幸한 처지處地에서 문학文學은 그대들이 까맣게 치어다 볼 상급上級의 것이 아닐 수 없다.

　문학文學은 『미술美術』을 발등상으로 밟고도 그 위에 다시 우월優越한 까닭에!

―『散文』, 「詩와 言語 三」, 111~113쪽.

四

깊숙히 숨었다가 툭튀여 나오되 호랑이처럼 무서운 시인詩人이 혹시나 없을까? 기다리지 않았던 바도 아니었으나 이에 골라내인 세 사람이 마침내 호랑이가 아니고 말았다.

조선朝鮮에 시詩가 어쩌면 이다지도 가난할가? 시詩가 이렇게 괴조조하고 때묻은 것이라면 어떻게 소설小說을 보고 큰 소리를 할꼬! 소설가小說家가 당신네들 처럼 말 얽히기와 글월 세우기와 뜻을 밝힐 줄을 모른다면 거기에 글씨까지 계발 개발 보잘 것이 없다면 애초에 소설小說도 쓸 생각을 버릴것이겠는데 하물며 당신네들처럼 감敢히 문장이상文章以上의 시詩를 쓸 뜻인들 먹을 리理가 있겠읍니까? 투고投稿를 살피건대 소설小說은 아주 적고 시詩는 범람氾濫하였으니 무엇을 뜻함인지 짐작할 것이며, 일찌기 시詩를 심히 사랑은 하되 지을 생각은 아이에 아니하는 어떤 소설가小說家 한 분을 보고 칭찬한 적이 있었으니 그를 보고 시詩를 아니 쓰는 이유理由만으로서 시詩를 아는 이라고 하였다.

시詩를 앞히어 놓고 자리를 조금 물러나서 능能히 볼줄 아는 이를 공자孔子가 가여어시可與語詩라고 하신 것이 아니었던가 생각 되기도 한다. 그렇다고 당신네들이나 우리들이 시詩를 짓기 보다도 시詩와 씨름을 아니 걸고 그칠 노릇이요? 자꾸 지어서 문장사文章社로 보내시요. 정성精誠껏 보아 드리리다. 그러나 잡지雜誌에 글을 던져 보내기란 대개 가장 자신自信이 있어서나 그렇지 않으면 가장 용감勇敢한 이거나 가장 자신自信이 없어서거나 혹은 가장 무책임無責任한 이도 한 번은 하여 봄즉 한 일이니 글을 보내시려거든 사자중四者中에 택기일擇其一하여 하십시요.

백여편百餘篇 투고중投稿中에서 선選에는 들고 발표發表까지에는 못 오른 분도 몇 분 있으시니 부디 섭섭히 여기시지 마시고 꾸준히 공부工夫하시고 애쓰시고 줄곳 보내시요. 샘물도 끝까지 끓이면 다소多少 소금적이

들어나는 것이니 시인詩人도 참고 견디는 덕德을 닦아야 시詩가 마침내 서슬이 설 것입니다.

내 손으로 가리어 내인 이가 이 다음에 대성大成하신다면 내게도 일생一生의 광영光榮이 될 것이요. 우수優秀한 시詩를 몰라 보고 넘기었다면 그는 얼마나 높은 시인詩人이시겠읍니까! 그러나 빛 난 것이 그대로 감치울 이는 없는 것이외다. 그리고 남의 편便을 듣기에 그다지 초조焦燥할 것이 없으니 그저 읽고 생각하고 짓고 곤치고 앓고 말라 보시오. 당신이 닦은 명경明鏡에 당신의 시詩가 스스로 웃고 나설 때까지!

— 『散文』, 「詩와 言語 四」, 113~115쪽.

五.

한 번 추천推薦한 후에 실없이 염려 되는 것이 이 사람이 뒤를 잘 대일까 하는 것이다. 어떤이는 실수 없이 척척 대다싶이 하나 어떤이는 둘쨋 번에 허둥지둥하는 꼴이 원 이럴수가 있나 하는 기대期待에 아주 어그러지는 이도 있다.

그럴 까닭이 어디 있을까? 다소多少의 시적詩的 정열情熱—보다도 초조焦燥로 시詩를 대對하는데 있을까 한다. 격검擊劍채를 들고 나서듯 팽창膨脹한 자신自信과 무서운 놈이 누구냐 하는 개성個性이 서지 못한 까닭이다. 이십전후二十前後에 서정시抒情詩로 쨍쨍 울리는 소리가 아니 나서야 가망可望이 적다. 소설小說이나 논설論說이나 학문學問과는 달라서 서정시抒情詩는 청춘靑春과 천재天才의 소작所作이 아닐수 없으니 꾀꼬리 처럼 교사驕奢한 젊은 시인詩人들아 쩔쩔맬 맛이 없는 것이다.

— 『散文』, 「詩와 言語 五」, 115~116쪽.

六

용기勇氣와 같은 것을 상실喪失한지 수월數月이 넘었던 차 혼인婚姻잔치에 갔다가 소설가小說家를 만나 이 사람 시詩를 조르기를 빚 조르듯 한다.

『소설小說을 앞으로 얼마나 쓰겠느뇨』

『사십년四十年은 염려念慮없노라.』

『사십년四十年?』

『환산換算하여 팔십八十까지 시詩를 쓰면 족足하지 않느뇨.』

『이제 태백太白이 없으시거니 그대가 능能히 당명황唐明皇 노릇을 하려는가?』

『하하呵呵』

통제統制가 저윽이 완화緩和될 포서가 있을지라도 끔적스러워라 시詩를 어찌 괴죄죄 사십년四十年을 쓰노?

여간 라디오 체조體操쯤으로는 아이들 육신肉身에 반향反響이 있을까 싶지 않아 좀 더 돌격적突擊的인 것을 선택選擇한 나머지에 깡그리 죽도竹刀를 들리기로 하다.

정면正面 이백二百번
동胴치기 좌우左右 이백二百번
팔면面 이백二百번
반면半面 이백二百번
……………

여덟살 짜리 까지 함께 사부자四父子 해오르기전前 아침 허공虛空을 도합都合 수천도數千度 치다.

타태惰怠한 버릇이 동胴치기에선들 한눈이 아니 팔리울 이 없어 팔이

절로 풀리니

『아버지 동퉁치기에는 파초芭蕉순도 안부러지겠네.』

내가 죽도竹刀를 둘러 이제 유단有段의 실력實力을 얻으랴? 너희들은 이것을 십년十年 이십년二十年 둘러 선뜻 나리는 칼날이 머리카락을 쪼개야 한다드라 머리카락을 쪼개라!

검사劍士가 머리카락을 쪼개지 못하고 어찌 성城을 둘러 빼겠느냐. 성城을 빼라!

내사 망녕이 아니 난 바에야 이제 머리카락을 쪼갤 공부工夫를 하랴. 추풍秋風이 선선 하여지거던 죽도竹刀마자 버리련다.

시詩가 지팽이 감도 못되거니 서러워라, 나의 시詩는 죽도竹刀를 두루기에도 무력無力하고나.

— 『散文』, 「詩와 言語 六」, 116~118쪽.

七

글이 좋은 이의 이름은 어쩐지 이름도 덧보인다. 이름을 보고 글을 살피려면 글씨도 다른 것에 뛰어 난다. 원고지原稿紙 취택取擇에도 그 사람의 솜씨가 들어나 글과 글씨와 종이가 그 사람의 성정性情과 풍모風貌와 서로 서로 어울리는 듯도 하지 않은가. 글을 보고 사람까지 보고 싶게 되는 것에는 이러한 내정內情이 있다. 원고原稿에서 그 사람의 향기香氣를 보게쯤 되어야만 그 사람이『글 하는 사람』으로서 청복淸福을 타고 난 사람이다.

『칠생보국七生報國』이라는 말이 있다. 문약文弱한 사람으로서 이렇게 지독한 문구文句에 좀 견디기 어렵다. 그러나 일곱번『인도도생人度道生』하여 나올지라도 글을 맡길수 없는 자者들을 지저분하게 만나게 된다. 게덕스럽고 억세기가 천편일률千遍一律이다. 단정학丹頂鶴은 단정학丹頂鶴으로 사는 법法이 있고, 황새는 황새대로 견디는 법法이 있거니 황새가 아예 단정학丹頂鶴을 범犯할 바이 없거늘 글과는 담을 쌓은 자者들이 글에서 거리적거린다. 생물生物에는 적응성適應性이라는 것이 있다. 게덕스럽고 억세고 루陋한 사람은 그대로 살어가야만 되게 되는 것이니 만일 이러한 사람들을 글과 그림과 음악音樂에서 해방解放한다면 놀랄만한 성능性能을 발휘發揮할 것이니 어시장漁市場 광산鑛山 취인소取引所 원외국소굴院外國巢窟에서 바로 쾌적快適한 선수選手가 될 것이다. 어찌하여 문학文學에서 연연戀戀히 떠나지 못하는 것이냐! 지방地方에서 불운不運하여 쾌쾌快快하는 청년青年들은 대가숭배벽大家崇拜癖이 있다. 그들이 만일 편집실編輯室에 모이는 원고原稿를 검열檢閱한다면 기절氣絶하리라.

글씨를 바로 쓰고 못쓰는 것은 문제問題할 것이 아니다. 혹은 문장文章 조사措辭도 문학文學에서 제일의적第一義的인 것은 아니다. 그러나 예술제작藝術制作에 천품天品이 거세去勢되고 철학적哲學的 사변思辨에 항력抗力을 상실喪失한 문예시장文藝市場의 거간군居間軍—언감생심焉敢生心에『비평가批評家』냐?『작가作家』냐? 권력權力이라는 것은 화약火藥처럼 위험危險한 때가 있다. 게다가 관권官權에 합세合勢에 시류時流에 차거借據하는『문학文學』! 문학文學이 혹或은 여당與黨에서 야당野黨에서 은퇴隱退하는 것일지도 모른다.

—『散文』,「詩와 言語 七」, 118~119쪽.

달과 자유自由

밤에 달이나 밝고 하면 개짖는 소리란 한시인漢詩人 시조인계통時調人 系統이 아닐지라도 싫지는 않을 것이다.

『푸른 삽사리 달을 보고 짖는다』 달과 개와의 사이에 무슨 관련關聯이 있는지는 모르나 달이 몹시 밝은 밤에 개는 병증病症이 아닌정도程度로 미친다. 썰썰거리고 돌아다니는 꼴이라든지 까닭없이 짖어 대는 것이 일종一種의 청광자족적淸狂自足的 상태狀態가 아닐 수 없는 것이다.

달 밝은 밤에 사람이 개보다 더 고상高尙하냐 하면 반드시 그렇지도 않은 것을 많이 볼수 있다. 골목으로 돌아다니는 기운 좋은 청년靑年들의 발작發作에 가까운 잡가雜歌소리를 들어보라. 그들의 걸음거리가 대개 주정酒酊걸음에 가깝고 혹或은 개가 청년靑年을 보고 위협적威脅的으로 짖어 대면 청년靑年은 개소리를 의음擬音하여 왕왕 컹컹 짖어댄다. 이런 경우境遇에 청년靑年은 개 보다는 훨석 광태狂態라고 아니할 수 없다.

달과 개와 청년靑年사이에 무슨 관련關聯이 있다고 볼 수 있다.

달밤도 조선朝鮮에 있어서는 소복담장素服淡粧한 여자女子가 많이 나돌아 다닌다.

소복담장素服淡粧이란 조선朝鮮에 있어서는 미망인未亡人의 차림차리가 된다. 미망인未亡人이 달밤 골목길에 범람汎濫한다는 것을 구태여 불경건不敬虔하게 오해誤解할 것이 아니로되 이러한 문제問題를 취급取扱하기를 철학哲學에 양도讓渡하기 보다는 시詩나 상상想像이나 정열情熱에 맡기는 것이 옳다. 시詩가 신적광기神的狂氣의 소산所産이라고 하면 미망인未亡人과 광증狂症과 달과 무슨 관련關聯이 있었던 것이다. 달밝은 밤 병영兵營에서 곡성哭聲이 난기鬧起하였다는 기사記事를 본 일이 없으나 달밝은 밤에 여공합숙소女工合宿所나 여학교기숙사女學校寄宿舍 창난간窓欄干에 홀적홀적 우는 소리가 요란擾亂하거나 망향가望鄕歌가 청성스럽다고 한다.

감상주의感傷主義가 구대어 병病이랄 것은 없으나 정신精神의 강장强壯한 상태狀態는 아니다. 극極히 희박稀薄한 정도程度로 광증狂症에 속屬하는 것이다.

영어英語에『LUNACY』는『정신착란精神錯亂』이란 말이다. 나전어羅典語『LUNA』(조선朝鮮말로 달)에서 나온 말이다.

달과 광기狂氣와는 무슨 관련關聯이 깊은 것인가 보다.

이태백李太白의 어머니가 태몽胎夢에 달을 집어먹고 이태백李太白이를 낳았다고 한다.

이태백李太白의 광적狂的 주정酒酊과 달과는 선천적관련先天的關聯이 있었다.

지난 입춘立春때, 몹시 치운 밤에 이웃집 개가 몹시 울었다. 그 날 밤은 달도 별도 없이 캄캄 칠야漆夜이었다.

개가 짖은 이야기가 아니라 개가 우는 이야기다.

삼십분이상三十分以上 계속繼續한 개울음소리는 극고통極苦痛에서 나오는 비명悲鳴이었다.

급격急激한 형벌刑罰을 받은 것이었다.

형벌刑罰이란 범죄犯罪에 대對한 징치懲治다.

개가 어떠한 정도程度의 죄罪를 범犯할 것인가? 주인主人집 고기 한근斤쯤 훔쳐 먹었다고 상정想定하였다. 그집에서 무슨 요새 비싼 고기를 한근斤 이상以上 개에게 빼앗길 것이 있을라고 말이다.

고기 한근斤에 범犯한 죄罪가 저다지도 심甚한 형벌刑罰에 상당相當한 것이냐!

조선朝鮮에서는 개를 때리는 법으로 여자女子와 아이들을 때린다. 때리면 아프고 아프면 울 수 밖에 없다.

개와 아이들은 큰 죄罪를 범犯할 수 없도록 능력能力이 제한制限된 것이다.

　죄罪는 결국結局 사람중中에도 어른과 늙은이가 많이 짓는다. 나이 먹을쑤록 죄罪를 많이 짓는다.

　영국英國에서는 제집 개와 아이들을 때릴지라도 경찰서警察署에서 잡아간다고 한다. 오백년五百年동안 백성과 전제왕정專制王政과 투쟁鬪爭하여 쌓아 올린 인권人權의 자유自由의 금자탑金字塔의 혜택惠澤이 오늘날 영제국英帝國에서는 미물微物 짐승에 까지 미치고도 나머지가 있다.

　『런든 하이드 파악』의 참새이야기는 어떠하냐?

　세상에 신경과민神經過敏한 생물生物이 참새 이상以上의 것이 어데 있을까 마는 참새도 조선朝鮮참새가 제일 신경과민神經過敏이다.

　『런든』의 참새는 사람 손바닥 위에 내려와 앉아 모이를 먹는다, 물을 마신다고 한다.

　조선朝鮮에서는 참새를 훔켜 잡아 먹고 산山을 발갛게 깎아 먹는 정력精力으로 사람을 때리고 죽이는 것이냐!

　개와 달이야기가 딴길로 들어 너무 방황彷徨하였다.

　입춘立春때 춥고 어두운 밤에 몹시 맞고온 이웃집 개야! 이제 추위도 다가고 봄달도 미구未久에 밝을 것이니 천생天生의 건전健全한 LUNACY를 발휘發揮하여 싫것 짖고 뛰어 돌아다녀 즉성을 풀어 보아라.

　그러나 본능적本能的 충동衝動이 어찌 인권人權과 자유自由에 그다지 중요重要한 것이 되겠느냐?

　조선朝鮮의 자유自由와 인권人權의 민주주의적투쟁民主主義的鬪爭이 영국英國처럼 오백년五百年이 걸려서야 비관悲觀 아니할 낙천주의자樂天主義者가 어데 있겠느냐?

―『散文』, 「달과 自由」, 120~124쪽.

비

몸이 좀 의실의실 한데도 물이 찾아지는 것은 떳떳한 갈증渴症이 아닌 것을 알 수 있다.

입시울이 메마르기에 거풀이 까실까실 이른줄도 알았다. 아픈데가 어디냐고 하면 아픈데는 없다고 할 수 밖에 없다. 손으로 이마를 진찰하여 보았다 알 수 없다.

이마에 대한 외과外科가 아닌 바에야 이마의 내과內科이기로소니 손바닥으로 알 수 있을 게 무어냐 어떻게 보면 열이 있고 또 어찌 생각하면 열이 없다. 그러나 이 손바닥 진찰診察이 아주 무시無視되어온 것도 아니다.

이 법이 본래 할머니께서 내 어린 이마에 쓰시던 법인데 이 나이가 되도록 이 법으로 써 대개는 가볍게 흘리어 버리기도 하고 아스피린 따위로 타협妥協하여 버리기도 하고 몸이 찌부드드 한데도 불구不拘하고 단연斷然 부정否定하여 버리고 항간巷間으로 일부러 분주히 돌아다니기도 하였다.

기숙사寄宿舍에서 지날 적에는 대개 펴 놓인 채로 있던 이불속으로 가축家畜처럼 공손히 들어가 모처럼만에 흐르는 눈물이 솜 냄새에 눌리워 버리기도 하였다.

대체로 손바닥 판단判斷이 그대로 서게 되고 마는 것이었다.

오늘도 오후午後 두 시의 나의 우울憂鬱은 나의 이마에 나의 손이 가게 되는 것이다. 그러나 용이容易히 결정決定하지 아니 하였다.

보리차를 생각하였다. 탁자 위에 찻종이 모조리 뒤집혀 놓인 대로 있는 놈이 하나도 없다. 놓일 대로 놓여 있음에 틀림 없다. 그러나 그것은 찻종으로 차가 마시워졌다는 것 밖에 아니된다. 이것이 마신 것이로라고 바로 놓아 두는 것이 한 예의禮儀로 되었다.

예의禮儀는 이에 그치고 마침내 찻종이 있는 대로 치근치근 하고 지저분하고 보리찌꺼기를 앉힌 채로 있게 되는 것이다.

오늘은 날도 몹시 흐리고 음산하다. 『오피스』안에는 낮불이 들어 왔는 데도 밝지 않다.

목멱산木覓山 중허리를 내려와 덮은 구름은 무슨 악의惡意를 품은 것이 차라리 더러운 구름이다. 십일월十一月 들어서서 비눌 같고 자개장식 같고 목화 피어 나가듯 하는 담담淡淡한 구름은 아니고 만다.

시계時計가 운다. 울곤 씨그르르⋯⋯ 울곤 씨그르르⋯⋯ 텁텁한 소리가 따르는 것은 저건 무슨 고장故障일까 짜증이 난다.

종鐘이 운다. 아약 종鐘으로서 무슨 재차븐하고 의젓지 않은 소리냐. 어쨌든 유치원幼稚園 이래以來로 여운餘韻을 내보지 못한 소리다. 별안간 이 관제중管制中에 산山도야지 귀창이라도 찢어 헤칠만 한 격렬激烈한 사이렌소리를 듣고 싶다. 지저분한 공기空氣에 새로운 진폭振幅이 그립다.

약간 흥분興奮을 느낀다.

군데군데가 덥다. 먼저 이마, 그리고 겨드랑이, 손이 마자 발열發熱하고 보니 손이란 원래 간이簡易한 진찰診察에 쓰는것 밖에 아니된다.

빗낯이 듣는가 했더니 제법 떨어진다. 아연판亞鉛版 같이 무거운 하늘에서 떨어지는 비는 안연판亞鉛版을 치는 소리가 난다.

뿌리는 비, 날리는 비, 부으 뜬 비, 쏟는 비, 뛰는 비, 그저 오는 비, 허둥지둥하는 비, 촉촉 좇는 비, 쫑알거리는 비, 지나가는 비, 그러나 십일월十一月 비는 건너 가는 비다. 이박자二拍子 『폴카춤 스텦』을 밟으며 그리 하여 십일월十一月비는 흔히 가욋것이 많다.

※

벌써 유리창에 날버레 떼 처럼 매달리고 미끄러지고 엉키고 동 그르

둥글고 홈이 지고 한다. 매우 간이簡易한 풍경風景이다.

그러나 빗방울은 관찰觀察을 세밀細密히 하게 하는 것이 아닐까. 내가 오늘 유유悠悠히 나를 고늘수 없으니 만폭滿幅의 풍경風景을 앞에 펼칠 수 없는 탓이기도 하다.

빗방울을 시름없이 들여다 보는 겨를에 나의 체중體重이 희한이 가볍고 슬퍼지는 것이다. 설령 누가 나의 쭉지를 핀으로 창살에 꼭 꽂아 둘지라도 그대로 견딜 것이리라.

나의 인생人生도 그 많은 항하사恒河沙와 같다는 별중의 하나로 비길 바가 아니요 한점 빗방울로 떨고 매달린 것이 아릴런가.

이것은 약간의 갈증渴症으로 인하여 이다지 세심細心하여지는 것이나 아닐까. 그렇지도 아니한 것이 뛰어나가 수도水道를 탁터쳐 놓을 수 있을 것이겠으나 별로 그리할 맛도 없고 구태어 물을 마시어야 할것도 아니고 보니 나의 갈증渴症이란 인후咽喉나 위장胃腸에 따른 것이라기 보다는 순수純粹히 신경적神經的이거나 혹은 경미輕微한 정도程度로 정신적精神的인 것일지도 모른다.

『오피스』를 벗어 나왔다.

레인코오트 단추를 꼭꼭 잠그고 깃을 세워 턱아리까지 싸고 소프트로 누르고 박쥐우산 안으로 바짝 들어서서 그리고 될 수 있는 대로 가리어 드디는 것이다. 버섯이 피어 오른듯 호줄그레 늘어선 도시都市에서 진흙이 조금도 긴치 아니하려니와 내가 찬비에 젖어서야 쓰겠는가?

안경眼鏡이 흐리운다. 나는 레인코오트 안에서 옴츠렸다. 나의 편도선扁桃腺을 아주 주의注意해야만 하겠기에 무슨 경황에 『포올 베르렌』의 슬픈 시詩 『거리에 나리는 비』를 읊조릴 수 없다.

비도 치워 우는듯 하여 나의 체열體熱을 산산히 빼앗길 적에 나는 아무렇지도 않은 것 같이 날신하여지기에 결국 아무렇지도 않다고 했다.

여마驢馬처럼 떨떨거리고 오는 흰 뻐스를 잡아 탔다.

유리쪽 마다 빗방울이 매달렸다.

오늘에 한해서 나는 한사코 빗방울에 걸린다.

뻐스는 후후룩 떨었다.

빗방울은 다시 날려와 붙는다. 나는 헤어 보고 손가락으로 비벼 보고 아이들 처럼 고독孤獨하기 위爲하여 남의 체온體溫에 끼인 대로 참한이 앉아 있어야 하겠고 남의 늘어진 긴 소매에 가리운대로 잠착해야 하겠다.

빗방울 마다 도시都市가 불을 켰다. 나는 심기일전心機一轉하였다.

은막銀幕에는 봄빛이 한창 어울리었다. 호수湖水에 물이 넘치고 금잔디에 속닢이 모두 자라고 꽃이 피고 사람의 마음을 꼬일듯한 흙냄새에 가여운 춘희椿姬도 코를 대고 맡는 것이다. 미칠듯한 기쁨과 희망希望에 춘희椿姬는 희살대어 날뛰고 한다.

마을 앞 고목古木 은행나무에 꿀벌떼가 두름박 처럼 끓어나와 잉잉거리는 것이다. 마을사람들이 뛰어 나와 이 마을지킴 은행나무를 둘러싸고 벌떼소리를 해가며 질서 없는 합창合唱으로 뛰고 노는 것이다. 『탬보─린』에 하다 못해 무슨 기명 남스레기에 꼬ㄲ라나발 따위를 들고 나와 두들기며 불며 노는 것이다. 춘희椿姬는 하얀 질질 끌리는 긴 옷에 검은 띠를 띠고 쟁반을 치며 뛰는 것이다.

동네 큰 개도 나와 은행나무 아랫등에 앞발을 걸고 벌떼를 집어 삼킬듯이 컹컹 짖어댄다.

그러나 은막銀幕에는 갑자기 비도 오고 한다. 춘희椿姬가 점점 슬퍼지고 어두어지지 아니치 못해진다. 춘희椿姬가 콩콩 기침을 할 적에 관객석觀客席에도 가벼운 기침이 유행流行된다. 절후節候의 탓으로 혹은 다감多感한 청춘사녀靑春士女들의 폐첨肺尖에 붉고 더운 피가 부지중 몰리는 것이 아닐까. 부릇 나는 것일지도 모른다.

※

춘희椿姬는 점점 지친다. 그러나 흰나비 처럼 파닥거리며 흰 동백꽃에 황홀恍惚히 의지 하련다. 대체로 다소多少 고풍古風스러운 슬픈 이야기래 야만 싫것 슬프다.

흰 동백꽃이 아주 시들 무렵 춘희椿嬉는 점점 단념斷念한다. 그러나 춘희椿嬉의 눈물은 점점 깊고 세련洗練된다.

은막銀幕에 내리는 비는 실로 좋은 것이었다. 젖어질수 없는 비에 나의 슬픔은 촉촉할대로 젖는다. 그러나 여자女子의 눈물이란 실로 고운 것인 줄을 알았다. 남자男子란 술을 가까이 하여 굵을 수도 있다.

그러나 여자女子에 있어서는 그럴 수 없다. 여자女子란 눈물로 자라는 것인가보다. 남자男子란 도박賭博이나 결투決鬪로 임기응변臨機應變 할수 도 있다. 그러나 여자女子란 다만 연애戀愛에서 천재天才다.

동백꽃이 새로 꽃힐 때마다 춘희椿嬉는 다시 산다. 그런 춘희椿嬉는 점 점 소모消耗된다. 춘희椿嬉는 마침내 일가一家를 완성完成한다.

옆에 앉은 영양令孃 한 분이 정말 눈물을 흘으러 놓는다. 견딜 수 없이 느끼기 까지 하는 것이다. 현실現實이란 어느 처소에서나 물론하고 처치 處置에 곤란困難하도록 좀 어리석은 것이기도 하고 좀 면난面暖하기도 한 것이다.『그레다 까르보』같은 사람도 평상시로 말하면 얼굴은 항시 가드 듬고 펴고 진득히 굴지 않아서는 아니될 것이다. 먹세는 남 보다 골라서 할 것이겠고 실상 사람이란 자기가 타고 나온 비극悲劇이 있어 남 몰래 앓을 병과 같아서 속에 지녀 두는 것이요 대개는 분장扮裝으로 나서는 것 임에 틀림 없다.

어찌하였던 내가 이 영화관映畵館에서 벗어 나가게 되고 말았다.

얼마쯤 슬픔과 무게(중량重量)를 사가지고—

거리에는 비가 이때껏 흐느끼고 있는데 어둠과 안개가 길에 기고 있다.

따이아가 날리고 전차電車가 쨍쨍거리고 서로 곁눈 보고 비켜서고 오 르고 내리고 사라지고 나타나는 것이 모다 영화映畵와 같이 유창流暢하기 는 하나 영화映畵처럼 곱지 않다. 나는 아주 열熱해졌다.

검은 커―틴으로 싼 어둠 속에서 창백蒼白한 감상感傷이 아직도 떨고 있겠으나 나는 먼저 나온 것을 후회後悔치 않아도 다행多幸하다고 하였다. 그러나 다시 한 떼를 지어『브로마이드』말려 들어가듯 흡수吸收되는 이들이 자꾸 뒤를 잇는다.

나는 휘황이 밝은 불빛과 고요한 한 구석이 그립던 것이다. 향기러운 홍차紅茶 한 잔으로 입을 추기어야 하겠고 나의 무게를 좀 덜어야만 하겠고 여러 가지 점으로 젖어 있는 나의 오늘 하로를 좀 가시우고 골라야 견디겠기에. 그러니 하로의 삶으로서 그만치 구기어지는 것도 어찌 할 수 없는 일이다.

별로 여색女色이나 무슨 주초酒草 같은 것에 가까이 해서야만 그런 것이 아니라 하로를 지나고 저문 후에는 아무리 당기고 편다 할지라도 아주 판판해질수는 없는 것이다. 더욱이 절후節候가 이렇게 고르지 못하고 신열身熱이 좀 있고 보면 더욱 그러한 것이다. 사람의 양식良識으로 볼지라도 아무리 청명淸明하게 닦을지라도 다소 안개가 끼고 그을고 하는 것을 면키 어려운 것이 아닌가.

그러므로 빗방울이라든지 동백꽃이라든지 눈물이라든지 의리義理 인정人情, 그러한 것들이 모두 아름다운 것이기도 하고 해로울 것도 없고 기뻐함즉도 한 것이나 그것이 굴러 가는 절節의 계마찰季摩擦을 따라 하로 삶이 주름이 잡히고 피로疲勞가 쌓인다. 설령 안개 같이 가벼운 것임에 지나지 않을지라도.

이대로 집에 돌아 가서 더운 김으로 얼굴을 흠뻑 추기고 훌훌 마실수 있는 더운 약藥을 마시리라. 집사람 보고 부탁하기를 꿈도 없는 잠을 들겠으니 잠드는 동안에 땀을 거두어 달라고 하겠다.

— 『散文』, 「비」, 125~134쪽.

봄

愁誰語에서

　머리 감기 위爲하여 이발소理髮所에 가는 셈이다. 머리가 길어 허우룩한것 쯤은 괴롭지 않으나 추위가 다 가고 햇볕이 곱기가 바로 깁실 같고 보니 감은지가 닷새가 못되어 버쩍 가렵다.
　공동욕장公同浴場에서 머리를 감는 것이란 불유쾌不愉快한것 중中의 하나이다. 물은 가실 물이 따로 있다 하더라도 그 그릇에 몸은 맡길지언정 머리를 감기가 싫다. 감고 나서 말릴 일이 여간 일이 아니다.
　목욕沐浴은 나가서 하고 머리는 집에 돌아와 다시 서둘러 감게 되니 집의 사람이 수고로울 밖에.
　그러나 추위중에 젖은 머리를 헹그런히 치어들고 말리기에 적당適當하도록 방이 외풍外風없이 훈훈한 것이 아니고 보니 마침내 이발소理髮所에 가는 것이 머리를 깎기 위爲한 것이라기 보다 머리를 감는 것이 위주가 되고 그 보다도 머리를 말리는 편의便宜가 더하다.
　학교學校에서 좀 일찍 나온 것이 옷을 갈아 입고도 이발理髮할 시간時間이 있고 저녁 먹을 사이와 다시 양복洋服을 바꿔 입고 음악회音樂會에 대어가기에 여유餘裕가 있다.
　양복洋服은 단單벌로 삼동三冬내 버티어 왔으나 바지 저고리는 재작년再昨年에 작만한 것이나마 빨아 꾸미어 갈아 입고 보니 새옷이다.
　조선朝鮮법으로 보면 내가 아직 물색옷은 아닐지라도 명주옷이 흰것이라고 그대로 입는 것은 아니다.
　그러나 흰바지 저고리라곤 명주로 된것 한두벌 밖에 없으니 구태여 아니 입고 버틸 수도 없다.
　명주가 호사가 되는 것일지는 모르나 명주에서는 냄새가 좋다. 까프라지도록 삐쳐 돌아 와서도 명주고름에서 날리는 냄새로 몸이 풀린다.

마고자는 인제 입을 맛이 적다.

전에 작만한 조끼가 회색灰色이려니와 조끼란 원악 저고리에 포기기에 천賤한 실용품實用品이다. 그저 동저고리바람이 아실 아실한 봄추위를 타기에 그다지 싫은 것도 아니려니와 야릇하게도 정서情緖를 자아내어 소매로 깃도래로 기어드는 바람을 구태어 사양할 것도 아니다.

    ×

동리洞里앞 늙은 홰나무 아랫집 이발소理髮所까지 한참 걸어야 된다.
이발소理髮所가 촌村스럽기가 마눌밭 생치밭이 바로 옆에 있는 탓도 있으려니와 여름철에는 지나가던 병아리도 들어와 뿅뿅 지즐대고 돌아 나 간다.

안집 어린 아이가 생철 나팔을 뚜뚜 불며 들어 오는가 하면 개가 들어 와 손님 발을 씩씩 맡기도 한다.

동洞네가 조용하고 떨어져 있고 보니 이러한 이발소理髮所도 해害로울 게 없다.

안경眼鏡을 벗으면 꼼짝 못하는 눈이라 한눈이 팔릴데 없이 머리와 몸을 고스란히 이발사理髮師에게 일임一任해 버리는 것이 오로지 휴양休養에 가까운 일이다.

그러나 옆의 자리에 단발斷髮머리 소녀少女를 앉히고 등에 어린 아이를 업은채 띠어 앉아 기다리는 부인婦人이 대개 어느 정도程度로 젊은이라거나 치마 저고리 빛이 철을 다가서 곱고 칠칠한 것이야 안경眼鏡을 벗고 눈을 감았다 떴다하며 머리를 베고 기대 누웠을지라도 짐작 못할바 없다.

    ×

『머리가 숯은 적으셔도 매우 부드럽습니다.』

『기름은 안 발르셔도 좋으시겠는데요.

이발소理髮所에서 흔히 듣는 상매적商賣的 페아·워어드(Fare word)인 줄을 안 후로는 머리에 대對한 자신自信을 아니 갖기로 한다.

면도面刀가 끝나자 일어나 머리를 감으랴고 발을 옮기려니 어떤 청년靑年이 들어서며

『아이구! 요즘 몸이 노곤해 죽겠다!』

『아픈덴 없이 몸이 노작지근하니 웬셈일까!』

노동자勞動者로는 때가 벗어 보이고 그저 놀고 먹도록 편할 사람으로도 생각되지 않는 동저고리 바람에 검정 조끼입은 청년靑年이다.

『잠은 잘 자시유?』

『잠이야 잘 잡지요.』

『입맛은?』

『없어 못먹지요?』

『젊은 양반이라 거저 아니 자는게로군!』

『아닌뎁쇼! 엿방망이는 한 이틀밤 했읍죠만』

『그렇지! 택없이 노곤할 이 있나!』

허허! 웃으며 말마디를 흐리우기는 하였으나 앗불사! 하는 생각에 뺨이 화끈 한다.

이발소理髮所사람들의 딱 다문 침묵沈默에 더욱이 송구悚懼하다.

젊은 부인婦人의 안면표정顏面表情이 어떠한 것인지를 이 근시안近視眼으로서 읽을 수는 없으나 돌아서서 머리를 숙으리고 뜨끈 뜨끈한 물을 받는 것이 부끄럽기 맞는 것 같다.

×

얼른 안경眼鏡을 쓰고 나서 정세情勢를 살피고 싶다.

젊은 부인婦人이 그러한 실언失言쯤은 우습게 여기는 것일지 혹或은 어

느 귀에 들어올 것이냐고 가볍게 흘리는 것일지 알수 없으나 어쩐지 그 쪽 위치位置가 몹시 엄격嚴格하다.

안경眼鏡을 쓰고 가루분粉을 바를 수도 없는 노릇이요, 머리를 말린 후後 향수香水를 바르며 치장하기 위爲하여 앉은 자리가 종시 편편치 않다.

저고리는 물묻을가봐 맡긴 것이 즉시 입히는 것이 아니고 안으로 감추어 입었던 농자색濃紫色 스웨에터가 들어 나고 팔둑을 온통 감출 수가 없다.

라디오 푸로는 코오러스로 넘어 간다. 저녁 음악회音樂會에 나올 합창단合唱團이 미리 방송放送에 나선달수도 없고 대체 어느 소속所屬인지 요량料量할수 없는 아마추어에서도 훨씬 소박素朴한 합창合唱임에 틀림없다.

그렇다고 어느 정도程度까지 즐겁고 유쾌愉快한 코오러스가 아닌 것도 아니다.

실언失言으로 인因한 불안不安을 저윽이 완화緩和할수 있다.

×

급기야 안경眼鏡을 받아 쓰고 저고리를 찾으니 고히 개키어 놓였다는 것이 부인婦人이 앉은 자리 옆 둥근 테이불위에 석간夕刊을 깔고 놓였다.

저고리를 입고 옷고름을 매어 정시正視하고 보니 번듯한 이마넓이며 뺨에 혈색血色 좋은 살이 너그러운 것이며 으글 으글한 눈에 어깨가 동글고도 획진 것이 매우 풍염豊艶하고 화기和氣를 갖춘 가정부인家庭婦人이다. 이십오륙세二十五六歲쯤 된 이가 벌써 어린 아이를 둘을 데불었다.

살피건대 실언失言이 별別로 파문波紋을 지은 것 같지는 않으나 엿방맹이꾼으로 자처自處하는 청년靑年을 보아하니 파리하고 검은 얼굴에 보통普通 동네청년靑年인 모양인데 설령設令 사복경관私服警官이 아까 그 소리를 들었다곤 치더라도 도박범인賭博犯人으로 잡아 갈 맛도 없을것 같다.

하여간何如間 이 청년靑年이 떠버리는 바람에 부지중不知中 동저고리 바람끼리 평민적平民的 기풍氣風을 발발發한다는 것이 부녀자婦女子를 가까이 두고 예의禮儀에 어그러지는 실언失言을 한것임에 틀림 없다.

어느 합창단合唱團일까하고 석간夕刊을 펴들고 방송放送 푸로란欄을 짚어 보니 맹아학교盲啞學校 합창단合唱團인것을 알았다.

×

부인婦人이 어린 아이를 업고 밖으로 잠간 나간 틈에 혼잣소리로 한다는 것이

『으응! 맹아학교盲啞學校 생도生徒들이구먼!』

하였다.

이발소理髮所에서 벗어 나온후後 걸음거리가 침착沈着치 않고 기분氣分이 적지아니 부동浮動되는 것임에 틀림 없다.

바람이 해질 무렵에 더욱 수월 수월하니 나무를 흔들며 상쾌爽快하다.

가까운 이웃에 신혼新婚살림을 차리고 사는 R의 집에로 주책없는 발이 절로 옮긴다.

이리 오너라 도 부르지 않고 그대로 들어 서며

『R 있나?』

『들어 오시요!』

『음악회音樂會 구경가세!』

『해도 지기전前에 동저고리바람으로 가시려우! 들어 오시구려!』

『아아 이위에 외투外套나 여며 입구 소프트를 눌러 쓰면 되지 않나?』

R의 부인夫人은 아직도 여학생女學生같이 생광生光한다.

어서 나드리 차림을 하시라고 수선을 떨고 집으로 돌아와서 저녁상을 대하며 인제는 R의 내외內外가 와서 재촉 하기를 기다린다.

— 『산문散文』, 「봄 수수어愁誰語에서」, 135~142쪽.

새옷
愁誰語에서

노 새옷만 입을수 있으면 입어라. 얼마든지 해 입혀 주기가 왜 싫겠니? 나는 새옷을 입으면 여덟 아홉살때 처럼 좋더라. 그런데 아들 딸이 너 만이 아닌데 어떻게 너만 새옷을 입힐수 있느냐?

헌옷 해진 옷이라도 먼저 참고 견디는 외에 다른 도리가 없구나.

옷에 대한 좋은 해석이 있다.

이것은 네게는 좀 어려운 생각일까 한다.

옷이라는 것은 좋은 옷 새옷을 입으면 입을쑤록 아주 흉한 옷을 역시 입으면 입을쑤록 사람이 옷에 매어달려 다니는 것처럼 마음의 자유를 얻을수 없을 것이요 지금 조선에서 보통 많은 가난한 인민들이 최저 한도로 입는 옷을 입을수만 있다면 그것으로 옷이 비로소 사람의 몸에 매어달려 다니는 것이 될가 한다.

옷에서 먼저 한개의 자유를 획득하는 것이 아니냐?

그런데 이보다 한층 더 높은 옷의 해석이 또 있다.

대체 내가 옷을 입었는지 아니 입었는지 애초부터 관심이 없었다가 우연한 순간에 『아아 내가 옷을 입고 있구나!』 하는 기특한 사실을 발견하도록 되면 고만이다.

그다음 순간에 옷이 좋으니 궂으니 하는 세밀한 음미는 일체 버리면 그만이다.

그러나 그것은 나와 같이 늙었거나 혹은 완전히 젊은 청춘이면 될 수 있는 노릇이나 너와 같이 소년기에는 좀 무리한 정신 수양일 것이다.

나의 몸서리가 떨리도록 고독하고 가난하던 소년을 사십여년이 지나서 또 이제 바로 네게서 거울처럼 볼 수 있구나!

올여름 들어 싼거리 미국 군인복 웃저고리 배급품이 하나 생겼구나. 이것을 줄여 입고 『로이드』 안경에 『노오 타이』에 『노오 햅』에 눌은 밥 오그라든듯한 수염을 붙이고 나섰더니 제일차로 만난 친구가

『미군복을 입었어!』

『이놈아 나를 보구 먼저 인사하고 그 다음에 미군복에 향하여 경의를 표하던지 해라. 이것이 신판 『국방복』이라고 하는 것이다.』

또 한번은 안경다리가 부러졌기에 이것을 실로 붙들어 매어 걸고 다니노라니 역시 제일착으로 만난 여학생 하나이

『선생님 어디 가세요? 그동안 안녕하세요? 얼골이 좋아 지셨네. 안경다리가부러지셨어!』

『오 너는 선생님께 먼저 인사를 한 뒤에 그 다음에 선생님 안경에 인사를 하니 순서에 옳다. 선생님 안경에 향하여도 경어를 쓰는 것이 기특하구나.』

옷이야기가 길이 비뚜러져 안경까지 이르렀으나 웃중에 『모오닝 코오트』로 옮겨 가자.

평생에 싫은 옷중에 『모오닝 코오트』가 하나이다.

그러나 일제시대에 결혼 주례에 한 두번 선 일이 있었으나 팔·일오八·一五이후 더욱이 작금양년에 남의 결혼주례를 십여차 섰으니 상당한 기록이 아니냐?

자기 비용이 드는 일도 아니며 더욱이 남의 청춘을 최고조로 장식하여야만 하는 경우에 그들의 요구를 사양하여 내가 구태여 『모오닝 코오트』를 아니 입을수 있느냐 말이다.

최저 한도의 인민도 『모오닝 코오트』를 입어 조금도 부끄릴배 없는 경우가 이러한 경우이구나.

내가 젊어 신식 연애 약혼 결혼식을 못해 보았거니 이제 한창 꽃다운 청춘을 위하여 『모오닝』을 입고 주례는 커니와 꽃과 촉불과 신랑 신부를 웃기우기 위하여 춤인들 못출가 보냐?

머리가 아직 덜 희어서 숭업지 아주 은실 같이 희기가 원통할것 없구나.

그런데 바로 며칠전 덕수궁 어떤 결혼식의 주례가 끝나자 바로『뻐스』에 실리어 수원읍내 신랑집에를 젊은 친구이십여명과 함께 갔었다.

『뻐스』안에서부터『모오닝』에 사발막걸리를 참참이 먹었던 것이다.

영등포를 지난다는 명목으로 사발을 마시고 시흥을 지난다는 구실로 마시고 안냥을 지금 통과중이라고 마시고 정말 수원읍을 당도하여 신랑신부를 곱게 앉히어 놓고 본격적으로 마셨구나.

밤이 들어 이차회라고 모르는 술집에 가서 사오인이 막걸리를 사천여원어치를 마신 후에 누구 주머니속에 사천원이 있었으랴? 세내어 입었던『모오닝』을 벗어 맡기고 여관 한칸방에 가서 형제간처럼 잠을 잤다.

신랑집 결혼비가 예산에 사천여원이 초과된 결말이 났던 것이나『모오닝』도 이런 경우에 이렇게 활용될 수도 있지 아니하냐?

이튿날 오전에 다시『모오닝』으로 위의를 정제하고『뻐스』로 서울로 올라와서 시청 앞에서 나린 것이 아니라『뻐스』에서 완전히 내버림을 당한 것이다.

초연히『아스팔트』위에 떨어진 신사는 완전히 돈이 없었다.

『문장사』삼층을 찾아 올라가 날이 저물기를 기달리나 요즘 가을 날은 왜 그리 길어진 것이드냐?

인제부터 전관심이『모오닝』에 애절하게도 집중되는 판이었다.

사정을 K낭娘에게 말하였더니 별안간 의용을 분발하여

『선생님 영화관 캄캄한 속에 숨으셨다가 어둡거든 합승 택시로 가시면 좋을가 합니다.』

영화관에 당도하니『홀리 매트리모니』의『신성神聖한 결혼結婚』이라는 영화映畵를『속세俗世를 떠나서』라고 번역하여서 간판에 그리어 붙여 있었다.

『어떻게 저렇게 번역을 했을까?』

극장안 텅비고 전기관계로 저녁 일곱시까지 기달리면 구경이 될듯하다는 것이었다.

『아아 어떻게 어디가 기달리냐?』

별안간 몸이 코끼리같은 사투리 쓰는 주정뱅이 놈이 덤벼들더구나. 하는 말이

『이 건국시에 노동자는 아무리 일을 하여도 먹고 살 수 없으니 여보 녕감 좀 어러케 하라오! 잔치는 무슨 잔치오?』

다음에 K낭娘에 찌짜를 붙이더구나. 영화관 종업원 하나이 주정뱅이를 잡아 내두르는 판에 땅바닥 『세맨트』 위에 보기좋게 쓰러지던구나.

슬쩍 빠져 관안 캄캄한 구석에 숨어버려 창피를 면하여 놓고

『아아 이것도 일종의 계급적 반항의식이라고 하는 것이로구려』하였다.

그런데 그 주정뱅이는 정말 일제시대의 『세루』 국방복에 미군 장교화를 신고 머리기름을 빤지르르 바른 어디로 보던지 노동자는 아니더구나.

나는 이렇게 생각하였다. 이런 사람이 대개 주정뱅이가 아니고 시인이나 소설가라면

『일제시대에 내가 제일 깨끗하게 살았노라』고 할 사람이 아닐까 하였다.

『어떻게 깨끗하게 살았오?』 하면

『일본놈과 조선놈들이 보기 싫어서 절간에 가서 살았노라』고 하지 않을지? 나는 조선 젊은 문학자한테 이런 소리를 몇번 들은 일이 있어서 말이다.

어느 절간이 그렇게 깨끗한 절간이 있었던고?

대체 무슨 밥을 먹고 살았노? 누구의 옷을 입고 살았노?

가장 일인의 압박에 견디어 오기는 가장 선량한 인민들이었던 것이다. 그들은 가장 깨끗하게 살았노라는 말은 외오지도 아니한다.

『아들 딸중에 어떻게 너만 아들이 겠느냐? 어떻게 너만 사철 새옷만 입히란 말이냐?』

—『散文』, 「새옷 愁誰語에서」, 143~149쪽.

대단치 않은 이야기

어린이 틈에도 낄 수 없고 늙으신이 축에도 아즉 참례 못하는 나는 나와 같은 나이의 친구나 씩씩한 청년들과 비비대고 싸우고 놀고 하느라고 어린이를 잊어 버린지 한 삼십 년 되었다.

그래도 아들 셋과 막대로 딸 하나의 아비가 되어 있다.

어린이에 대한 글을 쓰라고 하시니 갑자기 나는 소년쩍 고독하고 슬프고 원통한 기억이 진저리가 나도록 싫어진다. 다시 예전 소년시절로 돌아가는 수가 있다면 나는 지금 이대로 늙어가는것이 차라리 좋지 예전 나의 소년은 싫다. 조선에서 누가 소년시절을 행복스럽게 지냈는지 몰라도 나는 소년쩍 지난 일을 생각하기도 싫다.

인생에 진실로 기쁨이 있는 때가 있다면 그것은 어린 시절뿐이요 어린이들의 기쁨이란 순수하게 기쁜 것이다.

불행하게도 조선에 태어나서 기쁨을 빼앗긴 어린 시절에 나는 마침내 소년이 없었고 말았으니 청년기도 없었던 것이요 애초에 청춘이 없었으니 말하자면 노년도 없이 우습게 쇠약하여 죽을것 같다.

어린이들 두들겨 교육할랴고 노력할것이 아니라 어린이가 절로 자라고 잘 되도록 방해를 말아야 할 것이라고 지금 나는 생각한다.

그러니까 늙어가는 어른들이 자라는 어린이들을 교육할 의무가 있다면 무엇보다도 자기 소년쩍 지난 일을 생각하여 자기가 당한 억울하고 부자연하고 옳지 못한 괴롬을 어린이에게 다시 전하여 주지 않는 것만으로도 대단한 사업을 한 노릇으로 알아야 할 것이다.

요지음 소년들은 어떠한 형편에 있는가? 우선 서울 거리에서 보는 바만 치드라도 무수한 어린이 거지는 고사하고 신문 양담배 팔기에 눈이 뒤집힌 소년 소녀들이 웨 그리 많은고? 지극지긋한 어른이 되어서 어른한테 조전 하는 어른이지 소년이랄 수가 없다. 이런 노릇을 아니할만한 집에 태어난 어린이일지라도 학교공부를 하기에 입학운동금 기부금 월사금을 수만원씩 내야만 하는 남조선상태가 해방이 무슨 해방이란 말이냐? 국민학교 선생님 여러분 당신네들이 과연 교육자라는 자신이 생깁데까?

   수물한해 동안 교원 노릇을 해보아도 나는 한개의 비참한 월급장이라는 비탄밖에는 모르겠읍니다.

   근본적으로 나라를 뜯어 고치기 전에는 여러분들 어린이에게 뽑내지 마시요.

— 『散文』, 「대단치 않은 이야기」, 150~152쪽.
— 『아동문화』 창간호, 「대단치 않은 이야기」, 1948.11.

「창세기創世記」와 「주남周南」「소남召南」

공자孔子님께서 어느 날 뜰에 거니르실 때 영손令孫 백어伯魚를 보시고 『너 「주남周南」「소남召南」을 공부하였느냐?』 물으시었다.

『못하였읍니다』 여쭈었다.

며칠 후 다시 뜰에서 백어伯魚를 보시고

『너 「주남周南」「소남召南」 공부工夫가 어찌 되었느냐?』 재차 물으시니

『아직 못하였읍니다.』

『선비가 「주남周南」「소남召南」을 모르면 담베락에 얼굴을 대하고 선 것이니라』하시었다.

이리하여 한학漢學이 있어 온 이래以來로 선비가 모두 「주남周南」「소남召南」을 읽었다.

주남周南 소남召南은 시詩에 음악音樂이 따른 것이겠는데 조선朝鮮선비가 시詩는 모두 암송暗誦하였겠으나 음악音樂까지 겸兼한 이가 몇이나 되었던지 내 알 바이 없다.

하여간何如間 오백년五百年동안 주남周南 소남召南을 외어 가지고 모두 담베락에 코를 붙인 무수한 벽창호가 배출한 것은 공자孔子님께 책임責任을 돌릴 수야 없다.

그러나 그들은 항시恒時 후진後進을 대對하여 『주남周南 소남召南을 아니하면 담베락에 얼굴을 대하고 선 것이라』고 구전口傳하였다.

벽창호가 벽창호를 지도하여온 것을 『바이블』에는 『장님이 장님을 인도하는 것이라』고 비유比喩하였다.

한 번은 어떤 문학지원자文學志願者가 소설가小說家 이광수李光洙를 찾어갔더니 이광수李光洙말이 『소설가小說家가 되려면 구약舊約「창세기創世紀」를 읽어야 합니다.』

그 문학지원자文學志願者가 과연果然 「창세기創世紀」를 읽어서 소설가小說家가 되었는지 못되었는지 알 바이 없으나 이광수李光洙의 소설小說이 과연果然 「창세기創世紀」 문학文學의 연원淵源을 밟은 것인지 문예평론가文藝評論家 김민철金民轍에게 의뢰依賴하여 조사調査하여 볼만한 일이다.

조선朝鮮서는 늙어갈쑤록 사람놈이 나빠가는 것이라 이것은 벽창호가 벽창호를 장님이 장님을 인도引導하는 것이라기보담도 나이살이나 먹은 자가 젊은 놈을 공순恭順하게 위협威脅하는 버릇이 있어서 이런 속임수에 만년문학청년萬年文學靑年들이 쩔쩔 매고 있는 것이다.

한 번은 내가 어느 문예좌담회文藝座談會 석상席上에서 청년靑年들 앞에서 지금은 『문학개론文學槪論』이나 『문학원론文學原論』이나 『문학사文學史』에서 창작創作의 동력動力을 얻는다기 보다는 정치경제사政治經濟史나 내외시內外詩 역사歷史의 동향등動向等을 공부工夫하는 것이 더 절실切實하다는 뜻으로 의견意見을 말하였더니 무명투서無名投書로

『나는 선생先生님의 종교신자宗敎信者로서의 시인詩人을 존경尊敬하였더니 어찌 하여 소련蘇聯의 유물주의唯物主義에서만 문학文學이 된다 하십니까?』

젊은 벽창호가 연달아 나오는 판에 나도 할 수 없이 누구 보고는

『소설가小說家가 되려면 「창세기創世紀」를 읽으라.』

누구보고는

『주남周南 소남召南을 아니하면 담벼락에 얼굴을 대하고 선 것이니라』

고나 할까?

─『散文』, 『『創世記』와 『周南』『召南』』, 153~155쪽.

한 사람 분 과 열 사람 분

『선생님 점심을 굶었더니 배고파 죽겠어요, 좀 사 냅시요.』
남자 친구가 술을 사 내라고 하는 것과는 좀 다르다.
남자 노릇이라기 보다 남선생 노릇이 이런 경우에 싫지 않은 것이다.
그러니 아무렇거나 남자 친구끼리는 어름어름 하는 동안 남조선에 아직도 술이 흔하게 걸리어들건만(더욱이 지금시간이 오후 여섯시임에 말이지) 여학생제자를 만날 적마다 웬 셈인지 내게 돈이 없다.
우선 척 들어서는 남자친구 하나이 있어서
『여보게 자네 돈 좀 취하게.』
싱긋이 웃으며 막 쥐어내어 놓는 것이 일금 오백원.
오백원으로 여학생제자 둘과 남선생 하나이면 남조선 상태에서 최저급의 요기가 될수 있다.
그러나 사정이 만만치 않은 것이 돈을 취해준 친구를 어쩌면 보기 좋게 따세우는 것일 수 있으냐 말이다.
인원 사명이 일금 오백원으로는 최저급 이하로 내려갈 이하가 없다.
세상에 대장부가 되어 그렇게 뽑낼 것이 아니라 적어도 남선생이 되어서 요렇게 맹랑한 어느날 저녁 때가 있었던 것이냐?
긴박한 상태에 창의가 없을 수 없다. 무턱대고
『모두들 일어서라! 나가자.』
이십 일년 동안 호령으로 늙은 자신이 있어서 여학생 쯤에게는 금액과 인원 수에 관한 산술적 회의를 가질 여유를 주지 않을만 하다.
삼층에서 단번에 끌고 내려와 지나가는 택시를 불러 잡아 탔다.
『돈암동으로 운전하시오.』
돈암동 C여사女史집이 제일 무관하다.

여학생은 배가 비면 해질 무렵 채송화같이 시들기 쉽다.
눈을 감고 흔들리는 자세가 이것은 미인이 아니라 미인화와 같이 무력하다.
『너는 지금 무엇을 명상하느냐?』
『명상이요?』
『명상이라고 하는 것은 예전에는 한 사람분의 명상이 한 사람의 존재까지 소멸하여 버리기 위한 것이었거니와 그러나 오늘날 명상이라고 하는 것은 한 사람이 적어도 열 사람분의 명상을 해야만 하는 것이다.
말하자면 열 사람분의 명상이 되지 않으면 도통할 수 없는 것이다.
그러함에도 불구하고 너는 지금 한 사람분도 주체하지 못하는 명상에 빠져 눈을 감고 있지 아니하냐?』
점심을 먹고 남선생의 택시안에 웅변에 별로 갈채가 없다.
C여사女史집 문전까지가 꼭 택시값이 오백원이었다.
C여사女史가 집에 없다.
단행하는 사람만이 승리하는 것이다. 담장에 이층으로 올라갔다.
C여사女史집의 구조와 가구배치에 내가 심히 익숙하다.
『우선 내가 「레코드」를 틀 터이니 너이들은 앉아서 쉬어라.』
아메리카 합중국 국가와 불란서 국가 「말세이유」가 번갈아 돌아간다.
나는 기운이 부즐없이 난다.
여학생들도 아까 택시안 상태가 반드시 명상적 상태가 아니었던 모양이다. 저녁에 다시 피는 꽃과같이 소생한다.
『애들, 내말만 듣고 내려가 부엌에 가서 있는대로 뒤져 가지고 올라오너라. 책임은 내가 절대로 진다.』
밥이 겨우 두시발하고 보니 이것은 이인분이 사인분으로 나눌 수 밖에 없다.
『우선 먹어 보고 놓고 볼 일이다.』
그리고 나서 『말세유』『레코드』를 C여사女史가 오기 까지 또 돌리고 또 돌리고 하였다.
―『散文』, 「한 사람 분 과 열 사람 분」, 156~159쪽.

장난감 없이 자란 어른

소나무로 만든 팽이는 오래 힘차게 돌지 못하기에 박달 방망이를 깎아 만든 팽이를 갖기가 원이었다. 박달 방망이 하나 별러내려면 어머니께 며칠 졸라야 됐다. 박달 방맹이를 들고 다시 목수집에로 아쉰 소리 하러 가야 한다.

『예라! 연장 상한다.』

아버지께 교섭을 얻을려면 그 골 군수한테 청하기만치 무서웠다.

어찌 어찌하여 가까스로 박달 팽이가 만들어져 미나리논 얼음 위에 바르르 돌아갈 때처럼 즐겁고 좋던 시절이 다시 오지 않았다.

연을 날리기에는 돈이 많이 들어 못날리고 말았다.

팽이는 그것이 장난감이라고 하기 보담은 하나의 운동기구인 것이다.

예전 어른들은 운동하는 것을 못된 것처럼 여기시었다.

지금 어린이들도 장난감 없이 어른이 되어 간다.

그러나 전에 장난감 없이 자란 어른들이 어린이 잡지에 만들어 슬픈 원을 푸는 것이다.

여러분 어린이들은 그래도 우리 보다는 행복하십니다.

우리 함께 어른, 어린이 할 것 없이 『어린이 나라』를 즐겁게 즐겁게 읽읍시다.

— 『散文』, 「장난감 없이 자란 어른」, 160~161쪽.

III

기상예보氣象豫報와 미소공위美蘇共委

『경인지방京仁地方 오늘은 남서풍南西風이 불고 맑으나 때때 높은 구름이 끼겠다』는 기상예보氣象豫報가 발표發表된 날 새벽부터 남서풍南西風도 불지 않고 비가 내린다.

만일萬一『오늘은 비가 올뜻도 하고 아니올뜻도 하다』고 발표發表되었던 날 아침부터 비가 왔더라면 그날 예보豫報는『비가 올뜻도 하다』는 점點만을 하여간何如間 비가 오니까 근사近似하게 맞은 예보豫報일 것이다.

기상예보氣象豫報에 내가 무슨 적의숙원敵意宿怨이 있을 리理 있으랴? 비가 오기는 오니까 오늘 예보豫報가 틀리기는 틀렸다 ― 틀렸으니까 틀렸다고 할뿐이다.

기상예보氣象豫報 여하如何로 비가 오고 아니오는것이 아니다. 천도섭리天道攝理로 비가 내리는 것이다.

비가 선인善人을 위爲하여 내리는 것일지 악인惡人을 위爲하여 내리는 것일지는 구태여 다투지 않겠으나 성경聖經에 쓰인대로 선인善人에게도 악인惡人에게도 내리는 조물주造物主의 은혜恩惠인 바에는 제일착第一着으로 은혜恩惠를 입기는 맥작麥作에 급구急救가 되고 못자리에 물이 잡힐것만은 분명分明한 현실現實이다.

중일전쟁中日戰爭이 발발勃發하던 그해부터 왜정판도倭政版圖에 매년每年 한발흉작旱魃凶作이 계속繼續 되었던 것이 팔·일오이후八·一五以後 조선朝鮮에 해마다 우순풍조雨順風調하였다. 이런 것을 천도天道가 무심無心치 않다고 하는 것이니 오늘 아침 조선朝鮮에 다시 좋은 비가 내린다.

그러니까 오늘 기상예보氣象豫報는 천도섭리天道攝理에는 아무 책임責任이 없는것이요 과학적오보科學的誤報임에는 틀림 없고『비가 올뜻도 하고 아니 올뜻도 하다』는 것은 전연全然 무책임無責任한 상대相對가 되지 아니하는 예언豫言인 것이니 이러한 사람들이 조선朝鮮에 제일第一 많다. 달리 예例를 들면 『이번 미소공위美蘇共委가 성공成功할 것도 같고 아니될 것도 같다』는 예언자豫言者는 조선자주독립朝鮮自主獨立에 별別로 관심關心치 않아도 혼자 살수 있다는 무책임無責任한 사람일까 한다.

『미소공위美蘇共委가 다시 결렬決裂하리라』는 사람은 비가 확실確實히 오는 날 아침 기상예보氣象豫報와 같이 『남서풍南西風이 불고 맑으나 구름이 끼겠다』는 정도程道의 오보誤報보다는 더 위험危險한 예언자豫言者가 아닐 수 없다.

『원자탄原子彈 폭격기爆擊機가 김포비행장金浦飛行場에서 개성開城 이북以北으로 출동出動한다』는 것은 예언豫言이 되지 않는 것이냐!

삼상결정三相決定을 신판新版 을사조약乙巳條約으로 오인誤認하는 나머지에 이러한 선량善良치 못한 심술心術이 노출露出하는 것일까 한다.

언론言論과 예언豫言은 얼마든지 자유自由다. 삼상결정三相決定과 미소공위美蘇共委에 방해妨害가 되지 아니하기 위爲하여 조선자주독립임시정부수립朝鮮自主獨立臨時政府樹立을 위爲하여 더욱이 남조선단독정부설南朝鮮單獨政府說과 아울러 삼개정론三個政論을 시기상조時期尙早로 돌려라.

오늘 아침비는 선인善人에게도 악인惡人에게도 내리거니와 좌익左翼이나 우익右翼이나 편파적偏派的으로 내리는 것은 아니다.

—『散文』,「氣象豫報와 美蘇共委」, 165~167쪽.
—『경향신문』,「氣象豫報와 美蘇共委」, 1947.5.15.

『플라나간』신부神父를 맞이하여

『플라나간』신부神父가 조선朝鮮에도 왔다. 그는 무엇으로 유명有名한 선교사宣敎師인지 그의 명성名聲이 조선朝鮮에는 그다지 보급普及되지 않았다.

그러나 그는 국제적國際的으로 명성名聲 보다도 존경尊敬을 받고 있다.

삼십년三十年동안 오천오백명五千五百名의 불행不幸한 소년少年을 구교救敎하였다는 것이 그의 위대偉大한 업적業績의 간단簡單한 통계統計다.

불행不幸하고 고독孤獨한 소년少年 소녀少女일쑤록 궤도軌道를 벗어난 충동衝動과 욕정欲情이 더 격렬激烈한 것이니 이러한 차라리 한개個의 자연自然한 경향傾向을 불량소년不良少年 소녀少女라는 명목하名目下에 소년형무소少年刑務所 아니면 소년심판소少年審判所에서 취급取扱하여 왔던 것을 이전以前에 우리는 일본판도日本版圖 안에서 보았던 것이다.

삼십년전三十年前에 청년靑年『플라나간』신부神父는 이 불행不幸한 아이들을 불량아동不良兒童으로 보지 않았던 것이 착목着目한 바는 특이特異하였던 것이다.

겨우 구십九十『딸라』차금借金과 소년少年 오명五名으로 시작된『소년少年의 거리』가 미주美洲의 현재現在 시민市民 일천一千으로 구성構成된『소년少年의 시市』가 당당堂堂히 존재存在한 것이다.

시장市長의 소년少年이요, 시회의원市會議員이 소년少年이요, 시민市民이 모두 소년少年뿐이다. 이『소년少年의 시市』는 고아원孤兒院이나 소년형무소少年刑務所나 감화원感化院이 절대絶對로 아니다.

사회社會와 국가시설國家施設에서 불량소년不良少年이라고 난화맹難化氓으로 도외道外에 내쫓긴 불행不幸한 아이들이 이 소년少年의 시市에 입적入籍하고 보면 감시인監視人이나 보초步哨가 없이 한개個의『굳 시티슨』

(선량善良한 시민市民)이 되고야 만다.

무슨 방법方法으로 그리 되는 것이냐?

듣고 나니 의외意外로 단순單純하다.

『소년少年에 죄罪가 없다』는 것을 『플라나간』신부神父가 발견發見한 것이다.

『전비戰費와 침략侵略에 막대莫大한 자금資金을 유지維持한 정부政府와 헌금獻金에 광분狂奔한 신민臣民들의 소년少年 소녀少女들이 잘 집이 없고 먹을 팡이 없다는 말이 무슨 말이냐!』는 것이 신부神父가 패전일본敗戰日本에 서서 던진 제일시第一矢이었던 것이다.

조선朝鮮에서는 『플라나간』신부神父의 차라리 독시毒矢를 각오覺悟할 만 하다.

『죄罪없는 소년少年』을 매질하여 교활狡猾한 성인成人을 만들려 하는 조선朝鮮에는 모리謀利로 축재蓄財한 재벌財閥이 있는가 하면 폭탄爆彈도 받지 않은 도시都市에 아이들이 길에서 자고 앓고 하며 작년도昨年度 소년범죄少年犯罪 일천팔백여건수一千八百餘件數와 금년도今年度에 들어서서 지난 이십구일二十九日까지 일천이백건一千二百件이란 대체 무슨 일이냐!

『소년少年에 죄罪가 없다』

『소년少年으로 하여금 걸려 넘어지게 하느니 보담은 제목에 돌을 매고 바다에 떨어지라』

― 『散文』, 「『플라나간』神父를 맞이하여」, 168~170쪽.

남북南北『회담會談』에 그치랴?

    반탁일로反託一路의 결산決算이 양군조속兩軍早速 동시철퇴이외同時撤退 이외에 다른 기로岐路가 있을 리理 없다. 시종일여始終一如히 반탁투쟁反託鬪爭에 변절變節 없는 분은 대백범옹大白凡翁 뿐이시다.(자금이후自今以後로 백범옹白凡翁께 신문기자新聞記者들은 최경어最敬語를 사용使用해라, 『김구씨金九氏』라는『씨氏』자字도 훌하다)
    좌우左右 중간中間이라는 차별칭호差別稱號도 미소공위美蘇共委 파괴당시破壞當時에 생긴 것이다. 민족해방民族解放 대의하大義下에 민족반역자民族叛逆者 친일파잔당親日派殘黨 한간韓奸이 고립孤立하게 되었다. 철저徹底히 고립孤立 시켜라.
    남북회담南北會談의 결과結果가 무엇을 가져오느냐! 남북합세南北合勢! 민족民族의 대분류大奔流! 삼팔선三八線을 무찌를 자者가 양군兩軍이 아니라 진정眞正한 민주주의民主主義 민족진영民族陣營의 조선인민층朝鮮人民層인 것을 삼년三年을 낭비浪費하여 알아지는 것이 아니냐?
    조선민족朝鮮民族의 대분류大奔流에―좋은 기회機會에―자진익사自進溺死를 지원志願하는 것도『자유自由』다.

                     ―『산문散文』,「남북南北『회담會談』에 그치랴?」, 171쪽.

쌀

지난 전쟁戰爭이 끝나기 직전直前에 일본日本 관리官吏붙이놈들이 하루에 일인당一人當 현미玄米 잡곡雜穀 이합삼작二合三勺까지를 배급配給한다고 약속約束하였던 것이 극악기極惡期에 들어서는 일합오작一合五勺이 못되었던 것을 기억記憶하고 있다. 어떻게 살아 났는지 내야 잘 모르겠으나 우리 마누라가 잘 알까 한다. 마누라 불쌍한 줄을 전쟁중戰爭中에 알았다. 그러던 것이 팔·일오八·一五가 오자 쌀이 홍수洪水처럼 거리에 쏟아져 나왔다. 쌀이란 쌀이 모조리 일본日本놈 수송선輸送船에 실리어 태평양太平洋 바다밑에 쌓이는 줄만 알았더니 일본日本놈이 빼앗아 가고도 그래도 무척 먹을 것이 사장死藏되었던 줄을 어리석게도 눈으로 보고야 알았던 것이다.

팔·일오八·一五 직후直後만 하여도 설렁탕, 떡국 한 그릇에 오원五圓이면 고기도 많고 배가 차기에, 몇해 두고 굶줄인 판에 자주 사 먹었다. 바로 물리고 말았다.

미군美軍이 진주進駐한 후後로 얼마 아니가서 다시 쌀이 숨기 시작하였다.

쌀이 점점漸漸 숨어 버림에 따라 쌀값이 점점漸漸 고등高騰하였다.

그때 유식有識하다는 사람들이 개탄慨嘆하여 말하기를 농민農民들이 술에 떡에 엿을 고아 먹어서 쌀이 없다고 하였다.

어떤 미군장교美軍將校 한사람이 말하기를 조선朝鮮사람은 쌀만 먹으니까 쌀 걱정뿐이다. 사과를 많이 먹는 것이 좋으리라는 충고忠告이었다.

요지음 쌀값이 한 말에 일천삼백원壹千參百圓하는 이유理由를 그 유식有識한 사람이 무엇이라고 대답對答할지 묻지 않았거니와 그 미군장교美軍將校가 사과로 미식대용米食代用을 하라고 다시 권고勸告할것 같지 않다.

내가 생각 하기에는 미국美國은 쌀을 먹지 않는 국민國民이므로 쌀에 대對한 이치理致는 모를 것이요, 쌀에 대對한 정치政治까지도 모른다고 하기는 전승미국戰勝美國에 대對하여 실례失禮가 될까 한다.

행정이양기行政移讓期 이후以後에 과도임시정부過渡臨時政府 본토本土 관리官吏들이 쌀을 모두 밥을 해먹어서 오늘 쌀꼴이 이 꼴이 되었다고 할 수도 없고 하니, 쌀에 대對한 정치政治는 조선인관리朝鮮人官吏도 역시 모른다고 하면 남조선南朝鮮은 어쨌던 삼년三年동안 뒤죽박죽이었다.

뒤져내어 쌀이 썩어나는 창고倉庫가 없다고 하면 쌀 때문에 미칠 노릇이다.

쌀은 대체大体 어디에 있느냐?

탐관오리貪官汚吏 모리배謀利輩들 일본日本놈들은 쉬쉬 감추어 길렀던 것을, 미군정美軍政은 감출줄만은 몰라서 여하간如何間 삼년三年동안 신문新聞에 적발摘發된 것만 하여도 무척 많았다.

쌀의 행방行方을 탐관오리貪官汚吏 모리배謀利輩만은 알 만한 일이 아닌가?

행정권行政權을 완전完全 이양移讓한다면 이 많은 탐관오리貪官汚吏 모리배謀利輩를 어디에다가 미군정美軍政은 이양移讓하려는가?

― 『散文』, 「쌀」, 172~174쪽.

민족반역자民族叛逆者 숙청肅淸에 대對하여

    친일파親日派 민족반역자民族叛逆者의 온상溫床이고 또 그들의 최후最後까지의 보루保壘이었던 팔·일오八·一五 이전以前의 그들의 기구機構―이 기구機構와 제도制度를 근본적根本的으로 타도打倒하는 것을 혁명革命이라 하오.
    혁명革命을 거부拒否하고 친일親日 민반도民叛徒 숙청肅淸을 할 도리道理 있거던 하여 보소.
                   ―『散文』,「民族叛逆者 肅淸에 對하여」, 175쪽.

스승과 동무

징병徵兵 갔다가 살아온 이선을李善乙이가 신촌新村 고개를 넘어 찾아 왔었다.

병정兵丁구두에 별을 떼낸 더러운 군복軍服에 행색行色이 가볍고도 반가웠다.

삼팔선三八線을 다시 넘어 왔다고……

퇴근시간退勤時間이 되도록 내가 쓰는 방에 빳빳이 점심을 굶겨 앉혀 두었다.

그때 내 주머니에 돈이 기천량幾千兩 있어서 학교學校에서 나오는 길에 허름하고 조용한 집을 찾아 가서 술과 밥을 사 먹었다.

그만 내가 먼저 폭취暴醉했다.

『이놈, 너의 동네에서는 선생先生님 보고 동무라고 한다지! 너도 날 보고 동무라고 할테냐! 이놈』

내가 주먹을 들고 눈을 부라렸던 모양이다.

『아니올시다! 그럴 수 있읍니까? 선생先生님은 영원永遠히 선생先生님이지요, 이북以北에도 그런 법 없읍니다』

선을善乙이와 어깨동무를 하여 울며 소리 지르며 집에 와서 쓰러져 잤다.

이튿날 선을善乙이 한테서 편지가 오기를—

『스승 지용에게

선생先生님 보고 「선생先生님」이라고 부르기는 이제 속俗된 말씀이 되었읍니다. 이제부터는 「스승」이라 불러 드리겠읍니다.』

이발소理髮所에 가서도 듣는 선생先生님 소리 정도程度고 보면 다음 기회機會에 돈이 생기면 선을善乙이놈을 다시 데리고 가서『동무 선을善乙

아!』하고 주정酒酊을 스마―트하게 하여 보겠다.

— 『散文』,「스승과 동무」, 176~177쪽.

응원단풍應援團風의 애교심愛校心

팔·일오八·一五 이후 운동경기를 보러 다닐만한 틈이 없었다. 더구나 학교끼리의 승부경기를 한번도 보지 못하였다. 보지못하였으니 말할 권리가 없을지는 몰라도 신문으로 보고 입으로 전하는 말을 들으면 듣기에 끔찍하고 싫은 사실이 많다.

운동경기라는 것이 싸움이나 전쟁이 아니다. 구태여 저편을 쳐 물리치고 때려 누인 후 만세를 불러야만 하는 것이 아닐 것이다. 많이 연습하고 잘 다투어 보기 좋은 기술을 끝가지 발휘하여 이기면 기쁘고 저도 대단한 창피는 아닌 것이다. 진편을 위하여 위로하고 관중의 박수도 진편에 더 향하는 것이 문화국민의 아름다운 풍습이 된 것이다.

그러니까 학교 끼리의 대항 경기에도 소위 응원단이란 것이 그렇게 필요할 것이 없을까 한다. 경기 상대편을 적군으로 본 것이 틀린 생각이다. 상대편을 적군이나 원수 같이 여기는 기풍이 대개 응원단의 열광적 언동에서 나오는 것을 본다. 수업시간 까지 폐하고 전교 학생을 강제로 끌고 나가 응원단장의 부끄러운줄 모르는 손짓 발짓 미치광이처럼 날뛰는 것을 따라 전교 학생의 노호, 광가, 난무하는 꼴을 보라.

그것이 본래 일본에서 들어온 악풍인것을 알아야 한다. 심판자에게 위해를 가하는 일이 없나, 선수를 차는 일이 없나, 상대편 학교 학생이나 교원에게 까지 구타 모욕하는 일이 없나, 듣자하니 운동장에서 자기학교 스승까지 모욕한 일이 있다기도 한다.

응원단풍의 열광이란 것이 그것이 저열한 방종이지 어찌 애교심에서 나온달 수야 있나. 이러한 기풍이 잘 못되어 하급생을 경례 아니한다고 두들기기도 하고 학과성적은 나쁜 학생이 학과 이외의 무슨 행사때마다는 가장 뽐내고 부지런한 체 하기는 쉽다.

스승의 옳은 지도는 듣지 않고 예를 들면 무슨 학생 자치위원회니 무슨 학생회라 하는 것을 만들어 가지고 옳고 바른 학생을 박해하는 폐가 있지 않을까 한다.

무서운 일을 저지르지 않았을지, 나 혼자의 걱정만에 끄쳤으면 다행이겠다. 일본 제국주의의 가장 악질적인 것이 교련 또는 응원단 풍습이 아니었을지 나의 어린 동생네들 생각하여 보세.

—『散文』,「應援團風의 愛校心」, 178~180쪽.
—『휘문』20호,「應援團風의 愛校心」, 1948. 12.

학생學生과 함께

교원敎員노릇을 십팔년十八年 하고도 다시 수월數月이 되고 보니 길에서 만나는 웬만한 젊은 사람 보고는 그저 어름어름 반말로 인사에 대답하여도 무관無關하게 되었다.

『선생先生님 인제 늙으셨읍니다.』

『글쎄 작년 올로 머리가 버쩍 시이네.』

이름은 많이 잊었으나 얼굴은 알아내기 어렵지 않은 사람들이다. 출근出勤 퇴근退勤 시간時間에 만나는 사람들이 나와 같이 대개 가방을 들었다.

그러나 그들은 이미 학생學生을 마춘 씩씩한 사회인社會人들이 많으나 나는 아직도 학교學校를 면免치 못하였다. 더 능동적생활能動的生活이 부르는 곳으로 나가 본다면 나는 이른바 『가두街頭』에서 견디어 내기 어려운 단순單純히 늙어 괴죄죄 초로교사初老敎師가 되고 말았다.

『선생先生님 어디 가십니까.』

『학교學校에 가지』

『선생先生님 어디 갔다 오십니까』

『학교學校에서 오네』

간혹間或

『이즘도 약주 많이 잡수십니까』

하는 인사 정도程度로 내게는 물어 얻어낼 아무 이야기꺼리도 없고 죽어서 비명碑銘에 쓸 문구文句도 없을까 보다.

학생學生 속에서 청춘靑春을 유실流失하고 청춘靑春 틈에서 나는 산다.

학생學生과 청춘靑春! 그 들은 팔팔하고 싱싱하다. 괴상怪狀하고도 기발奇拔하다. 우스워서 요절腰折할 적도 있고 화가 나서 역정이 날 때도 있다. 그들은 다만 『청춘靑春』이라는 이유理由 만으로도 『천재天才』라고 감탄感

嘆할만 하다.

 나는 무수無數한 학생學生을 보아 왔고 이제토록 왕성旺盛한 학생삼림學生森林 속에서 방황彷徨하고 있다. 자식子息과 제자弟子라는 사이에 인색吝嗇한 경계선境界線을 긋지 않을만한 심정心情의 여유餘裕도 가져진다. 이러하여 차차次次 늙기가 구태여 괴로운 일도 아니려니와 나는 학생시대學生時代에 심甚히 초조焦燥하고 번뇌煩惱스러웠다. 청춘靑春을 다분多分히 낭비浪費하였다.

 학생學生보고 말하면 훈화訓話비슷한 말이 될지도 모르나 나는 학생學生때 쓸데없이 초조焦燥하고 흥분興奮하지 않고 좀더 침착沈着하고 총명聰明하고 부지런하고 건전健全하였더라면— 하는 후회後悔가 없지 않다.

—『散文』, 「學生과 함께」, 181~183쪽.
—『경향신문』, 「學生과 함께」, 1946. 10. 27.

여적餘滴

만화漫畵에 나오는 자산가資産家는 대개가 뚱뚱하고 배가 혹或은 배때기가 나오고 금시계金時計줄을 가로 드리우고 태송연太宋煙을 물고 컾을 들었고 혹은 여자女子를 끼기도 한다. 자산가資産家의 체질体質을 반드시 지방질脂肪質 비만형肥滿型으로 결정決定한 것은 무슨 자산가資産家의 본질本質을 의미意味하는 『만화漫畵의 약속約束』인가?

이조李朝 적 양반지주兩班地主 왜정倭政적 상놈지주地主 그들이 답품추수踏品秋收때 여송연呂宋煙을 반드시 물어야 한 것도 아니었고 흉악凶惡한 지방脂肪뎅이어야만 한것도 아니다. 영양營養이 좋았고 정신精神이 가혹苛酷하였을 뿐이다. 당시當時의 법안法案과 함께!

하늘이 높고 말이 살찌고 지주地主가 파리할 세대世代가 왔다.

몸이 파리하여 도리어 경쾌輕快할 수 있다. 경쾌輕快치 못한 지주地主는 없는가? 아직도 정신精神에 남아있는 한개個의 증상症狀일 뿐이다. 지방축적증脂肪蓄積症을 다만 정신精神에서 경계警戒하라. 아주 경쾌輕快하여지라.

만화가漫畵家는 눈이 맑고 눈섭이 고운 지주地主를 그리되 제題하여 왈曰 『진보적進步的 지주地主』라 하라.

○

절아래 여염집에서 능수버들이 늘어지고 뒤깍 도라지 고사리 염통구이 약주가 있었다. 속인俗人은 황혼黃昏에 취醉하여 흩어지고 대사大師는 야간夜間에 한限하여 나려왔다.

문패門牌는 모소사某召史로 씨워있었고 노소소사老少召史들이 청신녀靑

信女로 환원還元할 때마다 절간추수秋收는 이백석二百石씩 늘어갔다. 불전공양佛前供養에 잡곡雜穀을 올릴 수 없어 대사大師들도 백미白米만 먹었다. 작인作人들이 백미白米를 지고 열列을 지어 줄곳 올라 가야만 했다.

토지개혁土地改革이 해탈공부解脫工夫에 아무 영향影響이 있을 리理 없다. 속간작인俗間作人들이 백미白米를 지고 입산기구로入山崎嶇路를 걷지 않게 되었을 뿐!

○

어린 것은 다 귀엽다. 소학생小學生이나 죽순竹筍이나 돼지도 새끼 적에는.

막내보다 더 귀여운 장난감을 파는 만물전萬物廛이 있다면 빚을 내고 결근缺勤까지 해서 가서 사리라. 새깜안 애기가 무슨 죄罪로 미우랴 죽순竹筍처럼 역시 귀여우리라.

어떤 고아원孤兒院에는 단군檀君님의 적통嫡統이 아닌 검은 애기가 다만 인류애人類愛의 호혜互惠로 반짝반짝 빛이나고 누어있다고― 낭설浪說이었으면 다행多幸이겠다.

흑인병사군黑人兵士君! 귀환歸還할때 총銃메고 애기 업고 가소. 백로白鷺싸우는 골에 가마귀애기 견디기 어려울가 하노라.

이 여자女子야! 너의 『검은 저주咀呪』가 너의 일평생一平生에 그칠 것이랴? 물자결핍物資缺乏과 다정다한多情多恨에 『약弱한자者여 네 이름이 여자女子니라!』 웨 양주楊洲까지 또 짚 타고 놀러 가느냐! 마침내 미쳤구나.

○

결혼식장結婚式場에서 선량善良한 주례主禮 운동장運動場에 서서 명쾌明快한 엄파이어 연단演壇에 서서 장강대하적長江大河的 웅변가雄辯家 정계政

界에 나서서 김규식박사金奎植博士가 없을 수 없는 일인만치 우리 여운형선생呂運亨先生도 없을 수 없는 여운형씨呂運亨氏!

여씨呂氏가 임석臨席하는 곳마다 일진청풍一陣淸風이 자래自來하는 듯! 이리하여 청년靑年 학생學生 부녀층婦女層에 막대莫大한 지반地盤을 가진 것도 하로저녁 무대舞台에서 얻은 인기人氣는 아니리라.

모관상장某觀相匠이 평評 여씨왈呂氏曰『춘당약어春塘躍魚』좋다! 비어천飛於天에 연어약간해鳶魚躍干海! 여선생呂先生이 한문漢文에도 섭렵涉獵이 있으신듯 하니 모병원某病院 침상寢林에서 툭툭 털고 일어서서 장음일소長吟一嘯에 거칠 것이 없어라 하실만도 하지 않소?

팔·일오이후八·一五以後 여씨呂氏의 무대無台가 창해장공蒼海長空이 아니고 말았으니 망둥어는 뛰고 여씨呂氏는 숭어가 될 형편形便이 못되고 말았다.

귀농설歸農說 아니면 행방불명설行方不明說, 납치설拉致說 아니면 입원설入院說, 산산비탈길에서 굴러 떨어지지 않으면 졸도卒倒, 상해시대上海時代부터 이양반兩班 얻어 맞으시기로 유명有名하시다. 먼저 여씨呂氏를 선량善良한 거인巨人으로 추대推戴하기에 인색吝嗇할 필요必要는 없다. 다만 항간巷間에서 도는 말이 주책主策이 없으시다고도 한다.

무모탈건無帽脫巾에 일개표일一個飄逸한 지도자指導者. 좋다! 다만 테로단團 골목을 이웃집 다니듯하는 인명재천적人命在天的 정치관政治觀은 어디에 근거根據를 두신 것이요?

민중民衆은 삼면기사三面記事 이야기거리에 자미滋味들이도록 된 형편形便은 아니니 이제 무용無用한 이야기 거리를 거두어 들이시고 당원중黨員中에 실직충건實直忠健한 인사人士가 있으시거든 좀 신변보장身邊保障에 유의留意하시요!

○

화분花盆에 매화梅花 한그루를 가꾸는 한가閑暇로운 이야기―

첫 가지가 숭업기에 가위로 잘랐겠다. 잘른 첫가지 때문에 둘째가지가 얼리지 않았다. 또 삭독 잘랐다. 둘째가지의 여화餘禍가 셋째가지에 미쳤다. 이리이리 하여 사흘을 지나 매화梅花는 등치만 고부장 오뚝하였다. 어느 날 아침에는 홧김에 등치마자 삼팔도적三八度的 양단兩斷이 났다. 그래도 단념斷念치 않았다. 이제부터 첫가지가 자라나오기를 기다리기로 한다. 유유연悠悠然히 둘째가지 셋째가지를 새로 기다린다. 매화梅花옛등걸에 봄철이 드나 풍설風雪이 난분분亂紛紛하니 필동 말동 하여라.

신문편집新聞編輯과 매화분취미梅花盆趣味와 언론자유言論自由와.

○

새옷 입은 사람들이 열列을 지어 초조焦燥한데 전차電車는 여간해 오지 않는다. 질서秩序 정연整然히 철시태세撤市態勢로 돌입突入하였다. 점주店主가 변명辯明하여 이르기를 이중과세二重過歲에는 조금도 마음이 없지만은 점원店員들이 하루 놀기가 원願이기에 문門을 닫았노라고―『메이데이』가 아니라『점원店員데이』. 자금이후自今以後로 음력정초陰曆正初 하루날을『점원店員데이』로 명칭名稱하되 점주店主는 곳감 대추 전유어 식혜 약주 앞에서 절하고 정식定式으로 한번 울고 점원店員은 자꾸 절하러 다니고 자꾸 취醉할만 한 일이다. 점주店主는 배급配給으로는 살 수 없고 점원店員도 배급配給으로는 살 수 없는 시절時節에 아니 먹고 아니 마시지는 못하리라.

○

『할리 우드』영화제작가映畵製作家『삼월·골드윈』씨氏 말에 의依하면 당래當來할 영화映畵의 입체立體 내지乃至 천연색화天然色化는 이로부터 약

約오개년五個年이 걸린다는 것 원자탄原子彈 완성完成보다는 훨석 시일時日이 늣다. 무기제작武器製作보다는 예술藝術의 구성構成이 더 어려운 노릇이란 것이 알아진다.

무기武器이야기가 났으니 말이지 아무리 비장무기祕藏武器라도 결국結局은 문화文化를 가젔고 싸울 수 있는 힘을 가진 국가國家는 알아 내고야 마는 것을 보아왔다. 탕크 · 잠수함潛水艦 · 독와사毒瓦斯 · 전파탐지기電波探知器 · 화염방사기火焰放射器 · 로켙탄彈까지는 이차대전二次大戰으로 보급普及된 모양이나 원자병기原子兵器에 대항對抗하기에는 아직까지는 외교전外交戰이 있을 뿐인가 한다— 다만 한 사실事實을 알면 족하다. 전쟁발발戰爭勃發에는 외교전外交戰이 먼저 패전敗戰하는것을! 제삼차대전第三次大戰의 필연성必然性을 운운云云하는 자者는 원자탄原子彈 비밀祕密의 스파이 성공자成功者이거나 원자병기原子病器 군수기업자軍需企業者이거나 또는 인류人類와 문화文化를 단념斷念하는 자者이거나 전쟁戰爭미경험未經驗의 소박素朴한 민족民族이거나! 이러한 사실事實을.

○

쇠고기 값 한근斤에 이백오십원二百五十圓 하는 바람에 미군美軍이 조선농우朝鮮農牛를 막 잡아 먹는다는 누명陋名을 벗기 위爲하여 기자記者들이 인천양육장시찰仁川揚陸場視察을 갔었고 군정청초대軍政廳招待를 받아 미본토美本土소고기 시식회試食會에 가서 싫것 얻어먹었다. 미군美軍이 조선산미朝鮮産米를 먹어서 조선朝鮮이 식량기근食糧饑饉에 빠졌다고 하기는 소고기값 폭등暴騰을 미군美軍에게 돌리는것 이상以上의 억설抑說일 것이다. 다만 이것이 문제問題다. 왜정시대倭政時代에 일본日本으로 가던 쌀 왜정공개량倭政公開量 일천팔백만석一千八百萬石과 서북선西北鮮에 가던 쌀과 조선거류일인朝鮮居留日人 백만百萬을 먹여 살리던 쌀이 전재인구戰災人口 이백만二百萬때문에 행방불명行方不明이 되었다고 할 수도 없고 엿장

수 밀주자密酒者에게 책임責任을 돌리기에도 자신自信이 없고 해안경비대海岸警備隊에게 돌릴 근거根據도 없고 하고 보니 쌀이 남조선南朝鮮에 있다는 결론結論 밖에는 없다. 그러함에도 불구不拘하고 쌀이 없다!

○

팔·일오이후八·一五以後 새로 생긴 부자富者 일억원대一億圓台 이상以上짜리가 십여인十餘人이라는 말도 있고 혹或은 삼십여인三十餘人이라는 말도 있다. 항간巷間에 돌아 다니는 말이 정확正確한 수자數字를 띠우지 못한 것이 유감遺憾이나 왜정패퇴후倭政敗退後에 새부자富者가 족출簇出한다면 대체大體 어떠한 방법方法으로 그럴 수 있겠는가 고려考慮할 문제問題다.

대지주大地主가 소작인착취小作人搾取로 그럴 수 있을까? 불가능不可能! 대공장大工場이 돌지 못하는데 이윤착취利潤搾取로? 불가능不可能! 광산개발鑛山開發로? 그렇기나 했으면! 외국무역外國貿易으로? 통상쇄국상태通商鎖國狀態에서 그도 우스운 소리! 근검저축勤儉貯蓄 이용후생利用厚生 박리다매薄利多賣 모조리 낙제落第다.

팔·일오이후八·一五以後 일년유반一年有半에 자본가資本家가 날 수 있다면 반드시 경제혼란經濟混亂의 장본인張本人 모리배謀利輩요 민생도탄民生塗炭의 원흉元兇이 아니고 무엇이냐. 민족반역자民族反逆者의 죄상罪狀에 수자數字와 통계統計를 빨리 세워라. 극악極惡에 권선징악勸善懲惡 비분강개悲憤慷慨 우국개세적憂國慨世的 사설社說이 무슨 효력效力이 있느냐? 늦었구나 빨리 처단處斷하여라!

○

이조李朝 왜정시대倭政時代에 지주地主 자산가資産家의 기득권옹호旣得

權擁護에 대對하여 철혈적정책鐵血的政策과 법율이외法律以外에 갸륵한 『민간전설民間傳說』과 『유사신화類似神話』가 빨고 빨리우는 양계급兩階級을 일종一種 『유사신앙類似信仰』으로 유도誘導하였던 것이다. 『복福』『도깨비』『산소山所짜리』『업業』『구렁이』 등등等等의 조력助力으로 부자富者된 사람들이 많았다. 양반兩班 왜倭놈이 망亡한 후後에는 새로운 『기적奇蹟』이 족출簇出한다. 팔·일오이후八·一五以後에 조선朝鮮에 신흥금권귀족新興金權貴族이 날 수 있다는 현상現象을 무엇으로 설명說明할 것이냐? 물을 붉히어 포도주葡萄酒로 변화變化시킨 기적奇蹟일지라도 팔·일오이후八·一五以後에 새 부호富豪를 만드는 데 협력協力한다면 단연斷然코 『죄악罪惡의 기적奇蹟』일 것이다. 간단簡單치 아니하냐? 부정不正 일부은행업자一部銀行業者 악질관료惡質官僚 간교통역자奸巧通譯者 이 자者들이 대낮에 나온 모리배謀利輩의 『도깨비 수호신守護神』인 것이 폭로暴露된지 오래다. 이 자者들의 지지공급支持供給을 받는 소위所謂 지도자指導者가 있다면 자명自明치 아니하냐? 민족반역자民族反逆者의 괴수魁首!

○

『군인軍人은 술도 취醉하지 않고 어찌 훈장勳章을 차고 다니기를 좋아하느냐?』 훈장勳章의 효능效能을 과신過信하는 자者는 대개 군국주의軍國主義 침략자侵略者들이다. 나폴레옹 카이제르 윌헬름이세二世 무솔리니 히틀러 동조등東條等. 훈장勳章 채우기에 인색吝嗇하지 않은 자者들은 금전金錢에 졸렬拙劣하지 않은 취한醉漢의 아량雅量을 볼 수 있을지도 모르나 훈장勳章 차기 좋아하는 자者는 취한이전醉漢以前의 소아小兒에 지나지 아니한다. 전쟁방지戰爭防止에 군축軍縮 징병제폐지徵兵制廢止 국제경찰군國際警察軍 모다 다소多少 효력效力이 있으리라. 그러나 먼저 국민교육國民敎育에 지상신념至上信念을 가지라. 소아小兒에게 완구玩具를 주되 칼과 훈장勳章을 보이지 말 일! 조숙성早熟性의 소아小兒에 한限하여 고물전古物廛 진열창陳列窓앞에 잠시暫時 서게 하라, 아이! 우울憂鬱한 원자력原子力 관리안管理案과 원자력原子力 스파이전戰과 제삼자전第三次戰의 무수無數한 훈장勳章과 훈장勳章도 찰 여유餘裕조차 없을 원자력原子力 전쟁戰爭과……

　　○

　중일전쟁中日戰爭때 서주전徐州戰이 얼마나 치열熾烈하였던 것인지 기억記憶에 남았다. 이제 다시 국공공방전國共攻防戰으로 장주석蔣主席이 독전차督戰次로 풍전등화風前燈火 서주徐州로 향발向發. 연합국聯合國 우군友軍 미소美蘇가 중국中國에 간섭干涉치 않아도 중국中國은 중국中國이 해결解決할 수 있다. 어떠한 방법方法으로? 국공國共 결전決戰으로! 장모蔣毛 용호상박龍虎相博으로! 서반아적西班牙的 내란파멸內亂破滅로! 일국내一國內에서 정전교섭停戰交涉으로 특사特使가 오고 가고 하니 삼팔선三八線은 대중화大中華에도 있다. ××× ××정부수립政府樹立이 남북통일南北統一의 전제前提라면 미소양군美蘇兩軍 동시철퇴同時撤退하면 조선문제朝鮮問題는 조선朝鮮이 해결解決할 수 있다. 어떠한 방법方法으로? ××× ××정부政府와 북조선인위간北朝鮮人委間 특파대사特派大使가 오면 가면 하며 『할로! 웰컴!』하며 악수握手하며 연립조각聯立組閣하며 삼팔선三八線은 조선朝鮮에서 없어지며, 『프로그람』대로 되지 아니하면 어찌 될 것인고!

　　○

　일제패퇴전日帝敗退前 조선광공업朝鮮鑛工業에 종사從事한 기술자技術者(채광採鑛・야금冶金)가 일인日人 만명이상萬名以上이 중요직장重要職場을 점유占有하고 있을 때 조선인朝鮮人 기술자技術者는 천명미급千名未及의 상태狀態이었다. 『황도정치皇道政治』는 조선朝鮮의 천재天才들을 과학科學과 기술技術에서 방축放逐하야 『정신精神』에 몰입沒入시키기에 오의奧義

가 있었다. 광공기술자鑛工技術者 만명萬名 이상以上을 보충補充 하기에 가령假令 일년一年에 천명千名을 육성育成 출진出陣시킬지라도 십삼년十三年의 년월年月이 걸린다. 년산年産 천명千名을 내일 교육기관敎育機關이 있을 수 있느냐는 것도 『가령假令』 말이다.

　국대안國大案 분쟁이래紛爭以來 구舊 광산전문鑛山專門 퇴진교수退陣敎授가 전원이십인全員二十人 서울공과대학광산과工科大學鑛山科로 개편이후改編以後 신퇴진교수新退陣敎授가 십이인十二人 학장學長 일인一人에 학생學生이 일천이백명一千二百名이 남아있다. 일천이백명一千二百名이 맹휴상태盟休狀態에 있으니 학원學園은 학장學長 일인一人이 사수死守하는 결론結論에 섰다. 남조선南朝鮮 광공업鑛工業의 현상現狀이 어떠하뇨? 강원영월江原寧越서 석탄石炭을 조곰 캐고 황해黃海 옹진甕津서 동철銅鐵이 찌적 찌적 정도程度. 왜倭놈이 물러간 뒤 『정신精神』이 이렇게 혼란混亂한 것이냐! 과학科學은 어디로?

　　　　○

　입의立議 제십오차第十五次 본회의本會議에 『헬믹』 대장代將의 제의안提議案, 공업부흥工業復興과 기술자양성技術者養成을 위爲하여 일본인日本人 고빙雇聘이 어떠냐고, 다수多數한 일인기술자日人技術者가 갔으니 다수인多數人의 보충補充이 필요必要한 것이냐 말할것 없으나 화제話題를 잠간 돌려 서울대학교大學校 이공과계통理工科系統의 교수敎授가 국대안이후國大案以後 다수多數 퇴진退陣하였으니 이 결원缺員을 어디서 초빙招聘하느냐는 문제問題는 문제問題가 되지 않을지? 학도學徒가 교수敎授를 탄원歎願하는 것은 정의이상情誼以上의 현실現實의 갈구渴求인 바에야 먼저 전교수진前敎授陣의 재초책再招策을 강구講究할수 밖에 없다. 국대國大 이공부문理工部門에서 일인교수日人敎授 복직문제운운復職問題云云을 듣지 못한 바에야 세계적世界的 정교수正敎授는 몰라도 교수敎授가 조선朝鮮에 있기는 있다. 학생學生과 함께 불평중不平中에! 공업부흥工業復興에 있어서도 일본인日本人 기술자技術者에게 학대虐待받던 조선인朝鮮人 기술군技術群이 다수多數 실직상태失職狀態에 있는 것을 알기가 그렇게 어려울 일일까? 먼저 실직失職 기술자技術者를 초빙招聘하고 부족不足한 부분部分은 외빈外賓을 초빙招聘하되 나마羅馬의 문화文化를 위爲하여 희랍希臘의 학복學僕이 필요必要한듯 하여라.

○

『형兄님들을 위爲하여 맹휴盟休에 참가參加하노라』는 모중학某中學 맹휴선언盟休宣言의 문구文句? 아버지를 위爲하여 맹휴돌입盟休突入 이라든지 어머니를 위爲하여 공부工夫 계속繼續한다는 『삐라』는 볼 수 없다. 형제자매간兄弟姉妹間에 정의情義가 요원燎原의 세勢로 비화飛火 치열熾熱한 모양인데 우리 집안에 부권父權 모계母系가 잠적潛跡한 형편形便에 있으니 섭섭하다. 하여간何如間 학원學園은 봉건적封建的 소장지변簫墻之變으로 심심甚히 소란騷亂하다. 학원學園에 경찰권警察權 간섭干涉은 요구要求대로 철거撤去된 모양이나 이 가족적家族的 학원쟁의學園爭議를 누가 해결解決하느냐가 문제問題다. 경찰警察도 손을 떼었으니 문교당국文敎當局에 무엇이든지 무슨 해결解決을 기대期待할 수 밖에. 학도學徒들을 먼저 교실敎室로 들여앉힐 도리道理가 없을까? 전신주電信柱마다 판장板墻마다 『삐라』전戰의 난진亂陣! 대풍大風이 불면 신흥수도新興首都 『서울』이 종이쪽에 실려 날으겠구나. 맹휴盟休삐라와 함께 이웃한 『천하제일天下第一 명관상名觀相 신수점身數占 재수점財數占 화재수火災數 손재수損財數 도난수盜難數』.

○

호랑이 새끼를 길러 내다가 발목을 잘리우는 격格으로, 제일차대전第一

次大戰때 영국英國이 약弱한 불국佛國을 도와 강强한 제국帝國 독일獨逸을 쓰러뜨렸다. 불국佛國이 남의 은혜恩惠로 부강富强해짐에 영국英國은 『나폴레옹』 대제大帝는 반드시 불란서佛蘭西에서만 재기再起할줄로 불안不安 하였다. 슬금 슬금 『히틀러』의 뒤를 대어 주다가 『히틀러』가 자라서 호랑이가 되어 버렸다. 제이차대전第二次大戰의 이면裏面에 이러한 일면一面이 없지 않았겠다. 영국英國이 이기기는 이기었으나 할퀴우고 찢기우고 경을 치고 다분多分히 미국美國의 병기兵器와 런소聯蘇의 육군陸軍으로 『히틀러』를 때려 잡았다. 패전국敗戰國을 국방적國防的 방파제防波堤로 기공起工시 킨다는 것은 마침내 다음 전화戰禍를 인류人類에게 미치게 하고 호랑이를 길러 발을 잘리우고야 만다. 『일본日本은 보수報酬를 받고 조선朝鮮은 벌罰을 받고있다』는 이승만박사李承晩博士의 말씀에 우리는 불안不安을 느낀다면 미국美國에 공포증恐怖症을 갖게되는 것이요 시새움을 갖는다면 패잔도국敗殘島國 일본日本에 대對하여 대민족大民族으로서 아녀자적兒女子的 초조焦燥를 보이게 되는 것이다.

○

삼상결정三相決定에 대對한 교회사격敎誨師格으로 양거장兩巨匠이 있다. 이남以南에 『하』장군將軍과 이북以北에 『스』장군將軍. 『스』장군將軍은 조선인민朝鮮人民의 삼상결정三相決定의 지식적知識的 소화여부消化與否를 조사調査할 시간時間도 가즐 필요必要가 없이 강행强行시킬 의력적意力的 장군將軍이었으나 『하』장군將軍만은 시종일여始終一如히 조선인민朝鮮人民으로 하여금 『트러스티-쉽』을 『원조援助』로 설명說明하였고 일국탁치一國託治로 들어갈 위험방지危險防止에 가장 유리有利하게 계몽啓蒙하였던 것이다. 그러한 점點에서 『하』장군將軍이 교회사敎誨師로는 더 적격適格이다.

오늘날 조선朝鮮은 지역地域으론 삼팔선三八線으로 이분二分되어 있고,

이념理念으로는 찬탁贊託 반탁反託으로 대치對峙되어 있다. 반탁反託으로 우익右翼이 규정規定되어 있고 찬탁贊託으로 좌익左翼이라는 별명別名을 듣게 되었다. 심甚한 우익인사右翼人士는 찬탁贊託을 모조리 『빨갱이』라는 감투를 벼락으로 씨운다. 찬탁贊託을 『빨갱이』라면 『하』장군將軍은 『붉은 장군將軍』이랄 수야 없지만은 『빨갱이 심파장군將軍』으로 화부華府에 개선凱旋하는 셈이 되었으니, 『하』장군將軍은 어찌하다 봉숭아 빛이 되셨오?

○

이차대전二次大戰에 연합국聯合國이 승리勝利하였다는 것은 민주주의民主主義가 제국주의帝國主義를 꺼꾸러뜨렷다는 이외以外에 다른 해설解說이 있을 수 없는 것이니 민주주의民主主義 승리勝利의 전리품戰利品이 민주주의民主主義일 수 밖에 없다. 알타협정協定 삼상결정三相決定 미소공위美蘇共委 오호성명五號聲明 양군사령관兩軍司令官 서한교환書翰交換 『쁘라운』 소장少將의 연속성명등連續聲明等을 위로 세어 나려오나 아래서 세어 올라가나 모조리 한줄에 뀐 한 구슬의 여러 개個일 뿐이다. 이 여러 개個에서 오호五號 성명聲明을 떼어 낸다면―즉卽 서명署名치 아니 한다면 민주주의民主主義 계열系列에서 이탈離脫된다는 말이 된다. 삼상결정三相決定을 조선분할朝鮮分割의 국제적國際的 음모陰謀로 돌린다면 미美 영英 소蘇는 제국주의帝國主義 침략국가侵略國家로 규정規定하게 되는 것이니 조선朝鮮의 반탁진영反託陣營은 연합국聯合國에 선전宣戰하느냐 청절淸節을 고수固守하여 퇴야退野 하느냐 이외以外에 다른 길이 없다.

○

베르사이유조약條約에 서명署名하였던 독일인獨逸人이 전쟁戰爭을 단념

斷念하였던 것은 아니었다. 미소리함상艦上에서 무조건無條件 항복降伏한 거족개병擧族皆兵 일본인日本人은 복수復讐를 도덕道德으로 숭상崇尙하는 이교족異敎族이었다. 패전敗戰 군국주의軍國主義의 계열系列에서는 갱생更生의 도道를 다시 전쟁戰爭에 기대期待 하는 사갈蛇蝎의 본능本能이 남아 있다. 그러나 호전벽好戰癖의 독소毒素는 패전敗戰 국민國民에 한限한 것은 아니고 전승戰勝 국민중國民中에도 패전敗戰 국민중國民中에도 있을 수 있는 군국주의軍國主義에 한限하여 있는 것이다. 인간人間 도처到處에 군국주의軍國主義가 있다. 자유自由와 평화平和와 특特히 자주독립自主獨立을 국제전쟁國際戰爭에 의뢰依賴하는 자者도 역시亦是 군국주의軍國主義 계열系列이 아닐 수 없다. 조선朝鮮이 일본日本의 질곡桎梏에서 벗어난 것은 이차대전二次大戰의 여공餘功이다. 이리하여 조선朝鮮이 삼팔선三八線에서 해방解放되기를 제삼차대전第三次大戰에 기대期待하는 자者가 있다면 팔·일오적八·一五的 해방解放의 행상行賞을 일본군국주의자日本軍國主義者의 패잔敗殘에 돌리는 승패간勝敗間에 어쨌던지 간에 군국주의軍國主義라면 명정銘酊할 수 있는 자者이다. 이런 자者들은 후일後日 남산南山에 조선자주독립朝鮮自主獨立의 공로자功勞者로 전범자戰犯者 동조東條의 동상銅像을 계획計劃 하자는 의견意見을 가질른지도 모른다. 대소전쟁大小戰爭에 이유理由와 원인原因이 어찌 없겠느냐? 삼차대전三次大戰이 필연必然이라면 그 동인動因이 조선朝鮮에 있다. 이 동인動因을 추진推進시켜야 하느냐?

○

한동네집에 상사喪事가 아니요 잔치가 있으리라는 날 다소多少 흐뭇하고 즐거운 기대期待가 있을 것이 자연自然한 일이 아니랴? 첫 제비와 함께 날라올 삼일절三一節을 앞두고 좌우左右 테로접전接戰이 있으리라는 유언流言은 어느 놈이 지어낸 것이냐. 가정화락家庭和樂에 있어서 무용無用한 잔소리는 기둥에 도끼질을 함이라는 격언格言과 함께 유언流言은 나라를

헐어 넘길 수 있드시 입으로 전쟁戰爭을 일으키고 나라가 망亡할 수 있는 것이다. 장총감張總監의 긴장緊張이 당연當然한 일이다. 가장 장엄壯嚴한 것이 가장 우스운 일일 수 있음과 같이 장총감長總監의 긴장緊張이 항간巷間의 해학諧謔으로 시정是正된 최근最近의 명랑화제明朗話題 서울시민市民 문호門戶마다의 백묵낙서白墨落書의 진상眞相. 자금이후自今以後로 친애親愛하올 시민제위市民諸位! 귀가문전貴家門前에 백묵낙서白墨落書『경京』자字 암호말소暗號抹消 절대불요絶對不要! P.S. 장총감張總監 이대법관李大法官 양귀하兩貴下. 귀관등貴官等의 어른 다툼에 참전參戰할 아량雅量이 있으니 퇴근退勤길에 잠간暫間 들리시압. 이더 러브 유 아―촤일디쉬 써―! 귀관貴官 양위兩位는 다소多少 아동적兒童的이시외다.

○

만성위병환자慢性胃病患者가 있었겠다. 그래서? 당대수일當代隨一의 모某 의학박사醫學博士가 진찰診察한 결과結果 절대絶對 육식금기肉食禁忌를 명명하였더니라. 해당該 위병환자胃病患者가 일의一意 채식생활菜食生活에 전심專心 하였으나 차차次次 고독孤獨을 느끼게 되었겠다. 왜? 도처到處에 육식肉食이 범람汎濫하는데 채식정진菜食精進에 따르는 고독孤獨―자연自然 그럴수 밖에! 그 뿐외라 해당該 환자患者가 자가自家의 채식주의菜食主義를 다소多少 장엄화壯嚴化하기 위爲하여 또는 이에 상당相當한 영예榮譽와 사회적社會的 지위地位가 필요必要하였겠다. 그래서? 그리하여『채식주의자동맹菜食主義者同盟』이라는 사회단체社會團体를 결성結成하여 맹원수천盟員數千을 획득獲得하였더니라. 그래서? 일약一躍 동맹총재同盟總裁 혹惑은 중앙집행위원장中央執行委員長으로 추대推戴되었겠다.

그다음에는? 하루는 피彼 의학박사醫學博士가 해총재該總裁의 건강健康을 진찰診察한후後 선언宣言하기를 귀총재貴總裁의 병상病狀에 대對한 나의 육식금기요법肉食禁忌療法을 철폐撤廢하노라. 해환자총재該患者總裁 놀라 문왈問曰 왜? 현재現在 아메리카 임상의학계臨床醫學界에서 귀총재貴總裁의 위병증상胃病症狀에 관關하여는 채식菜食이 도리어 유해有害하고 육식肉食이 더욱 유리有利하다는 적정適正한 학설學說이 즉卽 나의 재래학설在來學說이 근본적根本的으로 전복顚覆 될만한 참신嶄新한 과학적科學的 육식요법肉食療法이 발견發見된 것이니라. 채식주의자동맹菜食主義者同盟 총재總裁인 해환자該患者 탄왈嘆曰, 내가 총재總裁가 되기 전전에 그런 말을 전專할 것이지! 시기時機가 이미 늦었도다. 현하現下 조선朝鮮 대소정당大小政黨 난립중亂立中에는 여상如上의 채식주의菜食主義 혹或은 해채식주의자동맹該菜食主義者同盟 총재總裁는 없으시오니까!

○

친일파親日派 민족반역자民族叛逆者에 대對한 규정초안規定草案이 입의立議에 회부廻付되자 이것이 어떻게 검토檢討될 것인지 어떻게 채택採擇될 것인지 아직 예단豫斷할 수 없다. 이에 대對하여 사회적社會的으로 물의物議가 아연俄然 분운紛紜한 것도 아니다. 미군정하美軍政下에서 남부조선南部朝鮮은 『앙글로·삭슨』적 『슬로우 모우숀』을 체득體得하여 신경과민증神經過敏症을 극복克服한 결과結果일 것이다. 그러나 이혐오嫌惡할 범인명칭犯人名稱에 혐오嫌惡를 실감實感하여온 양개종류兩個種類의 인물人物들이 있는 것은 사실事實이다. 숙청肅淸을 주장主張하여온 비범인非犯人들이요, 숙청문제肅淸問題에 점진적漸進的 혹或은 가속도적加速度的 전율戰慄을 느끼는 진범인眞犯人들일 것이니 혐오嫌惡는 혐오嫌惡로되 혐오嫌惡의 성질性質이 쌍방雙方이 다를 것이다. 관용寬容의 덕德이 필요必要하다면 그것은 비범인非犯人에 돌아갈 것이요 회오悔悟의 책責은 진범인眞犯人이 자담自擔할 것이니 오悟의 회실적悔實績을 먼저 내이기 위爲하여 군정기구軍政機構에 잠입潛入되었던 분자分子만은 제일차第一次로 물러 나오라. 먹아더대장大將의 말을 빌어 그대들도 「필요必要한 죄악적존재罪惡的存在」이었을지 모르나 툭툭 털고 일어서 초야군현草野群賢이 될 때에는 그대들은 『필요必要하였던 죄악적존재罪惡的存在』로 혹或은 관용寬容의 은혜恩惠를 기다릴 수 있을까 한다.

○

물결이 바위를 치니 먼저 친 물결은 나려 떨어지고 다음에 친 물결이 치올라 가는 사진寫眞인 모양. 내 글을 사진寫眞에 마추어 쓰라 하니 글이 새삼스럽게 사진寫眞같이 되기는 장히 어려운 노릇이로구나.

물결이 바위를 친다는 것은 바위가 꼼딱 없다는 말이다.
그러나 다시 생각하면 바위가 물결을 쳐서 내물리친다는 뜻이 된다. 마치 우리가 두터운 벽壁을 떼민다는 것은 벽壁이 우리를 완강頑强하게 떼미는 것이 된다.

천하天下에 쳐서 꼼딱 없다는 것이 —그저 꼼딱 없다는 것이 있다면 그 것은 암석岩石일지라도 『반동파反動派』로 규정規定할 수 밖에 없다.
바위와 같은 사람과 속수무책적束手無策的 부동파不動派와.

물결이 치고 바위가 쳐 이 싸움이 우주창조宇宙創造 이후以後 그침이 없다. 이 싸움이 마침내 어찌 될 것일고? 가 생각할 바이다.
결국은 바위가도 모시라지고 바서지고 말 때가 오고야 만다.

이것은 너무도 길구나.

—『散文』,「餘滴」, 184~204쪽.
—『경향신문』,「餘滴」, 1946.10.6일부터

오무백무五畝百畝

어린아이가 기어 우물에 빠질 지경에 인인仁人 아닌 사람이 없다는 것은 추인鄒人 맹자孟子만이 발견發見하신 원리原理가 아니다. 누구에게든지 타고 난 성리性理가 누구에게든지 통통하여 누구에게든지 일치一致할 때에 진리眞理는 하나이라는 결론結論이 선 것이다.

측은지심惻隱之心은 인지단야仁之端也라고 하였으니 인仁이란 무엇이뇨? 하면 인자仁者는 애지리야愛之理也라고 하였다. 인仁과 애愛가 딴 것이 아니라는 것으로 동서양東西洋이 윤리倫理 도덕道德에서 일치一致하고야만다.

측은지심惻隱之心이 확장擴張될 때 우리가 산하山河가 모두 발가숭이가 된 우리 모국母國이 바야흐로 우물에 기어 떨어지랴는 어린 아이가 되었다는 것을 삼천만三千萬이 일시一時에 발견發見하였다는 것이다. 굉장宏壯한 소란騷亂이 일어났다.

삼천만三千萬이 애국자愛國者로 동원動員되었다.

애국주의愛國主義도 마침내 인애설仁愛說에서 발원發源된 것이고 보면 애국주의자愛國主義者가 맹자孟子의 학도學徒에 지나지 못한다는 것도 말할 수 있지 아니한가?

그러나 맹자孟子의 학설學說이 실천實踐된 국가國家가 있었다는 것을 본 일이 없다.

맹자孟子의 학설學說은 왕정王政과 왕도王道를 떠나서는 전체계全體系가 붕괴崩壞되고 마는 것인데 왕정王政 당시當時에도 실현實現되지 못한 맹자孟子의 인애仁愛 왕도설王道說이 왕王과 왕정王政이 없어진 오늘날 조선朝鮮에서 맹자孟子를 대체 어떻게 해석解釋하여야 할 것인가가 남아있다.

가외로 애국설愛國說과 애국주의자愛國主義者 문제問題도 문제問題대로 남아 있다.

　왕정王政 이조李朝가 제정帝政 일본日本에 팔리우고, 제정帝政 일본日本이 연합군聯合軍에게 구축驅逐되었으니 그러고도 건국建國도 못되고 정부政府도 서지 못하였으니 정치政治와 정권政權이 어디로 가느냐가 문제問題다.

　그러나 왕王과 왕도王道에 절대絶對 기대期待하였던 맹자孟子도 실상은 백성을 모르는 인군人君을 구수仇讐같이 여기는『의義』에 치중置重하였던 나머지에 백성을 대변代辯하여 인군人君에게 오무지택五畝之宅과 백무지전百畝之田을 강경强硬히 요청要請하였던것을 알아야 한다.

　오무五畝와 백무百畝를 합合쳐 오늘날 계산計算으로 최고最高 일만오천평一萬五千坪쯤 되는 것이 아닐지?

　맹자孟子가 조선朝鮮에 재림再臨하신다 하여도 왕도정치王道政治가 마침내 토지일만오천평土地一萬五千坪위에 선다는 것을 이천년일여二千年一如히 강조强調하실 것은 믿어서 틀림 없다.

　이것을 요새 구호口號를 빌어 말하면—

　『토지土地를 농민農民에게!』로 된다.

　『토지土地를 농민農民에게!』때문에 농업국農業國 조선朝鮮에 소란騷亂이 일어난 것이지 실상은

　『공장工場은 노동자勞動者에게!』라는 구호口號때문에 일어난 것이 아닌 것을 애국주의愛國主義에 대對한 원칙原則이 결정決定되지 못하여 좌우투쟁左右鬪爭이 치열熾烈한 것이 아닌 것을 아울러 직각直覺할 수 있다. 극렬極熱할지라도 판단判斷만은 정확正確히 하여야 한다. 토지문제土地問題에 누가 인색吝嗇히 줄어 오는 것이며 누가 이를 천연遷延시키는것이며 누가 이를 회피廻避하는 것이며 누가 갈망渴望하는 것인가를 알아 보아라.

　또 소작제小作制 개량改良을 토지개혁土地改革으로 혼용混用하는 이가 누구인가를 알아 보아라.

　요要컨대 국토문제國土問題에 대對하여는, 회피파廻避派와 갈망파渴望派

양진영兩陣營으로 삼천만三千萬이 간단簡單히 정리整理되는 것이다.

회피廻避에서 애애가 생길 이 없다. 애애는 갈망渴望이다. 그렇다, 애국주의愛國主義도 막대莫大한 갈망渴望이다.

일제말기日帝末期에 들어 한문교과서漢文敎科書에서 맹자孟子를 배제排除하였던 것을 기억記憶한다.

맹자孟子와 같은 인원人員이 조선朝鮮에 무수無數히 범람汎濫한다. 맹자孟子보고도 ×××이라고 할 터인가.

그러나 아성亞聖 맹자孟子도 조선적현상朝鮮的現象에서는 가엾은 신세身勢가 되실 것이 왕정王政을 복구復舊할 도리道理가 전연全然 가망可望이 없고 남은 것은 농민農民과 인민대중人民大衆뿐이고 보니 맹자孟子께서도 무슨 농민당農民黨같은 당黨에서 이론부책임자理論部責任者쯤 되실까 한다.

―만사萬事는 인애仁愛에서 발원發源한다. 다만 이를 실천實踐에―토지土地에 옮기는 이어야만 애국자愛國者이다.

― 『散文』, 「五畝百畝」, 205~208쪽.

IV

알파 · 오메가

『근고謹告 · 본지本誌「문장文章」은 금반今般 국책國策에 순응順應하여 이 제삼권第三卷 제사호第四號로 폐간廢刊합니다. 문장사文章社』△ 편집여언編輯餘言 한마디 없이 폐간호廢刊號끝페이지에 이런 부고訃告같은 사고社告가 실렸다. △ 창간호創刊號를 들추어보아도 창간사創刊辭가 없다. 머리도 끝도 없는 것이 아니라 진퇴進退가 선연鮮姸하기가 더욱 마지막이 칙칙하지 않았다.

그 후 어느날 동소문東小門밖 신흥사新興寺에 삼십여문단인사三十余文壇人士가 청산靑山을 위로慰勞하는 산채山菜와 술과 밥으로 잔치를 열었다. △ 깡그리 돌려가며 연설演說을 하였다. △ 키가 멀쑥하고 마르기 학鶴과 같은 상허尙虛는 연설演說이 없이 눈이 종일終日 젖었었다. △ 취醉하기보담 주정酒酊이 앞서는 객원客員 누구는 장호長毫에 먹을 듬뿍 찍어 『월묵삼소이후원月墨三宵而後圓』이라 기념첩紀念帖에 례隷를 쓰고 비분悲憤하였다. △ 파연罷宴끝에 춘산春山의 간결簡潔한 사사謝辭 ─문단文壇 여러 분의 애중愛重하심을 저바리고『문장文章』이 요절夭折하게 되었으니 살아 있는 동안 될 수 있기까지 더 충실忠實치 못하였던 저의 죄罪를 느낄 뿐 천운天運이 돌아오는대로『문장文章』이 다시 살아날 때만 기다릴까 합니다. △ 『문장文章』이 요절夭折하게 된 곡절曲折이 어떠하였던고 하면 △ 어떤 날 상허尙虛가 일제日帝 총독부總督府에 불리웠다. 가보았더니『인문평론人文評論』의 최씨崔氏와『신세기新世紀』의 곽씨郭氏도 함께 왔던 것이다. △ 일제日帝 총독부總督府의 말이『문장文章』『인문평론人文評論』『신세기新世紀』를 병합倂合하여 하나를 만들되 일어日語 반분半分에 조선어朝鮮語 반분半分하여『황도정신皇道精神』앙양昂揚에 적극협력積極協力하라는 점이 었다. △ 상허尙虛는 시종始終 묵묵默默히 말이없었고 최崔, 곽郭 양씨兩氏는 생각하여보고 태도態度를 보고報告하겠노라고 하고 나왔다. △ 곽씨郭氏는 끝까지『신세기新世紀』존립운동存立運動을 단념斷念키 어려웠고, △ 최씨崔氏의 공작工作이 문장사文章社에 옮겨 오기를 양지병합兩誌倂合으로『국책國策』에 협력協力하라는 것이었다. △『문장文章』측側에 어휘語彙가 부족不足한 것이 아니라 결국結局 상기上記 폐간호廢刊號 말미末尾에 발표發表된 사고社告로 최씨崔氏의 공작적工作的 제안提案에 대對한 실實로 간결簡潔한 회답回答이 되고 말았다. △ 팔년八年만에『문장文章』이 다시 살아났으나 다행多幸히도 그 때 일을 같이 하던 동인同人이며 집필자執筆者 몇몇이 죽지 않고 조금 늙었을 뿐 △ 그 동안에 놀랄만한 새로운 필진筆陣이 서지 못한 것은 원래元來 문학예술文學藝術이란 것이 하루저녁에 결성結成할 수있는 정당政黨 사회단체社會團体와는 성격性格이 다른 것이었으며 △ 일제日帝를 쫓아보낸 이후以後 삼년三年만에 남조선사태南朝鮮事態가 이럴 줄은 기대期待하지 않았던 것이고 보니『문장文章』이 뜻하지 않았던 사태事態에서 새로운 인고忍苦의 치차齒車를 다시 돌려야 하는 것이다. △ 속간호續刊號가 가두街頭에 나서기 전前부터 악의惡意 중상中傷을 일삼는, 예例를 들면 예전『문장文章』적에 일년一年을 이어 투고投稿와 사신私信을 보내어 당선當選될 수 있었던 청년靑年이 있거니와 △ 전前『문장文章』이 폐간중廢刊中에 일어잡문류日語雜文類로 무슨 짓거리를 하였는지를 독서인讀書人의 무용無用한 기억력記憶力이 삼년三年동안에 노쇠老衰하기 어려운 것이요 △ 남조선南朝鮮에 세계적世界的 모함단체謀陷團体가 있다 할지라도 문학지망청년文學志望靑年이 이러한 계열系列에 보루保壘를 얻기에는 낙엽落葉이 사구砂丘에 정착定着을 구求하기보담 —역사歷史의 계절풍季節風이 자비慈悲롭지 않으리라.

— 『散文』, 「알파·오메가」, 211~213쪽.
— 『문장』 27호, 「알파·오메가」, 1948.10.

『여인소극장女人小劇場』에 대對하여

　원래元來 소극장운동小劇場運動이란 것은 중상주의적重商主義的 흥행興行에서 타협妥協할 수 없어서 극장劇場과 무대舞台까지 일부러 줄인 것이다. 왜? 무대舞台와 관중觀衆의 호흡呼吸과 호흡呼吸이 서로 부르고 들리고 화협和協하여 일치一致하기 위爲하여 …… 같이 연극演劇하기 위爲하여 ……
　여자女子로만 만들어진『제복制服의 처녀處女』라는 영화映畫가 있었다.
　여자女子끼리만 이루어진 소극장운동小劇場運動이란 여학교내女學校內 연극演劇 이외以外에 들은 적이 없다.
　애란愛蘭과 구주歐州에서 소극장운동小劇場運動도 남녀합작男女合作일지 언정 남자경원男子敬遠의 순수純粹 처녀집단處女集團의 소극장小劇場이란 천만의외千萬意外에 조선朝鮮 서울서 처음 아닌가 싶다.
　박노경여사朴魯慶女士가 지휘指揮하는 단원團員 이십명二十名이 모두 올 여름에 이화대학梨花大學을 마친 스물 두세살 짜리 귓밥이 빨간 처녀處女들이다.
　머리도 좋은 편이었으나 말괄량이로도 남만 못할까봐 선생先生의 제재制裁에 남녀평등설男女平等說로 항의抗議하던 패다.
　잠시 가만히 있지 못하는 극성스런 기질氣質과 청춘靑春이 마침내 이 대담大膽한 기업企業에 착수着手한 모양이다.
　학교극學校劇에서도 전업배우專業俳優에서 볼 수 없었던 싱싱하게 귀여운 소질素質을 보았기에 한 번쯤 공개公開하여 보았으면 한 생각이 있었다.
　여름에 땀을 흘리며 연습演習한 것이고 보니 보기 좋게 해낼 것 같다. 전前에 영화映畫로 본 적이 있는『고향故鄕』이 첫 시험試驗으로는 더욱이 여자女子가 남자男子노릇이란 매우 부담負擔이 과중過重할까 하나, 문과文科 교육과출신敎育科出身들의 극성 패는 어쨌던지 해 낼까 한다. 하여간何如間 처음 있는 일이다.

그다지 비대肥大하지 못한 박노경여사朴魯慶女史가 여름 동안에 바짝 말르셨다.

뒤를 잘 보아 주는 것이 이 공연公演 끝에 사회인사社會人士의 부담負擔이 아닐 수 없을까 한다.

— 『散文』, 「『女人小劇場』에 對하여」, 214~215쪽.

무대舞台위의 첫시험試驗

―여인소극장女人小劇場 첫공연公演 『고향故鄕』을 보고―

다방茶房에서 여배우女俳優 남궁연씨南宮蓮氏를 만나
『어저께 여인소극장女人小劇場 연극演劇 보셨읍니까?』
『봤어요.』
『어떱디까? 잘―하지요?』
『잘해요 하지만―』
『잘하면 잘했지―「하지만」이 꼭 붙어야 합니까?』
『하지만 한십년十年 해야 하지 않아요?』
『무어는 그렇잖은 것이 있읍니까, 모두 십년十年은― 그러나 칭찬稱讚에 인색吝嗇할 건 없지 않읍니까? 그러니까 썩 잘한 것은 썩 잘했다고 하시지요.
연극演劇은 십년十年을 한댓자 무슨 수가 있나요?
못하면 십년十年을 두고도 잘못하지 않읍니까?
잘하면 첫번 첫무대舞台에서 잘하지요. 그애들이 글은 연극演劇보다 더 잘 짓습니다.』
떠들다 보니 조금 지나쳤다.
남궁씨南宮氏와 동반同伴하였던 그의 동료同僚인듯 한 두 젊은 여인女人이 별안간 휭 나가버렸다.
혼자 남았던 남궁씨南宮氏는 천천히 조용히 각근히 인사하고 나갔다.
그 전날 오후午後 둘쨋번 연극演劇이 끝나자 내가 무대舞台뒤로 돌아 들어가 이층二層으로 올라가는 『슈왈체』의 후처後妻 『와그스테』를 보고
『이 번에 참 애들 썼다. 잘 하더구나!』
『이번 저의 공연公演은 조선연극사상朝鮮演劇史上 한 혁명적革命的인 것입니다.』

『왜 까부는 것이냐』

무대舞台 경험經驗이 없어서 그런지 나는 여자女子와의 『세리후』에 번번이 낙제落第를 한다.

무대舞台 이외以外의 여자女子의 『세리후』란 것은 노소老少를 물론勿論하고 애초부터 채점採點 이하二下인 것은 말하여 무엇하랴?

무대생활舞台生活 십년설十年說을 내가 대수롭게 아니여기는 이유理由가 있다.

이번 『고향故鄕』에서 볼지라도 애초에 잘 한다 소리 듣던 사람은 학교극學校劇에서부터 더 잘 더 못이 없다. 퇴역退役 노군인老軍人 『슈왈체』 말이다.

『세리후』의 비음악성非音樂性의 억양抑揚은 연출자演出者 박노경여사朴魯慶女史가 몹시 애를 썼어도 낫지 않았다.

위에 한 말과 같이 그 『하지만—』이란 이런 때 적용適用되는 것일까 하는데 기성배우旣成俳優에서 보는 이러한 결점缺點은 십년十年이 여일如一한 사람도 있다.

다음에 어떤 사람은 일일삼회一日三回 실연實演이고 볼 때 첫번에 우수優秀한 소질素質이 소질素質 이상以上으로 들어나는가 하면 이회二回 삼회三回로 점층적漸層的으로 본격本格을 발휘發揮한다.

예例를 들면 이번 『고향故鄕』에서 『막다』와 『켈레르』가 그러하였다.

연출자演出者 박여사朴女史 말이 연습중演習中에 제일 속을 썩인 아이가 『막다』라고 한다. 제일 주책이 없어서 기가 막혔다고 한다. 연출자演出者의 지도指導나 동연同演동무의 월권적越權的 지도指導나 동시同時에 따라간다고 한다.

주책단지가 정말 무대舞台에 오르면서 정말 제 연기演技가 나온 것이다.

애초에 무대舞台가 겁나지 않는 사람이 있다.

예例를 들면 『푸란체스카』아주머니다.

『병복秉福이 너 이번 역役은 참 적재적임適材適任이더구나.』

『왜 「막다」를 매끼면 제가 못해낼까봐 그러세요!』

『푸란체스카』는 남을 웃기우기는 잘 하지만은 다음부터는 무대舞臺가 살얼음판인줄로 인식認識하기를 바란다.

기를 쓰고 하여서 조금씩 조금씩 나아가는 사람도 있다.

이 번 고향故鄕에『목사牧師』가 그러하다.『세리후』운용運用의 결점缺點은『슈왈체』와 함께 머지 않어 없어질 것.

『마리』는 소녀역少女役으로 마침이다. 다음에는 늙은이를 해보라.

『와그스테』는 다음에는 조선화랑역朝鮮花郎役을 맡길 것.

『본클레스소장少將』은 학교學校때 상상想像조차 할수 없었던 유발남자역有髮男子役을 보기 좋게 해냈다.

이러구 보니 무대생활舞臺生活 십년설十年說은 그다지 전적全的인 의의意義가 있는 것이 아니다.

이유理由가 첫째로 대학大學 문과文科의 독서讀書와 교양敎養과 훈련訓練에 있었던 것이다.

『쉐익스피어』시대時代의 연극演劇을 남자男子만이 하였던 것을 조선에서 남자역男子役을 전부全部 이화여대출신梨花女大出身 여자女子만이 하였다 할지라도 그것이 시대착오時代錯誤란 것이 아니고 말았다.

장치裝置가 어떠니 효과效果가 어떠니 의상衣裳이 어떠니 하는 군소비평群小批評은 전문가專門家에 맡기던지 책임責任을 조선사회朝鮮社會에 돌리던지 해라.

　　―『산문散文』,「무대舞臺위의 첫시험試驗―여인소극장女人小劇場 첫공연公演『고향故鄕』을 보고―」, 216~220쪽.

무희舞姬 장추화張秋華에 관關한 것

그는 자주 만나도 늘 소식小食이다. 고기와 채소菜蔬와 과실果實까지도. 그는 이년二年동안에 하루쯤 앓는 것을 내가 보았다.

말은 시골 소녀少女처럼 단순單純하고 기교技巧가 없다. 걸음만은 동양여성東洋女性에서 보기 드물게 유쾌愉快하다.— 아니나 무희舞姬에 달를거버.

무대舞台 뒤에서 악사樂師를 향向하여 성내는 것을 보았다.

사슴이 분노憤怒하면 흡사恰似하려니 생각하였다.

자주 소리 없이 눈물 흘리는 습관習慣이 있는듯 하다.

한 번은 내가 그에게 도전挑戰하기를

『최승희崔承喜는 낮밤을 가리지 않고 춤춘다는 소문所聞이 있고 조택원趙澤元은 몸으로 못추면 입으로 춤을 쉬지 않고 당신은 몸으로도 입으로도 춤을 태업怠業하는 것은 무슨 까닭이오?』

그는 동양식東洋式 형용形容으로 말하면 그의 이름과 같이 가을 흰꽃처럼 쓸쓸히 웃으며

『내게 무대舞台를 주시오』 하였다.

몇 사람 조선무용가중朝鮮舞踊家中에서 내가 좋아하기는 세 사람이다. 하나는 팔·일오직후八·一五直後 이북以北으로가고 하나는 남자男子인 까닭인지 여자女子를 심甚히 존경尊敬하는 미주美洲에 건너간뒤 일년一年을 지나도 큰 소식消息이 없다.

하나— 장추화張秋華만이 이남以南에서 춤춘다. 춤이 훨썩 비창悲愴하여 간다.

인도인印度人의 인도印度춤을 보지 못하였으나 장추화張秋華의 인도印度춤은 바로 조선춤이다.

— 『散文』, 「舞姬 張秋華에 關한 것」, 221~222쪽.

정훈모여사鄭勳謨女史에의 재기대再期待
―제칠회독창회第七回獨唱會를 앞두고

정훈모여사鄭勳謨女史의 노래를 들은 적이 거진 십년十年에 가깝다. 그러나 악단樂壇에서 정여사鄭女史가 아주 잊어지도록 늙은 것도 아니오 없어진 것도 아니다. 조선문화인朝鮮文化人은 그렇게 건망증健忘症에 걸린 것도 아니오 또 그다지 몰인정沒人情한 것도 아니었다. 전쟁중戰爭中에 여사女史는 황해도黃海道에서 아들 딸 팔남매八男妹를 기르느라고 그의 애청자愛聽者들은 근로봉사勤勞奉仕와 방공연습防空練習에 끌려 다니노라고 노래를 즐길 기회機會가 항시恒時 유회流會되었던 것이다.

독일풍獨逸風 리이드 가창歌唱으로는 조선朝鮮에서 최초最初 개척자開拓者요 아즉도 현역現役을 사양辭讓할수 없는 엄연嚴然한 선배적先輩的 존재存在다. 슈베르트곡曲『어여쁜 물방아집 처녀處女』전곡全曲을 연구硏究하기 구년전九年前부터 이라 한다.

꾀꼬리는 우는 철이 따로 있다. 그 동안 기후氣候를 바꾸었을 뿐이요 우리는 그 소리를 아니 들은지 좀 길었을 뿐이었다. 꾀꼬리가 울기는 항시恒時 우는 것이었다.

남조선南朝鮮에 꾀꼬리가 울 때가 되어서 정여사鄭女史의 노래도 따라온것이었다.

십년十年만에 정여사鄭女史가 늙어 버렸는지 늙었다고 예술藝術이 쇠퇴衰退하는 것일지 나이를 먹을쑤록 예술藝術이 얼마나 깊어지고 굵어지는 것인지를 정여사鄭女史를 무대舞臺에 올려 놓고 실험實驗하여 보라.

―『散文』,「鄭勳謨女史에의 再期待―第七回獨唱會를 앞두고」, 223~224쪽.
―『경향신문』,「鄭勳謨女史에의 再期待―第七回獨唱會를 앞두고」, 1947. 5.

I

조택원무용趙澤元舞踊에 관關한 것
— 그의 도미공연渡美公演을 계기로

택원澤元이가 휘문중학徽文中學 삼학년三學年때 나는 오학년五學年이었었다. 그러고도 한 집에서 한 방을 썼고 한 상의 밥을 먹었다. 택원澤元이는 정구庭球 전위선수前衛選手로 날리었고 나는 인도印度『타고르』의 시詩에 미쳤던 것이다.

성미性味가 맞아서가 아니라 한 번도 싸우지 않고 이 때까지 밉지 않은 친구親舊다.

펜글씨가 달필達筆이었고 남도南道소리로 전교全校의 애교愛嬌를 샀었다. 슬금슬금 연애戀愛편지를 쓰는 위태危殆한 습관習慣을 가지려는 소년少年이었다.

『시베리아』에서 귀환歸還하였던 백계白系 조선동포朝鮮同胞 세·든·박朴에게『러시안 파아머 딴스』를 훔쳐 배운 것이 이 소년少年의 외도外道길이 트이기 시작한 것이었다.

석정막石井漠을 사사師事하여 서양무용西洋舞踊으로 생각하고 공부工夫한 것이 서양무용西洋舞踊이 아닌 것을 수년후數年後에 알아 내었던 모양, 조선朝鮮으로 다시 돌아와서 한성준씨韓成俊氏를 인연因緣하여 조선무용朝鮮舞踊과 조선음악朝鮮音樂에 생리生理와 혈행血行이 소생蘇生하기 시작한 것이 이 사람의 일대一大 전기轉機가 된 것이다. 이 때에 이 사람이 왕가아악부王家雅樂部에 입소入所하여 굳어버린 것이 아니라, 툭툭 털고 단신單身으로 파리巴里에 갔다.

파리巴里에 가서 조선무용朝鮮舞踊에 신국면新局面을 용감勇敢하게 타개打開하였다. 말하자면 석정막石井漠을 통通하여 서양무용西洋舞踊의 문법文法을 졸업卒業하고 한성준씨韓成俊氏를 통通하여 조선무용朝鮮舞踊을 탈피脫皮하고 파리巴里에서 조선朝鮮의 새로운 무용舞踊을 구성構成한 것이다.

　이리하여 예술藝術이라는 것이 항시恒時 가변可變의 대법칙하大法則下에서 항시恒時 발전發展해야만 한다는 것을 미학자美學者가 아닌 조택원趙澤元이 저서著書로써가 아니라 체구体軀로써 조형造型해 나가는 것이다. 불행不幸하나마 조선朝鮮에 조선무용朝鮮舞踊이 있다. 택원澤元의 춤이 제일第一이라는 것은 아니다. 그러나 그 많던 무용지망자舞踊志望者들이 지금 어디 가있느냐? 결국結局은 남자男子로는 택원澤元 하나 뿐이고 여자女子로는 평양平壤에 가 있는 최승희崔承喜뿐이다. 유명有名한 최승희崔承喜도 택원澤元이 추는 택원澤元의 춤은 못 출가 한다. 택원澤元과 택원澤元의 춤을 아끼는 이유理由가 이에 있다.

　하여간 좋은 때가 오기는 오는 것이다. 승희承喜는 이북以北에서 해방解放을 기다리고 택원澤元은 이남以南에서 해방解放을 찾고 있다. 둘이 함께 조선朝鮮 서 비약飛躍하는 날 조선무용朝鮮舞踊이 국제화國際化하는 날이다.

　택원澤元! 인도印度의 대大샹카의 영예榮譽는 마침내 네개로 돌아와야 한다.

　잘 다녀오라! 봉 보야지!

　　　―『散文』,「趙澤元舞踊에 關한 것―그의 渡美公演을 契機로―」, 225〜227쪽.
　　　―『경향신문』,「趙澤元舞踊에 關한 것―그의 渡美公演을 契機로―」, 1947.6.26.

관극소기觀劇小記
— 『고협高協』제일회공연第一回公演『정어리』에 대對한 것

사람이 사는 곳이고 보면 어데던지 있을만한 사실事實이오, 누구던지 지꺼릴 수 있는 언어言語와 흉내 낼 수 있는 동작動作이 무대舞台에 실리우고 보니까 관중觀衆은 흔히 무대舞台에 향向하여 경의敬意를 표表할 줄을 모르게 된다. 그리하여 관중觀衆이 모조리 각자기일가견各自己一家見을 가질 수 있는 가장 자연自然한 추세趨勢로 결국決局『비평가批評家』로서 총동원總動員하게 되는 세음이 된다. 막간幕間에 전개展開되는 소란騷亂한 여론輿論을 귀담아 보지! 유루流漏없이 속기速記할 수 있으량이면 정正히 극평劇評의 집대성集大成임에 틀림 없으리라.

관객석觀客席처럼 용이容易한 세이프리・소운이 어디 있나? 무대舞台가 바로 전차電車로 되었을지라도 수고롭게 올라 갈 까닭이 없음이다. 무대舞台에서 가장 절박切迫한 태세態勢가 가장 데스퍼리트하게 진행進行되는 것에 동정同情하지 못하는 관중觀衆처럼 무대舞台가 심甚히 위험危險한 살얼음판인 것을 모르는 이는 없을 것이다. 무대인舞台人도 화학자化學者와 함께 일개一介『전문가專門家』가 아닐 수 없다. 화학자化學者는 아무나 할 수 없는 것을 하는 전문가專門家는 무대인舞台人은 누구나 할 수 있는 것이나 실상 아무나 될 수 없는 것을 해내는 전문가專門家다. 이리 하여 무대인舞台人은 화학자化學者 보다도 만만해 보이기도 하고 욕辱도 칭찬稱讚도 흠벅 듣게 된다. 여론輿論의 중심中心이 화학자化學者를 떠나 마침내 배우俳優한테 돌아가는 것은 흥미興味있는 현상現象이다. 그러나 무대인舞台人이 관중觀衆의 소인적素人的 경향傾向을 경모輕侮할 수가 조금도 없다. 이 무대적舞台的 전문가專門家가 만장소인滿場素人을 상대相對로 하지 않고, 대체 누구를 불러다가 앉힐 작정이란 말인가. 깡그리『비평가批評家』가 부민관府民舘 위 아래 층층을 입추立錐의 여지餘地도 없이 좌정坐定하신

직전直前에서 가장 근신謹愼히 감행敢行하는 극단劇團은 반드시 번영繁榮하리라 이쯤 위혁威嚇하여 놓고, 나의 조그만 관극소감觀劇小感을 진술陳述하되 극極히 간소簡素한 인상적印象的인 것으로 하리라.

극단劇團『고협高協』은 양양洋洋하다.

『정어리』(박영호작朴英鎬作) 쾌작快作이다. 이만한 작품作品이었더면 먼저 잡지雜誌에 발표發表하여 대중大衆으로 하여금 먼저 대본臺本을 기억記憶시킬만 하였던 것이 아닐까. 작품作品을 읽고 연극演劇을 보는 것은 즐거움이 실상 배倍가 된다. 좋은 소재문학素材文學에 착안着眼한 점点이 조선신극朝鮮新劇에 대對하여 우월감優越感을 가질만 하다. 생산경제生産經濟 태세態勢의 삼단급三段急카ー브로 기인起因하는 희비극喜悲劇ー 실상 정어리는 비눌 한 개 보이지 않았으나 리알의 선혈鮮血이 비린내가 성성하다. 끝까지 비판정신批判精神에 고집固執한다. 시대時代와 변혁變革의 동태動態가 운명運命처럼 강력强力한 것일지라도 문학文學은 가장 평범平凡한 쇄말□末까지에라도 『비판批判』을 누실漏失할 수 없음을 작자作者는 주장主張한다. 정의正義는 의외意外에 을종기생乙種妓生의 새파란 입술로 선언宣言된다. 대사台詞에 대對한 지방어地方語 채집採集이 상당相當히 풍요豊饒하다. 남북南北 중부中部 방언方言의 대조적對照的 몬타ー쥬가 자미滋味롭고 항시恒時 웃음을 제공提供한다. 자연自然과 인간人間의 투쟁적鬪爭的 교향악交響樂에 팔도八道사투리가 활용活用되는 이유理由가 있다. 제삼막第三幕 최창도崔昌道가 몰락沒落하는 이유理由를 중유통제重油統制나 조선질소朝鮮窒素 합동合同 유지등油脂等의 대재벌大財閥의 등장登場에서 오는 경제체계經濟體系의 급변혁急變革에 강조强調하지 못하고 춘자春子 일지매一枝梅를 해결방법解決方法으로 취입聚立시킨 것이 『정어리』로 하여금 소위所謂 대중극大衆劇으로 나려앉힌 것이니 동정同情할수도 있는 유감遺憾이다.

무대舞台의 호방豪放한 나열羅列과 소박素朴한 장식裝飾이 대극장大劇場에 적당適當한 고안考案을 볼 수 있다. 섬세복잡纖細複雜한 조명照明을 얻을 수 없는 바에야 무대장치舞台裝置도 절로 신개지적新開地的 지방색地方色을 주主로 할 수 밖에 없을 것이다. 유방乳房의 과장誇張 꼭두선이 속적삼 생生돼지 뒷다리를 치어들고 나옴과 정말 어린 아이를 업고 나오는 등等 리알과 감각感覺의 교착交錯으로 인因하여 연출자演出者의 해학諧謔이 약동躍動한다. 효과반效果班의 세밀細密한 용의用意를 엿볼 수 있다. 그러나 이막일장二幕一場에 슈프레히·코―올(작업효과作業效果)을 주主로 삼고 정어리의 운반풍경등運搬風景等을 시각범위視覺範圍에서 말소抹消시킨 것은 효과상效果上 주객主客이 전도顚倒된 것이나 아닐지? 장치裝置를 화려華麗치도 못한 양옥洋室 보다는 몰락가정沒落家庭의 분위기雰圍氣를 양조釀造하기 위爲하여 차라리 조선식朝鮮式 옥실屋室의 양식樣式을 취取할 만 하였던 것이오, 제삼막第三幕은 이층二層방이라는 것을 인認할 조건條件이 없다. 해항海港 생산지대적生産地帶的 어시장魚市場 사무실事務室다운 데를 보지 못하였다.

  연기演技는 다분多分히 지방색적地方色的 호담성豪膽性이 특색特色이다. 유쾌愉快한 노름노리의 여유餘裕를 잃지 않고 보니 조선적연기朝鮮的演技는 절로 선線이 굵을 수 밖에 없다. 그러나 종시終始 모를 일은 긴착繁着한 대화對話가 오고 가고 하다가 새침해 가지고 긴장緊張된 독백獨白을 고성영탄高聲咏嘆하는 것은 무슨 효과效果를 위爲함인지 알 수가 없다. 이 시음적詩吟的 방백傍白으로 인因하여 대화미對話美에서 오는 무운율無韻律의『평범平凡한 미묘微妙』가 무참無慘히 부서지는 것을 수습收拾할 수 없다. 조선朝鮮 신극단新劇團의 통폐通弊가 아닐 수 없다. 제일막第一幕 네 거리에서 행行하여지는 잡답雜踏한 사상事象이 제 각기各己 놀고 들어간 것이 있다.『혼란混亂의 조화調和』가 어그러지고 구성構成이 분산分散된 감感이 없지 않다.

전주박錢主薄 (박창환분朴昌煥扮)

비탈길을 넘어가는 하차荷車 바퀴처럼 덜커덕거리는 연기演技에 따르는 슬픔이 깊다. 삼투滲透되는 감성력感性力보다도 한치 한치 파드는 계산력計算力이 무겁다. 코끼리의 보법步法을 배우는 이 배우俳優는 넘어지지 않으리라.

최창도崔昌道 (김동규분金東圭扮)

목소리와 연기演技가 어딘지 컬컬한 맛이 좋다. 충합沖合 (서월영분徐月影扮)의 연기演技가 베테란의 능청스럽게 노숙老熟한 것을볼 수 있다면 이 사람은 일부러 크라이시스를 제조製造하지 않는 수월하고 풋되지 않은 오입장이!

전영국錢榮國 (주인규분朱仁奎扮)

무대舞台에 서는 얼굴이 좋다. 고삽苦澁한 풍모風貌에 들어나는 육체적肉體的 조건條件이 연기력演技力을 서-파스한다. 아즉 버릇이 붙지 않은 점点에 혹或은 성격배우性格俳優로서의 앞날을 볼까?

땅바람 (심영분沈影扮)

무대舞台 유일唯一의 열혈청년형熱血靑年型! 항시恒時 『정의파正義派』에 입역立役하여 성공成功하리라. 박력적迫力的이며 선동적煽動的인 것이 혹或은 경향적傾向的인 것에 맹렬猛烈한 성능性能을 발휘發揮할 수 있을까 기대期待된다. (한참 열연중熱演中에 박수拍手로 소동騷動하는 그러한 팬을 경원敬遠할 필요必要가 있다)

일지매一枝梅 (김연실분金蓮實扮)

암비둘기처럼 알뜰히도 길이 든 연기演技. 무대舞台가 완전完全히 자기自己 것이 되어서 조금도 겁이 없다. 소리와 몸짓을 고강이만 뽑아 쓸줄 알아서 깜쩍하게도 상량爽凉하다.

독일병정獨逸兵丁 (강보금분姜寶金扮)

마구다지 덤비는 역役에서 도로혀 일사불란一絲不亂한 연기演技를 즐길

수 있는 것은 실실實로 창일漲溢한 연습력練習力을 엿볼 수 있다. 습지적濕地的 인간미人間味를 발휘發揮하여 여지餘地가 없다.

수탉갈보 (류성애분柳誠愛扮)

경상도기풍慶尙道氣風의 무대적舞台的 재현再現으로서 본격적本格的이다. 와일드한 제스츄어에서 미묘微妙한 기술技術을 아니 볼 수 없다.『독일병정獨逸兵丁』의 촉촉한 인간미人間味에『수탉갈보』의 분방奔放한 성격性格을 호대조好對照로 하여 연출자演出者의 의도意圖가 생동生動한다.

―『散文』,「觀劇小記―『高協』第一回公演『정어리』에 對한 것」, 228~233쪽.
―『문장』13호,「觀劇小記―『高協』第一回公演『정어리』에 對한 것」, 1940. 2.

「어머니」 소인상小印象 부기附記

　단편소설계短篇小說界의 경기병輕騎兵 이태준李泰俊의 『어머니』를 위爲하여 극장劇場이 너무도 컸다. 일막물一幕物의 화원花園이란 아무래도 소극장小劇場일가 한다. 장치적裝置的 소도구小道具가 너무도 희소稀少하여 생활生活이 있는 집 같지 않다. 육십촉六十燭 전등電燈처럼 편편한 이 집에서 뼈근히 슬픈 이 『대화소설對話小說』을 듣기에 친절親切한 구석이 없다. 외삼촌外三寸의 게덕이 너무 길어서 체흡적的 대사미臺詞美를 위爲하여 리슴이칼한 분할分割이 없었다.

―『散文』, 「『어머니』 小印象 附記」, 234쪽.

시집詩集 『종鐘』에 대對한 것

　시인詩人 설정식薛貞植과 내가 이제 역기力技로 인생人生을 고쳐 보자고 한다면 대체 얼마마한 중량重量까지를 들어 올릴 수 있을까?
　어느 정도程度까지의 체력体力이 전연全然 없을 수야 없으나 어느 정도程度 이상以上의 중량重量을 어느 정도程度의 용기勇氣로 들 수 있는 것일지 용기勇氣와 체력体力을 혼동混同하는 시폐時弊가 없지도 않다. 나는 그만두고 설정식薛貞植은 용기勇氣에도 체력体力에도 지극至極히 평범平凡한 사람이다. 그러고도 시인詩人일 수 밖에 없다.
　『아메리카』유학생留學生으로는 출세出世도 혁혁赫赫한 편이 못되고, 이 사람 영어英語 발음發音에는 함경도咸鏡道 굵은 토착음土着音이 섞여 나온다. 만나서 말이 적고 말을 발發하면 차라리 무하유향無何有鄕에 대對한 짖는 소리를 토吐한다.
　잔을 들어 취醉하지 못하고 말세와 행실行實로 남을 상傷하고 해害할 수 없는 사람, 시집詩集 『종鐘』을 열어 읽어 보면 『아메리카』에서 난해서難解書일 것이겠고 서북선西北鮮에서는 대오락후隊伍落後에 속屬할 것이나 시詩가 반드시 용기勇氣와 체력体力의 소산所産이 아니라면 이 시집詩集이 팔·일오八·一五 이후以後에 있을 수 있는 조선유일朝鮮唯一의 문예서文藝書인 것만은 불초不肖 지용이 인정認定한다.
　용기勇氣로는 임화林和가 제일第一이고 체력体力으로는 기림起林이 달리는 편인데 인내忍耐와 비장悲壯도 덕德에 속屬한다면 정식貞植의 시詩는 차등此等 덕종德種 이목二目에서 기원起源한 것이다.
　독자제군讀者諸君 내가 이제 정식貞植을 칭찬稱讚하랴 하오. 그날 밤 출판기념회出版記念會 적에 우리가 대백大白을 기울이면서도 인색吝嗇하게 들 굴기에 물고物故 지사志士 모선생某先生의 영애令愛 R양孃의 고운 손을 빌어 시인詩人 정식貞植의 옷 깃을 초화草花로 장식裝飾케 하여 최고도最高度의 사치奢侈의 정신精神을 발휘發揮한것은 지용의 책임責任이외다.

크고 두터운 아내여
태양太陽이 닮았는데
젖에 얹은 손을 떼어라

태양太陽에 불이
해바라기 불이 붙었다

가까이 이리 가까이
그리고 때에 흐르는
젖을 근심하지 말아

—『散文』,「詩集『鐘』에 對한것」, 235~237쪽.
—『경향신문』,「詩集『鐘』에 對한것」, 1947. 3. 9.

『포도葡萄』에 대對하여

조선朝鮮에 장편소설가長篇小說家라는 자者—있어 스사로 일르기를, 조선朝鮮의 새 소설小說은 일본문학日本文學의 영향影響을 입은 것이 아니라 노서아문학露西亞文學—혁명전기革命前期—에서 직접直接 이식移植 한 것이로라고 자랑하던 기억記憶이 내게 남아 있다.

말하자면 『톨스토이』나 『도스토옙스키』의 영향影響을 입으면 입었지 미기홍엽尾崎紅葉이나 덕부노화德富蘆花를 모방模倣한 것이 아니로라는 것이었다.

그러나 식자識者는 조선朝鮮의 장편소설長篇小說이라는것이 있었다면 노일전쟁후露日戰爭後 노문학露文學을 무역貿易한 일본적日本的 신소설新小說을 다시 흉내내어본 것이 춘원류春園流의 장편소설長篇小說이었던 것이요 시詩도 역시亦是 그러한 것이 육당六堂이 시작始作하였던 시가유사詩歌類似의 구절句節이란 실상은 일본日本의 칠오조七五調 신체시新體詩의 조박糟粕이었던 것이다.

이와는 뚝—떨어져 나려와 일정말기日政末期 소위所謂 제등齊藤 실實의 문화정책시기文化政策時期에 들어서서 조선문단朝鮮文壇에 『카프』파派를 도당徒黨으로한 『프롤레타리아』 문학文學이라는 것이 있었으니 이것은 역시亦是 일본日本의 노동운동勞働運動의 인테리층層 문예文藝에 흥분興奮하였던 것이다.

팔·일오八·一五 대명절大名節을 당當하여 무대舞臺가 급각도急角度로 회전回轉하였으니 시詩가 위선爲先 급속도急速度로 족출簇出하였다.

내가 말하랴 하는 것이 소설小說이 아니라 시詩다.

팔·일오八·一五 이후以後의 조선시朝鮮詩는 완전完全히 외래문학外來文學의 영향影響에서 전연全然 몌별袂別한 것이요 말하자면 『에세닌』이나

중야중치中野重治의 영향影響이 천만千萬에 아니요 진실眞實로 진실眞實로 조선朝鮮에 탄생誕生한 것이다.

결決코 소위所謂『프롤레타리아』, 시詩가 아니다. 조곰도 무서워 할 것도 아니요 전율戰慄할 시詩도 아님에도 불구不拘하고 웨 일부一部 귀골貴骨들은 송충松虫이 보다도 싫어하느냐?

팔・일오八・一五 직후直後 지까다비에 병정구두에 신발도 똑똑히 신지 못한, 징용徵用에서 풀린, 감옥監獄에서 나온, 징병徵兵, 학병學兵에서 탈주脫走하였던 젊은 놈들이 튀어나와 기旗를 받고 시詩를 썼다.

이 때 미주유학생美洲留學生 설정식薛貞植이도 한몫 끼었더니라. 정식貞植이가 영어英語를 할줄 알고 유식有識하였기에 국장局長을 얻어하였고 시詩를 쓸『신기神機』를 얻었던것이다. 길게 누릴 국장局長, 비서장秘書長이 못되었기에 해를 넘기지못하여 시집詩集을 두권을 얻고 직職을 떠났다.

정식貞植이가 어찌『프롤레타리아』시인詩人일수 있으랴? 하물며『빨갱이』시인詩人일수 있겠느냐? 불시不啻 설정식薛貞植이라, 누구던지 문학인文學人이며, 시인詩人이면 불시不啻 시인詩人이라 문화인文化人이고 보면 가진 별명別名쯤은 피避할 도리道理가 없는것이다.

『좌익시인左翼詩人』설정식薛貞植을 조선시단朝鮮詩壇에 수용收容할수 밖에 없이 되었으니 중重 값을 들여 영문학英文學 공부工夫를 한 설정식薛貞植이가 이런 별명別名을 듣는다면, 공부工夫는 꽤 한것에 틀림 없다.『프롤레타리아』시인詩人이 아닌, 과격파過激派가 아닌,『우익시인右翼詩人』설정식薛貞植이나, 혹或은 그와 유사類似한 시인詩人들을 위하여 이러한 시詩가 있을수 있다.

  어찌할수 다시 어찌할수 없는
  길이『로마』에 아니라도
  똑바른 길에 통通하였구나.
  시詩도 이에 따라

거칠게 우들 우들 아름답지 않아도 그럴 수 밖에 없이
거짓말 못하여 덤비지 못하여, 어찌하랴?

—지용

    시집詩集『포도葡萄』가 시집詩集『종鍾』보다 훨석 불가피不可避로 깊어졌고 유식有識하다.
    제까짓『장편소설長篇小說의 일절一節』이란 내 읽지 않았으니 내가 말하자는것은 다만 시인詩人 설정식薛貞植의 시詩 뿐이다.
    조선朝鮮의 새로운 민족문학民族文學, 혹或은 새로운 민족시民族詩는 대개 이렇게하여 뚫고 나가기가 너무도 억울抑鬱한것은 그의 시詩에 역연歷然하다. 아즉도 신세身勢가 편편한 시인詩人들이 있어서 물이여 달이여 구름이여 꽃이여 하느냐?
    남북통일南北統一을 위爲하여 어찌 삼천리三千里에 장거리長距離 추도隧道만을 뚫어야 한다는 말이냐? 무슨 까닭으로 말장한 선비를 유지遺址에 없는『카다콤부쓰』안으로 몰아넣어야 하는것이냐.
    이러한 내정內情으로 말미암아 조선시朝鮮詩는『포도葡萄』처럼 절로 울분鬱憤 하고 질식窒息 하고 탄원嘆願일 수 밖에 없다.『혁명시인革命詩人』이란 어느 국가國家의 여유餘裕 있던 사치奢侈더냐?
    조선朝鮮에는 이렇게 애절哀絶 비절悲絶 참절慘絶한 시詩가 있을 뿐이다.

그러나 어두워지는 천상天上에
대풍이전大風以前의 정식靜息이 가로놓인다.

등燈불이 잠시 꺼졌다.
우연偶然히 이렇게 태허太虛에 필적匹敵할 수 있느냐.

산천山川이 의구依舊한들 미숙未熟한 포도葡萄
오늘밤에 과연果然 안전安全할까

우두커니 앉았음은
방막厖莫한 땅이냐 슬퍼하는 것이냐

오호嗚呼 내일 아침 태양太陽은
그여히 암흑暗黑의 기원紀元이 되고 마는 것이냐.
(무심無心—여운형呂運亨 선생先生 작고作故하신 날)

— 詩集 『葡萄』 中에서

— 『散文』, 「『葡萄』에 對하여」, 238~242쪽.

서序 대신
―시인詩人 수형琇馨께 편지로

이제 쓰지 쓰지 한 것이 이날 저날 미루다가 대체 몇달이 넘었는지 시집詩集은 인쇄印刷가 끝이 나고 내글 때문에 제본製本이 다시 늦어야 하니 미안하기 보담도 마음이 초조焦燥하야 의무義務 보다 부채負債가 늘어 가는 것 같소이다.

대체 시간時間이 있어야지!― 이러한 변명辯明은 내게 변명辯明도 되지 않습니다.

일하지 못하고 빼앗기는 시간時間, 무실無實한 바쁨따문에 허덕 허덕 피로疲勞한 시간時間, 시간時間이 웨 없겠습니까 마는 요지음 가을 하늘처럼 청명淸明한 시간時間이 내게 올지라도 나는 이시간時間을 무슨 방법方法으로 맞아야 할지 모르겠읍니다.

요要컨대 생활生活이 없이 시간時間이 있지 않은 것인가 봅니다.

생활生活이 없는 사람에게 허무虛無한 답싸힘― 내게 대체 이 치닥거리가 언제 끝이 나는 것입니까?

이 답쌓임에 눌리워 거저 죽어야 할지 혹은 마른 조개 껍질 처럼 한개의 생활生活이 아니라 한개의 존재存在로서 역사歷史의 물결에 마쇄磨碎되어 버릴 것인지 또는 나려 눌으는 담천曇天을 떠받아 헐이고 치오르는 그많은 독수리 떼의 하나이어야 할자― 내가 회의자懷疑者로 회피廻避하기까지 갈 것이 아닌 줄을 구타여 모르는 바이 아닌 것은 현실現實과 사태事態가 팔·일오八·一五와 삼팔선三八線으로 하여금 바짝 들이몰아 육박肉迫하였음으로 우리는 회의懷疑도 회피廻避도 다소多少 시적향락詩的享樂이 있을 수 있었던 허무虛無에의 스페이스도 있지 않아 나는 다만 허덕지덕 할때 역사歷史는 그 자신自身이 한 개의 천재天才이었음을 노현露顯한 것입니다.

먼저 팔·일오八·一五 이후以後에 수일秀逸한 시인詩人이 족출簇出한 것을 보았읍니다.

한 사람의 천재天才가 무인지경無人之境을 백년百年을 두고 달려야 한다면 만인萬人이 그를 혜성彗星으로 우러러 보아야만 하는 것이 시詩와 문화文化의 암흑시대暗黑時代가 아닐 수 없을 것입니다.

역사歷史는 이것을 허용許容 하지 않게 되었읍니다. 무수無數한 개성個性이 영광榮光스런 고립孤立을 박차 버리고 한개의 거대巨大한 공동체共同體에 대對한 감각感覺이 발랄潑剌할 때 막대莫大한 인민人民에서 시詩와 시인詩人이 범람汎濫하게 된것인가 합니다.

수형珖馨은 이러한 의의意義에서 시인詩人인 것이 당연當然하다 합니다.

분시分時를 다투어야 할 단일민족單一民族 통일건국기統一建國期에 있어서 투쟁鬪爭없이 어찌 생활生活이라 하겠읍니까.

생활生活을 유실流失하고 투쟁鬪爭 앞에 전율戰慄하는 나는 시인詩人 수형珖馨의 투쟁기록鬪爭記錄을 펴고 경탄驚嘆할 뿐입니다.

보나파르트 나폴레옹이 대구라파大歐羅巴를 석권席捲하던 어느날 고요한 전원생활田園生活을 부러워하여 탄식嘆息하였다는 일화逸話가 있읍니다 마는 대개 독재적獨裁的 정복자征服者는 마침내 사변四邊의 유구悠久한 무사無事를 동경憧憬하는 것인가 봅니다. 이러한 제왕약탈적帝王略奪的 체계體系에 끼인 시인詩人도 역시 유구悠久한 무사無事에서 경인구驚人句가 나왔었던지 모르겠으나, 이제 조선朝鮮에 시인詩人이 있으면 무사無事한 시간時間이 있을 수 없고 줄기찬 불면불휴不眠不休의 진격進擊만이 시간時間일 수 밖에 없읍니다.

이러한 시간時間에서 수형珖馨은 시詩까지 썼으니 무슨 시詩니 아니니 고리삭진하게 못되게 굴것이 없으며 또 그러한 시詩가 아즉도 존재存在할 수 있다면 먼저 두들겨 부셔 놓고 그리고 다시 시詩를 의논議論해야 합니다.

수형珖馨의 시詩는 먼저 시詩를 두들겨 부셔 놓고 다시 시詩를 구축構築

하기 까지의 당래當來할 조선시朝鮮詩의 제일기적第一期的 시詩인 것입니다.

……………
썩었던 쇠뭉치 까지라도
녹여서 시뻘건 불물이
사태 흐르는
새 역사歷史의 한복판에
뛰어 들어서
하여튼
덮쳐서 래두
버둥거려 흐르고만 싶었던
철창鐵窓에서 공장工場에서 토굴土窟에서 가두街頭에서
짚북더기 속에서
삐뚜러진 모가지
턱주가리를 쳐들고서
파릿한 허구리뼈를 저벅저벅 끄을고서
여기서두 저기서두
버둥질 치며 돌아 오는
영웅英雄들
…………「지도자指導者」의 일절一節

일구사팔년팔월삼십일一九四八年八月三十日

— 『散文』, 「序대신―詩人 琇馨께 편지로―」, 243~247쪽.

744 정지용 전집 2 산문

윤동주시집尹東柱詩集 서序

서序—랄것이 아니라

내가 무엇이고 정성精誠껏 몇마디 써야만 할 의무義務를 가졌건만 붓을 잡기가 죽기 보담 싫은 날 나는 천의를 뒤집어 쓰고 차라리 병病아닌 신음呻吟을 하고 있다.

무엇이라고 써야 하나?

재조才操도 탕진蕩盡하고 용기勇氣도 상실傷失하고 팔·일오八·一五 이후以後에 나는 부당不當하게도 늙어간다.

누가 있어서 『너는 일편一片의 정성精誠까지도 잃었느냐?』 질타叱咤한다면 소허少許 항론抗論이 없이 앉음을 고쳐 무릎을 꿇으리라.

아직 무릎을 꿇을만한 기력氣力이 남았기에 나는 이 붓을 들어 시인詩人 윤동주尹東柱의 유교遺矯에 분향焚香하노라.

겨우 삼십여편三十餘篇되는 유시이외遺詩以外에 윤동주尹東柱와 그의 시인詩人됨에 관關한 아무 목증目證한바 재료材料를 나는 갖지 않았다.

『호공유피虎孔留皮』라는 말이 있겠다. 범이 죽어 가죽이 남았다면 그의 호문虎紋을 감정鑑定하여 『수남壽男』이라고 하랴? 『복동福童』이라고 하랴? 범이란 범이 모조리 이름이 없었던 것이다.

내가 시인詩人 윤동주尹東柱를 몰랐기로소니 윤동주尹東柱의 시詩가 바로 『시詩』고 보면, 그만 아니냐?

호피虎皮는 마침내 호피虎皮에 지나지 못하고말 것이나 그의 『시詩』로써 그의 『시인詩人』됨을 알기는 어렵지 않은 일이다.

나도 모를 아픔을 오래 참다 처음으로 이곳에 찾아 왔다. 그러나 나의 늙은 의사는 젊은이의 병病을 모른다. 나한테는 병病이 없다고 한다. 이 지나친 시련試練, 이 지나친 피로疲勞, 나는 성내서는 안된다.
— 그의 유서遺書『병원病院』의 일절一節

그의 다음 동생 일주군一柱君과 나의 문답問答—
『형님이 살았으면 몇살인고?』
『설흔 한살 입니다.』
『죽기는 스물 아홉에요—』
『간도間島에는 언제 가셨던고?』
『할아버지 때요.』
『지나시기는 어떠했던고?』
『할아버지가 개척開拓하여 소지주小地主 정도程度였읍니다』
『아버지는 무얼 하시노?』
『장사도 하시고 회사會社에도 다니시고 했지요.』

『아아, 간도間島에 시詩와 애수哀愁와 같은 것이 발효醱酵하기 비롯한다면 윤동주尹東柱와 같은 세대世代에서 부텀이었고나!』 나는 감상感傷하였다.

    봄이 오면
    죄罪를 짓고
    눈이
    밝아

    이브가 해산解産하는 수고를 다하면

    무화과無花果 잎사귀로 부끄런데를 가리고

    나는 이마에 땀을 흘려야겠다—

「또 태초太初의 아침」의 일절一節

다시 일주군一柱君과 나와의 문답問答—

『연전延專을 마치고 동지사同志社에 가기는 몇살이었던고?』
『스물 여섯 적입니다』
『무슨 연애戀愛같은 것이나 있었나?』
『하도 말이 없어서 모릅니다』
『술은?』
『먹는것 못 보았읍니다』
『담배는?』
『집에 와서는 어른들 때문에 피우는 것 못 보았읍니다』
『인색吝嗇하진 않았나?』
『누가 달라면 책冊이나 샤쓰나 거저 줍데다』
『공부工夫는?』
『책冊을 보다가도 집에서나 남이 원願하면 시간時間까지도 아끼지 않읍데다』
『심술心術은?』
『순順하디 순順하였읍니다』
『몸은?』
『중학中學때 축구선수蹴球選手였읍니다』
『주책主策은?』
『남이 하자는대로 하다가도 함부로 속을 주지는 않읍데다』

    코카사쓰산중山中에서 도망해온 토끼처럼
    둘러리를 빙빙 돌며 간肝을 지키자

내가 오래 기르는 여윈 독수리야!
　　　와서 뜯어 먹어라 시름 없이

　　　너는 살지고
　　　나는 여위어야지 그러나

　　　　　　　　　　　　　　— 「간肝」의 일절一節

　　노자老子 오천언五千言에
　『허기심虛其心 실기복實其腹 약기지弱其志 강기골强其骨』이라는 구句가 있다.
　　청년靑年 윤동주尹東柱는 의지意志가 약弱하였을 것이다. 그렇기에 서정시抒情詩에 우수優秀한 것이겠고, 그러나 뼈가 강强하였던 것이리라 그렇기에 일적日賊에게 살을 내던지고 뼈를 차지한것이 아니었던가?
　　무시무시한 고독孤獨에서 죽었고나! 이십구세二十九歲가 되도록 시詩도 발표發表하여 본적도 없이!
　　일제시대日帝時代에 날뛰던 부일문사附日文士놈들의 글이 다시 보아 침을 배알을 것 뿐이나 무명無名 윤동주尹東柱가 부끄럽지 않고 슬프고 아름답기 한限이 없는 시詩를 남기지 않았나?
　　시詩와 시인詩人은 원래 이러한 것이다.

　　　행복幸福한 예수 그리스도에게
　　　처럼
　　　십자가十字架가 허락許諾된다면

　　　목아지를 드리우고
　　　꽃처럼 피어나는 피를
　　　어두어가는 하늘 밑에
　　　조용히 흘리겠읍니다.

―「십자가十字架」의 일절一節

  일제헌병日帝憲兵은 동冬섣달에도 꽃과 같은 어름 아래 다시 한마리 리어鯉魚와 같은 조선朝鮮 청년시인青年詩人을 죽이고 제나라를 망亡치었다.

  뼈가 강強한 죄罪로 죽은 윤동주尹東柱의 백골白骨은 이제 고토故土 간도間島에 누워 있다.

    고도故都에 돌아온 날 밤에
    내 백골白骨이 따라와 한방에 누웠다

    어둔 방房은 우주宇宙로 통通하고
    하늘에선가 소리처럼 바람이 불어온다

    어둠속에 곱게 풍화작용風化作用하는
    백골白骨을 들여다 보며

    눈물 짓는 것이 내가 우는 것이냐
    아름다운 혼魂魂이 우는 것이냐

    지조志操 높은 개는
    밤을 새워 어둠을 짖는다

    어둠을 짖는 개는
    나를 쫓는 것일 게다

    가자가자
    쫓기우는 사람처럼 가자

백골白骨 몰래
아름다운 또 다른 고향故鄕에 가자

―「또 다른 고향故鄕」

  만일 윤동주尹東柱가 이제 살아 있다고 하면 그의 시詩가 어떻게 진전進展하겠느냐는 문제問題―

  그의 친우親友 김삼불씨金三不氏의 추도사追悼辭와 같이 아무렴! 또 다시 다른 길로 분연매진奮然邁進할 것이다.

―『散文』,「尹東柱詩集 序」, 248~257쪽.

윤석중동요집尹石重童謠集 『초생달』

『동요童謠』하면 『윤석중尹石重』하게 되었으니 내가 새삼스럽게 『초생달』 응원應援을 해야만 윤석중尹石重의 유명有名에 가편加鞭이 될 리理가 없다. 하도 붓을 잡아 본 적이 오래 되었으니 심심풀이로 『초생달』이나 읽고 평評하여 보자.

영보永保삘딩 삼층三層에서 (아아 지긋지긋한 전차電車 자동차自動車 소리!) 신경神經 쇠약衰弱이 아니 된다는 것은 대개大槪 조풍연趙豊衍 같은 인사人士일 것이겠는데 여기서 버티고 동요童謠를 지어 내는 주간主幹 윤석중尹石重도 역시亦是 못지 않게 신경神經이 굵고 또한 교묘巧妙하다고 차탄嗟嘆할수 밖에 없다.

어린이 라는 것은 척주脊柱를 잡아 늘구어 놓은 팔십八十이 되어도 어린 아이 밖에 다른 것이 아니겠는데 시詩를 쓰고 동요童謠를 쓰는 어린이 그러한 어린 아이다.

내가 보아 하니 윤석중尹石重이도 항시恒時 어린 아이다.

먼 길

아이가 잠 드는 걸
보고 가려고
아빠는 머리 맡에
앉아 계시고
아빠가 가시는 걸
보고 가려고
아기는 말똥말똥

잠을 안자고

가령 흉악凶惡 무쌍無双한 사람이 있어 이 동요童謠를 읽을 기회機會가 있다 하면 사십년四十年 동안 지은 죄罪를 뉘우치고『다섯살만 하과저 다섯살만 하과저』할만도 하지 아니한가!

독립

길가에
방공호가 하나 남아 있었다
집 없는 사람들이 그 속에서
거적을 쓰고 살고 있었다
그 속에서 아이 하나가
제비 새끼처럼 내다 보며
지나 가는 사람에게 물었다
『독립은 언제 되나요?』

　시詩와 시인詩人이 따로 있는 줄 아는 시골뜨기 고답파高踏派들은 먼저 서울 와서 살아라.
　서울서 자란 사람이라야만 감정感情과 이지理智를 교묘巧妙히 농락弄絡할수 있는 기회機會를 발휘發揮할수 있는 것이다. 석중石重 동요童謠에 나오는 아이들은 대개大概 서울 아이들이요 무대舞台가 번번이 서울이다.
　방공호防空壕 나머지도 슬픈 유목장遊牧場이 될 수 있고 거미줄 서리듯 한 전선電線 전주電柱를 보고도 호개好個 자유시인自由詩人이 될 수 있고 고속도高速度 교통交通 기관機關을 용이容易한 장난감으로 볼 수 있는 것도 모두 서울 아이다. 약고 재빠르고 쾌활快活한 서울 아이들이 어른의 세계世界를 넉넉히 꾀집어 까짜를 올릴 수도 있는 것이다. 도회都會 아동兒童도 조선朝鮮 서울 아이들은 특수特殊한 비애悲哀가 있다.

....
서울 장안을 뒤덮은
태극기 우리 기
소경들이 구경을 나왔다가
서로 얼싸 안고 울었다.

―해방의 날―

팔·일오八·一五 이후以後의 석중石重은 점점 본격적本格的 아동兒童 문학자文學者가 되어 간다.

아동兒童에 대對하여 건국적建國的 사상思想의 영도권領導權을 상실喪失한 아동兒童 문학자文學者를 업수이 여겨라.

소도 말도 바둑이도
앞으로 앞으로
잠자리도 나비도
앞으로 앞으로
해도 달도 구름도
앞으로 앞으로

― 앞으로 앞으로―

삼팔선三八線이 철폐撤廢되기도 이 아이들이 자라기 까지 기다려야 할까! 초생달도 둥글기 까지는 시일時日 문제問題려니와 금년今年 팔·일오 八·一五 날에는 석중石重에게 기旗를 높이 들리우고 우리 어린이를 나팔 불리고 북 치우고 당당堂堂한 국제적國際的 시위운동示威運動을 시켜야 하 겠다.

―『산문散文』,「尹石重童謠集『초승달』」, 258~262쪽.

―『현대일보』,「尹石重童謠集『초생달』」, 1946.8.26.

가람시조집嘉藍時調集에

　　청靑기와로 지붕을 이우고 파아란 하늘과 시새움 하며 살았으며 골고루 갖춘 값진 자기磁器에 담기는 맛진 음식이 철철히 달랐으리라고 생각된다. 공예미工藝美가 이렇게 초절超絶하고서 생활生活이 그만치 호사豪奢스럽지 않았을 이가 없으리라. 이제 시조時調 예술藝術의 기원起源과 발육發育도 청靑기와와 자기磁器에 역사상歷史上 별로 어그러지지 아니 할줄로 안다. 그러나 시조時調와 공예工藝의 기구崎嶇한 양개운동兩個運動을 비교比較하여 볼때 도자기류陶磁器類의 맥박脈搏은 통히 끊어지고 말았다. 이에 근사近似한 기술技術과 원료原料의 발견發見까지에도 절망絶望치 않을 수 없는 상황狀況이 노방路傍의 와력瓦礫과 다를 바이 없으나 시조삼장時調三章의 정형시가整形詩歌는 칼을 씌워 가두어 둘지라도 골동骨董으로 주저 앉지 않고 견디었으니 이유理由는 바로 알수 있다. 시조時調야 자기磁器가 삼례參例할수 없는 언어미술言語美術에 가담加擔하였던 까닭이다. 장인匠人의 비전秘傳에서 민멸泯滅에 그친 것과 인류人類의 유산遺産으로 공증公證된 것이 같을 이가 있느냐 말이다. 언어言語는 유전流轉하여 멈추지 않는다. 모든 생활生活한 예술藝術의 과정過程이 전통傳統에 드디고 새로히 비약飛躍 함에 있음과 같이 시조時調야말로 이러한 조건條件에서 감시監視받고 기대期待되는 것이 차라리 운명적運命的일 것이다. 강경强硬하게도 전통적傳統的이고 열렬熱烈히도 참신嶄新해야 할 것이 시조예술時調藝術의 당위성當爲性이 아닐 수 없다. 이러한 약속約束의 구현具現을 시조사상時調史上의 거인巨人 가람嘉藍 이병기씨李秉岐氏와 그의 예술藝術에서 볼 수 있는 것은 시가詩歌가 공예미술工藝美術과 세기世紀를 몌별袂別 하고 항시恒時 생명예술生命藝術로서 진군進軍하는 필연必然의 문제問題로 감탄感嘆할 수 밖에 없다. 세기世紀에 부조浮彫된 시조시인時調詩人의 자세姿勢는 고봉高峰과 같이 수려秀麗하였다. 면앙정俛仰亭 · 송강松江 · 진이眞伊 같은 이들! 당대수일當代隨一의 가람嘉藍 같은 이!

—『散文』,「嘉藍時調集에」, 263~264쪽.
—『삼천리』134호,「嘉藍時調集에」, 1940. 7.

가람시조집嘉藍時調集 발발跋

귀한 시조집時調集을 꾸미어 놓고 다시 보니 하도 정정精하고 조찰하고 품품이 높기를 향기香氣가 풍기는듯 하여 무슨 말이고 덧붙이기가 송구悚懼하기 까지 하다. 어느 부문部門의 예술藝術이고 그것이 완벽完璧에 까지 이른 것이고 보면 조금도 변명辯明다운 말이 맞득지 않다. 시가詩歌를 들어 볼지라도 그것이 잘 되었고 못되었고를 고느기 보다는 그것이 진정 시가詩歌로 태어 나온 것이냐 흐지 부지 조잔히 만들어진 것이냐 라는 것이 결정적決定的으로 들어날 것이 아닌가. 눈을 바로 갖춘 사람은 진짜를 알아낸다. 안다고 하는 것도 층층層層이지마는 알만한 이는 알고 모르는 사람은 모르고 말 것이니 시가詩歌를 아는이께 맡기고 기쁨을 사는 외에 무슨 도리가 있겠는가. 아는 것도 타고난 복福이라 이래서 가람嘉藍이 시조원고時調原稿만 내 맡기고 말씀 한마디 없는 것인지 나로서는 궁거워 몇마디 아니 붙일 수 없는 노릇이다.

우리 문단文壇의 나이가 삼십년三十年이라고 보면 가람시조嘉藍時調나 이도 이와 못지 않게 연부年富한 편이다.

시조時調를 사적史的으로 추구追求한 이, 이론理論으로 분석分析한 이, 비평批評에 기준基準을 세운 정녕叮寧한 주석가註釋家요 계몽적啓蒙的으로 보급普及시킨 이가 바로 가람嘉藍이다. 시조학時調學이 설 수가 있는 것이고 보면 가람嘉藍으로서 부터 비로소다.

시조제작時調制作에 있어서 양量과 질質로 써 가람嘉藍의 오른편에 앉을 이가 아즉 없다. 천성天成이 시인詩人으로서 넘치는 정력精力을 타고 난 것이 더욱이 가람嘉藍과 맞서기 어려울 점인가 하노니 한참 드날리던 시조인時調人들의 행방行方조차 알길이 아득한 이지음 가람嘉藍의 걸음은 바야흐로 밀림密林을 헤쳐나온 코끼리의 보법步法이 아닐 수 없다. 예전 어른을 들어 비교比較할 것은 흔한 노릇일지 모르겠으나 송강松江 이후以後에 가람嘉藍이 솟아 오른 것이 아닐가 한다. 송강松江의 패기霸氣를 당할이 고금古今에 없겠으나 가람嘉藍의 치밀섬세緻密纖細한 점이 아즉 어떤이가 그만한지를 모를 일이다. 송강松江은 얼마쯤 지으신 시조수時調首도 많으신 편이시요 수수首首 마다 천고千古의 빛날만한 천재적天才的인 것이기는 하나 혹或은 한학漢學의 부업副業으로 취여醉餘에 (송강가사松江歌詞를 그렇게 뵈일 수는 도저히 없는 일이나) 일기가성一氣呵成으로 된 것이 다분多分인 것으로 살필 수 있고 전전傳하는 것이 칠팔십수七八十首에 지나지 않고 보니 송강松江께서도 시조時調에 구타여 심혈心血을 다하여 정진精進하셨다고는 생각되지 않는다. 시조문학時調文學의 최고수일最高秀逸이신 송강松江이 이러 하셨거니 그외에 역대歷代로 사도斯道에 손을 대다가 말은 수백數百을 헤일 수 있는 분들이야 그야말로 문학文學의 의기意氣와 예술藝術의 혼담魂膽으로 써 시조時調에 대對하였다고 할 분이 누구실고! 인생人生의 의기義氣와 부세浮世의 허망虛妄을 느낀 나머지에 이를 가형삼장歌形三章에 탁의서회托意叙懷한 것이 대부분大部分이 겠으나 일률一律로 한시조漢時調에 토吐를 단것이 아니면 거리距離가 당當치도 않은 요순문무堯舜文武의 회고취미懷古趣味나 강호풍월江湖風月의 당황唐荒한 영탄벽咏嘆癖 이외에 보잘것이 실상 없다. 간혹間或 아기자기한 인생人生 정한情恨의 실마리를 시조時調로 감고 풀고 하여 조선적朝鮮的 리리시슴을 후세後世사람으로 따서 쓸것이 과연果然 없지 아니하니 면앙정俛仰亭같으신 어른이나 진이眞伊 외에 유명무명有名無名의 규수가인閨秀歌人들의 끼치고 간 노래가 이것이다. 그러나 모조리 옮아 놓아야 집대성集大成되기에 너무도 하잔하다. 요要컨대 예전 어른들은 시詩를 달리 하느라고 시詩를 시조時調로 하기에 별별別로 성의誠意를 베플지 않았던 것이 사실事實이 아닐 수 없었던 것이다. 그러나 순수純粹 조선적朝鮮的 포에지를 담기에 가장 맞가롭고 읊을 수 있고 부를 수 있는 정형시整型詩로서 악기樂器로 치면 단소短簫와 같이 신묘神妙한 시형詩形이 시조삼장時調三章 외에 없었던 것이다.

문단文壇에 새로운 문학文學이 발흥勃興되기 비롯한 삼십년래三十年來로 몇몇 유지有志한 분들이 다시 이 시형詩形의 새로운 가치價値를 알아 시작試作하여 보았으나 마침내 새로운 시詩가 담기어야 할 말이 아닌가 시詩랄 것이 없었다. 진부陳腐한 상투적常套的인것 천연天然한 성정性情의 류로流露가 아닌 무리無理한 시형詩形의 허구虛構에다 군색한 글자 채움에 급급汲汲하였을 뿐이다. 시조時調가 자수字數 장수章數에 제한制限이 있어서 무슨 장정적章程的인 가치價値가 있는 것이 아니라 시형詩形의 제약적制約的 부자유不自由를 통通하여 시詩의 절조적節調的 자유自由를 추구追求할수 있는 유구悠久한 기악적器樂的 성능性能을 갖춘 것이 특색特色일 것이다. 모든 정형시整形詩의 미덕美德이 조선朝鮮에서는 삼장三章 시조형時調形으로 현양顯揚된 것이니 조선적朝鮮的 정형시整形詩는 아직까지 시조時調詩 이외에 타당妥當한 시형詩形이 발견發見되지 않은 것이니 전통적傳統的 시형詩形을 추존追尊하여 이에 시詩의 기식氣息을 불어 넣기란 원래 시인詩人의 대업大業이 아닐 수 없었던 것을 시인詩人이 아닌 문필가文筆家는 맡는댓자 제소리가 날 이가 없었다. 발발勃勃한 시적詩的 지원자志願者들이 시조時調를 경원敬遠하고 돌아서는 것은 시조時調에서 시詩를 얻을 수 없었던 것이 한가지 이유理由가 아닐 수 없었던 것이다. 새로운 세대世代가 진부陳腐한 상투常套에서 더욱이 고전古典이란 존대尊大한 명목하名目下에 고행苦行할 의무義務가 없는 것이 아닌가. 이리하여 시조時調가 극도極度의 빈혈적貧血的 존재存在를 계속繼續하던 것이 마침내 위기危期에 직면直面한 것이니 마치 서도書道가 추사전후秋史前後에 아조 엄엄奄奄한 상태狀態에 빠졌던 것과 다를게 없었던 것이다.

　온전히 기울어진 사직社稷을 일개명상一個名相으로서 북돋아 일으킬 수야 없지마는 예도藝道의 명맥命脈은 일개천재一個天才만으로서 혈행血行을 이을 수 있는 것이니 이제 시조문학사상時調文學史上의 가람嘉藍의 위치位置를 조증助證하기에 우리는 인색히 굴 필요必要가 없이 되었다.

　마침내 시조時調들이 시인詩人을 만나서 시인詩人한테로 돌아오게 되었다. 비로서 감성感性의 섬세纖細와 신경神經의 예리銳利와 관조觀照의 총혜聰慧를 갖춘 천성天成의 시인詩人을 만나서 시조時調가 제 소리를 낳게 된 것이니 가람시조嘉藍時調가 성공成功한 것은 시인가람詩人嘉藍으로서 성공成功한 것이라 결론結論을 빨리하면 시인詩人으로 태어나지 않았던들 아이예 시조時調 한수首쯤이야 ……하는 부당不當한 자신自信을 가질 수 없었던 것이다.

　더욱이 확호確乎한 어학적語學的 토대土臺와 고가요古歌謠의 조예造詣가 가람嘉藍으로 하여금 시조제작時調製作에 힘과 빛을 아울러 얻게 한 것이니 그의 시조時調는 경건敬虔하고 진실眞實함이 이를 읽는이가 평생平生 교과敎科로 삼을만한 것이요 전래시조傳來時調에서 찾기 어려운 자연自然과 리알리티에 철저徹底한 점으로서는 차라리 근대적近代的 시정신詩精神으로 써 시조時調 재건再建의 열혈熱烈한 의도意圖에 경복敬服케 하는 바가 있다. 이리하여 가람嘉藍이 전통傳統에서 출발出發하여 그와 메별袂別하고 다시 시류時流에 초월超越한 시조중흥時調中興의 영예榮譽로운 위치位置에 선 것이다.

―『散文』,「嘉藍時調集 跋」, 265~269쪽.

『정지용 전집』 산문 연표

번호	제목	연도, 연대	발표지	특이사항	발굴자
1	三人	1919년 12월	『曙光』 1호		
2	手紙一つ	1927년 3월	『近代風景』 2권 3호		
3	퍼―스포니와 水仙花	1923년 1월	徽文文學 創刊號	『정지용 시와 비평의 고고학』(2013.3)	최동호
4	黎明의 女神 오―로라	1923년 1월	徽文文學 創刊號	『정지용 시와 비평의 고고학』(2013.3)	최동호
5	詩·犬·同人	1925년 12월	『自由詩人』 1호	『서정시학』(2015) 봄호	김동희
6	停車場	1926년 4월	『自由詩人』 4호	『서정시학』(2015) 봄호	김동희
7	退屈さと 黑眼鏡	1926년 4월	『自由詩人』 4호	『서정시학』(2015) 봄호	김동희
8	日本の蒲團は重い	1926년 4월	『自由詩人』 4호	『서정시학』(2015) 봄호	김동희
9	時調寸感	1927년 3월	『新民』 23호		
10	春三月の作文	1927년 4월	『近代風景』 2권 4호		
11	The Imagination in the poetry of William Blake	1928년 12월	同志社대학 영문과 졸업논문	『문학사상』(200.1)	송백헌

12	내가 감명感銘 깊게 읽은 작품作品과 조선문단朝鮮文壇과 문인文人에 대對하여	1933년 1월	『中央日報』(1933.1.1.)		
13	그리스도를 본바듬	1933년 6월	『가톨릭靑年』 1-7호(6-12월)		
14	素描 1	1933년 6월	『가톨릭靑年』 1호		
15	직히는밤이애기	1933년 6월	『每日新報』(1933.6.8)	『시문학』(2009.8)	김종욱
16	素描 2	1933년 7월	『가톨릭靑年』 2호		
17	素描 3	1933년 8월	『가톨릭靑年』 3호		
18	한개의 反駁	1933년 8월	『조선일보』(1933.8.26)		
19	素描 4·5	1933년 9월	『가톨릭靑年』 4호		
20	그리스도를 본바듬	1934년 1월	『가톨릭靑年』 8-14호(1-7월)		
21	이러한 神父가 되어다오	1935년 6월	『神友』		
22	女像四題	1936년 4월	『女性』 1호		
23	詩畵巡禮	1936년 6월	『中央』 32호		
24	愁誰語 1	1936년 6월	『朝鮮日報』(1936.6.18)		
25	愁誰語 2	1936년 6월	『朝鮮日報』(1936.6.19)		
26	愁誰語 3	1936년 6월	『朝鮮日報』(1936.6.20)		
27	愁誰語 4	1936년 6월	『朝鮮日報』(1936.6.21)		
28	시인 정지용 씨와의 만담집	1936년 8월	『新人文學』	『서정시학』(2015) 봄호	최호빈

29	文藝座談會	1936년 10월	『新人文學』		
30	文學問題座談會	1937년 1월	『朝鮮日報』(1937.1.1)		
31	愁誰語 1	1937년 2월	『朝鮮日報』(1937.2.10)		
32	愁誰語 2	1937년 2월	『朝鮮日報』(1937.2.11)		
33	愁誰語 3	1937년 2월	『朝鮮日報』(1937.2.14)	『文學讀本』에 「內金剛素描(1)」로 수록	
34	愁誰語 4	1937년 2월	『朝鮮日報』(1937.2.16)	『文學讀本』에 「內金剛素描(2)」로 수록	
35	女人과의 우문현답	1937년 2월	『女性』 2권 2호		
36	說問答 - 朝鮮女性	1937년 5월	『女性』 2권 5호		
37	文壇打診卽問卽答記	1937년 6월	『東亞日報』(1937.6.6)		
38	愁誰語 1	1937년 6월	『朝鮮日報』(1937.6.8)		
39	愁誰語 2	1937년 6월	『朝鮮日報』(1937.6.9)		
40	愁誰語 3	1937년 6월	『朝鮮日報』(1937.6.10)		
41	愁誰語 4	1937년 6월	『朝鮮日報』(1937.6.11)		
42	愁誰語 5	1937년 6월	『朝鮮日報』(1937.6.12)		
43	옛글, 새로운 정	1937년 6월	『東亞日報』(1937.6.10~11)	『文學讀本』에 수록	
44	愁誰語 1	1937년 11월	『朝鮮日報』(1937.11.6)	『白鹿潭』과 『散文』에 「비」로 실림.	
45	愁誰語 2	1937년 11월	『朝鮮日報』	『白鹿潭』과 『散文』	

			(1937.11.7)	에「비」로 실림.	
46	愁誰語 3	1937년 11월	『朝鮮日報』(1937.11.9)	『白鹿潭』과 『散文』에「비」로 실림.	
47	愁誰語 4	1937년 11월	『朝鮮日報』(1937.11.11)	『白鹿潭』에「비들기」로 실림.	
48	愁誰語 5	1937년 11월	『朝鮮日報』(1937.11.13)	『文學讀本』에「鴨川上流(上)」으로 수록	
49	愁誰語 6	1937년 11월	『朝鮮日報』(1937.11.14)	『文學讀本』에「鴨川上流(下)」으로 수록	
50	별똥이 떨어진 곳	1937년 12월	『少年』 1권 6호	『文學讀本』에 수록	
51	明日의 朝鮮文學 : 將來할 思潮와 傾向	1938년 1월	『東亞日報』(1938.1.1~3)		
52	꾀꼬리와 菊花	1938년 1월	『三千里文學』 창간호	『白鹿潭』에 수록	
53	詩文學에 對하야	1938년 1월	『朝鮮日報』(1938.1.1)		
54	校正室	1938년 1월	『朝光』 27호		
55	春正月의 美文體	1938년 1월	『女性』 22호	『文學讀本』에 수록	
56	더 좋은 데 가서	1938년 1월	『少年』 2권 1호	『文學讀本』에 수록	
57	날은 풀리며, 벗은 알으며	1938년 2월	『朝鮮日報』(1938.2.17)	『文學讀本』에 수록	
58	南病舍	1938년 3월	『東亞日報』(1938.3.3)	『文學讀本』에 수록	
59	人定閣	1938년 5월	『朝鮮日報』(1938.5.13)	『文學讀本』에 수록	
60	茶房 고마도리 안에 연지찍은 색씨들	1938년 6월	『三千里』 96호	『文學讀本』에 수록	
61	구름	1938년 6월	『東亞日報』(1938.6.5)	『文學讀本』에 수록	

62	逝往錄(上,下)	1938년 6월	『朝鮮日報』(1938.6.5~7)	『文學讀本』에 수록	
63	紛紛說話	1938년 7월	『朝鮮日報』(1938.7.3)		
64	꾀꼬리	1938년 8월	『東亞日報』(1938.8.6)	『文學讀本』에 수록	
65	石榴·甘柿·柚子	1938년 8월	『朝鮮日報』(1938.8.7)	『文學讀本』에 수록	
66	烏竹·孟宗竹	1938년 8월	『朝鮮日報』(1938.8.9)	『文學讀本』에 수록	
67	棣花	1938년 8월	『朝鮮日報』(1938.8.17)	『文學讀本』에 수록	
68	때까치	1938년 8월	『朝鮮日報』(1938.8.19)	『文學讀本』에 수록	
69	동백나무	1938년 8월	『東亞日報』(1938.8.23)	『文學讀本』에 수록	
70	多島海記	1938년 8월	『朝鮮日報』(1938.8.23~30)	『文學讀本』에 수록	
71	詩와 鑑賞 : 永郞과 그의 詩 1	1938년 8월	『女性』 29호		
72	詩와 鑑賞 : 永郞과 그의 詩 2	1938년 9월	『女性』 30호		
73	우통을 벗었구나(스승에게 받은 말)	1938년 9월	『女性』 3권 9호		
74	뿍 레뷰 : 임학수 저 『八道風物詩集』	1938년 10월	『東亞日報』(1938.10.28)		
75	舞踊人 趙澤元論(上)	1938년 12월	『東亞日報』(1938.12.1)		
76	舞踊人 趙澤元論(下)	1938년 12월	『東亞日報』(1938.12.3)		
77	新建할 朝鮮文學의	1939년 1월	『東亞日報』		

	性格		(1939.1.1.~4)		
78	月灘의 『錦衫의 피』와 各紙 批評과 讀後感	1939년 1월	박문(博文) 창간호		
79	南病舍七號室	1939년 3월	『朝鮮作品年鑑』	『文學讀本』에 수록	
80	愚問賢答	1939년 3월	『新世紀』1권 3호		
81	야간버스의 奇譚	1939년 4월	『東亞日報』(1939.4.14)	『白鹿潭』에 「예양」으로 수록	
82	雨傘	1939년 4월	『東亞日報』(1939.4.16)	『文學讀本』에 수록	
83	合宿	1939년 4월	『東亞日報』(1939.4.20)	『文學讀本』에 수록	
84	詩選後에	1939년 4월	『文章』3호		
85	詩選後	1939년 5월	『文章』4호		
86	衣服一家見(胡椒譚에서)	1939년 5월	『東亞日報』(1939.5.1)		
87	詩의 擁護	1939년 6월	『文章』5호	『文學讀本』에 수록	
88	詩選後	1939년 6월	『文章』5호		
89	設問答	1939년 6월	『作品』창간호		
90	詩選後	1939년 8월	『文章』7호		
91	詩選後	1939년 9월	『文章』8호		
92	詩와 發表	1939년 10월	『文章』9호	『文學讀本』에 수록	
93	詩選後	1939년 10월	『文章』9호		
94	詩의 威儀	1939년 11월	『文章』10호	『文學讀本』에 수록	
95	詩選後	1939년 11월	『文章』10호		
96	詩와 言語	1939년 12월	『文章』11호	『文學讀本』에 수록	
97	詩選後	1939년 12월	『文章』11호		

98	畵文行脚	1940년 1월	『女性』 5권 1호		
99	天主堂	1940년 1월	『太陽』 1호		
100	文學의 諸問題	1940년 1월	『文章』 12호		
101	詩選後	1940년 1월	『文章』 12호		
102	元旦畵文點綴	1940년 1월	『東亞日報』 (1940.1.10)		
103	畵文行脚	1940년 1월	『東亞日報』 (1940.1.28~2.15)	『文學讀本』에 수록	
104	觀劇小記(高協 弟一回 公演「정어리」에 대한 것)	1940년 2월	『文章』 13호	『散文』에 수록	
105	愁誰語(平壤)	1940년 2월	『文章』 13호		
106	詩選後	1940년 2월	『文章』 13호		
107	愁誰語(봄)	1940년 4월	『文章』 15호		
108	詩選後	1940년 4월	『文章』 15호		
109	嘉藍時調集에	1940년 7월	『三千里』 134호	『散文』에 수록	
110	詩選後	1940년 9월	『文章』 18호		
111	文學의 諸問題	1941년 1월	『文章』 22호		
112	胡娘街(安東縣의 二人行脚)	1941년 4월	『春秋』		
113	『無序錄』을 읽고 나서	1942년 4월	『每日新報』 (1942.4.18)		
114	尹石重童謠集『초생달』	1946년 8월	『現代日報』 (1946.8.26)	『散文』에 수록	
115	餘滴	1946년 10월	『京鄕新聞』 (1946.10.6~)	『散文』에 일부 수록	
116	學生과 함께	1946년 10월	『京鄕新聞』 (1946.10.27)	『散文』에 수록	

117	共同製作	1947년 2월	『京鄕新聞』(1947.2.16)	『文學讀本』에 수록	
118	斜視眼의 不幸	1947년 3월	『京鄕新聞』(1947.3.9)	『文學讀本』에 수록	
119	詩集『鐘』에 對한 것	1947년 3월	『京鄕新聞』(1947.3.9.)	『散文』에 수록	
120	繪畫敎育의 新意圖—	1947년 4월	『京鄕新聞』(1947.4.13)		
121	鄭燻謨女史의 再期待	1947년 5월	『京鄕新聞』(1947.5.1)	『散文』에 수록	
122	氣象豫報의 美蘇共委	1947년 5월	『京鄕新聞』(1947.5.15)	『散文』에 수록	
123	不幸한 少年少女의 親友—플나나간 神父를 맞이하여	1947년 5월	『京鄕新聞』(1947.5.31)	『散文』에 수록	
124	趙澤元舞踊에 關한 것	1947년 6월	『京鄕新聞』(1947.6.26)	『散文』에 수록	
125	『文學讀本』	1948년 2월	박문출판사		
126	散文 1	1948년 4월	『文學』 7호	『散文』에 수록	
127	散文 2	1948년 5월	『文學』 8호	『散文』에 수록	
128	朝鮮詩의 反省	1948년 10월	『文章』 27호	『散文』에 수록	
129	알파오메가	1948년 10월	『文章』 27호	『散文』에 수록	
130	대단치 않은 이야기	1948년 11월	『아동문화』 창간호	『散文』에 수록	
131	愁誰語	1948년 10월	『주간 서울』 10호(1948.10.18)	『散文』에 「새옷」으로 수록	
132	愁誰語—紙錢	1948년 11월	『주간 서울』 15호(1948.11.15)	『서정시학』(2015) 봄호	최호빈
133	愁誰語—穴居逐防	1948년 11월	『주간 서울』 16호(1948.11.29)		

134	좀더 두고 보자	1948년 12월	『朝光』 125호		
135	應援團風의 愛校心	1948년 12월	『휘문』 20호	『散文』에 수록	
136	『散文』	1949년 1월	동지사		
137	부르조아의 인간상人間像과 김동석金東錫	1949년 2월	『자유신문』 (1949.2.20.)		김종욱
138	『뀌리夫人』의 서평書評	1949년 2월	『서울신문』 (1949.2.23.)		
139	소와 코 훌적이	1949년 2월	『새한민보』 (1949.2.)	『시문학』(2009.8)	김종욱
140	弱한 사람들의 强한 노래	1949년 3월	『새한민보』 (1949.3)	『시문학』 (2009.8)	김종욱
141	사교춤과 훈장	1949년 3월	『新女苑』 창간호	『동아일보』 (2015.4.28)	김종욱
142	어린이와 돈	1949년 5월	『소학생』 67호 (1949.5.1.)	『동아일보』 (2015.4.28)	김종욱
143	반성할 중대한 재료-특히 선생님들에게 드리는 말씀	1949년 7월	『소학생』 69호 (1949.7.1.)	미공개	김종욱
144	穴居逐放	1949년 11월	『주간서울』 (1949.11.29.)	『문학사상』 (2014.3)	권영민
145	小說家 李泰俊君 祖國의 「서울」로 돌아오라	1950년 1월	『이북통신』 5권 1호		
146	作家를 志望하는 學生에게	1950년 2월	『학생월보』 2권 2호		
147	『春雷集』 자서	1950년 3월	정음사		
148	月坡와 詩集『望鄕』	1950년 4월	『國都新聞』 (1950.4.15)		
149	南海五月點綴-汽車	1950년 5월	『國都新聞』 (1950.5.7)		

150	南海五月點綴-보리	1950년 5월	『國都新聞』(1950.5.11)		
151	南海五月點綴-釜山1	1950년 5월	『國都新聞』(1950.5.12)		
152	南海五月點綴-釜山2	1950년 5월	『國都新聞』(1950.5.13)		
153	南海五月點綴-釜山3	1950년 5월	『國都新聞』(1950.5.16)		
154	南海五月點綴-釜山4	1950년 5월	『國都新聞』(1950.5.24)		
155	南海五月點綴-釜山5	1950년 5월	『國都新聞』(1950.5.25)		
156	南海五月點綴-統營1	1950년 5월	『國都新聞』(1950.5.26)		
157	南海五月點綴-統營2	1950년 5월	『國都新聞』(1950.5.27)		
158	시집『얼굴』을 보며	1950년 5월	육필원고	『시와 비평』 제7호, 2003.11	이성모
159	南海五月點綴-統營3	1950년 6월	『國都新聞』(1950.6.9)		
160	南海五月點綴-統營4	1950년 6월	『國都新聞』(1950.6.10)		
161	南海五月點綴-統營5	1950년 6월	『國都新聞』(1950.6.11)		
162	南海五月點綴-統營6	1950년 6월	『國都新聞』(1950.6.14)		
163	南海五月點綴-晉州1	1950년 6월	『國都新聞』(1950.6.20)		
164	南海五月點綴-晉州2	1950년 6월	『國都新聞』(1950.6.22)		
165	南海五月點綴-晉州3	1950년 6월	『國都新聞』		

			(1950.6.24)		
166	南海五月點綴-晉州4	1950년 6월	『國都新聞』 (1950.6.25)		
167	南海五月點綴-晉州5	1950년 6월	『國都新聞』 (1950.6.28)		
168	便紙	연대미상			

정지용연구 자료 목록

1. 기본 자료

정지용, 『鄭芝溶 詩集』, 시문학사, 1935.
＿＿＿, 『白鹿潭』, 문장사, 1941.
＿＿＿, 『芝溶 詩選』, 을유문화사, 1946.
＿＿＿, 『芝溶文學讀本』, 박문출판사, 1948.
＿＿＿, 『散文』, 동지사, 1949.
김학동 편, 『정지용 전집 1 시』, 민음사, 1988.
＿＿＿＿, 『정지용 전집 2 산문』, 민음사, 1988.
이숭원 주해, 『원본 정지용시집』, 깊은샘, 2003.
최동호 편, 『정지용사전』, 고려대학교 출판부, 2003.

2. 서평 및 단평

김광현, 「내가 본 시인」, 『민성』 4권 9호, 1948.10.
김기림, 「문단시평」, 『신동아』, 1933.9.
＿＿＿, 「1933년 시단의 회고와 전망」, 『조선일보』, 1933.12.7~13.
＿＿＿, 「정지용 시집을 읽고」, 『조광』, 1936.1.
＿＿＿, 「모더니즘의 역사적 위치」, 『인문평론』 창간호, 1939.10.
김동석, 「시를 위한 시―정지용론」, 『상아탑』 5권, 1946.3.

김춘수, 「신시 60년의 문제들」, 『신동아』, 1968.6.
김팔봉, 「'백조'동인과 종군작가단―나의 문단교우사」, 『현대문학』 105호, 1963.9.
김환태, 「경도의 3년」, 『조광』, 1936.8.
_____, 「정지용론―감정과 지성의 조화와 상상력」, 『삼천리문학』 2호, 1938.4.
모윤숙, 「정지용 시집을 읽고」, 『동아일보』, 1935.12.2.
박두진, 「솔직하고 겸허한 시인적 천분―내가 만난 정지용 선생」, 『문학사상』 183호, 1988.1.
박용구, 「독설 속의 동심」, 『동아춘추』, 1963.4.
박용철, 「신미시단의 회고와 비판」, 『중앙일보』, 1931.12.7.
_____, 「병자시단의 1년 성과」, 『동아일보』, 1936.12.
박종화, 「감각의 聯珠―정지용시집」, 『매일신보』, 1935.12.12~13.
_____, 「월탄회고록」, 『한국일보』, 1973.1.20.
박팔양, 「요람 시대의 추억」, 『중앙』, 1936.7.
변영노, 「정지용군의 시」, 『신동아』, 1936.1.
石 殷, 「시인의 법열―지용 예술에 관하여」, 『국도신문』, 1949.5.13~17.
신석정, 「정지용론」, 『풍림』, 1937.4.
양주동, 「1933년 시단연평」, 『신동아』, 1933.12.
여 수, 「정지용 시집에 대하여」, 『조선중앙일보』, 1935.12.7.
_____, 「지용과 임화의 시」, 『중앙』, 1936.1.
유병석, 「절창에 가까운 시인집단」, 『문학사상』, 1975.1.
유종호, 「현대시의 50년」, 『사상계』, 1962.5.
유치환, 「예지를 잃은 슬픔」, 『현대문학』, 1963.9.
윤재걸, 「납북작가의 가족들」, 『문예중앙』, 1983, 여름호.
윤형중, 「카톨리시즘은 현대문화에 있어서 엇던 위치에 섯는가?」, 『조선일보』, 1933.8.26~9.5.
이고산, 「정지용 시집에 대하여」, 『조선중앙일보』, 1936.3.25.
이동구, 「카톨릭문학에 대한 당위의 문제」, 『동아일보』, 1933.10.24~26.
이병각, 「예술과 창조」 1~6, 『조선일보』, 1936.6.1~7.
이양하, 「바라든 지용시집」, 『조선일보』, 1935.12.7~12.10.
이해문, 「중견시인론」, 『시인춘추』 제 2집 1938.1.

임　화, 「카톨릭문학비판」, 『조선일보』, 1933.8.11~18.
＿＿＿, 「曇天下의 시단1년」, 『신동아』, 1935.12.
조연현, 「수공업 예술의 말로-정지용 씨의 운명」, 『평화일보』, 1947.8.20~21.
＿＿＿, 「산문 정신의 모독-정지용 씨의 산문 문학관에 대하여」, 『예술조선』, 1948.9.
조용만, 「나와 구인회시대-시인 정지용」, 『대한일보』, 1966.9.18.
조지훈, 「한국현대시사의 반성」, 『사상계』, 1962.5.
주요한, 「노래를 지으려는 이에게」, 『조선문단』 창간호, 1924.10.
최태웅, 「정지용의 비극」, 『사상계』, 1962.12.
홍효민, 「정지용론」, 『문화창조』 2호, 1947.3
황　욱, 「한 격분 카톨리시즘」, 『조선일보』, 1933.9.14.

3. 연구 논문

3.1. 학위논문

- 박사학위논문

김명인, 「1930년대 시의 구조연구-정지용·김영랑·백석의 시를 중심으로」, 고려대 박사논문, 1985.
김석환, 「정지용 시의 기호학적 연구-공간기호체계의 구축과 변환을 중심으로」, 명지대 박사논문, 1993.
김신정, 「정지용 시 연구-감각의 의미를 중심으로」, 연세대 박사논문, 1999.
김영미, 「정지용 시에서의 주체 형성과정 연구 : 타자성과의 관련 양상을 중심으로」, 대전대 박사논문, 2014.
김용희, 「정지용 시의 어법과 이미지의 구조」, 이화여대 박사논문, 1994.
김종태, 「정지용 시 연구-공간의식을 중심으로」, 고려대 박사논문, 2002.
김　훈, 「정지용 시의 분석적 연구」, 서울대 박사논문, 1990.

나민애, 「1930년대 한국 이미지즘 시의 세계 인식과 은유화 연구」, 서울대 박사논문, 2013.
노병곤, 「정지용 시 연구」, 한양대 박사논문, 1991.
박남희, 「한국현대시의 유기체적 상상력 연구 : 박용철, 정지용, 조지훈을 중심으로」, 고려대 박사논문, 2009.
박명옥, 「정지용의 산수시 연구 : '用事'와 '意境'을 중심으로」, 고려대 박사논문, 2012.
박정선, 「한국 현대시의 모더니즘과 전통 : 정지용과 김수영의 詩를 中心으로」, 고려대 박사논문, 2011.
배호남, 「정지용 시의 갈등 양상 연구」, 경희대 박사논문, 2008.
신 진, 「정지용 시의 상징성 연구」, 성균관대 박사논문, 1992.
양소영, 「1930년대 시에 나타난 아이와 유년기의 의미 연구 : 정지용, 이상, 백석 시를 중심으로」, 서울대 박사논문, 2012.
양왕용, 「정지용 시 연구」, 경북대 박사논문, 1988.
양인숙, 「한국 현대 동시의 정신 양상 연구 : 정지용·윤동주·유경환을 중심으로」, 단국대 박사논문, 2008.
오탁번, 「한국 현대시사의 대위적 구조」, 고려대 박사논문, 1982.
유인채, 「정지용과 백석의 시적 언술 비교 연구」, 인천대 박사논문, 2012.
이근화, 「1930년대 시에 나타난 식민지 조선어의 위상 : 김기림·정지용·백석을 중심으로」, 고려대 박사논문, 2008.
이승철, 「정지용 시의 인지시학적 연구」, 전북대 박사논문, 2011.
이승복, 「정지용 시의 운율체계 연구—1930년대 시창작 방법의 모형화 구축을 중심으로」, 홍익대 박사논문, 1994.
이태희, 「정지용 시의 창작 방법 연구」, 경희대 박사논문, 2003.
이현정, 「한국 근대 산문시 연구 : 이상·오장환·정지용을 중심으로」, 숙명여대 박사논문, 2015.
장도준, 「정지용 시의 연구」, 연세대 박사논문, 1989.
정의홍, 「정지용 시의 연구」, 동국대 박사논문, 1992.
조명숙, 「1930년대 모더니즘 시의 장소성 연구 : 정지용, 김기림, 김광균을 중심으로」, 아주대 박사논문, 2015.

최경숙, 「정지용시의 전통지향성 연구」, 건국대 박사논문, 2009.
하재연, 「1930년대 조선문학 담론과 조선어 시의 지형」, 고려대 박사논문, 2008.
한은주, 「정지용 시 연구 : 신앙시를 중심으로」, 인하대 박사논문, 2006.

- 석사 논문

고 봉, 「정지용과 볜즈린(卞之琳)의 모더니즘시 비교 연구」, 대진대 석사논문, 2012.
고정원, 「1930년대 자유시의 산문지향성 연구」, 경북대 석사논문, 1999.
권명희, 「정지용 시 연구」, 경기대 석사논문, 2008.
김다현, 「정지용『백록담』의 시간과 공간 연구」, 목포대 교육대학원 석사논문, 2009.
김묘순, 「정지용 산문 연구」, 우석대 교육대학원 석사논문, 2013.
김미사, 「정지용 시의 변모양상 연구」, 상지대 교육대학원 석사논문, 2009.
김명리, 「정지용 시어의 분석적 연구」, 동국대학교 석사논문, 2001.
김설지, 「정지용 시의 체험과 언어 연구」, 고려대 교육대학원 석사논문, 2013.
김성하, 「정지용 시의 위계적 교재화 연구」, 영남대 교육대학원 석사논문, 2010.
김소영, 「정지용 시의 '산' 연구」, 경원대 교육대학원 석사논문, 2009.
김애희, 「정지용 후기 시집 "백록담" 연구」, 전남대 석사논문, 2008.
김영미, 「정지용 시에 나타난 죽음 초월 양상 연구」, 대전대 석사논문, 2010.
김영범, 「정지용 시에 나타난 시선 연구」, 충북대 석사논문, 2010.
김윤선, 「한국 현대시에 나타난 산 이미지 연구」, 건국대 교육대학원 석사논문, 2009.
김정란, 「정지용 시의 양면성 연구」, 부산대 석사논문, 1989.
김지혜, 「1930년대 모더니즘시의 특성 연구 : 정지용, 김광균, 김기림을 중심으로」, 건국대 석사논문, 2008.
김효선, 「정지용 시의 모더니티와 향토성」, 제주대 교육대학원 석사논문, 2013.
김휘정, 「정지용 시의 고향 상실 연구」, 동국대 석사논문, 1999.
권정우, 「정지용 시 연구–시점 분석을 중심으로」, 서울대 석사논문, 1993.

노용무, 「정지용 시의 이미지 연구」, 전북대 석사논문, 1997.
목정원, 「정지용 시에 나타난 원환(圓環)의 현상학(現象學)」, 서강대 교육대학원 석사논문, 2007.
민병기, 「정지용 시 연구」, 고려대 석사논문, 1981.
박동혁, 「정지용 시어 연구 : 방언을 중심으로」, 한국교원대 석사논문, 2009.
박미애, 「시의 이미지 교육 방안 연구 : 정지용 시를 중심으로」, 경원대 교육대학원 석사논문, 2010.
박정은, 「정지용의 시어 연구」, 청주대 교육대학원 석사논문, 2007.
배한봉, 「정지용 시의 생태시학적 연구」, 경희대 석사논문, 2010.
손재윤, 「정지용과 박목월의 동시 비교 연구」, 대구대 석사논문, 2013.
송기태, 「정지용 시 연구―서정적 자아와 동일성의 문제」, 동국대 석사논문, 1984.
신기훈, 「정지용 시의 시적 주체에 대한 연구―경험유형으로 본 자아의 지향의식」, 경북대 석사논문, 1992.
신난영, 「정지용 시에 나타난 색채 이미지 」, 충북대 석사논문, 2008.
신정은, 「정지용의 신앙시 연구」, 단국대 석사논문, 2008.
안웅선, 「정지용 시 연구 : 발표 매체를 중심으로」, 고려대 석사논문, 2010.
양정임, 「정지용 시 연구 : 시적자아와 공간의식을 중심으로」, 대구대 석사논문, 2011.
양혜은, 「정지용 시에 나타난 고향의식 연구 」, 충북대 석사논문, 2010.
오 봄, 「모더니즘 시 교육 방안 연구 : 김광균, 정지용의 시를 중심으로」, 성신여대 석사논문, 2010.
오세인, 「정지용 시 연구 : 자아와 대상의 거리를 중심으로」, 고려대 석사논문, 2002.
윤선희, 「정지용 산문시 연구」, 한양대 교육대학원 석사논문, 2007.
윤혜린, 「정지용과 윤동주 시에 나타난 실존 의식 연구」, 한양대 교육대학원 석사논문, 2010.
위미경, 「정지용 시 연구」, 경희대 석사논문, 1988.
이기현, 「정지용 시 연구―내면의식의 변이양상을 중심으로」, 중앙대 석사논문, 1997.
이근화, 「정지용 시 연구―시의 화자를 중심으로」, 고려대 석사논문, 2000.

이광자, 「정지용의 모더니즘적 시관(詩觀)과 시 경향 연구」, 강릉대 교육대학원 석사논문, 2007.
이동진, 「정지용의 일본어시에 대한 고찰 : 정지용의 시세계 형성과 北原白秋」, 부경대 석사논문, 2011.
이세란, 「정지용과 윤동주의 동시 및 그 연관성」, 성균관대 석사논문, 2014.
이소라, 「문학 작품을 활용한 음・율・어휘 교육 방안 연구 : 정지용 작품을 중심으로」, 동국대 석사논문, 2010.
이 솔, 「정지용의 초기 바다시편과 후기 산수시의 상관성 연구 : 물의 이미지 유형을 중심으로」, 고려대 석사논문, 2014.
이수민, 「정지용 후기시에 나타난 주체의 실존의식 연구」, 서울시립대 석사논문, 2014.
이숭원, 「정지용 시 연구」, 서울대 석사논문, 1980.2.
이윤영, 「정지용 시의 가톨리시즘 연구」, 조선대 교육대학원 석사논문, 2007.
이은선, 「정지용 시의 자아와 상상력 연구」, 경희대 교육대학원 석사논문, 2010.
이정은, 「정지용 시의 이미지 연구」, 성균관대 석사논문, 2007.
이창민, 「정지용 시 연구-'물'의 이미지의 변모양상을 중심으로」, 고려대 석사논문, 1992.
이현정, 「정지용 시 연구」, 성균관대 교육대학원 석사논문, 1997.
임윤희, 「정지용・윤동주의 '동심'과 '환상성'에 관한 연구 : 아동문학의 서정장르를 중심으로」, 동국대 석사논문, 2011.
전지영, 「정지용 시와 조지훈 시에 나타난 상호텍스트성과 문학 교육적 가치 연구」, 고려대 교육대학원 석사논문, 2013.
정끝별, 「정지용 시의 상상력 연구」, 이화여대 석사논문, 1989.
정선화, 「서정시의 수용과 통합적 교육 방안 : 김소월 「산유화」, 정지용 「향수」를 중심으로」, 인하대 교육대학원 석사논문, 2015.
정용호, 「정지용 시에 나타난 언어의 특성 연구 : -'눌어'와 '침묵'의 관련 양상을 중심으로」, 울산대 석사논문, 2012.
정태선, 「정지용 시 연구-이미지 분석을 통한 상상력의 문제」, 서강대 석사논문, 1981.
정희진, 「정지용 시의 바다 이미지 연구」, 조선대 석사논문, 2015.

조영식, 「鄭芝溶 詩의 敎育 方法 硏究 : 브레인스토밍과 마인드맵을 중심으로」, 전남대 교육대학원 석사논문, 2007.
조행순, 「정지용 시의 내면의식 연구」, 한림대 석사논문, 1995.
주경희, 「시의 이미지 교육 방법연구 : 정지용 시를 중심으로」, 동국대 석사논문, 2008.
지선영, 「정지용 시의 감각과 시적 변용」, 이화여대 석사논문, 1986.
진기영, 「정지용 시 연구」, 국민대 교육대학원 석사논문, 2009.
진수미, 「정지용 시 은유 연구」, 서울시립대 석사논문, 1995.
차원주, 「정지용의 詩에 나타나는 '無心'의 미의식연구」, 울산대 석사논문, 2011.
천창우, 「정지용 시의 공간의식 변모과정 연구」, 순천대 석사논문, 2012.
최혜경, 「정지용의 시 「춘설」에 나타난 도가적(道家的) 자연주의와 춤 이미지 재해석」, 세종대 공연예술대학원 석사논문, 2010.
하은진, 「정지용 시 연구 : 부재의식과 치유 양상을 중심으로」, 공주대 교육대학원 석사논문, 2011.
한영실, 「정지용 시 연구—시집 백록담을 대상으로」, 연세대 석사논문, 1986.
허 윤, 「정지용 시와 가톨릭문학론의 관련 양상 연구」, 서울대 석사논문, 2012.
허치범, 「정지용과 김기림의 '바다'시 비교 연구」, 청주대 교육대학원 석사논문, 2007.
황성규, 「정지용 시의 낭만성 연구 : 『정지용시집』을 중심으로」, 한양대 석사논문, 2010.

3.2. 소논문 및 평론

강찬모, 「정지용과 윤동주 詩論 비교 연구」,『새국어교육』 82, 2009.8.
강창민, 「시인론 연구의 방법」,『국제대학논문집』, 제 14집, 1986.
강호정, 「1930년대 시에 나타난 '지도' 표상과 세계의 상상—정지용, 임화, 김기림, 신석정의 시를 중심으로」,『한국민족문화』 43, 2012.5.
고영자, 「모더니즘에 있어서의 정지용과 북천동의 비교연구」,『비교문학』 13집, 1988.

곽명숙, 「「鄕愁」의 '석근'과 '서리 까마귀'에 대한 의미 고찰」, 『한국현대문학연구』 40, 2013.
곽명숙, 「정지용 시에 나타난 여행의 감각과 의미」, 『한국현대문학연구』 37, 2012.8.
곽효환, 「W. B. 예이츠와 한국근대시의 자연 : 정지용과 현대 시인들의 시」, 『한국 예이츠 저널』 36, 2011.12.
구연식, 「신감각파와 정지용 시 연구」, 동아대 『동아논총』 제19집, 1982.12.
＿＿＿, 「정지용시의 현대시에 미친 영향」, 『국어국문학』 100호, 1988.12.
권영민, 「<백록담> 정지용-이책을 담고, 빗속을 달렸다」, 『샘터』 514호, 2012년 12월호.
권오만, 「정지용 시의 은유 검토」, 『시와 시학』 14호, 1994, 여름호.
권정우, 「정지용 시론 연구 - 전통과 근대의 대립에 대한 지용의 입장」, 『개신어문연구』 25, 2006.12.
권정우, 「정지용 시의 탈근대 정서 연구」, 『어문론총』 54, 2011.6.
권혁웅, 「정지용 시의 리듬 연구」, 『한국근대문학연구』 29, 2014.4.
금동철, 「정지용의시 「백록담」이 도달한 자리」, 『시안』 42권, 2008년 겨울호.
금동철, 「정지용 후기 자연시에 나타난 기독교적 자연관」, 『한민족어문학』 51, 2007.12.
금동철, 「정지용의 시 「백록담」에 나타난 자연의 의미」, 『우리말글』 45, 2009.4.
김경선, 「정지용 시와 중국 漢詩의 繪畫 특징 비교 연구」, 『한중인문학연구』 45, 2014.12.
김경훈, 「정지용의 시가에서의 "물" 이미지 연구」, 『국어국문학』 162, 2012.12.
김구슬, 「정지용과 윌리엄 블레이크」, 『Comparative Korean Studies』 15권(1호), 2007.6.
김규동, 「정지용의서울나들이」, 『서정시학』 18권 1호, 2008년 봄호.
김광협, 「지용연구시론」, 『서울대사대학보』 5호, 1963.2.10.
김기현, 「정지용시 연구-그의 생애와 종교 및 종교시를 중심으로」, 『성신어문학』 2호, 1989.2.
김기국, 「정지용의 향수와 기호학적 글읽기- 확장성과 곱씹음의 미학 -」, 『기호학 연구』 27, 2010.6.

김동근, 「정지용 시와 이상 시의 對位的 텍스트성-불연속적 시간 특질을 중심으로」, 『한국문학이론과 비평』 16(2), 2012.6.
김동근, 「정지용 「琉璃窓」 시편의 기호체계연구—인지시학적 분석을 중심으로」, 『현대문학이론연구』 52, 2013.3.
김명숙, 「정지용 시에 대한 서사공간이론적 고찰」, 『한국시학연구』 35, 2012.12.
김명인, 「정지용의 '곡마단'고」, 『경기어문학』 4집, 1983.12.
_____, 「근대화의 과정과 시적 대응」 『시어의 풍경』, 고려대학교 출판부, 2000.
김묘순, 「정지용의 「湖水」 소고(小考)」, 『국어문학』 57, 2014.8.
김문주, 「기독교 신앙과 근대적 주체의 문제-정지용과 김현승의 시를 중심으로-」, 『문학과 종교』 12(1), 2007.6.
_____, 「해방 전후 정지용의 글쓰기와 내면 풍경」, 『어문논집』 68, 2013.8.
김시태, 「현대한국시의 이미지 소고」, 『동악어문논집』 2집, 1965.6.
_____, 「영상미학의 탐구—정지용론」, 『현대문학』, 1980.6.
_____, 「지용의 새로움」, 『연암 현평효박사 회갑기념논총』, 1980.9.
김승구, 「근대적 피로와 미적 초월의 욕망-1930년대 중반 정지용 시를 중심으로」, 『한국문학연구』 41, 2011.12.
김열규, 「현대한국시의 두 주류와 '시적 변경' 기능」, 서울대 대학원 국어연구회, 1958.
_____, 「정지용론」, 『현대문학』, 1989.1~2.
김영건, 「감각적인 시어의 사용과 자유로운 시선의 이동 - 정지용 시 「瀑布」를 중심으로 -」, 『Journal of korean Culture』 17, 2011.5.
김영철, 「한국 현대시에 나타난 국어의 미적 기능」, 『한중인문학연구』 22, 2007.12.
김영철, 「현대시에 나타난 나비 심상의 지수비평적 연구」, 『한국시학연구』 20, 2007.12.
김예리, 「정지용의 시적 언어의 특성과 꿈의 미메시스」, 『한국현대문학연구』 36, 2012.2.
김용직, 「시문학파 연구」, 서강대 『인문과학논총』 2집, 1969.11.
_____, 「모더니즘의 시도와 실패」, 『서울대 교양과정부 논문집』 6집, 1974.
_____, 「새로운 시어의 혁신성과 그 한계」, 『문학사상』, 1975.1.

_____, 「1930년대 시와 감성시의 주류화」, 『문학사상』, 1986.
_____, 「정지용론—순수와 기법, 詩 일체주의」, 『현대문학』, 1989.1~2.
_____, 「주지와 순수」, 『시와 시학』, 1992, 여름호.
김용희, 「정지용 시에 나타난 신경쇠약증과 언어적 심미성에 관한 일 고찰」, 『한국문학논총』 47, 2007.12.
김우창, 「한국시와 형이상」, 『세대』, 1968.7.
김욱동, 「정지용의 「향수」와 스티크니의 「므네모시네」— 모방과 창작 사이」, 『Comparative Korean Studies』 17(3), 2009.12.
김윤경, 「1930년대 후반 정지용의 기행산문 연구」, 『비평문학』 55, 2015.3.
김윤식, 「카톨릭 시의 행방」, 『현대시학』, 1970.3.
_____, 「풍경의 서정화—정지용론」, 『한국근대문학사상비판』, 일지사, 1974.
_____, 「정지용과 김기림의 작품세계」, 『월간조선』, 1988.3.
_____, 「정지용이최후로 남긴 두 가지 물증—환각으로서의 물증과 현실로서의 물증」, 『서정시학』 19권 1호, 2009년 봄호.
김윤태, 「고향, 삶의 원초성 또는 상실의 비가」, 『시와시학』, 1994, 여름호.
김재홍, 「갈등의 시인 방황의 시인—정지용의 시세계」, 『문학사상』 183, 1988.1.
김재홍, 「시인 정지용시의언어미술(言語美術): 그의 시에 쓰인 활자의 이해」, 『기초조형학연구』 9(1), 2008.2.
김종철, 「30년대의 시인들」, 『문학과 지성』 9집, 1975, 봄호.
김종태, 「정지용 시의 죽음 의식 연구」, 『우리어문연구』 16, 국학자료원, 2001.
_____, 「신문물 체험의 아이러니」, 『시의 아포리아를 넘어서』, 이룸, 2001.
_____, 「정지용 시에 나타난 불안과 고통의 문제」, 『한국문학논총』 62, 2012.12.
김종훈, 「정지용 「비」 해석의 동향과 지향」, 『어문론총』 63, 2015.3.
_____, 「해방기 시어의 일면— 정지용과 조지훈 시의 경우」, 『한국시학연구』 42, 2015.4.
김준오, 「사물시의 화자와 신앙적 자아」, 『가면의 해석학』, 이우출판사, 1985.
김지녀, 「정지용(鄭芝溶)과 미요시 다쓰지(三好達治)의 시 비교 연구」, 『Comparative Korean Studies』 16(2), 2008.12.
김지영, 「현대시와 시각예술의 상호 매체성 연구: 정지용 시에 나타난 시적 이미지 연출」, 『기초조형학연구』 15(2), 2014.4.

김진희,「정지용의 후기시와『문장』: 화단(畵壇)과 문단(文壇)의 교류를 중심으로」,『비평문학』33, 2009.9.
_____,「나-조선의 발견과 시의 탄생-정지용과 백석의 기행산문과 시」,『서정시학』22권 3호, 2012년 가을호.
_____,「정지용과『문장』그리고 화가 길진섭(吉鎭燮)」,『서정시학』19권 4호, 2009년 겨울호.
김창완,「정지용의 시세계와 변모양상」,『한남어문학』16집, 1990.12.
김춘식,「문학적 근대기획과 전통, 반전통―1930년대 모더니즘 시와 시론을 중심으로」,『동악어문논집』30, 1995.
_____,「유기적 통일과 시어의 신성성-정지용의 시론과 시어관, 감각의 상관성」,『한국시학연구』31, 2011.8.
김 현,「정지용 혹은 절제의 시인」,『문학과 지성』13호, 1973, 가을호.
김혜숙,「한국현대시의 한시적 전통 계승에 대한 고찰」,『국어국문학』92, 1984.
김효순,「한국 모더니즘 문학과 일본어 글쓰기-정지용의 일본어 시작(詩作)을 중심으로-」,『일본연구』30, 2011.2.
노병곤,「'백록담'에 나타난 지용의 현실인식」,『한국문학논집』9집, 1986.2.
_____,「'장수산'의 기법 연구」, 한양대『한국학 논집』11집, 1987.2.
_____,「지용의 생애와 문학관」,『한양어문연구』6집, 1988.12
남기혁,「정지용 중·후기시에 나타난 풍경과 시선, 재현의 문제-식민지적 근대와 시선의 계보학(4)」,『국어문학』47, 2009.9.
_____,「정지용 초기시의 '보는' 주체와 시선(視線)의 문제-식민지적 근대와 시선의 계보학(2)-」,『한국현대문학연구』26, 2008.12.
류경동,「해방 직후와 단정 수립기의 정지용 문학 연구」,『현대문학이론연구』37, 2009.6.
마광수,「정지용의 모더니즘시」,『홍대논총』11, 1979.
_____,「정지용의 시 '온정'과 '삽사리'에 대하여」, 연세대『인문과학』51집, 1984.
문혜원,「정지용 시에 나타난 모더니즘 특질에 관한 연구」,『관악어문연구』18, 1983.12.
민병기,「정지용의 '바다'와 '향수'」,『시안』, 1999, 여름호.
_____,「지용 시의 변형 시어와 묘사」,『한국시학연구』제6호, 한국시학회,

2002.5.

박경래, 「충청도 방언과 충청도 문학―정지용의 「향수」에 쓰인 충청도 방언을 중심으로―」, 『영주어문』 21, 2011.2.

박경수, 「현대시에 나타난 현해탄 체험의 형상화 양상과 의미」, 『한국문학논총』 48, 2008.4.

박노균, 「정지용의 단형시」, 『개신어문연구』 30, 2009.12.

＿＿＿, 「정지용 시 해석의 현 수준-개별 작품론을 중심으로-」, 『개신어문연구』 34, 2011.12.

박명옥, 「정지용의 「玉流洞」과 이백의 「望廬山瀑布」 비교연구」, 『한국문학이론과 비평』 11(4), 2007.12.

＿＿＿, 「정지용 시에 나타난 한시 수용 연구-'용사'를 중심으로」, 『한국시학연구』 27, 2010.4.

＿＿＿, 「정지용 산수시 연구」, 『돈암어문학』 23, 2010.12.

박인기, 「1920년대 한국문학의 아나키즘 수용양상」, 『국어국문학』, 1983.12.

박정선, 「정지용과 김수영의 시에 있어서 근대 도시의 표상성 -'지도'와 '유리'의 이미지를 중심으로」, 『우리어문연구』 39, 2011.1.

박정희, 「등불을밝혀 놓고-정지용의 <향수>를 노래하며」, 『수필시대』 26호, 2009.5.

박주택, 「≪鄭芝容 詩集≫에 나타난 동경과 낭만적 아이러니 연구」, 『한국언어문화』 38, 2009.4.

＿＿＿, 「정지용 시에 나타난 근대성 연구」, 『한국시학연구』 30, 2011.4.

박철석, 「정지용론」, 『한국문학논총』 2집, 1979.

＿＿＿, 「한국 다다·초현실주의 형성에 관한 연구」, 『한국학논총』 6·7 합집, 한국문학회, 1984.10.

박철희, 「현대한국시와 그 서구적 잔상(상)」, 『예술논문집』 9, 1970.

박현수, 「정지용 시의 심화 과정과미학주의의 현실적 응전력」, 『문예운동』 117, 2013년 봄호.

박현수, 「미학주의의 현실적 응전력-정지용의 「도굴」론」, 『어문학』 100, 2008.6.

박호영, 「「유선애상」에 대한 시 해석의 방향」, 『한국시학연구』 31, 2011.8.

배호남, 「『백록담』의 시형식 연구」, 『한국시학연구』 35, 2012.12.

_____, 「정지용 시의 고향의식 연구」, 『인문학연구』 22, 2012.12.
_____, 「정지용의 산문시 형성 과정에 관한 고찰 -「슬픈 偶像」과 「愁誰語 4」를 중심으로」, 『국어문학』 55, 2013.8.
_____, 「정지용의 시어 '조찰한'의 의미 변화 연구」, 『한민족어문학구』 65, 2013.12.
백운복, 「정지용의 '바다'시 연구」, 『서강어문』 5집, 1986.12.
사에구사 도시카스, 「정지용 시 '향수'에 나타난 낱말에 대한 고찰」, 『시와 시학』, 1997, 여름호.
서진영, 「신인추천제에 나타난 『文章』의 시적 지향 - 시 부문을 중심으로-」, 『한국현대문학연구』 30, 2010.4.
손민달, 「정지용과 백석 시에 나타난 생태학적 상상력 연구」, 『국어국문학』 147, 2007.12.
_____, 「정지용과 백석 시의 전통 생태의식 비교 연구-신화적 세계관을 중심으로」, 『어문학』 99, 2008.3.
손종호, 「정지용 시의 기호체계와 카톨리시즘」, 『어문연구』 29, 1997.12.
송기한, 「정지용의 시에 나타난 가톨릭시즘의 의의와 한계」, 『한중인문학연구』 39, 2013.4.
_____, 「정지용 시에서의 바다의 의미」, 『한중인문학연구』 42, 2014.3.
_____, 「해방공간에서의 정지용 문학연구-민족주의 사상과의 관련양상을 중심으로」, 『한민족어문학』 66, 2014.4.
송 욱, 「한국 모더니즘 비판-정지용 즉 모더니즘의 자기 부정」, 『사상계』, 1962.12.
송기섭, 「정지용의 산문 연구」, 『국어국문학』 115, 1995.12.
송기태, 「정지용 시의 의미구조」, 동국대 『동악어문논집』 20집, 1985.
송기한, 「열림과 닫힘의 변증법」, 『시와 시학』, 1991년 여름호.
송상일, 「어둠 속의 시와 종교, 정지용의 허상」, 『현대문학』, 1978.12.
송현호, 「모더니즘의 문학사적 위치에 대한 고찰」, 『국어국문학』 제90호, 1984.
신경숙, 「장미의 상호텍스트성 : 윤동주의 『薔薇病들어』, 정지용의 「카폐·프란스」, 윌리엄 블레이크의 「병든 장미」」, 『비교문학』 58, 2012.10.
신동욱, 「고향에 관한 시인의식 시고」, 『어문논집』 19·20합집, 고려대 국어국문학연구회, 1977.

신범순, 「정지용 시에서 병적인 헤매임과 그 극복의 문제」, 『한국 현대시의 퇴폐와 작은 주체』, 신구문화사, 1998.
신영명, 「안축과 정지용, 역사 전환기 대응 비교」, 『우리문학연구』 38, 2013.2.
신용목, 「정지용의 '바다2' 분석 – 자연을 대상화하는 방식을 중심으로」, 『한국언어문학』 75, 2010.12.
신용협, 「정지용론」, 『한국언어문학』, 제19집, 1980.
심원섭, 「명징과 무욕의 이면에 있는 것—정지용 시의 방법과 내적 욕망의 구조」, 『문학과 의식』 35호, 1996.
안상원, 「정지용 시의 청각 이미지 연구」, 『한국문예창작』 12(2), 2013.8.
양왕용, 「1930년대의 한국시 연구—정지용의 경우」, 『어문학』 26집, 1972.3.
_____, 「가치평가와 대립과 그 극복」, 『멱남 김일근 박사 화갑기념논총』, 1985.10.
_____, 「기법지향성과 내용지향성의 대립」, 『송란 구연식 박사 회갑기념논총』, 1985.9.
_____, 「이미지와 상상력의 계발」, 『어문교육논집』 제 4집, 부산대학교 사범대학 국어교육과, 1979.
_____, 「정지용 시에 나타난 리듬의 양상」, 『權寧徹 박사 회갑기념 국문학논총』, 1988.
_____, 「정지용 시의 의미구조」, 『홍익어문』 7, 1987.6.
_____, 「정지용의 문학적 생애와 그 비극성」, 『한국시문학』 5집, 1991 2.
양혜경, 「정지용과 北原白秋 시문학에 나타난 근대적 인식 비교 고찰」, 『일어일문학』 61, 2014.3.
엄홍화, 「한‧중 모더니즘의 전통성 연구—정지용과 벤즈린의 비교를 중심으로」, 『어문연구』 78, 2013.12.
오문석, 「정지용의 시세계에서 종교시의 위상」, 『문학과 종교』 15(2), 2010.8.
오세영, 「모더니스트—비극적 상황의 주인공들」, 『문학사상』, 1975.1.
_____, 「한국문학에 나타난 바다」, 『현대문학』, 1977.7.
_____, 「근대시와 현대시」, 『현대시』 1984, 여름호.
오연경, 「정지용 산수시에서 자연과 정신의 감각적 매개 양상 –'차다'라는 신체감각을 중심으로」, 『한국문학이론과 비평』 14(4), 2010.12.
오태환, 「『파라솔』의 비유관계와 의미구조 연구」, 『어문논집』 57, 2008.4.

熊本勉, 「정지용과 '근대풍경'」, 『숭실어문』 9, 1991.5.
원구식, 「정지용론」, 『현대시』, 1990.3.
원명수, 「정지용 시에 나타난 소외의식」, 『돌꽃 김상선 교수 회갑기념논총』, 1990.11.
_____, 「정지용 카톨릭 시에 나타난 기독교사상고」, 『한국학 논집』 17집, 1990.12.
_____, 「정지용 시에 나타난 기독교 사상」, 『문예운동』 117, 2013년 봄호.
유인채, 「정지용 시에서 시조의 의미」, 『시조학논총』 34, 2011.1.
유태수, 「정지용 산문론」, 『관악어문연구』 6집, 1981.12
윤여탁, 「시 교육에서 언어의 문제—정지용을 중심으로」, 『국어교육』 90, 1995.12.
윤의섭, 「감각의 복합성과 모더니즘 시의 '회화성' 연구—1930년대 김기림·김광균·정지용 시를 중심으로」, 『한중인문학연구』 25, 2008.12.
_____, 「정지용 후기시의 장소성」, 『현대문학이론연구』 46, 2011.9.
윤호병, 「향수의 미학」, 『시와 시학』, 1994, 여름호.
이광호, 「정지용 시에 나타난 시선 주체의 형성과 변이」, 『어문논집』 64, 2011.10.
이근화, 「정지용 시의 2인칭과 감정의 형식화」, 『국어국문학』 148, 2008.5.
_____, 「정지용의 영문시 번역과 시 창작의 상관성 연구」, 『Journal of korean Culture』 24, 2013.9.
이기서, 「정지용 시 연구—언어와 수사를 중심으로」, 고려대 『문리대논집』 4집, 1986.12.
이남호, 「정지용 「유리창」—교과서에 실린 문학작품을 어떻게 가르칠 것인가」, 『현대문학』, 2000,10.
이상오, 「정지용 시의 '고향'과 상상적 자연」, 『인문학연구』 34(3), 2007.12.
이선영, 「식민지시대 시인의 자세와 시적 성과」, 『창작과 비평』, 1974, 여름호.
_____, 「한말의 사상적 배경과 문학이론」, 『세계의 문학』, 1980, 여름호.
이선우, 「정지용과 윌리엄 블레이크의 유기체론 연구」, 『동서비교문학저널』 22, 2010.6.
이선이, 「정지용 후기시에 있어서 傳統과 近代」, 『우리문학연구』 21, 2007.3.
이소연, 「'아이'를 통해 본 정지용 시의 근대 인식 양상」, 『한국문학이론과 비평』 18(2), 2014.6.
이숭원, 「'백록담'에 담긴 지용의 미학」, 『어문연구』 12집, 1983.12.
_____, 「정지용 시의 환상과 동경」, 『문학과 비평』, 1988. 여름호.

_____, 「정지용 시에 나타난 '고독'과 '죽음'」, 『현대시』, 1990.3.
_____, 「정지용 시의 환상과 동경」, 『문학과 비평』 6호, 1988.5, 여름호.
_____, 「정지용의 시론」, 『김용직박사 회갑기념논문집』, 1992.11.
_____, 「정지용과 현대시의 한 전범」, 『현대시』, 1995.10.
_____, 「정지용의 '유리창'에 나타난 '아이의 죽음'에 대하여」, 『시와 시학』, 1996. 여름호.
_____, 「정지용의 생애와 시적 성장에 대한 연구」, 서울여대 『인문논총』 3, 1996.12.
_____, 「정지용의 초기시편에 대한 고찰」, 『국어교육』 97, 1998.6
_____, 「정지용 시 '이토'의 친일시 시비와 관련하여」, 『서울여대학보』, 2001.6.11.
_____, 「정지용 시가 후진에게 미친 영향」, 『태릉어문연구』 11, 2003. 8.
_____, 「정지용 시 '유리창' 읽기의 반성」, 『문학교육학』 16, 2005.4.
_____, 「정지용 시의 도시 문명에 대한 반응」, 『태릉어문연구』 14, 2006.12.
_____, 「일급 시인의 독창적 시론—정지용의 '시의 옹호'」, 『현대시학』, 2011.6.
이승철, 「정지용의 「琉璃窓1」 연구」, 『국어문학』 45(1), 2008.8.
_____, 「정지용의 「바다2」에 대한 인지시학적 분석」, 『국어문학』 48, 2010.2.
_____, 「정지용의 「장수산1」에 대한 인지시학적 연구」, 『한국언어문학』 72, 2010.3.
_____, 「정지용 시 「카페프란스」의 감각적 읽기 : 인지시학의 직시이동이론을 중심으로」, 『국어문학』 57, 2014.
이승훈, 「정지용의 시론」, 『현대시』, 1990.11.
이어령, 「창의 공간기호학—정지용의 '유리창'을 중심으로」, 『문학사상』, 1988.4~5.
_____, 「정지용 '말'의 기호학적 분석」, 『현대시사상』 7호, 1991.
이종대, 「정지용 시의 세계인식」, 동국대 『한국문학연구』 19, 1997.3.
이종옥, 「정지용의 「바다」 연작시에 나타난 수(水)의 상상력」, 『한국문학논총』 59, 2011.12.
이창배, 「이미지즘과 그 영향」, 『심상』, 1974.2.
이희환, 「젊은 날 정지용의 종교적 발자취」, 『문학사상』, 1998.12.
이태희, 「素月과 芝溶의 時調」, 『시조학논총』 26, 2007.1.
장경렬, 「이미지즘의 원리와 '詩畵一如'의 시론」, 『작가세계』, 1999, 겨울호.

장도준, 「새로운 언어와 공간-정지용의 1925~30년 무렵 시의 연구」, 『연세어문학』, 1988.12.
장동석, 「한국 현대시의 탈주체적 사유방식과 전통적 미의식 상관 연구」, 『한국시학연구』 42, 2015.4.
장만호, 「새로 찾은 정지용의 시 – 두 편의 동시와 열 편의 번역시」, 『서정시학』 23권 1호, 2013년 봄호.
장석원, 「정지용 시의 리듬」, 『한국시학연구』 21, 2008.4.
장영우, 「정지용과 '구인회'-『시와 소설』의 의의와 「유선애상」의 재해석」, 『한국문학연구』 39, 2010.12.
_____, 「채동선 가곡과 정지용 시의 변개」, 『한국문예창작』 13(3), 2014.12.
장철환, 「정지용 시의 '유리창' 이미지 연구: '열기의 심리학'을 중심으로」, 『한국학연구』 29, 2013.2.
_____, 「정지용 시의 템포-호흡 마디 분절의 변조를 중심으로」, 『현대문학의 연구』 53, 2014.4.
_____, 「정지용시의리듬연구-음가의 반복을 중심으로」, 『한국시학연구』 36, 2013.6.
정구향, 「정지용의 초기시에 나타난 '고향'의 의미 연구」, 건국대대학원 『논문집』 30집, 1990.8.
정상균, 「정지용 시 연구」, 『천봉이능우박사 칠순기념논총』, 1990.2.
정성은, 「20世纪30年代韩中现代主义诗人比较研究-以郑芝溶和戴望舒的现代性与传统意识为中心」, 『중국어문학지』 25, 2007.
정승운, 「일본인의 감성과 애니미즘-일제강점기 정지용 시를 중심으로-」, 『호남문화연구』 1(45), 2009.12.
정우택, 「현해탄의 청춘공화국-「정지용시집」(1935)을 중심으로」, 『민족문학사연구』 44, 2010.12.
정용호, 「정지용의 '民謠風詩篇'과 초기시의 다양한 형식에 나타나는 비근대적 사유의 양상」, 『어문학』 127, 2015.3.
정의홍, 「정지용 시 연구에 대한 재평가」, 『대전대학논문집』 4집, 1985.
_____, 「정지용 시 평가의 문제점」, 『시문학』 197·198호, 1987.12~1988.1.
_____, 「정지용론」, 『현대시』, 1990.3.

정원술, 「정지용 '두 칸 이상 띄어쓰기' 기법의 연원과 후기 산문시의 의마-시 「장수산 1」을 중심으로」, 『한국근대문학연구』 28, 2013.10.

정유화, 「'집-기차-배'의 공간기호체계 연구 : 정지용론」, 『한민족문화연구』 25, 2008.5.

정유화, 「'집-나무-산'의 공간기호체계 연구-정지용론」, 『우리문학연구』 25, 2008.10.

정정덕, 「'정지용의 졸업논문' 번역」, 『우리문학과 언어의 재조명』, 한양대 국문학과 1996.7.

정종진, 「정지용의 시에 표현된 동심과 경(敬)사상에 대한 연구」, 『새국어교육』 83, 2009.12.

정종현, 「京都의 조선유학생 잡지 연구 : 『學友』, 『學潮』, 『京都帝國大學朝鮮人(留)學生同窓會報』를 중심으로」, 『민족문화연구』 59, 2013.5.

정한모, 「한국현대시 연구의 반성」, 『현대시』 1집, 1984, 여름호.

정현종, 「감각・이미지・언어-정지용의 '유리창 1'」, 『인문과학』 49집, 연세대 인문과학연구소, 1983.6.

정효구, 「정지용 시 「鄕愁」와 陰의 상상력」, 『한국시학연구』 19, 2007.8.

조강석, 「정지용 초기시에 나타난 근대의 '감성적(ästhetisch)' 전유 양상 고찰」, 『상허학보』 29, 2010.6.

조명숙, 「'장소'와 '감각'의 상관성 연구-정지용의 초기시를 중심으로-」, 『한중인문학연구』 42, 2014. 3.

조성문, 「정지용 시의 음운론적 특성 분석」, 『동북아 문화연구』 1(22), 2010.3.

조영복, 「정지용의 「파라솔/明眸」 연구-畵文으로서의 원본성 및 화문의 양식적 성격과 관련하여」, 『한국현대문학연구』 36, 2012.4.

조영복, 「한국 근대시의 형성과 근대 문화 예술의 관계」, 『한국시학연구』 18, 2007.4.

조용만, 「이상시대, 젊은 예술가의 초상」, 『문학사상』, 1987.4

조재웅, 「정지용 시의 여성상 연구」, 『한민족어문학』 56, 2010.6.

조항범, 「정지용의 시 「鄕愁」에 쓰인 몇 가지 言語의 의미에 대하여」, 『한국시학연구』 20, 2007. 12.

조혜진, 「감각의 발명으로서의 근대-정지용 시의 창작방법론 연구」, 『돈암어문학』 22, 2009.12.
진 림, 「정지용과 신석정 시에 나타난 노장사상」, 『현대문학이론연구』 51, 2012.12.
진수미, 「정지용 시의 회화지향성 연구」, 『비교문학』 41, 2007.2.
최동호, 「정지용의 '장수산'과 '백록담'」, 『경희어문학』 6집, 1983.
＿＿＿, 「정지용의 산수시와 은일의 정신」, 고대민족문화연구소, 『민족문화연구』 19, 1986.1.
＿＿＿, 「정지용의 산수시와 情·景의 시학」, 『작가세계』, 2000, 가을호.
＿＿＿, 「개편되어야 할 정지용전집」, 『문학사상』, 2002,10.
＿＿＿, 「정지용의 번역 작품과 고전주의적 감수성」, 『서정시학』 19권 4호, 2009년 겨울호.
＿＿＿, 「시문학파의 문학사적 의미망과 정지용」, 『한국시학연구』 34, 2012.8.
＿＿＿, 「정지용과 김기림의 문학적 상관성」, 『비평문학』 44, 2012.6.
＿＿＿, 「정지용의 타고르시집 「기탄자리」 번역시편-1923년 1월 발간된 「휘문」 창간호를 중심으로-」, 『한국학연구』 39, 2011.12.
최두석, 「정지용의 시세계-유리창 이미지를 중심으로」, 『창작과 비평』, 1988. 여름호.
최명표, 「해방기 정지용의 시와 행동」, 『영주어문』 17, 2009.2.
최석화, 「정지용의 후기 산문시에 나타나는 죽음의 의미-정지용의 「盜掘」, 「호랑나븨」, 「禮裝」을 중심으로-」, 『어문론집』 49, 2012.3.
최승호, 「정지용 자연시의 은유적 상상력」, 『한국시학연구』 1, 1988.11.
최윤정, 「근대의 타자담론으로서의 정지용 시」, 『한국문학이론과 비평』 15(1), 2011.4.
최창록, 「지용시의 스타일 연구」, 『국어국문학연구』 11, 청구대, 1961.
최하림, 「30년대 시인들」, 『문예중앙』, 1983. 봄·여름호.
하재연, 「일본 유학 시기 정지용 시의 특성과 창작의 방향」, 『Comparative Korean Studies』 15권(1호), 2007.6.
한상철, 「정지용 시의 '나븨'와 죽음 의식-카톨릭 종교시와의 연관성에 근거하여」, 『비평문학』 52, 2014.6.
＿＿＿, 「현대시 초기의 창작론 고찰-소월과 지용의 시론(詩論)을 중심으로」, 『어

문연구』 76, 2013.6.
한숙향, 「정지용의 시 「유선애상」 고찰」, 『비평문학』 40, 2011.6.
허 윤, 「정지용 문학의 가톨리시즘과 역사의식」, 『민족문학사연구』 53, 2013.12.
호테이 토시히로, 「정지용과 동인지 '街'에 대하여」, 『관악어문연구』 21, 1996.12.
鴻農映二, 「정지용과 일본시단—일본에서 발굴한 시와 수필」, 『현대문학』, 1988.9.
_____, 「정지용의 생애와 문학」, 『현대문학』, 1982.7.
홍기돈, 「정지용의 산수시 이해와 주체 재구성의 문제—「長壽山·1」, 「長壽山·2」
    를 중심으로」, 『영주어문』 22, 2011.8.
홍용희, 「정지용 시 세계의 주체 변이와 공간성 연구」, 『한국언어문화』 53, 2014.4.
황정산, 「한국 시가의 운율 자질에 관한 시론적 연구」, 『한국문예비평연구』 34,
    2011.4.
홍종선 외, 「한국문학 특집—정지용편」, 『동서문학』, 2001, 봄호.
황종연, 「문장과 문학과 정신사적 성격」, 『동양어문논집』 21, 1986.
_____, 「정지용의 산문과 전통에의 지향」, 동국대 『한국문학연구』 10집, 1987.9.
황현산, 「정지용의 '향수'에 붙이는 사족」, 『현대시학』, 1999.11.
_____, 「정지용의 「누뤼」와 「연미복의 신사」」, 『현대시학』, 2000.4.

4. 단행본

강호정, 『정체성의 형성과 한국 현대시』, 서정시학, 2013.
곽명숙, 『한국 근대시의 흐름과 고원』, 소명출판, 2015.
권영민 편, 『정지용시 126편 읽기』, 민음사, 2004.
_____, 『문학사와 문학비평』, 문학동네, 2009.
김교식, 『한국현대문학의 내면의식』, 국학자료원, 2009.
김신정 편, 『정지용의 문학세계 연구』, 깊은샘, 2001.
김옥성, 『현대시의 신비주의와 종교적 미학』, 국학자료원, 2007.
김용직, 『문학사의 섶자락』, 푸른사상, 2014.
_____, 『시각과 해석』, 세창출판사, 2014.
김용희, 『한국 현대 시어의 탄생』, 소명출판, 2009.

김윤식, 『문학을 걷다』, 그린비, 2014.
김윤식, 김재홍, 『한국현대시사연구』, 시학, 2007.
김은자, 『정지용』, 새미, 1996.
_____, 『일포스티노와 빈대떡』, 고려대학교출판부, 2009.
김응교, 『그늘 (문학과 숨은 신)』, 새물결플러스, 2012.
김재홍, 『생명·사랑·평등의 시학 탐구』, 서정시학, 2014.
김진희, 『회화로 읽는 1930년대 시문학사』, 북코리아, 2012.
김창수, 『이미지의 영토』, 푸른사상, 2012.
김효신, 『한국 근대문학과 파시즘』, 국학자료원, 2009.
김학동, 『정지용연구』, 민음사, 1987.
김학동 외, 『정지용 연구』, 새문사, 1988.
김학동 편, 『정지용』, 서강대학교 출판부, 1995.
남기혁, 『언어와 풍경 : 한국 현대시의 다양한 시선과 표정』, 소명출판, 2010.
박남희, 『한국 현대시와 유기체적 상상력』, 에이제이, 2013.
박민규, 『근대시의 모더니티와 숭고』, 경진, 2014.
박주택, 『현대시의 사유 구조』, 민음사, 2012.
박태상, 『정지용의 삶과 문학』, 깊은샘, 2010.
배개화, 『한국문학의 탈식민적 주체성 (이식문학론을 넘어)』, 창비, 2009.
문덕수, 『한국 모더니즘시 연구』, 시문학사, 1981.
민병기, 『정지용』, 건국대 출판부, 1996.
사나다 히로코, 『최초의 모더니스트, 정지용』, 역락, 2002.
손병희, 『정지용 시의 형태와 의식』, 국학자료원, 2007.
손종호, 『근대시의 영성과 종교성』, 서정시학, 2013.
송기한, 『정지용과 그의 세계 : 정지용이 응시한 근대풍경』, 박문사, 2014.
신경림, 『신경림의 시인을 찾아서·1』, 우리교육, 2010.
심원섭, 『일본 유학생 문인들의 대정 소화 체험』, 소명출판, 2009.
양왕용, 『정지용 시 연구』, 삼지원, 1988.
_____, 『한국현대시와 디아스포라』, 작가마을, 2014.
양혜경, 『한국 현대시의 공간화 전략』, 아세아문화사, 2008.
오문석, 『현대시의 운명, 원치 않았던』, 앨피, 2012.

오성호, 『낯익은 시 낯설게 읽기』, 이학사, 2014.
유성호, 『근대시의 모더니티와 종교적 상상력』, 소명출판, 2008.
유종호, 『과거라는 이름의 외국』, 현대문학, 2011.
윤호병, 『문학과 종교의 비교』, 이종문화사, 2007.
＿＿＿, 『한국 현대시와 가톨릭시즘』, 푸른사상, 2008.
이근화, 『근대적 시어의 탄생과 조선어의 위상』, 서정시학, 2012.
이상숙 엮음, 『정지용 시선』, 지식을만드는지식, 2013.
이상오, 『한국 현대문학의 경계와 모색』, 한국학술정보, 2007.
이성우, 『한국 현대시의 위상학』, 역락, 2007.
이수정, 『현대시의 언어와 상상력』, 국학자료원, 2013.
이순욱, 『근대시의 전장』, 소명출판, 2014.
이승원, 『정지용』, 문학세계사, 1996 5.(편저)
＿＿＿, 『정지용 시의 심층적 탐구』, 태학사, 1999.5.
＿＿＿, 「정지용 시의 해학성」, 『정지용 이해』, 태학사, 2002.9.
＿＿＿ 편, 『장수산(외)』, 범우, 2005.9.
＿＿＿, 『세속의 성전』, 서정시학, 2007.
＿＿＿, 『꾀꼬리와 국화 : 정지용 산문집』, 깊은샘, 2011.
＿＿＿, 『시 비평을 만나다』, 태학사, 2012.
＿＿＿, 「정지용 시의 민족의식」,『한국 현대시 연구의 맥락』, 태학사, 2014.
이형권, 『한국시의 현대성과 탈식민성』, 푸른사상, 2009.
오탁번, 『한국현대시사의 대위적 구조』, 고려대 출판부, 1988.
이상오, 『한국현대시의 상상력과 자연』, 역락, 2006.
이 활, 『정지용 · 김기림의 세계』, 명문당, 1991.
장도준, 『정지용 시 연구』, 태학사, 1994.
전동진, 『서정시의 시간성 시간의 서정성』, 문학들, 2008.
정유화, 『현대시의 기호론적 세계』, 청운, 2014.
정의홍, 『정지용의 시 연구』, 형설출판사, 1995.
진병도, 『과도기 의식의 미학』, 月刊文學, 2014.
차호일, 『현장 중심의 현대시 교육론』, 한국문화사, 2008.
최동호, 『하나의 도에 이르는 시학』, 고려대학교 출판부, 1997.

_____ 외, 『다시 읽는 정지용 시』, 월인, 2003.
_____, 『그들의 문학과 생애 정지용』, 한길사, 2008.
_____ 편, 『향수』, Human & Books, 2011.
_____, 『정지용 시와 비평의 고고학』, 서정시학, 2013.
최두석, 『리얼리즘의 시정신』, 실천문학사, 2010.
하재연, 『근대시의 모험과 움직이는 조선어』, 소명출판, 2012.
한영옥, 『한국 현대 이미지스트 시인 연구』, 푸른사상사, 2010.
황현산, 『잘 표현된 불행』, 문예중앙, 2012.